117

Wilbur Smith

L'uccello del sole

TEA DUE

WILBUR SMITH

L'UCCELLO DEL SOLE

Romanzo

Traduzione di
Roberta Rambelli

TEA

Editori Associati S.p.A.
Via Monte di Pietà 1/A - 20121 Milano

Titolo originale
The Sunbird

Prima edizione TEADUE settembre 1992

L'UCCELLO DEL SOLE

A mia moglie
Danielle

PARTE PRIMA

SFRECCIÒ nel buio della saletta di proiezione ed esplose in silenzio sullo schermo... e io non la riconobbi. Avevo atteso quindici anni e quando apparve non la riconobbi. Era un'immagine vaga e indistinta, e per me non aveva senso perché mi aspettavo la foto di un oggetto piccolo, magari un cranio o un vaso, oppure un manufatto, un pezzo d'oro lavorato, delle perline... ma certo non quella composizione surrealista di grigi, bianchi e neri.

La voce di Louren, tesa per l'emozione, mi fornì la traccia che cercavo: « Scattata a trentaseimila piedi di quota, alle sei e quarantasette del quattro settembre », quindi otto giorni prima, « fotografata con una Leica 35 mm ».

Una fotografia aerea, dunque. I miei occhi e la mia mente si adeguarono e quasi subito provai un primo fremito d'eccitazione che incominciava a scuotermi, mentre Louren continuava con lo stesso tono energico.

« Ho una compagnia charter che effettua rilevamenti aerei su tutte le mie concessioni. Lo scopo è individuare l'orientamento delle formazioni geografiche. Questa foto è una delle duecentomila e più dell'area... Il navigatore non sapeva neppure che cosa stava fotografando. Ma quelli dell'ufficio analisi l'hanno notata e me l'hanno passata. »

Girò la testa, il suo volto era pallido e solenne nella luce del proiettore.

« La vedi anche tu, no, Ben? Appena fuori del centro. Nel settore in alto a destra. »

Aprii la bocca per rispondere ma la voce mi mancò, e il suono che stavo per emettere si trasformò in un colpo di tosse. Mi accorsi con sorpresa che stavo tremando e avevo le viscere serrate da qualcosa che era nel contempo speranza e timore.

« È classico! Acropoli, doppia cinta e torri falliche. » Esagerava: erano contorni vaghi, indistinti, che in certi punti sparivano. Ma la forma generale e la configurazione corrispondevano.

« Il nord », mormorai.« Dov'è il nord? »

« In alto nell'immagine. È disposta nel modo giusto, Ben. Con il nord in alto. Pensi che le torri siano orientate secondo il sole? »

Non parlai subito. La risposta mi veniva troppo rapidamente. In tutta la mia vita non c'era mai stato niente di così facile: perciò tutto questo era sospetto, e cercavo le lacune, i difetti, gli inghippi.

« Stratificazione », dissi. « Probabilmente è calcare a contatto con granito. E forma quelle configurazioni in superficie. »

« Oh, un accidente! » m'interruppe Louren. La sua voce fremeva ancora d'eccitazione. Si alzò di scatto, si avvicinò allo schermo, prese dal leggìo la bacchetta d'ebano e indicò i contorni di quella che presumeva fosse la cinta principale. « Dimmelo tu, dove hai mai visto una formazione geologica del genere. »

Non volevo credere. Non volevo rendermi ancora una volta vulnerabile alla speranza.

« Può darsi », dissi.

« Vai all'inferno! » Adesso rideva, era un suono che mi faceva piacere perché non rideva spesso in quei giorni. « Dovevo immaginare che avresti fatto resistenza. Senza il minimo dubbio sei il pessimista più incallito che esista in Africa. »

« Potrebbe essere chissà cosa, Lo, » protestai. « Un gioco di luce, di forma e ombra. Anche ammettendo che sia frutto dell'attività umana... potrebbe essere un complesso d'orti o di campi, e di recente realizzazione... »

« A centosessanta chilometri dall'acqua di superficie più vicina? Non pensarci neppure, Ben! Lo sai benissimo anche tu che questa è... »

« Non dirlo! » Quasi lo gridai, e balzai dalla poltrona di pelle, attraversai la saletta di proiezione e gli afferrai il braccio prima ancora di rendermi conto d'essermi mosso.

« Non dirlo », ripetei. « Porta... porta sfortuna. » Balbetto sempre quando sono molto emozionato, ma questa è la minore delle mie menomazioni fisiche, e ho smesso da tempo di preoccuparmene.

Louren rise di nuovo, ma con quella sfumatura di disagio che mostra ogni volta che mi muovo rapidamente o che agito con forza le braccia. Si chinò verso di me e si liberò delle mie dita che gli erano affondate nell'avambraccio.

« Scusami... ti ho fatto male? » Mollai la presa.

« No. » Ma si massaggiò il braccio mentre andava al quadro dei comandi, spegneva il proiettore e girava l'interruttore a muro. Nella luce improvvisa ci guardammo sbattendo le palpebre.

« Caro, piccolo gnomo yiddish », disse Louren con un sorriso. « Non mi imbrogli. Te la fai sotto per l'emozione. »

Lo fissai. Mi vergognavo un po' del mio scatto, ma ero ancora eccitato.

« Dov'è, Lo? Dove l'hai trovata? »

« Prima voglio che tu l'ammetta. Voglio che ti esponga, per una volta nella vita. Voglio che tu lo dica... prima che io ti riveli qualcos'altro », disse sarcasticamente Louren.

« D'accordo. » Distolsi lo sguardo e scelsi le parole. « Così a prima vista sembra molto interessante. »

Louren ributtò all'indietro la testa dorata e scoppiò in una risata che sembrava un muggito taurino.

« No, voglio qualcosa di più. Riproviamo. »

Non so resistere alle sue risate. Immediatamente risi anch'io pur se sapevo che la mia, al confronto, era fragile.

« Mi sembra... » mormorai. « Mi sembra che forse... forse l'hai trovata. »

« Splendido! » gridò. « Sei davvero splendido! »

Da anni non lo vedevo così. Aveva gettato via la maschera solenne del banchiere, e in quel momento di speranza e di trionfo aveva dimenticato le preoccupazioni dell'impero finanziario Sturvesant.

« Adesso raccontami tutto », lo implorai. « Dove l'hai trovata? »

« Vieni », disse Louren ridiventando serio. Ci avvicinammo al lungo tavolo accostato al muro. Sul feltro verde era fissata una carta. Salii su una sedia e mi sporsi per guardare. Adesso ero alto quasi come Louren, che stava in piedi accanto a me. Esaminammo la carta.

« Serie aeronautica A. Sudafrica. Carta 5. Botswana e Rhodesia occidentale. »

L'esaminai in fretta e cercai qualche indicazione... una croce, forse un segno a matita.

« Dove? » chiesi. « Dove? »

« Sai che ho sessantaquattromila chilometri quadrati di concessioni minerarie, qui a sud di Maun... »

« Oh, Lo, *smettila*. Non cercare di vendermi azioni della Sturvesant Minerals. Dove diavolo è? »

« Abbiamo costruito una pista d'atterraggio, qui, per il Lear. L'abbiamo appena finita. »

« Non può essere molto a sud dei giacimenti auriferi. »

« Non lo è », mi assicurò Louren. « Calmati, o ti farai venire un colpo. » Si divertiva a tormentarmi.

Mosse l'indice sulla carta e lo fermò all'improvviso. Mi parve che il mio cuore si fermasse nello stesso momento. Andava sempre meglio. La latitudine era perfetta, tutti gli indizi che avevo raccolto meticolosamente nel corso degli anni indicavano appunto quell'area.

« Qui », disse Louren. « Trecentoquaranta chilometri a sud-est di Maun, novanta dall'altura sudoccidentale della riserva faunistica di Wankie, ai piedi di una serie di colline basse, sperduta in una zona desolata di rocce e di cespugli. »

« Quando possiamo partire? » chiesi.

« Ehi! » Louren scosse la testa. « Allora ci credi. Ci credi davvero! »

« Potrebbe trovarla per caso qualcun altro. »

« È là da mille anni. Una settimana in più non... »

« Un'altra settimana! » esclamai angosciato.

« Ben, non posso muovermi prima. Venerdì ho l'assemblea generale dell'Anglo-Sturvesant, e sabato ho affari da sbrigare a Zurigo... ma farò in fretta, soprattutto per te. »

« Rinuncia completamente », lo implorai. « Manda uno dei tuoi giovani e geniali collaboratori. »

« Quando qualcuno ti presta venticinque milioni, la buona educazione impone di andare a ritirare l'assegno personalmente invece di mandare il fattorino. »

« Cristo, Lo. Sono soltanto quattrini... e questo, invece, è davvero importante. »

Louren mi fissò per un momento con un'espressione pensierosa e sorpresa negli occhi celesti.

« Venticinque milioni sono soltanto quattrini? » Scosse lentamente la testa e poi disse, con stupore, come se avesse sentito enunciare una nuova verità rivelata: « Forse hai ragione ». Sorrise dolcemente, in modo affettuoso per un caro amico. « Scusami, Ben. Martedì. Partiremo con l'aereo all'alba, te l'assicuro. Effettueremo una ricognizione dall'alto. Poi atterreremo a Maun. Peter Larkin... lo conosci? »

« Sì, molto bene. » Peter gestiva una grossa organizzazione di safari con base a Maun, e già due volte mi ero servito di lui per le mie spedizioni nel Kalahari.

« Bene. L'ho già contattato. Organizzerà la spedizione. Ci sposteremo velocemente e con poco carico... una Land-Rover e due Unimog da tre tonnellate. Posso dedicarti cinque giorni soltanto, e sarà già un miracolo: mi farò portare sul posto da un elicottero, e poi ti lascerò a scavare... » Mentre parlava, Louren mi condusse fuori della saletta di proiezione, nella lunga galleria.

La luce del sole entrava dalle grandi finestre e illuminava i quadri e le sculture. Le opere dei più noti artisti sudafricani stavano accanto a quelle dei maestri internazionali, vivi e morti. Louren Sturvesant e prima di lui i suoi antenati avevano fatto ottimi acquisti. Persino in quel momento d'emozione i miei occhi erano attratti dal fulgore carnoso di un nudo di Renoir.

Louren procedeva agilmente sui tappeti orientali che smorzavano i rumori, e io gli stavo a fianco senza difficoltà. Ho gambe lunghe quanto le sue e altrettanto poderose.

« Se scopri ciò che speriamo, allora puoi fare le cose in grande. Un campo fisso, pista d'atterraggio, assistenti scelti da te, una squadra al completo e tutto l'equipaggiamento che vorrai. »

« Dio, ti prego, fa' che sia così », mormorai. Ci fermammo alla scala. Louren e io ci scambiammo un sorriso da cospiratori.

« Sai cosa verrebbe a costare? » chiesi. « Può darsi che si debba scavare per cinque o sei anni. »

« Lo spero », disse lui.

« Potrebbe costare anche... duecentomila. »

« Sono soltanto quattrini, come ha detto un tale di mia conoscenza. » La risata taurina fece ridere di nuovo anche me. Scendemmo la scala sghignazzando. Euforici e tesi, ci fronteggiammo nell'atrio.

« Tornerò lunedì sera alle sette e mezzo. Puoi venire a prendermi all'aeroporto? Volo 310 dell'Alitalia da Zurigo. Nel frattempo, provvedi pure a organizzarti. »

« Ho bisogno di una copia di quella fotografia. »

« Ho già fatto recapitare un ingrandimento al Centro. Hai una settimana per divorarlo con gli occhi. » Louren diede un'occhiata al suo Piaget d'oro. « Accidenti, sono in ritardo. »

Si girò verso la porta nel momento in cui Hilary Sturvesant entrava dal patio. Indossava una tenuta bianca da tennis e aveva le gambe lunghe, così belle da togliere il fiato. Era alta, con i capelli d'oro brunito che le scendevano morbidi e splendenti sulle spalle.

« Tesoro, non te ne andrai? »

« Scusami, Hil. Volevo avvertirti che non posso fermarmi a pranzo, ma Bill avrà bisogno di qualcuno che freni il suo entusiasmo. »

« Gliel'hai mostrata? » Hilary si girò e venne verso di me, si chinò a darmi un bacio sulle labbra, con naturalezza e senza il minimo segno di ripugnanza, poi si scostò e mi sorrise. Ogni volta che fa così, mi rende suo schiavo per altri cento anni.

« Cosa ne pensi, Ben? È possibile? » Ma, prima che potessi risponderle, Louren le aveva passato il braccio intorno alla vita. E mi sorridevano, tutti e due.

« È ammattito. Ha la bava alla bocca e fa le capriole. Vuole precipitarsi subito nel deserto. » Poi Louren attirò a sé Hilary e la baciò. Per un lungo istante dimenticarono la mia presenza. Per me, quei due sono l'immagine vivente della donna e dell'uomo ideali, tutti e due alti, forti e bellissimi. Hilary ha dodici anni meno di lui, è la quarta moglie ed è la madre del più giovane dei sette figli di Louren. A venticinque anni ha la maturità e la posatezza di una donna molto più anziana.

« Offri qualcosa per pranzo a Ben, tesoro. Io tornerò tardi. » Louren si svincolò dall'abbraccio.

« Mi mancherai », disse Hilary.

« Anche tu mi mancherai. Arrivederci a lunedì, Ben. Telegrafa a Larkin, se pensi di aver bisogno di qualcosa di speciale. Arrivederci, socio. » Louren se ne andò.

Hilary mi prese per mano e mi condusse nel patio lastricato di bianco. Più di due ettari di prati e di aiuole fiorite digradavano dolcemente verso il fiume e il lago artificiale. I due campi da tennis erano occupati, e una folla allegra di figurette seminude sguazzava nell'acqua della piscina, sollevando spruzzi di spuma bianca. Due servitori in uniforme stavano disponendo un buffet freddo sul lungo tavolo a cavalletto del patio. Con un fremito di timore vidi cinque o sei giovani signore in tenuta da tennis che oziavano accanto al bar all'aperto. Erano rosse in viso per lo sforzo, avevano gli indumenti candidi macchiati di sudore e sorseggiavano grandi bicchieri di Pimms n.1 carichi di frutta.

« Vieni », disse Hilary, e mi guidò verso di loro. Mi feci coraggio, e cercai di ergermi per sembrare un po' più alto.

« Ragazze... ecco qui un uomo, dobbiamo tenergli compagnia. È il dottor Benjamin Kazin, direttore del Centro di studi antropologici e preistorici africani. Ben, questa è Marjory Phelps. »

Mi rivolsi a ognuna di loro via via che Hilary ne pronunciava i nomi e risposi alle accoglienze un tantino troppo cordiali. Concentrai su ciascuna gli occhi e la voce, le mie cose migliori. Era difficile per loro come per me. Nessuna si aspettava che la padrona di casa assieme agli aperitivi affibbiasse loro un gobbo.

Furono i ragazzi a salvarmi. Bobby mi vide e arrivò di corsa. « Zio Ben! Zio Ben! » Mi buttò al collo le braccia grondanti, si strinse contro il mio abito nuovo con il costume da bagno fradicio e poi mi trascinò via, e fui travolto dal resto della nidiata Sturvesant e dalle orde dei loro giovani amici. Mi sento più a mio agio con i giovanissimi: sembra che non se ne accorgano o che lo superino in fretta. « Perché cammini così piegato? »

Questa volta non ero di grande compagnia; ero troppo assorto per dedicare loro tutta la mia attenzione: così si allontanarono, tranne Bobby... perché lei è sempre fedele. Poi Hilary venne a sostituirsi alla figliastra e mi riportò al gruppo delle giovani madri, dove feci un'impressione migliore. Non so resistere alle belle donne, quando si supera l'impaccio iniziale. E così erano le tre quando andai al Centro.

Bobby Sturvesant versa il whisky con la stessa generosità con cui un tredicenne versa la Coca-Cola. Perciò entrai nell'istituto camminando sulle nuvole.

La busta era sulla mia scrivania con la dicitura PRIVATA E RISERVATA, e un biglietto appuntato a un angolo. « È arrivata per te all'ora del pranzo. Sembra interessante! Sal. »

Esaminai la busta gelosamente. Non era stata aperta. Sally non aveva guardato... ma sapevo che doveva aver fatto appello a tutto il suo autocontrollo perché ha una curiosità quasi patologica... anche se la chiama « mentalità scientifica indagatrice ».

Immaginai che sarebbe arrivata entro cinque minuti. Trovai nel primo cassetto una confezione di mentine Three X e ne misi una in bocca per nascondere l'odore del whisky prima di aprire la busta e tirar fuori l'ingrandimento trenta per trenta. Accesi la lampada della scrivania e sistemai la lente. Poi girai lo sguardo sulle testimonianze del passato che affollano il mio ufficio. Le quattro pareti sono cariche di scaffali, e dal pavimento all'altezza della mia spalla gli scaffali sono pieni di libri, i miei ferri del mestiere, tutti rilegati in pelle marrone e verde con i titoli in oro. È una stanza grande e ci sono migliaia di volumi. I ripiani sopra i libri accolgono i busti in gesso di tutti gli esseri che hanno preceduto l'uomo. Soltanto la testa e le spalle. *Australopithe-*

cus, *Proconsul*, *Robustus*, *Homo Rhodesiensis*, Uomo di Pechino... tutti quanti fino al Neandertal e poi al Cro-Magnon... *Homo sapiens sapiens* in tutta la sua gloria e la sua infamia. Gli scaffali a destra della scrivania sono carichi di busti di tutti i tipi etnici che si trovano in Africa... camiti, arabi, pigmei, negroidi, boscimani, ottentotti e tutti gli altri. Mi osservavano vigili con gli occhi sporgenti di vetro, mentre mi rivolgevo a loro.

« Signori », dissi, « credo che siamo su una buona traccia. » Gli parlo a voce alta solo quando sono emozionato o sbronzo, e in quell'occasione ero l'uno e l'altro.

« A chi stai parlando? » chiese Sally dalla soglia. Sussultai. Era una domanda retorica perché sapeva benissimo a chi parlavo. Stava appoggiata allo stipite, con le mani affondate nelle tasche del camice bianco piuttosto sporco. Capelli scuri trattenuti da un nastro sulla fronte bombata, grandi occhi verdi e distanziati ai lati del naso impertinente. Zigomi alti, bocca larga e sensuale, sorridente. Una giovane donna alta, con gambe lunghe e muscolose inguainate nei jeans attillati. Perché mi piacciono sempre le donne alte?

« Pranzato bene? » mi chiese, e si avvicinò pian piano alla scrivania, per piazzarsi in posizione e vedere che cosa succedeva. Era capace di leggere i documenti a rovescio, e l'ho dovuto imparare a mie spese.

« Magnificamente », risposi, e coprii la foto con la busta. « Tacchino freddo, insalata d'aragosta, trota affumicata e un'ottima gelatina d'anitra con tartufi. »

« Mascalzone », sussurrò Sally. Bisogna capirla: ama la buona cucina, e poi mi aveva visto giocherellare con la busta. Non le permetto di parlarmi così... ma non posso impedirglielo.

Arrivò a un metro e mezzo da me e fiutò l'aria. « Whisky di malto alla menta. Delizioso. »

Arrossii. Non sono capace di evitarlo. È come la mia balbuzie... e Sally scoppiò a ridere e venne a sedersi sul bordo della scrivania.

« Andiamo, Ben. » Fissò apertamente la busta. « Muoio di curiosità da quando è arrivata. L'avrei aperta con il vapore... ma il bricco elettrico è rotto. »

La dottoressa Sally Benator è la mia assistente da due anni e, tra parentesi, è da allora che sono innamorato di lei.

Mi scostai per farle posto dietro la scrivania e scoprii la foto. « Bene », dissi. « Vediamo un po' cosa ne pensi. »

Sally si mise al mio fianco e mi toccò la spalla con il braccio: un contatto che fu come una sorta di scossa elettrica. In quei due anni era diventata come i bambini, sembrava non accorgersi della mia gobba. Si comportava con disinvoltura e naturalezza, e io avevo già fatto i miei calcoli: ancora due anni e il nostro rapporto sarebbe stato perfetto. Dovevo muovermi lentamente, molto lentamente per non metterla in allarme, ma entro quel tempo l'avrei abituata ad accettarmi come innamorato e marito. Se gli ultimi due anni erano stati lunghi... preferivo non pensare ai prossimi due.

Sally si tese sulla scrivania e guardò attraverso la lente di ingrandimento. Per un po' rimase in silenzio. Aveva il viso illuminato dalla luce riflessa e quando finalmente alzò la testa aveva un'espressione rapita. Gli occhi verdi scintillavano.

« Ben », disse. « Oh, Ben, sono così felice per te! » Non so perché, ma la facilità con cui aveva accettato una semplice ipotesi mi irritava un po'.

« Sei troppo precipitosa », ribattei. « Potrebbe esserci una dozzina di spiegazioni naturali. »

« No. » Scosse la testa e continuò a sorridere. « Non cercare di confondere le acque. È vero, Ben, finalmente. Hai lavorato per tanto tempo e con tanta fede. Non devi aver paura proprio adesso. Devi accettarlo. »

Girò intorno alla scrivania e andò allo scaffale contrassegnato dalla lettera « K ». Al nome di « Benjamin Kazin » corrispondono dodici volumi. Ne scelse uno e lesse dal risvolto.

« *Ophir*, del dottor Benjamin Kazin. Una personale indagine sulla civiltà preistorica che lavorava l'oro nell'Africa Centrale, con particolare riferimento alla città di Zimbabwe e alla leggenda degli Antichi e della città perduta del Kalahari. » Si avvicinò di nuovo, sorridendo. « L'hai letto? » chiese. « È molto divertente. »

« Ci sarebbe una possibilità, Sal, lo ammetto. Si tratta solo di una possibilità, ma... »

« Dove si trova? » tagliò corto. « Nella fascia mineraria, come avevi previsto? »

Annuii. « Sì. Nella fascia aurifera. Ma può darsi che dia molto più di Langebeli e Ruwane. »

Sally sorrise trionfante e si chinò di nuovo sulla lente. Con la punta del dito toccò la freccia d'inchiostro nell'angolo della foto che indicava il nord.

« L'intera città... »

« Se è una città », l'interruppi.

« L'intera città », ripeté lei con enfasi, « è rivolta a nord. Verso il sole. Dietro c'è l'acropoli... il sole e la luna, le due divinità. Le torri falliche... sono quattro, cinque... sei. Forse sette. »

« Sal, non sono torri, sono solo chiazze scure in una foto scattata da dodicimila metri. »

« Dodicimila! » Sal alzò la testa di scatto. « Ma allora è enorme! Entro la cinta principale, Zimbabwe potrebbe starci una mezza dozzina di volte. »

« Calma, figliola, calma, per amor del cielo. »

« E la città bassa, fuori dalle mura. Si estende per chilometri. È enorme, Ben... ma perché ha la forma d'una mezzaluna? » Sally si raddrizzò e per la prima volta – per la prima meravigliosa volta – mi buttò le braccia al collo e mi abbracciò. « Oh, sono così emozionata... mi sento morire. Quando partiamo? »

Non risposi. Quasi non avevo sentito la domanda, stavo lì a godermi la sensazione dei suoi seni che premevano su di me.

« Quando? » mi domandò di nuovo, e si allontanò per guardarmi in faccia.

« Come? » chiesi. « Cosa hai detto? » Arrossii e balbettai... e Sally rise.

« Quando partiamo, Ben? Quando andiamo alla ricerca della tua città perduta? »

« Bene. » Mi domandavo intanto come potevo spiegarmi con la dovuta delicatezza. « Louren Sturvesant e io andremo per primi. Partiremo martedì. Louren non ha parlato di un assistente... quindi non credo che parteciperai alla ricognizione. »

Sally indietreggiò d'un passo e si piazzò i pugni sui fianchi. Mi fissò duramente e poi chiese, con finta gentilezza: « Sei disposto a scommetterci? »

Quando scommetto, preferisco avere qualche possibilità di vincere, e quindi dissi a Sally di fare i bagagli. I suoi effetti personali stavano in una valigetta e in una sacca a tracolla. Gli album da disegno e i colori erano più ingombranti; ma scegliemmo insieme i libri per evitare i doppioni. La mia attrezzatura fotografica era egualmente voluminosa, e le sacche e le scatole per i campioni, oltre alla mia unica valigia di tela, formavano un mucchio impressionante in un angolo del mio ufficio. Fummo pronti in ventiquattr'ore, e per i sei giorni che restavano ammazzammo il tempo discutendo e tormentandoci, litigando e rimuginando sulla foto che cominciava a perdere la patina lucida. Quando la tensione era eccessiva e stavamo per esplodere, Sally si chiudeva nel suo ufficio e si sforzava di lavorare alla traduzione delle incisioni rupestri di Drie Koppen o all'interpretazione dei simboli dipinti del Witte Berg. I dipinti rupestri, le incisioni e la traduzione delle antiche scritture sono la sua specialità.

Agitatissimo, giravo per le sale aperte al pubblico, cercavo di trovare polvere sugli oggetti esposti, inventavo nuovi modi per esporre i tesori che riempivano il nostro deposito e i magazzini al piano di sopra, contavo i nomi sul registro dei visitatori, facevo da cicerone alle scolaresche... facevo di tutto, fuorché lavorare. Alla fine salivo e bussavo alla porta di Sally. A volte rispondeva: « Avanti, Ben ». Altre diceva: « Ho da fare. Cosa vuoi? » Allora andavo a passare un'ora nella sezione lingue africane con il mio austero gigante, Timothy Mageba.

Timothy era entrato al Centro come spazzino, dodici anni prima. Avevo impiegato sei mesi per scoprire che, oltre al sotho meridionale della sua zona d'origine parlava altri sedici dialetti. Gli avevo insegnato a parlare correntemente l'inglese in diciotto mesi, e a scriverlo in due anni. Due anni dopo si era iscritto all'università, dopo tre aveva preso una prima laurea, dopo altri due una seconda... e adesso si sta preparando a conseguire il dottorato in lingue africane.

Ora parla diciannove lingue incluso l'inglese, cioè una più di me; ed è l'unico uomo che io conosca, a parte me (ho passato nove mesi nel deserto, a vivere con i piccoli uomini gialli), a parlare i dialetti dei boscimani del nord e del Kalahari.

È stranamente taciturno per essere un linguista. Quando parla, la sua voce di basso profondo si armonizza con la figura enorme. È alto due metri e ha la muscolatura di un lottatore professionista, ma si muove con l'eleganza di un ballerino.

Mi affascina e mi spaventa. Ha la testa completamente rasata e unta, che splende come una palla da cannone nerissima. Il naso è largo e piatto con le narici dilatate, le labbra grosse di un nero violaceo, i denti grandi, candidi e forti. Dietro questa maschera impassibile, la ferocia di un animale incatenato gli arde tra le palpebre, e ogni tanto balena come un lampo estivo. Ha una presenza satanica, nonostante la camicia bianca e il doppiopetto scuro; e anche se per dodici anni ho trascorso gran parte del mio tempo in sua presenza, non ho mai sondato le profondità tenebrose che si nascondono dietro quegli occhi scuri e quella pelle ancora più scura.

Sotto il mio controllo, ormai molto allentato, dirige il dipartimento lingue africane del Centro. Cinque africani più giovani, quattro uomini e una ragazza, lavorano alle sue dipendenze e finora hanno pubblicato autorevoli dizionari delle sette principali lingue africane parlate nell'Africa del Sud. E hanno accumulato tanto materiale scritto e registrato da restare occupati per sette anni ancora.

Di sua iniziativa, con un po' di aiuto e d'incoraggiamento da parte mia, Timothy ha pubblicato due volumi sulla storia dell'Africa che hanno provocato una tempesta di invettive da parte di storici, archeologi e recensori bianchi. Da bambino, Timothy era apprendista del nonno, stregone e custode del patrimonio storico della tribù. Nel quadro dell'iniziazione ai misteri, il nonno l'aveva ipnotizzato e gli aveva fatto assimilare l'intera storia tribale. Ancora adesso, dopo trent'anni, Timothy riesce a entrare in trance e a richiamare alla mente questa massa di folklore, leggende, storia orale e dottrina magica. Il nonno di Timothy era stato processato da un giudice bianco molto poco comprensivo e impiccato per aver preso parte a una serie di assassinii rituali un anno prima che Timothy avesse completato l'addestramento per diventare sacerdote del culto. Ma l'eredità di Timothy è una montagna formidabile di materiale... in gran parte spurio, in gran parte impubblicabile perché troppo osceno o troppo esplosivo; il resto è affascinante, sconcertante o spaventoso.

Dal materiale inedito di Timothy ho attinto a piene mani per il mio libro *Ophir*... in particolare per quelle sezioni meno scientifiche e più popolari che trattano la leggenda degli Antichi, una razza di guerrieri dalla pelle chiara e dai capelli dorati venuti d'oltremare, che estraevano l'oro, asservivano le tribù indigene e costruivano città cinte da mura, e che avevano regnato per centinaia d'anni prima di svanire quasi senza lasciar traccia.

Mi rendevo conto che Timothy censurava le informazioni prima di passarmele... alcune erano troppo segrete, circondate da tabù troppo potenti per rivelarle a chi non fosse iniziato ai misteri. Ero sicuro che molte di queste informazioni non rivelate si riferissero alla leggenda degli Antichi. Io, comunque, non desisto mai dal tentativo di farmi dire qualcosa.

Il lunedì mattina, quando Louren tornò dalla Svizzera, Sally era così fuori di sé per il timore che le proibisse di prendere parte alla spedizione preliminare da diventare insopportabile.

Per sfuggirle e per far passare le ultime, lunghe, ore d'attesa, scesi da Timothy.

Lavora in una stanzetta: non abbiamo molto spazio disponibile al Centro, che è invaso da mucchi di fascicoli, libri, cartellette e pile di fogli che arrivano fin quasi al soffitto. Però c'è posto per la mia sedia. Ha le gambe molto alte come uno sgabello da bar. Infatti, anche se ho gambe e braccia di proporzioni normali, il mio busto è schiacciato e gobbo, al punto che se sto seduto su una sedia normale stento a vedere il piano di una scrivania.

« *Machane!* Benedetto! » Quando entrai, Timothy si alzò per porgermi il consueto saluto. Secondo i bantu, coloro che hanno i piedi equini, la pigmentazione albina, gli occhi strabici o la gobba sono benedetti dagli spiriti e dotati di grandi poteri. Questa convinzione mi dà una specie di piacere nascosto, e il saluto di Timothy mi rende sempre euforico.

Mi arrampicai sulla sedia e cominciai una conversazione svagata dove si passava da un argomento all'altro e da una lingua all'altra. Timothy e io siamo molto fieri dei nostri talenti... e credo che ci teniamo a esibirli. Non c'è nessun altro uomo al mondo, ne sono convinto, che sia in grado di seguire una delle nostre conversazioni dall'inizio alla fine.

« Sarà strano », dissi alla fine, non so in che lingua, « non averti con me in un viaggio. Sarà la prima volta in dieci anni, Timothy. »

Diventò di colpo taciturno e diffidente. Sapeva che stavo per parlare nuovamente della città perduta. Gli avevo mostrato la foto cinque giorni prima, e da allora avevo cercato di ottenere da lui qualche commento significativo. Passai all'inglese.

« Comunque, è probabile che non ti perda nulla. Un'altra caccia alle ombre. Dio sa quante ce ne sono state. Se almeno sapessi cosa cercare. »

M'interruppi e rimasi in attesa. Gli occhi di Timothy erano diventati vitrei. È un fenomeno fisico, una sorta di pellicola azzurrina e opaca gli copre i globi oculari. La testa affonda nel collo, le labbra fremono... e a me viene la pelle d'oca e mi si rizzano i capelli.

Attesi. Anche se mi è capitato di assistervi molte volte, non riesco mai a evitare la sensazione sovrannaturale che mi dà il vedere Timothy entrare in trance. A volte è una cosa involontaria, e basta un pensiero o una parola per provocarla; allora è un riflesso quasi istantaneo. A volte può essere un atto deliberato di autoipnosi, ma questo comporta preparativi e rituali.

Quel giorno fu spontaneo. Attesi con ansia; sapevo che se si trattava di materiale tabù sarebbero passati pochi secondi prima che Timothy spezzasse l'incantesimo con uno sforzo di volontà.

« Il male... » disse con la voce tremula e acuta d'un vecchio. La voce del nonno. Un po' di saliva gli umettava le grosse labbra violacee. « Un male da cancellare dalla terra e dalle menti degli uomini, per sempre. »

Mosse di scatto la testa. La coscienza era intervenuta, e le labbra si muovevano. Una breve lotta interiore... e all'improvviso gli occhi si schiarirono. Mi guardò e mi vide.

« Scusami », mormorò in inglese, distogliendo gli occhi. Era imbarazzato da quella manifestazione involontaria e dalla necessità di escludermi. « Vuoi un po' di caffè, dottore? Hanno riparato finalmente il bricco. »

Sospirai. Timothy non avrebbe più comunicato con me per quel giorno. S'era chiuso in se stesso e stava sulla difensiva. Per usare una sua espressione, « faceva lo sporco negro » con me.

« No, grazie, Timothy. » Guardai l'orologio e scesi dallo sgabello. « Ho ancora diverse cose da sbrigare all'ultimo minuto. »

« *Va' in pace*, *Machane*, e che gli spiriti guidino i tuoi passi. » Ci stringemmo la mano.

« *Sta' in pace*, Timothy; e, se gli spiriti saranno generosi, ti manderò a chiamare. »

Ero al bancone del bar nella sala principale dell'aeroporto Jan Smuts, e da lì vedevo bene l'ingresso del terminal internazionale.

« Accidenti », imprecai.

« Cosa c'è? » chiese ansiosamente Sal.

« G.G. ... un intero plotone. »

« Cosa sono i G.G.? »

« Giovani Geni. Dirigenti della Sturvesant. Eccoli là: puoi vederne quattro accanto allo sportello della banca. »

« Come fai a riconoscerli e a sapere che sono della Sturvesant? » chiese Sally.

« I capelli, tagliati corti e pettinati all'indietro. E la tenuta: doppiopetto scuro di cachemire e cravatte molto semplici.

Espressioni tese da ulcerosi, ma pronte e sbocciare in sorrisi all'apparizione del grande capo. » Poi soggiunsi, in uno slancio inconsueto di sincerità: « Per giunta ne riconosco due. Amministratori. Sono miei amici... devo strappargli i soldi con la forza ogni volta che ho bisogno di un rotolo di carta igienica per il Centro ».

« Quello è lui? » chiese Sally, indicando.

« Sì, è lui. »

Louren Sturvesant uscì dalla porta del terminal internazionale. Era il primo del volo da Zurigo che passava dalla dogana e dall'immigrazione, e l'addetto alle pubbliche relazioni dell'aeroporto trottava per stargli dietro. Altri due G.G. lo seguivano sui lati, a un passo. Un terzo, probabilmente, si stava occupando dei suoi bagagli. I quattro in attesa sfoggiarono sorrisi che parvero illuminare la sala e avanzarono in fretta e in ordine di anzianità per stringere la mano a Louren; poi si misero in formazione intorno a lui. Due lo precedevano per fargli largo, gli altri gli stavano a fianco. L'addetto alle pubbliche relazioni rimase indietro, frastornato, e l'Anglo-Sturvesant attraversò l'atrio affollato come una divisione di carri armati in piena avanzata.

In mezzo al gruppo Louren spiccava con la testa bionda e ricciuta, e la faccia abbronzata molto cupa in contrasto con i sorrisi artificiali che l'attorniavano.

« Vieni. » Presi Sally per mano e mi avventurai tra la folla. È una cosa che so fare con grande abilità. Mi avvento al livello delle gambe... la pressione inaspettata a quell'altezza fa schiudere la folla come le acque del Mar Rosso. Sally corse dietro di me come gli ebrei al seguito di Mosè.

Intercettammo l'Anglo-Sturvesant alle porte di vetro dell'uscita; e lasciai la mano di Sally per penetrare nella cerchia interna. Passai al primo tentativo e per poco Louren non inciampò su di me.

« Ben. » Mi accorsi subito che era stanchissimo. Pallido sotto l'abbronzatura dorata, con cerchi violacei intorno agli occhi... ma un sorriso caldo cancellò per un attimo lo sfinimento. « Scusami. Avrei dovuto avvertirti di non venire. C'è un imprevisto. Ora sto andando a una riunione. »

Vide la mia faccia e mi strinse subito la mano sulla spalla. « No, non lanciarti in conclusioni affrettate. Non è cambiato niente. Trovati all'aeroporto domattina alle cinque. Ci vedremo là. Ora devo scappare. Scusami. »

Ci stringemmo la mano.

« Fino in fondo, socio? » mi chiese.

« Fino in fondo », risposi, sorridendo di quell'espressione sciocca da studentello. Poi passarono oltre, in gruppo, e sparirono al di là delle porte di vetro.

Eravamo quasi arrivati a Johannesburg prima che Sally parlasse.

« Non gli hai chiesto di me? È tutto deciso? »

« Non ho avuto il tempo, Sal. L'hai visto anche tu. Andava così di fretta... »

Non parlammo più fino a quando svoltai nel giardino del Centro e fermai la Mercedes accanto alla sua piccola Alfa rossa nel parcheggio vuoto.

« Vuoi un caffè? » chiesi.

« È tardi. »

« Non è tardi. E tanto non dormirai, questa notte. Potremmo fare una partita a scacchi. »

« E va bene. »

Entrammo dall'ingresso principale, attraversammo le sale pubbliche, piene di vetrine e di figure di cera, e raggiungemmo la scala privata che portava al mio ufficio e al mio appartamento.

Sal accese il fuoco e preparò la scacchiera mentre io facevo il caffè. Quando tornai dalla cucina, era seduta a gambe incrociate su un pouf di pelle lavorata, e fissava la scacchiera d'ebano e avorio. Trattenni il respiro di fronte a quella nuova dimensione della sua bellezza, offerta dalla luce e dallo scenario. Portava un poncho a patchwork, dalle tinte vivacissime come quelle dei tappeti orientali, e la luce sbieca splendeva sul tenero colorito olivastro della carnagione. Mentre la guardavo, avevo l'impressione che il mio cuore stesse per scoppiare.

Mi guardò con quei grandi occhi dolci. « Vieni », disse. « Giochiamo. »

Se riesco a superare le prime folgori dei suoi attacchi, allora posso batterla con il gioco dei pedoni e il maggiore sviluppo dei pezzi. Sal dice che è una morte lenta.

Alla fine rovesciò il suo re con un gemito d'esasperazione, si alzò e cominciò a camminare irrequieta avanti e indietro, stringendosi le mani sulle spalle sotto il poncho sgargiante. Io bevvi il caffè e la guardai con segreto piacere fino a che all'improvviso si girò verso di me, a gambe larghe e con i pugni sui fianchi, i gomiti che tendevano la stoffa del poncho.

« Non sopporto quel mascalzone », disse con voce soffocata. « Una specie di padreterno arrogante. L'ho capito appena l'ho visto. Ma perché, perché deve avere a che fare con noi? Se facciamo una scoperta importante, puoi stare certo chi si prenderà tutta la gloria. »

Capii subito che parlava di Louren... e mi sorpresi del tono velenoso. Più tardi l'avrei ricordato e ne avrei capito la ragione. Ma all'istante rimasi esterrefatto. Poi m'irritai.

« Di cosa diavolo stai parlando? » chiesi.

« La faccia, il modo di camminare, lo stuolo d'idolatri, l'aria condiscendente con cui dispensa favori, la presunzione immensa e schiacciante di un uomo che... »

« Sally! »

« La disinvolta, indifferente crudeltà della sua superbia... »

« Sally, basta. » Mi alzai.

« Hai visto quei suoi poveri ometti... tremavano di paura. »

« Sally, non parlare così di lui... davanti a me. »

« Ma ti sei visto? Uno degli uomini più onesti e buoni e gentili che abbia mai conosciuto, uno dei più intelligenti con cui abbia avuto il privilegio di lavorare... Ti sei visto, mentre gli correvi intorno e scodinzolavi... Dio, ti rotolavi ai suoi piedi per farti grattare la pancia... » Sally era quasi fuori di sé, e lacrime di rabbia le scorrevano sul volto divenuto pallido. « Ho odiato te... e lui. Ho odiato tutti e due. Lui ti sminuiva, ti involgariva e... »

Non potevo rispondere. Ero ammutolito. Di colpo lei cambiò umore. Alzò la mano e se la passò sulla bocca. Ci fissammo.

« Devo essere ammattita », mormorò. « Perché dico queste cose? Ben, oh, Ben. Scusami. Scusami. »

Venne a inginocchiarsi davanti a me, mi cinse con le braccia, mi strinse. Rimasi immobile come una statua. Ero agghiacciato dalla paura, dal timore di ciò che stava per accadere. Sebbene l'avessi desiderato tanto a lungo, era venuto così all'improvviso, senza un preannuncio, e ormai ero stato spinto oltre il punto di non-ritorno, in un territorio sconosciuto. Sally alzò la testa, continuando a stringersi a me, e mi guardò in viso.

« Ti prego, scusami. »

La baciai. La sua bocca era calda, salata di lacrime. Le sue labbra si schiusero sotto le mie, e la paura svanì.

« Fai l'amore con me, Ben... ti prego. » Sapeva istintivamente che doveva guidarmi. Mi condusse al divano.

« Le lampade », mormorai in tono brusco. « Per favore, spegni le lampade. »

« Se proprio vuoi. »

« Ti prego, Sally. »

« Bene », disse lei. « Capisco, tesoro. » E spense le luci.

Per due volte, nel buio, gridò: « Oh, ti prego, Ben... sei così forte. Mi uccidi. Le tue braccia... le tue braccia. »

Pochi attimi dopo urlò, un grido incoerente senza forma né significato, e il mio grido roco le fece eco. Poi vi fu soltanto il suono ansante del nostro respiro nell'oscurità.

Avevo l'impressione che la mia mente si fosse disancorata dal corpo e aleggiasse nel tepore e nell'oscurità. Per la prima volta in vita mia ero completamente sereno e sicuro. A quanto pareva, c'erano tante prime volte, con quella donna. Quando infine Sally parlò, la sua voce mi causò un piccolo shock.

« Canta per me, Ben. » E accese le luci sul tavolino accanto al divano. Ci guardammo battendo le palpebre con gli occhi dilatati nel chiarore smorzato. Lei aveva il volto rosato e i suoi capelli erano una massa scura e disordinata.

« Sì », dissi, « voglio cantare. » Andai nello spogliatoio per prendere la chitarra dall'armadio, e quando chiusi l'anta scorsi la mia immagine riflessa nello specchio grande.

Guardai con attenzione, perché mi stava davanti uno sconosciuto. I capelli neri e ruvidi incorniciavano una faccia squadrata con occhi scuri e ciglia lunghe da ragazzina, la mascella pesante e scimmiesca, la fronte alta e pallida.

Rivolsi un'occhiata allo strano corpo deforme che era stato il mio tormento fin dall'infanzia. Le gambe e le braccia erano ipersviluppate, cariche di muscoli, come gli arti di un gigante. Istintivamente guardai i pesi da body-builder in un angolo della stanza... e di nuovo lo specchio. Ero perfetto alla periferia... ma al centro c'era quel torso da rospo, tozzo e gobbo, coperto da un vello nero e irsuto. Guardai quel corpo anomalo e, per la prima volta nella mia vita, non lo odiai.

Tornai da Sally, ancora distesa sul morbido *kaross*, la coperta di pelli di scimmia che copriva il divano. Le fui accanto d'un balzo e sedetti a gambe incrociate, con la chitarra tra le mani.

« Cantami qualcosa di triste... ti prego, Ben », mormorò lei.

« Ma io sono felice, Sal. »

« Canta una canzone triste... una delle tue canzoni tristi », insistette, e, quando attaccai le prime note, chiuse gli occhi. Gliene fui grato, perché non mi era mai capitato di contemplare così un corpo di donna. Mi tesi in avanti e, mentre toccavo le corde della chitarra, accarezzai con gli occhi il suo corpo levigato, i piani chiari, le rotondità e le ombre segrete. Quella carne aveva accolto la mia... e l'amavo. Cantai:

Del deserto della mia anima
le notti sono lunghe,
nessun altro viaggiatore vi si avventura.
Sugli oceani solitari della mia mente
soffiano forte i venti...

E dopo un po' una lacrima le sgorgò tra le palpebre chiuse, perché la mia voce ha una magia che può evocare pianto o riso. Cantai fino a quando non ebbi la gola secca e le dita indolenzite. Allora posai la chitarra e continuai a guardare Sally. Senza aprire gli occhi, lei girò leggermente la testa verso di me.

« Parlami di te e di Louren Sturvesant », disse. « Vorrei capire. »

La domanda mi colse di sorpresa e per un attimo rimasi in silenzio. Lei aprì gli occhi.

« Scusami, Ben. Non sei obbligato a... »

« No », risposi in fretta. « Voglio parlarne. Vedi, penso che ti sia sbagliata sul suo conto. Non credo che si possa usare un metro normale con loro... con gli Sturvesant. Louren e suo padre... quando era vivo, cioè. Mio padre lavorava per loro. Morì di dolore un anno dopo mia madre. Il signor Sturvesant aveva sentito parlare dei miei risultati negli studi, e naturalmente mio padre era stato un dipendente fedele. Siamo relativamente numerosi, noi 'orfani Sturvesant.' E abbiamo quanto c'è di meglio. Io studiai a Michaelhouse, la stessa scuola di Louren. Un ebreo in una scuola di religiosi cristiani e per giunta deforme... Puoi immaginare che cosa passai. I ragazzini sono dei piccoli mostri spietati. Louren, una volta, dovette tirarmi fuori dall'orinatoio dove quattro di loro cercavano di affogarmi. Li riempì di botte, e da allora fui sotto la sua protezione. Sempre. È lui che finanzia questo Centro, fino all'ultimo penny. All'inizio lo faceva per me, ma a poco a poco si è lasciato coinvolgere. È il suo hobby e la mia vita... rimarrai sorpresa quando scoprirai quanto se ne intende. Ama questa terra come l'amiamo io e te. È preso dalla sua storia e dal suo futuro più di quanto riusciremo mai a esserlo noi... » M'interruppi perché mi fissava come se volesse trapassarmi l'anima.

« Tu lo ami, Ben, non è così? »

Arrossii e abbassai gli occhi. « Cosa vorresti dire? »

« Oh, santo cielo, Ben », m'interruppe Sally, spazientita. « Non sto insinuando che sei frocio. Hai appena dimostrato il contrario. Intendo amore in senso biblico. »

« Per me è padre, protettore, benefattore e amico. L'unico amico che abbia mai avuto. Sì, si può dire che lo amo. »

Sally tese la mano e mi toccò la guancia.

« Cercherò di rendermelo simpatico. Per amor tuo. »

Era ancora buio quando varcammo con la macchina i cancelli del Grand Central Airport. Sal era stretta nel cappotto, silenziosa e chiusa. Io ero stordito dopo una notte d'amore e di parole, senza sonno. I riflettori illuminavano l'hangar privato della Sturvesant all'estremità est della pista e quando ci avvicinammo vidi la Ferrari di Louren nel parcheggio privato, e accanto un'altra mezza dozzina di macchine ultimo modello.

« Oh, Dio », gemetti. « Si è portato dietro tutta la squadra. »

Mi fermai a fianco della Ferrari, e assieme a Sal cominciai a scaricare dal portabagagli tutto l'equipaggiamento. Lei prese il cavalletto e se l'appese alla spalla, e poi con una grande cartella di pergamena in una mano e una cassetta di colori nell'altra passò dal cancelletto girevole dell'hangar. Sarei dovuto andare con lei, naturalmente, ma ero così impegnato a controllare il mio bagaglio che la seguii dopo tre o quattro minuti. Ma ormai era troppo tardi.

Quando entrai nell'hangar illuminatissimo, una fitta mi attanagliò lo stomaco. La lucente sagoma squaliforme del Lear a reazione faceva da sfondo a una scena carica di tensione. Sette dei giovani geni di Louren, abbigliati secondo lo stile casual di rigore, in abiti da safari e giacconi shearling, stavano in cerchio intorno ai protagonisti.

È molto raro che Louren Sturvesant perda la calma, e lo fa solo dopo una lunga, intensa provocazione. Ma in meno di due minuti Sally Benator era riuscita laddove erano falliti molti esperti prima di lei. Louren era fuori di sé per la collera, e i suoi sette G.G. assistevano sgomenti, a bocca aperta.

Sally aveva lasciato cadere l'attrezzatura sul pavimento e, i pugni sui fianchi e le guance rosse, ricambiava ogni occhiata fulminante di Louren.

« Il dottor Kazin mi ha detto che potevo venire. »

« Non m'interessa. Potrebbe averglielo anche detto lo stramaledetto re della stramaledetta Inghilterra. Le ripeto che l'aereo è pieno... e non ho intenzione di trascinarmi dietro una donna nel primo momento di pausa che mi sia capitato in sei mesi. »

« Non sapevo che fosse una gita di piacere... »

« Qualcuno si decide a buttarla fuori? » urlò Louren, e i G.G. si riscossero e tentarono di avanzare. Sally afferrò il pesante cavalletto di legno e lo strinse con entrambe le mani. L'avanzata si bloccò. Mi precipitai ad afferrare Louren per il braccio.

« Ti prego, Lo. Possiamo parlare un momento? » Lo trascinai nell'ufficio... e mi sembrò di aver notato un'espressione di sollievo sul suo volto, come se l'avessi salvato da qualcosa di sgradevole.

« Senti, Lo, mi dispiace terribilmente. Non ho avuto la possibilità di spiegare... »

Cinque minuti dopo Louren uscì dall'ufficio e, senza degnare di un'occhiata Sal e il gruppo degli ammutoliti G.G., salì sul jet. Dopo un momento la sua testa apparve al finestrino dell'apparecchio accanto a quella del pilota mentre si assestava la cuffia.

Mi avvicinai al più giovane dei G.G. e gli riferii gli ordini superiori.

« Il signor Sturvesant mi ha pregato di dirle che deve prenotarsi un volo charter per Gaberones. » Poi mi rivolsi agli altri. « Forse potreste darci una mano con i bagagli. »

Mentre una squadra dei facchini più pagati dell'Africa portava a bordo l'attrezzatura di Sally, lei si pavoneggiava senza ritegno. Riuscii a bisbigliarle un brusco avvertimento.

« Il sedile in fondo », intimai. « E cerca di renderti invisibile. Non lo sai, ma c'è mancato poco. Non solo hai rischiato di non partecipare al viaggio, ma eri quasi riuscita a rimetterci il posto di lavoro. »

Eravamo in volo da dieci minuti quando il pilota venne verso di noi. Ci si fermò accanto e guardò Sal con aperta ammirazione.

« Gesù, signora mia. » E scrollò la testa. « Avrei dato un mese di stipendio per non perdermi la scena. È stata grande. »

Sally, che s'era calmata di colpo dopo la mia predica, si ringalluzzì subito.

« Quando ho a che fare con tipi di quella taglia, non sputo neppure le ossa », dichiarò, e due G.G. che la sentirono si girarono sui sedili con espressioni sbigottite.

Il pilota rise, divertito, e si rivolse a me. « Il capo vuole parlarle, dottore. Scambiamoci il posto. »

Louren stava parlando alla radio con il controllore di volo, ma mi indicò il sedile del secondo pilota. Sedetti e attesi. Louren terminò la trasmissione e si girò verso di me.

« Colazione? »

« Ho già mangiato. »

Non mi badò e mi passò una coscia di tacchino fredda e una grossa fetta di pasticcio di pollo e uova, prendendoli dal cesto che aveva accanto.

« Il caffè è nel thermos. Serviti pure. »

« Hai avuto il tuo prestito di venticinque milioni di sterline? » gli chiesi a bocca piena.

« Sì... nonostante il panico dell'ultimo momento. »

« Non pensavo che avessi bisogno di prestiti, Lo. Ti trovi in difficoltà? »

« Ricerche petrolifere. » Louren rise della mia insinuazione. « Sono sempre un rischio. Io preferisco rischiare con i quattrini altrui, e puntare i miei sulle certezze. » Cambiò argomento con disinvoltura. « Mi dispiace per la deviazione. Lascerò i ragazzi a Gaberones. Hanno una serie di colloqui con il governo del Botswana. Ordinaria amministrazione: si tratta di regolare i dettagli della concessione. Comunque, non è troppo lontano dalla nostra rotta. Poi potremo proseguire da soli. » Addentò il tacchino e continuò a parlare. « Le previsioni meteorologiche sono pessime, Ben. Una fitta coltre di nubi sull'intera area settentrionale. Capita una volta ogni tre anni di avere il cielo co perto sul deserto... ed è successo proprio oggi. Comunque, avremo la possibilità di individuare le colline e le rovine, e, se non ce la faremo, niente di male. Dall'alto non impareremmo comunque nulla. » Era sereno e disinvolto, e non tradiva la rabbia di poco prima. Era capace di scatenarla o trattenerla a piacimento. Parlammo e ridemmo. Conoscevo il suo umore: era entrato nello spirito della vacanza, e l'attendeva con interesse. Città perduta o no, aveva un pretesto valido per recarsi nella zona selvaggia che amava molto.

« Come ai vecchi tempi. Dio, Ben, quant'è passato da quando ce ne andavamo in giro insieme? Devono essere dieci anni. Ricordi il viaggio in canoa lungo il fiume Orange... quando è stato? Nel 1956 o nel 1957? E la spedizione per trovare i boscimani selvaggi? »

« Dovremmo farlo più spesso, Lo. »

« Sì », rispose. Era sincero... come se avesse la possibilità di scegliere. « Dovremmo, ma c'è così poco tempo. Passa troppo in fretta. L'anno prossimo ne avrò quaranta. » La sua voce assunse un tono malinconico: « Dio, se il tempo si potesse comprare con il denaro! »

« Abbiamo cinque giorni », dissi, allontanando la conversazione dalle sabbie mobili. Louren si adeguò. Passò un'altra mezz'ora prima che parlasse di Sally.

« La tua assistente, quella specie di campionessa di lotta libera. Come si chiama? » Glielo dissi.

« Te la fai con lei? » chiese. Lo disse con tanta naturalezza che per un istante non ne afferrai il significato. Poi vidi rosso, sentii il sangue martellarmi alle tempie, una vampata investirmi la gola e la faccia. Credo che sarei stato capace di ucciderlo. Invece mentii con voce turbata e greve.

« No », dissi.

« Tanto meglio », borbottò Louren. « È scatenata. Be', purché non rovini il viaggio. » Se glielo avessi detto allora... ma era una questione troppo privata, troppo privata e fragile per rovinarla con le parole, soprattutto con le parole che lui aveva scelto. Poi il momento passò, e io rimasi seduto, tremante, mentre lui parlava con leggerezza dei cinque giorni che ci attendevano.

Mentre volavamo, le nubi si solidificarono sotto di noi, coagulandosi in una cappa grigio sporco che si estendeva in tutte le direzioni fino all'orizzonte. Attraversammo il confine tra il Sudafrica e lo stato indipendente del Botswana. A Gaberones, quando atterrammo, la coltre era a mille piedi. Sebbene Louren avesse assicurato che presto saremmo ripartiti, c'era una deputazione di alti funzionari governativi che ci invitò a un ricevimento in una sala privata dell'aeroporto. Caldo afoso, bianchi dall'aria assorta che parlavano sottovoce, fittamente, a negri dalle facce lucide e concentrate... e tutti sudavano per il caldo e il whisky, tra le spire del fumo di sigari e sigarette.

Passarono altre tre ore e poi il Lear, con noi quattro a bordo, fendette finalmente le nubi e sfrecciò su, nella luce splendente del sole.

« Uau! » disse Louren. « Una festicciola piuttosto cara. Quel bastardo di Ngelane ha appena alzato il prezzo del suo onore di altre ventimila sterline. Dovrò accontentarlo, naturalmente. Potrebbe mandare tutto a monte. La faccenda deve passare dal suo ministero. »

Louren continuò a volare verso nord con la mappa sulle ginocchia e un cronometro in mano. Il suo sguardo andava dalla bussola all'indicatore delle velocità e poi tornava all'orologio.

« Dunque, Ben. È meglio che lasci i comandi a Roger. Scendiamo nella broda e vediamo. »

Louren e il pilota, Roger van Deventer, tennero i comandi, io e Sal ci puntellammo contro l'entrata della cabina di comando, e il jet discese obliquamente verso lo strato di nubi sporche Qualche spira ci passò accanto, poi all'improvviso il sole scomparve e ci trovammo circondati da una nebbia grigio scura.

Roger pilotava, completamente concentrato sul quadro degli strumenti; via via che l'altimetro si spostava vedevo le sue mani stringersi al volantino. Continuammo a scendere in quel sudiciume grigio. Roger azionò gli alettoni e gli aerofreni e tirò indietro la cloche. Noi tre guardavamo avanti, cercando di avvistare il terreno. Continuammo a scendere. La tensione del pilota si trasformò in paura. Ne sentivo l'odore acre e untuoso. Era come un contagio. Se aveva paura lui, un veterano nell'aria, allora io avevo motivo di terrorizzarmi. All'improvviso mi resi conto che, per non incorrere nella collera di Louren, il pilota sarebbe stato disposto a farci sbattere contro il suolo. Decisi d'intervenire e aprii la bocca. Ma fu inutile.

« Abbiamo superato il punto », borbottò Louren controllando il cronometro. « Risalga, Rog. »

« Mi dispiace, signor Sturvesant, ma questa broda non ha fondo. » Roger lo disse come se sospirasse e fece risollevare il muso del Lear. Diede tutto gas e mollò i freni aerodinamici.

« Niente da fare », mormorai sollevato. « Lascia perdere, Lo. Proseguiamo per Maun. »

Louren si voltò verso di me; e si trovò di fronte Sally, che gli stava alle spalle. Non potevo vederla, ma non era difficile indovinare la sua espressione dal tono con cui chiese sottovoce: « Ha fifa? »

Louren la fissò ancora per un momento, poi sogghignò. Avrei voluto prendere Sally a sculaccioni. La paura devastante che avevo provato un minuto prima si trasformò in un terrore gelido, perché avevo visto altre volte Louren sogghignare in quel modo.

« Okay, Roger », disse lui, e mise la mappa e il cronometro nella tasca accanto al sedile. « Prendo io i comandi. » Il Lear girò su di un'ala nella virata strettissima ed eseguita con tale perfezione che io e Sally vacillammo appena sulle ginocchia per effetto della forza di gravità.

Louren si riportò in assetto orizzontale e continuò a volare così per tre minuti, ripercorrendo la rotta fatta all'andata. Lanciai un'occhiata furtiva al viso di Sally. Aveva gli occhi accesi, le guance arrossate per l'emozione... e fissava davanti a sé, nella nebbia impenetrabile.

Louren virò di nuovo e fece abbassare il muso. Non manovrò cautamente con gli alettoni e la cloche a metà. Si lanciò audacemente, velocemente. Sally cercò la mia mano e la strinse. Io avevo paura ed ero furioso con tutti e due. Ero troppo vecchio per quei giochini. Ma ricambiai la stretta. Per confortare me stesso, non soltanto lei.

« Cristo, Lo! » esclamai. « Vacci piano! » Nessuno mi badava. Roger era inchiodato sul sedile, le mani avvinghiate ai braccioli, lo sguardo fisso in avanti. Louren era ingannevolmente rilassato ai comandi mentre ci lanciava incontro a un pericolo mortale, e Sally... accidenti a lei, sorrideva, sorrideva e stringeva la mia mano gelida come una bambina sull'ottovolante.

All'improvviso ci trovammo nella pioggia, fili e serpi perlacee di pioggia che si attorcevano sul parabrezza di perspex arrotondato. Cercai ancora di protestare, ma la voce era incastrata nella gola arida. Fuori, adesso, c'era un vento che schiaffeggiava il Lear, le ali oscillavano. Avevo voglia di piangere. Non mi andava di morire, proprio adesso. Il giorno prima sarebbe stato accettabile; ma, dopo l'ultima notte...

Ancora prima che i miei sensi se ne rendessero conto, Louren aveva avvistato il suolo e interrotto la discesa a capofitto del jet. Con un sussulto smorzato che gettò me e Sally uno contro l'altra ci portò in assetto orizzontale.

Fu ancora più terrificante della caduta cieca attraverso lo spazio. I contorni scuri e nebulosi delle cime degli alberi bassi saettarono vicinissimi alle punte delle ali mentre davanti a noi, attraverso la nebbia causata dalla pioggia, ogni tanto incombeva un grande baobab e Louren sollevava il jet quanto bastava per superare i rami protesi. Trascorsero alcuni secondi lunghi quanto una vita intera: poi all'improvviso le coltri sporche della pioggia e delle nubi si scostarono e noi irrompemmo in uno squarcio.

Proprio davanti a noi, sulla nostra rotta e inondato dalla luce acquosa del sole, stava un bastione di dirupi rossi. Fu soltanto una visione fuggevole di roccia che piombava verso di noi; poi Louren fece impennare l'apparecchio e le rupi parvero sfiorare il ventre del jet, mentre Louren si girava sul sedile per osservarci. Notai con rabbiosa soddisfazione che lui e Sally avevano un colorito leggermente verdognolo. Si guardarono in faccia per un momento. Poi Louren proruppe in una risata.

« Guardate la faccia di Ben! » esclamò. E Sally dovette pensare che ero molto buffo. Quando finirono di ridere, lei chiese, ansiosa:

« Qualcuno ha visto le rovine? Io ho appena intravisto le rupi, ma qualcuno ha visto le rovine? »

« L'unica cosa che ho visto », mormorò Roger, « è stata una fifa porca. » Lo capivo benissimo.

Le nubi si andavano squarciando quando arrivammo a Maun. Roger ci fece passare attraverso un varco e atterrò con prudenza. Peter Larkin era ad attenderci.

Peter è uno dei pochi rimasti della sua specie. È un anacronismo con tanto di cartuccere incrociate sul petto sopra la giacca da safari e i calzoni infilati negli stivali. Ha una gran faccia rossa e carnosa e mani enormi, con l'indice destro sfregiato dal rinculo dei fucili pesanti. Il suo unico livello di comunicazione è una voce urlata e stridula, arrochita dal whisky. Non ha sentimenti e ha pochissima intelligenza, quindi non conosce paura. Ha vissuto tutta la sua vita in Africa, ma non si è mai preso il disturbo d'imparare un dialetto locale. Usa la lingua franca del Sudafrica, il *fanagalo* bastardo, e sottolinea i suoi argomenti con calci e pugni. La sua conoscenza degli animali è limitata al modo di trovarli e al punto dove mirare per ucciderli. Eppure ha qualcosa di attraente, con quella sua aria elefantesca e un po' cialtrona.

Mentre la sua squadra carica il nostro materiale sui camion, Peter grida amabili scempiaggini a me e Louren.

« Mi piacerebbe venire con voi. Ma domani mi arriva una comitiva di americani, con un bel sacco di dollari. Non mi ha dato un gran preavviso, signor Sturvesant. Però le mando i miei ragazzi migliori. A sud piove in abbondanza, c'è una quantità di selvaggina nell'area. In questa stagione dovreste trovare i *gemsbok*. E anche *jumbo*, naturalmente, e non mi stupirei se trovaste un *simba* o due... »

Mi dà la nausea sentir chiamare gli animali con quei nomignoli, soprattutto quando lo scopo è ammazzarli con un fucile ad alta velocità. Andai a raggiungere Sally, che sovrintendeva al carico della nostra attrezzatura.

« È già l'una passata », protestò. « Quando ci muoviamo? »

« Probabilmente stasera arriveremo fino all'estremità del Makarikari Pan. Sono circa trecentoventi chilometri su una strada piuttosto buona. Domani ci addentreremo nel *bush*. »

« Ernest Hemingway viene con noi? » chiese Sally, lanciando a Peter Larkin uno sguardo disgustato.

« Non avremo questa fortuna », l'assicurai. Cercavo di farmi un'idea di quelli che dovevano accompagnarci. Due autisti: la loro condizione sociale superiore era indicata dalle camicie bianche, i calzoni grigi lunghi e gli scarponi, e le sciarpe annodate al collo. Uno per ciascuno dei camion da tre tonnellate. Poi c'era il cuoco, grasso a forza di assaggiare manicaretti, con la pelle lustra grazie al buon nutrimento. Due armieri nodosi e con i capelli grigi, che avevano scrupolosamente separato i fucili da caccia di Louren dal resto dei bagagli, li avevano tolti dalle custodie e adesso li accarezzavano amorevolmente. Erano l'élite, e non partecipavano all'attività convulsa dei *camp boys*, i ragazzi che si occupavano della nostra roba. Erano quasi tutti bamangwato: ascoltai per qualche istante le loro chiacchiere. Gli armieri erano matabele, com'era prevedibile, gli autisti shangaan. Bene, avrei capito ogni parola pronunciata durante la spedizione.

« A proposito, Sal », dissi a voce bassa. « Non lasciar capire che parlo le loro lingue. »

« Perché? » Mi guardò sorpresa.

« Vorrei controllare quello che succede; e se sapessero che li capisco, non fiaterebbero. »

« Imbroglione! » Mi fece una smorfia. Non credo che avrei riso se fosse stato un altro a dirmelo. Era un po' troppo vicino alla verità. Andammo a salutare Roger, il pilota.

« Non spaventi i leoni », disse Roger a Sally. Evidentemente lei aveva fatto un'altra conquista. Roger risalì sul jet, e noi restammo in gruppo a guardarlo mentre si portava all'estremità della pista, decollava e s'involava verso il sud.

« Cosa stiamo aspettando? » chiese Louren.

« Già, che cosa? » confermai.

Louren si mise al volante della Land-Rover e io mi arrampicai accanto a lui. Sally prese posto dietro, sulle panche, con gli armieri.

« Con voi due... mi sento molto più sicuro a terra », dissi.

La strada scorreva attraverso una zona di arbusti bassi e di baobab, arida e bruciata dal sole. La Land-Rover sollevava una nube bianca di polvere e i due camion ci seguivano a distanza per darle il tempo di ricadere.

Ogni tanto dovevamo attraversare qualche ripido letto di fiume, asciutto e ingombro di pietre, e a volte incontravamo villaggi di casupole d'argilla con i tetti d'erba, dove bambinetti dalle pance sporgenti si schieravano lungo la strada a sbracciarsi e a cantare come se fossimo visitatori principeschi. Sally restò ben presto senza spiccioli; glieli buttava per vedere come si affannavano per afferrarli, e batteva le mani divertita. Quando cominciò a lanciare dal finestrino anche il nostro pranzo, tirai fuori la chitarra per distrarla.

« Canta qualcosa di allegro, Ben », mi disse.

« Allegro e scollacciato », soggiunse Louren. Credo che lo dicesse per punzecchiarla, o forse per metterla alla prova.

« Sì », approvò subito Sally. « Qualcosa di allegro e scollacciato. »

Attaccai la saga di Wild, Wild Duck: Sal e Louren gridavano a squarciagola il ritornello al termine di ogni strofa.

Quel primo giorno ci comportammo come ragazzini a una scampagnata, e viaggiammo abbastanza in fretta fino al bacino. Il sole era una grande sfera di fuoco fra le nubi sbrindellate all'orizzonte, quando arrivammo al limitare del bacino; Louren fermò la Land-Rover e noi scendemmo ad aspettare i camion e guardammo con reverenza la tetra, luccicante pianura salata che si estendeva a perdita d'occhio.

Appena arrivati, i camion vomitarono il carico di servitori negri ancor prima d'essersi fermati del tutto. In soli diciassette minuti e mezzo costoro avevano rizzato le tende e preparato le brande, e noi tre eravamo seduti intorno al fuoco a bere il Glen

Grant con ghiaccio nei bicchieri appannati. Dal fuoco della cucina arrivava il profumo stuzzicante del « piatto del cacciatore », che il cuoco stava riscaldando con l'aggiunta di aglio e origano. Larkin ci aveva dato una squadra di uomini efficienti e allegri; e dopo mangiato si radunarono intorno al loro fuoco, a una cinquantina di metri da noi, e allietarono la notte con vecchie canzoni di caccia.

Io ascoltavo distrattamente un po' quelle canzoni e un po' l'accalorata discussione tra Sal e Louren. Avrei potuto avvertire Sally che lui faceva la parte dell'avvocato del diavolo per il gusto di punzecchiarla; ma era piacevole quella schermaglia tra due persone intelligenti. Ogni volta che la discussione minacciava di degenerare in insulti e violenze fisiche, io un po' controvoglia intervenivo per riportarli su un terreno più sicuro.

Sally difendeva con fermezza le premesse del mio libro *Ophir*, che postulavano un'invasione dell'Africa centromeridionale da parte di coloni fenici o cartaginesi intorno al 200 a.C., dove rimasero fin verso il 450 d.C., prima di scomparire all'improvviso.

« A quei tempi non potevano essere attrezzati per un simile viaggio di esplorazione », obiettò Louren. « E tanto meno per fondare una colonia... »

« Potrà constatare, signor Louren, che Erodoto parla della circumnavigazione dell'Africa al tempo del re egiziano Neco. La spedizione fu guidata da sei navigatori fenici già intorno al 600 a.C. Partirono dalla punta estrema del Mar Rosso e dopo tre anni ritornarono passando per le Colonne d'Ercole. »

« Fu un unico viaggio, » ribatté Louren.

« Non fu un unico viaggio, signor Sturvesant. Intorno al 460 a.C. Annone partì da Gibilterra e raggiunse un punto meridionale sulla costa occidentale dell'Africa; tornò in patria con tanto avorio e tanto oro ottenuti per mezzo del baratto da stimolare l'appetito di tutti i mercanti avventurieri. »

Louren continuò a contestare le date. « Come può parlare del 200 a.C. quando le più antiche datazioni, fatte con il carbonio, delle fondamenta di Zimbabwe non sono anteriori alla metà del quinto secolo dopo Cristo? »

« Non stiamo parlando di Zimbabwe, ma della cultura che la precedette », replicò Sally. « Zimbabwe potrebbe essere stata costruita verso la fine del regno degli Antichi, e probabilmente fu occupata solo per un tempo molto breve prima della loro scomparsa; ciò corrisponderebbe perfettamente alla sua datazione al carbonio, intorno al 450 d.C. E poi, la datazione con il carbonio delle antiche miniere di Shala e Inswezwe mostra risultati al 250 e al 300 a.C.» Quindi concluse, con bella logica femminile: «E comunque la datazione con il carbonio non è poi tanto esatta. Potrebbe esserci uno scarto di vari secoli».

«Le miniere erano dei bantu», dichiarò Louren. «E così Caton-Thompson e, naturalmente, Summers in tempi più recenti...»

Sally partì all'attacco. «E i bantu, che probabilmente arrivarono nell'area solo intorno al 300 d.C., si scoprirono all'improvviso il genio della prospezione e questo gli permise di individuare i filoni metallici dove non ne appariva traccia sotto forma di oro o rame visibile? E nel contempo misero a punto le cognizioni scientifiche che li pose in grado di estrarre duecentocinquanta milioni di tonnellate di minerale dalla roccia a notevole profondità? Ricordi che prima non avevano mai dimostrato di possedere simili capacità. E poi, crede davvero che le dimenticarono o smisero di servirsene per altri mille anni?»

«Be', i mercanti arabi... loro potrebbero...» obiettò Louren, ma Sally non gli diede ascolto.

«Perché estraevano il minerale con tanto rischio e tanto spreco d'energie? Per i bantu l'oro non ha valore: il loro metro di ricchezza è il bestiame. Dove avevano imparato a lavorare la pietra e a usarla per costruire? I bantu non l'avevano mai fatto. Eppure, all'improvviso, quest'arte apparve già perfezionata; ma poi, anziché affinarsi, si deteriorò rapidamente e andò perduta.»

Con finta riluttanza, Louren batté in ritirata di fronte agli assalti di Sally; tuttavia tentò un'ultima resistenza quando cominciarono a discutere la mia teoria a proposito dell'incursione avvenuta dall'ovest anziché dall'est. Louren aveva letto i giudizi e le argomentazioni di tutti i miei detrattori e di tutti i miei critici, che adesso ripeté.

Secondo la teoria comunemente accettata, il punto d'entrata era la costa di Sofala oppure la foce dello Zambesi. Io avevo esposto una teoria diversa, basata sull'evidenza dei primi accertamenti e dei miei scavi; un popolo del Mediterraneo aveva lasciato quel mare passando dalle Colonne d'Ercole, aveva disceso la costa occidentale dell'Africa e probabilmente aveva creato posti di scambio sulla Costa d'Oro e d'Avorio e della Nigeria, fino a quando, spingendosi al sud, aveva incontrato un territorio spopolato. Ritenevo che questo fosse avvenuto alla foce di un fiume che in seguito s'era inaridito o insabbiato oppure aveva cambiato corso: un fiume che scaricava in mare le acque di quelli che allora dovevano essere gli enormi laghi di Makarikari, Ngami, e altri poi scomparsi nel progressivo inaridimento dell'Africa meridionale. Quel popolo era entrato nel fiume, forse il Cunene o l'Orange, l'aveva risalito fino alla sorgente e di là aveva mandato per via terra i suoi esperti in metalli che trovarono le antiche miniere di Manica... e chissà, forse scoprirono i diamanti tra la ghiaia dei laghi e dei fiumi. Senza dubbio avevano dato la caccia agli innumerevoli elefanti che popolavano quella zona. C'era una ricchezza sufficiente per giustificare la fondazione di una città, di un posto di scambio, una grande fortezza cinta da mura. Dove potevano aver ubicato la città? Senza dubbio al limite del loro percorso via acqua. Forse sulle rive del lago più lontano, il Makarikari? Oppure sul lago che un tempo occupava lo spazio dell'attuale, grande piana salina?

Sally e Louren discutevano con acredine e rabbia crescenti. Sally gli diede dell'« individuo impossibile » e lui replicò chiamandola « saputella presuntuosa ». Poi, all'improvviso, Louren capitolò; e un attimo dopo cominciammo allegramente a pregustare la scoperta della città perduta del Makarikari.

« Il lago doveva estendersi almeno ottanta chilometri oltre i confini dell'attuale bacino », osservò Louren. « Appena un secolo fa, Burchell descrisse il lago Ngami come un mare interno, e adesso è una pozzanghera che si può scavalcare con un salto. È molto probabile che l'antico lago si estendesse fino ai piedi delle colline dove si trovano le nostre rovine. Abbiamo prove in abbondanza del progressivo inaridimento dell'Africa meridionale: basta leggere Cornwallis Harris, che descrive foreste e fiumi oggi scomparsi. »

« Ben. » Sally mi afferrò il braccio, emozionata. « La forma a mezzaluna della città... ricordi che mi sconcertava un po'? Potrebbe essere la forma dell'antico porto, che seguiva la riva? »

« Dio », mormorò Louren. « Non vedo l'ora che venga domani. »

Era mezzanotte passata e le bottiglie di whisky avevano subìto un tremendo salasso prima che Louren e Sally andassero nelle rispettive tende. Sapevo che non sarei riuscito a dormire, e quindi lasciai il campo; passai accanto al fuoco intorno al quale dormivano i servitori avvolti nelle coperte. Mi avventurai sulla superficie del bacino. Le stelle illuminavano d'un grigio spettrale il sale che scricchiolava sotto i miei passi. Camminai a lungo, e a un certo punto mi fermai per ascoltare il ruggito lontano di un leone dal margine del *bush*. Quando tornai al campo, vidi che nella tenda di Sally la lanterna era ancora accesa; la sua silhouette spiccava ingrandita sulla tela chiara, un grande ritratto scuro del mio amore. Leggeva, seduta a gambe incrociate sulla branda. Mentre la guardavo, però, tese il braccio e spense la lanterna.

Attesi per un po', facendomi coraggio, poi mi avvicinai con il cuore che minacciava di esplodermi nel petto deforme.

« Sal? »

« Ben? » rispose lei con un sussurro.

« Posso entrare? » Sally esitò prima di rispondere.

« D'accordo... solo per un minuto. »

Entrai nella tenda. Nell'oscurità la sua camicia da notte era una macchia chiara. A tentoni le cercai il viso e le toccai la guancia.

« Sono venuto a dirti che ti amo », bisbigliai. Sentii la sua esclamazione soffocata nell'oscurità. Quando rispose, la sua voce era gentile.

« Ben. Caro, caro Ben. »

« Vorrei stare con te, stanotte. »

C'era un tono di rammarico nella sua voce. « No, Ben. Lo saprebbero tutti. E non voglio. »

Il mattino incominciò così com'era terminato il giorno precedente. Tutti erano d'ottimo umore e ridevano facendo colazione. I servitori scherzavano mentre smontavano il campo e caricavano i camion... e prima delle sette lasciammo la strada per seguire il bordo del Pan. La Land-Rover procedeva in testa e i camion ci seguivano tra gli arbusti e l'erba ispida e attraverso i burroni aridi che scendevano tortuosamente verso l'antico lago.

Eravamo partiti da un'ora quando scorsi qualcosa di chiaro che si muoveva più avanti; tre maestosi *gemsbok* balzarono sul bacino e si allontanarono al trotto. Si muovevano pesantemente, come cavallini grassi, e i manti quasi violacei e le complesse maschere bianche e nere spiccavano nitidi sul grigio della superficie salina.

Louren bloccò la Land-Rover e, con il perfetto tempismo del vecchio professionista, l'armiere matabele gli mise tra le mani l'Holland & Hollam 375 Magnum. Louren corse via, tenendosi dietro la frangia d'erba che orlava il margine del bacino.

« Ha intenzione di ucciderli? » chiese Sally con un tono quasi infantile. Io annuii, e lei insistette: « Ma perché... perché? »

« Gli piace. »

« Ma sono così belli », protestò Sally.

« Sì », ammisi. Sul bacino, a circa seicento metri dalla Land-Rover, i *gemsbok* s'erano fermati. Stavano di fianco, rispetto a noi, e ci fissavano intenti, a testa alta, con le corna erette.

« Che cosa fa? » Sal indicò Louren che continuava a correre fra l'erba.

« Rispetta le regole », spiegai. « È vietato sparare a meno di cinquecento metri da un veicolo. »

« Molto sportivo », mormorò Sally. Si morse le labbra e girò lo sguardo da Louren ai *gemsbok* lontani. Poi, all'improvviso, balzò dalla Land-Rover e si arrampicò sul cofano. Si portò le mani alla bocca e gridò:

« Scappate, stupidi! Scappate, accidenti! »

Si tolse il cappello e lo agitò nell'aria; saltellava sul cofano e urlava come un fantasma annunciatore di morte. Sul bacino, i *gemsbok* si lanciarono nella corsa allontanandosi diagonalmente da noi al galoppo. Guardai Louren, e lo vidi mentre si lasciava cadere seduto, con i gomiti puntellati sulle ginocchia, la testa china sul mirino telescopico. Il fucile sussultò, il fumo eruttò dalla canna... ma passarono circa due secondi prima che ci arrivasse il suono dello sparo. Sul bacino, il primo dei *gemsbok* scivolò in avanti e ruzzolò in una nuvola di polvere bianca. Louren sparò di nuovo e il secondo animale stramazzò scalciando. L'ultimo proseguì da solo la fuga.

Dietro di me, il vecchio armiere si rivolse all'altro, parlando in sindebele. « Ouh! È un vero uomo. »

Sally scese dal cofano e restò seduta in silenzio, mentre portavo la Land-Rover a raggiungere Louren. Lui consegnò il fucile all'armiere, e mentre gli cedevo il volante, l'odore acre della cordite riempì l'abitacolo. Lanciò un'occhiata a Sally. « Grazie », disse. « Mi piace di più sparare alla selvaggina in corsa. »

« Perché non li ha ammazzati tutti e tre? » Il tono di Sally era neutrale, privo di rancore.

« La licenza permette di ucciderne solo due. »

« Cristo! » esclamò Sally, con una voce divenuta di colpo carica d'indignazione e di collera. « Commovente. Non capita spesso di conoscere un vero gentiluomo. »

E Louren ci portò con la Land-Rover fino agli animali uccisi. Mentre i servitori li scuoiavano e li tagliavano a pezzi, Sally rimase sul sedile posteriore con il viso distolto, il cappello calcato sulla fronte, e gli occhi fissi su un libro.

Io stavo accanto a Louren, nella luce sfolgorante del sole intensificata dal riverbero della bianca superficie salina, e guardai gli armieri che praticavano incisioni nella pelle e scuoiavano i *gemsbok* con abilità di chirurghi.

« Potevi avvertirmi che era una di *quelli* », mi disse rabbiosamente Louren. « Comincio a pentirmi di averti dato retta e di averla lasciata venire con noi. »

Non risposi, e lui incalzò. « Quasi quasi la rispedisco a Maun con uno dei camion. » Era un suggerimento tanto assurdo che non mi scomposi, e Louren continuò: « È la tua assistente... cerca di tenerla un po' a freno, per favore! »

Mi allontanai per dargli tempo di calmarsi, e presi la custodia della mappa dal sedile accanto a dov'era Sally. Lei non alzò gli occhi dal libro. Girai intorno al veicolo e aprii la mappa aeronautica sul cofano. Due minuti dopo, Louren mi raggiunse. La navigazione è una delle sue passioni, e si considera un grande esperto.

« Lasceremo il bacino a questo punto. » Indicò dove il letto di un fiume prosciugato si immetteva nell'estremità orientale del bacino salino. « E proseguiremo orientandoci con la bussola. »

« Che tipo di terreno incontreremo? »

« Molto probabilmente *veld* sabbioso. Non ci sono mai stato. »

« Chiediamolo agli autisti », proposi.

« Buona idea. » Louren li chiamò; anche gli armieri, che avevano finito il lavoro da esperti e avevano lasciato il resto ai *camp boys*, ci raggiunsero com'era loro diritto.

« Vogliamo andare qui. » Louren indicò sulla mappa. « Queste colline. Non c'è scritto un nome, ma seguono la linea del bordo del bacino, così. »

Gli autisti impiegarono qualche istante per orientarsi sulla carta; poi tutti e due cambiarono espressione. Avevano l'aria di non comprendere.

« Che tipo di terreno c'è tra il bacino e le colline? » chiese Louren. Non s'era accorto della trasformazione. Gli autisti si scambiarono occhiate furtive.

« Allora? » chiese Louren.

« Non conosco quel territorio, non ho mai sentito parlare di quelle colline », mormorò Joseph, l'autista più anziano. Poi si smentì subito. « Comunque c'è tanta sabbia e ci sono letti di fiumi che non si possono attraversare. »

« Non c'è acqua », confermò David, il secondo autista. « Non ci sono mai stato. Anch'io non ho mai sentito parlare di quelle colline. »

« Che cosa cercano i bianchi? » chiese in sindebele l'armiere più anziano. Evidentemente, per lui le mappe non avevano significato.

« Vogliono andare a Katuba Ngazi », spiegò in fretta l'autista. Ormai erano tutti convinti che io e Louren non conoscessimo la loro lingua e che quindi potessero parlare liberamente di fronte a noi. Era la prima volta che sentivo pronunciare quel nome. Katuba Ngazi... Colline di Sangue.

« Che cosa gli avete detto? » domandò l'armiere.

« Che non conosciamo il posto. »

« Bene », confermò l'armiere. « Ditegli che là non ci sono elefanti, che gli animali selvatici sono tutti a sud del bacino. » L'autista riferì doverosamente, e rimase deluso nel vedere che non ci lasciavamo scoraggiare.

« Bene », disse amabilmente Louren. « Oggi imparerete qualcosa di nuovo. Vedrete per la prima volta quelle colline. » Arrotolò la mappa. « Adesso caricate la carne, e andiamo. »

In cinque minuti l'atmosfera della spedizione era cambiata. Sally e il personale ausiliario erano immersi nello sconforto più profondo. I sorrisi e gli scherzi erano finiti; c'erano facce imbronciate e conciliaboli. Il ritmo del lavoro si ridusse e ci volle quasi mezz'ora per caricare i *gemsbok* fatti a pezzi. Intanto, io condussi Louren lontano dal gruppo, in modo che nessuno potesse sentirci, e gli riferii il dialogo che si era svolto tra gli africani.

« Le Colline di Sangue! Magnifico! » esclamò Louren. « Allora quasi sicuramente sanno delle rovine... è molto probabile che per loro siano tabù. »

« Sì », confermai. « Ma adesso dovremo tenere gli occhi aperti, perché tenteranno di sabotare il viaggio. Guardali. » Ci voltammo a guardare gli uomini che si muovevano al rallentatore, come sonnambuli. « Secondo me, per arrivare alle Colline di Sangue impiegheremo molto più tempo di quanto avevamo calcolato. »

Lasciammo di nuovo il bacino, perché è pericoloso procedervi: vi sono tratti molli sotto la crosta, e un veicolo può sprofondare. Seguimmo il bordo di terreno solido e sabbioso. Attraversammo un altro burrone scosceso e proseguimmo per venti minuti prima di accorgerci che i due camion non ci seguivano. Dopo aver atteso per dieci minuti fremendo d'impazienza, tornammo indietro fino al letto del fiume inaridito.

Un camion penzolava sull'orlo del burrone, una ruota anteriore e una posteriore sospese nel vuoto e il ventre arenato. L'altro camion era fermo poco lontano, e quattordici uomini stavano lì intorno, seduti o in piedi, senza fare il minimo tentativo di liberare il veicolo bloccato.

« Joseph? » gridò Louren all'autista. « Com'è successo? »

Joseph alzò le spalle con indifferenza; ma stentava a nascondere la soddisfazione.

« Bene, signori, tiriamolo via », propose Louren in tono ironico. Mezz'ora dopo, nonostante i fiacchi sforzi di tutti i quattordici e nonostante il vistoso zelo con cui Joseph azionava le marce e faceva rombare il motore, il camion era ancora in bilico sull'orlo del burrone. Alla fine tutti uscirono dalla gola e guardarono con interesse me e Louren.

« Okay, Ben? » Louren si rivolse a me e cominciò a sbottonarsi la giacca.

« D'accordo, Lo », risposi. Era un piacere osservare che Louren s'era tenuto in forma perfetta. Era solido come una roccia, e senza un filo di grasso. La massa dei muscoli spiccava nitida, ben distribuita sul suo metro e novanta di statura.

Io non mi tolsi la camicia. Il mio corpo, sebbene abbia la stessa efficienza di quello di Louren, non è altrettanto piacevole da guardare.

« Prima il muso », suggerì Louren.

Il camion era stato scaricato, il serbatoio era pieno per metà; calcolai che la parte anteriore doveva pesare più di mezza tonnellata. Mulinai le braccia mentre consideravo il problema e sciolsi i muscoli per scaldarli. I servitori avevano un'aria sconcertata; uno rise. Sally posò il libro e scese dalla Land-Rover per assistere alla scena.

Io e Louren ci piazzammo davanti al camion e ci chinammo, appoggiammo con cura le mani, piegammo le ginocchia e allargammo un po' le gambe.

« Fino in fondo, amico? »

« Fino in fondo, Lo. » Ricambiai il suo sorriso, e cominciammo a sollevare. Incominciai adagio adagio, contraendo a poco a poco i muscoli per affrontare lo sforzo, lasciando che venisse assorbito dalle spalle, le cosce e il ventre. Era una massa morta, e io cominciavo a consumare le riserve, e sentivo la tensione trasformarsi in sofferenza, sentivo il respiro cominciare a bruciarmi la gola.

« Via », borbottò Louren; e io mi concentrai, tendendomi mentre vortici di stelle cominciavano ad apparirmi davanti agli occhi. La parte anteriore del camion si sollevò nelle nostre mani e io sentii le esclamazioni sbalordite degli spettatori.

Sollevammo il muso dal burrone, poi ci portammo dietro e facemmo altrettanto. Infine scoppiammo a ridere, una risata dapprima tremula ma poi travolgente. Louren mi passò il braccio intorno alla spalla e mi condusse a fronteggiare i nostri accompagnatori che avevano tutti un'aria impacciata e inquieta.

« Voi... » disse Louren, continuando a ridere, « siete un branco di fragili vecchiette e di verginelle sciocche. Traduci le mie parole, Joseph. »

Notai che Joseph fece una traduzione esatta della frase.

« E tu, Joseph, sei uno stupido. » Louren si scostò da me, con un passo rapido ed elegante, e lo colpì con uno schiaffo in testa. Il suono fu fortissimo e la forza del colpo fece girare Joseph su se stesso, prima che piombasse a terra. Si sollevò a sedere, stordito; un filo di sangue gli scorreva dall'angolo della bocca, dove i denti erano affondati nel labbro inferiore.

« Come vedete, sto ancora ridendo », dichiarò Louren agli ascoltatori sbigottiti. « Non mi sono ancora arrabbiato. Pensate a quel che può succedere a chi mi fa arrabbiare davvero. »

Il camion fu ricaricato con grande sollecitudine, e proseguimmo.

« Bene », commentò Sally. « Potremo contare sulla massima cooperazione per il resto del viaggio. Perché il grande buana bianco non ha usato uno *sjambok*, invece di sporcarsi le mani? »

« Spiegaglielo, Ben. » Louren non si voltò a guardarci mentre parlavo frettolosamente a Sally della campagna di ostruzionismo che ci stava ostacolando.

« Sono sicuro che a Louren ha fatto piacere picchiare quell'uomo, Sal. Però aveva bloccato il camion di proposito. Ci restano tre giorni e mezzo per arrivare alle Colline di Sangue, e non possiamo permetterci altri scherzi del genere. »

Sally dimenticò immediatamente la sua preoccupazione per Joseph. « Le Colline di Sangue », mormorò. « Mio Dio, evoca visioni di sacrifici umani e... »

« Con ogni probabilità è soltanto il colore delle rupi », suggerii.

« E il tabù », continuò lei senza badarmi. « Dev'essere a causa delle rovine. Oh, Dio, me lo sento nelle ossa... templi colmi di tesori, reliquie, documenti scritti di una civiltà, tombe, armi... »

« Spero che noterai la mentalità scientifica e obiettiva della mia assistente », dissi a Louren, e lui sorrise.

« Mi secca da matti, ma per una volta la penso anch'io come lei », ammise Louren.

« Per una volta reagisce da persona intelligente, tesoro », lo rimbeccò Sally.

Alle due del pomeriggio raggiungemmo il punto all'estremità orientale del bacino da dove potevamo avventurarci verso le colline orientandoci con la bussola; e quasi subito ci rendemmo conto che non le avremmo raggiunte in giornata. Il terreno era difficoltoso, la sabbia del *veld* azzannava le ruote dei veicoli e ci costringeva a procedere con le marce basse. Per cinque o sei volte i camion sprofondarono nella sabbia e per tirarli fuori dovemmo sfruttare la trazione a quattro ruote motrici della Land-Rover. Ogni volta che succedeva, l'autista e gli uomini si profondevano in parole di scusa.

La sabbia aveva assorbito ogni traccia delle piogge recenti, che però si rivelavano nel verde dei rovi e delle acacie... e ancora più vistosamente nei fiori selvatici che erano spuntati dovunque a grandi chiazze.

Semi e bulbi erano rimasti addormentati per tre lunghi anni di siccità, in attesa di quel momento di rigoglio... e adesso il cremisi ardente del fuoco-di-re-Chaka brillava tra le distese di margherite-di-Namaqua. Gigli stellati, eriche, gazanie dorate e altre venti varietà formavano uno spettacolo regale e contribuivano ad alleviare la frustrazione della nostra avanzata lentissima.

A ogni sosta forzata, lasciavo a Louren il compito di imprecare e di agitarsi, e mi allontanavo dai veicoli con la mia macchina fotografica.

Il tramonto ci trovò a venticinque chilometri dalle colline; e quando mi arrampicai sui rami più alti dell'acacia sotto la quale ci eravamo accampati, scorsi il loro profilo basso sull'orizzonte orientale. Le rupi rispecchiavano gli ultimi raggi del sole e splendevano d'un rosso arancio. Sedetti sulla biforcazione del tronco e le guardai fino a quando il sole calò e le colline si dileguarono nel cielo scuro.

Uno strano stato d'animo s'impadronì di me. Un senso mistico di presagio fatidico mi pervase come una languida malinconia... un senso di disagio e d'inquietudine.

Quando ridiscesi, Louren era solo accanto al fuoco. Fissava le fiamme e beveva whisky.

« Dov'è Sally? » chiesi.

« È andata a letto. Di pessimo umore. Abbiamo avuto una discussione sugli sport sanguinari e sulle botte ai negri. » Louren lanciò un'occhiata verso la tenda che brillava della luce d'una lanterna. Intorno al loro fuoco i servitori non cantavano, mentre io e Louren mangiavamo fegato e pancetta di *gemsbok* alla griglia, innaffiati da vino rosso del Capo. Dopo aver mangiato, restammo seduti in silenzio per un po' e finimmo il vino.

« Sono esausto », dichiarò poi Louren, e si alzò. « Chiamerò Larkin. Ho promesso di farmi vivo ogni due sere. A domattina, Ben. »

Lo guardai raggiungere la Land-Rover e mettere in funzione la ricetrasmittente. Poi sentii la voce d'alcolizzato di Larkin fra i ronzii e i crepitii delle scariche. Ascoltai per qualche minuto mentre Louren faceva il suo rapporto. Dopo un po' mi alzai anch'io e mi allontanai dal fuoco.

Ancora agitato e inquieto, mi avventurai nel buio. Le carcasse dei *gemsbok* avevano attirato nei pressi del campo un branco di iene, che ridevano e urlavano fra gli alberi spinosi. Per prudenza mi tenni vicino al campo. Passai accanto alla tenda di Sally e mi soffermai un poco per trarre conforto dalla sua vicinanza. Poi proseguii verso il fuoco dei servitori. I miei passi non facevano rumore sulla sabbia soffice, e uno dei vecchi armieri stava parlando mentre mi avvicinavo. Gli altri lo ascoltavano attenti, accosciati in cerchio intorno al fuoco basso. Le sue parole mi giungevano chiare e mi stuzzicavano la memoria. Avvertii un fremito lungo la spina dorsale, e dita spettrali mi passarono sulle braccia e sul collo fino a farmi rizzare i capelli.

« Un male da cancellare dalla terra e dalla mente degli uomini, per sempre. »

Erano esattamente le stesse parole che aveva pronunciato Timothy Mageba... le stesse parole ma in una lingua diversa. Fissavo affascinato il volto segnato del vecchio matabele. Fu come se sentisse il mio sguardo, perché alzò gli occhi e mi vide, fermo nell'ombra.

Parlò di nuovo per mettere in guardia gli altri: « Siate prudenti, c'è il ragno », disse. Era il soprannome che mi avevano dato per via del mio torso piccolo e degli arti lunghi. L'avvertimento li liberò dall'incantesimo; scalpicciarono e tossirono sbirciandomi. Mi voltai e mi allontanai, ma non dimenticai le parole del vecchio matabele. Mi turbavano, accentuavano la mia inquietudine.

Adesso la tenda di Sally era buia, e anche quella di Louren. Andai a sdraiarmi sulla mia branda e rimasi sveglio a lungo, ad ascoltare le iene e a domandarmi che cosa ci avrebbe portato l'indomani. Una cosa era certa. Prima di mezzogiorno avremmo saputo se le formazioni visibili nella fotografia erano naturali oppure artificiali. Mi addormentai finalmente con questo pensiero.

Dal sedile anteriore della Land-Rover vedemmo le colline verso le dieci del mattino seguente. Spiccavano d'un color rosso arancio sopra le cime delle acacie più alte, e si estendevano proprio di fronte a noi, più alte al centro dell'orizzonte, e via via digradanti sui due lati.

Diedi il cambio a Louren, presi il volante mentre lui studiava la mappa e la fotografia e mi faceva dirigere verso il punto più alto dei dirupi, sul cui profilo si stagliava, inconfondibile, una macchia di euforbie-candelabro... la stessa che si vedeva chiaramente nella fotografia. Louren la usava come punto di riferimento per orientarsi.

Le rupi erano alte dai sessanta ai novanta metri, pareti rugose e consumate dalle intemperie che salivano quasi a perpendicolo fino alle creste. Più tardi avrei scoperto che erano una varietà di arenaria durissima, fortemente pigmentata da ossidi minerali. Ai piedi delle rupi c'era un bosco di grandi alberi; evidentemente là c'erano acque sotterranee che nutrivano quei giganti. Le radici scoperte erano attorte alla parete rocciosa come pitoni convulsi, e il fogliame fitto e scuro era di gradevole sollievo dopo lo squallido grigio verdastro delle acacie. In un tratto ampio circa ottocento metri, il terreno davanti ai dirupi era parzialmente coperto da arbusti bassi e radi e d'erba pallida.

Guidai la Land-Rover tra le piante, in direzione delle rupi, in un silenzio che diventava più teso di momento in momento. Ci avvicinammo sempre di più alle torreggianti formazioni rosse, fino a quando dovemmo alzare la testa per guardarle.

Fu Sally a rompere il silenzio: « Bene, ormai dovremmo essere all'interno della cinta principale... se esiste ».

Ci fermammo ai piedi delle rocce e smontammo tutti indolenziti per guardarci intorno. Evitavamo di guardarci negli occhi. Non c'era nessuna traccia di città, non c'era un solo blocco di pietra lavorata, o un tumulo di terra rialzato o il profilo di un muro o di una fortezza. Era boscaglia e *kopje* africani, intatti e mai calpestati dagli uomini.

« Siete sicuri che questo sia il posto giusto? » chiese avvilita Sally. Non le rispondemmo. I camion ci raggiunsero e si fermarono. I servitori smontarono a gruppetti, sbirciarono le rupi e parlottarono a voce bassa.

« Bene », disse Louren. « Mentre loro preparano il campo, andremo in esplorazione. Io mi avvierò in quella direzione, voi due nell'altra... Ben, prendi uno dei miei fucili. »

Ci incamminammo lungo la base delle rupi, tra gli alberi silenziosi. A un certo momento spaventammo un branchetto di cercopitechi verdi che stavano fra i rami più alti e che fuggirono con strilli di costernazione. La loro fuga non strappò neppure un sorriso a me e a Sally. Ogni tanto ci fermavamo per esaminare la roccia, ma con scarso entusiasmo e poche speranze. A circa sei chilometri dal campo sostammo per riposare, e sedemmo su un blocco di arenaria che si era staccato dalla parete.

« Ho voglia di piangere », disse Sal. « Davvero. »

« Lo so. Succede anche a me. »

« Ma la fotografia. Accidenti, si vedeva qualcosa. Non pensi che lui abbia voluto farti uno scherzo, vero? »

« No », scossi la testa. « Lo non farebbe mai una cosa simile. Ci teneva quanto noi. »

« E allora, la fotografia? »

« Non lo so. Doveva essere una specie di illusione ottica... l'ombra del dirupo, forse le nubi... »

« Ma quelle configurazioni! » protestò Sally. « Sono geometriche e simmetriche. »

« La luce può fare strani scherzi, Sal », dissi. « Ricorda che la foto è stata fatta alle sei di sera... quasi al tramonto. Con il sole basso che getta ombre, si possono ottenere effetti di ogni genere. »

« Credo sia la delusione più grande della mia vita. » Sembrava sul punto di scoppiare in lacrime. Mi accostai timidamente e la cinsi con un braccio.

« Mi dispiace », dissi. Sally fece una smorfia e mi offrì le labbra perché la baciassi.

« Uau! », disse alla fine. « Complimenti, dottor Kazin. »

« Non hai ancora visto niente. »

« Ho già visto troppo. » Si liberò con gentilezza. « Andiamo, Ben. Torniamo al campo tenendoci lontani dalle rupi. Può darsi che là fuori ci sia qualcosa. »

Ci avviammo a passo lento, nel caldo. Anche lì erano spuntati i fiori, e notai le api che si insinuavano nelle corolle, con le zampette posteriori cariche di polline giallo. Trovammo un crepaccio poco profondo, evidentemente scavato dalle piogge recenti anche se dell'umidità non restava più traccia. Vi discesi ed esaminai gli strati scoperti di pietra e di terra. A un metro dalla superficie, i ciottoli erano tondeggianti, levigati dall'acqua.

« L'ho pensata giusta, Sal », dissi mentre raccoglievo alcuni sassolini e trovavo il guscio di un bivalve incrostato nell'arenaria in formazione. « Questo prova almeno in parte la nostra teoria. Un tempo era il fondo di un lago... Guarda. »

Sal mi raggiunse. « Che cos'è? »

« Un tipo di unionide. Un mollusco africano d'acqua dolce. »

« Mi piacerebbe trovare qualcosa di più esaltante », commentò Sally, e lasciò cadere nella sabbia l'antica conchiglia.

« Sì », ammisi, e uscii dal piccolo crepaccio.

La mia unica giustificazione sta nel fatto che il mio raziocinio era annebbiato dall'intensa delusione e dalle emozioni derivate dai miei rapporti con Sally. Di solito non mi comporto con tanta leggerezza nei confronti degli indizi scientifici, e non mi lascio sfuggire almeno quattro tracce nello spazio di un'ora. Ci allontanammo senza neppure voltarci indietro.

Quando tornammo, sudati e impolverati, il campo funzionava con piena efficienza e sedemmo per pranzare... prosciutto in scatola e birra Windhoek.

« Trovato qualcosa? » chiese Louren. Scuotemmo la testa all'unisono e alzammo i bicchieri di birra.

« È calda! » esclamò disgustata Sally, dopo il primo sorso.

« Il cuoco ha messo in funzione il frigo. Prima di sera sarà fresca. »

Mangiammo in silenzio fino a quando Louren parlò. « Ho chiamato per radio Larkin mentre eravate via. Domani manderà un elicottero. Faremo un'ultima ricognizione dall'alto. E così risolveremo i nostri dubbi una volta per tutte. Se non ci sarà niente da fare, me ne andrò. A Johannesburg bolle qualcosa in pentola, e c'è posto per un solo passeggero, purtroppo. Voi due dovrete tornare indietro per via di terra. »

In quel momento arrivò una deputazione capeggiata da Joseph, per annunciarci che un imbecille rimasto sconosciuto aveva lasciato aperti i rubinetti di quattro serbatoi d'acqua. C'erano rimasti circa centocinquanta litri d'acqua per diciassette persone, e dovevano durare per il resto del viaggio.

« Quindi », soggiunse Joseph con evidente soddisfazione, « dovremo andarcene da qui domani, e raggiungere l'acqua più vicina passando per la strada di Maun. »

Quell'inconveniente, senza dubbio programmato, provocò alcune espressioni indignate, ma nessuno di noi ebbe la forza di infuriarsi davvero.

« D'accordo, Joseph », disse Louren in tono rassegnato. « Togliete il campo domattina. Partiremo prima di pranzo. » I rapporti tra datore di lavoro e dipendenti migliorarono di colpo. Notai persino qualche sorriso e sentii qualche risata che proveniva dal fuoco della cucina.

« Non so cosa intendiate fare voi due oggi pomeriggio. » Louren si accese un sigaro. « Ma io ho notato tracce di elefanti quando ho effettuato la ricognizione questa mattina. Prenderò la Land-Rover e gli armieri. Non preoccupatevi se stanotte non tornerò. Può darsi che dobbiamo continuare a seguirle. »

Sally alzò la testa di scatto. Per un momento pensai che stesse per attaccare di nuovo la polemica anticaccia. Invece si limitò ad aggrottare la fronte e riprese a mangiare. Seguii con gli occhi la Land-Rover che si allontanava lungo la base dei dirupi, quindi proposi: « Voglio cercare il modo di salire fin lassù... te la senti di venire? »

« Non contare su di me, Ben », rispose. « Credo che questo pomeriggio disegnerò. »

Nascosi meglio che potevo il disappunto, e m'incamminai lungo la base della formazione rocciosa. Dopo ottocento metri trovai una pista aperta dalla selvaggina che si addentrava in uno dei canaloni invasi dalla vegetazione.

La salita era ripida, e il sole mi martellava sulla schiena, picchiava sulle rocce e mi riverberava in faccia. Dagli anfratti e dai crepacci un esercito di minuscoli ocotonidi seguiva i miei sforzi con avido interesse. Impiegai quaranta minuti prima di giungere in alto, con le braccia graffiate dalle spine e la camicia intrisa di sudore.

Trovai una buona posizione sul bordo del dirupo, sotto l'ombra di un'euforbia gigante, e subito mi diedi da fare con il binocolo per cercare le tracce di qualche rovina. Gli arbusti spinosi alla base della rupe, sotto di me, erano piuttosto radi e inframmezzati da distese d'erba; e si vedeva subito che non c'erano segni di coltivazioni o di abitazioni umane. Non potevo sperarlo, certo, ma la delusione mi attanagliava le viscere. Poi non ci pensai più e puntai il binocolo verso il campo. Un bantu stava tagliando legna da ardere e per un po' mi divertii a osservarlo mentre maneggiava la scure e ad ascoltare, con qualche secondo di ritardo, il suono dei colpi. Cercai più lontano dal campo e scorsi la camicetta rosa di Sally al margine del bosco. Evidentemente aveva rinunciato alla speranza di una grande scoperta e, da ragazza di buon senso, cercava qualche altro motivo d'interesse nella spedizione. L'osservai a lungo, tentando di decidere come dovevo procedere per conquistarla definitivamente. Avevo passato una notte con lei ma non ero così ingenuo da credere che questo dimostrasse una passione imperitura da parte di una ragazza moderna, intelligente e sofisticata. Era un angelo; ma ero certissimo che la mia Sally aveva giocato lo stesso gioco con altri uomini prima che il dottor Ben finisse in estasi nel suo letto. Era estremamente probabile che fosse stata motivata dal rispetto per la mia mente più che dall'interesse per il mio corpo, dalla pietà e forse anche da un pizzico di curiosità perversa. Tuttavia ero quasi sicuro che l'esperienza non le fosse parsa ripugnante; e dovevo solo continuare a insistere perché il rispetto e la pietà si trasformassero in qualcosa di più profondo e duraturo.

Una deliziosa sensazione di pace mi pervase mentre me ne stavo seduto lassù; e a poco a poco mi resi conto che era valsa la pena di affrontare il viaggio. Mi augurai di poter restare più a lungo in quelle ossessionanti Colline di Sangue, con il loro mistero e la loro bellezza silenziosa. Io e Sally, insieme in quel territorio selvaggio, dove avrei potuto insegnarle ad amarmi...

Un guizzo, al margine della visuale, mi fece girare la testa lentamente. A meno di due metri dal punto dove mi trovavo, un nettarinide marica succhiava il nettare dai fiori dell'aloe selvatica. La testa d'un verde metallico luccicava mentre immergeva il lungo becco ricurvo nella corolla rossa. L'osservai con intenso piacere, e quando sfrecciò via ebbi l'impressione che mi fosse venuto a mancare qualcosa. La sensazione diventò più forte e mi rese irrequieto: c'era un messaggio che cercava di pervenire fino a me, ma era bloccato. Rilassai la mente, e mi parve che fosse al margine della coscienza. Ancora un secondo e l'avrei afferrato.

Nel silenzio rovente del pomeriggio, il *bum-bum* sordo di un fucile pesante, molto lontano, distolse la mia attenzione. Mi sollevai a sedere e rimasi in ascolto per altri trenta secondi. Poi il suono si ripeté, *bum*, e poi di nuovo. Louren aveva trovato il suo elefante.

Inquadrai Sally con il binocolo. Anche lei aveva sentito, e s'era scostata dal cavalletto per guardare tra gli arbusti. Mi alzai in piedi, sempre tormentato dall'irrequietezza, e cominciai a discendere la pista. Non riuscivo a sbarazzarmi di quella sensazione che diventava sempre più forte. Qui c'è qualcosa, pensai, qualcosa di strano e d'inesplicabile.

« Tu e io siamo fortunati, amico mio », mi aveva detto una volta Timothy Mageba. « Siamo segnati dagli spiriti, e possediamo la vista interiore che può vedere oltre, e l'udito che può afferrare i suoni del silenzio. »

C'era fresco, nell'ombra del canalone, e la mia camicia era ancora bagnata di sudore. Mi sentivo accapponare la pelle, ma non per il freddo. Affrettai il passo. Volevo tornare al campo, da Sally.

Quella sera a cena mangiammo cuore d'elefante tagliato a fette sottili e cotto alla griglia, coperto di salsa piccante ai peperoni e servito assieme a patate arrostite con la buccia. La birra era ghiacciata come aveva promesso Louren, e lui era di ottimo umore. La caccia che era andata bene l'aveva ricompensato delle altre delusioni. Nella luce delle lanterne, al di là del fuoco, c'erano quattro lunghe zanne d'avorio ricurve.

Quando Louren decide di essere garbato e accattivante è irresistibile. Anche se all'inizio Sally cercò di mantenere un atteggiamento di disapprovazione, finì per soccombere al suo fascino e rise con noi quando Louren propose un brindisi: « Alla città che non è mai esistita e al tesoro che non abbiamo trovato ».

Andai a letto un po' sbronzo e feci sogni strani... ma al mattino mi svegliai con la mente lucida e con un vago senso d'euforia, come se quel giorno dovesse accadere qualcosa di bello.

L'elicottero arrivò da sud un'ora prima di mezzogiorno, guidato dai fuochi di stracci intrisi di petrolio. Discese fragorosamente verso di noi facendo vorticare il rotore argenteo e sollevando un turbine di polvere e di detriti.

Vi fu un breve conciliabolo con il giovane pilota, poi Louren prese posto accanto a lui e l'apparecchio si sollevò di nuovo in aria e incominciò tutta una serie di passaggi radenti lungo i dirupi, salendo sempre più in alto fino a quando divenne un insetto scuro nell'azzurro accecante del cielo. Le sue manovre sottolineavano l'insuccesso con tanta evidenza che io e Sally ce ne disinteressammo e andammo a sederci all'ombra della tenda.

« Be', ormai è andata, credo », disse lei.

Non le risposi. Andai al frigorifero e presi due lattine di Windhoek. Per la prima volta dopo diversi giorni il tanto vantato cervello di Ben Kazin cominciò a funzionare a pieno regime. Centoventi litri d'acqua per due persone significavano quattro litri al giorno per due settimane. L'acqua? In fondo alla mia mente c'era qualcos'altro a proposito dell'acqua. Sally e l'acqua.

L'elicottero tornò a posarsi ai margini del campo. Louren e il pilota ci raggiunsero nella tenda. Louren scosse la testa.

« Niente da fare. Non abbiamo visto nulla. Adesso mangeremo un boccone e partiremo. Voi tornate per via di terra. »

Annuii. Non gli rivelai i miei progetti per evitare ogni discussione.

« Davvero, Ben, mi dispiace. Non riesco a capire. » Louren cominciò a prepararsi un sandwich con pane e filetto freddo di *gemsbok* spalmato di mostarda. « Comunque, non sarà l'ultima delusione che ci capiterà nelle nostre vite. »

Venti minuti dopo i bagagli indispensabili di Louren erano stati caricati sull'elicottero. Mentre il pilota avviava il motore, ci salutammo.

« Arrivederci nell'allegra Jo'burg. Mi raccomando, fammi la guardia a quelle zanne. »

« Buon viaggio, Lo. »

« Fino in fondo, amico? »

« Fino in fondo, Lo. »

Poi Louren passò sotto le pale vorticanti e salì a bordo. L'elicottero s'innalzò nell'aria come un grosso calabrone e si allontanò sfiorando le cime degli alberi. Un calabrone? Le api? I e api! Mio Dio, ecco che cosa mi aveva assillato.

Le api, gli uccelli, le scimmie!

Strinsi il braccio di Sally. La mia animazione improvvisa la sorprese.

« Sally, noi restiamo. »

« Che cosa? » Mi guardò a bocca aperta.

« Qui ci sono certe cose che abbiamo trascurato... »

« E cioè? »

« Gli uccelli e le api », dissi.

« Ah, vecchia volpe », commentò Sal.

Dividemmo l'acqua: sessanta litri e ottanta. Così i servitori avrebbero avuto un po' più di due litri al giorno per due giorni, più che abbastanza per il viaggio di ritorno. Io e Sally avremmo avuto quattro litri al giorno per dieci giorni. Tenni la Land-Rover, dopo aver accertato che avesse i serbatoi pieni; e c'erano altri cento litri nelle taniche di scorta. Tenni anche la radio, una tenda, brande e coperte, un assortimento di attrezzi inclusi badile, scure e piccone, corda, lanterne a gas con bombole di ricambio, torce e batterie di riserva, viveri in scatola, la doppietta di Louren e mezza dozzina di pacchetti di munizioni, oltre a tutti i bagagli personali miei e di Sally. Tutto il resto dell'equipaggiamento fu caricato sui due camion; e, quando i servitori furono a bordo, presi in disparte il vecchio armiere matabele.

« Mio vecchio e rispettato padre », gli dissi in sindebele, « ti ho sentito parlare di un grande mistero che vive in questo luogo. Ora ti chiedo come figlio e amico di parlarmi di tali cose. »

Ci vollero alcuni secondi perché superasse lo sbalordimento. Poi gli dissi una frase che mi aveva insegnato Timothy Mageba. È un codice segreto, un segnale di riconoscimento usato ad alto livello tra gli iniziati ai misteri. Il vecchio soffocò un'esclamazione. Ormai non poteva ignorare la mia richiesta.

« Figlio mio », disse a voce bassa, « se conosci quelle parole, devi conoscere anche la leggenda. Al tempo in cui le rocce erano morbide e l'aria nebbiosa... » era questa un'espressione per indicare la più remota antichità, « in questo luogo vi erano un orrore e un male che vennero estirpati dai nostri avi. Costoro scagliarono una maledizione mortale su queste colline e ordinarono che il male venisse cancellato dalla terra e dalle menti degli uomini, per sempre. »

Di nuovo quelle parole fatidiche, ripetute esattamente.

« È tutta la leggenda? » chiesi. « Non c'è altro? »

« Non c'è altro », rispose il vecchio. Compresi che era la verità. Tornammo ai camion che attendevano, e io mi rivolsi a Joseph, in shangaan.

« *Va' in pace*, amico mio. Guida con prudenza e abbi cura di coloro che viaggiano con te, perché mi sono cari. » Joseph mi fissò a bocca aperta, frastornato. Mi girai verso i *camp boys* e passai a parlare in sechuana.

« Il Ragno vi saluta e vi augura pace. » Assunsero un'aria costernata nel sentirmi pronunciare quel soprannome. Ma quando partirono s'erano ripresi dallo stupore e ridevano divertiti del mio scherzo. I camion sparirono tra gli alberi spinosi, e il rombo dei motori si perse nel silenzio eterno del *bush*.

« Sai », mormorò Sally in tono pensieroso. « Credo di essere proprio matta. Eccomi qui, a più di trecento chilometri dalla prima località abitata in compagnia di un uomo dalla morale decisamente discutibile. » Poi rise. « È meraviglioso », soggiunse.

Avevo trovato in cima al dirupo il punto dove, appoggiandomi a un robusto melo dei babbuini, potevo sporgermi nel vuoto e scorgere agevolmente le pareti di roccia sui due lati e la pianura sottostante. Sally era giù, al di là del bosco silenzioso, dove riuscivo a vederla bene.

Il sole, che a me batteva negli occhi, era invece alla giusta angolazione per lei. Era appena dieci o quindici gradi sopra l'orizzonte e i raggi dorati davano nuove sfumature ai colori tenui delle rocce e del fogliame.

« Yuuu-huu! » Il grido di Sally mi giunse affievolito. Tese le mani al cielo. Era il segnale che, secondo i nostri accordi, significava: « Torna verso di me ».

« Bene », borbottai. Doveva averle individuate. Le avevo spiegato minuziosamente come doveva ripararsi gli occhi dai raggi obliqui del sole e osservare il volo lineare del pulviscolo dorato. Era un vecchio sistema usato dai cercatori di miele per trovare l'alveare. Me l'aveva insegnato un boscimano.

Mi scostai dall'orlo del precipizio e cominciai a procedere tra gli arbusti fitti che intasavano la cresta. Avevo intuito esattamente dove incominciare la ricerca, perché era molto probabile che l'alveare fosse situato in quell'altissima muraglia di roccia rossa, tutta crepacci e anfratti; a Sally, che mi dava le indicazioni dal basso, bastarono solo quindici minuti perché agitasse le braccia e mi chiamasse.

« Ecco! Proprio sotto di te. » Mi sporsi di nuovo oltre il bordo, e scorsi lo sciame delle api che rincasavano nella scia del sole, più in basso.

Mi sporsi ancora di più e riuscii a intravedere l'entrata dell'alveare: una lunga fenditura diagonale, con gli orli colorati dalla cera vecchia. Doveva essere un alveare enorme, a giudicare dal numero delle operaie che vi entravano e dalla quantità di cera depositata intorno all'ingresso. In una posizione così inaccessibile che con ogni probabilità non era stato disturbato da uomini e bestie per centinaia d'anni. Una rarità, in quel territorio dove il miele è tanto prezioso.

Legai un fazzoletto bianco a un ramo sporgente per indicare il punto preciso e, nell'oscurità che calava rapidamente, tornai in pianura, da Sally. Era molto emozionata per il nostro piccolo successo. Ne discutemmo il significato durante la cena.

« Sei davvero molto ingegnoso, dottor Ben. »

« Al contrario, sono lentissimo. Ho dovuto sbattere il muso per due giorni contro tutti gli indizi, prima di arrivarci », risposi con orgoglio. « Questo posto è pieno di uccelli, mammiferi e api, e tutti hanno bisogno di una discreta provvista di acqua. Ora, si ritiene che non ci sia acqua in superficie in un raggio di oltre trecento chilometri... be', questo è sicuramente sbagliato. »

« E dove la scoveremo? » Sally aveva ritrovato tutto il suo entusiasmo.

« Non so proprio immaginarlo... ma quando la troveremo, ti prometto qualcosa d'interessante. »

Quella notte, quando entrai nella tenda in pigiama, dopo essermi cambiato pudicamente all'aperto, lei era già nella sua branda con il lenzuolo tirato fino al mento. Esitai per un istante fino a quando, con un sorriso malizioso, si commosse e sollevò il lenzuolo in un gesto d'invito.

« Vieni da mammina », disse.

Nell'oscurità fredda che precede l'alba, mi stringevo nella giacca di pelle, in un punto sopra l'alveare, e aspettavo che spuntasse il sole. Ero di nuovo un uomo felice; molti dei miei dubbi erano sfumati durante la notte.

Giù, sulla piana buia, vi fu un lampo di luce. Sally era di nuovo al suo posto al di là del bosco. Probabilmente si sentiva assalire dalla solitudine e anche dalla paura nella notte africana, tra i fruscii e le grida degli animali. Feci un segnale lampeggiante con la mia torcia per tranquillizzarla. Il giorno arrivò presto.

L'alba era tutta sfumature di rosa, malva nebbioso e color mora... Poi il sole eruppe sopra l'orizzonte e le api incominciarono a volar via. Le osservai per una ventina di minuti, cercando di scoprire la direzione e la meta del volo. Un gran numero di operaie si sparse sopra la pianura in ampio ventaglio. Erano le bottinatrici. Lo accertai sporgendomi per assistere al loro ritorno con il binocolo e osservare i carichi di polline giallo sulle zampe posteriori via via che si posavano sulla sporgenza dell'anfratto.

E così scoprii un'altra linea di volo che altrimenti mi sarebbe sfuggita. Una seconda fiumana di operaie scendeva quasi verticalmente verso le fronde scure del bosco silenzioso sotto di me... e quando tornavano, non avevano polline sulle zampe. Erano portatrici d'acqua! Indicai a Sally di spostarsi alla base del dirupo. Quella mattina i nostri ruoli erano invertiti, a causa dell'inclinazione dei raggi solari. Dopo un po', agitò le braccia per farmi sapere che le aveva avvisate, e io cominciai la laboriosa discesa verso la pianura.

Sally doveva indicarmi il volo indistinto delle api giù per lo strapiombo; ma anche così l'ombra gettata dalle rocce le faceva sparire prima che potessimo accertarne l'esatta destinazione. Le osservammo per una mezz'ora; poi desistemmo e ci addentrammo fra gli alberi per cercare a casaccio.

A mezzogiorno ero pronto a giurare che non esisteva traccia di acqua nei dintorni del bosco. Sally e io ci lasciammo cadere con la schiena appoggiata al tronco robusto di un *mhoba-hoba*, il nespolo selvatico che secondo la leggenda gli Antichi avevano portato dalla loro patria. Ci scambiammo uno sguardo disperato.

« Un altro fiasco. » Il sudore le imperlava la fronte e le tempie, e le incollava alla pelle un ricciolo scuro. Lo scostai con un dito, glielo spinsi dietro l'orecchio.

« È qui da qualche parte e la troveremo », le dissi con una sicurezza che non avevo. « Ci deve essere. Ci deve essere. »

Sally stava per rispondermi, quando le posai le dita sulle labbra per farla tacere. Avevo visto un movimento oltre gli ultimi alberi del bosco. Vedemmo il branco di cercopitechi che attraversava la pianura al galoppo, con le code ritte. Quando raggiunsero il bosco, si arrampicarono sull'albero più vicino con aria di comico sollievo. Le faccine nere spuntarono ansiose dalla massa verde del fogliame; ma non si accorsero che stavamo seduti ai piedi del *mhoba-hoba*.

Poi, con sicurezza, si mossero tra le cime degli alberi in direzione dei dirupi. I grossi maschi procedevano per primi, seguiti dalle madri con i cuccioli aggrappati al petto e dall'orda dei giovani non del tutto cresciuti.

Raggiunsero i rami più alti di un colossale fico selvatico che aveva il tronco e le radici incastrati nella parete verticale di roccia rossa e i rami che si estendevano a una quindicina di metri dal suolo. Pochi per volta, scomparvero.

Era un fenomeno sbalorditivo. Sessanta scimmie arrivarono tra i rami dell'albero e sparirono fino a che non ne rimase neppure una.

« Cos'è successo? » mormorò Sally. « Si sono arrampicate su per il dirupo? »

« No, non penso. » Mi girai verso di lei con un sorriso felice. « Credo di averla trovata, Sal. Credo che ci siamo... però aspettiamo che le scimmie ritornino. »

Venti minuti più tardi le scimmie cominciarono improvvisamente a ricomparire sui rami del fico selvatico. Si allontanarono tranquille lungo il dirupo, e noi aspettammo che fossero sparite alla nostra vista prima di muoverci.

Le radici contorte e ammassate del fico selvatico formavano una gradinata irregolare verso il punto dove il tronco spuntava dalla roccia. Ci arrampicammo e cominciammo a esaminare il tronco, gli girammo intorno, scrutammo tra i rami più in alto. Era un tronco gigantesco, con una circonferenza d'una decina di metri, deformato e appiattito dal contatto con la muraglia irregolare di roccia rossa. Anche così, forse ci sarebbe sfuggito se non vi fosse stato un passaggio levigato che si addentrava nella pietra viva... un passaggio aperto dal transito di piedi, zampe e zoccoli nel corso di migliaia di anni. Si insinuava tra il grosso tronco giallo del fico selvatico e la parete di arenaria. Come spesso una grotta è nascosta dietro una cascata, così il fico selvatico mascherava un passaggio.

Sally e io sbirciammo nell'antro buio dietro il tronco, poi ci guardammo in faccia. Gli occhi le brillavano, e aveva le guance accese di un rosa tenue.

« Sì! » mormorò. Io annuii, incapace di parlare.

« Vieni! » Mi prese la mano ed entrammo.

L'apertura era un lungo crepaccio verticale nella parete di roccia e dall'alto filtrava una luce piuttosto intensa. Alzai gli occhi e vidi che la roccia era stata levigata dalle zampe delle scimmie.

Procedemmo lungo il passaggio. Intorno a noi le pareti salivano per circa sei metri, a formare un tetto a « V » capovolta. Ci accorgemmo subito che non eravamo i primi umani a penetrare là dentro. Le pareti rosse erano coperte da una profusione di magnifiche pitture rupestri dei boscimani, le più belle e meglio conservate che mi fosse mai capitato di vedere.

« Ben! Oh, Ben! Guardale! » Una delle specializzazioni di Sally è appunto l'arte boscimana. « È un vero tesoro. Oh, sei stato meraviglioso! » Nella semi oscurità i suoi occhi brillavano come lampade.

« Vieni. » La tirai leggermente per la mano. « Avrai tutto il tempo di esaminarle più tardi. »

Proseguimmo lentamente lungo lo stretto passaggio che continuava in discesa per un'altra trentina di metri. Il tetto sopra di noi divenne più alto fino a smarrirsi nella tenebra. Sentivamo squittire i pipistrelli nei recessi più bui.

« C'è luce, più avanti », dissi. Raggiungemmo una camera aperta e rotonda, con un diametro di un centinaio di metri e le pareti a perpendicolo che salivano per sessanta metri, come l'interno di un cono che si restringeva fino a una piccola apertura, lassù, oltre la quale si scorgeva l'azzurro cielo sereno.

Notai immediatamente che era un'intrusione del calcare nell'arenaria rossa, una tipica formazione a inghiottitoio, molto simile allo Sleeping Pool di Sinoia di Rhodesia.

Anche lì il fondo della caverna era un bacino che digradava verso un laghetto. L'acqua era limpida, cristallina, evidentemente molto profonda come dimostrava il colore verde pallido. Il diametro era poco meno d'una cinquantina di metri e la superficie era immobile, splendente come uno specchio.

Sally e io ci fermammo a guardare. La bellezza della grande caverna ci aveva paralizzati. Attraverso la minuscola apertura, sessanta metri sopra di noi, i raggi del sole scendevano come il fascio luminoso di un riflettore, battevano sulle pareti di calcare scintillante e rischiaravano tutta la grotta di un bizzarro lucore riflesso. Dalla volta arcuata e dalle pareti pendevano enormi concrezioni a lame e stalattiti di un candore abbagliante.

Le pareti della camera principale erano decorate anch'esse, fino a un'altezza di cinque metri o più, di opere d'arte boscimana. In certi punti l'acqua che sgorgava dalla roccia aveva distrutto le figure eleganti e i fregi, ma la maggior parte erano ben conservati. Immaginavo che in quel posto meraviglioso ci sarebbe stato lavoro per un paio d'anni, per me e per Sally.

Lei liberò lentamente la mano dalla mia e discese fino al bordo del laghetto smeraldino. Io rimasi all'imboccatura del tunnel e l'osservai con attenzione estatica mentre si sporgeva a scrutare l'acqua immobile.

Poi si raddrizzò e pian piano cominciò a spogliarsi. Rimase nuda: e la sua pelle era chiara e lucente come le stalattiti di calcare. Il suo corpo, per quanto forte e imponente, aveva una delicatezza che mi ricordava le statuette d'avorio cinesi.

Come la sacerdotessa di un'antica religione pagana, si fermò accanto all'acqua e levò le braccia. Con uno strano fremito atavico, quel gesto riportò alla mia memoria un rituale dimenticato. Qualcosa, nel profondo del mio essere, avrebbe voluto gridare... forse una benedizione o un'invocazione.

Poi Sally si tuffò disegnando con la figura bianca e i fluenti capelli neri una lunga curva aggraziata. Toccò l'acqua e s'immerse a grande profondità. La sagoma pura appariva nitida attraverso la superficie cristallina; poi risalì e affiorò. I lunghi capelli scuri erano incollati al collo e alle spalle. Alzò un braccio snello per rivolgermi un cenno di saluto.

Avrei voluto gridare di sollievo. Mi resi conto in quel momento che non mi ero aspettato di vederla riemergere dalle misteriose profondità smeraldine. Raggiunsi la riva del laghetto per aiutarla a uscire.

Poco dopo girammo lentamente intorno alle pareti della grotta e del passaggio, colpiti dalla profusione dei dipinti e delle incisioni. Sally, con i capelli bagnati che le scendevano sulle spalle, aveva in volto un'espressione di meraviglia.

« Queste opere sono state realizzate in un arco di duemila anni, Ben. Doveva essere un luogo più che sacro per i piccoli uomini gialli. » La luce mancò prima che avessimo completato un mezzo giro della caverna. Il passaggio, mentre brancolavamo a tentoni per uscire, era freddo e spaventoso. Soltanto in quel momento ricordai che non avevamo mangiato in tutto il giorno.

Mentre Sally faceva scaldare uno spezzatino di carne in scatola con cipolle, chiamai alla radio Peter Larkin e venni a sapere che i due camion erano arrivati a Maun senza incidenti. Terminai la trasmissione pregando Larkin di inoltrare un mio messaggio a Louren. « Gli dica che abbiamo trovato diverse pitture rupestri molto interessanti e che resteremo qui a tempo indeterminato. »

« E come fate per l'acqua? » muggì Larkin con la voce distorta dalle scariche elettrostatiche e dal whisky.

« Va tutto benone. Abbiamo trovato una scorta sufficiente. »

« Avete trovato l'acqua? » tuonò Larkin. « Ma là non c'è. »

« Acqua piovana in un bacino di roccia, raccolta dall'ultimo acquazzone. »

« Oh, capisco. Allora d'accordo. Si tenga in contatto. Passo e chiudo. »

« Grazie, Peter. Passo e chiudo. »

« Sei un gran bugiardo. » Sally mi sorrise maliziosamente mentre spegnevo l'apparecchio.

« È a fin di bene », dissi. Cominciammo a preparare lampade e macchine fotografiche e materiale per disegnare, in vista dell'indomani.

Il vecchio elefante maschio era ferito a morte. Il sangue lucente sgorgava dalla gola e dalla spalla e le aste di cinquanta frecce spuntavano dalla struttura massiccia. Stava con il dorso inarcato per la sofferenza, mentre intorno a lui sciamavano i coraggiosi, piccoli cacciatori gialli con gli archi tesi. Dieci o dodici giacevano a terra lungo il percorso, schiacciati dalle grandi zampe rotonde e dalle crudeli zanne d'avorio... ma gli altri si avvicinavano per finire la preda.

L'antico artista aveva riempito la parete di roccia rossa con tanta animazione e drammaticità che mi sembrava d'essere testimone di quella caccia. Comunque, la luce era incerta e le immagini migliori che potevo ottenere dovevo scattarle con diaframma 11 e col tempo d'esposizione di un decimo di secondo.

Con qualche esitazione, decisi di usare il flash. Cerco sempre di evitarlo appena è possibile perché tende ad alterare i colori e ad aggiungere falsi riflessi. Incominciai a piazzare il treppiede e la macchina fotografica. Poi Sally mi chiamò.

« Ben! Vieni, per favore! »

L'effetto dell'eco e la distorsione causata dall'altezza della caverna non bastavano a nascondere l'eccitazione della sua voce. Mi affrettai a raggiungerla.

Era nella caverna principale, al di là del laghetto smeraldino, dove la parete di fondo rientrava perpendicolarmente a formare un basso recesso. Era molto buio e il raggio della torcia elettrica di Sally guizzava sulla superficie di roccia levigata.

« Cosa c'è, Sally? » chiesi quando le giunsi vicino.

« Guarda! » Lei mosse il raggio della torcia, e io fissai la rappresentazione di un'enorme figura umana.

« Buon Dio! » esclamai. « La Dama Bianca del Brandberg! * È identica! »

Sally fece scorrere il fascio luminoso sulla figura fino a inquadrare il membro eretto tra le cosce.

« È una *dama* ben dotata », mormorò. « Se capisci quello che intendo dire. »

La figura era alta più di un metro e ottanta, e portava una corazza gialla e un elmo molto ornato, con alta cresta arcuata. Sulla spalla spiccava uno scudo rotondo con rosette ornamentali gialle disposte intorno all'umbone centrale. L'altra mano reggeva un arco e un fascio di frecce, e dalla cintura pendevano

* La Dama Bianca del Brandberg è uno dei dipinti rupestri più celebri e più controversi tra quelli scoperti finora in Africa. Si ritiene concordemente che risalga al periodo tra l'anno 0 e il 200 d.C., ma la sua interpretazione è soggetta a molte dispute. Secondo un autore, sarebbe uno *xhosa* candidato alla circoncisione e completamente spalmato d'argilla bianca: ma si tenga presente che si trova a milleseicento chilometri dal territorio degli *xhosa*. Il famoso abate Breuil la qualificò come « dama », e Credo Mutwa, nel suo recente libro *Idaha mio figlio*, fornisce un'interpretazione interessante, al termine della quale conclude: « ... Non è una dama, bensì un giovane bianco di straordinaria bellezza, uno dei grandi imperatori che ressero l'impero africano dei Maiti (i fenici) per quasi due secoli ».(*N.d.A.*)

una spada e una scure da combattimento. Le gambe erano protette da schinieri dello stesso metallo giallo, i piedi calzavano sandali leggeri.

La carnagione era bianchissima, ma sul petto scendeva una fiammeggiante barba rossa. L'esibizione degli organi sessuali era una chiara indicazione stilizzata del suo potere. L'effetto non era osceno: gli conferiva invece arroganza e orgoglio mascolino.

« Un bianco », mormorai. « Corazza e scudo rotondo, arco e scure da combattimento. Potrebbe essere... »

« Un re fenicio », terminò Sally.

« Ma è più probabile che un fenicio avesse i capelli scuri e il naso aquilino. Quest'uomo doveva essere un personaggio insolito tra gli Antichi, a dir poco. Forse un caso di atavismo, un ritorno ai caratteri di un antenato mediterraneo. A quando risale? »

« Non sono sicura ma direi duemila anni fa. I dipinti di questa parete sono i più antichi di tutta la caverna. »

« Guarda, Sal », dissi indicando.

Dopo quella centrale c'era un esercito di figure rudimentali che seguivano il re. Non c'erano dettagli, ma le spade e gli elmi erano inconfondibili.

« E guarda qui. » Sally puntò il raggio della torcia su una fila di personaggi vestiti di bianco ai piedi del re. Erano minuscoli, poco più di una ventina di centimetri.

« Forse sacerdoti... oh, Ben! Guarda! Guarda! »

Sally fece scorrere il fascio di luce sull'affresco, e per un momento non lo riconobbi... poi il cuore mi balzò nel petto. Come un immenso fregio, cancellato a tratti dall'umidità, dal muschio e dai licheni, o dalla miriade di figure di uomini e animali che vi si sovrapponevano, e tuttavia ancora imponente e maestoso, stava il disegno delle mura d'una fortezza di pietra. Era a blocchi, con le giunture chiaramente visibili; e in alto c'era un fregio a zigzag, identico a quello del muro del tempio principale nelle rovine di Zimbabwe. Al di là del muro sorgevano i profili delle torri falliche che avevamo sperato di trovare.

« È la nostra città, Ben. La nostra città perduta. »

« È il nostro re perduto, Sally, e i suoi sacerdoti, i guerrieri e... mio Dio! Sally, guarda! »

« Elefanti! » esclamò lei. « Elefanti da guerra con gli arcieri sul dorso, come quelli usati da Annibale contro i romani. Sono cartaginesi... fenici! »

C'erano tante cose, su quella parete curva, lunga trenta metri e alta fino a cinque, ogni centimetro quadrato era coperto da pitture boscimane. Le figure e le forme si intrecciavano, alcune delle immagini più antiche erano semicoperte, altre, come il re bianco, erano intatte. Sarebbe stata un'impresa isolare quei ritratti che si riferivano alla nostra civiltà perduta dalla gran massa dell'arte tradizionale delle caverne. Era la specializzazione di Sally; la mia macchina fotografica poteva solo catturare la scena confusa, mentre lei avrebbe meticolosamente individuato una figura o un gruppo di particolare interesse quasi interamente cancellato, per ricrearlo sui rotoli di carta incerata.

Ma non era il caso d'incominciare subito il lavoro. Per il resto della giornata, Sally e io continuammo ad andare avanti e indietro di fronte alla parete, osservando e scambiandoci esclamazioni di meraviglia e di gioia.

Quando tornammo al campo, quella sera, eravamo esausti fisicamente ed emotivamente. Peter Larkin aveva da riferirci un messaggio da parte di Louren:

« Vi augura buona fortuna, e dice che uno degli elicotteri per le ricerche petrolifere sarà nella vostra area tra pochi giorni. Se c'è qualcosa che le occorre, mi passi un elenco. Vi porteranno quel che chiederete ».

I dieci giorni che seguirono furono i più felici della mia vita. L'elicottero promesso da Louren arrivò, con la scritta STURVESANT OIL sulla fusoliera. Portava un carico completo di cose indispensabili e articoli di lusso: un'altra tenda, sedie pieghevoli, un teodolite da geometra, gas per le lampade, altri indumenti per entrambi, altra carta e colori per Sally, rullini per me, e persino diverse bottiglie di Glen Grant, rimedio sovrano per tutti i mali umani. Un biglietto di Louren mi esortava a continuare, purché ciò che facevo fosse promettente. Mi avrebbe dato tutto il suo appoggio, ma non dovevo tenerlo all'oscuro troppo a lungo perché « moriva di curiosità ».

Gli mandai un dono di ringraziamento, un rullino con i dipinti senza gli Antichi e un mucchio di sacchetti di politene contenenti campioni dei pigmenti trovati nella caverna, perché li facesse sottoporre alla datazione del carbonio-14. Poi l'elicottero ripartì e ci lasciò al nostro idillio.

Lavoravamo dalla mattina presto fino all'imbrunire; preparavamo la mappa della caverna, in piano e in elevazione, e fotografavamo le pareti. Sally un po' mi aiutava e un po' continuava a isolare le antiche figure. Lavoravamo nell'armonia più completa, e ogni tanto ci fermavamo per pranzare in riva al laghetto di smeraldo o per nuotare nudi nell'acqua limpida, a volte anche per oziare sulle rocce.

La nostra occupazione della caverna influì sull'ecologia della fauna locale; ma, come avevamo sperato, dopo un po' gli animali si adattarono. In pochi giorni gli uccelli ripresero a scendere dall'apertura nella volta per bere e fare il bagno sul bordo del laghetto. Molto presto impararono a ignorarci: eseguivano le rumorose abluzioni e strillavano e cinguettavano e spruzzavano acqua tutt'intorno mentre noi interrompevamo il lavoro per osservarli.

Anche le scimmie, spinte dalla sete, si decisero a percorrere il passaggio per bere qualche sorso prima di scappare di nuovo via. Le loro incursioni timide divennero più audaci, tanto che finirono per diventare una noia, perché ci rubavano il pranzo e quant'altro lasciavamo incustodito. Comunque, le perdonavamo perché il loro comportamento era sempre spassoso.

Furono giorni meravigliosi di lavoro soddisfacente, di compagnia piacevole e di grande pace in un luogo bellissimo. Vi fu un solo giorno in cui accadde qualcosa che turbò la mia felicità. Mentre Sally e io eravamo seduti sotto il ritratto del nostro re bianco, io dissi: « Questo non potranno negarlo, Sal. Quei bastardi dovranno decidersi a cambiare idea! »

Sapeva che parlavo dei critici, dei politicanti dell'archeologia, capaci di distorcere ogni prova secondo le esigenze delle loro convinzioni pur di attaccare me e i miei libri.

« Non essere così sicuro, Ben », mi avvertì Sally. « Non l'accetteranno. Mi pare già di sentirli. Sono osservazioni di seconda mano dei boscimani, e suscettibili di interpretazioni diverse... Non ricordi, Ben, che accusarono l'abate Breuil di aver ritoccato i dipinti del Brandberg? »

« Sì. È un peccato... sono testimonianze di seconda mano. Quando gli mostreremo le immagini delle mura fortificate, diranno: 'Certo, ma dove sono le mura?' »

« E il nostro re, il nostro bel re guerriero », Sally lo guardò, « lo evireranno. Diventerà un'altra Dama Bianca, lo scudo si muterà in un mazzo di fiori, la pelle lattea in un'incrostazione di argilla, la barba in una sciarpa o in una collana, e riprodurranno un ritratto alterato. E l'*Encyclopaedia Britannica* », continuò assumendo un tono da conferenziere pedante, « dirà che 'secondo l'opinione scientifica moderna le rovine sono opera di un gruppo bantu, probabilmente shona o makalang'. »

« Oh, vorrei... vorrei che avessimo trovato una prova definitiva », dissi io, scoraggiato. Per la prima volta affrontavo la prospettiva di consegnare la nostra scoperta ai miei dotti confratelli scienziati, e l'idea mi attraeva quanto quella di scendere in una fossa piena di mamba neri. Mi alzai. « Facciamo il bagno, Sal. »

Nuotammo a fianco a fianco, a rana, attraverso il laghetto. Quando uscimmo e sedemmo nella chiazza di sole che arrivava dall'alto, cercai di alleviare la mia infelicità cambiando argomento. Toccai il braccio di Sally e, con tutta la delicatezza d'un rinoceronte ferito, proruppi: « Vuoi sposarmi, Sally? »

Si voltò a guardarmi sbigottita, le guance e le ciglia ancora ingemmate da stille d'acqua. Mi fissò per dieci secondi prima di scoppiare a ridere.

« Oh, Ben, come sei all'antica! Siamo nel ventesimo secolo. Anche se mi hai sedotta... non significa che sei costretto a sposarmi! » E, prima che potessi protestare o spiegare, si alzò e si tuffò di nuovo nell'acqua smeraldina.

Per il resto della giornata fu occupatissima con colori e pennelli, e non trovò il tempo di guardarmi o di parlare con me. Il messaggio era chiaro, inequivocabile... c'erano certi argomenti che Sally considerava tabù. E uno era il matrimonio.

Fu una brutta giornata, ma io imparai la lezione e decisi di aggrapparmi alla felicità che avevo adesso, senza pretendere di più.

Quella sera Larkin mi comunicò un altro messaggio di Louren:

« I campioni 1-16 all'esame del C-14 danno un risultato medio di 1620 anni più o meno 100. Congratulazioni. Sembra promettente. Quando conoscerò il segreto? Louren. »

La notizia mi rianimò. Presumendo che il nostro vecchio artista boscimano avesse visto con i suoi occhi quanto aveva dipinto, allora fra il 200 e il 400 d.C. un guerriero fenicio aveva guidato le sue armate e i suoi elefanti da guerra attraverso la mia amatissima terra. Mi dava rimorso escludere Louren dai segreti della caverna, ma era ancora presto. Volevo averla ancora per un po' tutta per me... per godermela in tutta la sua pace e la sua bellezza, incontaminata da altri occhi. E poi, era diventata il tempio del mio amore per Sally. Come per i vecchi boscimani, era un luogo sacro anche per me.

L'indomani, Sally si comportò come se volesse farsi perdonare per la tristezza che mi aveva causato. Era civettuola, affettuosa e maliziosa. A mezzogiorno, mentre il fascio di luce solare ardeva su di noi, facemmo l'amore sulle rocce in riva al laghetto. Ancora una volta fu lei a prendere l'iniziativa. Fu un'esperienza travolgente che scacciò la tristezza dalla mia anima e mi riempì di felicità e di pace.

Giacevamo avvinti dolcemente e ci scambiavamo sussurri assonnati quando all'improvviso percepii un'altra presenza nella caverna. Un senso d'allarme mi scosse. Mi sollevai su un gomito e guardai nella direzione della galleria d'accesso.

Una figura umana brunodorata stava nell'imboccatura buia. Portava un corto perizoma di pelle; una faretra e un piccolo arco sporgevano sopra la spalla, al collo aveva una collana di perline, ricavate da gusci d'uovo di struzzo, e di semi neri. La figura era minuscola come quella di un ragazzino di dieci anni, ma la faccia era di un uomo maturo. Gli occhi obliqui e gli zigomi alti e piatti gli davano un'aria asiatica; ma il naso era schiacciato, le labbra piene e sensuali. La testa era coperta da una calotta di fitti riccioli neri.

Per un istante ci guardammo negli occhi, poi, con la stessa rapidità del colpo d'ala di un uccello, l'uomo sparì nel corridoio buio.

« Cosa c'è? » Sally si mosse accanto a me.

« Un boscimano », risposi. « Qui nella caverna. Ci spia. »

Lei si sollevò a sedere e si guardò intorno, intimorita.

« Dov'è? »

« Se n'è andato. Vestiti, subito. »

« È pericoloso, Ben? » Sally aveva la voce roca.

« Sì. Molto. » Infilai gli indumenti in fretta e cercai di decidere cos'era meglio fare; intanto sceglievo le parole: grazie alle esercitazioni con Timothy Mageba ricordavo ancora la lingua, per quanto fosse un po' arrugginita. Quelli dovevano essere i boscimani del nord, non del Kalahari; i dialetti erano affini sebbene diversi.

« Non ci attaccheranno, vero, Ben? » Sally s'era rivestita.

« Ci attaccheranno se facciamo una mossa sbagliata. Non sappiamo fino a che punto questo posto sia sacro per loro. Non dobbiamo spaventarli: sono stati perseguitati e braccati per duemila anni. »

« Oh, Ben. » Mi venne più vicina e, sebbene fossi allarmato, provai piacere nel vedere che si affidava a me.

« Non... ci uccideranno? »

« Sono boscimani selvaggi, Sally. Se minacci o molesti un animale selvatico, quello ti attacca. Devo trovare modo di parlargli. » Mi guardai intorno in cerca di qualcosa da usare come scudo, qualcosa abbastanza solido per deviare una freccia di canna con la punta avvelenata... un veleno che avrebbe inflitto una morte lenta e indicibilmente dolorosa.

Scelsi la custodia di cuoio del teodolite, l'aprii con le mani e l'appiattii per ottenere l'arca più ampia possibile.

« Seguimi lungo il passaggio, Sal. E stammi vicina. »

Mi tenne la mano sulla spalla, mentre la precedevo adagio lungo la galleria nella roccia, usando la torcia elettrica per scrutare ogni angolo buio prima di muovermi. La luce spaventò i pipistrelli che svolazzarono e squittirono sopra le nostre teste. La stretta della mano di Sally sulla mia spalla divenne dolorosa... ma raggiungemmo l'albero che vegliava all'entrata della caverna.

Ci acquattammo accanto allo stretto varco tra la roccia e il tronco; la luce del sole mi ferì gli occhi. Esaminai con attenzione ogni albero del piccolo bosco, ogni ciuffo d'erba, ogni irregolarità del terreno... e non vidi nulla. Ma loro erano là, lo sapevo, nascosti... e attendevano con la pazienza e la concentrazione dei cacciatori più abili della terra.

Noi eravamo la selvaggina, questo era incontestabile. Le leggi normali del comportamento non valgono ai margini del Kalahari. Ricordavo la fine dell'equipaggio di un Dakota militare sudafricano, costretto a un atterraggio di fortuna nel deserto, dieci anni prima. Avevano ritrovato la famiglia di boscimani responsabili dell'eccidio e io ero andato a Gaberones per fare da interprete al processo. Sul banco degli imputati i piccoli uomini gialli indossavano indumenti ricavati dalla seta dei paracadute, e avevano espressioni infantili, fiduciose e ingenue mentre rispondevano alle mie domande.

« Sì. Li abbiamo uccisi », avevano risposto. Chiusi in un carcere moderno come uccelli selvatici in gabbia, erano morti in meno di dodici mesi... tutti. Era un ricordo agghiacciante... e lo scacciai.

« Ora ascoltami attentamente, Sally. Devi restare qui. Qualunque cosa succeda, andrò da loro. Per parlargli. Se... » Mi sentii soffocare, e mi schiarii la gola. « Se mi colpissero con una freccia, avrò circa mezz'ora di tempo prima di... » Cambiai la frase. « Avrò tutto il tempo di andare a prendere la Land-Rover e di tornare da te. Tu sai guidare. Non faticherai a seguire le tracce che abbiamo lasciato e arrivare fino al bacino del Makarikari. »

« Ben, non andare. Oh, Dio, Ben... ti prego. »

« Sal... aspettano la notte e io devo andare adesso, finché c'è luce. »

« Ben... »

« Stai qui. Qualunque cosa succeda, aspetta qui. » Mi liberai dalle sue mani e passai dall'apertura.

« Pace », gridai nella loro lingua. « Non c'è guerra tra noi. »

Avanzai d'un passo nella luce del sole.

« Sono un amico. »

Un altro lento passo tra le radici nodose del fico selvatico. Tenevo la custodia di cuoio contro i fianchi.

« Amico! » gridai di nuovo. « Sono del vostro popolo. Sono del vostro clan. »

Discesi lentamente nel bosco ostile e silenzioso. Nessuno rispose alle mie parole, non ci furono suoni o movimenti. Davanti a me c'era un albero caduto. Cominciai ad accostarmi cautamente. Avevo le viscere contratte per la tensione e la paura.

« Non ho armi », gridai. Il bosco era muto e silenzioso nella quiete del pomeriggio.

Avevo quasi raggiunto l'albero caduto, quando sentii il sibilo della corda dell'arco e mi buttai al riparo del tronco morto. La freccia passò vicina alla mia testa, ronzando, e io mi lasciai cadere. Tenevo la faccia contro la terra arida, e avevo il cuore agghiacciato al pensiero d'essere stato sfiorato da una morte così atroce.

Sentii un suono di passi frettolosi dietro di me. Mi girai sul fianco, pronto a difendermi.

Sally scendeva dalle radici del fico selvatico, dimentica delle mie istruzioni. Il suo viso era una maschera pallida di terrore, la bocca aperta in un urlo silenzioso. Mi aveva visto cadere e restare immobile, e il pensiero che fossi morto l'aveva gettata nel panico. Mi vide muovere e si rese conto del suo errore. Esitò nella corsa, improvvisamente consapevole di quanto fosse vulnerabile.

« Torna indietro, Sal! » le gridai. « Torna indietro! » La sua incertezza si mutò in sgomento. Si fermò a metà strada tra l'ingresso della caverna e l'albero morto, senza riuscire a decidere dove andare.

Al margine della visuale vidi il piccolo boscimano che si alzava dall'erba chiara. Aveva una freccia incoccata nell'arco, e le penne erano accostate alla sua guancia mentre prendeva la mira. Era a cinquanta passi dal punto in cui si trovava Sally. Continuò a tenerla di mira per un secondo.

Mi lanciai nello spazio che mi separava da Sally e in quell'attimo il boscimano scagliò la freccia. La freccia e io volammo su rotte di collisione, sui due lati di un triangolo che aveva Sally al vertice.

Vidi la freccia saettare verso di lei all'altezza del ventre e compresi che non avrei potuto raggiungerla prima che venisse colpita. Scagliai la custodia di cuoio con uno scatto disperato del polso, mentre mi tuffavo verso Sally. La custodia roteò pigramente nell'aria... e la freccia la colpì. La letale punta di ferro intinta nel veleno affondò nel cuoio compatto. La freccia e la custodia caddero ai piedi di Sally senza causare danni. Sollevai la ragazza fra le braccia e, girando su me stesso, chino sotto il peso, tornai precipitosamente verso il riparo del tronco morto.

Il boscimano era ancora inginocchiato sull'erba, più avanti. Alzò la mano, estrasse un'altra freccia dalla faretra e con un movimento agile ed esperto la incoccò e tese l'arco.

Questa volta non avevo speranza di schivare, e continuai a correre. La corda cantò, la freccia volò via e dopo un istante sentii un urto violento al collo. Sapevo d'essere stato colpito. Continuai a tenere Sally tra le braccia, e mi lasciai cadere dietro l'albero.

« Credo che mi abbia preso, Sal. » Sentivo la freccia che mi pendeva contro il petto mentre mi rotolavo lontano da lei. « Spezza l'asta... non cercare di estrarre la punta. »

Eravamo a terra, vicinissimi. Stranamente, adesso che ero spacciato non avevo paura. Ormai era fatta, e, anche se fossi stato colpito un'altra dozzina di volte, il mio destino non sarebbe cambiato. Ma dovevo far allontanare Sally sana e salva, prima che il veleno compisse la sua opera.

Lei tese le mani tremanti, afferrò la fragile freccia di canna, la sollevò con delicatezza... e s'illuminò in viso.

« Il colletto, Ben. È infilata nel colletto della giacca. Non ti ha toccato. »

Il sollievo mi pervase mentre passavo le mani sulla freccia e constatavo che non ero morto. Rimasi steso sul fianco mentre Sally teneva lontana dalla mia pelle la punta della freccia, e mi sfilai la giacca color cachi. Per un momento fissai inorridito la punta di ferro forgiata a mano, con la sostanza viscosa color caramello che copriva la parte acuminata, poi gettai lontano giacca e freccia.

« Dio, c'è mancato poco », mormorai. « Ascolta, Sal, credo che sia solo. È giovane, probabilmente spaventato quanto noi. Cercherò ancora di parlargli. »

Mi appoggiai al tronco e alzai la voce usando i toni più persuasivi che mi salivano dalla gola arida.

« Sono tuo amico. Anche se mi hai tirato le frecce, non voglio farti guerra. Ho vissuto con la tua gente. Sono come te. Altrimenti, come parlerei la tua lingua? »

Un silenzio mortale, impenetrabile.

« Come potrei, altrimenti, parlare la lingua del tuo popolo? » chiesi di nuovo, e tesi l'orecchio per captare qualche suono.

Poi il boscimano parlò. La sua voce era alta e acuta, spezzata da schiocchi.

« I diavoli della foresta parlano in molte lingue. Io chiudo gli orecchi ai tuoi inganni. »

« Non sono un diavolo. Ho vissuto come uno di voi. Non hai mai sentito parlare di quello che è chiamato l'Uccello-mosca, il Piccolo-uccello-del-Sole », dissi, usando il mio soprannome boscimano, « che stava con la gente di Xhai ed era diventato suo fratello? »

Vi fu un altro lungo silenzio; ma intuivo che adesso il boscimano era indeciso e sconcertato, non più impaurito e pericoloso.

« Conosci il vecchio chiamato Xhai? »

« Ne ho sentito parlare », ammise il boscimano, e io respirai un po' meglio.

« Hai sentito parlare di quello che chiamavano l'Uccello-mosca, il Piccolo-uccello-del-Sole? »

Un altro lungo silenzio. Poi, con riluttanza: « Ne ho sentito parlare ».

« Sono io. »

Questa volta il silenzio si protrasse per dieci minuti o più. Sapevo che il boscimano stava considerando la mia affermazione da ogni possibile punto di vista. Finalmente parlò di nuovo.

« Io e Xhai cacciamo insieme in questa stagione. Ora arriverà. Sarà qui prima di notte. L'aspetteremo. »

« L'aspetteremo », confermai.

« Ma se ti muovi ti uccido », mi avvertì il boscimano. Ero disposto a credergli.

Xhai, il vecchio boscimano, mi arrivava alla spalla, e sa il cielo che non sono un gigante. Aveva i tipici lineamenti piatti con gli zigomi alti e gli occhi dal taglio orientale, ma la sua pelle era secca e grinzosa come la buccia di un vecchio chicco d'uva passa ingiallito. Le grinze si estendevano su tutto il corpo come se fosse ricoperto di fragile pergamena. I riccioli fitti erano ingrigiti dall'età, ma i denti erano candidi e perfetti, gli occhi neri e scintillanti. Spesso avevo pensato che fossero occhi da folletto, pieni di malizia e di curiosità intelligente.

Quando gli riferii che il suo compagno aveva cercato di ucciderci, lo giudicò molto divertente e scoppiò in una serie di risatine esplosive, coprendosi la bocca con una mano. Il giovane si chiamava Ghal; aveva sposato una delle figlie di Xhai, e perciò questi si riteneva in diritto di deriderlo senza pietà.

« L'Uccello-mosca, il Piccolo-uccello-del-Sole è un fantasma bianco! » ansimò. « Tiragli una freccia, Ghal, subito, prima che prenda il volo. » Sopraffatto dalle sue stesse spiritosaggini, Xhai si mosse barcollando in cerchio per imitare uno spettro che vola via. Ghal era molto imbarazzato e si guardava i piedi, strusciandoli nella polvere. Io ridacchiavo non molto convinto: il sibilo delle frecce era troppo fresco nella mia memoria.

All'improvviso Xhai smise di ridere e chiese ansiosamente: « Piccolo-uccello-del-Sole, hai tabacco? »

« Oh, mio Dio », esclamai in inglese.

« Cosa c'è? » Sally era allarmata dal mio tono, temeva che fosse accaduta qualche altra cosa orribile.

« Tabacco », dissi. « Non ne abbiamo. » Io e Sally non fumiamo, ma il tabacco è prezioso per i boscimani.

« Louren ha lasciato una scatola di sigari nella Land-Rover », disse Sally. « Possono andare? »

Ghal e Xhai rimasero affascinati nel vedere i cilindretti di alluminio delle confezioni dei sigari Romeo & Juliet. Quando gli mostrai come dovevano aprirli per prendere il tabacco, tubarono e cinguettarono felici. Poi Xhai fiutò il sigaro da quell'intenditore che era, annuì soddisfatto e diede un gran morso. Masticò per un poco, quindi spinse il grumo di tabacco sotto il labbro superiore. Passò l'avanzo a Ghal, che l'addentò a sua volta e seguì l'esempio del suocero. I due si rannicchiarono beati. Mi sentivo commosso. Bastava così poco per farli contenti.

Quella notte rimasero con noi: cucinarono sul nostro fuoco i ratti di boscaglia infilzati su stecchi e grigliati sui carboni senza spellarli e sbuzzarli. I peli sfrigolavano sul fuoco e puzzavano come stracci bruciati.

« Sto per vomitare », mi bisbigliò Sally mentre guardava i nostri due amici che mangiavano con entusiasmo. Ma non vomitò.

« Perché ti chiamano Uccello-mosca? » mi chiese più tardi, e io riferii la sua domanda a Xhai.

Xhai balzò in piedi ed eseguì la sua celebre imitazione di un uccello mosca, muovendo la testa a scatti saettanti e agitando le mani. Era un'imitazione convincente perché i boscimani sono eccezionali osservatori della natura.

« Dicono che mi comporto così, quando sono eccitato », spiegai.

« Sì! » esclamò Sally. Batté le mani divertita, riconoscendomi. Risero tutti e tre.

La mattina dopo andammo insieme nella caverna. I due ometti erano completamente a loro agio. Li fotografai, e Sally li disegnò seduti sulle rocce in riva al laghetto. Era affascinata dalle loro mani e dai piedi piccoli e delicati, dai glutei voluminosi che costituivano quella caratteristica anatomica nota come steatopigia e che permetteva loro di immagazzinare il nutrimento, come il cammello immagazzina l'acqua, per ogni evenienza. Ghal parlò a Xhai di ciò che stavamo facendo Sally e io il giorno prima in riva all'acqua quando ci aveva scoperti, e questo causò commenti e risate. Sally volle conoscerne il motivo, e quando glielo riferii, arrossì come il cielo al tramonto... un cambiamento piacevole perché di solito ad arrossire sono io.

I boscimani si entusiasmarono dei disegni di Sally, e questo mi permise d'introdurre con naturalezza il discorso delle pitture rupestri.

« Sono dipinti del nostro popolo », si vantò Xhai. « Questo luogo è nostro fin dall'inizio. »

Indicai l'immagine del re bianco, e Xhai spiegò francamente, senza quel riserbo e quei misteri che mi aspettavo. « È il re degli spettri bianchi. »

« Dove viveva? »

« Vive con il suo esercito di spettri sulla luna », spiegò Xhai... e pensare che critici accusano *me* d'essere un romantico!

Ne discutemmo per un po', e venni a sapere che gli spettri volano tra la luna e la terra, sono ben disposti verso i boscimani, ma è meglio essere prudenti perché qualche volta anche i comuni diavoli della foresta impersonano gli spettri bianchi. Ghal mi aveva appunto scambiato per uno di loro.

« Gli spettri bianchi sono mai stati uomini? » chiesi.

« No, certo. » Xhai era un po' sconcertato dalla domanda. « Sono sempre stati spettri e hanno sempre vissuto sulla luna e su queste colline. »

« Tu li hai mai visti, Xhai? »

« Mio nonno vide il re degli spettri. » Xhai eluse la mia domanda con molta dignità.

« E questa, Xhai? » chiesi indicando il muro di pietra con i fregi e le torri. « Che cos'è? »

« È la Città della Luna », rispose pronto Xhai.

« Dov'è... sulla luna? »

« No. È qui. »

« Qui? » chiesi. Il mio cuore cominciò a battere più forte. « Vuoi dire su queste colline? »

« Sì. » Xhai annuì e addentò di nuovo il sigaro da cinque dollari.

« Dove, Xhai? Dove? Puoi mostrarmela? »

« No. » Xhai scosse la testa con aria di rammarico.

« Perché no, Xhai? Sono tuo fratello. Sono del tuo clan », supplicai. « I tuoi segreti sono anche i miei. »

« Tu sei mio fratello », riconobbe Xhai. « Ma non posso mostrarti la Città della Luna. È una città fantasma. Solo quando la luna è piena e gli spettri bianchi discendono, la città troneggia sulla pianura ai piedi delle colline... ma l'indomani mattina è sparita. »

Il cuore non mi batteva più tanto forte. L'eccitazione s'era raffreddata.

« Tu hai visto la Città della Luna, Xhai? »

« La vide mio nonno, una volta, molto tempo fa. »

« Il nonno si dava molto da fare », commentai amaramente in inglese.

« Cosa? » volle sapere Sally.

« Te lo spiego più tardi », dissi, e tornai a rivolgermi al vecchio boscimano. « Xhai, in tutta la tua vita hai mai visto una città come questa? Con alte mura di pietra o torri rotonde? Non voglio dire qui, su queste colline, ma in qualche altro posto. A nord, in riva al grande fiume, nel deserto a ovest... da qualche parte. »

« No », rispose Xhai. « Non l'ho mai vista. » E compresi che non c'era una città perduta a nord del grande bacino e a sud dello Zambesi, perché se ci fosse stata Xhai l'avrebbe incontrata in settant'anni di incessanti vagabondaggi.

« Probabilmente fu qualche vecchio boscimano che si spinse a est per quattrocentotrenta chilometri e vide il tempio di Zimbabwe », dissi a Sally quella sera mentre, seduti accanto al fuoco, discutevamo il racconto di Xhai. « E rimase così impressionato che al ritorno lo dipinse. »

« E allora come spieghi il re bianco? »

« Non lo so », risposi sinceramente. « Forse è davvero una dama bianca con un mazzo di fiori. »

A quanto sembra, quando subisco una grave delusione come il rifiuto di Sally alla mia proposta di matrimonio o la faccenda della Città della Luna, il mio cervello smette di funzionare per un certo periodo. Così mi lasciai sfuggire completamente l'indizio, pur se il nesso era così ovvio. Santo cielo, ho un quoziente d'intelligenza di 156... sono un genio!

L'indomani mattina i due boscimani se ne andarono per tornare alle famiglie che avevano lasciato nei pressi del bacino. Portarono con loro i tesori che gli avevamo offerto. Un'accetta, lo specchietto di Sally, due coltelli e mezza scatola di sigari Romeo & Juliet. Si allontanarono trottando nell'immensità del Kalahari senza voltarsi a guardarci, e noi ci sentimmo impoveriti per il fatto di aver perduto la loro compagnia.

L'elicottero arrivò la settimana dopo e ci portò il carico di rifornimenti e di apparecchiature speciali che avevo chiesto a Louren.

Sally e io trasportammo il gommone alla caverna e lo gonfiammo in riva al laghetto. Facemmo a turno, fino a che ci vennero le vertigini.

Sally lo mise in acqua e remò allegramente intorno al laghetto mentre io preparavo il resto dell'equipaggiamento. C'era una corta canna da pesca in fibra di vetro, piuttosto pesante e nella scatola che conteneva il mulinello c'era un biglietto di Louren: « Che cosa cerchi? Pesci delle sabbie o trote del deserto? L. »

Fissai il mulinello alla canna, feci passare la lenza attraverso gli occhielli e attaccai all'estremità un peso da due chili. Sally portò il gommone al centro del laghetto, io calai in acqua il peso, sbloccai il mulinello e lasciai che la lenza incominciasse a scorrere.

Come avevo chiesto, la lenza di dacron era marcata a intervalli di quindici metri; e via via che ogni segnalino di cotone colorato spariva nell'acqua verde e luminosa, noi contavamo a voce alta.

« Cinque, sei, sette... mio Dio, Ben, è senza fondo. »

« Queste doline calcaree possono arrivare a profondità incredibili. »

« Undici, dodici, tredici. »

« Spero che la lenza sia abbastanza lunga. » Sally sbirciò con aria dubbiosa il mulinello.

« Sono ottocento metri », dissi. « Basteranno. »

« Quattordici, quindici. » Ero impressionato anch'io. Avevo pensato a una profondità di circa centoventi metri, come lo Sleeping Pool di Sinoia; invece la lenza continuava a scorrere. Finalmente sentii il piombo urtare il fondo, e la lenza si allentò. Ci guardammo, allibiti.

« Un po' più di duecentocinquanta metri », dissi.

« Mi fa paura, stare sopra a una fossa così profonda. »

« Be' », conclusi, « avevo intenzione di esplorare il fondo con un respiratore, ma ormai è da escludere. Qualunque cosa ci sia là sotto, ci resterà per sempre. Nessuno può scendere a una profondità del genere. »

Sally guardava l'acqua verde e la luce riflessa e guizzante le illuminava il viso in modo bizzarro. C'erano ombre nei suoi occhi e aveva un'espressione un po' stordita. All'improvviso si scosse, un brivido la squassò. Distolse gli occhi dalla superficie.

« Oh, che strano. Una sensazione agghiacciante, come se mi fosse passata accanto la morte. »

Cominciai a riavvolgere la lenza e Sally si stese sul fondo del gommone e fissò la volta di roccia sopra di noi. Era un compito noioso recuperare una lenza tanto lunga, ma mi misi d'impegno.

« Ben », disse all'improvviso Sally. « Guarda lassù. » Smisi di azionare il mulinello e alzai gli occhi. Non avevamo mai osservato l'apertura del tetto da quell'angolazione. La forma del varco era diversa.

« Là, Ben. Da quella parte. » Sally indicò con un gesto.

« Quel pezzo di roccia sporgente. È squadrato, e troppo regolare per essere naturale, non ti sembra? »
L'osservai per un po'.
« Forse. » Ero dubbioso.
« Sai, non abbiamo mai cercato di scoprire dove, in cima alla collina, si apre la caverna. » Sally si tese, animandosi. « Non possiamo farlo? Andiamo a vedere quella pietra squadrata. Possiamo farlo, Ben? »
« Ma certo », dissi io.
« Oggi! Subito! Possiamo andare subito. »
« Diavolo, Sal, sono già le due. Ci ritroveremmo all'aperto dopo l'imbrunire. »
« Oh, andiamo! Possiamo portare le torce elettriche. »

Sulla cresta delle colline la vegetazione era fitta e spinosa. Era una fortuna che avessi portato il machete: mi serviva per aprirci un passaggio. Avevamo individuato in modo approssimativo la posizione dell'apertura dalla piana sottostante; ma ci muovemmo più o meno a casaccio tra le piante prima che la trovassi... rischiando di caderci.
La terra si spalancò all'improvviso ai miei piedi in quello spaventoso abisso nero. Mi ributtai all'indietro, urtando contro Sally.
« C'è mancato poco. » Ero sconvolto. Mi tenni a una rispettosa distanza dall'apertura mentre facevamo il giro per arrivare al punto dove una lastra di pietra sporgeva nel vuoto.
M'inginocchiai per esaminarla. Molto più in basso la superficie del laghetto smeraldino brillava nel buio. Non mi piacciono le grandi altezze, provavo un senso di nausea mentre mi tendevo per toccare la pietra liscia.
« È regolare, Sal. » Vi passai le mani. « Ma non sento i segni dello scalpello. Comunque è logorata dalle intemperie e forse... »
Alzai la testa e l'orrore mi paralizzò. Sally s'era spinta sulla piattaforma di pietra come se fosse un trampolino. Stava là, con le punte dei piedi sull'orlo, e, mentre io assistevo inorridito, alzò le mani sopra la testa. Le puntò verso il cielo, con tutte le dita protese nello stesso gesto che aveva compiuto quando aveva visto per la prima volta il laghetto.
« Sally! » urlai, e lei mosse la testa di scatto. Barcollò leggermente. Mi sollevai in ginocchio.

« No, Sally, no! » urlai di nuovo: sapevo che stava per lanciarsi nell'avida bocca di pietra. Si sporse lentamente sull'apertura. Io corsi sulla piattaforma e, mentre stava per perdere l'equilibrio, le afferrai il braccio. Per qualche secondo terribile vacillammo e lottammo sul ciglio dello strapiombo; poi la trascinai indietro, al sicuro.

Cominciò a tremare e a piangere istericamente. Io la tenevo stretta, ero molto spaventato. Era successo qualcosa che sfuggiva alla mia capacità di comprensione, qualcosa di misterioso e di inquietante.

Quando i singhiozzi di Sally si calmarono un po' le chiesi con molta gentilezza: « Che cos'è successo, cara? Perché l'hai fatto? »

« Non lo so. Mi ha preso la vertigine, e ho sentito un rombo nella testa e... oh, non lo so, Ben. Non lo so. »

Trascorsero altri venti minuti prima che Sally si riprendesse quanto bastava per ridiscendere al campo. Il sole stava tramontando. Raggiungemmo la pista quando ormai era completamente buio.

« Tra pochi minuti sorgerà la luna, Sal. Non mi va di scendere dalla rupe con questa oscurità. Aspettiamo. »

Sedemmo affiancati sul bordo del precipizio... non per riscaldarci perché l'aria era ancora rovente e le rocce conservavano il calore del sole, ma perché eravamo ancora sconvolti dall'episodio appena vissuto. La luna era un gran chiarore giallo sotto l'orizzonte; poi spuntò gialla e tonda sopra gli alberi, e inondò la terra di una pallida luce.

Guardai Sally. Il suo volto al chiaro di luna era di un grigio argenteo, con gli occhi scuri e cerchiati. La sua espressione era remota, infinitamente triste.

« Vogliamo andare, Sal? » chiesi abbracciandola.

« Tra un attimo. È così bello. » Mi voltai a guardare la pianura inargentata dalla luna. L'Africa ha molti volti e molte atmosfere e io li amo tutti. In quel momento ci offriva una delle sue manifestazioni più incantevoli. Restammo assorti a lungo, in silenzio.

All'improvviso sentii Sally muoversi, come per alzarsi.

« Pronta? » le chiesi alzandomi con lei.

« Ben! » Mi strinse il polso con forza sorprendente e mi scosse il braccio.

« Ben! Ben! »

« Cosa c'è, Sal? Tutto bene? »

Con una mano mi scuoteva il braccio, con l'altro indicava la pianura sottostante.

« Guarda, Ben, eccola! »

« Sally! » La cinsi con entrambe le braccia per trattenerla. « Calma, mia cara. Siediti un momento. »

« Non fare l'idiota, Ben. Sono perfettamente normale. Ma guarda laggiù. »

Continuavo a tenerla stretta e guardavo. Guardavo e non vedevo nulla.

« L'hai vista, Ben? »

« No. » Ma poi, come un volto che appaia d'improvviso in un puzzle, la vidi. Era là, dove certamente era stata fin dall'inizio.

« Riesci a vederla? » Sally tremava. « Dimmi che la vedi anche tu, Ben. Dimmi che non è solo immaginazione. »

« Sì », mormorai. Non ne ero ancora certo. « Sì, credo... »

« È la Città della Luna, Ben. La città fantasma dei boscimani... La nostra città perduta, Ben. Sì. Sì... *deve* esserlo! »

Era vaga, indistinta. Chiusi gli occhi e li riaprii. C'era ancora. La doppia cinta intorno al bosco silenzioso, immensi tracciati simmetrici sulla pianura argentata, linee scure. C'erano i cerchi che segnavano i luoghi dove un tempo sorgevano le torri falliche, alcuni erano nascosti dagli alberi. Al di là delle mura c'erano le cellette della città bassa a forma di mezzaluna, sulla riva di un antico lago scomparso.

« La luna », mormorai. « La luce bassa. Segna i contorni delle fondamenta. Debbono essere spianate a tal punto che ci abbiamo camminato sopra, vissuto sopra per un mese! La luce della luna piena è forte quanto basta per gettare ombre dove sorgono ancora i ruderi. »

« La fotografia! »

« Sì. Da trentaseimila piedi di altitudine, con la luce abbastanza bassa e tenue da creare lo stesso effetto », ammisi.

« Probabilmente non l'avremmo mai vista da bassa quota. L'elicottero non si era alzato abbastanza », disse Sally.

« E poi era mezzogiorno », confermai. « Il sole alto, niente ombre. Ecco perché Louren non l'ha vista. » Era così semplice, eppure mi era sfuggito. Proprio un bel genio... Nel calcolo del quoziente dell'intelligenza qualcuno doveva aver pasticciato il mio test.

« Ma non ci sono le mura, Ben, né le torri, niente. Solo le fondamenta. Che cosa è successo? Cos'è successo alla nostra città? »

« Lo scopriremo, Sal », promisi. « Comunque dobbiamo segnarla, prima che torni a scomparire. »

Le passai una delle torce che avevo portato nello zaino. « Un lampo vuol dire 'vieni verso di me'; due, 'allontanati'; tre, 'a sinistra'; quattro, 'a destra'. Un movimento rotatorio significa 'ci sei'. » Concordammo in fretta un codice molto semplice. « Io scenderò sulla pianura e tu mi farai i segnali. Prima fammi arrivare sopra la grande torre poi guidami intorno al perimetro delle mura esterne. È meglio che lavoriamo in fretta: non sappiamo per quanto durerà l'effetto. Dammi un segnale, quando sparisce. »

Durò poco più di un'ora, e io corsi qua e là sulla pianura obbedendo ai segnali di Sally. Poi la città svanì lentamente, via via che la luna ascendeva verso lo zenith. Andai a riprendere Sally sul dirupo. Ero nudo fino alla cintura perché avevo fatto a pezzi la camicia e avevo legato le strisce ai ciuffi d'erba e ai cespugli, come contrassegni.

Quando tornammo al campo, accendemmo un gran fuoco e io tirai fuori il Glen Grant per festeggiare. Eravamo così euforici e avevamo tante cose da discutere e commentare che ci addormentammo molto tardi.

Riesaminammo dettagliatamente il fenomeno dell'illuminazione; avevamo capito come funzionava e ricordavamo che eravamo arrivati molto vicini alla verità quando avevamo discusso l'effetto del sole basso il primo giorno; dopo avevamo scoperto i gusci dei bivalvi d'acqua dolce. Parlammo dei molluschi e del loro nuovo significato.

« Giuro, e che tutti gli dèi mi siano testimoni, che non butterò più via con tanta disinvoltura una testimonianza scientifica importante », dichiarai solennemente.

« Beviamoci sopra », propose Sal.

« Ottima idea. » Riempii i bicchieri.

Poi parlammo del racconto del vecchio boscimano.

« E questo ti dimostra che ogni leggenda, ogni tradizione popolare si basa su un fatto reale, per quanto il legame possa essere confuso. » Dopo un sorso di Glen Grant, Sally era diventata molto filosofica.

« E siamo obiettivi: il mio fratello di sangue Xhai è bravissimo nel confondere i fatti del passato remoto... per esempio, la Città della Luna. »

« È un bel nome. Adottiamolo », propose Sally. « E cosa pensi del fatto che il nonno di Xhai avrebbe incontrato uno degli spettri bianchi? »

« Probabilmente vide uno dei cacciatori o dei prospettori. Ricorda che per poco non hanno scambiato per spettri anche noi. »

« Letteralmente e figurativamente », mi rammentò Sally.

Continuammo a parlare mentre la luna navigava nel cielo sopra di noi. Ogni tanto la discussione più seria degenerava in esclamazioni, tipo: « Oh, Ben, non è meraviglioso? Abbiamo un'intera città fenicia da scavare, tutta per noi », oppure: « Mio Dio, Sal, per tutta la vita ho sognato qualcosa di simile ».

Mezzanotte era passata da un pezzo quando ridiscendemmo con i piedi per terra, e Sally affrontò le questioni pratiche.

« Cosa facciamo, Ben? Lo diciamo a Louren Sturvesant? »

Versai altro whisky, piano piano, mentre riflettevo.

« Non pensi, Sal, che dovremmo fare un sondaggio, piccolo naturalmente, delle fondamenta? Tanto per essere sicuri di non renderci ridicoli. »

« Ben, sai qual è la prima regola. Non si va in giro a scavare a casaccio. Potresti distruggere qualcosa di importante. Dovremmo aspettare fino a quando avremo la possibilità di procedere con ordine. »

« Lo so, Sal. Ma non posso trattenermi. Solo uno scavo piccolo piccolo? »

« D'accordo. » Lei sorrise. « Purché sia piccolo davvero. »

« Adesso sarà meglio che cerchiamo di dormire. Sono le due passate. »

Poco prima che ci assopissimo, Sally mormorò contro il mio petto: « Mi chiedo che cosa accadde alla nostra città. Se il dipinto boscimano era fedele alla realtà, allora quelle mura enormi e le torri in muratura sono sparite ».

« Sì. Sarà affascinante scoprirlo. »

Con quella forza di carattere che a volte riesco a trovare in me, scacciai la tentazione di scavare una trincea all'interno del recinto del tempio; scelsi invece un punto sopra le fondamenta delle mura esterne dove speravo di causare meno danni.

Mentre Sally osservava con interesse e mi tempestava di consigli, segnai con le strisce strappate alle mie lenzuola i contorni dello scavo che intendevo effettuare. Una trincea stretta e lunga un metro per sei, ad angolo retto rispetto alle fondamenta.

Numerammo i nastri a intervalli di trenta centimetri, e Sally ne prese nota sul quaderno. Andai a prendere dalla Land-Rover le macchine fotografiche, gli attrezzi e il telone. La nostra trincea era a soli trenta metri dalle tende. C'eravamo accampati quasi sopra l'antico muro.

Stesi il telone che doveva ricevere la terra asportata dalla trincea, mi tolsi la camicia e la buttai da parte. Non mi vergognavo più di mostrare il mio corpo a Sally. Mi sputai sulle mani, mi piazzai tra i nastri e brandii il piccone. Prima di cominciare lanciai un'occhiata a Sally, seduta sul telone con un gran cappellaccio in testa.

« Posso partire? » le chiesi con un gran sorriso.

« Fino in fondo, amico? » disse lei. Trasalii. Quelle parole stridevano: erano mie e di Louren. Non le dicevamo mai a nessun altro. Poi all'improvviso pensai: diavolo, voglio bene anche a lei.

« Fino in fondo, ragazza mia! » esclamai, e vibrai il piccone. Era piacevole sentirlo leggero nelle mie mani, sentirlo affondare nel terreno sabbioso. Lavorai con impegno, maneggiando agevolmente piccone e badile; ma molto presto il sudore cominciò a scorrermi in rivoletti sul corpo e a intridere i calzoni. Mentre buttavo sul telone la terra spalata dalla trincea, Sally incominciò a setacciarla scrupolosamente. Lavorava chiacchierando allegra, ma le mie uniche risposte erano i borbottii che accompagnavano ogni colpo di piccone.

Prima di mezzogiorno avevo aperto la trincea in tutta la lunghezza, fino a una profondità d'un metro. Dopo quarantacinque centimetri il suolo sabbioso lasciava il posto a un terriccio rossastro e scuro che conservava ancora l'umidità delle piogge recenti. Riposammo; mangiai un po' di roba in scatola e bevvi una bottiglia di Windhoek per recuperare in parte i liquidi persi con il sudore.

« Sai », disse Sally guardandomi con aria pensierosa, « quando ci si abitua, il tuo corpo ha una sua strana bellezza. » Arrossii fino a quando i miei occhi si riempirono di lacrime.

Lavorai per un'altra ora, poi all'improvviso la punta del piccone si colorò di nero. Vibrai un altro colpo... ancora nero. Lo lasciai cadere e m'inginocchiai nella trincea.

« Che cos'è? » Sally mi raggiunse immediatamente.

« Cenere », risposi. « Carbone di legna. »

« Un antico focolare? »

« Può darsi. » Per mia fortuna non mi sbilanciai e così più tardi potei rimproverarla per la sua presunzione. « Preleviamo qualche campione per farlo datare. »

Lavoravo con maggiore cautela, cercando di portare allo scoperto lo strato di cenere senza manometterlo. Accertammo che variava tra i sei millimetri e i cinque centimetri. Sally annotò la profondità dalla superficie e la posizione di ogni campione di carbonella che prendevamo, mentre io fotografavo la trincea e i nastri.

Poi ci rialzammo in piedi e ci guardammo in faccia.

« È troppo grande per essere un focolare », disse lei. Annuii. « Non dovremmo scavare più profondamente, Ben. Non in questo modo rozzo, con piccone e badile. »

« Lo so », dissi. « Ci limiteremo a metà della trincea, e lasceremo indisturbato lo strato di cenere... farò questa concessione alle regole... ma ho intenzione di andare fino in fondo, fino alla crosta rocciosa se sarà possibile. »

« Sono contenta che tu dica così », mi approvò Sally. « È esattamente ciò che penso anch'io. »

« Tu incomincia dall'altra estremità. Io comincerò da qui e procederemo uno verso l'altra », dissi. Rimuovemmo lo strato di cenere da metà della trincea. Scoprii che immediatamente al di sotto c'era un fondo di argilla dura e, anche se non lo dissi, pensai che fosse uno strato artificiale, non naturale, sistemato lì nel corso della costruzione.

« Sii prudente », dissi a Sally.

« Così parlò l'uomo piccone-e-badile », mormorò lei in tono sarcastico senza alzare la testa. E quasi immediatamente fece la prima scoperta nelle rovine della Città della Luna.

Ora, mentre scrivo, ho davanti a me il suo quaderno con le pagine piene di ditate di terriccio e di annotazioni in quella sua scrittura da scolaretta.

Trincea I. AC.6 II.4. Profondità: cm 128.
Reperto: Una perla di vetro. Ovale. Azzurra. Circonf. mm 2,5. Perforata. Leggermente distorta dal calore.
Osservazioni: Trovata in strato di cenere al Livello I.
Indice No. CM.1.

Questa annotazione laconica non può dare idea del nostro giubilo, dei nostri abbracci entusiastici, delle nostre risate sotto il sole. Era una tipica perlina fenicia azzurra, usata per gli scambi. La strinsi forte nella mano.

« La prenderò e gliela caccerò in gola », minacciai. Naturalmente mi riferivo ai miei critici.

« Se hanno la gola ristretta quanto la mentalità, Ben caro, basterà per strozzarli. »

Cominciai a usare un piccone di dimensioni inferiori, e dopo un quarto d'ora feci un'altra scoperta. Un frammento d'osso carbonizzato.

« Umano? » chiese Sally.

« Può darsi. La testa di un femore umano... il resto dell'osso è stato consumato dal fuoco. »

« Cannibalismo? Cremazione? » azzardò Sally.

« Come corri », dissi.

« Allora, che cosa ne pensi? » chiese in tono di sfida. Rimasi in silenzio a lungo. Poi mi decisi.

« Credo che a questo livello la Città della Luna sia stata saccheggiata e incendiata e i suoi abitanti massacrati, le mura abbattute e gli edifici distrutti. »

Sally zufolò sommessamente e mi guardò con un'espressione di simulato stupore. « E tutto questo in base a una perlina e un pezzo d'osso... ci vuole una bella fantasia! »

Quella sera, in risposta alle domande che Larkin muggiva alla radio, risposi: « Grazie, Peter. Va tutto bene. No, non abbiamo bisogno di niente. Sì, bene. Dica al signor Sturvesant che qui non ci sono cambiamenti. Niente da segnalare ».

Spensi l'apparecchio ed evitai lo sguardo di Sally.

« Sì », mi disse lei in tono severo. « Dopo una bugia simile, dovresti vergognarti. »

« Be', sei stata tu a dire che dopotutto si tratta solo di una perlina e d'un frammento d'osso. »

Ma due sere dopo non potei più contare su quella scusa perché avevo scavato la trincea fino a due metri e venticinque e avevo scoperto il primo di quattro corsi di un muro a secco. Le pietre erano lavorate con cura e ben squadrate. Le giunture fra l'una e l'altra erano così perfette che non poteva penetrarvi neppure la lama d'un coltello. Erano pietre più grandi di quelle di

Zimbabwe, ed erano evidentemente destinate a sostenere il peso di un edificio imponente. In media misuravano un metro e venti per sessanta centimetri per sessanta. Erano ricavate dall'arenaria rossa come quella dei dirupi e, mentre ne osservavo la lavorazione mi rendevo conto che erano opera di artigiani appartenenti a una civiltà ricca e potente.

Quella sera parlai di nuovo con Larkin.

« Fra quanto può far arrivare un messaggio al signor Sturvesant, Peter? »

« Dovrebbe essere rientrato oggi da New York. Posso provare a telefonare stasera. »

« Sì, per favore. »

L'elicottero arrivò alle tre del pomeriggio seguente, e io gli corsi incontro, infilandomi la camicia.

« Che cosa mi hai trovato, Ben? » chiese Louren mentre scendeva a terra, biondo e imponente.

« Credo che ti farà piacere », gli dissi. Ci stringemmo la mano.

Cinque ore più tardi eravamo seduti intorno al fuoco e Louren mi sorrideva da sopra l'orlo del bicchiere.

« Avevi ragione, ragazzo mio. Mi piace! » Era la prima opinione che esprimeva da quando era arrivato. Aveva seguito me e Sal dallo scavo alla caverna e alla sommità del dirupo, aveva ascoltato attentamente le nostre spiegazioni, aveva scosso la testa con un sorriso quando gli avevo spiegato la nostra teoria circa l'angolazione bassa della luce sulle rovine, e ogni tanto aveva sparato una domanda con lo stesso tono che usava nei consigli d'amministrazione. Ogni volta la domanda era pertinente e profonda, come se stesse valutando un problema d'affari.

Quando parlava Sally, le stava vicino e la guardava apertamente in faccia con un'espressione estatica sul volto classico. Una volta lei gli aveva toccato il braccio per sottolineare un'affermazione, e si erano scambiati un sorriso. Ero contento di vedere che finalmente erano diventati amici, perché erano le due persone più care che avevo al mondo.

Louren s'era inginocchiato con me sul fondo della trincea e aveva accarezzato la pietra lavorata, aveva tenuto nel palmo l'osso carbonizzato e la perlina di vetro, aggrottando la fronte come se cercasse di carpirne il segreto con la sola forza della concentrazione.

Poco prima del tramonto, dietro sua insistenza, tornammo

alla caverna per osservare la parete di fondo. Accesi una delle lanterne a gas e la piazzai in modo che la luce investisse l'immagine del re bianco. Poi sedemmo in semicerchio e la studiammo in ogni dettaglio. La testa del re era di profilo, e Sally indicò i lineamenti, il naso lungo e dritto, la fronte alta.

« Non è una faccia africana », disse, e indicò l'immagine di un'altra figura, poco più avanti. « Guardi quello. È un bantu, e non c'è possibilità di sbagliare. L'artista era abbastanza abile per differenziare tra i lineamenti dei due tipi. »

Louren, tuttavia, non distoglieva l'attenzione dal re. Anche stavolta sembrava cercare di strappargli il suo segreto, ma il re rimaneva altero e distaccato. Alla fine Louren si alzò con un sospiro. Stava per allontanarsi quando il suo sguardo si posò sulle figure vestite di bianco, sotto al sovrano.

« Chi sono? » chiese.

« Li abbiamo chiamati sacerdoti », spiegai. « Ma Sally pensa che potrebbero essere mercanti arabi oppure... »

« La figura centrale... » Louren indicò un sacerdote. La sua voce era brusca, quasi allarmata. « Che cosa sta facendo? »

« S'inchina al re », disse Sally.

« Perché, anche se s'inchina, è più alto degli altri? » obiettò Louren.

« Le dimensioni erano un mezzo usato dall'artista boscimano per esprimere l'importanza. Basta osservare la grandezza relativa del re... sebbene siano pigmei, si raffigurano sempre come giganti... La statura della figura al centro deve significare che era il sommo sacerdote... oppure il capo degli arabi, se ha ragione Sally. »

« Se s'inchina, lo fa soltanto con la parte superiore del corpo, ed è l'unico a farlo. Gli altri stanno eretti. » Louren non era ancora convinto. « Si direbbe quasi... » Non finì la frase e scosse la testa. Poi rabbrividì per un momento e io vidi la pelle abbronzata delle sue braccia accapponarsi.

« Si sta facendo freddo, qui dentro », disse incrociandole sul petto. Senza rendermene conto, m'ero alzato a mia volta.

« Torniamo al campo », disse Louren. Riprese a parlare solo dopo che io ebbi acceso un bel fuoco scoppiettante.

« Hai ragione, ragazzo mio. Mi piace! » Bevve un sorso del whisky di malto. « E adesso cominciamo a parlare di prezzi », propose.

« Fissali tu per noi, Lo », dissi.

« Tratterò con il governo del Botswana. Potrò esercitare qualche pressione. Redigeremo un accordo formale e molto probabilmente divideremo i reperti metà e metà; dovranno garantirci l'accesso e i diritti esclusivi... e altre cose del genere. »

« Bene. È la tua specialità, Lo. »

« Se non ti conosco male, Benjamin, avrai già preparato un elenco di tutto ciò che ti serve, gli uomini che vuoi come collaboratori, l'equipaggiamento... Ho ragione? »

Risi e sbottonai il taschino. « Per la verità... sì. » Gli porsi tre fogli protocollo, e Louren li scorse in fretta.

« Molto spartano, Ben », disse congratulandosi con me. « Ma penso che faremo le cose un po' più in grande. Voglio almeno una pista d'atterraggio rudimentale, qui, tanto per cominciare. In grado di accogliere un Dakota. Si avvicina la stagione calda. Morireste, se doveste vivere sotto una tenda. Abbiamo bisogno di costruzioni più solide, uffici, magazzini con aria condizionata. Quindi sarà necessario un generatore per la luce e per pompare l'acqua dal laghetto. »

« Nessuno potrà mai accusarti di lesinare, Lo », gli dissi. Ridemmo. Sally mi riempì di nuovo il bicchiere. Ero felice e fiero di me, quella sera. Ne avevo motivo, dopo aver scovato un segreto rimasto nascosto per millenni; e Louren mi avrebbe appoggiato fino in fondo. Il whisky mi andava giù come se fosse acqua.

Bevevo molto whisky, una volta. Era un sistema per dimenticare certe cose e rendere più facile l'accettarne altre. Poi, circa sei anni prima, mi ero accorto che da un anno non lavoravo più a un libro, che la mia memoria e il mio intelletto stavano diventando confusi e inaffidabili, e la mattina mi tremavano le mani. Adesso bevo ancora un bicchierino o due, la sera, e ogni tanto aumento la dose. Ma adesso bevo perché sono felice, non perché sono triste.

« Andiamo, Ben. Stasera abbiamo qualcosa da festeggiare. » Sally rise e mi versò un'altra razione abbondante.

« Uau! Vacci piano, dottoressa », protestai fiaccamente. Ma quella sera mi sbronzai, una sbronza piacevole e soddisfatta. Con molta dignità rifiutai quando Louren si offrì di aiutarmi, e mi diressi tutto solo verso la tenda dove Sally, per decenza, mi aveva relegato dall'arrivo di Louren. Mi buttai sul letto senza spogliarmi e mi addormentai come un sasso. Mi svegliai per metà quando entrò Louren e si sdraiò sull'altra branda. Ricordo che aprii gli occhi e vidi il chiarore della luna calante oltre l'apertura della tenda... o forse era il primo barlume dell'alba? Non mi parve importante, allora.

Il personale per il progetto era la cosa fondamentale, e in quanto a questo ebbi fortuna. Peter Willcox doveva avere una licenza sabbatica dall'Università di Città del Capo. Presi l'aereo e andai a fargli visita; in sei ore lo convinsi che non avrebbe trovato molto gradevoli le attrattive delle città europee. Fu un po' più difficile convincere sua moglie Heather... fin quando non le mostrai le fotografie del re bianco. Come Sally, anche lei è una specialista nel campo dell'arte rupestre.

Erano due persone in gamba, l'ideale come collaboratori in uno scavo. Eravamo stati insieme nelle grotte di Slangkop. Tutti e due avevano appena superato la trentina; lui con la pancetta e la testa quasi pelata, gli occhiali con la montatura metallica e i calzoni eternamente sul punto di cascare... si tirava su la cintura in continuazione. Lei era magra e spigolosa, con una bocca larga e ridente e il viso lentigginoso. Non avevano figli, erano tipi allegri e laboriosi. Peter suona discretamente la fisarmonica e Heather ha una voce che ben si armonizza con la mia.

Peter mi presentò due dei suoi laureati e me li raccomandò senza riserve. Al mio primo incontro con loro rimasi un po' stupito. Ral Davidson era un giovane di soli ventun anni... e per la verità non si capiva subito che era un uomo. Tuttavia Peter mi assicurò che sotto quella massa disordinata di capelli c'era il cervello di un archeologo promettente. La sua fidanzata era occhialuta e si era classificata al primo posto tra i laureati del suo corso. Sebbene fosse scialba e bruttina (e io preferisco le belle donne), mi conquistò subito mormorando in tono estatico: « Dottor Kazin, il suo *Africa antica* è la cosa più entusiasmante che abbia mai letto ».

Questa dimostrazione di buon gusto mi indusse a ingaggiarli tutti e due.

Peter Larkin mi trovò quarantasei operai africani dei territori meridionali del Botswana che non avevano mai sentito parlare delle Colline di Sangue né della relativa maledizione.

L'unico inconveniente me lo causò Timothy Mageba. Tornato da Città del Capo, passai cinque giorni al Centro, a Johannesburg, e feci tutto il possibile per convincere Timothy che avevo bisogno di lui.

« *Machane* », mi disse, « qui c'è un lavoro che non può fare nessun altro. » Avrei ricordato le sue parole, più tardi. « Dove vai tu, invece, c'è un lavoro che possono fare molti altri. Hai già quegli uomini e quelle donne e sono tutti specialisti. Non hai bisogno di me. »

« Ti prego, Timothy. Si tratterebbe di sei mesi, più o meno. Il tuo lavoro qui può aspettare. »

Scosse la testa con veemenza, ma io insistetti.

« Ci tengo davvero e ho bisogno di te. Ci sono cose che tu solo puoi spiegare. Timothy, sulle pareti di roccia ci sono più di milletrecento metri quadrati di dipinti. In gran parte sono simboli, immagini stilizzate che tu solo... »

« Dottor Kazin, potrai mandarmi le copie e io ti darò la mia interpretazione. » Timothy passò all'inglese e questo, nel rapporto con lui, era sempre un segno scoraggiante. « Spero che non m'imporrai di lasciare il Centro proprio adesso. I miei assistenti non possono lavorare senza la mia guida. »

Ci fissammo per qualche secondo. La situazione non aveva vie d'uscita. Potevo ordinargli di partire con me, ma un collaboratore svogliato è peggio di niente. Negli occhi scuri di Timothy ardeva una fiamma ribelle e indipendente, e io sapevo che si rifiutava di accompagnarmi per una ragione più profonda.

« Si tratta...? » Esitai. Stavo per chiedergli se il motivo era l'antica maledizione. È sempre inquietante scoprire che la superstizione condiziona un uomo intelligente e istruito. Ero restio a parlarne con franchezza perché con un africano, persino con Timothy, una domanda diretta è considerata una goffaggine scortese.

« Ci sono sempre molte ragioni all'interno di ogni ragione, dottore. Ti prego, credimi quando ti dico che sarà meglio se questa volta non ti accompagno. »

« Sta bene, Timothy », dissi, rassegnato. Mi alzai. Ci guardammo di nuovo negli occhi, e mi sembrò che fosse cambiato. Le fiamme guizzavano più vive... e provai di nuovo un profondo fremito di disagio, forse di paura.

« Ti assicuro, dottore, che il mio lavoro qui è arrivato a una fase critica. »

« Sarà molto interessante vederlo quando sarai pronto, Timothy. »

I miei quattro nuovi assistenti arrivarono con il volo di linea da Città del Capo l'indomani mattina, e andammo direttamente all'hangar della Sturvesant, dove il Dakota era già ad attenderci.

Fu un volo chiassoso e allegro. Peter aveva portato la fisarmonica, e io non viaggio mai senza la mia vecchia chitarra. Attaccammo un paio di motivi facili come *Abdul Abulbul Emir* e *Verdi crescono le canne, oh!* E scoprii con molta soddisfazione che Ral Davidson fischiettava in modo molto armonioso e che Leslie aveva una graziosa vocina di soprano.

« Quando avremo finito gli scavi, vi porterò tutti in tournée », dissi, e cominciai a insegnare qualcuna delle mie composizioni.

Avevo lasciato da tre settimane le Colline di Sangue e, mentre le sorvolavamo, notai i cambiamenti che erano avvenuti in mia assenza. La pista d'atterraggio, con tanto di manica a vento, era già stata ricavata sulla piana polverosa. Accanto, c'era un gruppo di prefabbricati: un lungo bungalow centrale, con intorno gli alloggi. Una torre di tralicci metallici sosteneva un serbatoio d'acqua da diecimila litri, e più oltre c'era l'accampamento degli operai africani.

Sally ci aspettava sulla pista. Caricammo i bagagli sulla Land-Rover e andammo a vedere la nostra nuova residenza. Mi aspettavo di trovare anche Louren, ma Sally mi spiegò che era partito il giorno prima, dopo una breve permanenza.

Con molto orgoglio, Sally ci fece da guida nel campo. Il bungalow centrale, munito di aria condizionata, aveva a un'estremità una saletta di ritrovo, al centro un ampio ufficio e, più oltre, un magazzino. C'erano quattro baracche residenziali, anch'esse con l'aria condizionata ma arredate sobriamente. Sally ne aveva assegnata una ai Willcox, una a se stessa e a Leslie, una a Ral e a me, e una quarta era a disposizione di Louren o di altri visitatori, piloti e ospiti.

« Vorrei proporre qualche miglioramento nell'assegnazione dei posti letto », mormorai irritato.

« Povero Ben. » Sally mi rivolse un sorriso crudele. « La civiltà non perdona. A proposito, spero che ti sia ricordato di portare il costume da bagno. Mai più tuffi senza niente addosso. »

Adesso mi rammaricavo di tutto ciò che Louren aveva fatto per me. Le Colline di Sangue non erano più un luogo solitario e misterioso nel deserto ma una piccola comunità attiva, con l'aereo che atterrava regolarmente, le Land-Rover che sollevavano nubi di polvere e persino lo sferragliare della pompa elettrica per l'acqua che infrangeva il silenzio sognante della caverna e turbava le acque tranquille del laghetto smeraldino.

Il mio gruppo si abituò rapidamente ai compiti prestabiliti. Sally continuava a lavorare nella caverna con un giovane assistente africano. Ognuno degli altri quattro, a capo di una squadra di dieci operai, aveva un'area precisa dove operare.

Peter e Heather avevano scelto di lavorare fuori delle mura principali, nelle rovine della città bassa. Era lì che gli Antichi dovevano aver scaricato i rifiuti, i vasi rotti, le vecchie armi, le perline di scarto e altre affascinanti reliquie di una civiltà scomparsa.

Ral e Leslie, che sognavano ori e gemme, si buttarono a pesce sull'opportunità di scavare all'interno della cinta, un'area che gli Antichi dovevano aver tenuto meticolosamente pulita; era quindi molto meno probabile che scoprissero qualcosa di interessante. Tale è la diversità tra l'esperienza e l'inesperienza, tra l'impetuosità della gioventù e il freddo calcolo di chi è più maturo.

Io rimasi libero, con mansioni di supervisore e di consigliere. Passavo il tempo dove potevo rendermi più utile. Osservavo Ral e Leslie per assicurarmi che la loro metodologia e la loro tecnica fossero soddisfacenti, e poi mi rilassavo quando constatavo che Peter Willcox non aveva sbagliato a raccomandarmeli. Erano giovani intelligenti ed entusiasti e, soprattutto, sapevano destreggiarsi bene in uno scavo archeologico.

Le quattro squadre si misero sulla buona strada mentre i più pigri e i meno brillanti degli operai africani venivano via via isolati. In meno tempo di quanto avessi sperato, la ditta Kazin & soci si stava facendo valere in modo apprezzabile.

Era un lavoro lento, meticoloso e molto soddisfacente. Ogni sera, prima dei canti abituali nella saletta di ritrovo, discutevamo ciò che si era fatto in giornata, e le scoperte venivano valutate e inserite nel quadro generale.

La prima scoperta conclusiva cui giungemmo fu che lo strato di cenere del Livello I era presente in tutto il sito, persino nella città bassa, sebbene non fosse distribuito in modo omogeneo: infatti a seconda dei tratti aveva uno spessore variabile. La datazione per mezzo del carbonio, tuttavia, dava risultati piuttosto coerenti, e tutti concordavamo sul 450 d.C. Sembrava una data coeva dei più antichi dipinti boscimani nella caverna, o al massimo di poco anteriore.

Eravamo concordi anche nel ritenere che l'occupazione della caverna da parte dei boscimani fosse avvenuta immediatamente dopo la partenza o la scomparsa degli Antichi dalla città. Per scrupolo chiamavamo « Antichi » i primi occupanti, perché avevamo ancora bisogno di prove per poter usare il termine « fenici ». E personalmente mi auguravo che questa situazione fosse chiarita molto in fretta.

Associati allo strato di cenere c'erano inquietanti resti umani. Ral scoprì nella cenere, alla base della torre principale, un incisivo, Peter un omero intero assieme a molti altri frammenti d'osso non identificabili. Quei resti umani insepolti contribuirono a far accettare da tutti la mia teoria circa la fine violenta della Città della Luna.

Questa teoria era rafforzata dalla sconcertante scomparsa di mura e torri che, come si poteva ragionevolmente supporre, un tempo sorgevano su quelle basi d'argilla con le fondamenta di pietra che ritrovavamo lungo il contorno del recinto del tempio.

Un po' esitando, Ral accennò alla possibilità di un nemico accecato dall'odio e deciso a cancellare ogni traccia degli Antichi. Questo potevamo accettarlo.

« Mi sembra abbastanza logico. Ma che fine fecero quelle migliaia di tonnellate di massicce opere murarie? » Così Sally espresse l'obiezione che era venuta in mente a tutti.

« Le dispersero sulla pianura », ipotizzò Ral.

« Un compito erculeo. E inoltre, a quei tempi la pianura era un lago. Per sbarazzarsene avrebbero dovuto spargerle lungo la zona tra i dirupi e la riva. Invece non c'è traccia. »

Con l'aria di scusarsi, Peter Willcox ci rammentò le affermazioni contenute nel libro di Credo Mutwa, *Indaba Figlio Mio*, secondo le quali un'antica città era stata trasportata dai suoi abitanti, blocco per blocco, dal lontano occidente, e ricostruita a Zimbabwe.

« Questa è arenaria rossa », intervenne Sally in tono brusco. « Zimbabwe è in granito, estratto dalla roccia su cui sorge. Zimbabwe è quattrocentoquaranta chilometri più a est. Sarebbe stata un'impresa impensabile. Posso accettare che siano state per così dire 'esportate' le tecniche costruttive, ma non il materiale. »

Nessuno aveva altre idee da proporre; e potevamo passare dalle teorie ai fatti. Al termine di sei settimane Louren Sturvesant venne a trovarci per la prima volta. Gli scavi e gli altri lavoro furono sospesi per due giorni, e tenemmo un seminario presieduto da me, nel corso del quale presentammo a Louren tutti i risultati ottenuti fino a quel momento e le nostre conclusioni.

Erano davvero sensazionali. Tanto per cominciare l'elenco dei manufatti, dei frammenti di vasellame e di altri reperti riempiva 127 pagine protocollo battute a macchina. Li avevano trovati quasi tutti Peter e Heather, e furono loro ad aprire il seminario.

« Finora gli scavi all'esterno della cinta si sono limitati all'area settentrionale, entro i trecento metri dal perimetro esterno. Tutto sommato, sembra che fosse un complesso di stanzette e di piccoli edifici in mattoni crudi, con i tetti di pali e paglia... »

Peter descrisse dettagliatamente l'area, elencò la grandezza media delle stanze e la posizione esatta di ogni oggetto scoperto. Louren cominciò ad agitarsi sulla sedia e a giocherellare con il sigaro. Peter è meticoloso, quasi pignolo, quando si tratta di lavoro. Finalmente arrivò alle conclusioni. « Sembra quindi che quest'area fosse un ampio bazar e mercato. » Ci condusse nel magazzeno a esaminare quanto era stato trovato nella zona. C'erano frammenti di ferro molto arrugginito, un pettine di bronzo, il manico d'un coltello foggiato come un corpo di donna, quattordici rosette di bronzo che pensavamo avessero ornato uno scudo di cuoio, dischi bronzei per un peso d'una decina di chili, e oggetti a forma di sole e di stelle che chiaramente erano ornamenti, sedici lastre di bronzo battuto e sagomato che speravamo avessero fatto parte di un'armatura, un magnifico piatto anch'esso bronzeo, del diametro di cinquanta centimetri, intarsiato con l'immagine del sole e con un bordo complesso, e altri venti chili di frammenti di bronzo così malridotti da risultare non identificabili.

« Questi sono tutti gli oggetti bronzei recuperati finora », disse Peter a Louren. « La lavorazione è rozza, ma come concezione ed esecuzione non corrisponde a quella bantu. Potrei riferirla più facilmente a ciò che sappiamo dell'artigianato fenicio. Diversamente dai greci e dai romani, i fenici attribuivano scarso valore alle arti. I loro manufatti, così come i loro edifici, erano massicci e realizzati in modo grossolano. Un altro fatto che emerge chiaro è il culto del sole. Era senza dubbio una comunità politeista, ma il culto del sole era predominante. In questo abitato sembra che Baal, la divinità fenicia maschile, fosse personificata dal sole. »

Pensavo che Peter stesse commettendo l'errore di tirare un po' per le lunghe, ma lo lasciai continuare senza interromperlo. Dopo aver discusso ogni reperto, ci condusse a un'altra fila di tavoli dove stavano tutti gli oggetti di vetro e di ceramica.

« Cinquantasette chili di perle di vetro... i colori prevalenti sono azzurro e rosso. Colori fenici, con bianchi, verdi e gialli recuperati soltanto nei Livelli I e II. In altre parole, roba posteriore al 50 d.C., data che coincide approssimativamente con la fase finale dell'assorbimento della civiltà fenicia a opera dei romani nell'area mediterranea, e con la sua graduale scomparsa. »

Intervenni. « I romani assorbirono così completamente i fenici e le loro opere che ne sappiamo pochissimo... »

La mia attenzione fu attratta da Sally. Era di umore scintillante, completamente diversa dalle sei settimane precedenti, durante le quali s'era mostrata chiusa e incupita. S'era lavata i capelli, che splendevano di tenui riflessi. Anche la sua carnagione brillava di sfumature dorate là dove il sole l'aveva toccata; si era truccata gli occhi e messo il rossetto. Era così bella che provai una stretta al cuore. Con uno sforzo, concentrai di nuovo i miei pensieri sui tavoli.

« ...E una dimostrazione è il ricupero di queste ceramiche », stava dicendo Peter. Indicò gli innumerevoli frammenti e i pochi pezzi completi. « Su tutti, a parte un'unica eccezione, non vi sono iscrizioni. E l'eccezione è questa. » Mostrò un coccio che stava al posto d'onore e lo porse a Louren. Anche se tutti noi l'avevamo ammirato e studiato cento volte, ci affollammo intorno a Louren mentre l'esaminava. C'era un simbolo inciso nell'argilla cotta.

« Una scheggia dell'orlo di una coppa o di un vaso. Il simbolo potrebbe essere una 'T' punica. »

Louren si girò impulsivamente verso di me e mi posò una mano sulla spalla. « È decisivo, Ben. Dovranno accettarlo, senza il minimo dubbio. »

« No, Lo, assolutamente. » Scossi la testa in un gesto di rammarico. « Grideranno che è importato. È il solito vecchio trucco: screditare tutto ciò che non riesci a spiegare o che non suffraga le tue teorie, dicendo che è stato importato nel corso di scambi commerciali. »

« Sembra proprio che tu non possa spuntarla, Ben », commentò Louren con aria comprensiva, e io sorrisi.

« Almeno non abbiamo scoperto ceramiche di Nanchino del

secolo decimoquarto... o un vaso da notte con il ritratto della regina Vittoria! »

Passammo ridendo a una raccolta di oggetti di rame. C'erano bracciali e fibule, incrostate di verde e consunti. C'erano matasse di filo di rame, e lingotti dalla caratteristica forma a croce di Sant'Andrea, del peso di cinque chili.

« Questi non sono una novità », osservò Louren.

« No », ammisi. « Si trovano in tutta l'Africa centrale e meridionale. Ma la forma è la stessa dei lingotti di stagno portati dalle miniere della Cornovaglia dai fenici... o dei lingotti di rame delle antiche miniere di Cipro. »

« E neppure questo è conclusivo? » Louren mi guardò e io scossi la testa, poi lo condussi a vedere gli oggetti di ferro che avevamo ricuperato. Erano tutti arrugginiti e danneggiati al punto che era molto difficile indovinarne la forma originale. C'erano centinaia di punte di freccia, quasi tutte ritrovate nei Livelli I e II, punte di lancia e lame di spade, asce e coltelli.

« A giudicare dalla quantità delle armi, di quelle che riteniamo armi, gli Antichi erano molto bellicosi. Oppure avevano paura di venire aggrediti e si armavano per difendersi », spiegai. Vi fu un mormorio di approvazione. Dalla sezione riservata al ferro passammo alla collezione delle mie foto che mostravano ogni fase degli scavi, vedute della città bassa, del tempio, dell'acropoli e della caverna.

« Molto interessante, Ben », disse Louren. « È tutto quel che hai da mostrarmi? »

« Il meglio viene adesso. » Non seppi resistere a un pizzico di teatralità. Avevo chiuso con un paio di schermi l'estremità del magazzino. Condussi Louren oltre il primo, seguito dai collaboratori che attendevano con ansia la sua reazione. Fu gratificante.

« Buon Dio! » Louren si fermò di colpo e fissò le colonne falliche sovrastate dagli ornamenti. « Gli uccelli di Zimbabwe! »

Erano tre. Sebbene incompleti, erano alti circa un metro e mezzo e avevano una circonferenza di settantacinque centimetri. Uno solo era relativamente indenne; gli altri due erano mutilati e irriconoscibili. La scultura in cima a ogni colonna aveva evidentemente raffigurato, in origine, una sorta di avvoltoio dal becco massiccio, le spalle curve e gli artigli di rapace. Erano molto simili, per concezione ed esecuzione, a quelli scoperti a Zimbabwe da Hall, MacIver e altri.

« Non sono gli uccelli di Zimbabwe », dissi a Louren.

« No », confermò Sally. « Gli uccelli di Zimbabwe furono copiati da questi. »

« Dove li avete trovati? » chiese Louren, mentre si avvicinava per vedere meglio le figure di steatite verde.

« Nel tempio. » Sorrisi a Ral e Leslie che assunsero un'aria modesta. « Nella cinta interna. Probabilmente sono oggetti religiosi... guarda i simboli solari intorno alla colonna. Dovevano essere associati al culto di Ball quale divinità del sole. »

« Noi li abbiamo chiamati uccelli del sole », spiegò Sally. « Dato che secondo Ben sarebbe stato un po' presuntuoso chiamarli uccelli di Ophir. »

« Perché sono sfigurati? » Louren indicò la fragile pietra verde sfregiata dai colpi.

« Chissà. » Scrollai le spalle. « Ma sappiamo che erano stati rovesciati e giacevano sparsi nello strato di ceneri del Livello I. »

« Questo è molto interessante, Ben. » Louren girò gli occhi sull'ultimo schermo in fondo al magazzino. « Avanti, vecchio mascalzone, non fare il misterioso. Che cosa nascondi là dietro? »

« Ciò su cui si basavano la città e la civiltà... » Aprii lo schermo. « Oro! »

C'è qualcosa in quello splendido metallo, che esalta l'immaginazione. Tutti ammutolirono. Gli oggetti erano stati puliti meticolosamente e le superfici brillavano di quel lucore morbido e tipico dell'oro.

Elencare a freddo la collezione guasta in un certo senso il suo incanto e il suo mistero. Il peso lordo dei pezzi ammontava a più di ventun chili. C'erano quindici barre d'oro nativo, delle dimensioni e dello spessore dell'indice di un uomo. C'erano quarantotto pezzi di gioielleria lavorati rozzamente, spille, fibule e pettini. C'era una statuina femminile alta undici centimetri...

« Astarte... Tanith », mormorò Sally accarezzandola. « Dea della luce e della terra. »

C'erano una manciata di perline d'oro il cui filo s'era disintegrato da secoli, dozzine di dischi solari e molti frammenti, scaglie e bottoni che non avevano una forma precisa o uno scopo comprensibile.

« E poi c'è questo », dissi, sollevando il pesante calice d'oro massiccio. Era schiacciato e appiattito ma la base era intatta.

« Guarda », dissi indicando il fregio che l'ornava con un'eccezionale delicatezza di linee.

« L'*ankh*? Il simbolo egizio della vita eterna? » Louren mi guardò per chiedere conferma. Annuii.

« Sappiamo che a volte i faraoni si servivano dei fenici per procurarsi tesori. Chissà, forse questo », continuai rigirando il calice fra le mani, « era un dono del faraone al re di Ophir. »

« E ricordate la coppa nella mano destra della Dama Bianca del Brandberg? » chiese Sally.

Bastò per farci discutere fino alle ore piccole; e il giorno dopo Sally, con l'aiuto di Heather Willcox, mostrò i disegni e gli acquarelli che riproducevano le pitture nella caverna. Quando indicò il re bianco, Louren aggrottò di nuovo la fronte, si alzò e andò a esaminarlo più da vicino. Attendemmo a lungo, in silenzio, prima che alzasse la testa per fissare Sally.

« Vorrei che me ne facessi una copia, per la mia collezione personale. Ti dispiace? »

« Sarà un piacere. » Sally gli sorrise, felice. Era ancora tutta gaiezza e soddisfazione, e si godeva la « sensazione » che aveva suscitato con il suo lavoro. Sally, come molte donne belle, non è ostile all'idea di apparire alla luce della ribalta. Sapeva di aver fatto un ottimo lavoro e teneva agli applausi.

« Ecco, non sono riuscita a capire cosa siano questi. » Con un sorriso, Sally mise un altro foglio sul cavalletto della sala di ritrovo. « Finora ho isolato diciassette simboli simili. Heather li chiama cetrioli ambulanti, o doppi cetrioli ambulanti. Avete qualche idea? »

« Girini? » disse Ral.

« Centopiedi? » Leslie avanzò un'ipotesi un po' più plausibile delle altre.

Ma avevamo dato fondo alla nostra immaginazione, e quindi tacemmo.

« Nessuno ha altro da dire? » chiese Sally. « Pensavo che con le vostre formidabili qualifiche accademiche e la vostra saggezza terrena si potesse fare di meglio... »

« Una bireme », mormorò Louren. « E una trireme. »

« Per Giove », dissi. « Hai ragione! »

« 'Quinquireme di Ninive, venuta dalla lontana Ophir' », citò allegramente Peter.

« La forma di uno scafo, e le file di remi », commentai. « Certo... Se è così, allora navi del genere dovevano navigare regolarmente sui laghi. »

Noi potevamo accettarlo, ma altri sicuramente non l'avrebbero fatto.

Dopo pranzo andammo a visitare gli scavi e ancora una volta Louren si distinse per un'intuizione ispirata. La squadra di Peter aveva scoperto una serie di stanze regolari, simili a celle, nell'angolo tra i dirupi e il muro di cinta. Erano collegate da un lungo corridoio e c'erano tracce di pavimentazioni e di un sistema di drenaggio. Ogni stanza era di circa sei metri per sei; e sembrava che fossero le sole costruzioni al di fuori della cinta muraria realizzate con blocchi di pietra anziché d'argilla.

In quanto alla funzione delle celle, la sola ipotesi che potevamo formulare era che si trattasse di una prigione.

« Ma tocca sempre a me trovare tutte le soluzioni? » sospirò Louren. « Non mi avete appena mostrato le raffigurazioni degli elefanti da guerra? »

« Son scuderie per elefanti? » chiesi.

« Molto sveglio, ragazzo mio! » Louren mi batté la mano sulla spalla e io arrossii. « In India, però, mi pare che le chiamino stalle. »

Dopo cena lavorai per un'ora nella camera oscura e sviluppai tre rullini. Quando ebbi finito andai in cerca di Louren. Sarebbe partito l'indomani mattina presto e avevamo molte cose da discutere.

Non era nella camera degli ospiti e neppure nella sala di ritrovo. Quando chiesi di lui, Ral mi disse: « Credo che sia andato alla caverna, dottore. Mi ha chiesto di prestargli una torcia elettrica ».

Leslie gli lanciò un'occhiata che evidentemente voleva essere significativa, aggrottò la fronte e scosse la testa, ma per lui non voleva dire niente, come non diceva niente a me. Andai a prendere la mia torcia e mi avviai attraverso il bosco silenzioso, aggirando gli scavi. Dall'entrata della galleria, al di là del grande fico selvatico, non filtrava luce.

« Louren! » esclamai. « Sei lì? » La mia voce echeggiò cavernosa tra le rocce. Quando gli echi si spensero tornò il silenzio, e io mi addentrai nel tunnel. Puntai il fascio di luce nella tenebra davanti a me, chinai la testa per evitare i pipistrelli e ascoltai il suono dei miei passi ingigantiti dalla quiete.

Non vedevo nessuna luce. Mi fermai e chiamai di nuovo. « Louren! » La mia voce rimbombò. Non ebbi risposta e proseguii.

Quando uscii dall'imboccatura della galleria, il raggio potente di una torcia balenò all'improvviso dall'altra parte della caverna e mi investì gli occhi.

« Louren? » chiesi. « Sei tu? »

« Cosa vuoi, Ben? » mi chiese dall'oscurità. Aveva un tono irritato.

« Voglio parlarti dei progetti per la prossima fase. » Mi riparai gli occhi.

« Possono aspettare fino a domani. »

« Ma partirai presto... parliamone ora. »

Mi avviai verso di lui, distogliendo gli occhi dal fascio abbagliante.

« Punta la luce in qualche altra direzione, per piacere », protestai.

« Sei sordo? » La voce di Louren era brusca... la voce di un uomo abituato a essere obbedito. « Ti ho detto domani, accidenti a te. »

Mi fermai di colpo, confuso. Non mi aveva mai parlato così in tutta la mia vita.

« Lo, sei sicuro di sentirti bene? » chiesi ansiosamente. C'era qualcosa di anomalo, lì nella grotta. Lo intuivo.

« Ben. » La voce di Louren si spezzò. « Gira sui tacchi e vattene, per favore. Ci vediamo domattina. »

Esitai ancora un momento. Poi mi voltai e mi avviai nella galleria. Non avevo neppure intravisto Louren nel buio oltre il bagliore della torcia.

L'indomani mattina fu gentile come sa esserlo soltanto lui. Si scusò per l'accaduto della sera prima. « Volevo semplicemente star solo, Ben. Scusami. A volte mi succede. »

« Lo so, Lo. Capita anche a me. »

In dieci minuti pervenimmo alla conclusione che, sebbene gli indizi circostanziali dell'occupazione fenicia della città fossero molto incoraggianti, non erano decisivi. E per il momento, non avremmo dato alcun annuncio ufficiale; ma Louren mi lasciò carta bianca per procedere in grande stile con gli scavi e le ricerche.

Partì all'alba. Sapevo che l'indomani mattina avrebbe fatto colazione a Londra.

Le settimane che seguirono la partenza di Louren furono per me piuttosto insoddisfacenti. Il lavoro tra le rovine procedeva regolarmente, i miei collaboratori continuavano a dar prova di entusiasmo e d'impegno... ma i risultati erano deludenti.

Trovammo altri reperti, molti, ma si trattava di materiali similari: cocci di vasi, perline, qualche frammento od ornamento d'oro non avevano più il potere di esaltarmi. Non c'era nulla che ci permettesse di aggiungere conoscenze nuove a quelle già accumulate. Mi aggiravo irrequieto, indugiavo ansioso accanto a una nuova trincea o a un livello portato allo scoperto, e pregavo perché la successiva badilata di terra rivelasse un'iscrizione oppure la pietra che chiudeva una cripta sepolcrale. Lì, chissà dove, c'era la chiave dell'antico mistero... ma era ben nascosta.

A parte l'assenza di progressi negli scavi, i miei rapporti con Sally erano peggiorati in un modo sottile che non riuscivo a spiegare. Naturalmente non avevamo avuto la possibilità di darci alle intimità fisiche, dopo che gli altri erano arrivati alla Città della Luna. Sally era inflessibilmente decisa a evitare che altri venissero a conoscenza della nostra relazione. Le mie manovre dilettantesche per trovarmi da solo con lei venivano sventate con destrezza. Le sole volte che arrivavo relativamente vicino al successo era quando andavo a trovarla nella caverna durante il giorno. Ma aveva accanto il suo assistente, e spesso anche Heather Willcox.

Era chiusa, taciturna, addirittura imbronciata. Durante il giorno lavorava al cavalletto con una concentrazione ardente e di solito andava nella sua baracca subito dopo cena. Una volta la seguii, bussai leggermente, e poi, non avendo risposta, spinsi la porta. Non c'era. Attesi nell'ombra, anche se mi sembrava d'essere un guardone. Tornò dopo mezzanotte: uscì dal bosco silenzioso come un fantasma ed entrò nella sua camera, dove Leslie aveva spento la luce già da un pezzo.

Mi addolorava vedere la mia Sally così di malumore, e alla fine decisi di andare a trovarla nella caverna.

« Voglio parlarti, Sal. »

« Di che cosa? » Mi guardò con aria di blanda sorpresa, come se mi notasse per la prima volta dopo diversi giorni. Mandai via il giovane aiutante africano e convinsi Sally a seguirmi sulle rocce in riva al laghetto smeraldino, nella speranza che la bellezza della scena e i ricordi che evocava la raddolcissero un po'.

« C'è qualcosa che non va, Sal? »

« Santo Dio, cosa vuoi che ci sia? » Era una conversazione impacciata, del tutto insoddisfacente. Sally sembrava pensare che mi stessi impicciando di cose che non mi riguardavano. Ero sempre più irritato, e avrei voluto mettermi a gridare: « Sono il tuo amante, accidenti a te, e tutto quel che fai mi riguarda! »

Ma l'ebbe vinta il buon senso, perché ero sicuro che una simile manifestazione di presunzione da parte mia avrebbe spezzato l'ultimo tenue legame del nostro rapporto. Le presi la mano e, mentre il rossore mi saliva alle guance, le dissi sottovoce: « Ti amo, Sally. Ricordalo... se c'è qualcosa che posso fare... »

Probabilmente era la cosa più sensata che potessi dire, perché subito ricambiò la stretta della mia mano, il suo volto si raddolcì e gli occhi si velarono.

« Ben, sei così caro. Non badare a me per un po'. Sono di malumore, ecco tutto, e non c'è niente da fare. Finirà per passare da sé, se non ci fai caso. »

Per un momento era tornata la mia ragazza, con un sorriso tremulo agli angoli della bocca e nei grandi occhi verdi.

« Mi farai sapere quando sarà passato, d'accordo? » Mi alzai.

« Certo, dottore. Tu sarai il primo a saperlo. »

La settimana dopo tornai in aereo a Johannesburg. C'era l'assemblea annuale degli amministratori del Centro e non potevo evitarla, e in più mi ero impegnato per una serie di conferenze alla facoltà di Archeologia presso l'Università del Witwatersrand.

Avevo previsto di restare lontano dagli scavi per undici giorni. Lasciai tutto nelle mani fidate di Peter Willcox, e gli feci promettere che mi avrebbe avvertito immediatamente se ci fosse stato qualche nuovo sviluppo.

Le tre donne mi circondarono di premure, mi prepararono la valigia e un cestino con il pranzo perché mangiassi in aereo, e poi si misero in fila per salutarmi con un bacio sulla pista. Devo ammettere che tutte quelle attenzioni mi fecero piacere.

Ho spesso verificato che, quando si vive troppo vicino a un problema, la visione più generale si restringe. Tre ore dopo aver lasciato la Città della Luna, arrivai a una prima conclusione di una certa importanza. Se sopra le fondamenta in rovina erano esistite mura e torri, la pietra doveva essere stata portata dai dintorni. La provenienza più ovvia era costituita dagli stessi dirupi. Là, vicino alla città, doveva esserci una cava.

Io l'avrei trovata, e dalla sua estensione avrei calcolato la grandezza della città.

Per la prima volta dopo diverse settimane mi sentii soddisfatto, e i giorni che seguirono furono gratificanti e piacevoli. L'assemblea degli amministratori fu festosa come succede quando i fondi a disposizione sono illimitati e le prospettive favorevoli. Louren, che la presiedeva, mi coprì di complimenti e rinnovò il mio contratto di direttore del Centro per altri dodici mesi. Per festeggiare l'aumento del trenta per cento della mia retribuzione, mi invitò come ospite d'onore a una cena in casa sua, dove quaranta persone sedevano intorno al tavolo nella sala immensa.

Hilary Sturvesant, in abito da sera di broccato giallo e con i favolosi diamanti Sturvesant, mi dedicò quasi completamente la sua attenzione durante la cena. Io ho un debole per le cose belle, soprattutto quando sono di sesso femminile. Quella sera ce n'erano venti, e più tardi, in salotto, tenni corte come un sovrano. Il vino mi aveva sciolto la lingua e scacciato la timidezza. Non aveva importanza che Hilary e Louren avessero probabilmente raccomandato agli altri invitati di essere pieni di gentilezza per me; quando alle due del mattino andai a imbarcarmi sulla Mercedes, scortato da Hilary e Louren, mi sentivo un gigante.

Quella nuova fiducia in me stesso mi sostenne durante la serie di quattro conferenze all'Università di Witwatersrand. Alla prima erano presenti venticinque persone fra studenti e professori, e questi ultimi erano il doppio dei primi. Però si sparse la voce e per la mia conferenza finale l'università dovette aprire una delle aule più grandi per accogliere i seicento ascoltatori. Fu un successo indiscusso. Mi lasciai convincere a ritornare presto per un altro ciclo... e il vicerettore dell'università mi fece capire senza mezzi termini che l'anno seguente la cattedra di Archeologia sarebbe rimasta vacante... e a mia disposizione.

Trascorsi al Centro gli ultimi tre giorni della mia visita. Constatai con sollievo che non aveva sofferto troppo per la mia assenza, e che lo staff faceva marciare il tutto normalmente.

La mostra sui boscimani della Sala del Kalahari era stata completata e aperta al pubblico. Era realizzata in modo magnifico e la figura centrale del gruppo più importante mi rammentava il mio amico Xhai. Era raffigurato nell'atto di dipingere la parete di una caverna. Con i vasetti di colore ricavati da corna animali, canne e pennelli: immaginavo che avesse lavorato così anche lo sconosciuto artista che aveva dipinto il mio re bianco.

Mi dava una sensazione strana, come se due millenni fossero volati via, come se potessi tornare indietro negli anni con la mente. Ne parlai con Timothy Mageba.

« Sì, *Machane*. Te l'ho già detto che io e te siamo segnati. Abbiamo su di noi il segno degli spiriti e possediamo la Vista. »

Sorrisi e scossi la testa. « Non so tu, Timothy, ma io non sono mai riuscito ad azzeccare un cavallo vincente... »

Sono disposto a credere all'ipnosi, ma sentir parlare di chiaroveggenza, necromanzia e cose del genere mi mette in imbarazzo. Per distogliere la conversazione da me e dai miei doni, osservai: « Sì, mi avevi già detto di essere segnato anche tu dagli spiriti... »

Timothy mi fissò con quegli inquietanti occhi neri. In un primo momento pensai che l'avessi offeso con la mia implicita richiesta; invece all'improvviso chinò la testa tonda. Si alzò, andò a chiudere a chiave la porta dell'ufficio prima di tornare a sedere. Poi, in fretta, si tolse la scarpa e il calzino dal piede destro e me lo mostrò.

La deformità era sconvolgente, anche se l'avevo vista spesso in fotografia. Era abbastanza comune nella tribù batonga della Valle dello Zambesi. Nel 1969 era stato pubblicato uno studio sul *British Medical Journal*. Era chiamata « piede di struzzo », e consisteva nella massiccia divisione fra il metatarso dell'alluce e il secondo dito. Così, il piede sembrava appunto una zampa di struzzo o di rapace. Evidentemente, Timothy era molto sensibile a quella deformità, e quasi subito rimise calza e scarpa. Più tardi compresi che me l'aveva mostrata di proposito, per accattivarsi la mia simpatia e creare tra noi una specie di legame.

« Tutti e due i piedi? » domandai. Timothy annuì. « Nella Valle dello Zambesi molti sono in queste condizioni », spiegai.

« Mia madre era una batonga », rispose. « È il segno che mi ha qualificato per l'iniziazione ai misteri. »

« Non ti dà impaccio? » chiesi.

« No », rispose lui, bruscamente. E continuò, in batonga, quasi in tono di sfida: « Noi uomini dai piedi forcuti corriamo più veloci delle più agili antilopi ».

Dunque era una mutazione benefica; mi sarebbe piaciuto approfondire la discussione, ma l'espressione di Timothy mi dissuase. Capivo che per lui era stato uno sforzo rivelarmela.

« Vuoi un po' di tè, dottore? » Tornò a parlare in inglese, chiudendo l'argomento. Quando uno dei suoi giovani assistenti africani ci ebbe servito un tè carico, Timothy mi disse: « Come procedono i lavori nella Città della Luna, dottore? »

Parlammo per un'altra mezz'ora, poi me ne andai.

« Devi scusarmi, Timothy. Devo ripartire in aereo domattina presto e c'è ancora tanto da fare. »

Mi svegliai sentendo bussare con insistenza alla porta del mio alloggio al Centro. Accesi la lampada sul comodino e vidi che erano le tre di notte.

« Chi è? » chiesi. Smisero di bussare. Mi alzai, infilai vestaglia e pantofole e mi avviai verso la porta; poi mi resi conto che era rischioso. Tornai in camera da letto e presi dal cassetto la grossa 45 automatica. Mi sentivo un po' melodrammatico mentre mettevo un colpo in canna e tornavo alla porta d'ingresso.

« Chi è? » ripetei.

« Sono io, dottore. Timothy! »

Esitai ancora un attimo. Chiunque poteva dire di essere Timothy.

« Sei solo? » chiesi nel dialetto boscimano del Kalahari.

« Sono solo, Uccello-mosca, Piccolo-uccello-del-Sole », rispose lui nella stessa lingua. Misi in tasca la pistola e aprii la porta.

Timothy portava calzoni blu, camicia bianca e aveva una giacca a vento sulle spalle. Notai subito che la camicia era macchiata di sangue fresco, e che teneva avvolto uno straccio piuttosto sporco intorno all'avambraccio sinistro. Era molto agitato, con gli occhi dilatati; i movimenti erano scattanti e nervosi.

« Dio santo, Timothy, cosa t'è successo? »

« Ho passato una notte terribile, dottore. Dovevo vederti subito. »

« Cos'hai fatto al braccio? »

« Me lo sono tagliato con il vetro della mia porta, sono caduto al buio. »

« Sarà meglio che gli dia un'occhiata. » Mi mossi per avvicinarmi.

« No, dottore, è solo un graffio. Quello che sono venuto a dirti è più importante. »

« Almeno siediti », dissi. « Vuoi bere qualcosa? »

« Sì, *Machane*, grazie. Come vedi, sono agitato. Perciò mi sono ferito al braccio. »

Versai del whisky per tutti e due. Timothy prese il bicchiere con la destra e continuò ad aggirarsi nervosamente nel soggiorno mentre io andavo a sedermi su una poltrona in pelle.

« Che cosa c'è, Timothy? » insistetti.

« È difficile incominciare, *Machane*, perché non sei un credente. Ma devo convincerti. »

S'interruppe per bere un po' di whisky prima di girarsi verso di me.

« Ieri sera abbiamo parlato a lungo della Città della Luna, dottore. Mi hai detto che certi misteri ti sconcertano ancora. »

« Sì. » Gli feci un cenno d'incoraggiamento.

« I cimiteri degli Antichi », continuò Timothy. « Non riuscite a trovarli. »

« È vero. »

« Ho riflettuto molto. » Timothy passò al venda, una lingua più adatta per discutere l'occulto. « Sono tornato con la memoria a tutte le leggende del mio popolo. » Immaginavo che per quella ricerca fosse sprofondato in una trance ipnotica. « E c'era qualcosa, come un'ombra oltre la luce del fuoco, un ricordo oscuro che mi sfuggiva. » Scosse la testa, si girò e cominciò a camminare irrequieto, a bere il whisky a sorsate, a mormorare tra sé come se frugasse ancora negli archivi tenebrosi della sua mente.

« Era inutile, dottore. Sapevo che c'era, ma non riuscivo ad afferrarlo. Poi mi sono rassegnato. Ho dormito. Ma era un sonno turbato dai demoni del sogno... fino a che... » Timothy esitò. « Fino a che mi è apparso mio nonno. »

Mi assestai inquieto sulla poltrona. Il nonno di Timothy giaceva nella tomba da venticinque anni.

« D'accordo, dottore », Timothy notò il mio moto d'incredulità e tornò all'inglese. « Lo so, non credi che queste cose siano possibili. Lascia che te lo spieghi in termini accettabili. La mia immaginazione, surriscaldata dalla ricerca di un ricordo dimenticato, ha elaborato un'immagine onirica di mio nonno, colui dal quale avevo appreso la conoscenza. »

Sorrisi per nascondere un filo di timore; a quell'ora di notte, con quel negro che sembrava pazzo e parlava di misteri tenebrosi, mi sentivo cadere sotto il suo incantesimo.

« Continua, Timothy. » Mi sforzai di dirlo in tono disinvolto, ma la mia voce tremava un po'.

« Mio nonno è venuto da me, mi ha toccato la spalla e ha

detto: 'Vai con il Benedetto, vai alle Colline di Sangue: là ti rivelerò i misteri e ti aprirò i luoghi segreti'. »

Rabbrividii. Timothy aveva detto « Colline di Sangue », e nessuno gli aveva comunicato quel nome.

« Le Colline di Sangue », ripetei.

« È il nome che ha usato mio nonno », confermò Timothy. « Posso solo pensare che alludesse alla tua Città della Luna. »

Tacqui... Dentro di me, l'uomo razionale era in lotta con l'uomo primitivo e superstizioso.

« Vuoi venire con me domani, Timothy? » chiesi.

« Verrò con te », promise Timothy. « E forse potrò mostrarti qualcosa che cerchi... o forse no. »

Comunque, non avevo niente da perdere. Timothy era evidentemente sincero; sebbene fosse ancora teso, nervoso.

« Ti avevo già invitato ad accompagnarmi, Timothy, e sono rimasto molto deluso quando hai rifiutato. Naturalmente puoi venire con me... sarà utile scoprire se la vista delle rovine accende qualcosa nella tua memoria. »

« Grazie, dottore. Quando parti? »

Diedi un'occhiata all'orologio.

« Dio santo, sono già le quattro. Partiremo alle sei. »

« Allora devo correre a casa a fare i bagagli. » Timothy posò il bicchiere sul mobile bar e si girò verso di me. « C'è un piccolo inconveniente, dottore. I miei documenti sono scaduti, e dovremo attraversare un confine per entrare nel Botswana. »

« Oh, accidenti! » mormorai, deluso. « Dovrai farli rinnovare e venire con me al prossimo viaggio. »

« Come vuoi, dottore... Certo, ci vorranno due o tre settimane... e nel frattempo tutto quanto potrebbe essere svanito dalla mia memoria. »

« Sì. » Annuii, ma la tentazione era forte. Di solito rispetto le leggi; ma, ora che ci pensavo, mi sembrava che non ci fosse nulla di male in ciò che mi proponevo. La possibilità che Timothy mi guidasse ai cimiteri degli Antichi valeva ogni rischio.

« Te la senti di rischiare, Timothy? » chiesi. Le formalità per gli andirivieni degli apparecchi della Sturvesant era ridotte al minimo. C'erano arrivi e partenze tutti i giorni, e prima del decollo bastava una telefonata alle autorità aeroportuali. Il nome Sturvesant era così importante che nessuno contava mai i passeggeri. Alla Città della Luna, Louren aveva ottenuto una concessione speciale dal governo del Botswana, ed eravamo virtualmente immuni dalle seccature burocratiche.

Avrei potuto portare con me Timothy senza che nessuno se ne accorgesse. Roger van Deventer mi avrebbe creduto sulla parola quando gli avessi detto che avevo l'approvazione di Louren. Non mi pareva che ci fossero problemi.

« D'accordo, dottore, se credi che andrà tutto bene », disse Timothy.

« Trovati all'hangar della Sturvesant prima delle sei. » Mi sedetti per scribacchiare poche parole. « Se ti facessero qualche domanda all'entrata dell'aeroporto – ma ne dubito –, mostra questo. Ti autorizza a consegnare materiale all'hangar della Sturvesant. Parcheggia la macchina dietro l'ufficio, e aspettami dentro. »

Ci accordammo in fretta e, quando mi accostai alla finestra della mia camera e guardai la vecchia Chevrolet blu di Timothy che usciva dal parcheggio del Centro, mi chiesi quali erano le pene previste per chi favoriva uscite e ingressi illegali dal paese. Poi non ci pensai più e andai a fare il caffè.

La Chevrolet di Timothy era parcheggiata, quando io e Roger van Deventer arrivammo con la Mercedes. Entrammo nell'hangar. Le grandi paratie scorrevoli erano aperte, e la squadra dei meccanici stava preparando il Dakota per il volo. Attraverso la porta a vetri scorsi Timothy seduto alla scrivania. Alzò la testa e sorrise.

« Vado a chiedere l'autorizzazione, Roger », dissi. « Lei accenda i motori. »

« D'accordo, dottore. » Mi diede il dossier di volo. Roger salì a bordo, mentre io entravo in ufficio.

« Salve, Timothy. » Lo guardai e provai una fitta di preoccupazione. Stava rattrappito nella giacca a vento blu, e c'erano rughe di sofferenza incise sulla fronte e agli angoli delle narici. La pelle era cinerea, le labbra violacee. « Come va? »

« Il braccio mi fa un po' male, dottore. » Aprì la giacca. Il braccio era fasciato e appeso al collo. « Ma passerà. Mi sono fatto medicare. »

« Te la senti di viaggiare? »

« Oh, certo, dottore. »

« Sicuro? »

« Sì. »

« Allora va bene. » Sedetti alla scrivania e presi il telefono. Risposero al primo squillo.

« Polizia dell'aeroporto! »

« Sono il dottor Karin... della Sturvesant Africa. »

« Oh, buongiorno, dottore. Come va? »

« Bene, grazie. Vorrei l'autorizzazione per un volo nel Botswana con lo ZA-CEE. »

« Un momento, dottore. Mi dia i particolari. Chi sono i passeggeri? »

« Un passeggero, io... E il pilota è Roger van Deventer, come al solito. »

Dettai, mentre l'agente stenografava tutto. Poi disse: « A posto così, dottore. Buon volo. Passerò l'autorizzazione al controllo ».

Riattaccai e sorrisi a Timothy.

« Ecco fatto. » Mi alzai. « Andiamo. » Uscii per primo dall'ufficio. I motori del Dakota rombavano. I tre meccanici negri, inspiegabilmente, si allontanarono dal carrello e vennero a passo svelto verso di me.

« Dottore! » Sentii la voce di Timothy alle mie spalle. Mi voltai. Impiegai quattro o cinque secondi per capire che teneva nella mano illesa una pistola mitragliatrice cinese a canna corta e me la puntava contro il ventre. Lo fissai a bocca aperta.

« Mi dispiace, dottore », disse a voce bassa. « Ma è necessario. »

I meccanici mi circondarono e mi afferrarono per le braccia.

« Ti prego di credermi, dottore. Non esiterò a ucciderti se non collabori. » Alzò la voce senza staccare gli occhi da me. « Venite », chiamò in venda.

Dall'ingresso dell'hangar entrarono altri cinque. Riconobbi immediatamente due dei giovani assistenti bantu dell'istituto e una delle ragazze. Erano tutti armati di pistole-mitragliatrici e sostenevano uno sconosciuto che sembrava ferito gravemente. Trascinava i piedi e aveva il petto e il collo coperti da bende intrise di sangue.

« Portatelo sull'aereo », ordinò Timothy.

Io ero rimasto ammutolito e paralizzato dallo shock. Quelli che portavano il ferito, passarono tra me, i miei guardiani e la parete dell'hangar. In modo da intralciarsi vicendevolmente la linea di tiro... e in quel momento ritrovai la presenza di spirito. Mi puntellai e diedi uno strattone. Gli uomini che mi tenevano per le braccia volarono in avanti come frecce, finirono addosso a Timothy e lo fecero cadere.

« Roger! » gridai. « La radio! Chiami aiuto! » Speravo che la mia voce gli giungesse nonostante il rombo dei motori. Il terzo meccanico mi balzò alle spalle, mi avvinghiò un braccio intorno alla gola. Gli afferrai il polso e tirai con forza la giuntura. Il gomito si spezzò con uno schiocco elastico e l'uomo urlò. Il braccio era diventato di colpo inerte nella mia stretta.

« Non sparate! » gridò Timothy. « Non fate rumore. »

« Aiuto! » urlai. I motori sovrastavano la mia voce. Gli altri uomini lasciarono cadere il ferito e si avventarono su di me. Li schivai, mi buttai a testa bassa e sferrai un calcio all'inguine del primo, tanto da sentire lo stivale affondargli nella carne. Si piegò in due e io lo colpii di nuovo con una ginocchiata alla faccia. Ci fu uno scricchiolio quando la cartilagine del naso si spezzò.

Timothy e i meccanici si stavano rialzando.

« Non sparate! » Timothy aveva un tono disperato. « Non fate rumore! » Mi scagliai verso di lui. Ero furioso, lo odiavo per il tradimento con tutta la forza del mio essere: volevo vedere il suo sangue scorrere, sentire le sue ossa spezzarsi tra le mie mani.

Una delle donne mi colpì con il calcio della pistola-mitragliatrice mentre le passavo accanto. Sentii lo spigolo tagliente affondarmi nel cuoio capelluto e persi l'equilibrio. Uno dei meccanici mi avvinghiò; lo strinsi contro di me con tutte le mie forze. Urlò, mentre la stretta gli schiacciava le costole.

Mi colpirono di nuovo. L'acciaio morse l'osso del cranio. Il sangue mi grondò sulla faccia e negli occhi. Le mie braccia persero forza; lasciai cadere l'uomo che cercavo di stritolare e mi voltai per caricare gli altri. Ero accecato dal sangue, assordato dalle mie urla rabbiose, mentre mi colpivano di nuovo affollandosi intorno. I colpi grandinavano sulla testa e sulle spalle. Mi mancarono le ginocchia e stramazzai. Ero ancora cosciente perché sostenuto dal furore. Incominciarono a prendermi a calci al petto e al ventre. Mi raggomitolai sul cemento freddo e unto cercando di resistere a quella tempesta di colpi.

« Basta, lasciatelo. » Era la voce di Timothy. « Portatelo a bordo. »

« Il mio braccio. L'ammazzo! » Era una voce resa stridula dalla sofferenza.

« Basta! » Era di nuovo Timothy. Sentii il suono di uno schiaffo. « Abbiamo bisogno di ostaggi. Portatelo sull'aereo. »

Mi trascinarono sul pavimento, mi sollevarono e mi buttarono a bordo. Il portello sbatté, smorzando il rombo dei motori.

« Dite al pilota di decollare », ordinò Timothy. « E portate il dottore nel compartimento radio. »

Mi trascinarono. Battei le palpebre per liberarle dal sangue, e vidi il capomeccanico bianco e i suoi operai negri legati e imbavagliati contro la paratia. Gli avevano tolto le tute; i compagni di Timothy le avevano indossate per sostituirsi a loro.

Mi piazzarono sulla sedia d'acciaio del compartimento radio, e mi legarono stretto con le corde. Avevo la faccia gonfia e intorpidita, e in bocca sentivo il sapore metallico del sangue.

Girai la testa. Roger van Deventer era ai comandi. Aveva un gonfiore rosso sotto l'occhio, e i capelli grigi erano spettinati, la faccia pallida e atterrita. Uno degli aggressori gli stava accanto e gli premeva contro la nuca la canna della pistola-mitragliatrice.

« Decolla », ordinò Timothy. « Osserva tutte le procedure. Hai capito? »

Roger annuì nervosamente. Mi faceva pena: avevo immaginato che non avesse la stoffa dell'eroe.

« Mi scusi, dottore », disse come per giustificarsi. « Mi sono saltati addosso appena sono salito a bordo. » Era impegnato a guidare il grosso aereo fuori, sul campo ancora buio. Non mi guardò. « Non ho potuto far niente. »

« Non importa, Roger. Anch'io non ho concluso molto », risposi a fatica. « Sono solo riuscito a lasciare qualche segno. »

« Basta parlare, dottore. Il signor van Deventer deve decollare », mi ammonì Timothy. Mi voltai a lanciargli l'occhiata d'odio più espressiva di cui ero capace.

Roger chiese e ottenne l'autorizzazione del controllo. Il decollo si svolse normalmente. Le nere facce ansiose si rilassarono e risuonò qualche risata nervosa.

« In rotta per il Botswana », ordinò Timothy a Roger. « Appena oltre il confine ti fornirò nuove istruzioni. »

Roger annuì. La pistola-mitragliatrice era ancora puntata contro la sua nuca. Cercai di valutare la consistenza della banda. Mi ero già fatto un'idea dei loro moventi. A parte Timothy e gli otto che mi avevano sopraffatto, c'erano altri cinque. Erano quelli che avevano catturato e sorvegliato Roger e i meccanici. Il ferito e i due che io avevo conciato male erano stesi sul pavimento della stiva. Le due ragazze li stavano curando; erano entrambe del Centro, stavano preparando una steccatura improvvisata e cambiavano le bende insanguinate.

I membri della banda cominciarono a togliersi gli abiti civili e a indossare uniformi mimetiche da paracadutisti. Vidi le spalline con la stella rossa e i miei ultimi dubbi svanirono. Girai la testa e mi accorsi che Timothy mi osservava.

« Sì, dottore », disse. « Soldati della libertà. »

« O dell'oscurantismo, a seconda dei punti di vista. »

Timothy si accigliò. « Avevo sempre creduto che avessi dello spirito umanitario, dottore. Mi aspettavo che capissi e approvassi le nostre aspirazioni. »

« Mi è difficile appoggiare un branco di banditi armati. »

Ci fissammo per qualche istante. Poi si alzò e si avvicinò alla ricetrasmittente accanto a me. L'accese, controllò l'orologio e cominciò a cambiare le frequenze. La stazione locale si fece sentire, nitida, e ogni movimento a bordo si bloccò. Tutti ascoltarono la voce dell'annunciatore.

« Qui South African Broadcasting Corporation. Sono le sette, ed eccovi le ultime notizie. Un portavoce della polizia sudafricana informa che questa mattina alle due e quindici un distaccamento della polizia di Sicurezza, in seguito alle informazioni ricevute, ha fatto irruzione in una fattoria alla periferia di Randburg, sobborgo di Johannesburg. Si è svolta una vera battaglia tra la polizia e una banda di individui non identificati e dotati di armi automatiche. Alcuni componenti sono fuggiti con quattro automobili, e dopo l'inseguimento da parte della polizia due veicoli sono riusciti a far perdere le tracce. Secondo le prime notizie, otto banditi sono stati uccisi e altri quattro catturati. Si prevede che almeno altrettanti di quelli che sono riusciti a fuggire siano egualmente feriti. È ora in corso una grande retata, tutte le strade che escono dal Witwatersrand sono sorvegliate come tutti gli aeroporti. Con profondo rammarico annunciamo la morte di tre agenti della polizia sudafricana e il ferimento di altri due... »

A bordo echeggiarono grida di giubilo, e due banditi alzarono il pugno nel saluto comunista.

« Congratulazioni », dissi in tono sarcastico a Timothy.

« La morte è orribile, la schiavitù è peggio », disse lui. « Dottore, c'è un legame tra noi. »

« Mi duole la testa, e la faccia mi fa troppo male per ascoltare le tue tirate comuniste », dissi. « Non raccontarmi favole, bastardo. Tu vuoi incendiare la mia terra e inzupparla di sangue. Vuoi distruggere tutto ciò che per te è caro e sacro. È il mio paese e lo amo, nonostante i suoi torti. Tu sei il mio nemico. Non ci sono legami tra noi... tranne quello del coltello. »

Ci guardammo di nuovo negli occhi, poi Timothy annuì. « Vada per il coltello, allora », disse. Mi voltò le spalle. Il Dakota continuava a volare verso nord, e le mie ferite cominciavano a far male. Chiusi gli occhi e mi abbandonai alle lunghe ondate vertiginose di sofferenza che mi salivano dalle viscere e mi esplodevano nella testa.

Il Mirage arrivò da est e saettò argenteo davanti al muso del Dakota, e, mentre passava a velocità incredibile, vidi i simboli dell'Aeronautica militare e il viso del pilota che ci guardava. Poi si allontanò, ma subito una voce uscì dalla ricetrasmittente.

« ZA-CEE. Qui Striker 2 dell'Aeronautica. Mi sentite? » Guardai dal finestrino e vidi il Mirage che virava nel sole, sopra di noi. Timothy arrivò di corsa, mi sedette accanto e l'osservò per un momento. C'era un silenzio carico di tensione. Timothy non poteva rispondere; il suo accento bantu era troppo riconoscibile per avallare l'inganno.

Il jet sfrecciò di nuovo davanti a noi. L'uomo che minacciava Roger con la pistola-mitragliatrice si acquattò per non farsi vedere.

« ZA-CEE. » La chiamata si ripeté. Timothy sudava, e la sua faccia era blu-grigiastra per la tensione e il dolore della ferita al braccio. Si staccò dall'apparecchio e fece un cenno a due dei suoi uomini.

« Portatelo qui. » Indicò il capomeccanino bianco. I due lo trascinarono nel compartimento radio, sostenendolo di fronte a me. Aveva la faccia pallida e sudata e mi guardava con aria terrorizzata e supplichevole. Il bavaglio gli tappava la bocca. Uno dei banditi gli stava dietro e gli tirava la testa in modo che il collo rimanesse teso, con le arterie visibili e pulsanti. Poi gli piazzò contro la gola la lama luccicante di un coltello.

« Non sto scherzando, dottore », mi assicurò Timothy mentre scioglieva la corda che mi tratteneva le braccia e mi metteva in mano il microfono della radio. « Rassicurali. Digli che siete in due soli a bordo e che siete diretti alla Città della Luna per un volo di routine. » Posò l'indice sull'interruttore, pronto a interrompere la comunicazione.

Il capomeccanico, terrorizzato, gemette. Il coltello gli premeva contro la gola. Lo spinsero verso di me, più vicino, in modo che potessi vederlo chiaramente in faccia.

« Striker 2 dell'Aeronautica, qui ZA-CEE in ascolto », gracchiai nel microfono, mentre fissavo il viso atterrito del capomeccanico.

« Comunicate complemento e destinazione. »

« Sono il dottor Kazin della Sturvesant Africa in volo di routine da... » Mentre parlavo, vidi che gli altri si rilassavano. La mano di Timothy si scostò dall'interruttore. Il capomeccanico mi guardava negli occhi; avrei voluto dirgli che mi dispiaceva, che avrei desiderato salvarlo. Avrei voluto spiegargli che stavo per barattare la sua vita con quella di quattordici tra i nemici più pericolosi del mio paese, che il sacrificio era giustificato, che avrei dato volentieri anche la mia vita. Gridai nel microfono:

« Dirottati dai terroristi! Sparate! Non pensate alla nostra sicurezza! » Timothy tese di scatto la mano verso l'interruttore, e nello stesso momento si girò verso l'ostaggio. Penso che volesse intervenire per impedirlo. Ma arrivò troppo tardi.

Il coltello affondò nella gola tesa, sotto la linea della mascella. Il sangue eruttò come l'acqua da un tubo che si spezza, sprizzò in uno zampillo rosso che investì Timothy e me. Fiottò in grandi getti che colpirono il tetto della cabina e scorsero fino al pavimento. Il capomeccanico gettò un suono acuto e lamentoso, e l'aria dei polmoni uscì dalla trachea recisa in una spuma rosata che spruzzò il cruscotto.

La radio stava gridando: « Invertite la rotta! Obbedite! Obbedite immediatamente o sparo! »

Bestemmiando, Timothy mi strappò il microfono mentre io urlavo e mi dibattevo contro le corde.

« Animali! Luride belve assassine! »

Uno della banda alzò la pistola-mitragliatrice per colpirmi alla faccia, ma Timothy lo scostò.

« Portatelo via! » Indicò con la testa il corpo del capomeccanico che sussultava ancora. Lo trascinarono nella stiva.

« Il Mirage ci attacca! » gridò Roger dalla cabina di pilotaggio. Lo vidi venire verso di noi: un lampo argenteo lanciato su una rotta d'intercettazione.

Timothy si portò il microfono alle labbra. Aveva la faccia macchiata del sangue del capomeccanico.

« Non sparate! » urlò. « Abbiamo ostaggi a bordo. »

« Attaccate! » gridai io, cercando di liberarmi. « Tanto ci ammazzeranno comunque! Aprite il fuoco! »

Il Mirage s'impennò davanti a noi senza sparare e sfrecciò pochi metri sopra le nostre teste. Il Dakota ondeggiò con violenza per lo spostamento d'aria. Io continuavo a urlare e a dibattermi per liberarmi e scagliarmi contro i terroristi. La sedia d'acciaio oscillava. Puntai i piedi contro la paratia e spinsi con tutte le mie forze. La sedia s'inclinò e il mio guardiano alzò di nuovo la pistola-mitragliatrice.

« No! » gridò Timothy. « Ci serve vivo. Di' a Mary di portare la morfina. »

Il Mirage si allontanò, volò in cerchio per portarsi a trenta metri dalla punta della nostra ala. Vidi il pilota che ci guardava, furioso e impotente.

« Avete parlato con il dottor Kazin », disse Timothy alla radio. « E abbiamo altri quattro ostaggi. Abbiamo già giustiziato un ostaggio bianco e non esiteremo a giustiziarne un altro, se continuerete nell'azione ostile. »

« Ci ammazzeranno comunque! » gridai. Ma Timothy interruppe la comunicazione.

Dovettero mettersi in cinque per tenermi fermo per l'iniezione. Ma alla fine mi bloccarono il braccio e, per quanto cercassi di resistere alla morfina, cominciai a sentirmi intontito. Tentai di continuare a lottare ma i miei movimenti divennero lenti e scoordinati e a poco a poco scivolai nell'incoscienza. L'ultima cosa che ricordai fu Timothy che dava a Roger una nuova rotta.

Mi svegliarono la sete e la sofferenza. Avevo la bocca impastata, e la mia testa era una massa di dolori accecanti. Tentai di sollevarmi a sedere e gridai.

« Come va, dottore? Stia calmo. » Era la voce di Roger van Deventer. Puntai lo sguardo su di lui.

« Acqua? » chiesi.

« Mi dispiace dottore. » Scosse la testa e io girai gli occhi sulla stanza spoglia e imbiancata. C'erano quattro brande di legno e un secchio. La porta aveva le sbarre. I tre meccanici bantu erano seduti su una branda di fronte a me e avevano l'aria sperduta e avvilita.

« Dove siamo? » mormorai.

« Nello Zambia. Una specie di campo militare. Siamo atterrati un'ora fa. »

« Che cosa ha fatto il jet? »

« È tornato indietro quando abbiamo passato lo Zambesi. Non potevano far niente. »

Non potevamo far niente neppure noi. Per cinque giorni restammo in quella cella rovente e priva d'aria con quel secchio maleodorante, e il quinto giorno le guardie vennero a prendermi, e fra grida, spintoni e botte mi trascinarono lungo un corridoio, in un ufficio dominato dal ritratto del presidente Mao. Timothy Mageba si alzò dalla scrivania e fece cenno alle guardie di andarsene.

« Siedi, dottore. » Portava una tuta mimetica da paracadutista con i gradi di colonnello dell'esercito popolare cinese.

Sedetti sulla panca di legno e fissai la mezza dozzina di bottiglie di birra Tusker allineate su un vassoio. La reazione al caldo dell'ambiente le aveva appannate e mi facevano venire l'acquolina in bocca.

« So quanto ti piace la birra ghiacciata, dottore. » Timothy ne stappò una e me la porse. Scossi la testa.

« No, grazie. Io non bevo con gli assassini. »

« Capisco. » C'era una vaga ombra di rammarico negli occhi torvi. Si portò la bottiglia alle labbra e tracannò una sorsata. Lo guardai, divorato dalla sete.

« Il capomeccanico », disse. « L'esecuzione... non avrei voluto che succedesse. Ti prego di capirlo, dottore. »

« Sì, capisco. E quando il fumo della nostra terra incendiata oscurerà il cielo, e il lezzo dei nostri morti darà la nausea persino ai vostri spiriti dannati, allora griderai: non avrei voluto che succedesse? »

Timothy mi voltò le spalle e andò alla finestra. C'era una piazza d'armi, là fuori, dove squadre di bantu in uniforme si esercitavano sotto il sole abbagliante.

« Sono riuscito ad accordarmi per il tuo rilascio, dottore. Potrai tornare con il Dakota. » Tornò indietro e si piazzò davanti a me. Passò dall'inglese al venda. « Mi piange il cuore nel vederti andar via, *Machane*, perché sei un uomo gentile, forte e molto coraggioso. Una volta speravo che ti saresti unito a noi. »

Risposi in vendi: « Anche il mio cuore piange per un uomo che era un amico e godeva della mia fiducia. Lo credevo onesto, ma ormai è perduto nel mondo dei criminali e dei distruttori. Per me è morto e il mio cuore piange ».

Era vero, pensai. Non era un semplice tentativo di costringerlo a vergognarsi. Al di sotto dell'odio e della collera c'era un senso di rimpianto. Avevo creduto in lui. Avevo visto, in uno come lui, una speranza per il futuro del nostro continente tormentato. Ci guardammo malinconicamente, a una distanza di poco più di un metro, ma più vasta dei cieli e più profonda degli abissi infernali.

« Addio, dottore », disse a voce bassa Timothy. « *Va' in pace, Machane.* »

Ci portarono alla pista d'atterraggio, scalzi e in mutande, su un camion da tre tonnellate.

Si schierarono in una doppia fila, dal camion al Dakota. Erano circa duecento, in uniforme da paracadutisti, e fummo costretti a passare in mezzo a quelle facce scure e ghignanti. Con loro c'erano gli istruttori cinesi, con i capelli neri e lisci che pendevano dai berretti di tela, che sogghignavano al nostro passaggio. Mi accorgevo degli sguardi sarcastici e delle battute ispirate dalla mia schiena gobba. Affrettai il passo per raggiungere il Dakota. Uno di loro uscì dalla fila e mi si piazzò davanti. Mi sputò addosso, tra un uragano di risate. Con il grumo di saliva impiastricciato nei capelli, mi inerpicai a bordo dell'aereo.

I Mirage militari ci attorniarono un'ora dopo che avevamo attraversato lo Zambesi e ci scortarono all'aeroporto militare di Voortrekker Hoogte. Ma il mio sollievo quasi incontenibile per quel rientro senza incidenti durò poco. Appena un medico ebbe pulito e curato le mie ferite suppurate alla testa, fui portato con una macchina chiusa a incontrare quattro ufficiali della polizia e del servizio segreto militare.

« Dottor Kazin, questa è la sua firma? »

Era la mia raccomandazione per la richiesta del passaporto di Timothy Mageba.

« Dottor Kazin, ricorda quest'uomo? »

Era un cinese che avevo conosciuto quando avevo fatto visita a Timothy all'Università di Londra.

« Sa che è un agente del governo comunista cinese, dottore? »

C'era una foto di noi tre che bevevamo birra in riva al Tamigi.

« Può dirci di che cosa avete parlato, dottore? »

Timothy mi aveva raccontato che il cinese era laureato in antropologia e avevamo discusso le scoperte di Leakey nella Gola di Olduvai.

« È stato lei a raccomandare Mageba per la borsa di studio Sturvesant, dottore? »

« Sapeva che era andato in Cina, dove ha seguito un corso di addestramento riservato ai capi della guerriglia? »

« Ha firmato questi moduli d'ordine per ventisette bidoni di argilla smettica spediti da Hong Kong, dottore... e queste dichiarazioni per la dogana? »

Erano i normali moduli del Centro. Riconoscevo la mia firma sugli stampati, ma non ricordavo quella spedizione.

« Sapeva che nei fusti c'erano centotrenta chili di esplosivo plastico, dottore? »

« Questi li riconosce, dottore? »

Volantini in una dozzina di lingue africane. Lessi la prima riga di uno. Propaganda terrorista. Incitamenti a uccidere, incendiare, distruggere.

« Sapeva che venivano stampati nella tipografia del Centro, dottore? »

Le domande continuarono all'infinito. Ero stanco e confuso, e cominciavo a cadere in contraddizione. Feci notare le mie ferite alla testa, le abrasioni causate dalle corde ai polsi e alle caviglie, ma le domande continuarono. La testa mi martellava, mi sembrava di avere il cervello ridotto in gelatina.

« Queste le riconosce, dottore? »

Pistole-mitragliatrici, munizioni.

« Sì! » esclamai. « Mi hanno puntato armi come queste alla testa e alla pancia! »

« Sapeva che erano state importate dentro casse di libri indirizzate al suo Centro? »

« Quando ha ottenuto l'autorizzazione della polizia per il volo del Dakota, dottore, lei ha dichiarato... »

« Mi hanno aggredito dopo la telefonata. Gliel'ho spiegato una dozzina di volte, accidenti! »

« Conosceva Mageba da dodici anni. Era un suo protetto, dottore. »

« Vuol sostenere che Mageba non aveva mai cercato di reclutarla? Non aveva mai discusso di politica con lui? »

« Non sono uno di loro! Lo giuro... » Ricordavo gli spruzzi di sangue contro il tetto della cabina, l'urto dell'acciaio contro l'osso del mio cranio, lo sputo raggrumato sui miei capelli. « Dovete credermi! Oh, Dio! » Svenni, credo. Tutto diventò nero e caldo e scivolai dalla sedia sul pavimento.

Rinvenni in una stanza d'ospedale, tra le lenzuola candide... e Louren Sturvesant era seduto accanto al letto.

« Lo, grazie a Dio! » Mi sentii soffocare per il sollievo. Louren era lì, e tutto sarebbe andato a posto.

Si tese verso di me senza sorridere. Il volto meraviglioso era freddo e duro, come scolpito nel bronzo. « Pensavano che fossi della banda, che avessi combinato tutto, e che ti servissi del Centro come quartier generale di un'organizzazione terroristica. »

Lo fissai e lui continuò, implacabile: « Se hai tradito me e il tuo paese, se sei passato ai nostri nemici, non puoi attenderti misericordia da me. »

« Non cominciare anche tu, Lo. Non lo sopporterei. »

« È vero? » chiese.

« No. » Scossi la testa. « No! No! » All'improvviso le lacrime mi rigarono il volto. Balbettavo come un bambino. Louren si tese verso di me e mi strinse la spalla, con forza.

« D'accordo, Ben », disse in tono infinitamente gentile. « D'accordo. Sistemerò tutto io. È una faccenda chiusa, Ben. »

Louren non lasciò che tornassi nel mio appartamento da scapolo al Centro e mi installò in una suite per gli ospiti a Kleine Schuur, la residenza degli Sturvesant.

La prima notte, Louren mi svegliò da un incubo che mi faceva urlare, un incubo di sangue e di ghignanti facce nere. Era in vestaglia, con i riccioli biondi spettinati dal sonno. Sedette sul bordo del mio letto, e parlammo delle belle cose razionali che avevamo fatto insieme e di quelle che avremmo fatto in futuro, fino a che sprofondai in un sonno sereno.

Per dieci giorni d'idilliaca pigrizia rimasi a Kleine Schuur a farmi viziare da Hilary e coccolare dai ragazzi, al sicuro dalla curiosità della stampa e dalle realtà sgradevoli del mondo. I lividi sparirono, le ferite si rimarginarono, e per me divenne sempre più difficile rispondere con qualcosa di nuovo all'insistenza con cui i ragazzi chiedevano che gli raccontassi una storia. Ormai gridavano in coro le frasi più salienti e mi correggevano quando sbagliavo qualche dettaglio. Era venuto il momento di ritornare nella corrente della vita quotidiana.

Vi fu una giornata spiacevolissima quando riferii l'episodio del sequestro e del dirottamento all'inchiesta pubblica e quindi affrontai la stampa mondiale. Ma poi Louren mi portò a nord a bordo del Lear e mi ricondusse alla Città della Luna.

Durante il volo gli dissi come intendevo trovare le cave di pietra... e le tombe degli Antichi.

Quando commentò con un sorriso: « Ecco tornato il leone... buttati, ragazzo mio, e forza! » mi resi conto che mi ero scaldato un po' per l'entusiasmo. Ricordai l'imitazione dell'uccello mosca fatta dal vecchio Xhai, e riabbassai le mani con uno sforzo, per smettere di agitarle.

Alla Città della Luna mi attendeva un'accoglienza degna di un eroe. Avevano seguito le mie avventure alla radio. Aprirono una cassa di birra Windhoek e mi sedettero intorno in cerchio mentre io raccontavo di nuovo l'intera vicenda.

« Quel Timothy mi ha sempre fatto un'impressione strana. » Sally diede solennemente prova del suo sensazionale senno di poi. « Avrei dovuto dirtelo che aveva qualcosa che non andava. » Poi si alzò e mi baciò in fronte davanti a tutti, facendomi arrossire come un pomodoro. « Comunque siamo felici che tu sia sano e salvo, Ben. Eravamo così preoccupati per te. »

L'indomani mattina, dopo che ebbi portato Louren alla pista d'atterraggio ed ebbi assistito alla sua partenza, andai in cerca di Ral Davidson. Lo trovai in fondo a una trincea, impegnato a misurare una lastra di arenaria. Aveva addosso solo un paio di calzoncini ed era abbronzatissimo, magro e in ottima forma. Mi ero affezionato a lui. Sedemmo sul bordo della trincea con i piedi penzoloni, e gli parlai della cava.

« Caspita, doc! Perché non ci avevamo pensato prima? » esclamò. Quella sera preparammo un piano per le ricerche, e decidemmo di ampliare l'area da battere e di procedere seguendo un percorso a spirale ogni giorno più largo. La squadra di Ral fu temporaneamente sottratta agli scavi nel tempio e armata di machete per aggredire la vegetazione fitta e spinosa in cima ai dirupi.

La ricerca venne pianificata come un'operazione militare. Era da tempo che morivo dalla voglia di adoperare i walkie-talkie generosamente forniti da Louren. E questa era l'occasione buona. Io e Ral collaudammo gli apparecchi gridandoci frasi come « Passo! », « Roger! » e « Ricevo forte e chiaro ».

Peter Willcox borbottò che ci comportavamo come boy-scout, ma credo che fosse un po' invidioso perché non l'avevamo invitato a partecipare alle ricerche. Leslie e Sally, comunque, si lasciarono contagiare dal nostro entusiasmo, e fornirono alla spedizione viveri e bevande sufficienti a un esercito per una settimana intera. Uscirono nell'alba rosata, ancora in pigiama e vestaglia, Leslie con i bigodini in capo, per salutarci e farci gli auguri. Alla testa della mia schiera di prodi, carichi di vettovaglie ed equipaggiamento, mi sentivo un po' come Scott o come Cortez. Li condussi verso il varco tra le rupi che era diventato il nostro passaggio per arrivare alla vetta... e dieci ore più tardi li riportai giù, sudati, laceri, graffiati e doloranti per le punture d'insetti, arrostiti dal sole e di umore pessimo.

Ripetemmo la stessa routine quotidianamente per altri dieci giorni, e la sera del decimo ci fermammo a metà della discesa per riposare. Ral alzò improvvisamente lo sguardo verso i fianchi ripidi del passaggio e gridò in tono meravigliato:

« Ehi, doc! Ci siamo! »

Per dieci giorni avevamo usato la scala che gli Antichi avevano intagliato nella roccia per raggiungere la loro cava. La vegetazione folta aveva coperto le terrazze dove avevano estratto la pietra rossa. Trovammo ancora *in situ* alcuni blocchi appena sbozzati, appena intaccati dalle intemperie in quella gola protetta. I segni delle seghe erano freschi come se gli operai avessero posato gli attrezzi il giorno prima, non duemila anni addietro. Poi c'erano interi blocchi tagliati e abbandonati durante il processo di levigazione. Altri erano rifiniti, pronti per essere trasportati... altri ancora erano stati lasciati a casaccio lungo il fondo del canalone.

Rimuovemmo la vegetazione e riuscimmo a seguire passo passo il processo della lavorazione. Tutto il team salì ad assistere. Erano felici di quel nuovo trionfo, perché c'eravamo sentiti tutti un po' delusi dalla mancanza di nuovi progressi. Cominciammo a disegnare e a preparare le mappe, a misurare e fotografare, a discutere e proporre teorie: l'entusiasmo rinasceva in tutti noi. Non avevamo più la sensazione che la nostra indagine fosse arrivata in un vicolo cieco. Ho una fotografia, scattata da un caposquadra bantu che ci credeva tutti impazziti. In quella foto ci comportiamo come buffoni in posa su uno dei blocchi più grandi. Peter ha un atteggiamento napoleonico, con la mano infilata nella giacca. La faccia pelosa di Ral ha un'aria feroce: strabuzza gli occhi e brandisce minaccioso il piccone sopra la testa di Peter. Leslie fa la civettuola e mostra le gambe, ed è terrificante quanto lo strabismo di Ral, perché con quelle gambe potrebbe ammazzare un elefante a calci. Io sono seduto sulle ginocchia di Heather e mi succhio il pollice. Sally ha inforcato gli occhiali di Peter e si è calcata il mio cappello sugli occhi; si sforza di apparire brutta, ma non ci riesce. La fotografia illustra bene il nostro stato d'animo di quei giorni.

Quando non ci fu più bisogno della loro collaborazione, ognuno tornò ai rispettivi compiti con rinnovata energia. Io e Ral restammo nella cava. Io portai il teodolite e cominciammo a calcolare la cubatura dei blocchi che erano stati estratti. Era impossibile misurare con precisione uno scavo irregolare, ma arrivammo alla conclusione che erano stati asportati approssimativamente un milione e mezzo di metri cubi di pietra.

Poi, studiando il metodo dell'estrazione e usando come guida approssimativa il volume dei blocchi abbandonati, calcolammo che il rapporto tra i blocchi finiti e gli scarti doveva essere circa 40:60. E così arrivammo a un totale di 600.000 metri cubi.

Fino a quel punto avevamo lavorato basandoci su cifre piuttosto concrete; ma adesso cominciammo ad avventurarci in un oceano di congetture.

« Almeno non è tremendo come disegnare un dinosauro basandosi sulle orme », disse Ral mentre usavamo sia la mappa delle fondamenta del tempio, sia i calcoli sul volume della roccia per ricostruire un completo piano in elevazione della Città della Luna scomparsa.

« Su, lascia fare a me! » Sally mi tolse bruscamente il pennello dalla mano, la prima sera, dopo aver assistito ai miei sforzi per una decina di minuti.

« Mi sembra che la pendenza delle mura principali sia un po' eccessiva », mormorò Peter in tono critico mentre la osservava. « Se le si confronta con i muri dell'edificio ellittico di Zimbabwe... »

« Sì, ma pensa al tempio di Tarxien a Malta », intervenne Heather. « O alle grandi mura di Cnosso. » E, prima che io e Ral potessimo evitarlo, il progetto diventò un impegno comune che prese il posto delle canzoni serali nella saletta di ritrovo.

Con la collaborazione di tutti – ognuno dava un contributo riferito alle rispettive aree dello scavo e basato sulle personali specializzazioni – creammo una serie d'immagini della nostra città.

Mura rosse e massicce, ornate con il fregio a galloni in ricordo del mare che aveva reso grande la Fenicia. Mura rosse che coglievano i raggi del sole al tramonto, la benedizione serale del grande dio Baal. Le torri altissime, simboli di fertilità e di prosperità, sorgevano dal fogliame verdescuro del bosco silenzioso. Più oltre, lo squarcio verticale nei dirupi che conduceva attraverso un passaggio segreto fino alla caverna misteriosa. Un altro simbolo degli organi della riproduzione. Questo, senza dubbio, doveva essere stato sacro ad Astarte, adorata più comunemente dai cartaginesi con il nome di Tanith, dea della terra e della luna: perciò le schiere dei sacerdoti vestiti di bianco erano sfilate in processione nel bosco e, passando oltre le torri, s'erano addentrate nella caverna segreta.

Sapevamo che i fenici sacrificavano vittime umane alle loro divinità. Il Vecchio Testamento descrive gli infanti gettati nel ventre fiammeggiante di Baal; e ci domandavamo di quali riti terribili fosse stato teatro il nostro laghetto di smeraldo, e raffiguravamo la vittima coperta d'oro e di gemme, ritta sul bordo dell'acqua con il sommo sacerdote che brandiva il coltello sacrificale.

« Se non fosse così profondo! » esclamò Sally. « Ben aveva pensato di far scendere i sommozzatori, ma dice che non potrebbero lavorare a simili profondità. »

Nell'area tra la cinta interna e quella esterna del tempio, dove lo strato di cenere era molto spesso e dove era stata scoperta la maggior parte delle perline d'oro e degli ornamenti più ricchi, disegnammo gli alloggi di sacerdoti e sacerdotesse. Dovevano essere un labirinto di muri d'argilla con i tetti di paglia. Ricostruimmo le vie e i cortili dei sacerdoti e dei nobili.

« E il re e la sua corte? » chiese Peter. « Non era logico che anche loro vivessero entro la cinta principale? »

Così dividemmo l'area tra gli alloggi dei sacerdoti e la corte del re, ispirandoci a quel poco che sapevamo di Cnosso, di Cartagine, di Tiro e di Sidone per conferire vita alle nostre immagini. Ral aveva trovato la porta che si apriva nelle mura esterne: era l'unico varco e guardava verso ovest.

« Una strada, passando da lì, doveva condurre direttamente al porto », suggerì Ral e indicò la mappa. « Doveva essere questo. L'area che dava tanto da pensare a Peter. »

« Riuscite a immaginare i mucchi d'avorio, di rame e d'oro? » sospirò Leslie.

« E gli schiavi messi all'asta », disse Heather.

« Calma! Calma! La nostra dovrebbe essere un'indagine scientifica », intervenni per tentare di frenarli.

« E le navi in secco sulla spiaggia. » Sally cominciò a dipingerle. « Enormi biremi con le prue a forma di teste d'ariete, coperte di dorature e smalti. »

Le torri e le mura risorsero, il lago si riempì d'acqua splendente, e i porti e le taverne si popolarono di individui morti da duemila anni. I guerrieri si pavoneggiavano baldanzosi, gli schiavi gemevano, le nobili dame passavano in lettiga, le carovane giungevano dalla terra a oriente con carichi d'oro e di oggetti preziosi, e un re bianco varcava la grande porta con uno scudo a rosette sulla spalla, e la sua corazza scintillava al sole.

Era un progetto affascinante e serviva a stimolare l'immaginazione. Quando Sally ebbe dato gli ultimi tocchi alla nostra scena, erano trascorse quattro settimane; e, come risultato diretto, Peter aveva scoperto i cantieri suggeriti dalle biremi di Sally, tirate in secco sotto la città.

C'era la chiglia di una nave in fase di costruzione. L'imbarcazione incompiuta era stata incendiata, e le parti carbonizzate erano state disperse. Solo con l'immaginazione e la fede si poteva riconoscervi una nave. Sapevo che i miei avversari l'avrebbero contestato, ma la datazione al carbonio-14 del legno bruciato ci dava una data approssimativa del 300 d.C., la data che avevamo definito come quella del « grande incendio ».

Il progetto mi dava un pretesto valido per trascorrere molto tempo con Sally. Presi l'abitudine di andare nella caverna con il pranzo e il costume da bagno. All'inizio vi fu un certo impaccio, ma io mi sforzai per mettere Sally a suo agio, e ben presto si ristabilì quell'amicizia vivace che faceva di noi un team eccellente. Una volta sola allusi al nostro rapporto più intimo.

« Sei ancora di malumore, Sal? » domandai, e lei mi rivolse una lunga occhiata prima di rispondere.

« Ti prego, Ben, dammi un po' di tempo. C'è qualcosa che devo risolvere da sola. »

« D'accordo. » Sorrisi con simulata allegria e mi rassegnai a un'attesa molto lunga.

A volte gli altri ci raggiungevano in riva al laghetto all'ora di pranzo perché, anche quando fuori il caldo passava i quaranta gradi, nella caverna era fresco. Sguazzavamo gridando e gli echi rintronavano intorno a noi. Uno dei miei ricordi incancellabili è Leslie in un civettuolo bikini rosa che saltella intorno al laghetto come una femmina d'ippopotamo nella stagione degli accoppiamenti, seguita dall'infaticabile Ral.

Cinque settimane dopo il mio ritorno salii alla caverna per portare buone notizie.

« Ho appena ricevuto un messaggio radio da Larkin, Sal. Louren arriva domani. »

Rimasi deluso dalla sua reazione negativa, perché ero sicuro che avesse superato l'antipatia iniziale per Louren, per farmi contento... e che cominciasse a trovarlo simpatico.

Andai ad attendere Louren sulla pista d'atterraggio, e rimasi sconvolto. Era dimagrito d'una decina di chili, e la carnagione, di solito sana e dorata, era cinerea. Gli occhi erano cerchiati di viola.

« Ben! » Mi passò un braccio intorno alle spalle, affettuosamente. « È un piacere rivederti, vecchio mascalzone. » Ma aveva la voce stanca e notai sulle sue tempie qualche filo argenteo spuntato in quel breve periodo.

« Santo Dio, Lo, hai un aspetto orribile. »

« Grazie. » Sorrise ironicamente e buttò le borse sul sedile posteriore della Land-Rover.

« No, parlo sul serio, Lo. Sei ammalato o che altro? » Mi addolorava vederlo così malridotto.

« Ho avuto qualche momento di stanchezza, Ben », continuò, mentre saliva al mio fianco. « Quattro settimane di trattative, e ho dovuto sostenerle da solo... non potevo fidarmi di nessun altro. La controparte mandava intere squadre e le cambiava quando erano esauste. »

« Finirai per ucciderti », lo rimproverai. Mi rendevo conto di avere il tono della moglie impicciona. Louren si tese verso di me, mi batté scherzosamente il pugno sul braccio e rise.

« Sei davvero un toccasana, amico. »

« Ne valeva la pena? Di cosa si trattava? »

« Una cosa grossa, Ben... Enorme. Maledettamente enorme. Rame e ferro, Africa Sudoccidentale, presso il fiume Cunene, massicci giacimenti associati, minerale a basso tenore di rame e ad alto tenore di ferro... Insieme valgono un tesoro. » Adesso il tono stanco era svanito dalla sua voce. « Ho trascinato sopra il tavolo quei piccoli bastardi di giapponesi e li ho arrostiti. Metteranno i finanziamenti per il porticciolo e per una linea ferroviaria che serviranno per portar via il materiale. Gli costerà centocinquanta milioni. » Era esultante e il colore riaffluiva alle guance pallide. « Una delle mie società avrà l'appalto della costruzione, naturalmente. » Si portò l'indice alle labbra in un gesto da cospiratore e io risi, divertito. Mi piaceva vederlo di quell'umore. « Io penserò allo stabilimento per la pellettizzazione... » Continuò a delineare il progetto, ridendo e battendomi il pugno sul braccio ogni volta che elencava uno dei successi ottenuti nelle trattative.

« Quanto ti renderà? » chiesi alla fine. Louren mi guardò con un certo disappunto.

« Vuoi dire in termini di quattrini? » domandò.

« Sicuro. Che altro? »

« Diavolo, Ben, te l'ho già spiegato. I soldi non sono la cosa più importante: lo sono le esportazioni e i posti di lavoro, e lo sfruttamento di nuove risorse, e costruire per il futuro, e realizzare il potenziale del nostro paese e... e... »

« E divertirti un mondo », suggerii.

Rise di nuovo. « Sei troppo acuto, Ben. Immagino che sia vero anche questo. Conta il gioco, non il punteggio. »

« Hai visto *Time* della settimana scorsa? » gli chiesi, per punzecchiarlo.

« Oh, Ben, per l'amor di Dio », protestò lui.

« Il tuo nome è nell'elenco dei trenta uomini più ricchi del mondo. »

« Che bastardi », borbottò Louren. « Adesso tutti raddoppieranno i prezzi. Perché non si fanno gli affari loro e non lasciano che io continui a fare i miei? »

« E così facendo, ti ammazzi. »

« Hai ragione, Ben. Mi sento un po' stanco. Perciò mi concedo una settimana. Una settimana intera di vacanza. »

« Bell'affare », sbuffai. « Una vacanza con i tuoi G.G. che arrivano ogni mezz'ora per le conferenze, e tu che passi il resto del tempo attaccato alla radio. »

« Non ci pensare », disse con un sorriso. « Me ne vado, e tu verrai con me. »

« Come sarebbe a dire, Lo? »

« Te lo spiegherò più tardi. » Louren eluse la domanda perché ci stavamo avvicinando alla diramazione nella pista sterrata. Rallentai automaticamente per svoltare e raggiungere le baracche.

« Prosegui, Ben », mi disse Louren. « Voglio salire alla caverna. Ho pensato a quel posto per settimane. » La voce era bassa, pensierosa. « Quando, al tavolo delle trattative, le cose si mettevano al peggio, pensavo alla pace e alla tranquillità di quella grotta. Mi sembrava... » S'interruppe e tossì imbarazzato. Non succede spesso che Louren parli in quel modo.

Sally stava lavorando di fronte alle pareti di fondo della grotta. Aveva una camicetta di seta verde e un paio di calzoni cachi di buon taglio, e i capelli erano sciolti e lucenti. Quando alzò la testa per salutare Louren, notai con un po' di sorpresa che per la prima volta dopo varie settimane s'era data il rossetto.

Notò subito la faccia smagrita di Louren e, anche se non disse nulla, nei suoi occhi intravidi un'ombra di preoccupazione. Lo salutò quasi con noncuranza, poi tornò a girarsi verso il cavalletto. Louren si avvicinò subito al ritratto del re bianco. Lo raggiunsi e sedemmo in silenzio a esaminare la figura misteriosa. Louren parlò per primo.

« Hai la sensazione che stia cercando di dirti qualcosa, Ben? »

Era una domanda molto bizzarra da parte sua, ma la considerai con rispetto perché era evidente che parlava sul serio.

« No, Lo. Non posso proprio dirlo. »

« Qui c'è qualcosa, Ben, » insistette lui in tono sicuro. « Qualcosa che tu... potresti aver trascurato. La chiave di questo luogo, tutto il suo segreto, sta nella caverna. »

« Ecco, Lo, potremmo... » Ma non mi ascoltava. Sally abbandonò il cavalletto e ci raggiunse. Sedette accanto a Louren e lo studiò con attenzione.

« È una sensazione che non mi ha mai tradito, Ben. Ricordi la miniera di Desolation Valley? I miei geologi avevano detto che non c'era niente, ma io avevo quella sensazione... Ricordi? »

Annuii. Adesso Desolation Valley produceva ventimila carati di diamanti al mese.

« Qui c'è qualcosa, ne sono sicuro. Ma dove? » Louren si voltò a guardarmi come se gli tenessi nascosto ciò che cercava. « Dov'è, Ben? Nel pavimento, nelle pareti, nella volta? »

« O nel laghetto », dissi.

« D'accordo, cominciamo dal laghetto. »

« È troppo profondo, Lo. Nessun sub... »

« Cosa sai delle immersioni subacquee? » chiese lui.

« Be', mi sono immerso un paio di volte. »

« Oh, santo Dio, Ben! » m'interruppe bruscamente Louren. « Se ho bisogno di un'operazione al cuore, mi rivolgo a Chris Barnard, non a un veterinario. Chi è il più grande specialista in fatto di immersioni? »

« Cousteau, credo. »

« Benissimo. Dirò ai miei di contattarlo. Così sistemeremo il laghetto. E adesso, il pavimento. »

Aver a che fare con Louren è come essere travolti da un uragano. Dopo un'ora aveva abbozzato un piano per un'esplorazione meticolosa della caverna. Alla fine suggerì, con noncuranza: « Allora, Ben, perché non torni al campo? Vorrei restar qui un'oretta da solo ». Mi dispiaceva rinunciare alla sua compagnia, ma mi alzai.

« Vieni, Sal? » chiesi. Louren aveva detto che voleva restare solo.

« Oh, Ben, sono a metà di un lavoro e... »

« Non importa », disse Louren. « Non mi disturberà. » Li lasciai nella caverna.

La baracca degli ospiti era già pronta, ma accompagnai comunque uno dei servitori per controllare mentre disfaceva i bagagli di Louren. Notai che era stato tagliato un rametto di gigli selvatici che crescono ai piedi dei dirupi e che era stato messo in un boccale accanto al letto. Pensai di complimentarmi con il matabele che faceva da cuoco e maggiordomo per quel gesto gentile. Alleviava la nudità della baracca.

Dopo aver controllato la sistemazione di Louren, scesi al bungalow grande e mi assicurai che in frigo ci fossero ghiaccio e acqua fredda in abbondanza. Poi aprii una bottiglia nuova di Glen Grant... io e Louren avevamo in comune la passione per quel nettare. Mentre mi davo da fare con il whisky, Ral e Leslie ritornarono dagli scavi. Li sentii entrare nell'ufficio accanto. Non avevo intenzione di origliare, ma i divisori erano sottili come fogli di carta.

Ral ringhiò come una belva infuriata e Leslie gettò uno strillo.

« Oh, cattivo! » esclamò ansimando. Era evidente che Ral stava tentando carezze audaci. « Ti farai sorprendere da qualcuno. »

« Purché non mi sorprendano a fare quello che farò stanotte », dichiarò Ral.

« Stt! » Leslie gli impose inutilmente di tacere.

« Cinque settimane. Credevo che non arrivasse più. Stavo per impazzire. »

« Oh, Rally, tesoro mio », gemette Leslie in uno slancio di passione.

« Tesoro, tesoro mio », rispose Ral, e io arrossii per loro. Posai la bottiglia e uscii. Non capivo bene come l'arrivo di Louren, dato che evidentemente si riferivano a lui, potesse introdurre un miglioramento tanto sensazionale nei loro rapporti, e li invidiai perché io non potevo aspettarmi niente di simile.

Eravamo tutti stanchi e nauseati di viveri in scatola. Louren aveva portato un carico di frutta fresca, verdure e carne. Quella sera infatti mangiammo una porchetta brunodorata con patate arrosto, piselli e un'insalata gigantesca. A tavola parlammo pochissimo.

Dopo che i servitori ebbero portato via i piatti, Louren accese un sigaro. Io tornai a riempire i bicchieri, e ci disponemmo in cerchio intorno a lui. Per prima cosa gli riferii la scoperta della cava e le deduzioni che ne avevamo tratto. Questo portò all'esibizione della ricostruzione della città fatta da Sally.

Non mi aspettavo che Louren reagisse in quel modo. Avevo pensato che l'avrebbe trovato divertente, come noi, e non che accettasse le nostre fantasie come fatti provati. Era febbrilmente eccitato, e si alzava di scatto per esaminare ogni illustrazione e per sparare domande, oppure stava seduto proteso a fissare le immagini con occhi che brillavano. Il viso era ancora scavato e pallido, e questo conferiva alla sua espressione un'intensità un po' folle.

Con un forte senso drammatico, Sally aveva tenuto per ultima l'immagine del re bianco. Quando la mise sul supporto, vidi Louren irrigidirsi. Il re bianco era in assetto di guerra, con elmo e corazza di bronzo, lo scudo appeso alla spalla, e una corta spada alla cintura. La barba di oro rosso era ricciuta e il portamento regale. I suoi attendenti lo seguivano oltre la porta dell'alto muro esterno: uno portava la scure da combattimento, un altro l'arco e le frecce, un terzo il calice d'oro della vita eterna.

Sally aveva dedicato molta cura a quell'illustrazione, che era la più impressionante della serie. La guardammo in silenzio; poi disaccavallai le gambe e mi tesi in avanti rovesciando un po' di whisky per la sorpresa. Prima non l'avevo notato, perché la barba dorata lo mascherava; ma adesso capivo chi era servito a Sally come modello per il re bianco. Mi voltai a guardare Louren, e vidi la stessa fronte alta, le sopracciglia aristocratiche, i penetranti occhi celesti, il naso diritto con le narici delicatamente cesellate, la curva orgogliosa della bocca con il labbro inferiore leggermente imbronciato.

« Ben! » La voce di Louren era roca, ma non distoglieva lo sguardo dal ritratto. « È straordinario. Fino a stasera non avevo capito cosa significava. Finora si trattava solo di blocchi di pietra enigmatici, qualche perlina e qualche frammento d'oro. Non avevo mai pensato alla gente. Ed è questo l'importante, Ben! Questi uomini che si erano spinti fino all'estremo limite del mondo allora conosciuto, e avevano costruito qualcosa di magnifico nel deserto... » S'interruppe e scosse la testa, meravigliato. Poi si rivolse a me.

« Ben, dobbiamo scoprire cosa accadde a loro e alla loro città. Non importa quanto tempo ci vorrà e quale sarà il costo. Devo saperlo, assolutamente. »

Spense il sigaro e si alzò di scatto dalla sedia. Cominciò a camminare avanti e indietro con una violenza trattenuta a stento.

« È ora che lo annunciamo, Ben. Organizzerò una conferenza stampa. Voglio che siate tutti presenti e che interveniate. Il mondo deve sapere di questi uomini. »

Un senso d'allarme mi attanagliò lo stomaco. Balbettai una protesta.

« Ma non possiamo, Lo! Non ancora... ti prego. »

« E perché? » Si girò di scatto verso di me con aria bellicosa.

« Non abbiamo ancora prove sufficienti. » Mi sentivo agghiacciare per l'orrore pensando che i miei critici mi avrebbero fatto a pezzi se mi fossi presentato in scena con quel copione incompleto. « Ci scotenneranno, Lo. Ci sbraneranno. »

« Gli mostreremo questi! » Louren indicò i disegni.

« Dio! » rabbrividii al solo pensiero. « Sono congetture, fantasie. In quel dipinto l'unico dettaglio che potremmo documentare è il calice. »

Louren mi fissò. Ma vidi la frenesia svanire dai suoi occhi. Rise, con aria un po' impacciata, e si batté la mano sulla fronte.

« Uau! » rise. « Devo essere stanco. Per un momento quelle tavole mi sono sembrate reali, prese dalla vita. » Andò a mettersi di nuovo davanti al foglio e l'esaminò con aria ansiosa. « Devo sapere, Ben », ripeté. « Devo sapere. »

L'indomani, mentre pranzavamo in riva al laghetto smeraldino, Louren mi spiegò perché dovevamo andare via insieme. Prese uno dei carboncini di Sally e disegnò sulla superficie piatta della pietra.

« Noi siamo qui, e centocinque chilometri a nord-est ci sono le rovine di Domboshaba. Se le tue teorie sono esatte, ci dev'essere allora un vecchio percorso carovaniero tra le due città. Io e te prenderemo la Land-Rover e cercheremo di rintracciare la vecchia pista. »

« È un territorio molto accidentato », gli feci notare. « Completamente inesplorato, senza strade né acqua. »

« E senza G.G. » Louren sorrise.

« Questo lo rende irresistibile. » Ricambiai il sorriso e ricordai che doveva essere una spedizione terapeutica, non scientifica. « Quando partiamo? »

« Domattina alle prime luci. »

Era ancora buio quando mi svegliai, e il mio orologio segnava le quattro e mezzo. Era troppo tardi per riaddormentarmi e troppo presto per svegliarmi. Stavo considerando il problema, quando la porta della baracca si aprì furtivamente; e mentre mi preparavo ad aggredire i ladri, la testa irsuta di Ral, alonata dal chiarore lunare, apparve nel varco.

Mi aveva spaventato, perciò gridai: « Cosa diavolo fa? »

La mia paura era una cosa da niente in confronto alla reazione di Ral alla domanda. Lanciò un urlo di terrore, spiccò un balzo di un metro agitando le braccia come una gru coronata nella danza dell'accoppiamento. Impiegò un paio di minuti per riprendersi quanto bastava per raggiungere il suo letto e rispondermi con voce tremante: « Sono stato al bagno ». Meglio così, pensai, altrimenti la mia minacciosa domanda avrebbe potuto avere conseguenze disastrose. Mi alzai, mi vestii e uscii a controllare la Land-Rover. Immaginai che Ral fosse stato con Leslie, ma non mi resi conto di ciò che questo sottintendeva.

Io e Louren impiegammo quasi tutto il primo giorno per trovare un percorso transitabile che portasse oltre le Colline di Sangue. Seguimmo la linea dei dirupi verso nord fino a quando si abbassarono e si spezzarono in bassi *kopje*, e potemmo passare in una delle gole. Era una salita accidentata che mise in difficoltà persino quel veicolo così robusto; ma poi trovammo la savana aperta e boschi radi di acacie, e procedemmo piuttosto svelti, deviando di nuovo verso sud per intercettare il percorso carovaniero che Louren aveva tracciato speranzosamente sulla mappa.

Quella notte ci accampammo proprio sulla pista, o almeno dove ci auguravamo che fosse. Con quel carico di benzina e d'acqua, non c'era molto spazio per i lussi della vita del campeggiatore. Comunque, era giusto che fosse un viaggio disagevole, per scacciare i fumi della civiltà, un ritorno nostalgico alle spedizioni che avevamo fatto insieme in gioventù.

Arrostimmo sulle braci una coppia di pernici del deserto e bevemmo Glen Grant allungato con acqua tiepida nei boccali smaltati. Poi scavammo nella terra dura per fare spazio per i fianchi e le spalle, ci infilammo nei sacchi a pelo accanto alla Land-Rover e chiacchierammo per un'ora prima di addormentarci.

All'alba, Louren si massaggiò la schiena e si sgranchì i muscoli indolenziti.

« Mi sono ricordato che non ho più vent'anni », gemette. Ma il terzo giorno tornava a dimostrare quell'età: il sole gli aveva ridato il colore, i cerchi sotto gli occhi erano spariti, e rideva spesso.

Procedevamo lentamente. Spesso era necessario tornare indietro per uscire da un tratto tormentato dove creste e *kopje* non ci permettevano di passare. Poi lasciavamo la Land-Rover ed esploravamo a piedi per trovare il varco. Ma non avevamo fretta e quindi potevamo goderci ogni chilometro mentre avanzavamo verso nord-est in una zona che cambiava carattere e atmosfera con la tipica e affascinante rapidità dell'Africa.

Ogni ora di viaggio verso est ci offriva della nuova fauna. Gli uccelli delle zone aride lasciarono il posto a faraone e francolini e otarde giganti; e tra gli alberi di *mopani* e *masasa* si scorgeva ogni tanto il guizzo argenteo di un cudù in corsa, con le lunghe corna a cavatappo parallele al dorso.

« L'acqua non dev'essere lontana », commentò Louren mentre fermavamo la Land-Rover al margine di una di quelle radure d'erba gialla e guardavamo un branco di antilopi nere che si allontanavano tra gli alberi. Quelle nere, sono le antilopi africane più maestose, con le teste fiere che reggono alte le corna a scimitarra e il contrasto sensazionale tra il petto niveo e il corpo nero.

« Un'altra specie in pericolo », commentai tristemente. « Minacciata dall'avidità degli uomini. »

« Sì », ammise Louren. « E sai una cosa? Non esiste un esemplare di *homo sapiens* che sia bello la metà di loro... inclusa Raquel Welch. »

Quella notte ci accampammo in un bosco di *msasa*, avvolti nel bizzarro fogliame primaverile che ha colori diversi da quelli d'ogni altro albero della terra... rosa, beige tenero e rosso fiammante. Durante il giorno, Louren aveva sparato a un giovane impala maschio, da cui trasse il filetto che avvolse nella pancetta e arrostì in una padella di ferro mentre io preparavo una salsa con cipolle, pomodori e molto aglio. Mangiammo il filetto in salsa con grosse fette di pane scuro spalmato di burro in scatola; non avevo mai gustato un sapore simile.

« Se mai avrai bisogno di trovar lavoro, Lo, potrai fare il cuoco per me », gli dissi masticando. Lui sorrise e andò alla Land-Rover per accendere la radio.

« Cosa c'è? » chiesi.

« Soltanto le notizie. » Aveva l'aria un po' colpevole. « Non posso perdere del tutto i contatti con la civiltà. »

Ascoltammo le lotte e le assurdità di un mondo impazzito. In quel luogo remoto e tranquillo gli interessi dell'uomo apparivano privi d'importanza, meschini ed effimeri.

« Spegni, Lo », dissi. « Che bisogno ne abbiamo? »

Louren tese la mano verso la radio, ma si fermò quando la voce dell'annunciatore pronunciò un nome noto.

« Radio Lusaka riferisce che il capo della banda di terroristi che ieri ha teso un'imboscata a un distaccamento di polizia nel distretto di Wankie, in Rhodesia, uccidendo quattro uomini e ferendone quattro, è il sedicente 'colonnello' Timothy Mageba, che due mesi fa occupò le prime pagine dei giornali per un drammatico dirottamento. Un portavoce della polizia rhodesiana afferma che Mageba è probabilmente uno dei terroristi africani attualmente più pericolosi. È stata offerta una ricompensa di 10.000 dollari rhodesiani a chi fornirà informazioni utili a ucciderlo o catturarlo. »

Con un gesto rabbioso Louren spense l'apparecchio e tornò accanto al fuoco. Riprese a bere il whisky senza parlare.

« Opera a circa centocinquanta chilometri più a nord di qui. Darei qualunque cosa per avere una possibilità di sistemarlo. »

Sentir parlare di Timothy mi aveva turbato profondamente; quella notte rimasi sveglio a lungo, con le mani intrecciate dietro la testa, a fissare lo splendore del firmamento. Venere era discesa oltre l'orizzonte prima che piombassi in un sonno popolato d'incubi.

Il sole del mattino dipinse d'oro le creste dei *kopje*, accese il cielo di rosso e di porpora, e scacciò i pensieri tenebrosi, mentre parlavamo, ridevamo e procedevamo lentamente verso est.

A metà mattina vedemmo gli avvoltoi che volavano a nord:

formavano una grande ruota di minuscoli punti che girava lentamente sotto il crudo cielo azzurro. Seguire il loro volo è uno degli inviti più inquietanti che l'Africa possa offrire. Ogni volta vi condurranno sulla scena di un episodio disperato dell'interminabile dramma del deserto.

« Poco più di tre chilometri da qui », commentò Louren scrutando avanti, oltre il parabrezza. Le città in rovina e le civiltà perdute potevano andare all'inferno: stavamo per assistere a una manifestazione della dura legge delle zanne e degli artigli.

Mezzo chilometro più avanti vedemmo le sagome gobbe degli uccelli oscenamente appollaiati sugli alberi, compatti come i frutti del diavolo negli orti dell'inferno.

« Non sono sulla preda », esclamò Louren. « C'è qualcosa che li costringe a restare in cielo e sugli alberi. »

Fermò la Land-Rover e spense il motore. Scendemmo, e Louren controllò il suo 375 Magnum e cambiò i proiettili, sostituendoli con quelli a punta tenera che avrebbero inferto colpi più micidiali.

« Avviciniamoci a piedi », disse. « Mi piacerebbe poter sparare a un grosso leone con la criniera nera. » Richiuse il fucile. « Prendi la doppietta, Ben, e caricala a pallettoni. »

Questo è il mio modo di ragionare: se un leone è abbastanza lontano perché io possa usare un fucile a canna rigata, allora non abbiamo motivo di litigare; se sono più vicino, preferisco un'arma che mi permetta di non fallire.

Louren si avviò fra l'erba alta e io lo seguii, tenendomi di lato per poter sparare, con la doppietta carica e le tasche gonfie di cartucce. Ci muovevamo lentamente, cercando d'individuare il punto focale di quell'assembramento di avvoltoi sparsi sugli alberi in un'area di oltre un chilometro quadrato.

Ogni passo ingigantiva la tensione perché ci aspettavamo d'imbatterci in un branco di leoni stesi fra l'erba. Louren mi segnalava ogni cambiamento di direzione mentre procedevamo guardinghi. Dagli alberi intorno a noi gli avvoltoi si lanciavano in volo e, come per miracolo, le sagome sgraziate si trasformavano in esseri belli ed eleganti quando entravano nel loro vero elemento.

Avevo la gola inaridita per l'eccitazione e per un piacevole senso di paura. Vedevo che Louren aveva la schiena sudata, non solo per il caldo. Ogni suo movimento era carico di energia trattenuta, pronta a esplodere alla vista della selvaggina. Amavo quella parte della caccia, perché è un impulso atavico ancora presente in quasi tutti noi: soltanto uccidere mi ripugnava.

Louren si fermò e rimase immobile, con il fucile tenuto alto. Guardava davanti a sé, e io mi preparai al fragore dello sparo imminente. Ma i secondi passavano lenti, come gocce d'olio, e Louren era ancora lì e muoveva appena la testa per guardarsi intorno.

Lo raggiunsi. Davanti a noi c'era un tratto d'erba calpestata. Al centro giaceva un bufalo morto, con il ventre gonfio di gas e grosse mosche verdi che brulicavano sugli occhi spenti e nella bocca aperta. Non vidi segni di artigli nella pelle coperta dal ruvido pelame nero con chiazze nude e rognose.

Guardai di nuovo a terra perché non intendevo calpestare qualche ramoscello, e vidi l'impronta minuscola di un piede umano in un tratto di terriccio smosso dalle formiche.

Mi sentii rizzare i capelli in testa. Eravamo finiti in mezzo a qualcosa di molto più pericoloso d'un branco di leoni. Guardai il bufalo morto e per la prima volta notai cinque centimetri di canna che spuntavano dalle pieghe del collo. La carne, intorno alla ferita, era gonfia e indurita.

« Lo! » esclamai con voce rauca. « Andiamo via. È stato un boscimano a uccidere il bufalo. »

Louren girò di scatto la testa verso di me. Vidi che l'orlo delle sue narici era sbiancato.

« Come lo sai? » chiese.

« Le impronte ai tuoi piedi. » Louren abbassò gli occhi. « La freccia nel collo del bufalo. »

Si convinse. « Ora cosa facciamo, Ben? » Adesso sudava quanto me.

« Piano, piano! » dissi. « Non voltare la schiena e non fare movimenti bruschi. Ci spiano, Lo. Probabilmente sono qui. »

Cominciammo a indietreggiare, stringendo le armi con le mani sudate e guardandoci intorno irrequieti.

« Parlagli, Ben, per amor di Dio », mormorò Louren. La minaccia di una freccia avvelenata poteva trasformare in vigliacco persino un uomo come lui.

« È un rischio che non posso correre. Basterebbe un niente per farli scattare. »

« Forse sono dietro di noi. » La voce di Louren tremava, e io mi sentivo accapponare la pelle tra le scapole mentre ero teso nel timore di udire il sibilo della freccia. A ogni passo indietro la paura si attenuava. Quando fui a cinquanta metri dal bufalo mi azzardai a parlare.

« Pace », gridai. « Non vogliamo farvi male. »

La risposta giunse immediatamente, cinguettante e disincarnata: sembrava emanare dall'aria.

« Di' al grosso testa-bianca di posare la sua arma, perché non lo conosciamo. »

« Xhai! » gridai, sollevato e felice. « Fratello mio! »

Il suo occhio brillava come la luna gialla,
il suo zoccolo traeva scintille dalle colline di ferro.

Cantavamo insieme il canto del bufalo. Gli uomini stavano accosciati intorno al fuoco e battevano con le mani il ritmo complicato. Le donne danzavano in cerchio intorno a noi, ondeggiavano, scalpicciavano e imitavano sia il bufalo sia il valoroso cacciatore. La luce del fuoco brillava sulla loro pelle dorata; i corpi minuscoli con i glutei sorprendentemente voluminosi e i seni grassi saltellavano nel movimento del ballo.

L'uccello-freccia è volato dalla mia mano
rapido come un'ape o come un falco in caccia.

I rami degli alberi vicini erano carichi di festoni di carne cruda appesa a seccare, e oltre la luce del fuoco, sotto il cielo stellato, sciacalli e iene ringhiavano fiutando gli odori appetitosi.

Il sangue che scorreva era rosso come un fiore,
e dolce come il miele era la carne del suo corpo.

Finalmente la danza terminò e le donne risero e trillarono e tornarono intorno al fuoco per cacciarsi in bocca altri pezzi di carne. I boscimani sono molto impressionati dalla statura fisica e per loro Louren era un colosso dorato. Ne parlavano in modo franco e disinibito, partendo dalla testa dorata e scendendo via via... fino a quando scoppiai a ridere.

« Cosa c'è di tanto divertente? » chiese Louren, e io glielo spiegai.

« Mio Dio, non possono aver detto una cosa simile! » Louren guardò esterrefatto le donne che si coprivano la bocca con le mani per nascondere le risate.

Ero seduto fra Xhai e Louren; uno fumava e l'altro masticava un sigaro Romeo e Juliet, e io facevo da interprete. Parlavano di animali, dato che avevano in comune la passione per la caccia.

« Mio nonno mi diceva che quando era giovane, in questa terra sotto il grande fiume i bufali erano numerosi come le locuste... ma poi venne il male rosso. »

« La peste bovina », spiegai a Louren.

« E morivano e cadevano uno addosso all'altro, e gli avvoltoi avevano il ventre così pieno che non potevano volare, e le loro ossa giacevano al sole come le distese di margherite bianche namaqua in primavera. »

Continuarono a parlare dopo che le donne e i bambini s'erano addormentati nella polvere come piccoli cuccioli gialli. Parlarono di animali nobili e di grandi cacce, e diventarono amici, tanto che alla fine Xhai mi confidò timidamente: « Mi piacerebbe andare a caccia con lui. Potrei mostrargli un elefante come quelli che conosceva mio nonno, con le zanne grosse come il mio corpo e lunghe come l'asta di una lancia ».

Ormai non si sarebbe più parlato di andare in cerca di rovine e di piste carovaniere, pensai, mentre vedevo la faccia di Louren illuminarsi a quella proposta.

« Ma », aggiunsi, « dice che devi lasciare qui la Land-Rover. Ci hanno sentiti mezz'ora prima che arrivassimo, oggi; e dice che questo elefante è vecchio e molto astuto. Perciò dobbiamo dormire un po'. Domani ci aspetta una giornata infernale. »

Quando il sole sorse eravamo in marcia già da tre ore. La rugiada ci aveva infradiciato i calzoni fino alle ginocchia, ma a camminare c'eravamo tolti di dosso il freddo della notte; procedevamo a grandi passi per non perdere di vista le due minuscole figure brune. Xhai e Ghal si muovevano con quel trotto sciolto che permette ai boscimani di divorare chilometri e chilometri per tutto il giorno senza stancarsi. Le sagome brune guizzavano davanti a noi fra i roveti e i cespugli sempre più fitti.

« Come va, Ben? »

Borbottai e mi passai la doppietta sull'altra spalla.

« Questi piccoli bastardi ci sanno fare. »

« Fratello, hai appena incominciato », lo avvertii. I boscimani ci condussero in un territorio difficile e accidentato, dove creste di roccia nera spuntavano dalla terra e gli arbusti erano grigi e fitti; fessure profonde squarciavano le pareti dei ripidi affioramenti del tavoliere; il caldo era terribile, stordiva e rubava l'acqua ai nostri corpi, la prosciugava in cerchi bianchi di sale sulle nostre camicie. Era il tipo di territorio che poteva scegliere come rifugio un vecchio elefante astuto, perseguitato dagli uomini per tutta la vita.

A mezzogiorno riposammo per mezz'ora, all'ombra di un macigno nero che scottava a toccarlo; bevemmo qualche sorso d'acqua tiepida, poi ripartimmo e quasi subito trovammo le tracce.

« Là e là. » Con la punta di una freccia avvelenata, Xhai tracciò i contorni di un'orma sulla terra durissima. « Non vedete? » chiese esasperato. Per quanto gli girassimo intorno chinando la testa, noi non riuscimmo a distinguerla.

« Se quella è un'orma di elefante », borbottò Louren, « io sono uno stagnino cinese. » Ma Xhai ripartì fiducioso in una direzione nuova fra gli arbusti. Salimmo su un tavoliere roccioso seguendo una pista che noi due non riuscivamo neppure a vedere. Vicino alla cresta della collina c'era un mucchio di sterco d'elefante, ancora umido nonostante il caldo tremendo, e un nugolo di farfalle arancio e gialle gli ronzava intorno, attratto dall'umidità. Il letame sembrava il contenuto di un materasso di fibre di cocco.

« Plego scusalmi », mormorai a Louren. « Pel piacele, aggiustalmi pentola folata. »

« Quell'uomo è un mago. » Louren scosse la testa, sbalordito. Si tolse il fucile dalla spalla e lo strinse sotto il braccio.

Proseguimmo ancora, ma lentamente. Ci soffermavamo spesso mentre Xhai e Ghal frugavano negli impenetrabili intrichi della flora davanti a noi. Era un'impresa; in mezzo agli arbusti dovevamo muoverci solo al segnale di Xhai: avanzare quando la sua mano faceva un cenno di richiamo e fermarsi quando lui si fermava.

« Venite », disse la mano e noi procedemmo; poi all'improvviso...

« Fermi! » Un segno brusco con la mano come una lama, e poi stretta a pugno e protesa per indicare avanti... portava sfortuna indicare la selvaggina con un dito.

Restammo immobili come morti, le facce lucide di sudore rivolte verso la muraglia di arbusti... e all'improvviso l'elefante torreggiò grigio e spettrale tra i rovi grigi. Si allontanava da noi a passo tranquillo, la pelle grigia e grinzosa che pendeva in pieghe dal ventre e dall'inguine, la coda nuda, le nocche della spina dorsale che spiccavano nitide sul dorso. Un vecchio elefante. Un elefante molto grosso.

« Restate qui! » la mano di Xhai indicò Ghal e me, e io annuii in risposta.

« Vieni con me! » Xhai mosse l'indice per chiamare Louren, e avanzarono insieme tra i rovi. Il boscimano sembrava piccolo come un pupazzo a fianco di Louren, e lo guidava perché potesse sparare alla testa o alla spalla.

L'elefante si fermò e cominciò a mangiare; strappava delicatamente i germogli verdechiari con la punta della proboscide, se li cacciava in bocca, completamente ignaro del pericolo... mentre sul fianco Louren si metteva in posizione per sparare, a gambe larghe, e si tendeva in avanti per contrastare il rinculo del fucile.

Lo sparo fu assordante nel silenzio drogato dal caldo. Sentii il proiettile battere nella carne; l'elefante deviò per l'impatto, si girò verso Louren con le lunghe zanne d'avorio tenute alte e le enormi orecchie grigie reclinate all'indietro. Barrì quando vide l'uomo. Barrì di rabbia e l'odio covato per anni esplose in una vampata.

Si mosse lateralmente come un granchio mentre dava inizio alla carica e in questo spostamento mise una gran macchia di rovi tra sé e Louren. Vidi il mio amico voltarsi e correre per sparare nuovamente. Urtò con il piede la tana di un formichiere e vi cadde lungo disteso. Il fucile gli volò dalla mano. Rimase al suolo, stordito, sulla direttrice dell'elefante lanciato alla carica.

« Louren! » urlai. Cominciai a correre anch'io, sebbene fossi armato soltanto di una doppietta, corsi per deviare la carica di un elefante maschio ferito.

« Qui! » gridavo mentre correvo. « Qui! » Tentai di allontanarlo da Louren, che con la coda dell'occhio vedevo ancora carponi, mentre cercava di trascinarsi verso il suo fucile.

« Yah! Yah! » urlai con tutta la forza dei miei polmoni, e l'elefante rallentò, girò la testa verso di me, mi cercò con gli occhi porcini e agitò la proboscide per trovare il mio odore.

Imbracciai la doppietta e da una distanza di trenta metri mirai agli occhi nella speranza di accecarlo.

Blam! Blam! Sparai a destra e a sinistra, contro il muso, e l'elefante venne verso di me. Provai un immane senso di sollievo quando lo vidi caricare nella mia direzione perché l'avevo distolto da Louren, ed era l'unica cosa che contava. Con le dita impacciate cercai altre cartucce, sebbene sapessi che mi sarebbe piombato addosso prima che avessi avuto la possibilità di ricaricare.

« Scappa, Ben, scappa! » La voce di Louren risuonò più alta del rombo squassante della carica. Ma mi accorsi che le gambe non mi obbedivano, e rimasi lì, cercando stupidamente le cartucce, inutili come una manciata di granelli di pepe buttata contro quella montagna grigia di carne.

Lo sparo del fucile di Louren martellò il mio cervello stordito, una volta, due volte... e come una valanga la montagna grigia cadde verso di me. L'elefante era già morto, con il cervello sfracellato come un frutto troppo maturo dal passaggio del proiettile.

Avevo i piedi inchiodati al suolo e non potevo muovermi: non riuscii a schivarlo. La proboscide tesa mi colpì con forza violenta. Mi sentii scagliato in aria, poi vi fu l'impatto doloroso con la terra. Vi fu un'esplosione di colori e di luci accecanti mentre perdevo i sensi.

« Stupido bastardo! Oh, stupido, coraggioso bastardo. » Sentivo la voce di Louren che mi parlava dall'alto di un tunnel buio, e il suono mi echeggiava stranamente nella testa. Un umidore fresco mi spruzzò la faccia, le labbra. Aprii gli occhi. Louren era seduto a terra, mi reggeva la testa e mi buttava in viso l'acqua della borraccia.

« A chi dici bastardo? » gracchiai, e l'espressione di sollievo che pervase il suo volto preoccupato fu una delle cose più gratificanti che avessi mai visto.

Ero tutto indolenzito, ammaccato alle spalle e alle reni, e sopra la mia tempia c'era un bernoccolo troppo doloroso per toccarlo.

« Ce la fai a camminare? » chiese premuroso Louren.

« Posso provare. » Non era tremendo. Trovai persino la forza e la voglia di fotografare il colosso morto, inginocchiato in atteggiamento di preghiera con la testa sostenuta dalle zanne curve. Louren e il boscimano gli si sedettero sul cranio.

« Stanotte ci accamperemo vicino all'Acqua nelle Rocce », mi disse Xhai. « Domani torneremo a prendere le zanne. »

« È molto lontano? » domandai dubbioso.

« Vicino! » mi assicurò Xhai. « Molto vicino. » Incerto, feci una smorfia. L'avevo sentito usare le stesse parole per riferirsi a una marcia di ottanta chilometri.

« Lo spero proprio », dissi in inglese. Ma con mia sorpresa era molto più vicino di quanto mi aspettassi... e c'erano anche molte altre cose che non avrei immaginato.

Zoppicando aggrappato al braccio di Louren attraversammo una cresta collinosa e arrivammo su un'ampia distesa di granito, una grande cupola di roccia dell'estensione di un ettaro e mezzo. Le diedi un'occhiata, guardai le file di fori rotondi e poco profondi che spiccavano sull'intera superficie e lanciai un grido di gioia. Non avevo più bisogno che Louren mi sorreggesse. Scendemmo di corsa sul fondo di pietra, ridendo felici, ed esaminammo le file regolari degli scavi.

« Doveva essere grande, Ben », esultò Louren. Poi cercò di indovinare il numero dei fori. « Mille? »

« Di più », dissi. « Probabilmente duemila. »

Tacqui, pensando alle lunghe file regolari di schiavi nudi inginocchiati sulla roccia, ognuno accanto a uno dei fori levigati, ognuno incatenato al proprio vicino. Ciascuno aveva in mano un pesante pestello di ferro e batteva per frantumare il minerale aurifero nel mortaio di pietra.

Con l'immaginazione vedevo i negrieri che passavano lungo le file con le fruste in mano e controllavano che la roccia venisse ridotta in polvere. Vedevo le interminabili colonne di schiavi con le ceste di minerale in bilico sulla testa, mentre salivano dalla miniera. E tutto ciò era avvenuto in quel luogo quasi due millenni prima.

« Chissà dov'è la miniera. » Anche Louren stava pensando le stesse cose.

« E l'acqua? » aggiunsi. « Avevano bisogno dell'acqua, per separare l'oro. »

« Al diavolo l'acqua! » gridò Louren. « Io voglio la miniera. A quei tempi sfruttavano soltanto i valori al di sopra delle tre once e in più si fermavano al livello dell'acqua... qui intorno c'è un vero tesoro. »

Così erano state distrutte tutte le vecchie miniere. Tornava a onore degli antichi maestri della metallurgia il fatto che quasi tutte le miniere moderne dell'Africa centrale fossero state scoperte da loro duemila anni prima. I minatori moderni nella fretta di mettere allo scoperto il filone abbandonato distruggevano ogni traccia lasciata da quelli antichi. Giurai a me stesso che almeno sarei stato il primo a entrare in quella, prima dei vandali armati di perforatrici e dinamite.

L'acqua era in fondo a un pozzo di quindici metri scavato nella roccia viva e con le pareti rivestite in muratura. Era il più bell'esempio di pozzo antico che avessi mai visto; era stato mantenuto in buone condizioni dai boscimani, e io l'ammirai estasiato mentre Xhai andava a prendere una corda di pelle non conciata e un secchio di cuoio da un nascondiglio fra le rocce. Tirò su il secchio traboccante di acqua limpida dove galleggiavano alcune ranocchie morte e un ratto annegato. Mi ripromisi di farla bollire prima di berla.

Louren dedicò trenta secondi all'osservazione del pozzo, quindi si avviò nella stretta valle fra le due creste di granito. Lo vidi sparire fra gli alberi, e venti minuti più tardi mi arrivarono le sue grida.

« Ben! Vieni qui! Presto! » Lasciai il pozzo e scesi zoppicando nella valle.

« È qui, Ben! » Louren era fuori di sé per l'eccitazione. Ancora una volta fui colpito dal pensiero che l'oro ha il potere di far battere forte il cuore più torbido e di accendere una luce di avidità anche negli occhi più smaliziati. Io non sono venale, ma il fascino e la magia dell'oro resero affannoso il mio respiro, mentre stavo a fianco di Louren e guardavo con lui la miniera degli Antichi.

Non era uno spettacolo sensazionale: una depressione poco profonda, una trincea scavata a una profondità poco superiore al metro, con le sponde arrotondate; si allontanava serpeggiando fra gli alberi come un sentiero impresso nella terra.

« Un campo d'estrazione a cielo aperto », disse Louren. « Hanno seguito la direzione della vena. »

« E poi hanno riempito la trincea sfruttata. » Era una strana abitudine degli Antichi, colmare gli scavi prima di abbandonarli; e quella trincea poco profonda era dovuta all'assestamento della terra con cui l'avevano coperta.

« Vieni », disse Louren. « Seguiamola. »

Seguimmo per oltre due chilometri il vecchio scavo attraverso la foresta, fino a quando s'interruppe.

« Se riuscissimo a trovare uno dei loro mucchi di scorie », mormorò Louren mentre cercavamo fra la vegetazione qualche cumulo di rocce spezzate. O almeno un pezzo di minerale dimenticato.

La schiena mi doleva e sedetti su un tronco per riposare, lasciando a Louren il compito di proseguire la ricerca. Si allontanò fra gli alberi e io rimasi a godermi il senso della storia che sempre mi avvolgeva quando mi trovavo solo in un luogo come quello.

L'acqua nel pozzo era a quindici metri di profondità; calcolavo che gli Antichi dovevano aver lavorato a quel livello a cielo aperto alla miniera. Non avevano le pompe né l'equipaggiamento per svuotarla, quindi non appena l'acqua incominciava a sgorgarvi, la colmavano e andavano in cerca di un altro filone.

La miniera era una trincea scoperta, lunga più di due chilometri, profonda quindici metri e larga meno di due, scavata nel terreno con asce e cunei di ferro piantati nella roccia con martelli di pietra. Quando la roccia era abbastanza dura per resistere a quel metodo, vi accendevano sopra i fuochi e per frantumarla versavano sulla superficie acqua mista a vino inacidito. Era lo stesso metodo usato da Annibale per distruggere i macigni che bloccavano il passaggio dei suoi elefanti attraverso le Alpi... un trucco cartaginese, si potrebbe dire. Dal filone prelevavano i pezzi di quarzo aurifero e lo mettevano nelle ceste che venivano issate in superficie con le corde di pelle non conciata.

Con quei metodi avevano estratto, secondo le stime, settecento tonnellate d'oro fino da miniere sparse su 770.000 chilometri quadrati dell'Africa centrale e meridionale, assieme a quantità enormi di ferro, rame e stagno.

« Sono ventidue milioni di once d'oro a quaranta dollari l'oncia, 880 milioni di dollari. » Avevo fatto il calcolo a voce alta; poi aggiunsi: « È una bella torta ».

« Ben, dove sei? » Louren stava tornando indietro. « Ho trovato un frammento del filone. » Mi porse un pezzo di roccia. « Cosa te ne pare? »

« Quarzo blu », dissi. Lo leccai per inumidire la superficie, poi lo girai in modo da esporlo al sole. « Uau! » esclamai quando vidi l'oro nativo che scintillava nelle minuscole fessure del quarzo, come burro in un sandwich.

« Uau, sicuro! » confermò Louren. « È roba ottima. Manderò un paio dei miei ragazzi a picchettare l'intera area. »

« Lo, non dimenticarti di me », dissi. Louren aggrottò la fronte.

« Avrai la tua parte, Ben. Ho mai provato a... »

« Non dire scemenze. Non intendevo questo. Ma non voglio

che i tuoi segugi delle rocce comincino a sventrare tutto prima che io abbia avuto la possibilità di esaminarlo. »

« Va bene, te lo prometto », rise Louren. « Puoi venire qui quando riapriremo la miniera. » Fece saltellare il pezzo di quarzo nel cavo della mano. « Torniamo indietro, voglio esaminarlo e farmi un'idea del valore. »

Usando uno dei mortai di pietra della calotta di granito e un pezzo di pietra come pestello, Louren ridusse il quarzo in una fine polvere bianca. La versò nella nostra pentola e, con l'acqua del pozzo, lavò la pietra polverizzata. Poi fece ruotare il contenuto della pentola con un movimento circolare e a ogni giro ne fece traboccare un po' oltre il bordo. Ci vollero quindici minuti per separare la « coda » d'oro avvolta intorno al fondo della pentola... lucida, gialla e untuosa.

« Bello », dissi.

« Non c'è niente di più bello. » Louren sorrise. « Questo minerale può rendere cinque once per tonnellata. »

« Sei un bastardo avido, no? » ribattei scherzando.

« Mettiamola così, Ben. » Louren continuò a sorridere. « Gli utili serviranno probabilmente a far funzionare il tuo Centro per altri vent'anni. Non sputarci sopra, amico. Il denaro non è la radice di tutti i mali, se lo usi nel modo giusto. »

« Non ci sputerò sopra », promisi.

Quella notte ci accampammo accanto al pozzo e mangiammo lingua d'elefante bollita con patate, poi tenemmo il fuoco acceso tutta la notte per compensare l'assenza delle coperte. Passammo la mattina seguente a tagliare le zanne. Le seppellimmo sotto un gran mucchio di pietre per tener lontane le iene, e dopo mezzogiorno ci mettemmo in viaggio per raggiungere la Land-Rover.

La notte ci colse di nuovo all'addiaccio, ma arrivammo alla macchina a metà della mattina successiva. Avevo vesciche enormi sui calcagni e i lividi facevano un male d'inferno. Mi lasciai cadere sul sedile con un sospiro di sollievo.

« Fino a questo momento non avevo mai apprezzato veramente l'invenzione del motore a scoppio », annunciai in tono solenne. « Puoi riportarmi a casa, James. »

Lasciammo Xhai e la sua piccola tribù agli eterni vagabondaggi, e rientrammo nella Città della Luna otto giorni dopo la partenza. Eravamo anneriti dal sole e dalla sporcizia, avevamo la barba lunga e i nostri capelli erano incrostati di polvere e sudiciume. La barba di Louren era di un oro rosso brunito che scintillava nel sole.

Non aveva dato notizie di sé da tre giorni, e il branco rumoreggiava. Un mucchio di messaggi lo aspettava nella baracca della radio, e prima ancora di potersi lavare e radere dovette passare un'ora alla ricetrasmittente per sistemare le questioni più urgenti emerse in sua assenza.

« Dovrei tornare subito alle miniere di sale », mi disse quando uscì dalla baracca. « Sono le quattro e mezzo. Potrei farcela. » Esitò un momento, poi strinse i denti. « No, maledizione. Mi prenderò ancora una notte. Tira fuori il Glen Grant, mentre faccio il bagno. »

« Adesso sì che parli da persona sensata », dissi ridendo.

« Fino in fondo, amico. » Mi diede un pugno scherzoso alla spalla.

« Fino in fondo, Lo », gli assicurai.

Chiacchierammo molto, cantammo un po' e bevemmo whisky fin dopo mezzanotte.

« A letto! » proclamò poi Louren, e si alzò. Si fermò di colpo. « Ben, mi hai promesso qualche foto del 're bianco' da portarmi via. »

« Sicuro, Lo. » Mi alzai barcollando un po' e andai in ufficio. Presi un fascio di foto 22 × 15 dal mio schedario e le portai a Louren. Le esaminò sotto la lampada.

« Questa che cos'ha, Ben? » chiese all'improvviso, e me la porse.

« Come? Io non vedo niente. »

« La faccia, Ben. C'è un segno. »

Ora lo vedevo. Una croce indistinta che deturpava la faccia bianca del re. La studiai per un momento. Mi sconcertava. Non l'avevo notata prima... una croce grigioscura.

« Probabilmente è un difetto di stampa, Lo », dissi. « C'è anche nelle altre? » Louren guardò in fretta le altre foto.

« No. Solo in quella. »

Gliela resi. « La stampa è difettosa », dissi.

« Va bene. » Louren accettò la mia spiegazione. « Buonanotte. »

Mi versai un ultimo bicchierino mentre Sally e gli altri uscivano dietro a Louren, e bevvi lentamente, solo, mentre ripassavo con la mente i piani che io e Louren avevamo formulato per esplorare la caverna.

Devo ammettere che non pensai più al segno sulla faccia del re bianco. La mia giustificazione è che ero piuttosto sbronzo.

I due mesi successivi passarono rapidamente. Ral e io ci dedicammo a scavare meticolosamente il pavimento della caverna. I risultati furono sorprendenti soltanto per la scarsità. La grotta non era mai stata usata come abitazione umana, e non c'era un livello del focolare. Trovammo un accumulo di frammenti animali che arrivava fino allo strato di roccia. E sullo strato di roccia trovammo un unico blocco di pietra squadrato e lavorato, e fu tutto.

Gli scavi davano alla caverna un aspetto desolato, il fondo roccioso era calcareo e irregolare, quindi dovetti far colmare e spianare tutto. Poi usammo i blocchi degli Antichi per formare una pavimentazione intorno al laghetto smeraldino. La considerai una concessione alla comodità per migliaia di futuri visitatori che sarebbero venuti a vedere questa meravigliosa galleria dell'arte boscimana non appena la sua esistenza fosse stata rivelata al mondo.

Come aveva promesso, Louren mi avvertì via radio quando la sua compagnia fu pronta per iniziare la riapertura dell'antica miniera che avevamo scoperto durante la caccia all'elefante. Un elicottero venne a prendermi, e passai tre settimane con i tecnici che svolgevano il lavoro.

Il filone era al di sotto del livello dell'acqua, come avevamo sperato; e, sebbene i suoi valori variassero fortemente da un punto all'altro, la media era eccezionalmente alta. In segreto, mi rallegravo della percentuale del dieci per cento che mi spettava, nonostante il mio esaltare sempre i valori spirituali. Ricuperammo molte centinaia di reperti, quasi tutti attrezzi da minatori. C'erano asce e cunei arrugginiti, magli di pietra, pezzi di catena, alcuni cesti di fibra ben conservati e le solite perline e i soliti cocci.

Mi sentii particolarmente soddisfatto quando i cesti di fibre ci permisero di ottenere dai laboratori una data con il carbonio-14. Era di poco anteriore – se non concomitante – alla data del grande incendio, e ciò collegava la miniera dell'elefante alla Città della Luna.

Il ritrovamento più interessante alla miniera dell'elefante, comunque, fu quello di quindici scheletri umani che giacevano nel punto più profondo come perle sgranate lungo lo scavo. La disposizione dei corpi era così regolare da escludere la possibilità che fossero stati uccisi da una frana. Sebbene gli scheletri fossero schiacciati dal peso della terra sovrastante, potei accertare che cinque erano femmine, dieci maschi. Erano tutti anziani, e uno mostrava tracce d'artrite, un altro aveva perso l'avambraccio poco al di sotto del gomito, ma l'osso aveva formato il callo, il che dimostrava che non si trattava di una mutilazione recente. Molti erano senza denti. Su tutti trovai le tracce delle catene di ferro, e il quadro che ne ricavavo era di quindici schiavi vecchi e infermi, lasciati di proposito in fondo alla miniera prima che venisse colmata.

Dopo aver diretto la catalogazione, l'imballaggio e la spedizione dei reperti al Centro, tornai alla Città della Luna, e mi recai subito nella caverna. Come speravo, Sally era lì al lavoro. Non credo che la sua gioia fosse simulata quando mi venne incontro e mi baciò.

« Oh, Ben, mi sei mancato. » Poi attaccò subito una discussione tecnica, e, mentre le rispondevo, i miei pensieri erano ben lontani dai dipinti boscimani.

Osservavo il modo in cui arricciava un po' il naso mentre parlava, e continuava a scostarsi i capelli dalla guancia con il dorso della mano, e il mio essere palpitava d'amore per lei. Sentivo una fitta di paura nello stomaco. Il nostro lavoro nella Città della Luna era quasi concluso, e presto saremmo tornati a Johannesburg e alla tranquillità del Centro. Mi chiedevo in che misura ciò avrebbe influito su Sally e me.

« Fra poco ce ne andremo, Sal », dissi per dar voce ai miei pensieri.

« Sì », ammise lei, oscurandosi leggermente. « È un pensiero che mi rattrista. Qui sono stata così felice. Mi mancherà. »

Per un po' restammo in silenzio. Poi Sally si alzò e si accostò al ritratto del re bianco. Lo fissò mestamente, con le braccia incrociate sul petto.

« Qui abbiamo imparato tante cose. » Indugiò per un momento, poi proseguì: « Eppure tanto ci è stato negato. Era come inseguire le nuvole. Spesso avevo la certezza che fossimo così vicini da afferrarle ». Scosse la testa, irritata. « Ci sono ancora tanti segreti inaccessibili, Ben. Cose che non sapremo mai. »

Si voltò e tornò da me. S'inginocchiò con le mani sulle cosce e mi guardò in faccia.

« Sai che non abbiamo nessuna prova, Ben! Ti rendi conto? Non c'è nulla, tra quel che abbiamo trovato qui, che non possa venire screditato dai vecchi argomenti. » Si tese verso di me. « Abbiamo un simbolo su un coccio. Abbiamo il calice d'oro, opera di orafi indigeni che avevano usato per caso il simbolo dell'*ankh*, diranno. E abbiamo i dipinti... diranno che le leggende non sono prove. »

Rimase accosciata a fissarmi.

« Sai che cosa abbiamo, Ben, dopo che tutto è stato setacciato e catalogato? Niente. »

« Lo so », dissi io, avvilito.

« Non abbiamo un solo fatto incontrovertibile da sbattergli in faccia. La nostra Città della Luna, la nostra bella città che sarà catalogata semplicemente come un'altra cultura di oscura origine bantu. Non potremo evitarlo. Non sapremo mai che fine fecero le grandi mura e le torri, e non sapremo mai dov'è sepolto il nostro re bianco. »

Contavo di chiudere gli scavi il primo agosto, e passammo le ultime settimane di luglio mettendo tutto in ordine, lasciando scoperte le fondamenta per coloro che ci avrebbero seguiti, imballammo i nostri tesori con affettuosa attenzione, facemmo le ultime annotazioni sui quaderni, battemmo a macchina i lunghi elenchi dei cataloghi e sbrigammo le centinaia di minuzie.

La ricerca sul campo era finita, ma mi attendevano mesi di lavoro per schedare e correlare tutto ciò che avevamo scoperto, inserire ogni fatto nella sua nicchia e compararlo con le testimonianze rinvenute da altri in altre località. E, alla fine, tutto sarebbe stato riassunto nel libro. Qualche mese prima avevo sperato di poterlo intitolare *I fenici nell'Africa del Sud.* Adesso avrei dovuto trovare un titolo diverso.

Arrivò il Dakota per portar via il primo carico di casse con cui partirono anche Peter ed Heather Willcox. Avevano ancora a disposizione due o tre mesi per la vacanza in Europa, ma ci dispiaceva vederli andar via. Avevamo formato un gruppo affiatato.

Quella sera Louren mi chiamò per radio.

« Siamo riusciti finalmente a trovare Cousteau, Ben. Sta lavorando nel Pacifico, ma il mio ufficio di San Francisco si è messo in contatto con lui. Pensa che potrebbe far qualcosa per aiutarci, ma non potrà venire prima dell'anno prossimo. Ha un programma completo per i prossimi otto mesi.»

Ecco che sfumava la mia ultima scusa per restare alla Città della Luna... e perciò cominciai a mettere via le mie carte personali. Sally si offrì di aiutarmi. Lavorammo fino a tardi per dividere le migliaia di fotografie. Ogni tanto ci interrompevamo per esaminarne una di particolare interesse, o per ridere di qualcun'altra che era stata fatta per scherzo, e ricordare i bei momenti trascorsi insieme.

Alla fine arrivammo al fascicolo con le foto del re bianco.

«Mio bel re misterioso», sospirò Sally. «Non puoi dirci nient'altro? Da dove venivi? Chi amavi? In quali battaglie portavi il tuo scudo, e chi piangeva sulle tue ferite quando ti riportavano dal campo?»

Esaminammo lentamente il mucchio di foto. Erano state prese da ogni angolazione, con ogni tipo d'illuminazione e di esposizione e di tecnica di stampa.

Un dettaglio in una foto attirò il mio sguardo. Forse, inconsciamente, qualcosa mi suggerì di prenderla. La fissai con occhi che incominciavano a vederla per la prima volta. Sentivo qualcosa che palpitava dentro di me come un uccello intrappolato, sentivo un fremito elettrico che mi scorreva lungo le braccia.

«Sal», dissi, e m'interruppi.

«Cosa c'è, Ben?» Sally captò il brivido d'eccitazione repressa nella mia voce.

«La luce!» dissi. «Ricordi come abbiamo trovato la città al chiaro di luna? L'angolazione e l'intensità della luce?»

«Certo.» Lei annuì, impaziente.

«Lo vedi, Sal?» Toccai la faccia del re bianco. «Ricordi la foto che ho dato a Lo? Ricordi che c'era un segno?»

Sally fissò la foto. Era più chiaro che nella copia di Louren, ma c'era, lo stesso vago segno a croce sovrapposto sulla faccia bianchissima.

«Che cos'è?» chiese lei, sconcertata, mentre girava la foto per vedere meglio.

«Non lo so», dissi. Andai all'armadio dell'equipaggiamento e cominciai a frugarvi. «Ma lo scoprirò.»

Tornai indietro e le porsi una delle torce elettriche a quattro pile. «Prendila e seguimi, Watson.»

«Sembra che lavoriamo meglio di notte», cominciò Sally. Poi si rese conto di quel che aveva detto. «Non lo intendevo in quel senso », esclamò per prevenire un mio commento malizioso.

La caverna era silenziosa come un'antica tomba e i nostri passi echeggiarono rumorosamente quando girammo intorno al laghetto e raggiungemmo la figura del re bianco. I raggi delle torce danzarono su di lui mentre ci fissava dall'alto, regale e superbo.

« Non ha nessun segno sulla faccia », disse Sally. C'era una sfumatura di delusione nella sua voce.

« Aspetta. » Presi il fazzoletto dalla tasca. Lo piegai in quattro e lo usai per mascherare la lente della mia torcia. Il fascio luminoso si ridusse a un chiarore diffuso attraverso la tela. Salii sull'impalcatura di legno che era rimasta in posizione.

« Spegni la tua lampada », ordinai a Sally. Nella semioscurità mi avvicinai al ritratto e incominciai a esaminare il viso nella luce affievolita.

La guancia era bianca, senza difetti. Mossi piano piano la luce, l'alzai, l'abbassai, la feci girare in un ampio cerchio intorno alla testa del re.

« Ecco! » esclamammo insieme quando all'improvviso il segno indistinto a forma di croce apparve sui lineamenti chiari. Puntai la luce nella posizione esatta e osservai.

« È un'ombra, Sal », dissi. « Credo che sia un'irregolarità sotto lo strato di colore. Una specie di solco, oppure due solchi che si intersecano ad angolo retto e formano una croce. »

« Crepe nella roccia? » chiese Sally.

« Può darsi », risposi. « Ma sembrano troppo dritti, e gli angoli sono troppo precisi per essere naturali. »

Tolsi il fazzoletto dalla torcia e mi voltai verso di lei.

« Sal, hai addosso qualcosa di seta? »

« Seta? » Mi guardò sorpresa per un momento. « La mia sciarpa. » Si portò le dita alla gola.

« Prestamela, per favore. »

« Cosa vuoi fare? » chiese, tenendo la mano sulla gola per proteggere la bella sciarpa. « È di Cardin, firmata. Mi è costata un occhio della testa. »

« Non la rovinerò », promisi.

« Se la rovini, dovrai comprarmene una nuova », mi avvertì. Sciolse la sciarpa e me la porse.

« Fammi luce », chiesi e Sally puntò la torcia sul re. Tesi la sciarpa sopra la testa della figura e la tenni in posizione con le dita della mano sinistra.

« Cosa stai facendo? » chiese Sally.

« Se compri una macchina di seconda mano e vuoi essere sicura che non abbia avuto incidenti, è così che cerchi i segni invisibili all'occhio. »

Con i polpastrelli della mano destra cominciai a tastare la superficie del dipinto attraverso la seta. La stoffa permetteva alle mie dita di scivolare facilmente sulla roccia e sembrava potenziarne la sensibilità. Trovai un solco sottilissimo, lo seguii fino a un incrocio, continuai lungo l'asse sud fino a un altro incrocio e poi verso est e verso nord, fino al punto di partenza. I miei polpastrelli avevano tracciato un rettangolo regolare che misurava all'incirca ventidue centimetri per quindici.

« Senti qualcosa? » Sally non riusciva a frenare l'impazienza. Non le risposi perché avevo il cuore in gola e facevo scorrere le dita sulla roccia, attraverso la seta, mi allontanavo dal ritratto, scendevo quasi al livello del pavimento, salivo il più possibile.

« Oh, Ben, dimmi! Che cosa c'è? »

« Aspetta. » Il mio cuore rombava come le ali d'un fagiano impaurito in volo, e le mie dita tremavano per l'eccitazione.

« Non voglio aspettare, accidenti! » gridò Sally. « Dimmi tutto! »

Saltai giù dall'impalcatura e le presi la mano. « Vieni. »

« Dove andiamo? » mi chiese mentre la trascinavo attraverso la caverna.

« A prendere la macchina fotografica. »

« Perché? »

« Per fare altre fotografie. »

Tenevo due rullini di Kodak Ektachrome Aero-fil tipo 8443 nel piccolo armadio frigorifero che ospitava la mia scorta di pellicole. Avevo ordinato quei rullini a infrarossi per fare esperimenti sulle fondamenta non ancora scavate della città, inquadrandole dall'alto dei dirupi; ma i risultati non erano stati incoraggianti. C'erano troppi strati di roccia e troppa vegetazione che confondevano le immagini.

Caricai la mia Rolleiflex con un rullino a infrarossi e misi un filtro Kodak n. 12 Wratten sopra la lente. Sally mi assediava di domande mentre lavoravo, ma a tutte rispondevo: « Aspetta e vedrai! »

Presi due lampade ad arco e tornammo nella caverna un po' dopo mezzanotte.

Usai l'illuminazione diretta frontale, collegando le lampade ad arco alla presa della pompa elettrica accanto al laghetto. Misi la Rolleiflex su un treppiede e scattai venti foto con diverse esposizioni e diverse aperture di diaframma. Sally stava morendo di curiosità, ed ebbi pietà di lei.

« È la tecnica che usano per fotografare le tele e individuare le firme e i dettagli coperti da più strati di colori, per fotografare dagli aerei attraverso le nubi e rilevare le correnti marine, cioè per tutte le cose invisibili agli occhi umani. »

« Sembra una magia. »

« Lo è », risposi, continuando a scattare. « Il filtro esclude tutto, tranne i raggi infrarossi, e la pellicola è sensibile a quelli. Rifletterà tutte le differenze di temperatura e di consistenza del soggetto e le evidenzierà in colori diversi. »

Dovetti lavorare per un'ora in camera oscura, prima di poter proiettare le immagini sullo schermo. Tutti i colori erano mutati e apparivano bizzarri, infernali. La faccia del re era di un verde venefico e la barba violacea. C'erano strane macchie e screziature che prima non avevamo mai notato. Erano irregolarità della superficie, materiali estranei nei pigmenti dei colori, colonie di licheni e altre imperfezioni. Brillavano come gemme bizzarre.

Le notavo appena. Tutta la mia attenzione era presa dalla griglia di rettangoli regolari sotto l'immagine. Un effetto a scacchiera anomalo, delineato in righe celesti.

« Dobbiamo far venire qui Louren, immediatamente », esclamai.

« Che cos'è? Ancora non capisco. Che cosa significa? » Sally aveva un tono implorante, e io mi voltai verso di lei, un po' sorpreso. Per me era tutto così chiaro che pensavo comprendesse immediatamente.

« Significa, Sal, che dietro il nostro re bianco c'è un'apertura nella parete di roccia, una parete chiusa da un mastro muratore con blocchi di arenaria perfettamente disposti. Il re bianco è stato dipinto su un muro. »

Louren Sturvesant stava davanti alla parete della caverna e fissava con rabbia il re bianco. Stringeva le mani dietro la schiena, e si dondolava leggermente sulle punte dei piedi, con il mento spinto in avanti in un'espressione aggressiva. Gli stavamo intorno in semicerchio, io, Sally, Ral e Leslie, e guardavamo ansiosi la sua faccia.

All'improvviso Louren si tolse il sigaro dalla bocca e lo buttò a terra, schiacciò rabbiosamente il mozzicone, poi girò su se stesso, raggiunse il bordo del laghetto smeraldino e fissò nel profondo. Noi attendemmo in silenzio.

Tornò indietro, attratto dalla figura dipinta come una falena da una candela.

« Quella », disse « è una delle più grandi opere d'arte del mondo. Ha duemila anni. È insostituibile e inestimabile. »

« Sì », dissi io.

« Non appartiene a noi. Fa parte della nostra eredità. Appartiene ai nostri figli, alle generazioni future. »

« Lo so », dissi. Ma sapevo qualcosa di più. Nel corso dei mesi avevo osservato Louren e avevo notato come i suoi sentimenti verso il ritratto erano diventati sempre più intensi. Per lui aveva acquisito un significato profondo, che potevo solo cercare d'intuire.

« E adesso vuoi che lo distrugga », disse.

Restammo tutti in silenzio. Louren cominciò a camminare avanti e indietro, di fronte al ritratto. Noi giravamo la testa per seguirlo, come spettatori a una partita di tennis. Si fermò all'improvviso davanti a me.

« Tu e le tue maledette fotografie », disse, e riprese a camminare.

« Non potremmo... » Leslie cominciò timidamente, ma s'interruppe non appena Louren si voltò di scatto e la fulminò con un'occhiata.

« Sì? » le chiese.

« Ecco, lo si potrebbe aggirare, voglio dire, ecco... » La voce di Leslie si affievolì ma poi riprese forza. « Si potrebbe scavare un passaggio nella parete da un lato, e girare dietro al re. »

Per la prima volta in vita mia provai l'impulso di buttarle le braccia al collo e di baciarla.

Louren fece arrivare in aereo uno dei suoi tecnici con una squadra di cinque mashona specializzati dalla miniera d'oro di Little Sister nei pressi di Welcome. Portarono un compressore, perforatori pneumatici, sonde a percussione e tutto l'armamentario del mestiere. Il tecnico era un omone grande e grosso con i capelli rossi, due allegri occhi color fiordaliso e la faccia lentigginosa da ragazzino. Si chiamava Tinus van Vuuren, e s'impegnò senza riserve.

« Credo che ce la faremo facilmente, dottore. L'arenaria è

morbida come il formaggio, dopo il serpentino e il quarzo cui sono abituato. »

« Voglio che l'apertura sia molto piccola », disse severamente Sally. « I dipinti devono essere danneggiati il meno possibile. »

« Caspita. » Tinus si girò verso di lei. « Aprirò un passaggio più stretto del... » S'interruppe appena in tempo. « Più stretto dell'orecchio di un topo. »

Io e Sally segnammo con i nastri il contorno dell'imboccatura dello scavo sulla parete della caverna, scegliendo il punto in modo da evitare i dipinti più belli e significativi. Anche se avevamo preso in parola Tinus e avevamo stabilito che l'apertura doveva essere larga sessanta centimetri e alta un metro e venti, avremmo distrutto parte di un bel gruppo di giraffe e un'elegante gazzella con le grandi orecchie ritte in ascolto.

Ci tenemmo a dieci metri dal re bianco per evitare che le vibrazioni dei trapani potessero far cadere scaglie di pietra o di pigmenti. Tinus si sarebbe addentrato per nove metri, quindi avrebbe tagliato ad angolo retto per passare dietro al re. Era stato deciso d'incominciare la mattina seguente, ma quella notte lo intrattenemmo nella sala di ritrovo. L'atmosfera era molto simile a quella del circolo di una squadriglia di caccia alla vigilia di una missione pericolosa. Eravamo tutti loquaci e tesi, e bevevamo un po' troppo.

All'inizio Tinus era molto riservato, pieno di soggezione all'idea di trovarsi in compagnia del leggendario Louren Sturvesant. Ma il cognac gli sciolse la lingua, e ben presto partecipò alla conversazione.

« Perché vuole i respiratori, doc? » mi chiese. « Si aspetta di trovare gas o incendi? »

« I respiratori? » Louren, che stava parlando con Sally, s'interruppe. « Chi li ha ordinati? »

« Mi hanno detto di portarne sei. » Tinus sembrava sconcertato dalla domanda di Louren. « A me hanno detto così, signore. »

« Giustissimo, Lo », intervenni. « Li ho chiesti io. »

« Perché? »

« Ecco, Lo. Noi speriamo di trovare un passaggio, una... » Stavo per dire « una tomba », ma non volevo sfidare gli dèi. « Una specie di grotta. »

Louren annuì. Tutti mi fissavano... e con un pubblico così attento non so resistere alla tentazione di fare l'attore drammatico.

« La grotta sarà rimasta chiusa, impenetrabile all'aria esterna, per circa duemila anni. Quindi potrebbe esserci il pericolo di... »

« La Maledizione dei Faraoni! » esclamò Sally. « Certo, ricordate cosa successe agli uomini che entrarono per primi nella tomba di Tutankhamon? » Si passò l'indice sulla gola e strabuzzò gli occhi. Era arrivata al secondo Glen Grant.

« Sally, dovresti sapere che non è vero », dissi severamente. « La Maledizione dei Faraoni è un mito. Ma c'è pericolo di una spiacevolissima malattia polmonare. »

« Be', devo dire che non credo alle maledizioni e altre fesserie. » Tinus rise, un po' troppo forte. Le sue inibizioni stavano svanendo del tutto.

« Allora siamo in due », disse Ral Davidson.

« Non si tratta di una cosa sovrannaturale », spiegò dignitosamente Leslie. « È un'infezione causata da funghi. »

Sembrava che avessi perso completamente il controllo della situazione; perciò alzai la voce.

« Se avete finito, vorrei continuare. » Mi dedicarono di nuovo la loro attenzione. « Le condizioni sono state probabilmente ideali per lo sviluppo del *cryptococcus neuromyces*, un fungo saprofita le cui spore, portate dall'aria, causano una malattia mortale. »

« E che cosa succede? » chiese Tinus.

« Le spore vengono aspirate nei polmoni, e in quel caldo umido si sviluppano quasi immediatamente in fitte colonie. »

« Cribbio! » esclamò Tinus con una smorfia di disgusto. « Vuol dire che cominciano a crescere nei polmoni come quella schifosa muffa verde sul pane? »

« E le conseguenze quali sono? » chiese Louren.

Avevo imparato tutto a memoria. « Per prima cosa si hanno ampie lesioni nel tessuto polmonare con emorragia, febbre e respirazione affrettata e dolorosa. Ma poi la colonia comincia a generare scorie che vengono assorbite nel sangue e portate al cervello e al sistema nervoso centrale. »

« Mio Dio! » Tinus era pallido, inorridito. Gli occhi azzurri spiccavano nella faccia bianca. « E allora cosa succede? »

« Le scorie agiscono come una neurotossina virulenta e causano allucinazioni. Le meningi si infiammano, e sopravviene una grave alterazione del cervello simile agli effetti provocati dall'acido lisergico o della mescalina. »

« Magnifico! » esclamò Ral, e Leslie gli sferrò un calcio nello stinco.

« Vuoi dire che fa impazzire? » chiese Tinus.

« Completamente », gli assicurò Sally.

« Ed è mortale? » chiese Louren.

« Nel settantacinque per cento dei casi, secondo l'immunità individuale e la formazione degli anticorpi. »

« In caso di sopravvivenza, rimangono lesioni permanenti? »

« Cicatrici nei polmoni, simili a quelle di una tubercolosi guarita. »

« Lesioni al cervello? »

« No. » Scossi la testa.

« Accidenti », commentò Tinus posando il bicchiere. « Non sono più sicuro che la prospettiva mi vada a genio. Frane, gas metano, esplosioni... non mi preoccupano. Ma quei funghi... » Rabbrividì. « Spaventoso. Proprio spaventoso. »

« Che precauzioni conti di prendere, Ben? » chiese Louren.

« La prima squadra che entrerà sarà protetta dai respiratori », spiegai. « Preleverò campioni d'aria e di polvere per l'esame al microscopio. »

Louren annuì e sorrise a Tinus.

« Soddisfatto? »

« E cosa succederà se non li trovate... se stanno in agguato, pronti a saltare addosso alla gente? Come nei romanzi di fantascienza? » Tinus non era ancora convinto.

« Se ci sono, saranno abbondanti. Ogni campione di polvere ne sarà pieno. Non può sfuggire, al microscopio: una struttura nera di tre sfere come l'insegna di un banco dei pegni. »

« È sicuro, doc? »

« Sicurissimo, Tinus. »

Tinus trasse un respiro profondo, esitò ancora un momento, annuì. « D'accordo, doc. Mi fido di lei », disse.

Il fragore delle perforatrici costringeva il mio cervello tormentato a rifugiarsi in un angolo del cranio e lo martellava cercando di ridurlo in gelatina. La festicciola era terminata alle ore piccole.

« Come si sente, doc? » Tinus van Vuuren venne a raggiungermi dove m'ero fermato per assistere ai lavori e gridò per farsi sentire. I miei nervi vibravano come corde di chitarra. Tinus aveva un'aria fresca e infantile come se avesse bevuto latte caldo con miele anziché liquori, e avesse dormito per dodici ore filate. Conoscevo il tipo... anche Louren era così.

« Malissimo, grazie », risposi gridando.

« Qui non ci sarà niente da vedere per un paio di giorni », disse Tinus. « Perché non va a sdraiarsi un pochino, doc? »

« Resterò qui », dissi. A quanto pareva, la pensavano tutti come me. Louren pilotava l'impero degli Sturvesant dalla baracca radio: non riusciva a staccarsi dalla Città della Luna. Sally tentava svogliatamente di catalogare e schedare, ma non resisteva mai più di un'ora o due, e poi tornava nella caverna. Ral e Leslie non fingevano neppure; e passavano tutto il giorno nella grotta, a parte certe brevi assenze simultanee che, a quanto avevamo intuito Louren e io erano riservate alla ginnastica.

Tinus era un esperto nel suo campo, e i suoi uomini aprirono la galleria in fretta e perfettamente. Le pareti erano ben levigate, puntellate a dovere, e sulla volta erano state appese le lampadine elettriche. Dopo nove metri, Tinus aveva fatto scavare una grande camera dalla quale partiva un nuovo corridoio, diretto all'area dietro alla figura del re bianco.

Io e Tinus avevamo fatto calcoli e misure meticolosamente, e avevamo deciso in quale punto potevamo aspettarci di trovare ciò che era nascosto dal muro.

Gli operai bantu erano stati avvertiti della necessità di usare i respiratori, e io e Tinus gli stavamo acquattati dietro, nello stretto tunnel, mentre cominciavano ad attaccare l'ultimo diaframma di roccia. Le loro schiene nude erano masse nere e lucide di muscoli guizzanti mentre azionavano le perforatrici. Il fragore, in quello spazio limitato, era assordante, e, nonostante i ventilatori che facevano circolare l'aria, il caldo era spaventoso. Il sudore scorreva all'interno della maschera del mio respiratore, e il vetro era appannato.

La tensione stava diventando quasi dolorosa, mentre la lunga punta d'acciaio martellava la roccia e affondava centimetro per centimetro, e l'acqua di raffreddamento usciva dal foro. Lanciai un'occhiata a Tinus. Sembrava un mostro con la maschera di gomma nera; ma gli occhi azzurri ammiccarono da dietro il vetro. Alzò il pollice per rassicurarmi.

All'improvviso l'uomo che manovrava la perforatrice perse l'equilibrio, e l'attrezzo scivolò via, nell'apertura. L'uomo barcollò tentando di controllare l'enorme peso d'acciaio. Tinus gli batté la mano sulla spalla e l'uomo bloccò la valvola della perforatrice. Il silenzio era quasi doloroso. L'unico suono era il nostro respiro ansante.

« Ce l'abbiamo fatta », pensai. « Abbiamo sfondato la roccia e siamo arrivati chissà dove. »

Vidi che la mia eccitazione si rifletteva anche negli occhi azzurri di Tinus. Annuii, e lui si voltò, batté le mani sulle spalle degli uomini e fece loro cenno di andare. Gli operai indietreggiarono, chini nel tunnel basso, e sparirono oltre la curva.

Noi due avanzammo e ci chinammo. Con molta delicatezza estraemmo la perforatrice dal foro, e un vortice di sottile polvere bianca la seguì, fumando nella luce cruda delle lampade. Tinus e io ci scambiammo un'occhiata. Poi feci un segno con la testa. Tinus annuì e seguì i suoi uomini. Rimasi solo ad attaccare la parete.

Usai una lunga asta di plastica con un pezzo di garza sterile all'estremità, per sondare l'interno del foro. L'asta penetrò nella roccia per quattro metri e venti prima d'incontrare resistenza, e quando lo ritirai, il pezzo di garza era coperto di polvere grigia e farinosa. Lo buttai nella boccetta per i campioni e fissai all'asta un altro pezzo. Raccolsi in tutto sei campioni prima di andare a raggiungere Tinus. Nella camera scavata nella roccia, c'erano un banco e una lampada a orientamento variabile. Sotto la lampada c'era il microscopio con lo specchietto già regolato. Bastarono pochi minuti per preparare i vetrini con i campioni di polvere e cospargerli di colorante rosso.

Era difficile vedere bene attraverso l'oculare e la maschera appannata. Un rapido esame fu sufficiente, ma per scrupolo osservai tutti e sei i campioni prima di togliermi la maschera e di respirare a pieni polmoni. Poi corsi lungo il passaggio e uscii nella caverna.

Mi stavano aspettando, tutti quanti, e mi si affollarono intorno.

« Siamo arrivati a una cavità », gridai. « È pulita! »

Mi si buttarono addosso, mi presero a pacche sulle spalle e mi strinsero la mano, ridendo e chiacchierando soddisfatti.

Louren non permise a nessun altro di lavorare con noi alla parete, anche se Ral e Sally morivano dalla voglia di farlo.

Noi due lavoravamo scrupolosamente, allargavamo piano

piano il foro aperto dal trapano, con scalpelli e martelli e finalmente mettemmo allo scoperto un tratto in muratura. Era una lastra massiccia d'arenaria rossa che bloccava l'estremità del nostro tunnel dal pavimento al soffitto e da una parete all'altra. Era senza dubbio il rivestimento della cavità nella quale era penetrata la punta della perforatrice.

Il foro l'attraversava al centro come un occhiello nero. Tutti i nostri tentativi di sbirciare all'interno furono ricompensati da un'oscurità impenetrabile, e dovemmo accontentarci di continuare seguendo il nostro lentissimo procedimento.

Per tre giorni lavorammo a spalla a spalla, nudi fino alla cintola, attaccando la roccia viva fino a che, nonostante i guanti, le nostre mani si coprirono di vesciche. A poco a poco mettemmo allo scoperto la lastra massiccia in tutta la sua larghezza e altezza, e scoprimmo che ai lati c'erano lastre simili; e alla sommità c'erano architravi di pietra altrettanto massicci.

Usammo due martinetti idraulici da cinquanta tonnellate per togliere dalla lastra il peso dell'architrave. Quindi praticammo dei fori e fissammo bulloni muniti di anello alla lastra e vi agganciammo delle catene di ferro. Piazzammo un paio di puntelli d'acciaio ad « H » attraverso il tunnel per ancorare le catene e con due robusti argani con denti d'arresto cominciammo a spostare di peso la lastra.

Stavamo inginocchiati a fianco a fianco, e azionavamo gli argani con molta lentezza. A ogni scatto dei denti d'arresto la tensione delle catene aumentava fino a che diventarono rigide come sbarre. Le manovelle erano quasi inamovibili.

« Sotto, Ben. Mettiamoci tutti e due ad azionare un argano », disse ansando Louren. I ricci dorati erano appesantiti e scuriti dal sudore e dalla polvere e incollati al cranio, il sudore gli luccicava sui muscoli delle spalle e sui bicipiti mentre azionavamo insieme l'argano.

Clank! fece il dente d'arresto, e la catena si mosse di un paio di millimetri.

Clank! Si mosse di nuovo. I nostri respiri sibilavano nel silenzio.

« Fino in fondo, amico », ansimò Louren al mio fianco.

« Fino in fondo, Lo. » Mi tesi come un arco, sentii i muscoli della schiena che minacciavano di lacerarsi. Gli occhi stavano per schizzarmi dalle orbite.

Poi, con uno stridore sommesso, la grande lastra di arenaria si staccò lentamente dalla parete e cadde con un tonfo immane sul pavimento del tunnel. Vedemmo l'apertura squadrata.

Restammo distesi vicini, cercando di riprendere fiato, mentre il sudore ci grondava addosso e i nostri muscoli fremevano e sussultavano ancora per lo sforzo, e fissammo lo sguardo in quell'apertura sinistra.

C'era un odore, un odore asciutto e morto mentre fuoriusciva l'aria che era rimasta rinchiusa là dentro per duemila anni.

« Vieni! » Louren si mosse per primo. Si alzò, afferrò una delle lampade nella gabbia metallica, e il cavo elettrico si snodò dietro di lui come un serpente. Lo seguii in fretta. Ci infilammo strisciando nell'apertura.

C'era un tratto di un metro e venti per arrivare sul pavimento della camera. Ci fermammo a fianco a fianco. Louren tenne alta la lampada e girammo lo sguardo sulle ombre misteriose.

Eravamo in un corridoio dritto che si estendeva per una cinquantina di metri dal lato della caverna e terminava contro una parete cieca di pietra. Era alto due metri e mezzo e largo tre. Il soffitto era profilato da architravi di arenaria disposti orizzontalmente da parete a parete; e le pareti stesse erano rivestite di blocchi simili a quello che avevamo asportato. Il pavimento era lastricato da altri blocchi quadrati.

Su entrambi i lati c'erano nicchie ricavate nella pietra. Erano larghe due metri e dieci, profonde un metro e mezzo, e arrivavano fino al soffitto. In ognuno c'erano ripiani di pietra, distanti un metro uno dall'altro. E sui ripiani c'erano centinaia e centinaia di vasi.

« Una specie di magazzino », disse Louren, tenendo alta la lampada mentre avanzava lentamente nel corridoio.

« Sì, è probabile che i recipienti contenessero vino o grano. » Non ho mai imparato a non esprimere le mie supposizioni a voce alta. Il cuore mi batteva forte e mi guardavo intorno cercando di assimilare ogni particolare.

Le nicchie erano venti, dieci per ogni lato del corridoio. Feci un calcolo approssimativo.

« Devono esserci due o tremila vasi », dissi.

« Apriamone uno. » Louren era divorato dalla tipica impazienza del profano.

« No, Lo, non possiamo farlo prima di essere pronti a fare un lavoro come si deve. »

C'era un velo di polvere su tutto che smussava i contorni e

gli spigoli. Si sollevava pigramente intorno ai nostri piedi come una nebbia marina, smossa dai nostri movimenti.

« Dovremo ripulire tutto, per prima cosa », dissi, e sternutii quando un po' di polvere mi penetrò nelle narici.

« Muoviti adagio », suggerì Louren. « Non sollevarla. » Fece un altro passo e si fermò.

« Cosa sono? » Lungo il corridoio erano sparse dozzine di grandi oggetti informi. La loro identità era nascosta dalla coltre di polvere. Erano isolati o a gruppi, in strane forme fluide che stimolavano la mia memoria. Al confronto con le file ordinate di recipienti di coccio sugli scaffali, erano sparsi con noncuranza.

« Alza la lampada », dissi a Louren, e mi chinai su uno degli oggetti. Lo toccai delicatamente, passai le dita nella polvere vellutata, la rimossi fino a che riconobbi che cos'era e mi ritrassi con un'esclamazione di sorpresa.

Attraverso il velo della polvere e dei secoli una faccia mi fissava. Una faccia mummificata, dalla pelle tesa e secca, color tabacco. Gli occhi erano vuoti, le labbra rattrappite mostravano i ghignanti denti gialli.

« Uomini morti », disse Louren. « A dozzine. »

« Vittime sacrificali? » chiesi. « No, deve trattarsi di qualcosa d'altro. »

« Si direbbe una battaglia. Come se fossero caduti in combattimento. »

Adesso sapevamo cos'erano ed era possibile osservare che i cadaveri erano ammucchiati uno sull'altro come le macerie di un uragano, o giacevano sparsi sul pavimento. Uno dei corpi, avvolto in un manto di polvere grigia, sedeva con la schiena al muro e la testa piegata sul petto. Un braccio proteso aveva fatto cadere quattro recipienti dal ripiano... stavano sul pavimento accanto a lui come grosse pagnotte francesi.

« Dev'essere stata una battaglia accanita », dissi un po' sgomento.

« Sì », assentì sottovoce Louren. Mi voltai a guardarlo, sorpreso. I suoi occhi brillavano di un'intensa eccitazione interiore, e le labbra erano socchiuse in un mezzo sorriso.

« Cosa vorresti dire? » chiesi. « Come lo sai? »

Louren mi fissò. Per un paio di secondi non mi vide neppure, poi il suo sguardo si mise a fuoco.

« Eh? » chiese, sconcertato.

« Perché hai detto così, come se lo sapessi? »

« Davvero? Non lo so. Voglio dire... dev'essere stato così. »

Proseguì adagio lungo il passaggio, scavalcando i morti e scrutando in ogni nicchia. Lo seguii. La mia mente scalpitava come un toro chiuso in un recinto e si avventava su ogni idea che si presentava. Sapevo che non sarei riuscito a ragionare con calma e logica fino a che non fosse passato quel primo momento d'eccitazione.

Ero certo di una cosa sola. Era una faccenda grossa. Era qualcosa che si poteva classificare nella stessa categoria delle scoperte di Leakey nella gola di Olduvai, qualcosa che avrebbe abbagliato il mondo dell'archeologica. Qualcosa che avevo sognato e desiderato per vent'anni.

Arrivammo in fondo al corridoio. La parete era chiusa da un'altra lastra di arenaria: ma questa era decorata. C'era un'immagine stilizzata del sole: aveva un metro di diametro e sembrava una girandola pirotecnica con i raggi che si irradiavano dalla circonferenza. Evocava in me uno strano timore reverenziale, una sensazione dello spirito come mi capita talvolta di provarla in una sinagoga o nel chiostro di una cattedrale cristiana. Louren e io indugiammo a lungo a guardare l'immagine; poi lui si voltò a fissare il muro lontano cinquanta metri.

« È tutto? » chiese in tono irritato. « Soltanto questo corridoio, i vasi e le ossa? Dev'esserci qualcosa di più. »

Mi resi conto, turbato, che era deluso. Per me, l'universo non avrebbe potuto offrirmi niente di meglio, per me era il momento culminante della vita... e Louren era deluso. Sentii la collera che cominciava a ribollire dentro di me.

« Cosa diavolo vuoi? » chiesi. « Oro e diamanti e sarcofagi d'avorio e... »

« Qualcosa del genere. »

« Non sai neppure che cosa abbiamo trovato, e già non ti basta. »

« Ben, non ho detto questo. »

« Sai che c'è, Louren Sturvesant? È che sei maledettamente viziato. Hai tutto, e quindi non c'è niente che ti vada bene. »

« No, stai a sentire tu! » Vedevo nei suoi occhi una collera intensa come la mia, ma continuai.

« Io ho fatto progetti e ho lavorato per questo tutta la mia vita. Finalmente ci sono arrivato, e tu che cosa fai? »

« Ehi, Ben! » All'improvviso una luce di comprensione gli

brillò negli occhi. « Non è questo che intendevo. Non voglio sminuire il tuo successo. Penso che sia davvero la scoperta più incredibile fatta in Africa. Volevo solo... »

Dovette insistere per qualche minuto prima di placarmi, ma alla fine sorrisi controvoglia.

« D'accordo », dissi. « Ma non dire più cose simili, Lo. Per tutta la mia vita quei bastardi hanno disprezzato le mie scoperte e le mie teorie, quindi non cominciare anche tu! »

« Una cosa non potranno mai dirla di te: che hai paura di dire ciò che pensi. » Louren mi diede un pugno sulla spalla, scherzosamente. « Andiamo, Ben, guardiamo cosa c'è nei vasi. »

« Non dobbiamo toccarli, Lo. » Ora mi vergognavo del mio scatto, e tenevo a farmelo perdonare. « Prima bisogna rilevarne la posizione... »

« Ce n'è un paio a terra. Sono caduti dai ripiani » osservò Louren. « E sono migliaia. Prendiamone uno. Diavolo, Ben, non sarà poi un gran male. »

Louren Sturvesant non era il tipo che chiedeva permesso: stava dando un ordine con la massima gentilezza di cui era capace. S'era già avviato verso i recipienti che stavano a terra, accanto al cadavere seduto. Lo rincorsi.

« D'accordo », dissi, cercando di conservare almeno un controllo nominale sulla mia scoperta. « Ne prenderemo uno solo. » Provavo un subdolo senso di sollievo al pensiero che fosse stato un altro a decidere per me. E smaniavo dall'impazienza di scoprire cosa c'era in quei recipienti.

Il vaso era al centro del banco del laboratorio, nel nostro magazzino prefabbricato. Era notte, e tutte le lampade erano accese. Stavamo intorno al banco, Sally, Ral, Leslie e io. Tinus van Vuuren era ancora nella caverna: adesso aveva il compito di guardiano notturno. Louren aveva deciso di piazzare un sorvegliante armato all'entrata del tunnel, e quel compito spettava a Tinus... fino a che non avessimo potuto disporre di qualcun altro.

Attraverso le pareti sottili del divisorio sentivo la voce di Louren che gridava alla radio.

« Un aspirapolvere. *Aspirapolvere*, ASPIRAPOLVERE! 'A' come alcolizzato, 'S' come somaro... sì, giusto, aspirapolvere. Sa, il modello industriale per la pulizia nelle fabbriche. Ne voglio due. Scritto? Bene. Poi si metta in contatto con Robeson, capo della sicurezza della Sturvesant Diamond Mines. Deve mandarmi due dei suoi uomini migliori e mezza dozzina di guardie bantu. Sì, appunto. Sì, tutti armati. »

Nessuno di noi badava alla voce di Louren. Guardavamo il recipiente di coccio come ipnotizzati.

« Be', non è certo pieno d'oro », disse Ral. « Non pesa abbastanza. »

« Non è neppure liquido... vino od olio », osservò Leslie. Ripiombammo nel silenzio. Il vaso era alto quarantacinque centimetri e somigliava a un grande barattolo di coccio per sottaceti. Era terracotta rossa non invetriata, senza scritte e ornamenti, con il coperchio che sembrava quello di una teiera, con un pomello al centro. Era sigillato da uno strato di sostanza nera, probabilmente cera.

« Faccia partire tutto con il Dakota domattina presto, mi ha sentito? » Louren stava ancora parlando.

« Vorrei che si sbrigasse. » Sally si agitò, impaziente. « Muoio dalla voglia di vedere che cos'è. »

All'improvviso ebbi paura. Non volevo saperlo... non volevo scoprire che il recipiente era pieno di miglio africano o di qualche altro cereale indigeno. Mi sembrava di sentire i miei critici che ululavano come lupi nel deserto. Adesso dubitavo della premonizione che mi aveva fatto pensare a una scoperta sensazionale. Sedetti sull'orlo dello sgabello, mi fregai le mani luride e continuai a fissare il vaso. Forse aveva ragione Louren, forse avremmo fatto eco alla sua esclamazione: « Tutto qui? »

Sentimmo la voce di Louren che chiudeva la trasmissione in sala radio. Poi entrò. Era ancora sporco per il lavoro nel tunnel, e i capelli dorati erano incrostati di polvere e sudore. Tuttavia questo gli dava l'aria romantica e audace di un antico pirata. Si fermò sulla soglia con i pollici infilati nella cintura, e sorrise, mentre tutti lo guardavamo.

« Dunque, Ben, che cosa hai trovato? » chiese. Mi venne accanto. Istintivamente, gli altri si strinsero in cerchio intorno a me. Presi il bisturi e toccai la giuntura tra coperchio e vaso. Il primo tocco mi disse che la mia intuizione era esatta. « È cera d'api, credo. »

L'asportai delicatamente, quindi posai il bisturi e provai a sollevare il coperchio. Cedette con facilità sorprendente.

Tutti si tesero per guardare, ma la prima occhiata al contenuto fu deludente: una massa amorfa di una sostanza che il tempo aveva macchiato di giallo-bruno.

« Che cos'è? » chiese Louren. Eravamo i suoi esperti, ma nessuno di noi era in grado di rispondergli. Non sapevo se dovevo sentirmi deluso o sollevato. Non era certamente grano.

« Puzza », disse Sally. C'era un odore vago, sgradevole ma familiare.

« Conosco quest'odore », dissi.

« Sì », confermò Leslie.

Fissammo il vaso, cercando di identificare quel puzzo. All'improvviso ricordai.

« È l'odore d'una conceria. »

« Ma certo! » esclamò Sally.

« Cuoio? » chiese Louren.

« Vediamo. » Inclinai il vaso con la bocca verso di me e cominciai a smuovere con delicatezza il contenuto. Non c'erano dubbi: una cosa cilindrica, dura e fragile.

Sembrava che si fosse incollata all'interno; ma io la girai piano piano e si staccò con un lieve suono lacerante. La estrassi fra i commenti degli spettatori.

« È lunga e rotonda. »

« Sembra una salsiccia. »

« È avvolta nella tela. »

« Spero che sia lino! »

« Comunque è un tessuto. Ci vorrà tutta per attribuirlo alla cultura bantu! »

« Il tessuto è marcio: cade a brandelli. »

Lo posai sul tavolo e, mentre lo fissavo, compresi che tutti i miei sogni erano diventati realtà. *Sapevo che cos'era.* Un tesoro molto più prezioso dell'oro e dei diamanti in cui sperava Louren. Alzai lo sguardo per vedere se Sally aveva indovinato; la sua espressione era animata ma perplessa. Poi i suoi occhi incontrarono i miei e la mia esultanza dovette apparirle evidente.

« Ben! » E indovinò. « Non è...? Oh, Ben, non è possibile! Aprilo! Aprilo, in nome di Dio! »

Presi una pinzetta, ma le mani mi tremavano troppo. Strinsi i pugni e trassi un paio di respiri profondi per cercare di calmare il battito del mio cuore e di far cessare il rombo del sangue nelle orecchie.

« Su, lasci fare a me », disse Ral, e tese la mano per prendere la pinzetta.

« No! » Ritrassi la mano di scatto. Credo che l'avrei picchiato, se avesse insistito. Vidi la sua espressione scandalizzata: non aveva mai immaginato che dentro di me potesse celarsi tanta violenza.

Tutti attesero che avessi ritrovato il controllo delle mani. Poi, meticolosamente, cominciai a togliere l'involucro di fragile tessuto giallo dal cilindro, lo vidi apparire. E non ebbi più dubbi. Sentii l'esclamazione soffocata di Sally, ma non alzai gli occhi prima di aver terminato.

« Ben », sussurrò. « Sono così felice per te. » Vidi che piangeva: grosse lacrime le scorrevano sulle guance. Fu questo a commuovermi. Sono sicuro che altrimenti non sarebbe successo niente: ma all'improvviso mi sentii bruciare gli occhi, e le lacrime mi appannarono la vista.

« Grazie, Sal », dissi con voce nasale. Quando sentii le lacrime che mi scendevano dagli occhi, le asciugai con un gesto rabbioso, e presi a tentoni il fazzoletto. Mi soffiai il naso con il fragore d'un trombettiere che suona la carica. Il mio cuore cantava.

Era un rotolo di pelle cilindrico, arrotolato strettamente. Gli orli erano sfatti dalla decomposizione ma il resto era conservato come per miracolo. C'erano righe di scrittura simili a colonne di minuscoli insetti neri per tutta la lunghezza del rotolo. Riconobbi immediatamente i simboli, identificai le lettere dell'alfabeto punico. Non capivo la lingua, e guardai di nuovo Sally. Era la sua specialità, perché aveva lavorato a Oxford con Hamilton.

« Sal, riesci a leggerlo? Che cos'è? »

« Cartaginese. » Aveva un tono di certezza assoluta. « Punico. »

« Sei sicura? » le chiesi.

Invece di rispondere, Sally lesse a voce alta, ancora soffocata dalle lacrime: « *In Opet, questo giorno, una carovana venuta da...* » Esitò un momento. « Qui c'è una parola incomprensibile, ma poi continua: *Centoventisette dita di oro fino, di cui una decima parte è destinata a...* »

« Cosa diavolo succede? » chiese Louren. « Che cosa significa? »

Mi girai verso di lui. « Significa che abbiamo trovato l'archivio della città, intatto e decifrabile. Abbiamo l'intera storia scritta della nostra città, della nostra civiltà estinta, scritta dai suoi abitanti nella loro lingua. Con le loro parole. »

Louren mi fissava. Era chiaro che non s'era ancora reso conto dell'importanza della scoperta.

« Lo, è il sogno di tutti gli archeologi. È la prova nella forma più assoluta, più dettagliata e più incontestabile. »

Sembrava che ancora non capisse.

« Con una sola riga scritta abbiamo provato definitivamente l'esistenza di un popolo che parlava e scriveva il punico di Cartagine, commerciava l'oro, chiamava Opet la sua città e... »

« Ed è una riga sola! » m'interruppe Sally. « Ci sono migliaia di vasi, ognuno con il suo rotolo scritto. Conosceremo i nomi e le azioni dei loro re, la religione, i cerimoniali... »

« Le battaglie e le lotte, da dove erano venuti e quando. » Rubai la parola a Sally, ma lei la riprese.

« E dove finirono e perché! »

« Mio Dio! » Finalmente Louren aveva capito. « È quello che cercavamo, Ben. Tutto quanto! »

« Sicuro! » esclamai. « Tutto quanto! »

Un'ora dopo il mio trionfo, quando mi sentivo al culmine della mia carriera, di fronte alla prospettiva della fama e del successo, la dottoressa Sally Benator riuscì a farmi crollare tutto addosso.

Eravamo ancora seduti in cerchio intorno al rotolo e parlavamo concitatamente, presi in una di quelle discussioni che potevano finire solo al mattino perché avevamo già tirato fuori una bottiglia di Glen Grant e tutti avevamo la gola ben lubrificata.

Sally aveva tradotto tutti gli scritti visibili sul rotolo. Era un rendiconto dell'arrivo dei carichi nella città, un catalogo delle merci e dei valori che conteneva, con affascinanti riferimenti a luoghi e persone.

« *Venti anfore grandi dei vini rossi di Zeng, prese da Habbakuk Lal, di cui una decima parte spetta al Granleone.* »

« Un grosso leone? » chiese Louren con l'innata curiosità del cacciatore.

« Sì », spiegò Sally. « Probabilmente, però, qui è un titolo del re o del governatore della città. »

« *Dai mari d'erba a sud centonovantadue grosse zanne d'avorio per un totale di duecentoventun talenti di peso, di cui una decima parte spetta al Granleone, e il resto è stato caricato sulla bireme di Al-Muab Adbm.* »

« Quanto pesa un talento? » chiese Louren.

« Una ventina di chili. »

« Mio Dio, sono circa quattro tonnellate e mezzo d'avorio in un solo carico. » Louren fece un fischio. « Dovevano essere cacciatori formidabili. »

Avevamo discusso dettagliatamente ogni riga dello scritto, e l'impazienza di Louren stava riaffiorando.

« Srotoliamo ancora di più quel documento », propose.

« È un lavoro da esperti, Lo. » Scossi la testa. « Quella pelle è rimasta arrotolata per quasi duemila anni. È così secca e fragile che andrà in pezzi se non lo si farà nel modo giusto. »

« Sì », confermò Sally. « Impiegherò diverse settimane per ogni rotolo. »

Quella presunzione mi lasciò sbalordito. La sua conoscenza pratica della paleografia e delle scritture antiche era limitata ai tre anni in cui era stata terza assistente di Hamilton. Dubitavo che avesse lavorato molto alla conservazione e alla preparazione dei rotoli di papiro o di pelle. Sapeva leggere il punico con la stessa scioltezza con cui un ragazzino di dieci anni può leggere Shakespeare, e dava per scontato che avrebbe avuto il controllo esclusivo di uno dei più grandi tesori di scritti antichi mai scoperti.

Dovette leggere la mia espressione perché si allarmò.

« Sarò io a fare quel lavoro, no, Ben? »

Cercai di renderglielo più facile. Non mi piace far soffrire qualcuno, soprattutto la donna che amo.

« È un compito immane e difficile, Sal. Sono convinto che dovremmo assicurarci qualcuno come lo stesso Hamilton, oppure Levy, dell'Università di Tel Aviv, o magari Rogers, di Chicago. » Vidi che le tremavano le labbra e gli occhi le si annebbiavano, e continuai in fretta. « Ma sono sicuro che potrai fare da prima assistente a chiunque si occuperà della cosa. »

Il silenzio di morte durò cinque secondi, e in un attimo la disperazione di Sally si trasformò bruscamente in rabbia divorante. La vidi arrivare come un uragano che non avevo il potere di scongiurare.

« Benjamin Kazin », cominciò con un ingannevole tono sommesso, « penso che tu sia il mascalzone più mascalzone che abbia mai avuto la sfortuna d'incontrare. Per tre lunghi anni ti ho dato prova della mia assoluta lealtà... »

Poi perse la calma, e fu uno spettacolo magnifico. Mentre le sue parole mi sferzavano, non potevo fare a meno di ammirare gli occhi lampeggianti, le guance arrossate, la scelta magistrale delle invettive.

« Sei un ometto piccolo piccolo, nella mente non meno che nel corpo. » Sally usò quell'aggettivo di proposito, e io soffocai un grido. Nessuno doveva chiamarmi così... è una parola che mi divora l'anima, e lei lo sapeva. « Ti odio. Ti odio, *piccolo* uomo. »

Sentii il sangue salirmi alla faccia. Balbettai cercando le parole per difendermi; ma, prima che potessi farlo, Sally s'era rivolta a Louren. Bruciava ancora di rabbia; e non moderò affatto il tono quando gli gridò: « Costringilo a dare quel lavoro a me. Diglielo! »

Per quanto fossi angosciato, mi allarmai per la povera Sally. Non stava parlando a un archeologo gobbo e dal cuore tenero. Adesso era come se stuzzicasse un mamba nero con un fuscello molto corto o prendesse a sassate un leone mangiatore d'uomini. Non riuscivo a capacitarmi che fosse tanto stupida da credere di poter approfittare dell'atteggiamento blando e amichevole che Louren le dimostrava. Mi sembrava assurdo che osasse assumere quel tono con lui, come se avesse diritto alla sua speciale considerazione, come se ci fosse un legame emotivo cui poteva appellarsi in termini così imperiosi. Persino io, che quei diritti li ho, non ne abuso mai in quel modo, e non c'era nessun altro che potesse farlo.

Negli occhi di Louren balenò una fredda luce azzurra, come lo scintillio della punta di una lancia. Strinse le labbra e dilatò le narici.

« Donna! » La sua voce aveva il tono del ghiaccio che si spezza. « Stai zitta. »

Se mai era possibile, la mia disperazione divenne ancora più profonda quando Louren reagì esattamente come avevo previsto. Ora le due persone che più amavo al mondo erano in rotta di collisione, e le conoscevo abbastanza bene per sapere che, orgogliose e ostinate com'erano, nessuno dei due avrebbe deviato. Il disastro era inevitabile.

Volevo gridare a Sally: « No, ti prego, no. Farò quello che vuoi. Qualunque cosa, purché questo non avvenga ».

La spavalderia di Sally svanì. La rabbia bellicosa l'abbandonò. Parve barcollare sotto la voce sferzante di Louren.

« Va' in camera tua e restaci finché non avrai imparato come devi comportarti. » Louren impartì l'ordine nello stesso tono freddo e furioso.

Sally si alzò e, guardando a terra, uscì dalla saletta.

Non riuscivo a credere ai miei occhi. Fissavo la porta da cui era passata... la mia ribelle, l'impertinente Sally, docile come una bambina in castigo. Ral e Leslie fremevano d'imbarazzo.

« Credo che sia ora di andare a dormire », borbottò Ral. « Scusateci. Vieni, Les. Buonanotte a tutti. » E se ne andarono, lasciando soli me e Louren.

Fu Louren a spezzare il lungo silenzio. Si alzò e mi parlò in tono naturale. Mi posò la mano sulla spalla, in un gesto amichevole.

« Mi dispiace, Ben. Ma non preoccuparti. A domattina. » E uscì nella notte.

Rimasi solo con il mio rotolo di pelle che all'improvviso non valeva più nulla, e con il cuore spezzato.

« Ti odio, *piccolo* uomo! » La voce di Sally echeggiava nel deserto solitario della mia anima. Presi la bottiglia del Glen Grant.

Ci misi parecchio per ubriacarmi completamente, per ridurmi allo stadio in cui quelle parole persero un po' del potere che avevano di ferirmi; e, quando scesi i gradini nell'argenteo chiaro di luna, sapevo che cosa avrei fatto. Mi sarei scusato con Sally e avrei lasciato che fosse lei a fare il lavoro. Non c'era niente che fosse così importante da giustificare una simile offesa a lei.

Andai alla baracca dove adesso Sally dormiva da sola. Leslie si era trasferita in quella che era stata la camera di Peter ed Heather. Grattai alla porta, ma non ebbi risposta. Bussai più forte, la chiamai per nome.

« Sally! Ti prego... devo parlarti. »

Alla fine spinsi la porta. La stanza era buia. Stavo per entrare, ma poi il coraggio mi abbandonò. Richiusi la porta senza far rumore e tornai barcollando alla mia baracca. Mi buttai sul letto a faccia in giù e mi addormentai, vestito.

« Ben! Ben! Svegliati! » Era la voce di Sally, ed era la sua mano che mi scuoteva con delicatezza e insistenza. Girai la testa e aprii gli occhi che bruciavano. Era mattina. Lei era seduta sul bordo del letto e stava china su di me. Era vestita, aveva la pelle un po' arrossata dal bagno, i capelli appena spazzolati, trattenuti da un nastro scarlatto, ma gli occhi erano gonfi come se avesse dormito molto male o avesse pianto a lungo.

« Sono venuta a scusarmi per ieri sera, Ben. Per le cose stupide e odiose che ti ho detto e per il mio comportamento vergognoso... » Mentre parlava, i frammenti scomposti della mia vita tornarono a posto, la sofferenza che mi tormentava il cuore e la testa si attenuò.

« Anche se probabilmente avrai cambiato idea e anche se non lo merito, sarei onorata di essere la prima assistente di Hamilton o di chi si occuperà del lavoro. »

« L'incarico è tuo. » Le sorrisi. « Te lo prometto. »

Il nostro primo compito, nell'archivio, fu togliere di mezzo la coltre di polvere grigia che copriva tutto. Non capivo da dove fosse venuta in uno spazio sigillato e privo d'aria come il corridoio; ma poi scoprii che le giunture degli architravi del soffitto non erano impermeabili come quelle delle pareti, e nel corso dei secoli una fine pioggia di polvere era filtrata attraverso le fessure.

Quando il Dakota portò il materiale che Louren aveva ordinato, oltre a un drappello di uomini del servizio di sicurezza, potemmo incominciare il lavoro.

Gli agenti della sicurezza eressero una baracca all'entrata del tunnel, e vi tennero sempre una guardia. Potevamo entrare soltanto noi cinque.

Gli aspirapolvere industriali semplificarono l'eliminazione della polvere. Io e Ral lavorammo partendo dall'estremità esterna del corridoio come due casalinghe indaffarate, e le nuvole soffocanti di polvere grigia ci costrinsero a portare i respiratori fino a che non avemmo terminato.

Potemmo così valutare con maggiore precisione le nostre scoperte. C'erano 1142 vasi sigillati nelle nicchie. 148 erano caduti dai ripiani e 127 erano rotti o incrinati, e i rotoli rimasti esposti all'aria erano molto danneggiati. Li spruzzammo con paraffina per impedire che si sbriciolassero, prima di procedere a sollevarli, etichettarli e portarli via.

Alla fine concentrammo tutta la nostra attenzione sull'evidente battaglia mortale che era infuriata nell'archivio e che aveva causato la caduta di parte dei vasi.

C'erano trentotto corpi lungo il corridoio, in tutti gli atteggiamenti fermati dalla morte improvvisa. Il loro stato di conservazione era straordinario. Alcuni s'erano trascinati nei recessi per morire stringendo le ferite tremende ancora visibili nei corpi mummificati. La sofferenza dell'agonia era impressa chiaramente sulle facce contratte. Altri erano morti in fretta: quasi tutti costoro avevano subìto colpi che avevano tranciato gli arti o spaccato i crani o addirittura avevano staccato le teste facendole rotolare lontano.

C'era la testimonianza di una furia diabolica, dello scatenarsi di una forza distruttrice quasi sovrumana.

Tutte le vittime erano chiaramente di tipo negroide e indossavano perizomi o grembiuli di pelle ornati con decorazioni di perline o d'osso. Ai piedi portavano sandali leggeri e in testa avevano calotte o acconciature di cuoio, piume o fibre intrecciate, anche quelle decorate con perline, ossa o conchiglie.

Le armi erano sparse tutto intorno: punte di lance in ferro, forgiate rozzamente e legate alle aste di legno. Molte delle aste erano spezzate o tranciate dai colpi di altre armi affilatissime. C'erano centinaia di frecce di canna, con penne d'anitra selvatica e con punte acuminate anch'esse di ferro lavorato a mano. Le frecce avevano scalfito e intaccato i muri di arenaria tenera, ed era facile determinare che erano state scagliate dall'esterno del passaggio prima che venisse chiuso. Nessuna s'era piantata in un corpo umano: perciò pensammo che la raffica di frecce avesse preceduto l'attacco degli uomini che giacevano morti lungo il corridoio.

A cinque metri dall'imboccatura c'erano le tracce di un grande falò che aveva annerito le pareti, il soffitto e il pavimento. Un mucchio di tronchi carbonizzati stava ancora dove la mancanza d'aria aveva spento il fuoco quando il tunnel era stato sigillato. Quel fuoco era stato per noi una specie di rompicapo fin quando Louren non ricostruì la battaglia. Cominciò a camminare avanti e indietro lungo il corridoio, e i suoi passi risuonavano sulle pietre del pavimento, la sua ombra si muoveva grottesca e mostruosa sulle pareti.

« Li spinsero qui dentro, gli ultimi dei nostri uomini di Opet, un piccolo gruppo dei più forti e coraggiosi. » La voce aveva il tono della verità, come un aedo che canta le leggende degli antichi eroi. « Mandarono i loro campioni a finire il massacro, ma gli uomini di Opet li respinsero, e gli altri fuggirono. Poi costoro schierarono i loro arcieri all'imboccatura del corridoio, e fecero scagliare raffiche di frecce. Entrarono di nuovo ma gli uomini di Opet li aspettavano, e quindi morirono ancora a dozzine. »

Louren si voltò e si fermò accanto a me, sotto la lampadina elettrica che oscillava. Per un momento rimanemmo in silenzio, immaginando la scena.

« Mio Dio, Ben. Pensaci. Che battaglia conclusiva, che gloria conquistarono quegli uomini, l'ultimo giorno. »

Persino io che sono un tipo pacifico, mi sentivo scosso. Il cuore mi batteva più forte. Mi girai verso Louren come un bambino che ascolta una fiaba. « E poi che cosa accadde? » chiesi.

« Stavano già morendo, indeboliti da dozzine di ferite. Non avevano più la forza per continuare; stavano a spalla a spalla, compagni nella vita e ora anche nella morte, e si appoggiavano alle armi. Ma i nemici non tornarono: accesero invece un fuoco all'imboccatura del passaggio perché il fumo li costringesse a uscire. E quando videro che era inutile, rinunciarono all'attacco e murarono l'entrata, trasformando il corridoio in una tomba per vivi e morti. »

Restammo tutti in silenzio, pensando alla ricostruzione di Louren. Era sensata, corrispondeva all'evidenza in tutto, escluso un particolare. Non volevo dirlo, non volevo rovinare quel racconto esaltante. Ma Sally non aveva gli stessi scrupoli.

« Se è vero, dov'è finita la tua banda di eroi... si trasformarono in raggi di luna e s'involarono? » Il tono era un po' irrisorio, ma aveva ragione. Avrei preferito che avesse torto.

Louren rise, una risatina imbarazzata. « Prova *tu* a inventare una spiegazione più attendibile », le disse in tono di sfida.

Non c'era traccia degli eroi di quell'antico dramma, se non quella rimasta in fondo al passaggio, sotto l'emblema solare di Baal. Era coperta dalla spessa polvere grigia, e fu la scoperta finale che facemmo sul pavimento dell'archivio. Era una scure da combattimento, un'arma straordinaria per bellezza ed efficienza. Quando la presi in mano per la prima volta, sollevandola dal pavimento dov'era rimasta per quasi duemila anni, la mia mano si strinse intorno al manico, e le dita si inserirono nei solchi come se fosse stata modellata per me. Da un'estremità pendeva, spezzato, il cinghiolo che un tempo serviva per portarla appesa al polso.

L'asta era lunga un metro e venti, ricavata da pezzi di corno di rinoceronte laminati in modo da conferirle l'elasticità e la forza dell'acciaio. L'impugnatura era d'avorio, e il tutto era stato legato con fili di una lega di oro e argento per rinforzarla ancora di più e proteggere l'asta dai fendenti delle lame nemiche. La lama aveva la forma di una doppia mezzaluna, e ogni lato era di diciannove centimetri. Dall'estremità sporgeva uno spuntone di trenta centimetri; quindi l'arma poteva essere usata anche per gli affondi.

La testa della scure era lavorata in modo raffinato, con le figure di quattro avvoltoi ad ali spiegate, una su ogni faccia della doppia lama. I rapaci erano resi in ogni dettaglio, fino all'ultima penna, e dietro ogni figura sorgeva un sole circondato di raggi come una corolla. Le immagini erano intarsiate in oro e argento, e la lucentezza delle lame dimostrava che erano state temprate. L'arma era incrostata di sangue secco: senza dubbio era stata quella a infliggere le terribili ferite che ancora si distinguevano su molti dei cadaveri sparsi lungo il corridoio.

Mentre stringevo quell'arma magnifica, mi sentii contagiato da un'improvvisa follia. Non ero del tutto consapevole delle mie intenzioni, fino a quando la scure cominciò a roteare in un grande cerchio scintillante intorno alla mia testa. L'equilibrio e il peso erano così perfetti che non mi costava alcuno sforzo farla roteare in alto e quindi abbassarla per un lungo e tremendo colpo. La lama sibilò tagliando l'aria. La flessione dell'impugnatura parve darle vita nella mia mano, dopo un sonno di quasi duemila anni.

Dalle profondità ataviche della mia anima sentii levarsi un grido, un urlo esultante che sembrava l'accompagnamento naturale del canto di morte della scure. Con uno sforzo frenai il volo dell'arma e il grido, prima che mi giungesse alle labbra. Mi voltai verso gli altri.

Mi fissavano come fossi ammattito. Abbassai subito la scure. Rimasi immobile, mi sentivo ridicolo e un po' sgomento al pensiero di aver trattato in quel modo un reperto tanto raro. L'asta di corno poteva essere diventata fragile, avrebbe potuto spezzarsi.

« Volevo solo provarla », dissi impacciato. « Scusatemi. »

Quella sera discutemmo l'enigma dell'archivio fin dopo mezzanotte. Non trovammo alcuna spiegazione; e più tardi Louren venne con me fino alla mia baracca.

« Domattina verrà il Lear a prendermi, Ben. Sono qui da due settimane e non posso trattenermi ancora. Dio, se penso a tutte le responsabilità che ho trascurato da quando abbiamo incominciato gli scavi! »

Ci fermammo davanti alla porta della mia baracca e Louren accese un sigaro.

« Cosa c'è in questo posto che spinge tutti noi a comportarci in modo così strano, Ben? Non lo senti anche tu? Uno strano senso del... » Esitò. « Un senso del destino. »

Annuii, e Louren continuò, incoraggiato. « Quella scure. Ti ha fatto un effetto bizzarro, Ben. Oggi, per quei pochi minuti, non eri tu. »

« Lo so. »

« Sono ansioso di conoscere il contenuto dei rotoli, Ben. Dobbiamo cominciare al più presto possibile. »

« Ci sarà da lavorare per dieci anni, Lo. Dovrai avere pazienza. »

« La pazienza non è una delle mie virtù. Ieri sera ho letto la storia della scoperta della tomba di Tutankhamon. Lord Carnarvon rese possibile quella scoperta, tuttavia morì prima di poter vedere il sarcofago del faraone. »

« Non essere così morboso, Lo. »

« D'accordo », disse lui. « Ma non perdiamo tempo, Ben. »

« Procurami Hamilton », proseguii io. « Non possiamo fare niente senza di lui. »

« Venerdì sarò a Londra », m'informò. « Andrò a parlargli personalmente. »

« È un vecchio bisbetico e difficile », lo avvertii.

Louren sorrise. « Lascialo a me. E adesso ascoltami, ragazzo mio: se qui trovi qualcosa d'altro, fammelo sapere immediatamente, d'accordo? Voglio essere presente, quando succederà. »

« Quando succederà... che cosa? »

« Non lo so. Qualcosa. Qui c'è qualcosa d'altro, Ben. Lo sento. »

« Spero che tu abbia ragione, Lo. »

Mi batté la mano sulla spalla e si avviò verso la sua baracca.

Mentre continuavamo a lavorare nell'archivio e a rimuovere i resti umani e i mucchi di armi, una squadra di operai arrivò con il Dakota per montare un deposito per i rotoli. Era un altro enorme prefabbricato, con le porte stagne e un potente impianto per il condizionamento dell'aria, in modo da tenere i rotoli nelle condizioni ottimali di temperatura e di umidità. Per motivi di sicurezza, fu eretta tutto intorno un'alta recinzione di filo spinato e venne presa ogni possibile precauzione per proteggere i rotoli.

Nello stesso tempo, gli operai montarono un'altra mezza dozzina di alloggi per i nuovi arrivati. I primi ospiti furono quattro alti funzionari del governo del Botswana. Il governo aveva vietato di asportare i rotoli dal territorio e questo aveva reso necessaria la costruzione dei nuovi edifici. I funzionari si fermarono per due giorni, poi se ne andarono, con la certezza che i loro interessi sarebbero stati adeguatamente protetti. Ma prima che partissero gli strappai la solenne promessa che avrebbero mantenuto il segreto: l'annuncio ufficiale sarebbe stato dato solo dietro mia autorizzazione.

Cominciammo a etichettare e ad asportare i recipienti di coccio dai ripiani, preoccupandoci di documentare con fotografie e annotazioni la posizione esatta di ciascuno. Sembrava probabile che fossero riposti in ordine cronologico, e questo sarebbe stato di grande aiuto per il lavoro d'interpretazione.

Il lunedì i miei piani subirono un colpo durissimo, poiché arrivò un laconico messaggio di Louren.

« Hamilton non disponibile. Prego suggerire alternativa. »

Ero deluso, offeso e irritato. Deluso perché Hamilton era il migliore del mondo e la sua presenza avrebbe conferito peso e autenticità al mio sito. Offeso perché evidentemente Hamilton credeva che le mie affermazioni fossero infondate: questo significava che la mia reputazione era stata danneggiata dai feroci attacchi di critici e avversari e lui senza dubbio s'era lasciato influenzare. Non voleva farsi coinvolgere in una scoperta sbagliata o fraudolenta. E infine, ero irritato perché il rifiuto di occuparsi del lavoro era un aperto insulto. Hamilton mi aveva marchiato come un paria, e questo avrebbe scoraggiato gli altri dal darmi la collaborazione che mi era necessaria. Rischiavo di trovarmi screditato prima ancora di cominciare.

« Non mi lascia neppure una possibilità », esclamai confidandomi con Sally. « Non vuole neppure ascoltarmi. Cristo, non sapevo di essere un lebbroso dal punto di vista professionale. Persino il fatto di parlare con me può rovinare una reputazione! »

« È un vecchio caprone! » disse Sally. « Un vecchio sporcaccione che si diverte a toccare il sedere alle ragazze e... »

« Ed è la massima autorità vivente in fatto di scritture antiche », l'interruppi in tono amareggiato. Non mi rispose. Per un po' restammo in silenzio.

Poi Sally si rianimò. « Andiamo a prenderlo! » propose.

« Potrebbe rifiutarsi di riceverci », commentai in tono cupo.

« Non si rifiuterà di ricevere *me* », assicurò Sally. Dietro quelle parole c'era tutta una storia che mi fece scorrere nelle vene il veleno della gelosia. Sally aveva lavorato con lui per tre anni, e potevo consolarmi solo con il pensiero che i suoi princìpi erano abbastanza elevati per escludere qualche storia con Eldridge Hamilton.

Settantadue ore dopo ero seduto nella sala del Bell a Hurley con un gran boccale di buona birra inglese, e guardavo ansioso il parcheggio. Non c'era più di un quarto d'ora di macchina da Oxford, e Sally sarebbe dovuta arrivare già da un pezzo.

Ero stanco, innervosito e depresso dopo quel massacrante volo notturno da Johannesburg a Heathrow. Sally aveva telefonato a Hamilton dall'aeroporto.

« Professor Hamilton, spero che non le dispiaccia se la chiamo », aveva tubato.

« Sono Sally Benator. Si ricorda? Ho lavorato con lei nel 1966. Esatto, Sally Occhiverdi. » E aveva riso con fare civettuolo.

« Ecco, sono soltanto di passaggio in Inghilterra, per un giorno o due. Mi sento così sola e piena di nostalgia... Erano tempi meravigliosi. » Il tono aveva cento sfumature intime di invito e di promesse.

« A pranzo? Magnifico, professore. Posso venire a prenderla? Ho noleggiato una macchina. » Sally mi aveva rivolto un cenno trionfale.

« Il Bell a Hurley? Sì, certo, lo ricordo. Come potrei dimenticarlo? » A me aveva rivolto una smorfia disgustata. « Non vedo l'ora. »

La Jaguar argentea entrò nel parcheggio, e io vidi Sally al volante. Con un foulard sui capelli e un gaio sorriso sulle labbra, non aveva l'aria di aver passato quattordici ore rattrappita sul sedile di un jet internazionale.

Scese dalla macchina mostrandomi per un momento le magnifiche cosce abbronzate, e venne verso di me. Stava aggrappata al braccio di Eldridge Hamilton e rideva allegramente.

Hamilton era un uomo alto e curvo, un po' oltre i cinquanta, insaccato in una giacca di tweed con le toppe di pelle ai gomiti. Aveva il naso adunco, e la testa pelata luccicava nel sole pallido come se fosse stata tirata a cera. Nel complesso non era un concorrente temibile, ma gli occhietti scintillavano dietro le grosse lenti, e le labbra socchiuse per il desiderio lasciavano scoperti i denti cariati mentre guardava Sally. Pensavo che fosse un prezzo molto alto da pagare per la sua collaborazione.

Sally lo condusse al tavolo, e Hamilton arrivò a due metri da me prima di riconoscermi. Si fermò di colpo e lo vidi battere le palpebre. Comprese subito che era stato messo nel sacco, e per un momento l'intero progetto rischiò di andare a gambe all'aria. Avrebbe potuto fare dietrofront e andarsene.

« Eldridge! » Balzai in piedi, grondando cordialità. « È meraviglioso rivederti! » E, mentre ancora esitava, lo afferrai per il gomito in una morsa vellutata. « Ti ho ordinato un gin and tonic con il Gilbey molto abbondante. È il tuo veleno preferito, no? »

C'eravamo incontrati l'ultima volta cinque anni prima, e il fatto che ricordassi i suoi gusti personali lo raddolcì un poco. Lasciò che io e Sally lo facessimo accomodare su una sedia e gli piazzassimo il gin a portata di mano. Mentre lo bombardavamo con tutto il nostro garbo, lui mantenne un silenzio sospettoso fino a quando ebbe tracannato il primo gin. Ne ordinai un altro e lui cominciò a sgelarsi; a metà del terzo diventò loquace.

« Hai letto la risposta di Wilfred Snell al tuo libro *Ophir*? È apparsa sul *Journal* », disse. Wilfred Snell era il più spietato e insistente dei miei avversari. « Divertente, eh? » Eldridge nitrì come uno stallone in calore e strinse una delle belle cosce di Sally.

Sono un uomo tranquillo, ma in quel momento stentavo a ricordarlo. La mia espressione doveva essere un sorriso tirato e sofferente, e mi piantavo le unghie nelle palme delle mani mentre lottavo con la tentazione di trascinare Eldridge in giro per la sala tenendolo per i piedi.

Sally si liberò abilmente dalla mano indiscreta e io proposi con voce soffocata: « Andiamo a pranzo, eh? »

Intorno al tavolo nella sala da pranzo vi fu una specie di gioco delle sedie, con Eldridge che cercava di sedersi abbastanza vicino a Sally per poterla palpare, e io che mi sforzavo di evitarlo.

Lo battemmo in astuzia perché lasciammo che sedesse trionfante e sogghignasse al di sopra del suo menu guardando Sally che era incastrata nell'angolo accanto a lui; poi gridai: « Sally, lì sei in corrente ». E ci scambiammo il posto con l'agilità di due ballerini.

E così potei rilassarmi e dedicare al fagiano tutta l'attenzione che meritava, anche se il borgogna suggerito da Eldridge non era proprio il meglio.

Con il suo tatto abituale, Eldridge affrontò l'argomento che stavamo pensando di abbordare.

« L'altro giorno ho conosciuto un vostro amico, un tipo grande, grosso e vistoso, una specie d'incrocio fra un fotomodello e un lottatore professionista. Aveva un accento da australiano con l'influenza. Mi ha raccontato una storia incredibile sui rotoli che avresti trovato in una grotta dalle parti di Città del Capo. » Eldridge nitrì di nuovo, a un volume che fece arrestare per un momento tutte le altre conversazioni nella sala. « Ha avuto la spudoratezza di offrirmi quattrini. Conosco il tipo... quello non aveva un soldo in tasca, e parlava come se ne avesse da buttare. Aveva scritto in faccia 'imbroglione' in lettere alte trenta centimetri. »

Sally e io lo fissammo a bocca aperta, ammutoliti dalla sua interpretazione del personaggio di Louren Sturvesant.

« Naturalmente l'ho fatto correre », disse Eldridge in tono soddisfatto, e si riempì la bocca con petto di fagiano.

« Probabilmente hai fatto bene », mormorai. « A proposito, il sito è nel Botswana settentrionale... a duemilaquattrocento chilometri da Città del Capo. »

« Oh, sì? » chiese Eldridge, esprimendo il suo disinteresse con tutta la compitezza consentita dalla bocca piena e dai denti cariati.

« E Louren Sturvesant è apparso nell'elenco dei trenta uomini più ricchi del mondo pubblicato da *Time* », continuò Sally. Eldridge restò a bocca aperta, offrendoci lo spettacolo di un pezzo di fagiano semimasticato.

« Sì », confermai. « È lui che finanzia i miei scavi. Finora ha sborsato duecentomila dollari e non ha fissato un limite. »

Eldridge mi fissò sgomento. Quel tipo di mecenate della ricerca scientifica era raro all'incirca come un unicorno, ed Eldrigde adesso si rendeva conto che l'aveva avuto a tiro e se l'era lasciato scappare. Il professor Hamilton aveva perso tutta la sua burbanza.

Accennai alla cameriera di portar via il mio piatto; e giuro che provavo una sincera compassione per Eldridge, mentre aprivo la borsa e tiravo fuori un involto cilindrico protetto da un involucro di tela.

« Ho un appuntamento domani a Tel Aviv con Ruben Levy, Eldridge », dissi togliendo la tela.

« Abbiamo 1142 rotoli come questo, quindi Ruby avrà molto da fare per qualche anno. Naturalmente Louren Sturvesant farà una donazione di centomila dollari alla facoltà di Archeologia dell'Università di Tel Aviv per la collaborazione, e non mi sorprenderei se la facoltà ricevesse in dono anche qualche rotolo. »

Eldridge trangugiò il boccone di fagiano come se fosse pieno di cocci di vetro. Si asciugò le dita e la bocca con il tovagliolo, poi esaminò il rotolo.

« *Dalle pianure erbose del sud* », mormorò leggendo, e io notai la differenza rispetto alla traduzione di Sally, « *ricevute 192 grosse zanne d'avorio del peso di 221 talenti.* » La sua voce si spense, ma le labbra continuarono a muoversi mentre proseguiva la lettura. Poi riprese a parlare, con voce che fremeva per l'emozione.

« Punico nello stile del secondo secolo avanti Cristo. Si nota l'uso delle legature per congiungere la 'm' mediana, e l'inclinazione dei caratteri. Senza dubbio è anteriore al primo secolo a.C.: guarda, Sally, vedi il taglio arcaico della 'A'? »

« Abbiamo più di mille rotoli conservati in ordine cronologico... Levy è molto incuriosito », intervenni io con una bugia. Levy non sapeva neppure che esistessero.

« Levy », sbuffò Eldridge, con un lampo di sdegno nelle lenti degli occhiali. « Levy! Basta che abbandoni l'ebraico e l'egizio perché si perda completamente! » Mi aveva afferrato un polso. « Ben, insisto. Insisto assolutamente. Questo è un lavoro che voglio fare io. »

« E la critica di Wilfred Snell alle mie teorie? Mi pareva che la trovassi divertente. » Ormai lo tenevo in pugno e potevo permettermi di farlo ballare un po'. « Ti andrebbe di lavorare con qualcuno che ha idee tanto sospette? »

« Wilfred Snell », dichiarò prontamente Eldridge, « è un somaro da esposizione. Quando mai ha trovato mille rotoli punici? »

« Cameriere », ordinai, « ci porti per favore due cognac doppi Cordon Argent. »

« Facciamo tre », disse Sally.

Mentre il cognac diffondeva nel mio corpo un piacevole tepore, ascoltai Eldridge Hamilton che si entusiasmava per i rotoli e chiedeva a Sally dove, come e quando li avevamo scoperti.

Cominciavo a trovarlo simpatico. Certo, aveva i denti che sembravano i tronconi di una pineta devastata dal fuoco, ma neppure io sono un campione di perfezione fisica. Era anche vero che aveva un debole per il gin Gilbey's e le belle ragazze... ma differiva da me solo per la scelta del liquore, e come potevo sostenere che il Glen Grant era migliore?

No, conclusi. Nonostante i miei pregiudizi, avrei potuto lavorare con lui, purché tenesse giù le zampe da Sally.

Eldridge ci raggiunse una settimana dopo il nostro ritorno alla Città della Luna, e andammo a riceverlo sulla pista d'atterraggio. Avevo paura che la transizione dall'inverno nordico alla nostra estate rovente influisse sul suo rendimento. Ma non avrei dovuto preoccuparmi. Era uno di quegli inglesi che, con il casco coloniale in testa, sono capaci di uscire sotto il sole di mezzogiorno senza neppure sudare. Il suo bagaglio consisteva di una valigetta con gli effetti personali e di una dozzina di casse piene di sostanze chimiche e di attrezzature.

Gli feci visitare il luogo e cercai invano di accendere il suo interesse per la città e per la caverna. Eldridge era uno specialista quasi monomaniaco.

« Sì », disse. « Interessante, interessante... dove sono i rotoli? » Penso che avesse ancora qualche dubbio; ma lo portai nell'archivio e cominciò a fare le fusa come un vecchio gatto mentre passava tra i ripiani carichi.

« Bene », disse, « c'è una sola cosa da chiarire. Lo studio sui rotoli lo scriverò io, d'accordo? » Siamo una strana razza, e lavoriamo non per l'oro ma per la gloria ed Eldridge voleva la sua parte.

« D'accordo. » Ci stringemmo la mano.

« Allora niente m'impedisce di cominciare subito », disse lui.

« No, niente te lo impedisce. »

Il trattamento dei rotoli era, più che una scienza esatta, una forma d'arte. Variava per ognuno, a seconda dello stato di conservazione, della qualità della pelle, della composizione dell'inchiostro e di altri fattori correlati. In un momento di debolezza, Sally mi confessò che non sarebbe stata all'altezza del compito: richiedeva un'esperienza che le mancava.

Eldridge lavorava come un alchimista medievale, affumicava, intrideva, spruzzava e spennellava i rotoli. Il suo regno puzzava di sostanze chimiche e lui e Sally avevano sempre le dita macchiate. Sally mi riferì che Eldridge era così preso dal lavoro che i suoi istinti bestiali si erano ridotti di molto: adesso si limitava ad allungare le mani in modo non troppo convinto verso le parti più vistose della sua anatomia.

Man mano che un rotolo veniva trattato, se ne valutava il contenuto e si procedeva con la traduzione dettagliata. Erano tutti registri contabili del commercio della città, oppure proclami del Granleone e del consiglio delle nove famiglie. Gli autori erano scribi anonimi, e il loro stile era sobrio e sbrigativo, senza voli poetici e senza inutili brani descrittivi. Quella prospettiva utilitaristica rispecchiava lo stile di vita che fino a quel momento avevamo ricostruito in base ai ritrovamenti. Ne discutevamo tutte le sere.

« È tipicamente punico », ammise Eldridge una volta. « Non avevano gusto nelle arti figurative, i loro vasi erano rozzi e prodotti in quantità. Secondo me quel po' di scultura che c'era era decisamente orrenda. »

« Ci vogliono ricchezze, tempo libero e sicurezza per produrre l'arte », suggerii.

« È vero: Roma e la Grecia lo dimostrano. Cartagine e prima ancora la Fenicia erano spesso minacciate, a volte dovevano lottare per sopravvivere... Erano commercianti e guerrieri, pensavano più alla ricchezza e al potere che alle delizie della vita. »

« Non è necessario risalire a tempi tanto lontani: l'arte moderna nasce nelle grandi nazioni, ricche e sicure. »

« E noi africani bianchi siamo come gli antichi cartaginesi », disse Sally. « Quando c'è oro nelle colline, nessuno pensa a dipingere quadri. »

I rotoli confermavano la teoria. Oro proveniente da Zimbao e Punt, avorio dalle pianure erbose meridionali o dalle foreste lungo il grande fiume, pelli e carne secca, pesce salato dai laghi, vino e olio dalle colture a terrazze di Zeng, rame dalle colline di Tuya, sale dalle saline lungo i laghi occidentali, stagno dalla confluenza dei due fiumi, grano dal regno centrale portato in cesti di canne, pietre di sole dal fiume meridionale dei coccodrilli, barre di ferro dalle miniere di Sala... e schiavi, migliaia e migliaia di esseri umani trattati come animali domestici.

La cronaca partiva da un punto imprecisato del tempo; sospettavamo che fosse la data della fondazione della città, e ogni annotazione era preceduta da indicazioni come « Nell'anno

169, mese dell'elefante ». Avemmo modo di dedurre l'esistenza di un anno di dieci mesi, basato su un calendario di 365 giorni.

Una volta accertata la natura dei rotoli, suggerii a Eldridge di non procedere sistematicamente dall'inizio alla fine, ma che sarebbe stato utile rifarsi al metodo dei campioni per accertare la storia della nostra città.

Accettò la mia proposta e così riuscimmo a ricostruire il quadro di una vasta colonizzazione dell'Africa centrale e meridionale a opera di un popolo bellicoso ed energico, che aveva sede nella città di Opet ed era governato ereditariamente da un sovrano, il Granleone, e da un'oligarchia di nove famiglie nobili. I decreti di questo consiglio coprivano una gamma vastissima di attività, dalle misure adottate per dragare il lago ed evitare la crescita delle erbacce, fino alla scelta dei messaggeri da inviare agli dèi Baal e Astarte. Qui Astarte sembrava avesse la precedenza rispetto a Tenith la più frequente espressione cartaginese. Sospettavamo che i « messaggeri » fossero vittime umane. Scoprimmo meticolosi alberi genealogici, costruiti sul sistema matrilineare come quelli ebraici. Ogni nobile, maschio o femmina, poteva far risalire la sua ascendenza fino alla fondazione della città. Inoltre, la cronaca dimostrava che la religione era parte integrante del loro modo di vivere, e potevamo ragionevolmente ipotizzare che si trattava di una forma convenzionale di politeismo con due divinità principali, una maschile e una femminile, Baal e Astarte.

Successivamente scoprimmo nuovi fattori che attiravano l'attenzione del sovrano regnante: il rapido restringimento del lago di Opet cominciava a minacciare la vita della città e nell'anno 296 il Granleone mandava settemila schiavi ai lavori per tenere aperti i canali di comunicazione con il mare. Inoltre aveva mandato una colonna di mille sue guardie, al comando del capitano Ramose, con l'ordine di « spingersi verso est incontro al sol levante e senza fermarsi né esitare » fin quando non avesse raggiunto il mare orientale e avesse scoperto la rotta per le terre del nord, la cui esistenza era ipotizzata dal navigatore Habbakuk Lal.

Un anno dopo Ramose ritorna con soli settanta uomini. Gli altri sono periti per febbre in una terra di paludi pestilenziali. Tuttavia è riuscito a raggiungere il mare orientale e vi ha trovato una città di mercanti e navigatori, « uomini scuri di pelle, barbuti, vestiti di finissimo lino, che si cingono la fronte con la stessa stoffa ». Vengono da una terra al di là del mare orientale, e Ramose riceve in ricompensa venti dita d'oro e venti schiavi. I nostri abitanti di Opet hanno stabilito il primo contatto con gli arabi, da loro chiamati « i drav », che stanno colonizzando la costa di Sofala.

Venimmo a sapere che la ricerca di una nuova fonte di schiavi, da parte del Granleone, era diventata sempre più disperata. Vengono inviati ordini ai sovrintendenti delle miniere, affinché facciano in modo che la durata della vita lavorativa degli schiavi si prolunghi. Vengono aumentate le razioni di carne e di grano; questo accresce il costo della produzione ma anche la media della vita degli schiavi. Ai proprietari si raccomanda di far riprodurre regolarmente le schiave, e la pratica dell'infibulazione viene abbandonata. Le spedizioni in cerca di schiavi hanno mete sempre più lontane; si parla di caccia agli « yuye ». A giudicare dalla descrizione di questi yuye dalla pelle gialla, intuimmo che si trattava degli antenati degli ottentotti.

Poi all'improvviso il Granleone si compiace per il ritorno dal nord di una spedizione con « cinquecento nubiani selvaggi, alti e forti » e il capo della spedizione riceve una ricompensa di dieci dita d'oro. La gioia si dilegua a poco a poco durante il secolo successivo, mentre una massa di negri si stabilisce a nord del grande fiume. Sono iniziate le immense migrazioni bantu, e adesso il Granleone, per arginare il dilagare verso sud, stanzia le sue legioni a vigilare costantemente i confini settentrionali.

La campionatura dei nostri testi ci offriva queste visioni fuggevoli e frammentarie del passato, registrate come constatazioni impersonali. Avremmo desiderato trovare gli scritti di un Plinio o di un Tito Livio, capaci di dare corpo e vita alle meticolose annotazioni delle ricchezze acquisite.

Ogni fatto sembrava porci cento interrogativi senza risposta. Alcuni dei quesiti più assillanti erano questi: da dove erano venuti gli uomini di Opet? e quando? dove erano andati? e perché? Sapevamo che le risposte principali erano lì, in quel labirinto di scritti; ma nel frattempo trovavamo le risposte meno importanti.

Era abbastanza facile identificare i luoghi citati nelle cronache: Zimbao e Punt erano i territori meridionale e settentrionale della moderna Rhodesia, il grànde fiume era lo Zambesi, i laghi s'erano prosciugati, le colture di Zeng erano indubbiamente le centinaia di migliaia di ettari a terrazza nell'area di Inyanga nella Rhodesia orientale, le colline di Tuya dovevano essere la zona sopra Sinoia; passo passo accertammo la presenza degli uomini di Opet quasi dappertutto, e nel contempo ci facemmo un'idea dell'accumularsi di un tesoro enorme. Sebbene la maggioranza delle ricchezze venisse « mandata oltre », infatti, ricorreva spesso la frase: « Una decima parte per il Granleone ».

Dov'era stato immagazzinato il tesoro, che fine aveva fatto? era perito con la città, oppure era ancora lì, in qualche nascondiglio scavato nelle rupi rosse delle Colline di Sangue?

Come esercizio mentale feci una stima del tesoro. Presumendo che un « dito » d'oro fosse uno dei piccoli lingotti che avevamo scoperto nelle fondamenta della città, avevamo un elenco dell'afflusso totale dell'oro registrato in venti e più anni scelti a campione, partendo dall'anno 345 fino all'anno 501. Mi accorsi che le stime precedenti erano troppo basse. Anziché settecentocinquanta tonnellate d'oro, la produzione totale delle antiche miniere non doveva essere stata inferiore alle quattromila... e una decima parte era andata al Granleone.

Presumendo che metà di quelle quattrocento tonnellate fosse stata spesa per il mantenimento dell'esercito, per la costruzione del tempio e per altre opere pubbliche, restavano ancora ben duecento tonnellate d'oro che potevano essere nascoste nella città o nei pressi... e che rappresentavano una fortuna, erano equivalenti a ottanta milioni di sterline.

Quando mostrai i miei calcoli a Louren in occasione della sua visita successiva, vidi gli occhi azzurri accendersi di una luce avida. Si portò via il foglio con i miei conteggi e l'indomani mattina, mentre stava per salire a bordo del Lear che doveva portarlo a Johannesburg, commentò distrattamente: « Sai Ben, penso che tu e Ral dovreste passare più tempo a esplorare l'area lungo i dirupi, invece di vivere nell'archivio. »

« Cosa dovremmo cercare, Lo? » domandai. Come se non l'avessi saputo.

« Be', gli antichi erano molto abili nel nascondere la roba. Dovevano amare la segretezza più di qualunque altro popolo nella storia, e non abbiamo ancora trovato i loro cimiteri. »

« Dunque vuoi che io vada a caccia di tombe. » Louren rise. « Naturalmente, Ben, se per caso ti imbattessi nel loro tesoro non ti serberei rancore. Dopotutto, ottanta milioni di sterline sono una bella somma. »

Avevamo trasferito 261 recipienti dall'archivio al magazzino:

ora Eldridge e Sally avevano materiale a sufficienza per restare occupati due o tre mesi; decisi perciò di seguire il suggerimento di Louren, sospendere il lavoro nell'archivio e intraprendere un'altra ricerca dettagliata nell'area. Avevo scelto bene il momento. Ral era infatti a meno di un metro e mezzo dal punto in cui giacevano i vasi sigillati con il disegno dell'avvoltoio sui coperchi, ovvero nell'angolo più buio dell'ultima nicchia, nascosti dietro una fila di recipienti grandi il doppio, tanto che non li avevamo inclusi nel conteggio iniziale. Ral ci sarebbe arrivato di lì a tre giorni; ma io gli feci interrompere il lavoro per andare a cercare fra i dirupi.

Era novembre, quello che in Africa chiamiamo « il mese dei suicidi ». Il sole era un maglio, la terra un'incudine, ma noi lavoravamo comunque. Riposavamo appena un paio d'ore quando il caldo era mostruoso e le acque fresche del laghetto smeraldino avevano un fascino irresistibile.

Ormai tenevamo gli occhi sempre aperti per individuare i trucchi e i sotterfugi degli antichi abitanti di Opet. Avevamo imparato per amara esperienza che sapevano coprire abilmente le giunture delle loro opere in muratura, e tornai a esaminare il terreno già esplorato. Usai tutti i sistemi che conoscevo per cercare di batterli in astuzia. Ral e io fotografammo di nuovo ogni centimetro delle pareti della caverna, stavolta sempre con pellicole a infrarossi. Ma non trovammo altri passaggi nascosti.

Poi ci muovemmo verso l'esterno. Ogni giorno delimitavamo una sezione di novanta metri, e la setacciavamo minuziosamente. E, non contenti di scrutare le rocce, ci affidavamo anche al tatto, ci aggiravamo tastandole come fossimo ciechi.

Ogni giorno portava qualche avventura. Fui inseguito da un mamba nero – due metri e mezzo d'irritabilità – con occhi simili a perline di vetro e lingua nera dardeggiante, furioso perché m'ero permesso di trafficare nel crepaccio che costituiva il suo regno. Ral rimase molto impressionato dal mio scatto sul terreno accidentato e mi suggerì di dedicarmi all'atletica leggera.

Una settimana dopo potei ricambiare le sue frecciate con gli interessi, commentando i miglioramenti che venti punture di api selvatiche avevano apportato al suo aspetto. La faccia sembrava una zucca pelosa, gli occhi erano feritoie fra le palpebre gonfie. Per cinque giorni il poveretto non fu in grado di aiutarmi.

Passò novembre. A metà dicembre caddero sei millimetri di pioggia, che è già tanto in quella parte dell'Africa. L'acqua fece posare la polvere per circa un'ora; e con questo la stagione delle piogge finì. Immaginavo che l'antico lago di Opet doveva aver assicurato, in passato, piogge più abbondanti e regolari. Gli specchi d'acqua favoriscono la pioggia, sia con l'evaporazione sia con il raffreddamento dell'aria che aiuta le precipitazioni.

Ral e io continuammo a lavorare senza risultati, ma anche senza perdere entusiasmo e buona volontà. Nonostante i giorni di fatiche massacranti sotto il sole assassino, trascorrevamo gran parte delle serate studiando la mappa delle fondamenta della città. Per un processo di ipotesi, deduzioni ed eliminazioni, cercammo di capire dove gli Antichi potevano aver situato le loro tombe. Mi ero affezionato a Ral Davidson e scoprivo in quel giovane allampanato e infaticabile la stoffa d'un futuro colosso della nostra professione. Ci sarebbe stato sempre posto per lui al Centro quando gli scavi fossero terminati, glielo avrei assicurato personalmente.

In contrasto con i nostri risultati, Eldridge Hamilton, assistito da Sally e da Leslie, continuava a mietere la ricca, affascinante messe dei rotoli. Ogni sera andavo per un'ora nel deposito ad aria condizionata, e passavo in rassegna con loro il lavoro della giornata. I fogli dattiloscritti delle traduzioni si accumulavano, con i margini fitti di note e citazioni aggiunte nella grafia disordinata di Eldridge.

Venne Natale e noi sedemmo all'aperto, sotto una luna grande come un gong, e ci scambiammo regali e compagnia. Io cantai per loro *Bianco Natale* nello stile di Bing Crosby anche se la temperatura notturna era più vicina ai trenta gradi che ai venti. Poi Eldridge e io intonammo *Jingle Bells* in duetto. Lui aveva dimenticato le parole e ricordava solo i « jingle jingle », ma in questo era bravissimo, soprattutto dopo dieci bicchieri abbondanti di gin. Stava ancora strillando a squarciagola il ritornello, quando Ral e io lo portammo di peso a letto.

All'inizio dell'anno nuovo ricevemmo qualcosa di simile a una visita regale: Hilary Sturvesant era finalmente riuscita a convincere Louren a portarla agli scavi. Avemmo una settimana di tempo per preparare tutto. Hilary avrebbe portato con sé i figli maggiori di Louren e io ero fuori di me al pensiero di avere nella Città della Luna tutte le mie donne preferite. Lasciai a Ral il compito di esplorare i dirupi, e mi diedi da fare per preparare le sistemazioni e controllare in magazzino per vedere se eravamo forniti di provviste indispensabili come la Coca-Cola e i cioccolatini da offrire a Bobby Sturvesant.

Arrivarono in tempo per il pranzo di carni fredde e insalate che avevo preparato personalmente; ma subito le cose cominciarono a mettersi male. Sally Benator non si presentò a tavola; mandò a dire che aveva il mal di testa e doveva sdraiarsi un po'. Comunque, la vidi sgattaiolare con asciugatoio e costume da bagno in direzione del laghetto smeraldino.

Eldridge Hamilton e Louren Sturvesant si scambiarono un'occhiata e ricordarono il loro ultimo incontro. Erano ostili e bellicosi come due cervi in calore. Rammentavo che Eldridge s'era vantato di « aver fatto correre » Louren. Cominciarono a scambiarsi frecciate offensive, e io dovetti prodigarmi per evitare che si pestassero. E quando Eldridge citò « certi individui che hanno più denaro che educazione e buonsenso », pensai che stavo per perdere il mio esperto di paleografia.

Come se questo non bastasse, era evidente che Hilary e Louren erano impegnati in una disputa familiare che impediva loro di parlarsi direttamente. Le comunicazioni si svolgevano tutte per mezzo di Bobby Sturvesant ed erano precedute da frasi tipo: « Per favore, chiedi alla tua matrigna se... » oppure « Se tuo padre vuole... »

Hilary portava gli occhiali neri anche a tavola, e sospettai che i suoi occhi recassero tracce di pianti recenti. Era taciturna e riservata come Ral e Leslie. I due giovani in presenza degli Sturvesant erano sopraffatti dalla timidezza e quando Louren ed Eldridge pervennero a una specie di tregua stizzosa, a parlare rimanemmo solo in due, Bobby e io.

La ragazza non mancò di approfittare della crisi improvvisa dei genitori per dimostrarsi impossibile. Passò tutto il pasto pavoneggiandosi senza ritegno o comportandosi con insolenza verso la matrigna. L'avrei presa volentieri a sculaccioni.

Non appena il pranzo si concluse, in verità più male che bene, Eldridge andò a rifugiarsi nel deposito, Ral e Leslie mormorarono due parole di scusa e scapparono via. Louren mi chiese le chiavi della Land-Rover, e lo vidi caricare a bordo la doppietta e dirigersi verso il nord, lasciando Hilary e i figli a me. Accompagnai Hilary a visitare il museo, e ben presto lei si lasciò affascinare dalle nostre scoperte al punto da dimenticare la sua infelicità.

Avevo pulito e lucidato la grande scure da combattimento, che splendeva d'argento, oro e avorio; esaminammo insieme l'artistica lavorazione prima di andare al magazzino dei rotoli.

Sally era troppo occupata per parlare con noi. Alzò appena la testa quando entrammo: ma Hilary esercitò il suo fascino gentile su Eldridge Hamilton, e lui si lasciò conquistare. Quando ce ne andammo un'ora dopo, Hilary aveva un nuovo, devoto ammiratore.

Salimmo alla caverna e sedemmo accanto al laghetto smeraldino mentre i ragazzi sguazzavano nell'acqua fresca strillando allegramente. Parlammo da quei buoni vecchi amici che eravamo; ma anche così ci volle un po' prima che Hilary si decidesse ad accennarmi che cosa la turbava.

« Ben, non hai notato qualcosa di diverso in lui? » Era l'eterna domanda di una donna infelice, e io sfoderai la solita giustificazione.

« Lavora tanto, Hil. » E lei si aggrappò alla mia risposta. « Sì, da mesi è così preso dall'affare degli alberghi... Sta costruendo una catena di alberghi di lusso per vacanze nelle isole dell'Oceano Indiano, le Comore, le Seychelles, il Madagascar... dieci in tutto. Si stanca troppo. »

Poi, mentre scendevamo verso le baracche, all'imbrunire, mi disse all'improvviso: « Credi che si sia trovato un'altra donna, Ben? »

Ero allibito. « Buon Dio, Hil, cosa ti fa pensare una cosa simile? »

« Non lo so. Niente, immagino. Ma... » S'interruppe con un sospiro.

« Dove potrebbe trovare di meglio di quello che ha già? » chiesi a voce bassa, e Hilary mi prese la mano e la strinse.

« Caro Ben. Cosa faremmo senza di te. »

Quando andai a dare a Bobby il bacio della buonanotte, dissi cosa pensavo del modo in cui si era comportata a pranzo, e lei tirò su col naso e si scusò. Ci abbracciammo e dichiarammo di volerci un mondo di bene. Si addormentò prima ancora che spegnessi la luce. Con il cuore stretto andai nella sala di ritrovo, temendo di dover assistere alla replica della scena di mezzogiorno.

Mi fermai sulla soglia e battei le palpebre per la sorpresa. Louren, Eldridge e Sally stavano discutendo amichevolmente intorno al mucchio di fogli delle traduzioni, mentre Ral e Leslie confidavano animatamente a Hilary i loro progetti matrimoniali. Era una trasformazione miracolosa. Sollevato, puntai verso la bottiglia di Glen Grant e mi versai una dose media.

« Uno anche per me. » Sally mi raggiunse. Non vidi tracce di emicrania. Aveva le labbra truccate e l'abito di seta era drappeggiato in modo da mettere in mostra la schiena e le spalle abbronzate. S'era raccolti i capelli sulla testa; e raramente l'avevo vista così incantevole.

Le versai un whisky, poi andammo a partecipare al dibattito sui rotoli. Louren era diventato tutto gentilezza e neppure Eldridge era in grado di resistere.

« Il professor Hamilton ha fatto un lavoro straordinario, Ben », mi disse Louren. « Posso soltanto congratularmi con te per la scelta di un simile collega. » Eldridge si pavoneggiò con la dovuta modestia.

« Non possiamo rimandare ancora per molto tempo, Ben », continuò Louren. « Dovremmo dare l'annuncio ufficiale, e presto. Non possiamo tenere ancora il segreto. »

« Lo so », ammisi.

« Hai qualche idea? »

« Ecco, per la verità... » Esitai. Mi dispiace molto chiedere a Louren di spendere. « Pensavo a qualcosa su grande scala. »

« Sì? » chiese Louren in tono incoraggiante.

« Ecco, mi chiedevo se non potremmo convincere la RGS, la Royal Geographical Society, a organizzare uno speciale simposio sulla preistoria africana. Eldridge fa parte del consiglio e sono sicuro che potrebbe mettersi d'accordo. »

Guardammo Eldridge, e lui annuì.

« Allora forse la Sturvesant Internazionale potrebbe ospitare i delegati, portarli in aereo a Londra e sostenere le spese per essere certa che vengano tutti o quasi tutti. »

Louren rovesciò la testa all'indietro e rise soddisfatto. « Sei un furbacchione, Ben. Ho capito il tuo piano. Hai intenzione di radunare in branco tutti i tuoi nemici e i tuoi critici sul sacro terreno della RGS, e di fare l'Al Capone dell'archeologia in una specie di massacro di San Valentino. Per dirla in gergo, conti di stenderli. È esatto? »

Arrossii nel vedere che i miei piani erano stati scoperti con tanta facilità.

« Be'... » Poi sorrisi un po' intimidito e annuii. « Credo che sia più o meno esatto, Lo. »

« Entusiasmante. » Sally batté le mani. « Prepareremo la lista degli invitati. »

« Faremo le cose alla grande », promise Louren. « Li faremo

volare in prima classe e li alloggeremo al Dorchester. Offriremo un pranzo con champagne per incantarli tutti, e poi aizzeremo Ben ed Eldridge contro di loro come due lupi affamati. » Era entrato nello spirito della cosa; e si rivolse a Eldridge.

« Quanto tempo ci vorrà per organizzare tutto? »

« Ecco, prima dev'essere sottoposto all'approvazione del consiglio. Dovremmo dargli un'idea del programma dei lavori, ma naturalmente la sua offerta di pagare le spese faciliterebbe di molto le cose. Convincerò un altro paio di membri del consiglio. » La prospettiva sembrava divertente anche a Eldridge. Si prova sempre una soddisfazione maligna nell'annientare la reputazione professionale dei propri nemici. « Credo di poter combinare per aprile. »

« Il primo aprile », suggerii.

« Magnifico! » rise Louren.

« Dobbiamo assolutamente avere Wilfred Snell fra gli invitati », insistette Sally.

« Sarà il primo della lista », le assicurai.

« E quel piccolo, viscido Rogers. »

« E De Vallos. »

Stavamo continuando a tramare, quando sedemmo davanti al piccantissimo fagiano al curry che, mi auguravo, avrebbe fatto apparire fresca, al confronto, l'afosa aria notturna. C'era la birra fredda alla spina per accompagnare il fagiano, e il pasto si trasformò in una festa. E mentre ci rallegravamo al pensiero dell'imbarazzo dei nostri avversari scientifici e pianificavamo ogni dettaglio, all'improvviso Sally si rivolse a Hilary, che stava seduta in silenzio accanto a me.

« Deve perdonarci, signora Sturvesant. Per lei dev'essere una noia tremenda. Immagino che non ne capisce una parola. » Il tono di Sally era gentile e sollecito. Rimasi sorpreso quanto Hilary, perché capivo il linguaggio segreto delle donne quanto bastava per rendermi conto che era un'aperta dichiarazione di guerra. Mi augurai d'aver sbagliato, ma cinque minuti dopo Sally tornò all'attacco.

« Troverà molto fastidiosi il caldo e le condizioni primitive di qui, signora Sturvesant. Non sarebbe davvero il clima adatto per le sue partite di tennis, vero? »

Il modo in cui lo disse faceva apparire il tennis come il passatempo d'una farfallina viziata e inetta. Ma questa volta Hilary era pronta a reagire, e con un'aria angelica e toni altrettanto zuccherini, sferrò un contrattacco devastante.

« Sono sicura che è un clima molto malsano, soprattutto dopo un po' di tempo. Il sole rovina la pelle, non è vero? E lei è ancora sciupata, dopo il mal di testa di oggi. C'eravamo molto preoccupati. Mi auguro che ora si senta meglio. »

Sally si accorse che, nonostante la sua aria da mite suorina, Hilary era un'avversaria da non trascurare. Cambiò attacco. Concentrò l'attenzione su Louren, rise d'ogni sua parola e non gli staccò gli occhi dal viso. Di fronte a quella tattica Hilary era impotente. Sembrava che io fossi l'unico tra i presenti ad accorgermi del duello in corso e tacevo cercando di capire cosa significava... fino a quando Hilary giocò la sua carta decisiva.

« Louren, caro, è stata una giornata così emozionante e impegnativa. Ora portami a letto, ti prego. »

Se ne andò al braccio di Louren e io dovetti ammettere che la mia Sally aveva avuto il trattamento meritato.

Mi svegliai con la sensazione che ci fosse qualcuno nella mia camera, e mi accinsi a reagire con violenza tendendo i nervi. Girai la testa verso la porta. Era aperta. Fuori il chiaro di luna era fulgido. Sulla soglia c'era Sally.

Aveva addosso una camicia da notte impalpabile che non nascondeva le linee incantevoli del suo corpo: le gambe lunghe, i fianchi torniti, la vita sottile e i seni prorompenti, il collo di gazzella con la testa elegante e un po' inclinata.

« Ben? » chiamò sottovoce.

« Sì. » Mi sollevai a sedere, e venne da me. « Cosa c'è, Sal? »

Invece di rispondere, mi baciò con la bocca aperta. Fui colto di sorpresa e restai immobile fra le sue braccia. Mi appoggiò la guancia contro la guancia. Con un filo di voce bisbigliò: « Fa' l'amore con me, Ben ».

C'era qualcosa che non andava, non andava disperatamente. Non provavo desiderio ma solo compassione per lei.

« Perché, Sal? » chiesi. « Perché proprio ora? »

« Perché ne ho bisogno, Ben. »

« No, Sally, non lo credo. Penso che sia l'ultima cosa al mondo di cui hai bisogno ora. »

Scoppiò in singhiozzi spezzati e silenziosi. Pianse a lungo, e la tenni fra le braccia. Quando si calmò, la feci sdraiare e l'avvolsi nelle coperte.

« Sono una carogna, vero, Ben? » mormorò, e si addormentò. Rimasi tutta la notte a vegliarla. Quella volta, credo, compresi la verità: ma non volevo ammetterlo.

A colazione, Louren annunciò che la famiglia sarebbe rientrata subito a Johannesburg, anziché restare ancora un giorno come previsto. Faticai a nascondere il disappunto; e non appena restammo soli, chiesi a Louren la ragione, ma lui guardò il cielo e scrollò le spalle esasperato.

« Tu sei fortunato perché non sei sposato, Ben. Mio Dio... le donne! »

La vita nella Città della Luna tornò alla solita, piacevole routine per una settimana, durante la quale noi riprendemmo a cercare le tombe e gli altri continuarono a lavorare sui rotoli. Un giorno, mentre Ral e io sedevamo a mezzogiorno sotto la scarsa ombra di un arbusto, una figura minuscola si levò dall'erba, quasi ai miei piedi.

« Uccello-mosca, Piccolo-uccello-del-Sole », disse Xhai a voce bassa, « ho viaggiato molti giorni per cercare il sole della tua presenza. » Xhai sapeva fare complimenti bellissimi, e mi sentii commosso.

« Ral », dissi, « passami la tua borsa del tabacco, per favore. »

Per tutto il pomeriggio restammo seduti sotto l'arbusto a parlare. Nell'Africa primitiva le conversazioni sono un'arte, con complessi rituali di domande e risposte; s'era ormai fatto tardi quando Xhai si decise ad affrontare l'argomento che era venuto a discutere.

« Il Piccolo-uccello-del-Sole ricorda l'acqua-nella-roccia, nel posto dove abbiamo ucciso l'elefante? »

L'Uccello-mosca lo ricordava benissimo.

« Il Piccolo-uccello-del-Sole ricorda le piccole buche che i fantasmi bianchi avevano fatto nella roccia? »

L'Uccello-mosca non le avrebbe mai dimenticate.

« Quelle buche hanno dato grande gioia all'Uccello-mosca e all'uomo grande e dorato, vero? »

Verissimo.

« Da quel giorno ho guardato le rocce con occhi nuovi mentre cacciavo. Piccolo-uccello-del-Sole vuole visitare un altro posto dove ci sono tante altre buche come quelle? »

E me lo domandava!

« Io posso accompagnarti là », promise Xhai.

« E io ti darò tutto il tabacco che riuscirai a portar via », gli promisi a mia volta, e ci scambiammo grandi sorrisi.

« È molto lontano? » chiesi, e Xhai cominciò a spiegare. Era al di là della « grande rete », mi disse. Era la recinzione lunga poco meno di cinquecento chilometri eretta lungo il confine rhodesiano per controllare i movimenti degli animali selvatici, come precauzione contro il diffondersi delle epizoosie. Avremmo dovuto ottenere dalla Rhodesia la necessaria autorizzazione, e quando Xhai passò a descrivere un'area che sembrava piuttosto vicina allo Zambesi nel tratto che segna il confine con lo Zambia, compresi che avrei dovuto chiedere a Louren di organizzare una vera spedizione: si trovava senza dubbio nella zona dov'erano attivi i terroristi.

Xhai rifiutò di accompagnarmi al campo perché era pieno dei suoi nemici tradizionali, i bantu. Ci accordammo per ritrovarci sotto lo stesso arbusto di lì a tre giorni, dopo che Xhai avesse terminato il giro delle sue trappole.

Quella sera ebbi un colpo di fortuna: Louren era tornato dal Madagascar un'ora prima.

« Qualche guaio, Ben? » La sua voce tuonava fra le scariche della radio.

« Nessun guaio, Lo. Il tuo piccolo amico boscimano ha trovato un altro sito dove gli antichi lavoravano l'oro. Si è offerto di condurmi là. »

« Magnifico, Ben. La miniera dell'elefante ha già incominciato la produzione e promette molto bene. »

« C'è solo un problema, Lo. È in Rhodesia, nella zona chiusa. »

« Nessun problema, Ben. Ci penso io. » La sera dopo ci parlammo di nuovo.

« Tutto fissato per l'altro lunedì. Troveremo una scorta della polizia rhodesiana ad aspettarci al confine, all'entrata di Panda Matenga. »

« Troveremo? » chiesi.

« Mi prendo un paio di giorni, Ben. Non ho saputo resistere. Tu porta con te il boscimano, e raggiungi Panda Matenga con la Land-Rover. Io arriverò da Bulawayo con l'elicottero. Ci vedremo lì. L'altro lunedì mattina, d'accordo? »

Il comandante della scorta di polizia era un rhodesiano giovanile e massiccio dai modi impeccabili e dall'aria di tranquilla efficienza che trovavo molto rassicurante. Era un vice-ispettore e aveva con lui un sergente degli ascari e cinque agenti. Il suo grado e la composizione della scorta mi davano un'idea del livello al quale Louren s'era mosso per richiedere collaborazione.

Avevamo due Land-Rover, tutte e due con le mitragliatrici montate sul cofano e gli uomini esibivano un imponente armamento: non poteva essere diversamente, trovandoci ai confini di una nazione martoriata dalle azioni incessanti dei terroristi infiltrati dal nord.

« Dottor Kazin. » L'ispettore mi salutò militarmente. Ci stringemmo la mano. « Mi chiamo MacDonald. Alaistair MacDonald. Posso presentarle i miei uomini? »

Erano tutti matabele grandi e grossi e con la faccia tonda, discendenti dagli *impi* di Chaka che centocinquant'anni prima erano stati condotti in quelle terre dal generale rinnegato Mzilikazi. Portavano tute mimetiche e cappelli flosci, e stavano rigidi sull'attenti mentre MacDonald me li presentava.

« Questo è il sergente Ndabuka. » Quando risposi alla presentazione in sindebele, le severe espressioni militari lasciarono il posto a vistosi sorrisi.

Xhai si sentiva a disagio in quella compagnia e mi stava alle calcagna come un cagnolino.

« Sa, dottore, c'è ancora un ordine operativo emanato dalla polizia britannica del Sudafrica che non è mai stato revocato », mi disse MacDonald mentre sbirciava incuriosito Xhai. « È l'ordine di sparare a vista a tutti i boscimani. Questo è il primo che vedo. Poveri diavoli. »

« Sì. » Avevo sentito dire che quell'ordine era stato mantenuto in vigore come una curiosità perché rispecchiava la mentalità del secolo precedente, il tempo delle grandi cacce ai boscimani, quando cento uomini partivano a cavallo per stanare e uccidere quei folletti gialli come se fossero animali pericolosi.

Bianchi e negri li avevano cacciati con la stessa ferocia. Le atrocità commesse contro di loro erano innumerevoli. Li avevano massacrati con i fucili e con le lance. O peggio. Nel 1869 il re Khama aveva invitato un'intera tribù di boscimani a un banchetto di riconciliazione; mentre sedevano alla sua mensa dopo aver deposto le armi, i suoi guerrieri li avevano catturati. Il re aveva diretto personalmente le torture. L'ultimo boscimano era morto il quarto giorno. Con il ricordo di simili precedenti, non era strano che Xhai si tenesse sempre a qualche passo da me e guardasse quegli stranieri colossali con un'espressione di paura negli occhi da cinese.

Spiegai a MacDonald la nostra destinazione approssimativa e la indicai sulla mappa con tutta la precisione possibile in base alla descrizione di Xhai. L'ispettore si oscurò, e si staccò dalla punta del naso un pezzettino di pelle bruciata dal sole prima di rispondere.

« Non è una gran bella zona, dottore. » E se ne andò per parlare con i suoi uomini.

Era mezzogiorno quando l'elicottero arrivò fragorosamente da sud-est, sopra le chiome degli alberi. Louren balzò a terra reggendo la sua sacca.

« Scusa il ritardo, Ben, ma ho dovuto aspettare una telefonata da New York. »

MacDonald si fece avanti, toccando la visiera del berretto.

« Buon pomeriggio, signore », disse in tono deferente. « Il Primo ministro mi ha incaricato di porgerle i suoi saluti, signor Sturvesant, e mi ha detto di mettermi a sua disposizione. »

Lasciammo la pista prima di arrivare alle zone dei ranch nei pressi di Tete, e deviammo verso il nord e lo Zambesi. MacDonald era sulla Land-Rover di testa, con l'autista e un agente alla mitragliatrice. Noi viaggiavamo al centro; Louren guidava e un altro agente stava sul sedile del passeggero, con il fucile fra le braccia; Xhai e io eravamo dietro. La seconda Land-Rover della polizia veniva alla retroguardia, al comando del sergente Ndabuka.

I chilometri si sgranavano lentamente, mentre la colonna passava tra le foreste di *mopane* e saliva le basse catene di granito. Ogni volta che esitavamo, Xhai indicava la direzione e proseguivamo sobbalzando sui tratti accidentati e sfrecciando nelle radure aperte d'erba bruniccia. Mi accorsi che Xhai ci guidava lungo una pista degli elefanti, il percorso migratorio che gli enormi bestioni avevano aperto dal fiume alla riserva di Wankie, a sud. Avevano scelto il percorso che richiedeva il minimo sforzo: gradienti facili, comodi valichi fra le colline, guadi con gli argini dolci.

Ci accampammo in uno di quei punti. Il letto del fiume era asciutto, intasato da lucidi macigni neri che sembravano rettili nel tramonto. C'erano banchi di sabbia bianca come lo zucchero, macchie di canne e una pozza di acqua verde e schiumosa, circondata da eucalipti.

Oltre il fiume, il terreno saliva verso un'altra di quelle colline rocciose costellate di arbusti e di cespugli. Da questa parte, però, la boscaglia era aperta e offriva un buon raggio di tiro intorno al nostro campo. MacDonald fece disporre i tre veicoli a triangolo, e mentre piazzava le sentinelle, Louren e io, seguiti da Xhai, scendemmo alla pozza.

Sedemmo sulle rocce e guardammo una colonna di uccelli tessitori gialli che svolazzavano intorno ai nidi d'erba intrecciata, appesi agli eucalipti sopra l'acqua verde.

Louren offrì un sigaro a Xhai e, mentre parlavamo, gli occhi del piccolo boscimano non si staccavano dalle nostre facce, come quelli di un cane fedele. Passammo da un argomento all'altro; Louren mi parlò del suo progetto per la catena di alberghi sulle isole. Era certo che avrebbe avuto successo.

« È davvero uno dei miei progetti migliori, Ben. » Io pensai agli altri, gli allevamenti di bestiame, le miniere di diamanti, di cromo e di rame... e capii che doveva essere davvero qualcosa di grandioso.

Accennai con delicatezza alle sue difficoltà con Hilary.

« Mio Dio, Ben. Se capissero che con un certificato di matrimonio non ti hanno comprato! » Ce n'erano state altre tre che l'avevano scoperto nel modo più spiacevole e mi auguravo che Hilary non fosse la quarta.

Era quasi buio quando MacDonald scese l'argine.

« Mi scusi, signor Sturvesant. Posso chiederle di rientrare nel perimetro? Non voglio correre rischi. » Louren buttò il mozzicone del sigaro nell'acqua e si alzò.

« Una volta questo era un territorio dove un uomo poteva girare come voleva. I tempi cambiano, Ben. »

Quando arrivammo al campo, il caffè bolliva sul fuoco basso e schermato; mentre lo bevevamo, notai le precauzioni che MacDonald aveva preso per la nostra sicurezza e mi resi conto che la sua aria efficiente non era illusoria. Finì di fare il giro delle sentinelle e venne a sedere con noi.

« Avrei dovuto chiederlo prima, signori, ma sapete usare il fucile FN e la mitragliatrice calibro 60? » Louren e io rispondemmo di sì.

« Bene. » MacDonald guardò verso nord. « Più ci avviciniamo al confine e più aumentano le probabilità di uno scontro. Di recente c'è stato un notevole aumento delle attività terroristiche. Stanno preparando qualcosa. »

Si versò il caffè e lo assaggiò prima di chiedere:

« Dunque, signori, quali sono i progetti per domani? Siamo ancora lontani dalla nostra destinazione? »

Mi rivolsi a Xhai. « Quanto sono lontane le buche nella roccia, fratello mio? »

« Ci arriveremo prima che il sole sia alto così. » Xhai indicò mezzogiorno con un gesto delicato. « I miei sono accampati al pozzo delle buche nella roccia. Prima andremo da loro perché mi aspettano da molto tempo. »

Lo fissai. Per la prima volta capivo quanto fosse grande l'amicizia del boscimano. Poi mi rivolsi a Louren. « Ti rendi conto, Lo, che questo piccolo diavolo ha fatto un viaggio a piedi di quasi duecentocinquanta chilometri solo per dirci qualcosa che poteva farci piacere? »

« E cioè? »

« Appena ha scoperto le buche, ha lasciato la tribù per venire da me. »

Quella notte Xhai dormì fra me e Louren. Non si fidava affatto degli agenti matabele.

L'indomani mattina erano le undici quando vedemmo gli avvoltoi in cielo, a nord. MacDonald fermò la colonna, scese e venne da noi.

« C'è qualcosa, là avanti. Forse è solo un leone che ha ucciso una preda, ma è meglio non correre rischi. »

Xhai smontò e si arrampicò sul tettuccio della Land-Rover. Osservò per qualche istante i rapaci che volteggiavano, quindi mi raggiunse.

« I miei hanno ucciso un grosso animale, forse un bufalo, perché gli avvoltoi sono sopra il mio campo. Non c'è niente da temere. Proseguiamo. »

Lo riferii a MacDonald, che annuì.

« D'accordo, dottore. Ma terremo gli occhi aperti. »

I boscimani avevano eretto cinque ripari rudimentali accanto a una pozza d'acqua fangosa. Avevano piegato un certo numero di arboscelli per formare l'intelaiatura, quindi avevano intrecciato un tetto con fronde ed erba. Non c'era fumo e non si vedeva traccia dei piccoli uomini gialli mentre ci avvicinavamo all'accampamento. Xhai era perplesso, e lanciava occhiate ai cespugli e fischiettava fra i denti. Gli avvoltoi erano posati sugli alberi intorno al campo; quando ci avvicinammo ci fu un movimento fra le capanne e venti o trenta rapaci presero pesantemente il volo.

Xhai gettò un grido soffocato. Non capivo cosa fosse successo; mi sembrava strano che gli avvoltoi fossero a terra fra i ripari... ma Xhai aveva compreso. Cominciò a dondolarsi lentamente sul sedile, stringendosi le mani al petto e gemendo.

MacDonald fermò la sua Land-Rover e scese. Si chinò su qualcosa che stava a terra, si raddrizzò e gridò un ordine. I suoi uomini balzarono dal veicolo e si sparsero intorno con le armi spianate. Louren fermò la nostra Land-Rover e raggiungemmo MacDonald. Xhai rimase a gemere sul sedile posteriore.

Le ragazze boscimane sono considerate molto desiderabili dai bantu: non so perché, forse per la pelle dorata, forse per i loro corpi minuti da bambola. Avevano violentato tutte le donne di Xhai, tutte, persino le bambine. Poi le avevano uccise a colpi di baionetta e le avevano lasciate lì, in quegli atteggiamenti patetici e vulnerabili. Avevano sparato a Ghal e agli altri due maschi. Le raffiche li avevano sfracellati, e i frammenti d'osso sporgevano dai corpi dilaniati. Il sangue s'era coagulato in pozzanghere nere. C'erano mosche dappertutto, grosse mosche verde metallo che ronzavano come api e venivano a posarsi sulle mie labbra e sugli occhi. Le scacciai rabbiosamente. Gli avvoltoi avevano incominciato a divorare i cadaveri... ed era la cosa più orribile.

« Dio », disse Louren. « Oh, Dio. Perché? Perché l'hanno fatto? »

« È il loro stile », rispose MacDonald. « Frelimo, Mau-Mau. Sono sempre loro, quelli che fanno di peggio ai loro simili. »

« Ma perché? » ripeté Louren.

« Hanno le armi e vogliono usarle. Massacrare questa gente è più facile che attaccare gli allevatori bianchi e i posti di polizia. » Due agenti portarono un telone dalla loro Land-Rover, e cominciarono ad avvolgere i corpi. Tornai al nostro veicolo e mi appoggiai alla portiera. La nausea mi assalì, un fiotto amaro e acido mi salì alla gola e vomitai dolorosamente.

Quando ebbi finito, mi pulii la bocca con la manica. Alzai gli occhi e vidi Xhai che mi guardava. Aveva perduto tutto, tranne la vita. C'era una sofferenza così grande nei suoi occhi e nella contrazione delle labbra che mi sentii spezzare il cuore.

« Troviamo chi è stato, Piccolo-uccello-del-Sole », mormorò, e mi condusse fra l'erba bassa intorno al campo. Lavorava in fretta, come un segugio.

C'erano mucchietti di bossoli sparsi sulla terra sabbiosa. Erano rudimentali, e portavano diciture in caratteri cinesi. A centinaia. Gli assassini avevano sparato con divertimento infantile, un torrente di proiettili contro il campo. Gli scarponi avevano lasciato le caratteristiche impronte a spina di pesce. Sembrava che fossero centinaia, perché la terra era smossa, l'erba schiacciata.

« Sono venuti di notte », spiegò Xhai. « Vedi? Hanno atteso qui. » Indicò i tratti calpestati fra i cespugli. « Erano molti. » Mostrò entrambe le mani con le dita aperte, per tre volte. Trenta. Un gruppo numeroso. « Hanno attaccato all'alba. Ieri all'alba. » Trentadue ore prima. Ormai dovevano essere lontani parecchi chilometri. Quando tornammo all'accampamento, i nove cadaveri erano stati avvolti nei teloni e disposti in fila, come pacchi per una spedizione. Quattro agenti stavano scavando una fossa comune.

Xhai andò ad accosciarsi accanto ai suoi morti. Taceva, e il silenzio era più angoscioso del gemito disperato di prima. A un certo momento si tese e toccò timidamente uno dei grandi involti di tela verde. Quanti boscimani s'erano acquattati sotto il sole per piangere le loro tribù massacrate? mi chiesi. In momenti come quello io odio la ferocia selvaggia della nostra terra. Non sopportavo di vedere l'angoscia di Xhai e andai a raggiungere Louren e MacDonald che stavano in disparte a parlare.

« Sono parecchi, Ben », mi disse Louren.

« Trenta, secondo Xhai », riferii. Louren annuì.

« È molto probabile. L'ispettore pensa che dovremmo tornare indietro, e sono d'accordo con lui. »

MacDonald spiegò: « Se dovessimo incontrarli... sono molto più numerosi, dottore. Quei porci sono ben addestrati e hanno le armi più moderne. Non è come qualche anno fa, quando mandavano una marmaglia disorganizzata. Adesso sono pericolosi, e la nostra non è una pattuglia offensiva. Credo che dovremmo andarcene al più presto e chiamare gli elicotteri. Quando li avranno localizzati, i jet Hunter li innaffieranno con il napalm ».

« Sì », dissi. L'antico impianto per l'estrazione dell'oro non aveva più importanza in confronto a quell'orrore. Guardai gli agenti che calavano i morti nella fossa. Xhai era là. Quando la fossa fu ricoperta, lo raggiunsi e gli passai il braccio intorno alla spalla.

« Vieni, fratello », dissi, e lo condussi alla Land-Rover. La colonna ripartì nello stesso ordine dell'andata, verso sud.

Il viaggio divenne ben presto un incubo di tensioni. Era necessario continuare a cambiare marcia per superare i tratti accidentati, e quel rumore annunciava da lontano la nostra presenza. Ogni chilometro era l'ideale per un'imboscata, con la vegetazione bassa che ci attorniava. La nostra pista era molto precisa e dovevamo rifarla tutta in senso contrario. Loro dovevano saperlo, e probabilmente ci aspettavano. Era possibile che avessero le mine; e noi spiavamo con attenzione la terra sul percorso. Eravamo tutti molto tesi. Louren guidava in un silenzio cupo, e stringeva fra i denti un mozzicone di sigaro spento.

L'agente accanto a lui viaggiava con il calcio del mitra appoggiato alla spalla, e ogni tanto puntava la canna di qua e di là. Giravamo di continuo la testa per scrutare e cercare.

« Hai notato che la selvaggina non si vede, Ben? » chiese all'improvviso Louren. Aveva ragione. Da quando avevamo lasciato l'accampamento boscimano non avevamo visto gli animali selvatici scorti all'andata: neppure un branco di impala.

« Non mi piace, Lo. »

« Neppure a me », borbottò Louren.

« In trentadue ore quelle belve possono aver percorso molti chilometri. Potrebbero essere dappertutto. » Giocherellavo irrequieto con il selettore della mia arma. MacDonald aveva insistito perché prendessimo le armi dei due agenti che stavano alle mitragliatrici. Adesso ne ero contento. Un'arma può essere di grande conforto.

All'improvviso la Land-Rover davanti a noi si fermò e Louren schiacciò il freno e afferrò il fucile automatico. Restammo seduti, con le armi imbracciate, a scrutare le rocce e i cespugli intorno a noi e ad attendere il ruggito crepitante delle mitragliatrici. I secondi passarono lentamente. Il sangue mi rombava nelle orecchie e mi assordava.

« Scusate », gridò MacDonald. « Falso allarme. »

I motori rombarono, orribilmente rumorosi nell'immenso silenzio dell'Africa, e ripartimmo.

« Cristo, smetti di giocherellare con quell'aggeggio maledetto! » mi ordinò Louren. Non mi ero accorto che stavo facendo scattare di continuo il selettore della mia arma.

« Scusami », mormorai. La tensione era contagiosa. Lo scatto di Louren ne era un sintomo: ma quasi subito girò la testa verso di me e sorrise.

« È tremendo. »

Dopo un tempo che mi sembrò interminabile superammo un

dosso e scendemmo in mezzo agli alberi verso la pozza nel fiume in secca dove ci eravamo accampati la notte precedente. MacDonald segnalò di fermarsi sull'altra sponda, e tornò da noi.

« Riempiremo i serbatoi, signor Sturvesant. Ci penso io. Lei scenda alla pozza a prendere l'acqua. »

Louren scese con due agenti che trascinavano le taniche da venti litri, mentre io guardavo MacDonald che faceva il pieno. I fumi della benzina vorticavano nel caldo come un miraggio, e l'odore mi azzannava la gola. Uno degli agenti fece cadere uno spruzzo sulla fiancata del veicolo di testa e MacDonald lo rimproverò bruscamente.

« Rimani qui », dissi a Xhai. « Non muoverti. » Xhai annuì, dal sedile posteriore della Land-Rover.

Seguii Louren alla pozza. Era una scena tranquilla, tipicamente africana. Canne alte dal fogliame languido, fango nero calpestato dagli zoccoli di mille animali, acqua verde e schiumosa che ribolliva di gas di palude, gli uccelli tessitori aggrappati a testa in giù ai nidi oscillanti. I due agenti parlavano sottovoce mentre riempivano le taniche, e Louren montava la guardia con il fucile automatico.

« Un'ora di viaggio e ne saremo fuori », disse quando lo raggiunsi. Prese un sigaro dalla tasca e cominciò a toglierlo dall'involucro senza smettere di scrutare fra gli alberi e gli arbusti.

C'era una macchia bianca sulle rocce accanto all'acqua. La fissai. Per un momento pensai che fossero escrementi di uccelli. Poi notai qualcosa d'altro, e un brivido freddo di apprensione mi scorse lungo la spina dorsale. Mi avviai intorno alla pozza, distogliendo gli occhi dall'oggetto bianco fino a quando lo raggiunsi. Lo guardai e mi sentii mancare il respiro. Il mio primo impulso fu gridare un avvertimento a Louren e correre alla Land-Rover, ma mi dominai e m'imposi di distogliere lo sguardo. Benché il cuore mi battesse forte e stentassi a respirare, mi chinai, raccattai un ciottolo e lo lanciai in acqua. Cade formando un cerchio d'increspature. Poi guardai di nuovo.

L'oggetto bianco era un pezzetto di sapone, ancora circondato da una trina di bolle. C'erano macchie umide sulle rocce, e il sole rovente non le aveva ancora asciugate; e c'era un'impronta nel fango, fra le migliaia di orme di zoccoli. Era una strana impronta semiumana, come quella di un uccello gigantesco. Gli alluci erano separati dal resto del piede. Compresi che Timothy

Mageba mi stava spiando attraverso il mirino di un'arma automatica.

Mi sentii accapponare la pelle come per le punture di una miriade d'insetti che mi corressero in tutto il corpo e lungo i nervi. Tornai da Louren, senza affrettarmi. Aveva il sigaro in bocca, e quando mi avvicinai, sfregò un fiammifero che divampò in uno sbuffo di fumo azzurro tra le mani incurvate. Si chinò per accendere.

« Lo », dissi a voce bassa. « Non fare movimenti bruschi, comportati in modo naturale. Sono qui. Proprio qui, e ci osservano. »

Louren tirò quattro boccate prima di agitare il fiammifero per spegnerlo e si guardò intorno con fare naturale.

« Dove? » chiese.

« Non lo so, ma sono molto vicini. Dobbiamo restare qui in mostra finché Mac è pronto. »

« Avverti gli agenti », disse Louren.

Gli agenti stavano tappando le taniche. Li fermai quando si mossero per tornare indietro.

« Andate lentamente. Non correte. Non guardatevi indietro. I terroristi sono qui. Andate dall'ispettore e ditegli di accendere i motori. Appena li sentiremo, arriveremo di corsa. »

Annuirono, senza cambiare espressione. Avevano capito immediatamente. Meritavano la fama di migliori truppe indigene dell'Africa. Risalirono l'argine con calma, chini sotto il peso delle taniche.

« Mi sembra d'essere un'anitra meccanica in un tirassegno », dissi e mi sforzai di sorridere. « Cosa aspettano? » chiesi.

« Probabilmente non hanno avuto il tempo di prepararsi. » Louren rise. Una risata convincente. « Ora si staranno piazzando in posizione. Poi aspetteranno che siamo tutti insieme, e non così sparsi. »

« Dio, vorrei sapere dove sono, da dove attaccheranno. »

« Cosa ti ha messo in guardia? » chiese Louren. Parlava perché la conversazione procedesse con naturalezza.

« Un pezzo di sapone e le orme umide sulle pietre. Stavano facendo il bagno quando ci hanno sentiti arrivare. »

Louren fece cadere la cenere dal sigaro e lanciò un'occhiata alle rocce. Vide il sapone, e tornò a guardarmi. In cima all'argine sentimmo gli avviamenti elettrici che ronzavano nel silenzio, e poi il rombo dei motori. Uno, due, tre.

Louren schiacciò il sigaro nel fango sul bordo della pozza e si girò verso di me. Mi posò la mano sulla spalla.

« Fino in fondo, amico? » chiese.

« Fino in fondo, Lo. » Ci voltammo e ci avviammo per salire, imbracciando i fucili mentre cominciavamo a correre. Provavo un senso di sollievo. L'attesa era finita.

Avevo la strana sensazione di non muovermi, di segnare il passo anziché correre. La salita sembrò interminabile. I miei piedi erano di piombo. Nel silenzio arroventato i motori delle Land-Rover rombavano in sordina, ma i nostri passi echeggiavano fragorosi.

Arrivammo in cima all'argine.

Il sergente Ndabuka era al volante del nostro veicolo e veniva verso di noi. Rallentò per prenderci a bordo.

Le altre due Land-Rover stavano facendo marcia indietro, pronte a coprirci, e si giravano verso la pista, con le mitragliatrici che ruotavano lentamente.

« Saltate su! » gridò MacDonald. « Ce ne andiamo! »

Balzai sulla Land-Rover, e Louren mi seguì.

« Via! » gridò al sergente. Il motore ruggì, e la Land-Rover saettò in avanti. Dal momento in cui avevamo cominciato a correre a quello in cui eravamo saliti a bordo erano passati forse sei secondi. Tutto si era svolto molto in fretta. Mi piazzai in ginocchio e puntai il fucile automatico per coprire il fianco del veicolo. In quel momento aprirono il fuoco. L'aria intorno a me fu lacerata dal suono di mille frustate; il crepitio degli spari sembrava il suono di un bastone fatto scorrere rapidamente su una recinzione di lamiera ondulata.

Il veicolo di MacDonald ci precedeva aprendoci la strada. E attirava il fuoco. Vidi che il mitragliere veniva colpito. La testa si piegò di scatto all'indietro come per un pugno violento, il cappello volò via. Si accasciò sul sedile e l'arma abbandonata girò pigramente su se stessa.

Erano schierati lungo l'argine, nascosti fra le canne e i cespugli. Vedevo i bagliori degli spari lampeggianti come spade. Sparai una raffica, ma la Land-Rover sobbalzava e mirai troppo basso. La polvere si sollevò in una lunga linea sotto la riva. Corressi il tiro e sparai di nuovo. L'arma mi fremeva fra le mani. Vidi le canne tremare, falciate dai proiettili. Qualcuno urlò, un grido esile e spassionato, e mi ritrovai con l'arma scarica.

Cercai un caricatore e guardai avanti per calcolare per quanto tempo ancora saremmo serviti da bersagli. MacDonald stava entrando in quel momento nella foresta, dove c'erano grandi alberi ai lati della pista. Vidi la terra spianata sul sentiero davanti a MacDonald, e in quel momento compresi che avevano aspettato a sparare fino a quando fossero riusciti a spingerci nella trappola.

Aprii la bocca per gridare un avvertimento, ma la mia voce si perse nel fragore degli spari e dei motori.

MacDonald piombò sulle mine che avevano sistemate sulla vecchia pista, e la detonazione fu un lampo di luce bianca che mi bruciò la retina. Lo spostamento d'aria mi investì dolorosamente i timpani, e la Land-Rover di MacDonald s'impennò come un leone ferito, con il muso fracassato e una delle ruote che turbinava in aria. Si rovesciò, schiacciando gli occupanti. La seconda Land-Rover andò a investire la prima a cinquanta chilometri orari. Vi fu un atroce stridore metallico quando cozzarono.

« Attento! » urlò Louren. Il sergente sterzò con violenza per non scontrarsi con i due veicoli semidistrutti. La nostra Land-Rover si sollevò su due ruote, si rovesciò sul fianco, e noi venimmo scagliati sul terreno sassoso.

Il silenzio durò tre o quattro secondi. Un silenzio stordito. Persino i nostri nemici erano allibiti dal caos che avevano causato. Eravamo a una cinquantina di metri dal letto del fiume dov'erano appostati gli uomini di Timothy. Il terreno fra noi e loro era costellato di eucalipti che, assieme ai veicoli, ci offrivano un certo riparo.

Avevo perduto il fucile. Lo cercai a tentoni e trovai Xhai rannicchiato accanto a me. Vidi la sua espressione terrorizzata mentre strisciavo verso Louren.

« Tutto bene? »

Invece di rispondere, tese la mano per indicare. « Guarda. » A sei metri da noi, Alaistair MacDonald giaceva riverso con il peso della Land-Rover sul bacino, e cercava di sollevare la massa metallica con le mani tremanti. Poi gemette.

Mi alzai per andare da lui e in quel momento i fucili ripresero a sparare. Ci martellavano, e i proiettili crepitavano sulle Land-Rover, sollevavano nubi di polvere e tempeste di schegge di pietra, rimbalzavano con un suono di seta lacerata... Louren mi tirò al suolo.

Mi accorsi d'un movimento accanto a me, e quando mi voltai

sentii Xhai gemere sommessamente come un bimbo irrequieto. Tesi la mano per calmarlo, ma il contatto lo galvanizzò. Balzò in piedi, con gli occhi d'ambra scura accesi di terrore, e fuggì.

« Aspetta, fratello! » gridai. Mi mossi per seguirlo. Louren mi trattenne, e vidi Xhai che si precipitava in quell'uragano infernale.

Attirò immediatamente il fuoco. Fu una grandinata di proiettili. Xhai correva come un coniglio investito dai fari di una macchina, senza tentare di nascondersi. Mi dibattei per svincolarmi dalla stretta di Louren.

« No! » gridai. « Lasciatelo stare! No! No! » Lo colpirono, e rotolò sul terreno sassoso come una palla bruna. Si rialzò in piedi e continuò a correre, ma il braccio sinistro era tranciato sopra il gomito: era rimasto solo un brandello di carne sanguinolento che gli batteva contro il fianco. Lo colpirono di nuovo e questa volta lo centrarono in pieno fra le scapole. Stramazzò bocconi e giacque, immobile e minuscolo, nella luce bianca e cruda del sole. Rimasi in silenzio nella stretta di Louren, mentre intorno a me gli agenti superstiti si piazzavano per rispondere al fuoco nemico. Louren rotolò lontano da me, e sparò una raffica dietro la coda della Land-Rover rovesciata.

L'uragano di proiettili passò di nuovo sopra di noi. MacDonald gemeva ancora. Nessuno poteva raggiungerlo, oltre quel tratto spazzato dagli spari. Rimasi inginocchiato sulla terra dura a fissare il corpo fragile di Xhai, e sentii i venti arroventati del furore investire la mia anima. Salivano dal profondo e annientavano la mia ragione.

Balzai in piedi e corsi alla Land-Rover sventrata dalla mina. Sbloccai il treppiede e sollevai la pesante mitragliatrice. Mi buttai sulle spalle quattro nastri di proiettili, drappeggiandomi con quegli strumenti di morte come se fossero collane di fiori hawaiane. Poi, con la mitragliatrice poggiata contro il fianco, mi avventai verso il letto del fiume e il centro della linea nemica.

Sentii la mia voce urlante, sentii l'urto violento dell'aria smossa dai proiettili che mi sfiorava la faccia come un vento caldo. Corsi, urlando. La mitragliatrice mi squassava come un pugno gigantesco. I bossoli volavano via in un getto scintillante e tintinnavano come sonagli argentei mentre rimbalzavano sulla terra pietrosa. Vidi il ciglio dell'argine dissolversi in nubi turbinanti di polvere mentre l'attraversavo, vidi uno dei terroristi scagliato all'indietro da un proiettile.

Adesso sparavano meno. Vidi un movimento fra le canne mentre fuggivano. Uno di loro balzò in piedi e sparò una raffica. Accanto a me frammenti di corteccia bianca esplosero dal tronco di un eucalipto. Puntai l'arma verso di lui. Portava la tuta mimetica e l'elmetto d'acciaio, e stava chino sulla sua arma. La canna lampeggiò e io mi chiesi come poteva mancarmi a quella distanza così ridotta.

Uno dei miei proiettili lo colpì alla bocca, sbalzò via l'elmetto, e il cervello sprizzò fuori dalla nuca in una nube rosata. Stramazzò sotto l'argine.

« Seguitelo! Copritelo! » Sentivo Louren che gridava dietro di me, ma non m'importava più nulla. Raggiunsi l'argine e guardai il letto in secca del fiume. Fuggivano spaventati verso l'altra riva. Sparai, e li vidi cadere con la sabbia bianca che danzava in zampilli morbidi in mezzo a loro. Continuavo a urlare.

L'ultimo nastro mi scivolò dalla spalla per alimentare la mitragliatrice. Poi rimasi con l'arma scarica fra le mani, e la lanciai contro i terroristi. La rabbia e il dolore mi avevano spinto oltre i confini della ragione e della paura. Rimasi inerme e intrepido, mentre sull'altra riva Timothy Mageba si voltava verso di me. Stringeva una pistola nella destra. La puntò. Sentii il proiettile passare fischiando accanto alla mia testa.

« Assassino! » urlai. Sparò ancora due volte. Era come se gli angeli della morte mi avessero avvolto con le loro ali per proteggermi. Non udivo neppure i proiettili. Vidi Timothy che mi fissava minacciosamente con quei terribili occhi annebbiati. La grossa testa tonda sembrava quella di una belva ferita.

E all'improvviso Louren fu accanto a me. Spianò il fucile e sparò a Timothy. Probabilmente lo colpì perché lo vidi sussultare e vacillare: ma poi sparì fra gli arbusti fitti che coprivano il terreno sull'altra sponda. Gli agenti ci superarono in gruppo sparso, scesero l'argine, attraversarono il letto del fiume dove giacevano i morti. Spararono qualche colpo fra i cespugli, quindi Louren li richiamò.

Si voltò a guardarmi, incredulo. « Non ti hanno beccato », disse in tono di sbalordimento. « Neppure un graffio... Mio Dio, Ben, mio Dio! » Scosse la testa. « Mi hai fatto prendere una paura, pazzo della malora. Una paura d'inferno. » Mi passò un braccio intorno alla spalla e mi riportò ai veicoli.

MacDonald gemeva ancora. Louren e io sollevammo il fianco della Land-Rover. MacDonald urlò, quando i suoi uomini lo tirarono fuori. Le sue gambe disegnavano un angolo impossibile. La faccia era pallidissima sotto l'abbronzatura, e il labbro superiore era imperlato da gocce di sudore.

Lasciai a Louren il compito di iniettargli la morfina e di tentare di steccare l'osso fratturato, e mi avvicinai a Xhai.

Il foro d'entrata era nerobluastro, in mezzo alla schiena, e non sanguinava. Ma l'omino giaceva in una pozzanghera di sangue denso, gelatinoso, e compresi che doveva essere sgorgato dal foro d'uscita nel petto. Non lo girai. Non trovai il coraggio di farlo. Aveva la testa voltata di lato, e mi accosciai accanto a lui. Con le punte delle dita abbassai le palpebre sugli occhi sbarrati.

« *Va' in pace*, piccolo fratello », mormorai.

« Vieni, Ben. Quelli torneranno. Dobbiamo sbrigarci », mi chiamò Louren.

Due dei nostri uomini erano morti. Il sergente li avvolse nelle coperte.

« Anche il boscimano », gli dissi. Esitò, ma poi vide la mia espressione e si affrettò a obbedire.

Raddrizzammo il terzo veicolo e, mentre gli uomini caricavano a bordo i nostri morti e i feriti, Louren e io lo controllammo. Due gomme erano squarciate, il serbatoio era crivellato, la scatola del cambio era stata perforata da un proiettile, un altro aveva colpito la pompa, e l'olio colava fetido nel caldo.

Louren piazzò il sergente e i tre uomini rimasti in un perimetro difensivo tra gli eucalipti; poi spingemmo la Land-Rover malconcia al riparo delle due distrutte per poter lavorare con un minimo di tranquillità.

Nella Land-Rover di MacDonald c'era una cassetta di attrezzi. Cambiammo le ruote con la rapidità di due meccanici di Formula 1, prendendole fra i rottami. Stavamo stringendo gli ultimi bulloni quando ricominciò la sparatoria. I colpi venivano da lontano, da un dosso distante quattrocento metri. Avevano imparato la lezione e si tenevano a rispettosa distanza. I nostri risposero con le due mitragliatrici per scoraggiarli.

Durante il combattimento Louren e io continuammo a lavorare. Eravamo sporchi d'unto fino ai gomiti, lasciavamo brandelli di pelle delle nocche sugli spigoli d'acciaio e il metallo rovente della marmitta ci riempiva le dita di vesciche.

Togliemmo la coppa dell'olio dalla Land-Rover cappottata, e ci sdraiammo supini, con l'olio caldo che ci gocciolava in faccia, per montarla sul nostro veicolo. La guarnizione era rotta e avrebbe perso un po' d'olio, ma era in grado di tenere abbastanza a lungo da permetterci di arrivare al sicuro.

Louren sostituì la scatola del cambio, e io trovai una saponetta nel mio zaino e la usai per turare i fori dei proiettili nel serbatoio. Mentre lavoravo, benedicevo gli artigiani cinesi che avevano fabbricato le armi che sparavano dal dosso e le avevano fatte di portata e precisione molto limitate.

Facemmo il pieno e mettemmo l'olio, esponendoci necessariamente ai terroristi sulla collina; ci imponemmo di lavorare con metodo e di non ascoltare i sibili terrificanti dei proiettili che ci sfioravano.

Louren balzò al posto di guida e premette l'avviamento. Ronzò a vuoto e io chiusi gli occhi e pregai. Louren lasciò il pulsante e, nel silenzio, lo sentii imprecare con rabbiosa veemenza. Ritentò, mentre la batteria si stava scaricando e il ronzio del motorino diventava più fiacco e poi cessava.

Un proiettile fracassò il parabrezza e ci fece cadere addosso una pioggia di frammenti di vetro. Louren stava ancora bestemmiando. Guardai disperato il sole al tramonto: restava ancora poco più di un'ora di luce. Dopo l'imbrunire, le iene sarebbero scese dalla collina. Come se mi avessero letto nel pensiero, i terroristi intensificarono il fuoco. Sentii un proiettile rimbalzare sul metallo della Land-Rover. Louren saltò a terra e alzò di nuovo il cofano. Mentre lavorava, io gridai a Ndabuka:

« Perché non sparate, sergente? Gli lasciate fare il tiro a segno? Li costringa a tenere giù la testa, maledizione! »

« Abbiamo quasi finito le munizioni, signore », gridò il sergente, e una morsa gelida mi attanagliò le viscere. Niente munizioni, e la notte che si avvicinava rapidamente.

Louren richiuse il cofano e tornò a sedere al volante. Mi guardò attraverso il parabrezza sfondato.

« Di' un'altra preghiera, Ben. L'ultima non è servita. » Innestò l'avviamento elettrico. Si sentì il ronzio, ma il motore non si accese.

« Siamo fregati, Ben », mi disse Louren. « Le altre due batterie sono kaputt. »

« Sergente... tutti quanti! Spingete », gridai. « Su, venite ad aiutarmi. »

Tutti accorsero dietro la Land-Rover.

« Fra un secondo prova ad accendere », gridai a Louren. E

una raffica di proiettili mi piovve intorno alle gambe, tempestandomi di schegge di pietra.

Spingemmo con tutte le nostre forze e la Land-Rover si mosse sobbalzando sul terreno accidentato, tornando verso il fiume.

« Vai! » urlai a Louren. La Land-Rover sussultò e rallentò e noi ci lanciammo con tutto il nostro peso, continuando a spingerla.

Il motore diede un colpo. « Ancora! » ansimai. E all'improvviso il motore prese a rombare, e noi gridammo trionfanti.

« Saltate su! » urlò Louren, e riportò la Land-Rover verso la pista. Ma io corsi al suo fianco.

« I fiammiferi! » ansimai.

« Che cosa? »

« Dammi i tuoi fiammiferi, accidenti! » Glieli strappai dalla mano e corsi verso il groviglio di rottami. La benzina colava da un serbatoio crivellato, e io lanciai un fiammifero acceso. Il torrente di fiamme mi lambì la faccia e mi strinò le ciglia. Mi voltai e rincorsi la Land-Rover, balzai a bordo e caddi sul mucchio dei morti e dei feriti.

Louren si aprì un nuovo percorso attraverso gli arbusti, evitando la pista minata, quindi la riprese molto più avanti.

Il suono degli spari si spense quando la foresta ci avvolse. Guardai la colonna di fumo nero che saliva nel cielo rosso della sera, e mi rallegrai per essere riuscito a sottrarre ai terroristi il bottino della vittoria. E all'improvviso mi sorpresi a tremare come se fossi tormentato dalla febbre alta.

« Tutto a posto, Ben? » mi gridò Louren.

« Sì, tutto a posto », risposi, e guardai i corpi avvolti nelle coperte ai miei piedi.

Per tutta quella notte proseguimmo verso sud, sobbalzando sul terreno accidentato; a volte perdevamo la pista e dovevamo cercarla, e rabbrividivamo nel freddo della notte africana quando il vento soffiava dal parabrezza sfondato.

In un'alba violacea e blu-fumo, chiesi a Louren di fermare la Land-Rover. Gli agenti mi aiutarono a scavare una fossa poco profonda nel suolo sabbioso fra due *kopje*. Sollevai Xhai dal veicolo, ancora avvolto nella coperta grigioscura della polizia. Era leggero come un bimbo addormentato. Lo deposi nella terra, e indugiammo in cerchio a guardarlo. Il sangue aveva intriso la coperta e s'era asciugato formando una macchia nera.

Rivolsi un cenno agli agenti. « Bene. Copritelo. » Eseguirono in fretta e tornammo alla Land-Rover. Era ancora freddo e io tremavo nella camicia di cotone. In cima al *kopje* un vecchio babbuino maschio latrò e il suo grido echeggiò nella valle.

Seguii gli agenti e salii a bordo dietro di loro. Mentre partivamo mi voltai a guardare e vidi una mandria di bufali che usciva dalla boscaglia. Pascolavano a testa bassa, agitando lentamente la coda, e si avviavano verso la tomba di Xhai. Quello era il posto di mio fratello, tra gli animali della terra selvaggia che tanto aveva amato.

« Temo che abbiano riattraversato il fiume », mi disse il vicecommissario di polizia. « Saremmo stati felici di mettere le mani su quel Mageba. »

Eravamo partiti con MacDonald a bordo dell'elicottero della polizia e avevamo raggiunto Bulawayo due giorni prima. Louren mi aveva lasciato lì per aiutare, come potevo, la polizia rhodesiana, mentre lui aveva fatto venire il Lear e aveva raggiunto Johannesburg. Adesso ero al mio ultimo colloquio alla sede centrale della polizia, e un volo charter mi attendeva per riportarmi alla Città della Luna.

Il vicecommissario era alto, con il portamento militare e i capelli grigi tagliati a spazzola, la faccia segnata e brunita da mille soli. Sul petto portava nastrini che riconoscevo, emblemi del coraggio e dell'onore.

« È al primo posto nell'elenco degli individui che vorremmo incontrare, per la verità. Brutta faccenda, ma lei lo sa meglio di chiunque altro. » Mi fissò con quegli occhi grigi come l'acciaio, e io provai la sensazione d'essere sotto interrogatorio.

« Lo conosco », ammisi. Tutti sapevano la storia del dirottamento.

« Come lo giudica? »

« È intelligente e ha carisma. Ha qualcosa... » Cercai le parole adatte. « È il tipo d'uomo deciso a ottenere ciò che vuole, e sa farsi seguire dagli altri. »

« Sì. » Il vicecommissario annuì. « È un riassunto esatto di quello che sappiamo. Da quando li ha raggiunti là, c'è stata un'escalation di attività ostili da parte dei nostri amici d'oltrefiume. » Sospirò e si massaggiò le tempie. « Pensavo che questa volta ce l'avremmo fatta a prenderlo. Hanno lasciato insepolti i loro morti e sono fuggiti verso il fiume. Devono esserci sfuggiti per pochi minuti. »

Mi accompagnò alla macchina della polizia che aspettava sotto i jacaranda, carichi di nuvole di fiori purpurei.

« Ha notizie di MacDonald? » chiesi mentre ci fermavamo accanto alla macchina.

« Guarirà perfettamente. Gli hanno salvato tutte e due le gambe. »

« Mi fa piacere. »

« Sì », disse il vicecommissario. « È un uomo a posto. Vorrei che ne avessimo molti come lui. A proposito, dottore, preferiremmo che non parlasse dell'accaduto. Non vogliamo fare troppo chiasso: faremmo il loro gioco. Gli daremmo la pubblicità che cercano. »

Ci stringemmo la mano, e lui tornò nell'ufficio. Mentre passavamo per le vie affollate e guardavo i sorrisi sulle facce intorno a me, mi chiesi perché qualcuno desiderava distruggere quella società... E se ci fossero riusciti, con che cosa l'avrebbero sostituita?

Mi venne naturale pensare alla Città della Luna. Una grande civiltà, una nazione che aveva dominato un territorio vasto quanto l'Europa, un popolo che costruiva grandi città di pietra e mandava le sue navi a commerciare fino ai confini del mondo conosciuto. E di loro restavano solo le poche reliquie che avevamo raccolto con tanta fatica. Nessun altro continente era così volubile nel soccorso che dava agli uomini; li elevava in fretta e poi li abbatteva e li divorava, negando loro persino un posto nella sua memoria. Una terra crudele, selvaggia e spietata. Era strano che tanti di noi l'amassero così profondamente.

Il mio ritorno alla Città della Luna fu una delusione. Dopo gli eventi degli ultimi giorni fu addirittura prosaico. Sembrava che gli altri avessero notato appena la mia assenza.

« Ti sei divertito? » chiese Sally alzando gli occhi dalla macchina per scrivere e da un mucchio di fogli tradotti.

« Ecco, è stato interessante. »

« Bene. Cos'hai fatto alle ciglia? » chiese ancora lei e, senza attendere la mia risposta, cominciò a battere sui tasti con due dita, mordendosi la lingua per concentrarsi, e s'interruppe solo per scostarsi i capelli dalla guancia con il dorso della mano.

« Lieto di rivederti, Ben », disse Eldridge Hamilton. « Volevo parlarti di questo. » Mi condusse a un tavolo dove era aperto uno dei rotoli. Non riuscivo a concentrarmi. Per la prima volta in vita mia avevo la sensazione che quelle anticaglie fossero prive d'importanza in confronto al sangue che avevo visto scorrere.

Ral e Leslie avevano evidentemente approfittato della mia assenza per preparare un piano. Ral parlò per entrambi, e Leslie lo imbeccava ogni volta che esitava. « Vede, dottore, non ce la sentiamo di sposarci se prima uno di noi, almeno, non avrà un posto fisso. Perciò, ecco, vorremmo un suo consiglio. Voglio dire... ci piace stare qui, e vorremmo rimanere, però vorremmo anche sposarci. Abbiamo, ecco, una grande stima di lei, dottore. Non vorremmo perderci il resto della ricerca, ma... »

Quella sera ne parlai con Louren, e poi li chiamai.

« Lo stipendio è tremilacinquecento, Leslie ne avrà duemila. Naturalmente, avrete un appartamento gratis al Centro, e io vi aiuterò ad arredarlo come regalo di nozze. »

Leslie baciò prima Ral e poi me. Era un modo nuovo per accettare un'offerta d'impiego, pensai.

Ral si dedicò con rinnovata energia alla ricerca tra i dirupi, ma io passavo poco tempo con lui. Cominciai invece a preparare la relazione per la Royal Geographical Society. Avrebbe dovuto essere un lavoro entusiasmante, e invece m'impantanavo. C'erano tanti dettagli nei rotoli, ma sembrava che non servissero a rispondere agli interrogativi fondamentali: da dove erano venuti e quando; dov'erano andati e perché?

Ogni volta i miei tentativi diventavano così verbosi e complicati da annoiare persino me. Allora strappavo i fogli dalla macchina per scrivere, li appallottolavo e li scagliavo contro la parete. Non c'è un luogo al mondo più solitario di un foglio di carta bianco, e mi spaventava il pensiero che le mie emozioni si intromettessero e mi impedissero di organizzare ordinatamente i miei pensieri. Mi dicevo che era la reazione agli orrori di quel viaggio al nord, che il comportamento enigmatico di Sally mi preoccupava profondamente, e che ero semplicemente assillato dalla paura dell'imminente confronto con i miei nemici.

Tentai tutti i sistemi, e m'imposi di restare alla macchina per scrivere fino a quando avessi battuto diecimila parole, e mi alzai a mezzanotte nella speranza di sbloccare la mia mente.

Non scrissi la relazione, ciondolavo in ufficio e lustravo la grande scure da combattimento fino a renderla abbagliante, o strimpellavo sulla chitarra e componevo nuove canzoni che sembravano tutte tristi e lamentose. Altre volte restavo seduto per ore davanti all'immagine del re bianco, e fantasticavo, oppure vagavo tutto il giorno ai piedi dei dirupi, senza badare al sole e al caldo; e spesso mi sembrava che una presenza minuscola come un uccellino mi fosse accanto e si muovesse come un malizioso spiritello bruno appena oltre la portata della mia vista. Oppure, mentre ero solo nell'archivio semibuio, sprofondavo in una trance di disperazione al ricordo dell'odio che avevo visto negli occhi di Timothy mentre mi fissava attraverso il letto del fiume in secca dove giacevano i morti. Timothy e io non eravamo solo ciò che sembravamo: c'erano in entrambi abissi bui e pericolosi. Ricordavo i corpi straziati dei boscimani abbandonati agli avvoltoi, e il furore con cui avevo falciato gli uomini che fuggivano sulla sabbia bianca. Non so per quanto tempo sarebbe durata quella depressione, se non ci fosse stata la scoperta che fornì la risposta a tanti dei misteri della nostra città.

La squadra di Eldridge aveva controbilanciato la mia apatia con un progresso più accentuato nel lavoro sui rotoli. La pratica aveva perfezionato la conoscenza della lingua da parte di Sally, che adesso aveva ben poco da invidiare al professor Hamilton. Anche Leslie era in grado di dare un contributo apprezzabile, mentre Eldridge, provando e riprovando, aveva trovato il metodo più adatto per svolgere e conservare i nostri rotoli e adesso poteva risparmiare molto tempo grazie alla nuova procedura.

A colazione, che ormai era l'unica occasione per trovarci insieme, Eldridge mi pregò di riprendere il lavoro di trasferimento dei recipienti di coccio dall'archivio. Per essere sincero, accolsi con soddisfazione quella richiesta, usandola come scusa per non dover affrontare i fogli bianchi infilati nella mia macchina per scrivere: anche Ral fu altrettanto soddisfatto di poter sospendere l'inutile ricerca fra i dirupi.

Nella fresca, silenziosa semioscurità dell'archivio, lavorammo secondo la routine prestabilita; fotografammo ogni vaso e ne segnammo la posizione dopo averlo etichettato e registrato. Non era un lavoro impegnativo, ed era quasi sempre Ral a parlare perché io continuavo a essere in letargo. Sollevò un altro vaso dal ripiano, e poi sbirciò incuriosito nello spazio retrostante, dove la parete si apriva in una nicchia squadrata.

« Ehi », esclamò. « Che cos'è? » Sentii quello stato di letargia cadermi improvvisamente di dosso come una vecchia pelle. Raggiunsi Ral, e con una strana sensazione di preveggenza fissai la fila di vasi più piccoli e più tozzi rimasti celati in quel recesso. Compresi che avevamo fatto un importante passo avanti nella nostra caccia ai segreti degli Antichi. L'idea mi venne in mente già formata: fu come se avessi semplicemente smarrito quei piccoli vasi e ora li avessi riscoperti.

Ral spostò la lampada ad arco per illuminare meglio la nicchia, e notammo immediatamente un altro particolare insolito. Ognuno dei recipienti che riuscivamo a vedere era sigillato con un avvolgimento di filo d'oro che univa il vaso al coperchio, e un sigillo di creta recava la figura di un uccello. Mi tesi e soffiai con delicatezza per togliere la polvere dal sigillo. Era l'avvoltoio, il classico uccello di steatite della cultura di Zimbabwe, con la base di dischi solari raggianti. Era stato un colpo trovare quell'emblema della Rhodesia moderna su un sigillo d'indiscutibile origine punica di duemila anni prima, come lo sarebbe stato scoprire il leone e l'unicorno dello stemma britannico in una tomba egizia della ventesima dinastia.

Lavorammo in fretta, per quanto ciò era compatibile con la precisione; etichettammo e fotografammo i vasi grandi che nascondevano la seconda nicchia; e, quando li togliemmo, scoprimmo che dietro c'erano cinque vasi più piccoli. La mia emozione cresceva, e la speranza di fare una grande scoperta stava diventando una certezza. Il fatto che i recipienti fossero nascosti e portassero i sigilli dichiarava la loro importanza. Era come se avessi segnato il passo in attesa di quei vasi... Mi sentivo euforico. Quando fummo finalmente pronti a rimuoverli, mi riservai quell'onore, sebbene Ral protestasse: « Ma li ho trovati io! »

Mi tenni in equilibrio sui gradini più alti della scala a pioli, tesi la mano e cercai di sollevare il primo.

« È incollato », dissi. Il vaso sembrava inamovibile sulla lastra di pietra. « Devono averlo fissato. » Mi tesi e tastai delicatamente in cerca di qualcosa che lo tenesse fermo. Ma non c'era nulla.

« Provi con uno degli altri », suggerì Ral, alitandomi sul collo, dall'alto della sua statura. « Posso darle una mano? »

« Senta, Ral, se non mi lascia un po' di spazio, finirà per soffocarmi. »

« Mi scusi, doc », mormorò lui, e indietreggiò di mezzo centimetro.

Provai a smuovere un altro vaso e scoprii che anche quello era ancorato al ripiano. E lo erano anche gli altri tre.

« È molto strano », commentò Ral... ed era un eufemismo. Tornai a occuparmi del primo vaso. Puntellai i gomiti sul bordo del ripiano e cominciai a girarlo in senso antiorario. Ci misi tutta la forza, e dovetti gonfiare i muscoli degli avambracci prima che il recipiente si muovesse. Scivolò verso di me d'un paio di centimetri, e compresi che era trattenuto sul ripiano non da bulloni, ma dal proprio peso enorme. Pesava cinquanta volte più dei vasi grandi il doppio.

« Ral », dissi, « dovrà darmi una mano, credo. »

Spostammo insieme il vaso fino al bordo esterno del ripiano, poi lo presi fra le braccia come se fosse un neonato, e lo calai. Più tardi constatammo che pesava cinquanta chili, e non era molto più grande di un bottiglione di champagne.

Ral mi aiutò premurosamente a sistemarlo nel carrellino in fibra di vetro che avevamo adottato per trasportare i recipienti. Lo prendemmo per le maniglie e lo portammo fuori dall'archivio, oltre il corridoio d'accesso e il posto di guardia all'entrata. Mi stupii nel vedere che era già buio e che le stelle erano punti luminosi nell'apertura altissima sopra il laghetto smeraldino.

La differenza di statura fra noi rendeva scomodo il trasporto; ma scendemmo in fretta lungo il passaggio nella roccia e verso il campo. Notai con sollievo che nel deposito le luci erano ancora accese. Quando Ral e io portammo dentro il prezioso carico, gli altri si degnarono appena di alzare la testa dal lavoro.

Strizzai l'occhio a Ral, e portammo il vaso al banco principale. Lo nascondemmo con i nostri corpi, lo sollevammo e lo piazzammo al centro. Quindi ci voltammo verso i tre che continuavano a lavorare con le teste chine.

« Eldridge, ti dispiace venire a dare un'occhiata a questo? »

« Un momento. » Eldridge continuò a scrutare un rotolo non ancora svolto con la lente d'ingrandimento, e Ral e io aspettammo con pazienza fino a che alzò la testa. Reagì immediatamente, come avevo fatto io. Vidi che, attraverso le lenti, gli occhi gli lampeggiavano e un'ondata rosea dilagò sulla testa pelata come un tramonto sulla cupola del Taj Mahal. Si avvicinò subito al banco.

« Dove l'avete trovato? Quanti ce ne sono? È sigillato? » Gli tremava la mano, quando toccò la tavoletta d'argilla. Il suo tono mise sull'avviso le ragazze che si affrettarono a raggiungerci. Attorniammo il vaso, con fare riverente.

« Apritelo », disse Sally spezzando il breve silenzio.

« È quasi ora di cena. » Diedi un'occhiata all'orologio. « È meglio rimandare a domani », suggerii, e le due giovani donne mi assalirono indignate.

« Non è possibile », disse Sally. Poi vide la mia espressione e sospirò di sollievo. « Non dovresti scherzare su queste cose », mi ammonì severamente.

« Allora, professor Hamilton, cosa aspettiamo? »

« Già, che cosa? » domandò lui. Ci mettemmo al lavoro sul sigillo. Usammo un paio di pinze per tranciare il filo d'oro, quindi staccammo il sigillo con delicatezza. Il coperchio si sollevò facilmente; all'interno c'era il solito cilindro avvolto nel lino. Ma non si sentiva il consueto, sgradevole odore di cuoio. Eldridge, che aveva le braccia sottili come due candele bianche, non riuscì a sollevare il recipiente. Lo inclinò piano piano sul fianco; e, mentre lo teneva fermo, io estrassi il rotolo. L'involucro era ben conservato e si staccò rimanendo intero.

Nessuno di noi parlò mentre fissavamo il cilindro messo allo scoperto. Avevo intuito esattamente cosa poteva essere. Esisteva un solo materiale tanto pesante... tuttavia mi dava un brivido delizioso veder realizzate le mie aspettative.

Era un rotolo... ma non di pelle. Era una lamina arrotolata d'oro puro. Aveva lo spessore di poco più d'un millimetro, era largo quarantacinque centimetri e lungo un po' più di settanta. Pesava 1954 once, e aveva un valore intrinseco di oltre 85.000 sterline. Erano cinque... 425.000 sterline, ma era solo una minima parte del loro valore.

Lo splendido metallo biondo si srotolò prontamente, come se fosse desideroso di rivelarci i suoi antichi segreti. I caratteri erano stati impressi nel metallo con abilità artigianale per mezzo di uno strumento da incisore, e la luce riflessa dalla superficie abbagliava il lettore.

Tutti noi guardammo affascinati quando Eldridge sparse il nerofumo sulla superficie abbacinante e poi tolse con cura la quantità in eccesso. Ogni carattere spiccava in nero sullo sfondo d'oro. Si assestò gli occhiali e studiò attentamente le righe scritte in punico. Cominciò a mormorare e borbottare, mentre noi ci stringevamo intorno a lui come bambini ansiosi di ascoltare una favola.

Parlai per tutti gli altri, quando finalmente sbottai: « Per amor di Dio, leggi! »

Eldridge alzò la testa e mi rivolse un sorriso malizioso. « È molto interessante. » Ci tenne volutamente in ansia per qualche altro secondo mentre accendeva una sigaretta. Poi cominciò a leggere. Fu subito chiaro che avevamo preso il primo rotolo di una serie e che Eldridge stava leggendo la premessa dell'autore.

« Vai al mio magazzino e preleva cinquecento dita dell'oro più fino di Opet. Foggiane un rotolo che non si corrompa, perché questi canti possano vivere in eterno. Perché la gloria della nostra nazione possa vivere in eterno nelle parole del nostro diletto Huy, figlio di Amon, sommo sacerdote di Baal e protetto di Astarte, custode della coppa della vita e Portatore della Scure di tutti gli dèi. Gli uomini leggano le sue parole e si rallegrino come io mi sono rallegrato, gli uomini ascoltino i suoi canti e piangano come io ho pianto, e la sua risata risuoni negli anni e la sua saggezza viva per sempre.

« Così parlò Lannon Hycanus, quarantasettesimo Granleone di Opet, re di Punt e dei quattro regni, sovrano dei mari meridionali e padrone delle vie d'acqua, signore delle praterie e delle montagne. »

Eldridge smise di leggere e guardò le nostre facce assorte. Tacevamo tutti. Era una cosa molto lontana dagli aridi rendiconti del commercio e dagli ordini del Consiglio. Quel rotolo era impregnato del respiro e dell'essenza di un popolo e di una terra.

« Uau », mormorò Ral. « Avevano un ufficio stampa molto efficiente. » Provai un senso di fastidio per quell'irriverenza.

« Continua », dissi. Eldridge annuì. Spense il mozzicone della sigaretta nel portacenere e riprese a leggere. Si soffermò solo per srotolare il testo e usare il nerofumo, e continuò mentre noi lo ascoltavamo affascinati. Le ore volavano mentre ascoltavamo le poesie di Huy Ben-Amon, rinate dopo duemila anni.

Opet aveva prodotto il suo primo filosofo e storico. Ascoltavo le parole del poeta morto da tanto tempo e provavo per lui una bizzarra affinità di spirito. Comprendevo il suo orgoglio e la sua presunzione, ammiravo le sue visioni audaci, gli perdonavo i voli della fantasia e le esagerazioni più clamorose, ed ero incantato dalla storia che intesseva intorno a me.

La sua storia incominciava con Cartagine circondata dai lupi di Roma, assediata e sanguinante, mentre le legioni di Scipione Emiliano si assiepavano sotto le sue mura scandendo il grido: « *Carthago delenda est* ».

Narrava che Asdrubale aveva mandato una nave veloce lungo la costa del Mediterraneo, dove Amilcare, ultimo della famiglia dei Barca da tempo lontana dal potere e dalla politica, attendeva con una flotta di cinquantasette grandi navi da guerra al largo di Ippona, sulle rive dell'Africa settentrionale.

Il comandante assediato invocò soccorso, ma una tempesta e i venti contrari glielo negarono. Scipione penetrò nella città e Asdrubale morì con la spada in pugno, fatto a pezzi dai legionari romani ai piedi del grande altare del tempio di Ashmun, in cima alla collina.

Eldridge fece una pausa, e io parlai per la prima volta dopo mezz'ora.

« Questo ci fornisce la prima data. La Terza Guerra Punica e la distruzione definitiva di Cartagine, 146 a.C. »

« Credo che scoprirai che è all'incirca anche la data di partenza del calendario di Opet », confermò Eldridge.

« Andiamo avanti », disse Sally. « Per piacere. »

Due bireme sfuggirono alla carneficina e al sacco di Cartagine. Fuggirono favorite dai venti e raggiunsero il luogo dove Amilcare era rimasto, bloccato dalla tempesta, nei pressi di Ippona. Gli dissero che Asdrubale era morto e che Scipione aveva consacrato la città agli dèi infernali, l'aveva incendiata, aveva abbattuto le mura, venduto come schiavi i cinquantamila superstiti e seminato il sale nei campi, vietando a tutti, pena la morte, di vivere tra le rovine.

« Un odio così grande, una decisione così crudele potevano nascere solo nel cuore di un romano », gridava il poeta, e Amilcare Barca pianse sulla sorte di Cartagine per venti giorni e venti notti prima di convocare i capitani delle sue navi.

Vennero tutti e nove, e Huy il poeta ne citava i nomi: Zadal, Hanis, Philo, Habbakuk Lal e altri. Alcuni volevano combattere, ma in maggioranza ritenevano che fosse più saggio fuggire: com'era possibile che quel misero avanzo della potenza cartaginese resistesse alle legioni di Roma e alle sue galere?

Sembrava che non ci fosse scampo per i cartaginesi. Roma calpestava il mondo intero. Poi Habbakuk Lal, il vecchio leone del mare, maestro della navigazione, rammentò a tutti il viaggio che Annone aveva compiuto trecento anni prima, varcando le Colonne d'Ercole e giungendo in una terra dove le stagioni erano invertite, l'oro spuntava sulle rocce come i fiori e gli elefanti vivevano in grandi branchi nelle pianure. Tutti avevano letto la cronaca di Annone, custodita nelle tavolette del grande tempio di Baal Hammon a Cartagine, ormai distrutto da Roma. Ricordarono che egli parlava di un fiume e di un grande lago, dove un popolo mite dalla pelle gialla lo aveva accolto in amicizia e aveva barattato con lui oro e avorio in cambio di perline e stoffe; e là aveva sostato per riparare le navi, seminare e mietere il grano.

« È una buona terra », aveva scritto. « È ricca. »

E così, nel primo anno dell'esodo Amilcare Barca aveva guidato la flotta di cinquantanove grandi navi, ognuna con centocinquanta tra rematori e ufficiali, verso occidente, oltre le torreggianti Colonne d'Ercole, e poi verso sud in un mare sconosciuto. Con lui partirono in novemila tra uomini, donne e bambini. Il viaggio durò due anni: procedettero lentamente lungo la costa occidentale dell'Africa. Dovettero affrontare mille traversie e difficoltà. Tribù selvagge di negri, belve e malattie quando sbarcavano; scogli, correnti, venti e bonacce sul mare.

Due anni dopo la partenza entrarono nella foce di un grande fiume tranquillo e lo risalirono per sedici giorni, trascinando audacemente le navi attraverso le secche, fino a quando giunsero all'immenso lago descritto da Annone. Sbarcarono sulla sponda più lontana, sotto grandi dirupi di pietra rossa; e là Amilcare Barca morì di una febbre che l'aveva colpito nelle terre pestilenziali più a nord. Il figlio, il bambino Lannon Amilcare, fu eletto quale nuovo re e i nove ammiragli divennero i suoi consiglieri. Diedero alla nuova patria il nome di Opet, come la leggendaria terra dell'oro, e incominciarono a costruire la loro prima città in un luogo dove una polla profonda scaturiva dalle rupi. Il laghetto e la città furono consacrati alla dea Astarte.

« Santo cielo, sono le quattro. » Ral Davidson spezzò l'incantesimo che ci aveva stregati per gran parte della notte; mi resi conto di essere stanchissimo, esausto emotivamente e fisicamente. Ma ero soddisfatto. Avevo trovato il mio Plinio, e ora potevo presentarmi trionfante a Londra. Avevo tutto.

I giorni, adesso, trascorrevano veloci. Ogni mattina mi mettevo al lavoro prima del levar del sole. La mia macchina per scrivere ticchettava incessantemente e i fogli pieni si accumulavano. Lavoravo fino a mezzogiorno, e passavo nel deposito il pomeriggio e la sera. Ascoltavo i canti dei libri d'oro del poeta Huy. Non c'era speranza che la traduzione potesse venire ultimata prima dell'inizio d'aprile. Anzi, saremmo stati fortunati se avessi potuto completare la versione dei primi due rotoli. Così pure, non era possibile rimandare il simposio della Royal Geographical Society. L'ufficio relazioni pubbliche della filiale londinese dell'Anglo-Sturvesant aveva provveduto alle sistemazioni, gli inviti erano stati spediti e accettati, gli alloggi e i mezzi di trasporto e cento altri dettagli erano stati concordati e confermati.

Adesso era una corsa con il tempo, per organizzare e presentare la maggior quantità possibile di fatti e leggende. Dovevo guardarmi dalla tentazione di romanticizzare l'argomento. Le parole di Huy accendevano le mie emozioni. Volevo imitare quello stile ardente, esaltare i suoi eroi e sferzare i malvagi come faceva lui. Tutti, nella Città della Luna, ci sentivamo profondamente coinvolti nella storia: persino Eldridge Hamilton, l'unico che non fosse africano, ne era affascinato. E per quelli di noi per i quali l'Africa era, accademicamente ed emotivamente, la fonte dell'esistenza, quei canti erano una travolgente cavalcata.

Quante volte trovavo nella nostra storia recente un'eco delle imprese e delle avventure degli uomini di Opet! Sembravano strettamente legati a noi nonostante fossero trascorsi quasi duemila anni.

Durante i primi cinque anni la colonia sulle rive del lago continuò a prosperare. Le costruzioni erano di tronchi e di fango; gli uomini di Opet si adattavano alla loro nuova terra. Cominciarono a commerciare con gli yuye. Erano il popolo giallo che Annone aveva descritto trecento anni prima, uomini alti ed eleganti dagli occhi obliqui e dai lineamenti delicati. Senza dubbio erano antenati degli ottentotti. Era un popolo dedito alla pastorizia, allevava branchi di capre e mandrie di piccoli bovini. Erano anche cacciatori e posatori di trappole, e raccoglievano le pagliuzze dell'oro alluvionale sul fondo ghiaioso dei fiumi. In nome del re bambino, Habbakuk Lal concluse un trattato con Yuye, re degli yuye, che concedeva tutta la terra fra il grande fiume e le colline di Tuya agli uomini di Opet, in cambio di cinque rotoli di lino e venti spade di ferro.

Soddisfatto, Habbakuk Lal, per il quale il moto del mare era come lo scorrere del sangue nelle vene, tornò con cinque delle sue navi più veloci cariche dell'oro e dell'avorio di Opet fino al mare di mezzo. Compì il viaggio di ritorno in nove mesi, e creò stazioni lungo le coste occidentali dell'Africa; quindi rientrò con un carico di perline, di lini e di oggetti di lusso. Era stato il pioniere della rotta commerciale lungo la quale i tesori dell'Africa del Sud avrebbero raggiunto il mondo conosciuto; ma, temendo l'attenzione vendicativa dei romani, coprì le sue tracce, da quel vecchio volpone che era.

Portò con sé a Opet anche nuove reclute per la colonia: esperti in metalli, muratori, costruttori di navi e gentiluomini amanti dell'avventura. Ma il sottile rivolo d'oro e d'avorio degli yuye si ridusse via via che venivano a esaurirsi le scorte accumulate nei secoli. Habbakuk Lal guidò fino alla città di Yuye una compagnia di cento uomini. Chiese il diritto di effettuare prospezioni e di cacciare in tutto il regno, e il re acconsentì prontamente, e mise il proprio sigillo in calce a un rotolo di pelle coperto di caratteri che non comprendeva. Poi ordinò un banchetto per allietare gli ospiti d'onore. Fu portata la birra nelle grandi zucche, i buoi furono arrostiti interi su letti di brace, e le agili fanciulle yuye danzarono nude, con i corpi gialli che luccicavano d'olio sotto il sole.

Al culmine della festa, Yuye, il re, si alzò, e indicò l'uomo le cui richieste diventavano sempre più avide.

« Sterminate i diavoli bianchi », urlò, e i guerrieri che si tenevano pronti fuori delle mura di fango della città si avventarono sugli stranieri.

Habbakuk Lal si aprì la strada verso la salvezza, mulinando furiosamente la scure da battaglia. Tre dei suoi uomini lo seguirono, ma gli altri furono assaliti e morirono con i crani fracassati dalle clave degli yuye.

Habbakuk Lal e i suoi tre compagni distanziarono i guerrieri che li inseguivano, e raggiunsero la riva del grande fiume dov'era ancorata la loro nave. Alzarono le vele candide e portarono l'avvertimento a Opet. Quando i reggimenti degli yuye, forti di quarantamila uomini, raggiunsero il passo dei dirupi rossi, trovarono cinquemila difensori pronti ad accoglierli.

Per tutto il giorno l'orda gialla s'infranse come le onde del mare contro le file degli arcieri di Opet, e per tutto il giorno le frecce volarono come nugoli di locuste. Poi, quando gli yuye arretrarono esausti e indecisi, Habbakuk Lal fece schiudere le sue schiere e lasciò via libera ai suoi uomini armati di scuri. Come segugi scatenati contro i conigli, come lupi contro le pecore, inseguirono gli assedianti fino a che l'oscurità pose fine al massacro. Yuye morì tra le fiamme della sua città incendiata e i suoi furono ridotti in schiavitù. È la legge dell'Africa, una terra che favorisce i forti, e dove soltanto il leone può aggirarsi orgoglioso.

All'improvviso la colonia, che si era andata affermando tranquillamente e aveva messo radici, cominciò a crescere e a fiorire. I suoi esperti cercarono le vene dei metalli; i suoi cacciatori si spinsero dovunque, i suoi allevatori incrociarono i bovini degli yuye con i tori che le navi di Habbakuk Lal portavano dal nord. I suoi contadini seminavano il grano e lo innaffiavano con le acque del lago. Per proteggere la città e i suoi dèi si diede inizio alla costruzione delle mura di Opet. Il territorio e i suoi tesori furono divisi tra le nove nobili famiglie dei capitani dell'esodo, che ora facevano parte del consiglio reale.

Habbakuk Lal, la figura possente deformata e torturata dall'artrite e il rosso fiammante della barba e dei capelli ormai ingrigito dal tempo, morì vecchissimo. Ma il suo nome fu preso dal figlio maggiore, già ammiraglio della flotta militare di Opet. Un altro Habbakuk Lal comandava la flotta mercantile di Opet, sempre più numerosa, nel commercio e nelle esplorazioni. Le sue navi battevano ancora le rotte del nord; ma si spingevano anche a sud, dove la costa invertiva direzione e grandi montagne vigilavano sul Capo meridionale. Là una bufera improvvisa venuta da nord-ovest mandò metà della flotta mercantile di Opet a sfracellarsi sugli scogli ai piedi della montagna. I sacerdoti l'interpretarono come un segno della volontà divina, e da allora nessuna nave di Opet si avventurò più tanto a sud.

Passano i secoli. I re salgono al trono e poi muoiono. S'impongono nuove usanze, le tradizioni degli dèi e il loro culto mutano per adattarsi a questa terra, e una nuova razza nasce dal sangue misto di Opet e Yuye. Sono tutti sudditi, perché soltanto le famiglie nobili possono governare. I sudditi hanno tutti i privilegi e le responsabilità, tranne quella di dirigere gli affari di stato. Questa è riservata a coloro che hanno il sangue più puro e incontaminato. Dalla nobiltà discende un clan di sacerdoti guerrieri. Sono i figli di Amon. Mi divertiva scoprire che il clan aveva avuto origini da un uomo del vecchio regno, il regno di Tiro e Sidone, ai confini di Canaan. È probabile che quei sacerdoti fossero di ceppo ebraico: è impossibile escluderci dalle buone occasioni, non è vero?

Nuovi eroi sorgono e combattono ai confini, o domano le rivolte degli schiavi, o uccidono le belve. Rinasce l'antica arte di addestrare gli elefanti: e proprio gli elefanti reali costituiscono la punta avanzata dell'esercito e alleviano i faticosi lavori nei cantieri e nelle miniere.

I libri d'oro ci davano ogni tanto una visione esaltante, quasi un contatto fisico con il passato. Huy descrive la disposizione delle mura e le torri di Baal. Corrispondono alle fondamenta scoperte da noi. Huy spiega che le mura hanno un'altezza corrispondente a undici metri e uno spessore di quattro metri e mezzo; e ancora una volta ci domandiamo come hanno potuto scomparire.

In un altro passo descrive un tesoro inviato in dono dagli agenti egizi di Cadice al Granleone, come viene chiamato il re; tra le altre cose c'è una coppa d'oro che reca i simboli della vita eterna. È il calice ritrovato fra le rovine del tempio... Quella notte tornai a esaminarlo e vidi con occhi nuovi la sua bellezza deturpata.

I canti di Huy ci proponevano continuamente nuovi enigmi: dovevamo cercare d'indovinare i nomi moderni degli animali e dei luoghi che citava. Le città e le guarnigioni erano scomparse da molto tempo, o si erano ridotte a quei misteriosi mucchi di vecchie pietre che costellano il paesaggio dell'Africa centrale. Tuttavia restammo affascinati nell'apprendere che gli uomini di Opet avevano iniziato a cercare una terra dove potessero crescere viti e ulivi. Gli olii e i vini venuti dal nord erano più preziosi dell'oro, quando riuscivano a completare il viaggio sulle navi del quinto Habbakuk Lal.

Gli orticoltori e i viticoltori del Granleone scoprono a Oriente una catena di montagne dove ci sono nebbie e l'aria è pura e fresca. Incominciano il terrazzamento e la coltivazione di quelle pendici, e decine di migliaia di schiavi sono impiegate nel progetto. Le piante vive, in vasi di coccio, vengono mandate a sud con le navi più veloci e quindi trasportate a dorso d'elefante fino ai monti di Zeng: e da lì provengono i dolci vini rossi che il poeta Huy esalta con tanto fervore. C'è una descrizione della costruzione degli orti a terrazza che ancora oggi coprono i monti di Inyanga.

Dalle descrizioni dei mammiferi e degli uccelli di Punt e dei Quattro Regni fummo in grado di riconoscerli quasi tutti. Il sacro uccello del sole che portava a Baal le offerte di carne volando nel cielo sereno fino a sparire alla vista dell'occhio umano era evidentemente l'avvoltoio. Ci rendevamo ora conto del significato degli avvoltoi scolpiti e del sigillo dei rotoli d'oro. L'avvoltoio era diventato il simbolo dei sacerdoti guerrieri, i figli di Amon, Ben-Amon. Huy aveva posto il suo sigillo personale sui vasi che contenevano i rotoli.

Il poeta descriveva altri animali che potevano appartenere solo a specie estinte, scomparse in quei duemila anni. Il più importante era il granleone. Infatti, scoprimmo che il re prendeva il titolo da un animale davvero esistito. Era un grosso felino predatore che viveva lungo le rive meridionali del lago, tra i canneti. Nell'anno 216 di Opet erano state approvate leggi per proteggere l'animale, già minacciato di estinzione. Lo si proteggeva perché esso aveva un ruolo nell'incoronazione di un nuovo re, una cerimonia che Huy chiamava « la cattura del granleone ». Dava una descrizione dell'animale: aveva un manto roano, il muso a strisce nere e bianche, ed era alto un metro e mezzo alla spalla. I canini sporgevano dalla mascella in zanne ricurve lunghe venticinque centimetri. Nonostante i dubbi degli altri sulla veridicità dell'affermazione di Huy, a me sembrava di riconoscere la lince gigante dai denti a sciabola. Uno scheletro di essa era stato trovato negli strati superiori delle ossa nelle grotte di Sterkfonteia.

Huy descrive come ebbe inizio il commercio di animali vivi. L'antica nemica, Roma, stava spogliando l'Africa settentrionale di leoni, rinoceronti ed elefanti per usarli nei circhi. Hanis, il cacciatore delle praterie meridionali, perfeziona un metodo per catturarli vivi drogandoli con il distillato dei semi della canapa selvatica. In stato comatoso vengono caricati sulle navi di Habbakuk Lal e portati a nord, di tappa in tappa, lungo la costa. Huy riferisce una percentuale di sopravvivenza molto alta, il cinquanta per cento; e gli animali spuntano prezzi astronomici per il divertimento degli spettatori romani avidi di sensazioni.

Nell'anno 450 di Opet la nazione raggiunge il culmine della ricchezza e del potere: ma si è ingrandita troppo. I confini sono molto estesi, il numero degli schiavi basta appena per tutte le sue iniziative. Preoccupato, il Granleone manda una spedizione a dieci giorni di marcia a nord del grande fiume. Hasmon Ben-Amon torna con cinquecento superbi prigionieri nubiani, e chiede al Granleone la ricompensa.

Eravamo arrivati alla fine del secondo libro d'oro di Huy Ben-Amon, e il Lear ci stava aspettando. Dovemmo interrompere la lettura e partire.

Eldridge, Sally e io lasciammo Ral e Leslie a dirigere tutto, e andammo a prendere il volo internazionale partito da Luanda. Dovemmo pagare per novanta chili di bagaglio sovrappeso, nonché il biglietto per l'ispettore della polizia del Botswana, inviato dal suo governo per proteggerne gli interessi sulle antiche reliquie che portavamo con noi.

A Londra avevamo a disposizione una giornata libera, un giorno prezioso tutto per noi; e come al solito cercai di fare un po' di tutto. Sui prati di Lincoln Inn Fields erano fioriti i crochi, la birra del Barley Mow in Duke Street era ancora più buona di quanto la ricordassi e le ragazze di King's Road erano ancora più carine. Quando alle sei la National Gallery chiuse, Sally e io prendemmo un tassì e ci facemmo portare al San Lorenzo in Beauchamp Place e lì ordinammo i meravigliosi ossibuchi accompagnati da Chianti rosso. Arrivammo appena in tempo per l'inizio dello spettacolo al Queen's Theatre. Era tutto così diverso dalla nostra vita alla Città della Luna.

Tornammo al Dorchester dopo mezzanotte, ma Sally era ancora emozionata dal primo contatto con la favolosa metropoli.

« Sono troppo eccitata per andare subito a dormire, Ben. Cosa possiamo fare? »

« Be', io ho una bottiglia di champagne nella mia suite », dissi, e lei mi guardò con una luce divertita negli occhi.

« Ben Kazin, il mio boy-scout preferito. Sempre preparato. D'accordo, andiamo a berla. »

Era Krug, molto chiaro e molto secco. Arrivati a metà bottiglia, facemmo l'amore per la prima volta dopo sei mesi. Se era possibile, per me fu un'esperienza ancora più travolgente della prima occasione. Poi rimasi esausto, fisicamente e spiritualmente. Sally prese i bicchieri vuoti e li portò in salotto. Tornò con il vino e si fermò davanti a me, nuda e bellissima.

« Non so perché l'ho fatto », disse porgendomi un bicchiere.

« Sei pentita? » chiesi.

« No, Ben. Non mi sono mai pentita di quel che c'è fra noi. Vorrei solo... » Ma s'interruppe, bevve un sorso e sedette sul letto accanto a me.

« Sai che ti amo », le dissi.

« Sì. » Mi guardava con un'espressione che non riuscivo a decifrare.

« Ti amerò sempre », dissi.

« Qualunque cosa succeda? »

« Qualunque cosa », le assicurai.

« Ti credo, Ben. » Annuì. Gli occhi verdi s'erano scuriti. « Grazie. »

« Sally... » dissi, ma lei mi posò sulle labbra un dito affusolato, e scosse la testa. I capelli scuri le oscillarono contro le guance.

« Sii paziente, Ben. Ti prego. » Ma io le presi le mani.

« Sally... » Si tese verso di me e mi fece tacere con un bacio. Posò il bicchiere sul pavimento accanto al letto, prese anche il mio e lo mise vicino al suo. Poi fece l'amore con una tale devastante abilità che io non trovai la forza d'insistere o di protestare.

L'indomani mattina alle nove feci salire Sally su un tassì che doveva portarla da Elizabeth Arden in Bond Street. Mi preoccupava un po' il pensiero di ciò che sarebbe accaduto ai suoi capelli scuri e serici: quei froci dei parrucchieri meriterebbero d'essere impiccati, per quel che fanno alle chiome di tante belle ragazze. Poi salii su un altro tassì e presi la direzione per Heathrow... e mi ritrovai bloccato in uno dei quegli ingorghi che costituiscono un'esperienza esaltante per gli automobilisti britannici.

Il volo di Louren era già atterrato quando pagai il tassì e attraversai correndo l'International Terminal, un calderone ribollente di esseri umani.

Sentii qualcuno fra la folla esclamare: « Devono essere Burton e la Taylor! » E immaginai che in quella direzione dovevano trovarsi, invece, i miei amici Sturvesant. A causa dell'orizzonte limitato fornito dalla mia statura, sono costretto ad affidarmi a segnalazioni gratuite di questo genere.

Mi aprii un varco in direzione dell'entourage che era stato scambiato per quello dei coniugi Burton, e compresi che l'equivoco era giustificabile. Louren Sturvesant aveva viaggiato alla grande, con i suoi fidi che gli aprivano un percorso verso l'uscita. C'era un gruppo di giornalisti che iniziavano scaramucce e tuttavia non riuscivano a superare lo sbarramento dei G.G. I loro metodi erano troppo convenzionali. Io mi avventai a testa bassa, e ci furono diversi strilli e grida del tipo « Attenti a quello! » o « Prendetelo! » che ben presto cambiarono in « Oh, scusi, dottore ».

Arrivai al centro. Bobby Sturvesant lanciò un grido e mi buttò le braccia al collo, e l'avanzata s'interruppe per il minuto necessario allo scambio dei saluti. Hilary indossava una pelliccia di visone color miele, meno splendente dei suoi capelli. E al suo fianco torreggiava Louren, con la criniera di capelli dorati schiariti dal sole, il viso abbronzatissimo.

« Ben, vecchio bastardo. » Mi passò un braccio intorno alle spalle. « Grazie a Dio ce l'hai fatta. Vuoi badare a Hilary e ai ragazzi? Io ho varie cose da sbrigare e vi raggiungerò al Dorchester. »

C'erano due lucide berline nere che attendevano sotto il portico. Il gruppo si divise, ma prima Louren tornò indietro per annunciarmi con orgoglio: « Alle Seychelles ho preso un marlin nero... quattrocento chili, Ben. Una vera bellezza. »

« Bravo il leone », dissi congratulandomi.

« Tira fuori il Glen Grant. Non tarderò molto. »

Presi posto sul sedile pieghevole di fronte a Hilary, precedendo sul tempo uno dei G.G. Ero felice di vederla così radiosa. Aveva quell'aria di felicità che non si può simulare con i cosmetici.

« Abbiamo passato dieci giorni sulle isole, Ben. È stato meraviglioso. » S'intenerì al ricordo. « Il nostro anniversario. Guarda! » Mi mostrò la mano sinistra, appesantita da un anello d'oro rosso con un solitario. Ero abituato allo stile di vita di Louren, ma sbattei le palpebre. Era un diamante biancazzurro, splendido, e non doveva pesare meno di venticinque carati.

« È bellissimo, Hilary. » E così, senza una ragione, pensai: « Più grande è la colpa, più grande è il regalo ».

Quando arrivammo al Dorchester, Hilary restò sbalordita dal lusso barocco della suite Oliver Messel.

« Non è vero, Ben », disse ridendo. « Non può essere! »

« Non ridere », le raccomandai. « Credo che costiamo a Louren più di cento sterline al giorno. »

« Uau! » Hilary si lasciò cadere su una delle enormi poltrone. « Vorrei un drink, Ben caro. Ne ho bisogno. »

Mentre le versavo da bere, chiesi: « Allora i vostri problemi erano passeggeri, Hil? »

« Ho dimenticato di averne avuti, Ben. Lui non è mai stato meglio di così. »

Quando Louren arrivò, capii cosa intendeva Hilary. Era d'ottimo umore, rideva e sprizzava energia. Liquidò gli ultimi due

G.G. mentre gli versavo un Glen Grant, poi buttò giacca e cravatta su una poltrona, si rimboccò le maniche denudando le braccia muscolose e sedette con il bicchiere in mano.

« Okay, Ben, mostrami tutto. » E cominciammo a esaminare e discutere i rotoli e le traduzioni.

Louren si concentrò sulla prima riga della prima pagina.

« Vai al mio magazzino e preleva cinquecento dita dell'oro più fino... » Ripeté le parole, poi mi guardò. « Parla in prima persona, Ben. *Il mio magazzino!* La sua stanza del tesoro. Quell'imbecille di Hamilton ha sbagliato la traduzione. Doveva dire 'stanza del tesoro'. »

« Non sapevo che conoscessi così bene il punico », commentai.

« Be', santo cielo, quando mai si manda a prendere l'oro nel magazzino? » Louren assaggiò il Glen Grant. « Se le tue teorie sono esatte... »

« Niente *se*, Lo. Tu non ti chiami Wilfred Snell. »

« D'accordo, ammettiamo che la città abbia avuto una fine violenta e improvvisa. L'incendio, i morti, l'archivio che chiaramente è rimasto intatto... è molto probabile che sia rimasto intatto anche il tesoro. Dobbiamo solo trovarlo. »

« Magnifico! » Annuii con un sorriso sarcastico. « E molto utile. Da sei mesi mi affanno per trovarlo. »

« Ma esiste, Ben. » Louren non ricambiò il mio sorriso.

« Dove, Lo? Dove? »

« È vicino. Entro le mura principali, probabilmente nell'area della caverna. »

« Diavolo, Lo, ho esaminato cinquanta volte ogni centimetro », risposi, un po' irritato.

« Versati da bere, amico, prima di esplodere. »

Seguii il consiglio, e Louren proseguì: « Non sto disprezzando quello che hai fatto, Ben. Ma permettimi di ricordare che nel 1909 Theodore Davis concluse il suo libro affermando: 'Temo che la Valle dei Re non abbia più nulla da rivelarci' ».

« Lo so, ma... »

Louren non mi badò. « E tredici anni più tardi Howard Carter scoprì la tomba di Tutankhamon, il tesoro più grande che quella valle abbia mai rivelato. »

« Non sto dicendo che dobbiamo abbandonare le ricerche, Lo. Continuerò finché tu continuerai a pagare. »

« E io scommetto che il mio libretto degli assegni è più tenace della tua volontà. »

« Pessima scommessa », ribattei. Ridemmo.

Ci lasciammo a metà del pomeriggio. Louren fu portato via da uno stuolo di G.G. e caricato su una Rolls-Royce nera in attesa davanti all'entrata principale dell'albergo; io me la squagliai da una porta secondaria e presi un tassì in Park Lane.

Eldridge Hamilton mi aspettava davanti alla Royal Geographical Society. Era arrivato da Oxford con la sua Mini rossa. Come sempre, era vestito di tweed con le toppe ai gomiti, ma era addirittura febbricitante al pensiero dell'indomani.

« Non vedo l'ora, Ben », ridacchiò maliziosamente. « Loro sono già in albergo? »

« No, ma Snell dovrebbe arrivare stasera. »

Eldridge saltellò, emozionatissimo, e disse: « Come un ippopotamo che finisce in un trabocchetto ». Una similitudine crudele ma esatta, pensai. Entrammo nell'atrio del sacro tempio della nostra professione. Il palazzo ha una dignità che trovo rassicurante e solida, in questo pazzo, incostante mondo moderno. Salimmo la scalinata e passammo sotto i ritratti dei grandi uomini onorati dalla Society.

« Dovrai cominciare a pensare a chi scegliere per il ritratto, Ben. » Eldridge indicò i quadri. « Dicono che quello straniero... come si chiama...? Annigoni, sì, non sia male. »

« Non dire assurdità », ribattei, ed Eldridge proruppe in uno dei suoi allegri nitriti che echeggiò come uno squillo di tromba fra le sacre mura. Ero irritato da quell'attacco di Eldridge a una delle mie fantasie più care e segrete. Sono fin troppo modesto e riservato; ma la prima volta che ero entrato lì e avevo guardato i ritratti, avevo immaginato la mia faccia scura incorniciata sulla parete d'onore. Avevo persino scelto la posa... seduto, per evitare che il mio corpo si notasse troppo, e con la testa girata. Ho un buon profilo destro. Doveva esserci un po' di grigio alle tempie, il nastrino di una decorazione straniera all'occhiello, magari la rosetta della Legion d'Onore. Un'espressione pensosa, la fronte aggrottata...

« Vieni », disse Eldridge, ed entrammo in un salotto dove il presidente e diversi consiglieri ci aspettavano con sherry e biscotti... ma senza whisky. Tuttavia, mi rendevo conto che quei signori avevano il potere di trasformare in realtà le mie fantasie di pochi minuti prima. Decisi di mostrarmi garbato e accattivante per quanto mi era possibile; e sembrò che ottenessi l'effetto voluto.

Discutemmo l'apertura del simposio, che sarebbe iniziato alle due e mezzo dell'indomani pomeriggio.

« Sua Grazia terrà il discorso inaugurale », spiegò un consigliere. « L'abbiamo pregato di limitarsi a tre quarti d'ora e, se possibile, di non sconfinare nella coltivazione delle orchidee e nella corsa a ostacoli. »

Poi avrei tenuto la mia relazione, presentata come seguito di quella che avevo letto sei anni prima, *L'influenza mediterranea sull'Africa centrale e meridionale nell'area precristiana*, la relazione che aveva divertito tanto Wilfred Snell e il suo branco. Mi avevano messo a disposizione quattro ore.

L'indomani mattina sarebbe toccato a Eldridge leggere il suo pezzo: *Scritti e simboli antichi provenienti dall'Africa sud-occidentale*. Aveva scelto un titolo volutamente vago, per non anticipare la mia bomba.

Eldridge e io ci assicurammo che il materiale portato dall'Africa fosse ben protetto nella camera blindata della Società; quindi lui mi fece venire un accidente riaccompagnandomi al Dorchester in mezzo al traffico dell'ora di punta con quella sua satanica Mini rossa. Per quattro volte la fiumana di macchine ci portò oltre l'angolo di Hyde Park, mentre Eldridge imprecava in modo pittoresco, la sua pelata luccicava come un faro, e io mi tenevo aggrappato disperatamente alla maniglia, pronto a gettarmi fuori. Ma finalmente riuscì a liberarsi e immettersi in Park Lane.

Lo condussi al bar, gli feci bere un paio di doppi Gilbey, e lo lasciai. Avevo i miei progetti per la serata e le sei erano già passate.

Sally uscì da uno degli ascensori proprio mentre stavo per salire. Mi scusai mentalmente con il suo parrucchiere: non le aveva assassinato i capelli, aveva lasciato che continuassero a formare una nuvola intorno al suo viso. Avevano inoltre operato una magia anche sul suo volto: era tutto occhi e bocca rossa. Sally indossava un abito lungo di stoffa verde vaporosa che faceva risaltare il colore degli occhi.

« Ben. » Mi venne incontro. « Sono contenta di averti trovato. Ti ho lasciato un biglietto sotto la porta. Mi dispiace per stasera, purtroppo non ce la farò. Mi dispiace. »

« Non importa, Sal. Non era un impegno preciso », le dissi, nascondendo il disappunto con un sorriso, mentre i miei piani si afflosciavano come dolci mal lievitati.

« Devo proprio vederli. Sono vecchi amici, Ben, e sono venuti apposta da Brighton. »

Salii nella suite di Louren e chiacchierai con Hilary e i ragazzi in attesa del suo ritorno. Telefonò alle sette e mezzo, e Hilary me lo passò dopo avergli parlato.

« Speravo che potessimo cenare insieme, Ben, ma sono bloccato qui Dio sa per quanto. Hanno combinato un pasticcio tremendo con le clausole fiscali del contratto, e adesso stiamo cercando di riscriverle. Perché non accompagni tu Hilary a cena al posto mio? »

Ma Hilary si dichiarò sfinita, preferiva andare a dormire presto. Cenai tutto solo da Isow's, un autentico pasto *kosher* a partire dal fegato tritato con cipolle. Poi andai da Raymond's, e per cinque sterline vidi le più belle ragazze di Londra che si spogliavano. Fu un'esperienza sconcertante. Mi fece sentire ancora più solo e depresso; e più tardi, anche se non sono uno sporcaccione, barcollai sull'orlo della tentazione quando altre ragazze mi fecero cenni invitanti dai portoni bui di Wardour Street.

Telefonai alla stanza di Sally quando rientrai poco prima di mezzanotte, e poi di nuovo un'ora dopo, quando ormai avevo rinunciato a tentare di addormentarmi. Non mi rispose. Il telefono ronzava mesto come un insetto che lancia invano il suo messaggio d'accoppiamento. Quando mi addormentai era quasi l'alba.

Louren mi svegliò, scandalosamente vivace e allegro alle otto del mattino. Muggì nell'apparecchio: « È il gran giorno, Ben. Sali a far colazione quassù. Sto per ordinare. Che cosa vuoi? »

« Caffè », mormorai. Quando arrivai nella sua suite c'era un enorme vassoio con bistecche e bacon, rognoni e uova, aringhe affumicate e porridge per incominciare, e toast, marmellata d'arance amare e caffè per finire. Per Louren era una colazione normale.

« Avrai bisogno di tutte le tue energie. Vieni qui e mangia, ragazzo mio. »

Con lo spirito rinfrancato dal ricco pasto, mi lasciai trasportare durante la mattinata da un'onda di attesa. Mi sentivo un leone quando andammo a incontrarci con i nostri ospiti a mezzogiorno. E quando dico leone, intendo un leone mangiatore d'uomini. Mi ero spalmato le guance con una doppia frizione di dopobarba Dior, avevo messo il doppiopetto di cachemire scuro con una camicia bianca e una cravatta marrone, e Hilary mi aveva infilato un garofano all'occhiello. Ero profumato come un giardino, e il mio passo era scattante. E mi sentivo dentro il fremito ardente del cacciatore.

Louren e io entrammo insieme nella sala privata, e il brusio delle conversazioni si smorzò. Non voglio dire che il mio ingresso possa imporre silenzio... ma quello di Louren sì. Una sola voce continuò a farsi sentire: era un'imitazione convincente dei toni degli aristocratici britannici, e ragliava attraverso la sala. Wilfred Snell era al centro di un cerchio di leccapiedi e torreggiava tra loro come un brutto monumento a se stesso. Era piantato a gambe larghe, nella posa di una donna agli ultimi giorni di gravidanza, per controbilanciare la pancia mostruosa: pareva che avesse un otre semipieno sotto il panciotto. La stoffa grigioperla che era stata usata per coprire quella massa sarebbe bastata per confezionare un sipario da teatro. La faccia era inclinata sul petto in una serie di doppi e tripli menti, bianca al pari di un involucro di plastica pieno di latte sporco. La bocca era uno squarcio violaceo, perennemente aperta anche quando non parlava, il che accadeva di rado. I capelli erano una selva scomposta e ricciuta da cui candide nevicate di forfora cadevano su spalle e bavero. Ed era carico di oggetti vari: un paio di occhiali da lettura gli pendeva dal collo come il binocolo del comandante di un carro armato, un tagliasigari d'oro ciondolava dal taschino, un monocolo fissato a un nastro nero dall'occhiello, e non mancavano la catena dell'orologio e il portachiavi.

L'avvicinai obliquamente, soffermandomi per salutare gli amici e chiacchierare con i colleghi... ma continuai ad avvicinarmi. Qualcuno mi mise in mano un bicchiere. Mi voltai.

« Per farti coraggio. » Sally mi sorrise.

« Non ne ho bisogno, amore. »

« Andiamo a parlare con lui. »

« Cercavo di far durare questo piacere il più a lungo possibile. »

Guardammo apertamente l'araldo dell'archeologia. I suoi libri avevano venduto mezzo milione di copie, e miravano a far colpo sui gusti popolari. Erano libri in cui sfiorava pericolosamente il plagio e la diffamazione, spacciava banalità per erudizione e distorceva, ignorava o alterava i fatti per adattarli alle sue tesi.

Non sono un tipo che serba rancore: ma quando guardai quel boia ciccione, quel torturatore, quel... be', quando lo guardai mi sentii ribollire il sangue. Marciai verso di lui.

Mi vide ma fece finta di niente. Tutti i presenti s'erano accorti di quel che stava per accadere; con ogni probabilità lo pregustavano dal giorno in cui avevano ricevuto gli inviti. La cerchia intorno al maestro si aprì per lasciarmi passare.

« Non c'è dubbio... » ragliò Wilfred, e il suo sguardo passò un metro al di sopra della mia testa. Di solito fa precedere ogni sua affermazione da una « sparata pubblicitaria ».

« Come ho sempre detto... » E la sua voce giungeva negli angoli più lontani. Aspettavo con pazienza. Ho un sorriso collaudato che uso in casi del genere. È un sorriso timido e modesto.

« Le opinioni concordano... » Quest'affermazione di Wilfred significa di solito che la teoria in questione è oggetto di una furiosa controversia.

« Per dire la verità... » E passò a dire una spudorata menzogna.

Finalmente abbassò lo sguardo, s'interruppe a metà della frase, s'incastrò il monocolo nell'orbita e, con gioia e sorpresa, finse di scoprire solo allora il vecchio amico e collega Benjamin Kazin.

« Benjamin, mio caro ometto », esclamò e quel vezzeggiativo mi bruciò come una banderilla nella groppa di un toro. « Che piacere vederti! »

Poi Wilfred Snell fece un gesto avventato. Tese languidamente la gran mano molle e bianca nella mia direzione. Per un istante non riuscii a credere in tanta fortuna; e nello stesso attimo Wilfred rammentò l'ultima volta che ci eravamo stretti la mano sei anni prima, e cercò di tirarsi indietro. Ma i suoi tempi di reazione sono molto più lenti dei miei.

« Wilfred », tubai, « mio caro, caro amico. » La sua mano sembrava un guanto ripieno di gelatina calda. Solo quando le mie dita furono affondate per un paio di centimetri riuscii a sentire le ossa.

« Siamo così felici che sia potuto venire », gli dissi, e lui muggì. Qualche spruzzetto di saliva colò dalle labbra flaccide e bluastre.

« Hai fatto buon viaggio? » chiesi, e continuai a sfoggiare quel sorriso timido. Wilfred aveva incominciato a dondolarsi da un piede all'altro. Le mie dita erano quasi scomparse nella mano bianca; adesso sentivo nettamente ogni giuntura. Pareva di aver affondato le unghie in una medusa.

« Dobbiamo trovare il tempo per una chiacchierata in privato prima della fine del simposio », dissi, e Wilfred cominciò a restare a corto di fiato. Sibilava sommessamente e sembrava sgonfiarsi come un pallone bucato. Lo lasciai; e il riafflusso del sangue alla mano semistritolata dovette essere più doloroso del mio trattamento. Se la posò sul petto. Gli occhi erano pieni di lacrime e le labbra tremavano come quelle di un bambino petulante.

« Vieni », gli dissi gentilmente. « Bevi qualche altra cosetta. » Lo portai via, così come un conduttore di elefanti guida il proprio pachiderma. Ma Wilfred Snell ha forti doti di recupero, e si riprese in fretta. Durante il pranzo, arrivarono al nostro tavolo frammenti del suo monologo. Non intendeva « fare misteri » e voleva « rivelare un piccolo segreto ». A quanto riuscii ad ascoltare, stava ripetendo la sua tesi circa l'età medievale e l'origine bantu delle rovine dell'Africa centrale, e criticava maliziosamente i miei scritti. A un certo punto lanciai un'occhiata e vidi che teneva *Ophir* aperto accanto al suo piatto e ne leggeva qualche passo tra il divertimento dei suoi commensali.

Ma io ero alle prese con un'altra crisi, e dovetti ricorrere a tutta la mia abilità per scongiurarla. Sally era seduta accanto a me, e avevamo di fronte gli Sturvesant. Cinque secondi dopo che ci eravamo messi a tavola, Sally notò il nuovo diamante di Hilary. Non poteva non vederlo: lanciava barbagli di luce in tutta la sala da pranzo. Rimase in silenzio per metà del pasto, ma a intervalli di pochi secondi i suoi occhi venivano attratti dalla gemma fiammeggiante. Tutti noi ci disputavamo l'occasione di parlare, e ridevamo e scherzavamo. Louren pareva pieno di attenzioni per Hilary... Ma all'improvviso vi fu un attimo di silenzio.

Sally si tese verso Hilary e le disse con il suo tono più dolce: « Che anello carino. È fortunata a poter portare gli oggetti di bigiotteria, mia cara. Io ho le ossa troppo piccole e non mi stanno bene ». Si volse di nuovo verso di me e cominciò a chiacchierare animatamente. Era riuscita a rovinare l'atmosfera con una frecciata esperta. Vidi Louren aggrottare la fronte e arrossire di rabbia. Hilary sporse le labbra. Dovettero passarle per la mente cento risposte taglienti, ma si trattenne. Mi affrettai a colmare il vuoto con destrezza, ma non riuscii a ricreare l'atmosfera di poco prima. Provai un senso di sollievo quando finalmente Louren diede un'occhiata all'orologio, fissò il G.G. incaricato dell'organizzazione e gli fece un cenno. Subito il G.G. si alzò e condusse gli invitati alle macchine. Mentre attraversavamo l'atrio, Wilfred Snell si fece largo e mi venne al fianco, seguito da un codazzo di ammiratori che sogghignavano nell'attesa.

« Durante il pranzo ho dato un'altra occhiata al tuo libro. Avevo dimenticato quant'è divertente, amico mio. »

« Grazie, Wilfred », risposi in tono di riconoscenza. « Sei molto gentile. »

« Devi farmi la dedica. »

« Con piacere. »

« Sono ansioso di ascoltare la tua relazione questo pomeriggio, mio caro ometto. » Ancora una volta rabbrividii per lo sforzo di dominarmi.

« Spero che troverai divertente anche quella. »

« Ne sono sicuro, Benjamin. » Snell proruppe in una risatina e si allontanò. Lo sentii dire a De Vallos, mentre salivano in macchina: « Influenza mediterranea! Mio Dio, perché non eschimese, dacché c'era? »

Attraversammo il parco come un funerale di stato con il nostro convoglio di berline nere, ed entrammo in Kensington Gore.

Le macchine ci depositarono davanti alla porta della Società ed entrammo nella sala delle conferenze. Gli oratori e i membri del consiglio erano sul palco, e tutti i posti erano occupati. Wilfred era in prima fila, dove avrei potuto osservare ogni espressione della sua faccia. Era circondato dalla sua corte.

Entrò Sua Grazia, che esalava profumo di sigari e di ottimo porto. Lo puntarono contro il pubblico come un obice, e lo lasciarono sparare. In quarantacinque minuti parlò delle orchidee e della stagione della corsa a ostacoli. Il presidente incominciò a tirarlo delicatamente per la giacca, ma ci vollero altri venti minuti prima che io potessi prendere la parola.

« Sei anni fa ebbi l'onore di parlare a questa Società. L'argomento era stato presentato con il titolo *L'influenza mediterranea sull'Africa centrale e meridionale nell'era precristiana*. Ora vengo a parlarvi sullo stesso argomento, ma armato di ulteriori prove venute alla luce nel frattempo. »

A intervalli di qualche minuto, Wilfred si sollevava a mezzo dalla sua sedia per rivolgere un commento a Rogers o a De Vallos, seduti nella fila dietro di lui. Bisbigliava come un attore sul palcoscenico e si copriva la bocca con il programma. Non mi lasciai distrarre e continuai la mia introduzione. Era un riassunto di tutta l'evidenza già nota e delle varie teorie che avevano tentato di spiegarla: ed era volutamente noioso e pedestre, per far credere a Wilfred e ai suoi fedelissimi che non avessi nulla di più per sostenere le mie idee.

« Poi, nel marzo dell'anno scorso, venne mostrata al signor Louren Sturvesant una fotografia. » Cambiai ritmo, e lasciai che un po' di elettricità si insinuasse nel mio tono. Vidi un bagliore d'interesse nelle facce che ormai avevano assunto espressioni annoiate; e mi affrettai ad alimentarlo. Raccontai la vicenda come se fosse un giallo appassionante. C'erano intervalli più lunghi tra i pomposi commenti di Wilfred. Le risatine dei suoi ammiratori si smorzarono. Adesso avevo in pugno il pubblico: era come se gli spettatori fossero con me e Sally sotto il chiar di luna a guardare dall'alto i contorni spettrali di una città morta. E condivisero la nostra emozione quando raccontai come avevamo scoperto i primi blocchi di pietra lavorata.

Al momento opportuno le luci si abbassarono e sullo schermo dietro di me fu proiettata la prima immagine.

Era il re bianco, altero e orgoglioso, regale nella sua mascolinità rampante e nell'armatura d'oro. Le immagini balenavano sullo schermo. I presenti tacevano affascinati, le facce estatiche illuminate dal riflesso dello schermo; e l'unico movimento era lo scribacchiare frenetico dei giornalisti in prima fila, mentre la mia voce continuava a intessere sortilegi intorno a loro.

Interruppi il racconto al punto in cui avevamo esplorato la pianura e la caverna, ma non avevamo ancora scoperto la galleria murata dietro il ritratto del re bianco.

A un mio segnale le luci si riaccesero, gli ascoltatori tornarono al presente, eccettuata Sua Grazia che, sotto l'influsso del porto, dormiva come un sasso. Era l'unico, dei duecento presenti, che non fosse stato incantato dal mio resoconto. Persino Wilfred sembrava scosso e stordito, come un pugile malconcio che si sforza di resistere fino al gong. Dovetti riconoscere, con riluttante ammirazione, che aveva una bella faccia di bronzo. Si tese verso De Vallos e disse con un bisbiglio insistente, in modo che sentissero tutti:

« Tipiche opere in muratura bantu del tredicesimo secolo

d.C., naturalmente. Ma sono molto interessanti. Rafforzano le mie teorie sulle date delle immigrazioni ».

Continuai a tacere con i pugni sul leggio, la testa un po' china. A volte penso che sarei stato un grande attore del cinema. Alzai la testa lentamente e fissai Wilfred con aria desolata. Lui si sentì ancor più incoraggiato.

« Il dipinto non significa nulla. Per dire la verità, è probabilmente un candidato bantu all'iniziazione, simile alla Dama Bianca del Brandberg. »

Rimasi in silenzio, lasciando srotolare la lenza come se avessi a che fare con un marlin. Volevo che la trangugiasse tutta, prima di dare lo strattone all'amo.

« Purtroppo non vedo nessuna evidenza nuova. »

Si guardò intorno con un sogghigno soddisfatto, e i suoi seguaci cominciarono ad annuire e a ridacchiare come marionette.

Mi rivolsi direttamente a lui.

« Come ha appena osservato il professor Wilfred Snell, per quanto tutto questo fosse affascinante non costituiva una nuova evidenza. » Tutti annuirono con rinnovato vigore. « Perciò ho deciso di approfondire. »

Ripresi a parlare. Descrissi la scoperta del tunnel murato, la decisione di conservare l'immagine del re bianco e di perforare la roccia viva per arrivare alla galleria. M'interruppi di nuovo e guardai Wilfred Snell. Adesso mi faceva pena: prima era stato il mio implacabile nemico, il tormento della mia vita professionale, ma adesso era solo un uomo grasso e piuttosto ridicolo.

Come il poeta Huy, Portatore-della-Scure-di-tutti-gli-Dèi, mi avventai contro di lui. Lo feci a pezzi descrivendo i rotoli, la scure con gli avvoltoi e i cinque libri d'oro.

Mentre parlavo, un inserviente portò un carrello coperto da un drappo di velluto verde che attirò lo sguardo di tutti. A un mio segnale rimosse il drappo. Nel carrello troneggiavano la grande, splendente scure da combattimento e uno dei rotoli.

Wilfred Snell si accasciò sulla sedia con la pancia debordante e la bocca violacea spalancata, mentre io leggevo le prime parole del primo libro d'oro di Huy.

« Che gli uomini leggano le sue parole e si rallegrino come io mi sono rallegrato, ascoltino i suoi canti e piangano come io ho pianto. »

Quando finii, girai lo sguardo sui presenti. Erano commossi. Persino Louren, Hilary e Sally, che conoscevano già tutto, erano protesi in avanti, gli occhi lucidi e intenti.

Notai con una certa sorpresa che erano le sette e mezzo passate. Avevo parlato un'ora in più del tempo assegnatomi, e il presidente non mi aveva rimproverato.

« Il tempo è scaduto, ma la nostra storia non è finita. Domattina il professor Eldridge Hamilton leggerà la sua relazione sui rotoli e sul loro contenuto. Spero che vorrete essere presenti. I miei più vivi ringraziamenti a Sua Grazia, al presidente, e a tutti gli intervenuti. »

Il silenzio era completo. Nessuno si mosse o fiatò per dieci secondi. Poi tutti si alzarono e applaudirono freneticamente. Era la prima volta da quando la Società era stata fondata nel 1830 che una relazione veniva accolta con ovazioni degne di un'interpretazione teatrale. Si alzarono, si affollarono intorno a me per stringermi la mano e tempestarmi di domande. Vidi Wilfred Snell alzarsi pesantemente e avviarsi alla porta. Era solo: i suoi seguaci l'avevano abbandonato per accorrere intorno a me. Avrei voluto chiamarlo e gridargli che mi dispiaceva, che avrei voluto risparmiargli quell'umiliazione, ma non c'era niente da dire. Aveva già detto tutto lui, centinaia di volte.

L'indomani mattina ne parlavano tutti i quotidiani nazionali, e persino il *Times* si permise un tocco drammatico: « La scoperta di un tesoro cartaginese », scrisse, « è uno degli eventi più significativi dell'archeologia dopo la tomba di Tutankhamon ».

Louren aveva mandato a prendere tutti i giornali, e sedevamo in un mare di carta stampata mentre consumavamo un'altra colazione pantagruelica. L'orgoglio che mostrava per i miei successi era commovente. Lesse a voce alta ogni articolo, aggiungendo i commenti.

« Li hai lasciati di sasso, amico. »

« Li hai proprio stecchiti. »

« Mentre lo raccontavi, quasi me la facevo sotto... eppure ero presente alla scoperta! »

Prese dal mucchio uno dei giornali di sinistra e l'aprì. Cambiò espressione di colpo. Fece una smorfia così rabbiosa che mi affrettai a chiedere: « Cosa c'è, Lo? »

« Guarda. » Mi buttò il giornale. « Leggi mentre finisco di cambiarmi. » Andò in camera da letto e sbatté la porta.

La trovai subito: una pagina di fotografie sotto un titolone: « Le forze della libertà ». Negri con fucili e carri armati. Negri innumerevoli in marcia. Elmetti che sembravano i funghi velenosi dell'odio, armi automatiche moderne appese alle spalle, divise mimetiche. Ma non era questo che attirava il mio sguardo. Al centro c'era la foto di un uomo con le spalle larghe come la traversa d'una forca, la testa sferica e calva che luccicava sotto il sole africano. Camminava con aria torva fra due cinesi ghignanti con quelle uniformi simili a pigiama.

La didascalia strillava: « Il Crociato Nero. Il maggiorgenerale Timothy Mageba, nuovo comandante dell'armata di liberazione popolare, con due consiglieri militari ».

Mi sentii agghiacciare, mentre guardavo l'espressione d'odio della sua faccia, la potenza di quelle spalle e di quel passo.

Inspiegabilmente, sembrava sminuire il mio trionfo. Ciò che era accaduto duemila anni prima perdeva d'importanza, mentre guardavo la foto di quell'uomo e pensavo alle forze tenebrose in movimento nella mia terra.

Poi pensai che quell'uomo non era l'unico. L'Africa ne aveva generati altri come lui. I distruttori negri che avevano sparso sulle sue pianure le ossa biancheggianti degli uomini, Chaka, Mzilikazi, Mamatee, Mutesa e centinaia di altri che la storia aveva dimenticato. Timothy Mageba era solo l'ultimo d'una lunga linea di guerrieri che risalivano fin al di là dei veli impenetrabili del tempo.

Louren uscì dalla camera da letto accompagnato da Hilary, che venne ad abbracciarmi e a congratularsi di nuovo con me. Lasciai cadere il giornale... ma non lo dimenticai.

« Purtroppo non potrò venire con te a sentire il tuo amico Eldridge, stamattina, Ben. Non posso evitare questa riunione. Ti prego, fa' compagnia a Hil. Offrile un buon pranzo, d'accordo? » mi disse Louren mentre entravamo nell'ascensore.

Eldridge, in giacca di tweed con le toppe ai gomiti, massacrò l'argomento della sua relazione. Per tre ore e mezzo dissertò sulle caratteristiche calligrafiche dei rotoli; solo ogni tanto prorompeva nella sua risata cavallina che svegliava gli ascoltatori addormentati. Provai un senso di gratitudine per lui quando guardai la sala che si vuotava lentamente e i giornalisti che sbadigliavano. Non si poteva dire che mi rubasse la gloria.

Un'ora prima di pranzo, Sally mi passò un biglietto: « Non resisto più. Vado a far compere. Ci vediamo. S. ».

Sorrisi, mentre la guardavo sgattaiolare dalla porta laterale. Hilary si voltò e mi strizzò l'occhio. Sorridemmo.

Eldridge finì di parlare e girò gli occhi sul pubblico molto assottigliato.

« Bene », disse, « credo di aver chiarito quasi tutto. » I superstiti si precipitarono alla porta sospirando di sollievo.

Nell'atrio fui nuovamente circondato da un folla entusiasta, e proseguimmo verso l'uscita per andare a pranzo.

Arrivammo al tassì, e Hil prese posto fra me ed Eldridge. Stavo per dare al tassista l'indirizzo della Trattoria Terrazza quando Hilary si guardò le mani e si lasciò sfuggire un grido di sgomento.

« Il mio anello! » Notammo che l'enorme diamante non le fiammeggiava al dito. Pensai inorridito alla scomparsa di quel patrimonio incredibile. La gemma doveva valere almeno trentamila sterline.

« Quando l'avevi l'ultima volta? » le chiesi. Hilary rifletté un momento, e un'espressione di sollievo prese il posto della preoccupazione.

« Ora ricordo. In albergo... prima di laccarmi le unghie, l'ho messo nel portasigarette d'alabastro vicino alla sedia. »

« In che stanza? E quale sedia? »

« In salotto... la sedia damascata davanti al televisore. »

« Eldridge, accompagna la signora Sturvesant al ristorante, per favore. Io prendo un altro tassì e torno in albergo prima che qualcuno del personale trovi l'anello. Hai la chiave, Hil? »

Hilary la cercò nella borsetta.

« Ben, sei un tesoro. Mi dispiace darti questo disturbo. » E mi porse la chiave.

« Soccorrere le dame in difficoltà è la mia passione. » Scesi sul marciapiedi. Eldridge e Hilary partirono e per cinque minuti mi sbracciai come un pazzo per fermare un altro tassì. Non si capisce mai se le luci gialle sono accese o no, quindi facevo cenno a tutti.

Entrai nella suite Oliver Messel con la chiave di Hilary e mi avviai lungo il corridoio che passava davanti alle stanze da letto. Con un sospiro di sollievo trovai l'anello nel portasigarette d'alabastro. Poi mi spostai nella luce che entrava dalla finestra per ammirarlo meglio. Era così splendido che mi sentii stringere lo stomaco e provai un senso fuggevole d'invidia, un fremito d'infelicità al pensiero che non avrei mai posseduto un oggetto così incantevole. Poi scacciai quei pensieri, legai l'anello nella cocca del fazzoletto e mi avviai lungo il corridoio.

Quando arrivai davanti alla porta della camera da letto, mi accorsi che era socchiusa. Mi soffermai e tesi istintivamente la mano per chiuderla.

Dall'interno della stanza giunse una voce di donna, una voce arrochita dall'emozione, ansimante.

« Sì, oh, Dio, sì. Ancora! Ancora! » E una voce d'uomo si mescolò a quella femminile, una voce che saliva come un grido d'animale ferito.

« Amore! Amor mio! » Le voci turbinarono e si spezzarono, nell'ondata della passione sospinta dai venti tempestosi dell'amore. E c'era un altro suono, ritmico, incalzante e martellante come il palpito della creazione, un suono antico come l'uomo, immutabile come il corso delle stelle. Mentre restavo agghiacciato, la mano ancora tesa verso la porta, quel suono si arrestò e rimasero soltanto i respiri ansanti e i sospiri e i gemiti.

Mi voltai come un sonnambulo. Senza fare rumore arrivai alla porta e la chiusi alle mie spalle.

Rimasi in silenzio durante il pranzo che non ricordo di aver mangiato, durante le conversazioni che non ricordo di aver udito, perché le voci che avevo sentito al di là di quella porta erano di Sally Benator e di Louren Sturvesant.

Non rammento il mio ritorno alla Royal Society, e conservo un ricordo nebuloso di qualche brano delle relazioni conclusive e del cerimoniale.

Ero seduto in prima fila, rannicchiato sulla sedia, e fissavo una crepa del parquet lucido. La mia mente frugava nel passato come un cane da caccia in cerca di un uccello nascosto.

Ricordavo la notte alla Città della Luna quando ero andato a letto ubriaco del whisky che mi aveva versato Sally. Ricordavo che mi ero svegliato quando Louren era entrato nella tenda e avevo visto in cielo il chiarore roseo dell'alba.

Ricordavo la mia visita alla caverna, di notte, quando Louren mi aveva abbagliato con la sua torcia elettrica e mi aveva mandato via.

Ricordavo la conversazione che avevo sentito per caso tra Ral e Leslie. Ricordavo gli amici di Sally venuti da Brighton, i suoi attacchi maligni e irragionevoli contro Hilary, i suoi malumori e i suoi silenzi, le gaiezze improvvise e le subitanee depressioni, le frasi interrotte a metà sull'orlo di una rivelazione, la visita nella mia stanza a mezzanotte, e cento altri indizi... e mi meravigliai della mia cecità. Com'era possibile che non avessi capito?

Avevano pronunciato il mio nome. Mi scossi e mi sforzai di ascoltare con attenzione. Graham Hobson, il presidente della

Società, parlava e mi sorrideva. Intorno a me tutti allungavano le teste per guardarmi con sorrisi amichevoli.

« ...La Medaglia del Patrono e Fondatore della Società », diceva Hobson. « Inoltre, il Consiglio mi ha incaricato di annunciare che è stata stanziata una somma per affidare a un noto artista il compito di dipingere il ritratto del dottor Kazin. Nel corso di una cerimonia, il ritratto verrà appeso... »

Scossi la testa per schiarirmi le idee. Mi sentivo intontito. La voce di Hobson continuava a svanire, e io mi sforzavo di concentrarmi. Poi qualcuno mi fece alzare, con gentile insistenza, e mi spinse verso il podio.

« Discorso, discorso! » esclamavano molte voci squillanti.

E adesso ero davanti al pubblico. Ero stordito. La sala mi girava intorno, si fermava, si appannava e si schiariva.

« Vostra Grazia », cominciai. Mi sentivo soffocare. Cercai le parole, mentre tutti tacevano in attesa. Mi guardai intorno disperatamente, in cerca di un'ispirazione o della salvezza.

Sally Benator era ferma accanto all'ingresso laterale. Non sapevo da quanto fosse lì. Sorrideva, i denti candidi che spiccavano nel bel viso abbronzato, i capelli scuri e splendenti che le scendevano sulle spalle, le guance accese e gli occhi scintillanti... una giovane donna che aveva appena lasciato il letto dell'amante.

La fissai. « Vi sono grato » mormorai. Sally annuì e sorrise per incoraggiarmi... e il mio cuore si spezzò. Fu una sensazione fisica, una fitta acuta, una lacerazione così intensa che dovetti trattenere il respiro. Avevo perduto il mio amore, il mio unico amore, e quelle acclamazioni non contavano più nulla.

La fissai, desolato. Le lacrime mi bruciavano gli occhi. Non volevo che tutti le vedessero. Scesi vacillando dal podio e mi avviai alla porta. Gli applausi ripresero, diverse voci diventarono distinguibili nel chiasso.

« Poveretto, è rimasto senza parole. »

« Commovente. »

« La gioia è stata troppo forte per lui. »

Uscii correndo nella strada. Piovigginava, e io continuai a correre. Come un animale ferito, volevo restare solo per riprendermi dalla sofferenza. La pioggia leggera calmò il bruciore dei miei occhi.

Cercavo la solitudine e la fine del dolore, e trovai entrambe le cose nella Città della Luna. Eldridge aveva impegni in Inghilterra per un mese di conferenze, e Sally era sparita. Non le avevo parlato dopo quella sera; ma Louren mi disse casualmente che si era presa due settimane di ferie e stava facendo un viaggio in Italia e nelle isole greche. Alla Città della Luna mi arrivò per via aerea una lettera di Sally, con il timbro di Padova. Confermava la notizia datami da Louren ed esprimeva rammarico perché non era riuscita a vedermi prima che partissi da Londra. Non era affatto sorprendente, perché non ero tornato al Dorchester: avevo fatto mandare i miei bagagli alla Blue Bird House e l'indomani mattina avevo preso il primo volo per l'Africa. Sally si congratulava con me e concludeva dicendo che sarebbe arrivata a Johannesburg alla fine del mese per proseguire fino alla Città della Luna.

La sua lettera mi diede una sensazione d'irrealtà: era come ricevere un messaggio dall'oltretomba. Per me era morta, per sempre irraggiungibile. Bruciai la lettera.

Louren venne in visita per un giorno. Mi accorsi che non avevo niente da dirgli. Era come se fossimo due estranei; la sua faccia, un tempo così cara, non era più familiare.

Louren intuiva che qualcosa ci separava e si sforzava di rimediare. Io non sapevo reagire; e perciò abbreviò la permanenza e ripartì. Capivo la sua perplessità e me ne rammaricavo vagamente. Non trovavo la forza di ritenerlo responsabile e di odiarlo.

Ral e Leslie erano due figure indistinte ai margini della mia solitudine. Non s'intromettevano nel mondo privato dove ormai vivevo.

Era il mondo di Huy Ben-Amon, un luogo al di là della sofferenza e del rimpianto. Mentre Eldridge lavorava sui rotoli, avevo seguito quotidianamente ogni dettaglio della traduzione. La linguistica è il mio maggiore talento, istintivo e naturale. Lawrence d'Arabia aveva imparato l'arabo in quattro giorni... in dieci io avevo imparato il punico, e così avevo conquistato la chiave del mondo fatato racchiuso nei libri d'oro di Huy.

Il terzo rotolo era una continuazione della storia di Opet fino ai tempi del poeta. Era un documento affascinante quanto i due che lo precedevano. Ma la vera magia era negli ultimi due.

Erano le poesie e i canti di Huy, canti e poesie nel senso moderno della parola. Era Huy il guerriero, il Portatore-della-Scure-di-tutti-gli Dèi, che scriveva un'ode all'ala splendente dell'avvoltoio del sole, la sua scure da combattimento.

Descriveva il minerale portato dalle miniere del sud, e la fusione nella fornace a forma di utero, l'odore del carbone di legna ardente, il rivolo di metallo fuso.

Narrava com'era stato purificato e mescolato in lega, forgiato e modellato e affilato e ornato d'incisioni; e quando Huy descrisse le figure dei quattro avvoltoi e dei quattro soli, io alzai con stupore lo sguardo verso la grande arma appesa sopra la mia scrivania.

E assieme a Huy udivo la lama lucente che sibilava nel volo, udivo il tonfo secco del filo che affondava nell'osso, il suono risucchiante quando veniva divelta dalla carne viva. Leggevo con riverente ammirazione l'elenco dei nemici uccisi da quell'arma e pensavo ai loro crimini e alle loro trasgressioni.

Poi l'umore di Huy cambiava; diventava un gaudente che beveva il vino rosso di Zeng e rideva fragorosamente nella luce del fuoco con i compagni d'arme.

Poi era l'uomo raffinato, abbigliato di lino bianco e profumato di oli, e portava la barba intrecciata.

E poi era il sacerdote che camminava all'ombra degli dèi. Era sicuro della loro protezione, celebrava i loro misteri, offriva loro la parte dovuta di sacrifici. Huy inginocchiato in preghiera, solitario e silenzioso, Huy che all'alba levava le braccia al cielo nel saluto a Baal, il dio-sole, Huy in preda all'estasi della rivelazione religiosa.

E ritornava Huy l'amico, il compagno fedele, che descriveva la sua gioia per il sodalizio con un altro uomo. Il legame tra le personalità, il sapore dei piaceri condivisi, i pericoli affrontati e superati insieme. In quella poesia si capiva che Huy aveva il culto dell'eroe, e non vedeva i difetti dell'amico; ne descriveva la bellezza fisica con intuizioni quasi femminili: le spalle ampie, la curva regale della fiammeggiante barba rossa sul petto dai muscoli levigati e duri come i macigni sulle colline di Zamboa, le gambe come alberi robusti, il sorriso come la calda benedizione del dio-sole Baal; e l'ultimo verso: « Lannon Hycanus, tu sei più che re di Opet, tu sei mio amico ». Mentre leggevo quelle parole, sentivo che l'amicizia di Huy doveva essere qualcosa di prezioso.

Lo stato d'animo del poeta mutava di nuovo. Diventava l'osservatore della natura, il cacciatore, e descriveva la selvaggina con precisione amorosa, senza trascurare i dettagli, dalla curva della zanna d'avorio alla morbidezza del ventre d'una leonessa.

E c'era l'innamorato, affascinato dalla bellezza della sua amata.

Tanith dalla fronte spaziosa e bianca come la luna, dai capelli leggeri come il fumo dei grandi incendi dei papiri nelle paludi, dagli occhi verdi come il laghetto profondissimo nel tempio della dea Astarte.

E poi all'improvviso Tanith era morta, e il poeta gridava la sua angoscia, vedeva quella morte come il volo di un uccello, le braccia eburnee dell'amata protese come ali, l'ultimo grido echeggiante contro la volta del cielo per toccare il cuore degli dèi. Il lamento di Huy era il mio, la sua voce era la mia voce, i suoi terrori e i suoi trionfi diventavano miei. Mi sembrava che Huy fosse me e che io fossi Huy.

Mi alzavo presto e andavo a dormire tardi. Mangiavo poco e la mia faccia diventava pallida e scavata, una faccia ossessionata che mi fissava dallo specchio con gli occhi stralunati.

Poi all'improvviso la realtà ritornò e infranse le fragili mura di cristallo della mia terra incantata. Louren e Sally arrivarono con lo stesso aereo alla Città della Luna. Il tormento che avevo evitato così a lungo mi riassalì.

Cercai nuovamente di nascondermi. Andai a rifugiarmi nell'archivio, e vi trascorsi le giornate per evitare ogni contatto con Sally e Louren. Ma c'era sempre l'ora temuta del pasto serale, quando mi sforzavo di sorridere e di partecipare alle discussioni e alle conversazioni scherzose, e fingevo di non notare le occhiate e i sorrisi complici che Louren e Sally si scambiavano.

Louren venne a cercarmi due volte.

« C'è qualcosa che non va, Ben. »

« No. Louren, no, ti giuro. Ti sbagli. » E corsi a rifugiarmi nel silenzio dell'archivio.

Là trovavo la compagnia taciturna di Ral, l'impegno di catalogare e fotografare e imballare i recipienti di coccio. A parte questo, avevo un'altra distrazione. La caverna, rimasta sigillata per quasi duemila anni, era sterile e priva di forme di vita quando l'avevamo aperta. Adesso aveva sviluppato un suo ecosistema: prima erano venuti i moscerini, poi le mosche delle sabbie, le formiche, i ragni, le falene e infine i piccoli gechi bruni. Avevo cominciato a documentare quella colonizzazione dell'archivio.

Trascorrevo molte ore ogni giorno in attesa, con la macchina fotografica pronta a carpire il difficile primo piano di qualche insetto. E fu così che feci l'ultima grande scoperta nella Città della Luna.

Lavoravo da solo in fondo all'archivio, vicino alla parete ornata dall'immagine del sole. Uno dei gechi scese correndo da quella parete e attraversò il pavimento di pietra. Nel punto dove avevo scoperto la grande scure da combattimento, il tarantolino si fermò, immobile: la pelle morbida sotto la gola palpitava, gli occhi neri brillavano. Poi notai l'insetto cui dava la caccia: una falena bianca posta ad ali aperte sul sole.

Mi affrettai a prendere la macchina fotografica, regolai il flash e l'esposizione. Volevo riprendere uno dei gechi mentre catturava la preda. Mi spostai lentamente per inquadrare la falena e attesi, mentre il tarantolino si avvicinava con una serie di guizzi svelti. A trenta centimetri dalla falena si fermò di nuovo e parve accingersi all'assalto finale. Attesi trattenendo il respiro, con l'indice pronto a scattare. Il geco si avventò e io feci esplodere il flash.

La lucertola restò immobile con la falena in bocca. Poi si voltò e si precipitò verso il pavimento. Quando raggiunse l'angolo formato da questo e dalla parete, scomparve mentre io ridevo della sua paura.

Feci scorrere il rullino, cambiai il flash, rimisi la macchina fotografica nella custodia. Poi, mentre stavo per riprendere il mio lavoro, fui colto da un pensiero. Tornai in fondo all'archivio, al punto dov'era sparito il geco. Mi chinai a esaminare la giuntura tra pavimento e parete. Sembrava compatta, non vedevo buchi o crepe che il geco poteva aver usato come rifugio. Incuriosito dalla sua sparizione, andai a prendere una delle lampade ad arco e la piazzai in modo che il fascio luminoso investisse in pieno la parete.

Poi cominciai a muovermi carponi. Il mio cuore batteva come un tamburo da guerra, il sangue mi rombava nelle orecchie e mi avvampava le guance. Mi tremava la mano quando presi il temperino e quasi mi spezzai un'unghia per la fretta con cui cercai di aprire la lama.

Incominciai a sondare la crepa sottile, intasata dalla polvere, che separava il pavimento dalla parete. La lama affondò per l'intera lunghezza.

Mi accosciai e fissai la parete. L'immagine del sole gettava ombre bizzarre nella luce della lampada ad arco.

« Forse », mormorai, « è possibile... » E mi prostrai di nuovo davanti all'immagine di Baal, come uno dei suoi adoratori. Sondai freneticamente la commessura, la seguii lungo il pavimento, fino a che svoltò a novanta gradi salendo la parete. Lì c'era una giuntura segreta e praticamente invisibile. L'abilità con cui era stata nascosta mi convinse che doveva celare qualcosa d'importanza vitale. La lavorazione accurata di quel tratto di parete era ben lontana dalle rozze giunture delle lastre del tetto che avevano lasciato filtrare la polvere.

Mi rialzai e cominciai a camminare irrequieto davanti alla parete. Mi sentivo di nuovo vivo per la prima volta dopo il ritorno alla Città della Luna. Fremevo, il mio passo era scattante, stringevo e decontraevo i pugni, e la mia mente turbinava per l'eccitazione.

« Louren », pensai all'improvviso. « Dovrebbe essere qui a vedere. » Uscii quasi correndo dall'archivio e dal tunnel. Nel gabbiotto di legno che chiudeva l'ingresso, uno degli uomini del servizio di sicurezza stava su una sedia con i piedi sulla scrivania. Il colletto dell'uniforme blu era sbottonato, il berretto spinto all'indietro. Sulla parete dietro di lui era appesa la cintura con la pistola nella fondina. Alzò gli occhi dal western che stava leggendo. Aveva la faccia larga, il naso adunco e freddi occhi d'aquila.

« Salve, doc. Va di fretta? »

« Bols, va' a cercare il signor Sturvesant. E digli di venire qui, immediatamente. »

Ero in ginocchio davanti all'immagine del sole quando Louren mi raggiunse.

« Lo, vieni qui. Voglio mostrarti una cosa. »

« Ehi, Ben! » Louren rise, con un'espressione di sollievo. « È la prima volta che ti vedo sorridere veramente in queste due settimane. Dio, ero preoccupato per te. » Mi batté la mano sulla spalla. « Adesso sì che sei tornato il vecchio Ben. »

« Lo, guarda. » Louren s'inginocchiò vicino a me.

Dieci minuti più tardi non sorrideva più. Il suo volto aveva un'espressione fredda, intenta. Fissava la parete con i chiari occhi azzurri come se avesse il potere di vedere attraverso la pietra.

« Lo... » dissi, ma mi accennò di tacere con un gesto imperioso. Non staccava gli occhi dalla parete. Mi sembrava che ascoltasse una voce per me inudibile. Spiavo il volto freddo e magnifico con un senso improvviso di soggezione quasi sovrannaturale. Avevo la premonizione che stesse per accadere qualcosa di straordinario.

Passo passo, Louren si avvicinò all'immagine del sole. Tese la mano e la posò al centro del grande disco. Teneva le dita allargate, come per ripetere la forma della figura. Cominciò a premere: vedevo le punte delle dita appiattirsi contro la roccia e la mano sembrava cambiare forma sotto l'intenso sforzo.

Per qualche secondo non accadde nulla. Poi all'improvviso la parete cominciò a muoversi. Non ci furono suoni, stridori o cigolii di cardini arrugginiti: ma l'intera parete parve ruotare intorno a un asse nascosto in un movimento lento e possente che rivelò la buia apertura squadrata di un altro passaggio nascosto dietro l'immagine di Baal.

Mentre fissavo quel varco preistorico mormorai senza guardare Louren: « Come hai fatto, Lo? Come hai indovinato? »

Mi rispose in tono sorpreso. « Lo sapevo... lo sapevo, ecco tutto. » Tacemmo di nuovo, fissando l'apertura. Mi sentii assalire all'improvviso dal timore inesplicabile di ciò che avremmo trovato là dentro.

« Porta la lampada, Ben », ordinò Louren senza staccare gli occhi dalla soglia. Presi la lampada ad arco, e Louren me la tolse dalle mani. Lo seguii quando varcò la soglia.

Davanti a noi c'era un corridoio che scendeva verso le viscere della terra con un angolo di quarantacinque gradi. Era alto quasi due metri e trenta, e largo tre. Nel pavimento era intagliata una scala. Ogni gradino era consunto, con il bordo smussato e arrotondato. Le pareti e il soffitto erano di pietra disadorna, e le profondità del tunnel erano nascoste dall'ombra e dalla tenebra.

« Cosa sono? » Louren indicò due grandi oggetti rotondi accanto alla scala. Notai il brillio delle rosette di bronzo.

« Sono scudi », risposi. « Scudi da combattimento. »

« Qualcuno li ha lasciati cadere per la fretta. »

Li scavalcammo e cominciammo a scendere. C'erano 106 gradini, e ognuno era alto quindici centimetri.

« Non c'è polvere », osservò Louren.

« No », riconobbi. « La porta era perfettamente sigillata. »

Le sue parole avrebbero dovuto mettermi in guardia, ma ero troppo preso dalla meraviglia e dall'euforia della nuova scoperta. I gradini sembravano appena spazzati.

In fondo alla scala trovammo una biforcazione a « T ». A destra il corridoio portava a un grata di ferro chiusa e sbarrata. A sinistra, un'altra scala scendeva tortuosa nella roccia viva.

« Da che parte? » chiese Louren.

« Vediamo cosa c'è dietro quella porta », suggerii con voce soffocata dall'eccitazione, e ci avviammo.

I pesanti catenacci non erano bloccati. Un filo d'oro era avvolto intorno allo stipite e chiuso da un grosso sigillo di creta. La figura sul sigillo era l'immagine piuttosto rozza di un animale e portava la scritta: « Lannon Hycanus, Granleone di Opet, re di Punt e dei Quattro Regni ».

« Dammi il temperino », disse Louren.

« Lo, non possiamo », protestai.

« Dammelo, accidenti. » La voce gli tremava, fremeva d'una strana passione. « Sai che cos'è? È il tesoro. Le cripte che custodiscono l'oro di Opet. »

« Aspetta, facciamo le cose come vanno fatte, Lo », lo implorai, ma lui afferrò il sigillo con le mani e lo strappò.

« No! » protestai. Senza ascoltarmi, Louren tirò i catenacci e si avventò con tutto il suo peso contro la porta. La ruggine la bloccava; ma lui l'attaccò con tutte le sue forze fino a quando cedette quanto bastava per permettergli di passare. Avanzò correndo e io lo seguii. Il tunnel svoltava di nuovo ad angolo retto e sfociava in una grande camera.

« Dio! » gridò Louren. « Oh, Dio! Guarda, Ben... guarda. »

Davanti a noi avevamo la stanza del tesoro di Opet, con tutte le favolose ricchezze intatte. Più tardi avremmo potuto contare, pesare e misurare tutto: ma per il momento ci fermammo a guardare a occhi sgranati.

La camera era lunga cinquantasette metri e larga sette. L'avorio era accatastato contro una parete. C'erano 1016 grosse zanne d'elefante. L'avorio era marcito e fragile come gesso: ma duemila anni prima da solo doveva rappresentare un cospicuo tesoro.

C'erano più di novecento grandi anfore sigillate con la cera. Gli oli preziosi che avevano contenuto erano evaporati da molto tempo lasciando una massa nera. C'erano rotoli di lino e sete d'importazione che andavano in polvere al minimo tocco.

I metalli erano ammonticchiati lungo la parete opposta della cripta... centonovanta tonnellate di rame nativo in lingotti a forma di croce di sant'Andrea; tre tonnellate di stagno in lingotti eguali; centosedici tonnellate d'argento, novantasei di piombo e due di antimonio.

Avanzammo lungo la corsia centrale della cripta e girammo lo sguardo su quell'incredibile esibizione di ricchezza.

« L'oro », mormorò Louren. « Dov'è l'oro? »

C'era un mucchio di scrigni d'ebano, con i coperchi decorati d'intarsi d'avorio e madreperla. Erano i soli oggetti artistici nella cripta, ma le raffigurazioni di scene di battaglia e di caccia erano piuttosto rozze.

« No, non farlo, Lo! » protestai di nuovo mentre Louren incominciava a strappar via i coperchi.

Erano colmi di pietre semipreziose, ametiste, berilli, occhi di tigre, giade e malachiti. Alcune erano intagliate e incastonate in gioielli d'oro, pezzi massicci e goffi, bracciali, fibule, collane e anelli.

Louren proseguì in fretta e all'improvviso si fermò. In un altro recesso affiancato alla camera principale, dietro un cancello di ferro, l'oro era accatastato in mucchi ordinati: i soliti lingottini a forma di dito. Era una massa all'apparenza insignificante; ma quando, mesi dopo, fu pesato, risultò che superava le sessanta tonnellate.

Il valore superava i sessanta milioni di sterline. E nello stesso recesso c'erano due piccoli cofani di legno che contenevano ventiseimila carati di diamanti grezzi di ogni colore e forma. Nessuno pesava meno di un carato e mezzo, e il più grosso era un diamante paglierino da trentotto carati; questo aggiungeva altri due milioni di sterline al valore intrinseco del tesoro.

Era la ricchezza di quarantasette re di Opet, accumulata nel corso di quattrocento anni. Nessun altro tesoro dell'antichità poteva competere con quella profusione.

« Dovremo essere molto prudenti, Ben. Non si deve sapere niente. Capisci cosa succederebbe, altrimenti? » Ben teneva un « dito » d'oro massiccio in ogni mano e guardava i mucchi di tesori. « Ce n'è abbastanza per provocare stragi e guerre. »

« Che cosa vuoi che faccia, Lo? Ho bisogno di aiuto, qui dentro. Ral o Sally... »

« No! » Si girò di scatto verso di me. « Non potrà entrare nessun altro. Darò gli ordini alle guardie. Non potrà entrare nessuno, oltre a noi due. »

« Ho bisogno d'aiuto, Lo. Non posso fare tutto da solo. C'è troppa roba. »

« Ti aiuterò io », rispose Louren.

« Ci vorranno settimane. »

« Ti aiuterò io », ripeté. « Nessun altro. Non farne parola con nessuno degli altri. »

Louren e io esplorammo la cripta del tesoro fino alle sei di sera.

« Vediamo dove porta l'altro ramo del tunnel », proposi.

« No. » Louren mi fermò. « Voglio che osserviamo un orario normale. Gli altri non devono sospettare che abbiamo trovato qualcosa. Ora andremo al campo. Domani daremo un'occhiata all'altra ramificazione del tunnel. Tanto, non potrà esserci niente di simile a questo. »

Chiudemmo la porta di pietra dietro di noi, sigillando il passaggio segreto. Al posto di guardia Louren diede gli ordini, li ripeté e li scrisse sul foglio delle istruzioni. I nomi di Ral e Sally furono cancellati dall'elenco delle persone autorizzate a entrare nella galleria. Più tardi Louren l'accennò agli interessati, durante la cena. Lo giustificò come un esperimento che stavamo tentando io e lui. Per me fu una serata difficile. Ero sfinito dalle emozioni di quel giorno; e adesso che mi ero strappato all'apatia reagivo in modo esagerato agli stimoli normali della vita. Mi sorprendevo a ridere rumorosamente e a bere troppo, mentre il tormento della gelosia tornava ad assalirmi più intenso che mai.

Quando Louren e Sally si guardavano in quel modo, avrei voluto urlare: « Lo so. So tutto e, maledizione... vi odio ».

Ma mi rendevo conto che non era vero. Volevo bene a tutti e due, e ciò faceva della realtà un qualcosa di ancora più difficile da sopportare.

Quella notte non riuscii a dormire. Quando mi riduco in un certo stato di tensione nervosa, sono capace di tirare avanti due o tre notti senza riuscire ad acquietare il turbine nella mia mente surriscaldata. Non volevo spiare Sally. Fu un puro caso se mi trovai alla finestra della mia stanza, al buio, a guardare il chiaro di luna, nel momento in cui lei usciva dalla baracca.

Era avvolta in una lunga vestaglia chiara e aveva i capelli sciolti sulle spalle in una nuvola scura. Si soffermò sulla soglia della sua baracca e si guardò intorno per assicurarsi che tutti fossero addormentati. Poi, furtivamente, attraversò lo spiazzo illuminato dalla luna dirigendosi alla baracca che ospitava Louren. Aprì la porta ed entrò senza esitare. Per me incominciò una lunga e tormentata veglia.

Restai per due ore alla finestra e guardai le ombre della luna che cambiavano forma, guardai le costellazioni che ruotavano nel cielo, le stelle grandi e splendenti come appaiono solo nell'aria pura e dolce del deserto. Tanta bellezza era sprecata per me, quella notte. Fissavo la baracca di Louren e immaginavo ogni sussurro, ogni carezza, ogni movimento, e odiavo me stesso e loro. Pensavo a Hilary e ai ragazzi e mi chiedevo quale follia spinge un uomo a rischiare tutto ciò che possiede per poche ore di piacere fuggevole. In quella baracca buia, quei due tradivano la fiducia di tante persone, mettevano in pericolo tante felicità.

Poi all'improvviso mi resi conto che presumevo che quella relazione fosse soltanto un capriccio da parte di Louren, e affrontai la possibilità che fosse invece una cosa seria, che egli fosse disposto a lasciare Hilary per mettersi con Sally. Era un pensiero insopportabile. Non potevo più restare lì ad attendere. Dovevo distrarmi. Mi vestii in fretta e andai nel deposito.

Il guardiano notturno mi salutò con aria assonnata. Aprii la porta ed entrai nella camera blindata dov'erano custoditi i libri d'oro. Presi il quarto, lo portai nel mio ufficio e prima d'incominciare a leggere andai a prendere una bottiglia di Glen Grant. Le mie due droghe: le parole e il whisky.

Aprii il rotolo a caso e rilessi l'ode di Huy alla scure da combattimento, l'ala splendente dell'avvoltoio del sole. Quando ebbi terminato, cedetti all'impulso e staccai la grande scure dal suo posto d'onore. L'accarezzai studiandola con attenzione nuova. Ero convinto che fosse l'arma della poesia. Era possibile che un'altra corrispondesse con tanta esattezza alla descrizione? La tenevo sulle ginocchia e mi auguravo di poterne trarre la storia degli ultimi giorni di Opet. Ero sicuro che avesse uno stretto legame con la tragedia finale. Perché era stata abbandonata? Era un'arma così amata, eppure era stata buttata via ed era rimasta dimenticata per quasi duemila anni. Che era stato di Huy, il suo possessore, del suo re e della sua città?

Leggevo e sognavo. Il pensiero di Sally e Louren mi sembrava meno tormentoso. Ma a ogni pausa nella lettura mi assaliva di nuovo come una piccola esplosione di gelosia e di disperazione. Ero diviso tra il presente e il lontano passato.

Continuai a leggere, scegliendo a caso tra i passi del rotolo ancora sconosciuti, mentre il livello della bottiglia di whisky si abbassava lentamente, e la lunga notte trascorreva.

Poi, mentre nasceva il nuovo giorno, trovai un brano che schiuse dentro di me una nuova reazione. Huy lanciava un grido straziato dal profondo del suo essere. Era come se un sentimento represso a lungo non si potesse più contenere e dovesse erompere nell'invocazione con cui chiedeva che si dimenticasse la sua forma fisica e si stimasse il suo valore. Dalla terra vile fiorisce l'oro più puro, gridava Huy, e nella sua misera argilla distorta erano racchiusi tesori.

Rilessi il brano una mezza dozzina di volte, per essere sicuro dell'esattezza della mia traduzione prima di poter accettare l'idea che Huy Ben-Amon era stato come me. *Deforme*.

Le premesse dell'aurora coloravano di rosa pallido il profilo delle creste dei dirupi quando rimisi il libro d'oro nella camera blindata e tornai a passo lento verso la mia baracca.

Sally uscì dalla porta di Louren e venne verso di me nell'oscurità. La vestaglia aveva un pallore spettrale e sembrava fluttuare al di sopra del terreno. Restai immobile nella speranza che non mi vedesse. E c'era una possibilità perché ero nell'ombra più fonda della sua baracca e avevo girato la faccia dalla parte opposta, in silenzio.

Sentii il fruscio della vestaglia, il movimento lieve dei suoi passi sulla polvere, molto vicino, e poi la sua esclamazione soffocata quando mi vide. Mi voltai a guardarla. Mi aveva visto, ma non mi aveva riconosciuto. Il suo volto era pallido per la paura, e si copriva la bocca con le mani.

« Sta' tranquilla, Sally », dissi. « Sono soltanto io. »

Adesso sentivo il suo profumo. Nell'aria pulita della notte del deserto sembrava quello dei petali di rose schiacciati, mescolato al sentore caldo del sudore e dell'amore. Il cuore mi si fermò nel petto.

« Ben? » disse. Rimanemmo a guardarci in silenzio.

« Da quanto sei qui? »

« Da quanto basta », risposi. Di nuovo il silenzio.

« Allora sai? » Lo chiese con un filo di voce timido e triste.

« Non intendevo spiare », dissi. Un altro silenzio.

« Ti credo. » Sally fece per passare oltre, poi si voltò. « Ben, voglio spiegarti. »

« Non sei obbligata », dissi.

« Invece sì. Ci tengo. »

« Non ha importanza, Sal. »

« Ne ha. » Continuammo a guardarci. « Ha importanza », ripeté. « Non voglio che tu mi giudichi così... ecco, così orribile. »

« Non pensarci più, Sally. »

« Ho cercato di non farlo, Ben. Te lo giuro. »

« Non importa, Sally. »

« Non ho saputo evitarlo, davvero. Mi sono sforzata. Non volevo che succedesse. » Ora piangeva in silenzio, le spalle scosse dai singhiozzi.

« Non importa », ripetei. Mi avvicinai. La condussi nella sua stanza e la feci sdraiare sul letto. Nella luce accesa vidi che aveva le labbra gonfie, infiammate dai baci.

« Oh, Ben, darei qualunque cosa perché fosse tutto diverso. »

« Lo so, Sally. »

« Ho cercato di resistere, ma era impossibile. Mi aveva affascinata fin dal primo momento che l'ho visto. »

« Quella sera all'aeroporto? » Non seppi trattenermi dal fare quella domanda. Ricordavo come aveva osservato Louren la prima volta che l'aveva incontrato, e come aveva inveito più tardi contro di lui.

« Ecco perché... poi, con me... perché noi... » Non volevo sentire la sua risposta; tuttavia dovevo sapere se era venuta fra le mie braccia accesa dal pensiero di un altro uomo.

« No, Ben. » Sally tentò di negare, ma poi mi guardò negli occhi e distolse il viso. « Oh, Ben, perdonami. Non volevo farti soffrire. »

« Sì », dissi annuendo.

« Davvero, non volevo farti soffrire. Sei così buono e gentile e diverso da lui. » Gli occhi erano cerchiati dalle ombre scure dell'insonnia e il velluto color pesca della guancia era arrossato dal contatto con la pelle ispida di Louren.

« Sì », dissi mentre il mio cuore si spezzava.

« Oh, Ben, che cosa devo fare? » esclamò lei, angosciata. « Ormai ci sono dentro, non riesco a liberarmi. »

« E Lo... ha detto che cosa intende fare? Ti ha detto che... ecco, che lascerà Hilary e ti sposerà? »

« No. » Sally scosse la testa.

« Ti ha dato motivo di... »

« No, no! » Mi afferrò la mano. « Oh, Ben. Per lui è solo un passatempo. Un'avventura. »

Non dissi nulla. Guardavo il suo bel viso tormentato. Se non altro, sapeva la verità sul conto di Louren, capiva che lui era un cacciatore e lei la preda. C'erano state molte Sally nella vita di Louren, e ce ne sarebbero state molte altre. Il leone doveva uccidere a intervalli regolari.

« Posso fare qualcosa, Sally? » chiesi alla fine.

« No, Ben. Non credo. »

« Se posso fare qualcosa, dimmelo », mormorai, e mi avviai verso la porta.

« Ben. » Sally mi chiamò e si sollevò a sedere sul letto. « Ben, mi ami ancora? »

Annuii senza esitare. « Sì, ti amo ancora. »

« Grazie, Ben. » Sally sospirò sommessamente. « Non credo che l'avrei sopportato, se mi avessi voltato le spalle. »

« Non lo farò mai, Sally », dissi, e uscii nel chiarore rosa e limone dell'aurora.

Louren e io scendemmo la scala dietro l'immagine del sole. Prima entrammo nella cripta del tesoro. Mentre Louren contemplava i mucchi d'oro, io lo guardavo in faccia. Ero un po' stordito per la mancanza di sonno e sentivo in fondo alla gola il sapore del liquore che avevo bevuto. Guardavo Louren e cercavo l'odio nel mio cuore, cercavo freneticamente, ma invano. Quando alzò la testa e mi sorrise, non potei fare a meno di ricambiarlo.

« Questa roba può aspettare, Ben », disse. « Andiamo a dare un'occhiata al resto. »

Io avevo intuito ciò che avremmo trovato al di là della congiunzione delle gallerie; e quando scendemmo l'ultima scala a spirale e ci trovammo in un altro breve passaggio pianeggiante i miei ultimi dubbi si dissolsero.

Il passaggio finiva davanti a un'altra parete di pietra massiccia. Ma lì non c'erano tentativi di nascondere nulla perché sulla pietra era incisa un'iscrizione. Ci fermammo, e Louren l'inquadrò nella luce della lampada ad arco.

« Che cosa dice? » chiese.

Lessi lentamente, nonostante la mia esperienza, perché in punico non esistono i simboli per le vocali ed è necessario indovinarle dal contesto delle parole.

« Su, avanti », mormorò impaziente Louren.

« O voi che venite a interrompere il sonno dei re di Opet e a spogliarne le tombe, sappiate che lo fate a vostro rischio, e che la maledizione di Astarte e del grande Baal vi perseguiterà fino alla morte. »

« Leggila ancora », ordinò Louren, e quando ebbi obbedito, annuì.

« Sì », disse, e si accostò alla porta di pietra. Cominciò a cercare il perno che avrebbe fatto scattare il meccanismo. Questa volta non fummo fortunati come con la parete dominata dall'immagine del sole. Dopo due ore, la pietra continuava a sbarrarci la strada.

« La farò saltare », disse Louren. Ma sapevo che non avrebbe commesso un simile scempio in quel luogo sacro. Ci riposammo e discutemmo il problema prima di riprendere i tentativi. Doveva essere un semplice sistema a leva, ma il trucco consisteva nel trovare il punto di pressione e l'angolo del movimento. Quando finalmente li trovammo, maledissi la mia stupidità. Avrei dovuto arrivarci subito. Il simbolo del nome del dio-sole Baal indicava il punto di pressione.

La porta si spalancò lentamente, e noi entrammo nella tomba dei re di Opet.

C'è solo un altro luogo nel quale ho incontrato la stessa atmosfera: è l'abbazia di Westminster, dove sono le tombe di tanti re d'Inghilterra. Era la stessa sensazione che si ha in una cattedrale, la sensazione del passato e della resurrezione della storia.

Non parlammo mentre ci portavamo al centro della lunga cripta. Il silenzio mi premeva dolorosamente i timpani. Un silenzio assoluto, così completo da diventare sinistro e minaccioso. Anche lì l'aria era morta da molto tempo, ma era più pesante e sapeva di muffa. Ebbi l'impressione di riconoscere l'odore fievole della polvere e dei funghi.

Lungo ogni parete stavano i sarcofagi dei re di Opet. Erano massicci, di granito grigio, tozzi e solidi. I coperchi erano bloccati dal loro stesso peso, e la superficie recava incisi il nome e il titolo. Erano i nomi gloriosi che avevo sentito echeggiare nei libri d'oro di Huy. Li riconoscevo: Amilcare, Annibale, Hycanus. Quarantasette grandi sarcofagi. Ma l'ultimo era vuoto, il coperchio puntellato contro la parete. L'interno era tagliato in una sagoma antropomorfa, pronto a ricevere l'ultimo re di Opet.

Ai piedi del grande sarcofago di pietra un uomo giaceva sul

pavimento. Non aveva l'elmo e i capelli e la barba d'oro rosso erano una morbida cornice per il volto raggrinzito e mummificato. La corazza era stata rimossa e la pelle incartapecorita era tesa sulla gabbia toracica. Dal petto sporgeva l'asta spezzata di una freccia. Indossava un gonnellino di cuoio costellato di rosette bronzee e portava schinieri di bronzo. I piedi erano calzati da sandali leggeri.

Le braccia erano distese lungo i fianchi, i calcagni accostati. Il cadavere era stato adagiato con cura ed evidente affetto.

Su di lui stava china un'altra figura, inginocchiata come in atto di preghiera. Indossava l'armatura completa, e solo l'elmo e il pettorale erano sul pavimento, sotto il sarcofago vuoto. I lunghi capelli neri ricadevano in avanti e nascondevano il volto chino. Le mani erano strette al petto all'altezza del diaframma. Una lama d'acciaio era piantata nel corpo: era capovolta, l'impugnatura ancorata contro le lastre di pietra. La punta era penetrata sotto le costole, nelle parti vitali.

Era un uomo nell'atto della fuga suprema dall'onta della sconfitta, un uomo che per disperazione s'era buttato sulla sua stessa spada. L'arma aveva sostenuto il suo peso per tutti quei secoli, e l'aveva fatto rimanere inginocchiato.

Louren e io non riuscimmo a parlare mentre ci avvicinavamo alla scena di quell'antica tragedia. Per me non esistevano dubbi sull'identità di quei resti umani.

Sul freddo pavimento di pietra giaceva Lannon Hycanus, l'ultimo re di Opet. E accanto a lui stava inginocchiato il suo amico, il sommo sacerdote Huy Ben-Amon.

Mi sentii soffocare da un senso del destino, da una fredda paura dolorosa... perché Huy Ben-Amon, il Portatore-della-Scure-degli-Dèi, era *gobbo*.

Dovevo vedere la sua faccia, dovevo vederla! Corsi avanti e m'inginocchiai accanto a lui.

Toccai la spalla ossuta, coperta da una tunica di fragile lino giallo. Fu un tocco leggerissimo, quasi un respiro, ma bastò per sgretolare la mummia dal suo precario equilibrio.

Il corpo di Huy Ben-Amon scivolò in avanti e piombò su quello del re. L'acciaio e il bronzo risuonarono sul pavimento di pietra, e il clangore echeggiò nella cripta di Opet.

Le due figure andarono in polvere all'urto, un'esplosione smorzata di polvere giallo-senape che turbinò come fumo nella luce della lampada ad arco. Non rimase nulla di loro, tranne il metallo delle armature e della spada, e due manciate di capelli, biondi e neri, in quella pozza di polvere soffice come talco.

Mi alzai, soffocato. Avevo gli occhi pieni di lacrime di meraviglia, e li sentivo bruciare. La polvere aveva odore di funghi.

Louren Sturvesant e io ci guardammo negli occhi senza parlare. Avevamo assistito a un miracolo.

Mi svegliai urlando a causa di un incubo di sangue, di fiamme e di fumo, un orrore di facce nere e di corpi lucidi di sudore, illuminati dalle vampate ruggenti, accompagnato da grida di moribondi e da tonanti voci sanguinarie. Mi svegliai ansante e soffocato, il terrore e l'orrore dell'incubo continuarono ad assediarmi per molto tempo, anche quando mi ritrovai solo nella mia baracca, nella notte tranquilla e silenziosa.

Accesi la lampada accanto al letto e guardai l'orologio. Era ancora presto, un po' prima delle undici. Scostai le lenzuola e mi alzai, sorpreso nel constatare che le gambe mi tremavano e che avevo un respiro irregolare. Ogni inspirazione era una fitta dolorosa, e un senso di tensione mi premeva dietro gli occhi. Avevo la febbre alta. Andai al lavabo e presi tre aspirine dalla boccetta. Le inghiottii con un sorso d'acqua, e la sensazione di formicolio nei polmoni si accentuò. Tossii come se fossi uno abituato a fumare sessanta sigarette al giorno, e lo sforzo mi lasciò sudato e tremante. Mi pareva di avere la pelle in fiamme.

Senza sapere perché, presi la vestaglia appesa al gancio dietro la porta, l'indossai e uscii sullo spiazzo. In cielo c'era una mezzaluna gialla. Le ombre sotto gli alberi e intorno alle costruzioni erano scure e minacciose. Avevo ancora addosso la paura e l'orrore dell'incubo mentre correvo verso il mio ufficio guardandomi intorno nervosamente. Sentivo l'odore di fumo nell'aria notturna, e mi turbava. Lo aspiravo, e mi bruciava i polmoni.

Arrivai alla porta del mio ufficio. E c'era qualcosa che mi attendeva nell'ombra nera. Lo vidi avventarsi verso di me al margine della mia visuale... era una cosa grande e tenebrosa, arrotondata e informe, letale e silenziosa. Mi voltai di scatto per affrontarla, e caddi contro la parete della baracca, fiaccato dal terrore. Un urlo mi morì in gola perché non c'era nulla. Era sparito. L'avevo immaginato. Ma il dolore mi martellava la testa come un maglio l'incudine.

Aprii la porta e piombai all'interno, chiusi a chiave, ansimando in preda a un terrore immotivato. Qualcosa grattò l'uscio dall'esterno, uno spaventoso suono animale che mi dilaniava i nervi.

Arretrai dalla porta verso la scrivania e mi acquattai, tremando.

Il suono si ripeté; ma questa volta veniva dalla parete accanto a me. Mi voltai di scatto con un gemito.

Avevo bisogno di un'arma. Mi guardai intorno disperatamente e vidi la grande scure da combattimento di Huy appesa al muro sopra la mia scrivania. L'afferrai e indietreggiai verso un angolo, tenendola stretta contro il petto. E tossii.

Sulla scrivania c'era un grosso pacco di fogli bianchi. Lo vidi muoversi, e sentii un brivido che mi fece accapponare la pelle scottante. Il quadrato bianco di carta tremava e ondeggiava, cambiava forma, strisciava sulla scrivania, spiegava grandi ali candide da pipistrello. Poi all'improvviso prese il volo con un fruscio e si avventò contro la mia faccia. Vidi la grande bocca spalancata, irta di denti aguzzi di vampiro, udii gli squittii acuti mentre attaccava. Urlai d'orrore e sferrai un colpo con la scure. La cosa bianca svolazzò e stridette contro la mia gola e la mia faccia, e io lottai e gridai e la gettai sul pavimento dove prese a strisciare e serpeggiare. La colpii con il filo della scure, e il sangue nero come l'inchiostro sprizzò e formò una pozza sul pavimento di legno.

Indietreggiai ancora e mi appoggiai alla parete. Ero debole e terribilmente spaventato. Cominciai a tossire. La tosse squassava tutto il mio corpo, costringendomi a piegarmi in due. Tossii fino a quando la mia vista esplose in mille luci abbaglianti, e nella bocca sentii un sapore dolciastro e salato al tempo stesso.

Mi lasciai cadere in ginocchio contro la parete. Avevo la bocca piena di qualcosa di caldo. Sputai sul pavimento un denso grumo di sangue rosso. Lo fissai, senza capire cosa mi stava succedendo. Mi portai la mano alla bocca, la passai sulle labbra. E la ritrassi macchiata di sangue.

E allora compresi. Io e Louren avevamo varcato due porte sigillate, eravamo penetrati in una tomba rimasta chiusa per duemila anni... e avevamo respirato l'aria carica delle spore del *Cryptococcus neuromyces*, la maledizione dei faraoni.

Ormai era tardi per rimproverarmi di non aver preso le precauzioni necessarie. Avevo creduto che, essendo l'archivio immune dal pericolo, lo fosse anche tutto il resto. L'emozione e la frenesia mi avevano impedito di pensare ai funghi, persino quando Louren e io avevamo parlato dei sigilli della porta, persino quando avevo sentito l'odore di muffa nella cripta dei re.

Adesso i miei polmoni erano intasati dalle orribili colonie di funghi che crescevano dentro di me, si nutrivano dei tessuti molli del mio corpo e riversavano i veleni che il mio sangue portava al cervello.

« Una cura », ansimai. « Devo trovare la cura. » Mi accostai agli scaffali dei libri. Tentai di leggere i titoli sui dorsi dei volumi, ma si trasformavano in minuscoli insetti neri e si allontanavano strisciando. All'improvviso un grosso serpente maculato si snodò sull'ultimo ripiano e si spenzolò verso di me, dardeggiando la lingua nera. Indietreggiai, poi girai su me stesso e fuggii nella notte.

Il fumo che mi avviluppava era denso e mi soffocava, mi faceva tossire. Le fiamme avevano bagliori satanici e palpitanti. C'erano sagome scure e suoni strani. Vidi la baracca di Louren e corsi in quella direzione.

« Louren! » urlai, entrando a precipizio. « Louren! » Ansimavo e tossivo.

La luce si accese. Sally era sola nel letto di Louren. Si sollevò a sedere, assonnata e nuda, e mi guardò gli occhi appannati.

« Lui dov'è? » le gridai. Era confusa, e non capiva.

« Ben, cos'è successo? Sanguini! »

« Dov'è Lo? » Era urgente. Dovevo trovarlo. Anche lui aveva aspirato le spore dei funghi. Dovevo trovarlo.

Sally abbassò lo sguardo sul letto. C'era una depressione nel cuscino, dove Louren aveva appoggiato la testa.

« Non lo so », disse sgranando gli occhi, sconcertata. « Era qui. Dev'essere uscito. »

Tossii, assalito dai singhiozzi, e sentii un altro fiotto di sangue nella gola. Sally era completamente sveglia. Mi fissò.

« Ben, cos'è successo? »

« I neuromiceti », dissi, e lei soffocò un urlo nel vedere il sangue che mi colava sul mento.

« Louren e io abbiamo aperto un passaggio segreto dietro l'immagine del sole nell'archivio. È pieno di spore. Non avevamo preso precauzioni... e ci ha colpiti. Sono sicuro che lui è là. Vado a raggiungerlo. » M'interruppi per respirare. Sally balzò dal letto, si avvolse nella vestaglia e mi venne accanto.

« Chiama Ral Davidson. I respiratori. Tutte le precauzioni. Seguiteci. Lascerò le porte aperte. Scendete la scala. In fondo svoltate a sinistra. Seguiteci. Anche Louren starà male... si sentirà impazzire, come me... Tante cose terribili. Venite subito... capisci? »

« Sì, Ben. »

« Chiama Ral », ripetei e mi voltai. Corsi fuori tra il fumo e le fiamme e la tenebra, corsi verso i dirupi e la caverna. I grandi muri del tempio torreggiavano sopra di me, anche se non esistevano più da molto tempo. Le grandi torri falliche di Baal puntavano verso la luna, illuminate dalle fiamme della città incendiata, le torri che erano tornate a esistere dopo tanto tempo. Urlavano... donne che bruciavano vive con i figlioletti. C'erano uomini morti sparsi sul mio cammino, falciati come la messe del diavolo, le facce esanimi che spiccavano orribili nel chiaro di luna.

« Louren », gridai, e continuai a correre verso il tempo. Li trovavo sul mio cammino, neri e selvaggi, e si affollavano per fermarmi. Neri, informi, terrificanti... e io mi avventai con uno strano grido di battaglia che mi erompeva dalla gola intasata di sangue. La scure possente roteava in cerchi d'argento nei bagliori delle fiamme, e io passavo oltre e continuavo la corsa. Raggiunsi la caverna, la vidi rischiarata dalle torce agonizzanti, vidi il lastricato di pietra intorno al laghetto smeraldino. Le file delle panche di pietra disposte a gradinate tutto intorno, come duemila anni prima. Con un unico, immane sforzo di volontà, ordinai alla mia mente di allontanare quella fantasia e di riconoscere la realtà.

Il gabbiotto di legno della guardia era di fronte a me. Mi avvicinai barcollando. La guardia leggeva alla scrivania. Alzò la testa e la sua espressione si mutò in sorpresa e incredulità.

« Buon Dio, dottore, si sente male? »

« Il signor Sturvesant è nel tunnel? »

« Sì. »

« Quando è entrato? »

« Un'ora fa. » La guardia mi venne incontro. « È successo qualcosa? Lei sanguina, dottore! »

« Aspetti qui », gli dissi. « Stanno arrivando gli altri e sanno che cosa fare. »

Entrai nell'archivio, mentre continuavo a sentire l'odore del fumo e a udire il clamore di una città morente.

Davanti all'immagine del dio-sole lasciai che la grande scure mi scivolasse dalle mani e l'abbandonai sul pavimento. Spinsi la porta di pietra e la bloccai con uno degli scudi per impedire che si richiudesse dietro di me.

Scesi precipitosamente la scala. A metà della discesa scorsi la luce che proveniva dalla tomba.

La porta che recava scritta la maledizione degli dèi era aperta, bloccata dal cavo della lampada ad arco. La lampada era rovesciata al centro della tomba, dove Louren l'aveva lasciata cadere, ed era ancora accesa. Illuminava a giorno la cripta.

Louren giaceva riverso ai piedi dell'enorme sarcofago di Lannon Hycanus, l'ultimo re di Opet.

Era nudo fino alla cintola. Il viso era mortalmente pallido, gli occhi chiusi, e il sangue gli macchiava gli angoli della bocca, scorreva sulle guance e colava nelle orecchie e tra i capelli.

Con le mie ultime forze lo raggiunsi barcollando e mi lasciai cadere in ginocchio accanto a lui. Mi chinai e tentai di sollevarlo passandogli le braccia intorno alle spalle.

Aveva la pelle madida e scottante. La testa ricadde inerte all'indietro. Un nuovo fiotto di sangue vivido gli uscì dalla bocca e mi bagnò le mani.

« Louren! » gridai stringendolo al petto. « Oh, ti prego, Dio, aiutami! Aiutami! »

C'era ancora una scintilla di vita in lui, un ultimo barlume. Aprì gli occhi, i chiari occhi azzurri velati dalle prime ombre della morte.

« Ben », sussurrò, soffocato dal sangue. Tossì, spargendo intorno goccioline rosse. « Fino in fondo? »

« Fino in fondo, Lo », mormorai, e lo tenni fra le braccia come un bambino assonnato. La testa bionda mi ricadde contro la spalla. Rimase in silenzio per un po'. All'improvviso si mosse di nuovo e parlò con voce forte e chiara.

« Vola! » esclamò. « Vola per me, Avvoltoio-del-Sole! » E la vita lo abbandonò. Divenne un nulla fra le mie braccia... il grande spirito selvaggio era svanito.

Restai inginocchiato sopra di lui. Mi sentivo mancare. Il mondo mi girava intorno. Scivolavo nel vuoto, nella tenebra vorticosa del tempo. Precipitavo in una specie di morte, in una specie di vita, perché mentre morivo sognavo. Nel sonno mortale che durò un momento e un milione di anni, sognai uomini morti da molto tempo, in un lontano passato...

PARTE SECONDA

DOVEVANO trascorrere ancora due giorni, dei trenta della profezia, quando Lannon Hycanus e il suo seguito giunsero finalmente alla Baia dei Piccoli Pesci, sull'estrema riva meridionale del grande lago. Era già buio allorché dieci navi della flotta gettarono l'ancora nelle acque poco profonde della baia; e le torce e le lanterne disegnarono lunghe scie di luce rossa sulla distesa nera.

Lannon stava accanto al parapetto poppiero, e guardava oltre le distese dei papiri e i canali nascosti, verso sud, dove incominciava l'aperta campagna che si estendeva all'infinito nell'ignoto. Sapeva che là stava il suo destino e il destino della nazione. Era in caccia da ventotto giorni, e un brivido immotivato di timore gli percorreva le braccia e il collo... non aveva paura per il terribile animale che era venuto a cercare, ma per le conseguenze che si sarebbero profilate se la belva avesse continuato a sfuggirgli.

Dietro di lui risuonò un passo leggero, Lannon si voltò prontamente. La mano, che si era posata sull'impugnatura del coltello sotto il mantello di cuoio, si decontrasse quando egli scorse la figura inconfondibile dell'uomo nella luce delle torce.

« Huy », disse.

« Mio signore, ora dovresti mangiare e dormire. »

« Non sono tornati? »

« Non ancora, ma torneranno prima di mattina », rispose il gobbo avvicinandosi al suo principe. « Vieni. Domani dovrai avere la mano sicura e la vista limpida. »

« A volte mi sembra di avere dieci mogli e non nove », rise Lannon, e si rammaricò della battuta quando vide che il sangue faceva avvampare la faccia del gobbo. Si affrettò a proseguire: « Mi circondi di premure, vecchio amico, ma credo che stanotte inseguirò il sonno con lo stesso scarso successo con cui ho inseguito il granleone in questi ventotto giorni, dopo il funerale di mio padre ». Si voltò verso il parapetto e guardò le altre nove imbarcazioni. Le navi delle Nove Famiglie, venute a vederlo combattere il granleone: la sua prova di coraggio quale pretendente al trono di Opet e dei Quattro Regni.

« Guardali, Huy. » L'amico gli venne al fianco. « Quanti di loro hanno fatto sacrifici agli dèi per chiedere che io fallisca? »

« Tre certamente... e sai a chi alludo. Forse anche più. »

« E quelli che sono devoti alla casa dei Barca... possiamo contare su di loro? »

« Conosci anche quelli, mio signore. Habbakuk Lal starà al tuo fianco finché i mari non si muteranno in sabbia. La casa di Amon, la casa di Hasmon... »

« Sì », l'interruppe Lannon. « Li conosco, Huy, li conosco tutti, so quali mi sono favorevoli e quali sono contro di me. Parlavo per avere il conforto della tua voce. » Toccò la spalla del gobbo in un gesto d'affetto, prima di voltarsi per guardare di nuovo le terre spopolate del sud.

« Quando fu fatta la profezia, si prevedeva che un giorno il granleone potesse scomparire, e che un principe potesse cercarlo per tutti i trenta giorni assegnati senza vedere neppure le orme delle sue zampe nella terra di Opet? » Lannon parlò con uno scatto di collera improvvisa. Ributtò all'indietro il mantello dalla spalla e incrociò le braccia sul petto nudo. Sotto la pelle unta da poco, i muscoli guizzavano nella luce delle torce. Si massaggiò con le dita lunghe e poderose.

« Mio padre uccise il suo granleone il venticinquesimo giorno, e questo avvenne quarantasei anni fa. Anche allora dissero che il granleone era estinto. E in seguito, quanti ne sono stati segnalati dagli esploratori? »

« Mio signore, saranno gli dèi a decidere. » Huy cercò di placarlo.

« Siamo andati a caccia in ogni località dove il granleone è stato avvistato negli ultimi duecento anni. Cinque legioni hanno battuto le paludi del nord, e altre tre si sono avventurate lungo il grande fiume. » S'interruppe e incominciò a camminare avanti e indietro, soffermandosi a guardare l'interno della nave, dove gli schiavi dormivano incatenati ai banchi, appoggiandosi ai remi nella stessa posizione in cui sarebbero morti. Il lezzo che esalavano era come un'onda solida nella notte umida. Si girò verso Huy.

« Questo tratto paludoso è l'ultimo posto in tutti i miei regni dove si potrebbe nascondere un granleone. E se non c'è, che cosa accadrà? Non c'è un altro modo per dimostrare il mio diritto? Non è possibile sottrarsi a ciò che affermano i rotoli? »

« No, mio signore. » Huy scosse la testa in un gesto di rammarico.

« Allora la casa reale dovrà cadere? »

« Se non sarà preso un granleone, Opet non avrà un re. »

« E senza il re, chi governerà? »

« Il Consiglio dei Nove. »

« E la casa reale? Che sarà della casa dei Barca? »

« Non parliamone », suggerì Huy a voce bassa. « Vieni, mio signore. Uno schiavo sta preparando vino caldo alle spezie e una zuppa di pesce. Il vino ti aiuterà a dormire. »

« Vuoi darmi un responso per domani, sacerdote di Baal? » chiese all'improvviso Lannon.

« Se l'oracolo sarà sfavorevole, ti aiuterà a dormire? » chiese Huy, e Lannon lo fissò per un momento prima di prorompere in una secca risata.

« Hai ragione, come sempre. Vieni, dunque, ho fame. »

Lannon mangiò con grande appetito la zuppa di pesce, stando seduto nudo sul letto coperto di pelli. Aveva sciolto i capelli che gli scendevano sulle spalle, ricciuti e stranamente dorati nella luce del lume appeso. Sembrava una figura divina, in mezzo alla sua gente dai capelli scuri.

I tendoni di pelle furono aperti, e una brezza leggera giunse da sudest per rinfrescare la cabina e disperdere il puzzo degli schiavi. La nave si muoveva nella brezza e nel leggero movimento delle onde il fasciame scricchiolava. Uno schiavo gridò, in preda a un incubo, e dal ponte sovrastante giunsero i passi della sentinella notturna... tutti i suoni familiari e rassicuranti dell'ammiraglia in navigazione.

Lannon ripulì la ciotola con un pezzo di pane di miglio, se lo ficcò in bocca e l'annaffiò con il vino rimasto. Sospirò soddisfatto e sorrise a Huy.

« Canta per me Grande-uccello-del-Sole, canta mio Avvoltoio-del-Sole. »

Huy Ben-Amon si accosciò ai piedi del letto del principe. Teneva tra le braccia lo strumento musicale. La curva della schiena sottolineava quella posizione, i lunghi capelli neri come pece gli spiovevano sul volto, le braccia massicce sembravano troppo potenti per le dita lunghe e delicate. Suonò una nota, e nell'oscurità scese un silenzio d'attesa. I passi s'interruppero, due schiave smisero di lavorare e vennero a inginocchiarsi accanto al letto di Lannon; le voci che discutevano sulla nave ancorata a fianco si smorzarono. E Huy cantò.

La sua voce risuonò dolcemente sulle acque buie, e il principe e la flotta ascoltarono. Numerose sagome scure si accostarono al parapetto delle altre navi e rimasero immobili in silenzio, a guardare l'ammiraglia. Sulle guance di una bella schiava le lacrime brillarono nella luce del lume quando Huy cantò un amore perduto; poi sorrise tra le lacrime allorché Huy passò a una delle salaci marce della Sesta Legione.

« Ora basta. » Huy alzò la testa dallo strumento. « Domani ci sarà molto da fare, mio signore. »

Lannon annuì e toccò la guancia di una delle schiave, che subito si alzò e sciolse la spallina della tunica di lino lasciandola cadere. Era giovane e snella, con un corpo quasi efebico nella luce del lume. Si chinò, raccolse la veste, la buttò sulla panca accanto alla porta e, nuda, s'infilò nel letto del principe. L'altra ragazza andò a spegnere il lume, e Huy si alzò con lo strumento a tracolla.

Una voce chiamò dall'oscurità, un gran muggito taurino che proveniva dal margine delle macchie di papiri.

« Lasciate passare un amico! »

« Chi si proclama amico? » gridò una delle sentinelle. La risposta fu rauca e possente.

« Mursil, mastro cacciatore della casa dei Barca. » E Lannon balzò dal letto.

« È arrivato! » esclamò. Si drappeggiò il mantello sulle spalle e corse verso la scaletta, seguito da Huy.

Una piccola canoa urtava leggermente contro la fiancata. Mursil salì a bordo mentre Lannon e Huy raggiungevano il ponte. Era un colosso dall'aspetto scimmiesco, con la gran faccia carnosa arrossata dal sole e dal vino.

Tutta la nave s'era svegliata. Gli ufficiali salirono sul ponte, altre torce lingueggiarono e illuminarono la scena. L'eccitazione aveva contagiato tutti.

Mursil vide Lannon e corse verso di lui tra la folla che si apriva per lasciarlo passare. Era seguito da una figura di pigmeo, un minuscolo uomo bruno che si guardava intorno con gli occhi obliqui, evidentemente terrorizzato.

« Mio signore. » Mursil alzò il mantello e piegò un ginocchio davanti a Lannon. « Ti porto buone notizie. »

« Allora sei il benvenuto. »

« Costui... » Mursil tese il braccio e trascinò avanti il piccolo boscimano. « Costui ha trovato ciò che cerchiamo. »

« L'hai visto? » chiese Lannon.

« Solo le orme delle zampe, ma costui ha visto l'animale. »

« Se è vero, sarete ben ricompensati entrambi », promise Lannon Hycanus, e si girò verso Huy con un sorriso trionfante. « Gli dèi hanno deciso. La casa dei Barca avrà ancora una volta la sua grande occasione. »

Il cielo era poco più chiaro della tetra palude nera, e le anatre che volavano nell'alba lanciavano stridori spettrali mentre la luce s'intensificava di minuto in minuto.

Mezzo miglio più avanti, sulla pianura aperta, una mandria di bufali era al pascolo. Con le teste abbassate e le code che oscillavano pigramente, avanzavano a poco a poco verso le rive ammantate di papiri.

Procedettero più svelti con lo schiarirsi del cielo, e si affrettarono per raggiungere il riparo dei canneti: erano circa duecento enormi bovini con le teste munite di corna e le spalle poderose. La prima luce dell'aurora mostrò i bianchi uccelli mangiatori di zecche volteggiare sopra il branco nero nella fredda luce rosata. La terra acquitrinosa fumigava e le interminabili masse di papiri sembravano cristallizzate nel silenzio. Per una volta le lanuginose teste bianche non ondeggiavano danzando, ma erano immobili: qualcosa si muoveva tra le canne.

I ciuffi dei papiri fremevano nella sua scia, il movimento li apriva e poi li richiudeva facendoli tornare immobili. Era un movimento pacato e tuttavia così poderoso da tradire la mole dell'animale che lo causava.

Il grosso bufalo maschio che guidava la mandria si fermò all'improvviso a cinquanta passi dal margine dei papiri. Levò il muso e allargò le orecchie sotto il pesante scudo di corno. Con i sospettosi occhietti porcini esaminò il canneto più avanti. La mandria si fermò, messa in allarme dalla sua tensione.

Il granleone si avventò alla carica dal canneto in un guizzo bruno-rossastro. Era alto e massiccio quasi quanto le sue prede. Attraversò il terreno scoperto a una tale velocità che il bufalo ebbe appena il tempo d'incominciare a girarsi prima che il felino gli balzasse addosso.

Gli piombò sulla schiena, e gli artigli gialli affondarono nel pelame e nella carne, alle spalle e alle anche, i lunghi denti si piantarono nella nuca del bufalo e lo tennero bloccato mentre una zampa si protendeva sul suo muso fino alle narici. Le afferrò e con un unico e poderoso strattone tirò il collo all'indietro. La spina dorsale si spezzò con uno schiocco secco e il bufalo stramazzò ancora in piena corsa.

Il granleone lo abbandonò prima che cadesse. Balzò agilmente al suolo e parve toccarlo appena prima di lanciarsi di nuovo in aria in un arco elegante, come un morbido lampo bruno contro il cielo roseo dell'aurora, e questa volta atterrò sul dorso di una vecchia femmina che correva a fianco del maschio.

Leggero come un colibrì che guizza da un fiore all'altro, il granleone uccise di nuovo. L'osso si spezzò con un rumore netto, la vittima trascinò avanti l'uccisore nella calca dei bufali al galoppo; e mentre la femmina moriva, il felino balzò via per ricominciare a uccidere di nuovo con un movimento fulmineo.

Il granleone uccise sei volte prima che la mandria impazzita avesse percorso trecento passi. Poi lasciò che i bufali fuggissero. Il trepestio immane degli zoccoli si smorzò, e un folto di papiri, in lontananza, li nascose alla vista.

Il granleone si fermò nella luce serica dell'aurora. La lunga coda dal ciuffo nero sferzava ancora l'aria nell'eccitazione della caccia. Ogni muscolo era teso e gonfio. Il felino era acquattato, con la testa piatta da serpente sollevata come per controbilanciare il peso delle lunghe zanne candide che s'incurvavano fin quasi a toccare la pelliccia lanuginosa del petto.

La maschera del muso era complessa, nera e bianca, in un effetto che sottolineava la ferocia dorata degli occhi distanziati; ma le vibrisse e le ciglia erano lunghe setole bianche e sembravano addolcire l'espressione dell'animale. Ma quando si rialzò, con la corta cresta di pelo brunomorato ancora ritta sulla schiena, ogni illusione di dolcezza svanì.

Alto come un uomo e pesante come un cavallo, armato di zanne e artigli incredibili, era il felino più pericoloso che il capriccio dell'evoluzione naturale avesse mai prodotto.

La belva si voltò e tornò verso l'ultima vittima che giaceva sull'erba bassa della pianura. Si fermò accanto al bufalo morto. Sembrava impossibile che un animale tanto massiccio potesse muoversi con la rapidità che aveva esibito nella caccia.

Il granleone alzò la testa, schiuse le fauci, protese la lingua rosea tra le zanne inverosimili, e ruggì.

Era un suono che pareva squassare i cieli purpurei dell'aurora e fare rabbrividire la terra e increspare le acque tranquille dell'immenso lago.

All'alba, sulla stretta spiaggia fangosa presso i canneti, Huy Ben-Amon salutò il suo dio. Huy indossava una leggera armatura da caccia, corazza e parabraccia di cuoio sopra una tunica di lino e un gonnellino di pelle tempestato di borchie di bronzo. Le armi venivano tenute in disparte, perché stava per offrire un sacrificio al grande Baal: un messaggero doveva portare al dio le richieste di Lannon Hycanus. Il principe e i suoi nobili erano raccolti in semicerchio intorno al sacerdote, e tutti erano rivolti verso l'oriente. Baal mostrò l'orlo del suo disco di fiamma sopra l'orizzonte, e tutti levarono le mani in atto di omaggio, con le dita allargate a raggiera.

« Grande Baal », invocò Huy in un tono squillante che sembrava giungere al cielo, « i tuoi figli ti salutano. » Il volto scuro e aquilino era pervaso da un ardore mistico che gli conferiva una strana bellezza.

« Siamo venuti in questo luogo per scegliere un re per il tuo popolo e chiediamo che tu benedica i nostri sforzi. » Huy aveva una conoscenza profonda degli dèi, e sebbene li amasse era consapevole delle loro debolezze, in certi casi fin troppo umane. Erano vanitosi, irrazionali, suscettibili, avidi e a volte pigri. Era necessario lusingarli, adularli e corromperli, bisognava ricorrere a speciali cerimonie per catturare il loro interesse, e a sacrifici che Huy giudicava ripugnanti, per soddisfare il loro bisogno di sangue. Non bastava compiere un sacrificio: esso doveva avvenire nelle forme appropriate perché gli dèi lo accettassero, e così, mentre uno dei sacerdoti conduceva avanti il toro bianco, Huy si chiese se aveva fatto bene a convincere Lannon a offrire un animale anziché uno schiavo. Gli dèi preferivano il sangue umano, ma Huy aveva sostenuto che un toro subito e la promessa di uno schiavo avrebbero avuto maggiore efficacia. Huy non aveva remore quando doveva mercanteggiare con i grandi immortali, specialmente se questo serviva a rimandare il momento in cui doveva guardare negli occhi uno schiavo atterrito, scelto come vittima del sacrificio. Nei cinque anni trascorsi da quando Huy aveva cominciato a dirigere la vita religiosa di Opet, non più di cento messaggeri umani erano stati inviati agli dèi. C'erano stati tempi, nella storia della città, in cui ne venivano mandati altrettanti in una sola cerimonia.

« Ti inviamo uno splendido toro bianco per portare il nostro messaggio. » Huy si voltò e si avvicinò all'animale. Era di una razza scelta di Opet, basso e robusto, pezzato in bianco e grigio, con la gobba di grasso sulle spalle e le corna larghe e dritte. Il toro rimase tranquillo mentre Huy prendeva la scure degli avvoltoi dalle mani di uno dei sacerdoti. I nobili indietreggiarono per lasciare lo spazio necessario perché la scure volteggiasse e il sangue sprizzasse.

« Grande Baal, ricevi il nostro messaggero! » gridò Huy, e la scure si levò e rispecchiò i raggi bassi del sole sulla lama scintillante, sibilò rabbiosamente nel ricadere e tranciò di netto il collo del toro. La testa parve balzare dal tronco. Decapitato, il corpo cadde sulle ginocchia e il sangue fiottò.

Huy si appoggiò alla sua arma nel tipico gesto di riposo.

« Un segno, grande Baal! » gridò. Era più un'ingiunzione che una richiesta. « Dai un segno ai tuoi figli! » La voce era esile nell'immensità della palude, del cielo e del lago. Il silenzio eterno degli acquitrini scese su di loro, il silenzio della storia nell'aurora fumosa e purpurea.

Uno stormo di oche passò in alto, con le ali che battevano pesanti, i lunghi colli protesi, scure contro le spire rosate della nebbia investita dal sole. Huy le guardò speranzoso, tentato di interpretarle come una manifestazione divina.

« Un segno, grande Baal! » Aveva respinto quella tentazione, ma era sempre più irritato. Il sacrificio era stato compiuto alla perfezione... era uno di quei casi in cui il dio s'era distratto oppure si mostrava testardo? Un ippopotamo sguazzò e sbuffò nella baia, e Huy si volse in quella direzione: ma il grosso animale si limitò a scrollare gli orecchi e si immerse in un gorgo.

« Un segno, grande Baal! » La terza e ultima richiesta. La risposta fu quasi immediata.

Oltre la fascia dei papiri si levò un suono che fece alzare in volo gli uccelli acquatici, scosse i ciuffi lanuginosi delle canne e parve rotolare nei cieli come un tuono. Un suono che nessuno di loro aveva mai udito. Il ruggito del granleone.

La smorfia irosa di Huy lasciò il posto a un sorriso beato. Girò verso il suo principe gli occhi frangiati dalle lunghe ciglia come quelli di una gazzella.

« Gli dèi ti hanno risposto, Lannon Hycanus. » Vedeva le

facce dei sacerdoti, dei nobili, dei guerrieri e dei cacciatori, il timore superstizioso con cui lo fissavano. Più tardi avrebbe offerto a Baal un sacrificio in privato, qualcosa di modesto come un pollo, in segno di gratitudine per quella splendida collaborazione. Era una delle sue prestazioni meglio riuscite. Huy era così felice del successo che non seppe trattenersi da un altro gesto istrionico.

« Va', principe di Opet, e prendi il tuo granleone », disse.

Il piccolo boscimano li condusse lungo una delle piste dei bufali, un verde tunnel di canne con i papiri che si chiudevano in alto a nascondere il cielo e la terra umida della palude sotto i piedi e l'odor di muffa che saliva alle narici. Finalmente uscirono nella prateria di erba verde, mantenuta bassa dalle innumerevoli mandrie di bufali che infestavano il tratto della riva.

Il boscimano svoltò e li precedette lungo il bordo dei canneti. Erano un corteo enorme di quattro o cinquecento uomini, perché alcuni membri delle Nove Famiglie non sarebbero stati disposti a scendere a terra in cerca del granleone senza essere circondati da una schiera di guerrieri armati d'arco e di scure. Seguivano da lontano il gruppo di Lannon, formato dal capo cacciatore Mursil, tutto odoroso del vino fruttato di Zeng, dal boscimano, da Huy, dal principe e da due portatori d'armi.

Gli dèi mantennero la promessa, quella mattina. Il boscimano li guidò intorno a un folto di papiri che sporgeva sulla pianura come un indice accusatore, e quando ne superarono la punta trovarono un'altra baia erbosa. Era un'arena naturale, cinta su tre lati dalle canne scure, un'immensa estensione circolare d'erba lussureggiante, del diametro di mezzo miglio.

Al centro, a intervalli regolari, c'erano sei grandi oggetti scuri, chiaramente visibili sull'erba, ma troppo lontani perché fosse possibile identificarli immediatamente.

Mursil, il capo cacciatore, parlò alla guida in un dialetto incomprensibile. Huy prese nota mentalmente di studiare quella lingua; era l'unica dei quattro regni che non conoscesse alla perfezione.

« Mio signore, dice che sono bufali uccisi dal granleone », riferì Mursil in un'ondata di fumi di vino.

« Dov'è la belva? » chiese Lannon. Il boscimano indicò.

« Là, dietro la seconda carcassa. Ci ha sentiti, ci ha visti e si tiene nascosta », spiegò Mursil.

« Può vederla? » chiese Lannon.

« Sì, mio signore. Vedo le punte degli orecchi e gli occhi. Ci sta spiando. »

« Da questa distanza? » chiese incredulo Lannon fissando il boscimano. « Non è possibile. »

« È vero, mio signore. Ha occhi d'aquila. »

« Peggio per te, se sbaglia », avvertì Lannon.

« Peggio per me », rispose Mursil, e Lannon si rivolse a Huy. « Prepariamoci, Grande-uccello-del-Sole, mio Avvoltoio-del-Sole. »

Mentre spogliavano Lannon dell'armatura, gli cingevano i fianchi con un drappo di lino e gli calzavano i piedi con i leggeri sandali da caccia, sopraggiunsero gli altri. Alcuni dei nobili più anziani si facevano portare in lettiga. Asmon, fragile e canuto, ordinò ai suoi portatori di fermarsi accanto a Lannon.

« Ti auguro un'uccisione perfetta », disse al principe, « come fece tuo padre. » Poi lo portarono là dove avrebbe potuto vedere il grande prato. Gli altri si sparsero lungo il bordo del canneto, le armi e le armature che scintillavano al sole, le vesti purpuree, bianche e rosse, gaie macchie di colore sullo sfondo scuro dei papiri. Scese un gran silenzio, mentre Lannon si faceva avanti e si girava verso di loro.

Era coperto soltanto dal perizoma, e la pelle era liscia e sorprendentemente bianca, tranne dove il sole gli aveva dorato la faccia e gli arti. Era un corpo magnifico, alto e ben proporzionato, con le spalle ampie e la vita snella. I riccioli erano trattenuti da una fascia purpurea, e la barba d'oro rosso era raccolta e rivoltata contro la gola.

Lannon guardò gli uomini schierati davanti a sé.

« Rivendico la città di Opet e i quattro regni », disse semplicemente, e la sua voce giunse chiara a tutti.

Huy gli portò le armi. Lo scudo di pelle di bufalo, ovale, alto come un uomo e largo quanto le sue spalle, aveva al centro gli « occhi », due feroci occhi di gufo dipinti in bianco e giallo. Quando venivano mostrati a una belva, rappresentavano lo sguardo naturalmente aggressivo d'un predatore sul punto di caricare.

« Possa questo scudo proteggerti », disse sottovoce Huy.

« Grazie, amico mio. »

Poi Huy gli porse la lancia. Era così pesante che solo un uomo fortissimo poteva maneggiarla. L'asta era di legno scelto con ogni cura e trattato con il fuoco, quindi avvolto con strisce di cuoio grezzo che, seccandosi e contraendosi, gli conferivano una solidità eccezionale. Aveva lo spessore del polso di Lannon ed era alta il doppio della sua statura.

La lama priva di uncini era larga e pesante in proporzione, ancorata all'asta per mezzo di altre strisce di cuoio; la punta incurvata era affilata come un rasoio. Era modellata in modo da consentire la massima penetrazione nella carne e aprire una ferita tale da causare una forte perdita di sangue.

« Possa questa lama trovare il cuore », bisbigliò Huy, poi disse, a voce più alta: « Ruggisci per me, Granleone di Opet ».

Lannon tese la mano verso la spalla del sacerdote, la strinse per un momento.

« Vola per me, Avvoltoio-del-Sole », disse, e si voltò. Con lo scudo appeso al dorso per non mostrare gli « occhi », si avviò verso la belva acquattata. Camminava alto e fiero nel sole, re in tutto pur se ancora privo del titolo, e Huy si commosse nel guardarlo, e cominciò a pregare augurandosi che gli dèi lo degnassero ancora della loro attenzione.

Lannon avanzò nell'erba tenera che gli sfiorava le ginocchia, ripassandosi mentalmente i consigli dei più vecchi e abili capi cacciatori e riconsiderando ogni movimento, ogni parola.

« Aspetta che ringhi prima di mostrargli gli occhi. »

« Fai in modo che venga verso di te ad angolo. »

« Carica a testa bassa. Devi squarciargli il petto da un lato. »

« Il cranio è duro come il ferro, le ossa della spalla deviano il migliore dei metalli. »

« C'è un unico punto debole da colpire: la base del collo, tra la spina dorsale e la spalla. »

E poi le parole dell'unico uomo tra tutti che avesse mai affrontato il granleone, Amilcare Barca, il quarantaseiesimo sovrano di Opet: « Quando la lancia sarà penetrata, figlio mio, tienila ben stretta. Perché il granleone è ancora vivo e quell'asta è la sola cosa che può tenerlo lontano da te fino a che sarà morto. »

Lannon continuò a camminare a passo deciso, osservando la carcassa nera del bufalo, e non vide traccia della belva che stava cacciando.

« Si sono ingannati », pensò. « Là non c'è nulla. »

Sentiva il cuore che gli batteva forte nel silenzio, sentiva i propri passi e il sibilo del respiro. Fissò il bufalo morto e continuò a camminare, stringendo più saldamente la lancia sotto l'ascella destra.

« Non c'è. Il granleone se n'è andato », pensò. Ma all'improvviso scorse un movimento. Il guizzo di due orecchie, tenute erette per un attimo, quindi appiattite di nuovo: adesso sapeva che la belva lo stava aspettando. Sentì i propri passi farsi più lenti, appesantiti dalla paura, ma s'impose di continuare a camminare.

« È la paura che uccide », pensò, e cercò di dominarla: ma era fredda e pesante come un masso sullo stomaco. Proseguì... e all'improvviso il granleone si alzò accanto alla carcassa del bufalo. Lo fronteggiava con le orecchie erette, la coda che oscillava pigramente e la testa alta: Lannon si lasciò sfuggire un'esclamazione soffocata, non se l'aspettava così enorme. Sbagliò un passo, esitò. Era colossale e incredibile, sembrava uscito da un incubo.

Era a duecento passi di distanza e continuò a camminare tenendo nascosti gli « occhi »; vide che la coda del gigantesco felino oscillava più in fretta a mano a mano che gli si avvicinava. A cento passi, la coda del granleone sferzava irosamente i fianchi. Il felino si acquattò e ripiegò le orecchie all'indietro e Lannon, adesso, poteva vedere gli occhi, gialli e ardenti.

Continuò a camminare e il granleone rizzò la criniera: questi sembrò rendere ancora più grande la testa; poi si acquattò maggiormente. La coda sferzava furiosa. E Lannon continuò ad avvicinarsi.

Ormai li separavano solo cinquanta passi. Il granleone ringhiò. Era la minaccia sorda di un tuono lontano, un rombo che scosse il suolo come un terremoto, un suono dilaniante come lo scroscio delle onde su una spiaggia durante una tempesta. Lannon si fermò. Non poteva continuare a camminare con quel suono nelle orecchie. Restò immobile a fissare la terribile belva infuriata.

Esitò per lunghi secondi e poi, con un movimento brusco guidato dalla paura, si tolse dalle spalle lo scudo e mostrò gli « occhi ». Fu abbastanza per far precipitare la rabbia del felino. La coda, con il ciuffo nero, rimase rigida, un po' sollevata sopra il livello della schiena, la testa si abbassò sul petto: il granleone caricò.

Nell'attimo in cui iniziò la carica, Lannon si sollevò in punta di piedi e balzò in avanti. I ceppi della paura liberarono le sue membra e corse verso il felino che lo caricava, a lunghi passi leggeri. Corse ad angolo, come per tagliargli la strada costringendolo a deviare la traiettoria verso di lui, in modo da non incontrarlo frontalmente, in modo che restassero esposti il collo e il lato del torace.

Lannon correva e la lama della lancia danzava davanti a lui sopra il terreno, come una lucciola nel sole.

Il granleone avanzava veloce, tenendosi basso con la testa così che le incredibili zanne quasi toccassero il petto, curve ed eburnee. Sembrava serpeggiare fra l'erba mentre si avvicinava per uccidere, e la sua mole enorme dominava la visuale di Lannon.

All'ultimo istante, Lannon alzò leggermente la punta della lancia, mirando al punto vitale alla base del collo, mentre il granleone si avventava su di lui spinto da tutta la forza della carica.

La lama affondò nel corpo bruno e peloso, penetrò nella carne, e la violenza dell'impatto si ripercosse lungo l'asta e scagliò Lannon all'indietro, in ginocchio... Ma riuscì a non abbandonare la lancia.

Intorno a lui infuriava una tempesta, il granleone ruggiva nell'agonia e grandi ondate di suono l'avvolgevano e gli martellavano i timpani. L'asta gli sussultava tra le mani, gli urtava le costole, lo copriva di lividi e lo scuoteva fino a fargli battere i denti e lacerare la lingua. Continuò a stringerla.

Poi si sentì sollevare, trascinato dall'asta quando il granleone s'impennò, e fu di nuovo scagliato al suolo quando la belva ricadde. Sentì muscoli e tendini lacerarsi nel braccio e nelle spalle, sentì gli artigli del granleone dilaniare il fragile scudo di cuoio, sentì la debolezza invadergli il corpo, la tenebra dilagargli nella mente. E la tempesta continuava a infuriare, inesorabile.

Ancora una volta il granleone ruggì e s'impennò. Lannon si sentì scagliare verso il cielo, questa volta l'asta della lancia si spezzò come un fuscello, e il principe fu sbalzato lontano, con l'impugnatura dell'arma ancora stretta fra le mani. Volò nell'aria per lunghi istanti, poi la terra gli strappò il respiro. Faticosamente si mise a sedere e si guardò intorno stordito, stringendo al petto l'asta spezzata.

A dieci passi di distanza il granleone strisciava sull'erba verso di lui. La lancia infranta sporgeva dall'esatto punto nel collo dove Lannon aveva mirato. I movimenti convulsi e disperati della belva avevano affondato ancor di più la lama nella carne e aperto una ferita orrenda da cui sgorgava del sangue rosso. Gli occhi gialli fissavano ancora Lannon, con le grandi zanne ricurve e protese pronte a sbranarlo.

Strisciava lentamente verso di lui con il respiro che tambureggiava nella gola possente e trascinava le zampe posteriori paralizzate, agonizzante ma ancora esiziale.

« Muori! » pensò Lannon mentre lo guardava affascinato e incapace di muoversi. « Muori », pensò. « Muori ti prego. » E all'improvviso l'ultima convulsione assalì il gigantesco felino. La schiena s'inarcò, le zampe s'irrigidirono, gli artigli affondarono nel suolo e la bocca rosata si spalancò in un gemito. Un ultimo, lungo e patetico lamento, e il granleone morì.

Gli spettatori gridarono un'acclamazione che si perse nell'immane silenzio delle paludi, e cominciarono ad avanzare lentamente verso la figura lontana del re. Ma Huy correva, con le gambe troppo lunghe per il busto deforme, e sembrava danzare sul terreno, con i capelli neri che sventolavano nell'aria e la scure degli Avvoltoi bilanciata sulla spalla.

Aveva percorso metà della distanza che lo separava da Lannon chino sull'erba, quando un secondo granleone si alzò dal punto dov'era rimasto accovacciato dietro la carcassa del bufalo più vicino. Huy lo notò e urlò continuando a correre.

« Lannon! Dietro di te! Attento! »

Lannon si voltò e lo vide. Era la femmina, più chiara ed elegante, ma come tutti sapevano ancora più feroce del maschio. Si mosse verso Lannon con la concentrazione mortale del felino in caccia.

« Baal, aiutami! » pregò Huy mentre correva verso il suo principe, e vide che cercava di rialzarsi. La femmina del granleone avanzava acquattata, spostandosi in brevi corse.

« Qua! » urlò Huy. « Vieni! » E il felino lo notò per la prima volta. Alzò la testa e lo fissò. Le zanne luccicavano, lunghe ed eburnee, gli occhi erano gialli e splendidi.

« Sì! » gridò Huy. « Eccomi! » Vide Lannon barcollare e cadere tra l'erba, ma continuò a sorvegliare la belva. Vide la coda tendersi e la testa abbassarsi. La femmina incominciò la carica e Huy rallentò.

Si fermò per attenderla, piazzandosi saldamente sulle gambe poderose con la scure sulla spalla, e lasciò che avanzasse in linea retta, frontalmente verso di lui.

Mentre la belva si avvicinava, Huy fissò lo sguardo sulla macchia nera a forma di rombo che aveva tra gli occhi, e assestò la stretta delle mani sull'asta della scure, regolandola meticolosamente.

La scure si levò alta e la belva coprì gli ultimi passi come un lampo e in un istante torreggiò davanti al gobbo.

« Per Baal! » urlò Huy, e la scure sibilò nel volo. La lama affondò nel cranio e nel cervello della leonessa, e gli venne strappata dalla stretta quando il peso dell'animale morto gli piombò contro il petto.

Huy riemerse dalle profondità della tenebra ruggente, e quando aprì gli occhi Lannon Hycanus, il quarantasettesimo Granleone di Opet, stava inginocchiato accanto a lui nella luce del sole.

« Pazzo », disse il re che aveva la faccia gonfia e livida e incrostata di sangue coagulato. « Oh, piccolo pazzo coraggioso. »

« Coraggioso sì », mormorò a fatica Huy. « Ma non pazzo, mio re. » E vide il sollievo negli occhi di Lannon.

Appesero le pelli dei due granleoni ancora umide all'albero maestro dell'ammiraglia, e Lannon Hycanus ricevette i giuramenti di fedeltà dai capi delle nove famiglie di Opet stando adagiato su un morbido giaciglio. Huy Ben-Amon portò la coppa della vita nonostante le proteste del re.

« Devi riposare, Huy. Sei ferito gravemente, credo che le costole siano... »

« Mio signore, io sono il coppiere. Vorresti negarmi questo onore? »

Asmun fu il primo a prestare giuramento. I figli l'aiutarono a scendere dalla lettiga, ma si svincolò da loro mentre si avvicinava a Lannon.

« Per rispetto alla neve che imbianca i tuoi capelli e alle cicatrici che porti, non sei tenuto a inginocchiarti, Asmun. »

« Voglio inginocchiarmi, mio signore », rispose Asmun, e lentamente si prosternò sul ponte, nella luce del sole. Baal doveva essere testimone del giuramento di quel fragile vecchio. Quando Huy gli accostò alle labbra la coppa della vita bevve un sorso, quindi Huy portò la coppa al re, che bevve a sua volta e la restituì.

« Bevi anche tu, mio sacerdote. »

« Non è l'usanza », obiettò Huy. »

« È il re di Opet e dei quattro regni a stabilire le usanze. Bevi ti dico! »

Huy esitò ancora un momento, quindi alzò la coppa e bevve una lunga sorsata. Quando si fece avanti Habbakuk Lal, l'ultimo dei nove, la coppa era stata riempita cinque volte con il dolce vino di Zeng.

« Le ferite ti fanno ancora soffrire? » chiese a voce bassa Lannon quando Huy gli portò la coppa per l'ultima volta.

« Non sento dolore, mio sovrano », rispose Huy, e all'improvviso rise e lasciò cadere una goccia di vino sul petto del re.

« Vola alto, Avvoltoio-del-Sole », rise Lannon.

« Ruggisci forte, Granleone », disse Huy e rise con lui. Lannon si rivolse ai nobili che affollavano il ponte.

« Ci sono cibi e bevande a vostra disposizione. » La cerimonia era terminata e Lannon Hycanus era re. « Habbakuk Lal! » Lannon indicò l'imponente marinaio dalla barba fulva e dalla faccia lentigginosa, segnata dalla salsedine marina.

« Mio signore. »

« Salpa per Opet. »

« Di notte? »

« Sì. Voglio raggiungere la città prima di mezzogiorno di domani, e mi fido della tua capacità. »

Habbakuk Lal chinò la testa a quel complimento e i pesanti orecchini d'oro gli batterono contro le guance. Poi si voltò e si avviò sul ponte, muggendo ordini agli ufficiali.

Le ancore furono salpate a poppa, il tamburino nel castello di prua dell'ammiraglia batté sul tronco cavo con la mazza di legno, per dare il ritmo della partenza.

Tre colpi rapidi, due lenti, tre rapidi. I remi si immersero, risalirono, si tesero in avanti e s'immersero di nuovo. All'unisono, in un movimento ondulante come il batter delle ali argentee di un grande uccello acquatico. Lo scafo lungo e affusolato fendeva audacemente le acque del lago arrossate dal tramonto e si lasciava dietro una scia sottile; lo stendardo della casa dei Barca era issato all'albero maestro, e i castelli di poppa e di prua torreggiavano orgogliosi al di sopra delle macchie dei papiri.

Quando l'ammiraglia passò davanti agli altri vascelli della flotta, questi abbassarono gli stendardi e la seguirono. Ognuno tenne scrupolosamente la propria posizione nella fila, mentre i nocchieri stavano chini sui remi che facevano da timone e i rulli dei tamburi echeggiavano su tutto il lago.

Il passo zoppicante era la sola cosa che tradiva il disagio di Huy mentre passava da un gruppo all'altro, sul ponte rischiarato dalle torce. Ogni volta alzava al cielo stellato la ciotola del vino e ogni volta faceva rotolare i dadi d'avorio.

« Maledetta la tua fortuna », rise Philo, ma la risata non bastava a mascherare la collera che alterava la faccia scura e torva. « Devo essere pazzo, per giocare ai dadi con un favorito degli dèi. » Tuttavia spinse un mucchietto d'oro sulla tavola, pareggiando le puntate di Huy, e Huy prese i dadi, li lanciò e apparvero di nuovo i tre pesci neri. Philo si stinse nelle vesti e si allontanò fra le risa e i commenti scherzosi dei presenti.

La fulgida stella bianca di Astarte era tramontata quando finalmente Lannon e Huy, vicini sotto le pelli dei granleoni, si guardarono intorno. Il ponte sembrava un campo di battaglia. Nella luce delle torce spiccavano le figure degli uomini che giacevano inconsci là dove erano caduti. Una ciotola per il vino rotolava avanti e indietro seguendo il movimento della nave che avanzava veloce nell'oscurità.

« Un'altra vittoria », disse Lannon con voce impastata girando lo sguardo su quella carneficina.

« Una grande vittoria, mio re. »

« Credo... » cominciò Lannon, ma non finì la frase. Le gambe gli mancarono. Barcollò e cadde in avanti. Huy lo sostenne, se lo caricò sulla spalla. Incurante del dolore al petto, sollevò il re e lo portò sottocoperta, nella cabina principale. Lo adagiò sul letto e gli sistemò la testa e gli arti in modo da farlo stare comodo. Si trattenne ancora per un momento accanto alla figura supina.

« Dormi bene, mio bel re », mormorò, e si voltò per raggiungere barcollando la sua cabina. La schiava si alzò quando lo vide entrare.

« Ho preparato tutto perché tu possa scrivere », gli disse. Huy vide il rotolo, il calamaio e lo stilo sotto la lampada oscillante.

« Stanotte no. » Si avviò verso il letto, perse l'orientamento, andò a sbattere contro la paratia e rimbalzò all'indietro. La schiava accorse per aiutarlo e lo guidò a destinazione.

Huy si stese sul dorso e la guardò: la ragazza faceva parte della servitù di Lannon. Avrebbe desiderato potersi permettere una come lei, ma come minimo doveva costare dieci dita d'oro.

« C'è altro, mio signore? » chiese la ragazza. Era graziosissima, con i soffici capelli scuri e la carnagione d'avorio. Huy chiuse un occhio per guardarla meglio.

« Forse », disse timidamente. « Se mi aiuterai un po'. » Ma le sue aspirazioni erano troppo ambiziose, e dopo pochi istanti cominciò a russare così forte da far tremare la nave. La ragazza si alzò, indossò la veste e gli sorrise per un momento prima di lasciare la cabina.

Nell'oscurità che precedeva l'alba, Huy si destò e salì sul castello di prua della nave e si esercitò con la scure facendola volare e sibilare nel buio. Sentiva il sangue torpido che scorreva più rapido nelle sue vene, e sul suo corpo grondava un sudore che l'aria fresca del lago non avrebbe prosciugato. Cambiava agilmente mano, e la grande scure cantava. Il torpore lo abbandonò, il sudore scorse sulle gambe e sulle braccia muscolose, sulla schiena gobba, intrise il perizoma e gli colò negli occhi. Huy incominciò a danzare, a passo leggero, girando su se stesso e spiccando balzi, e la scure continuò a volare.

L'aurora arrossava il cielo quando finalmente si fermò e si appoggiò alla sua arma. Il respiro gli usciva dalle labbra in un vapore sibilante nell'aria fredda, ma il sangue gli scorreva in tutto il corpo, e si sentiva di nuovo un uomo.

Nella cabina una delle schiave di Lannon gli terse il sudore con lo strigile d'oro, un dono del sovrano, quindi lo massaggiò con olio profumato, gli intrecciò i capelli e la barba e gli porse un'ampia veste di lino bianco.

Salì sul ponte proprio mentre veniva dato alla flotta l'ordine di virare, e deviarono verso est ad attendere il sorgere del sole mentre i rematori si accasciavano con sollievo sui remi. Quando il sole apparve all'orizzonte, Huy guidò il coro delle lodi a Baal. Poi tutti fecero colazione sul ponte scoperto, seduti su stuoie di canne intrecciate. Huy guardò le facce grigie, stravolte e irritabili. Persino Lannon era pallido, e le mani gli tremavano mentre beveva una ciotola di latte caldo e miele.

Huy incominciò con le focacce di miglio sgocciolanti d'olio e miele, mangiò un grosso pesce di lago affumicato, e quando ordinò un'anitra arrostita con aglio selvatico e altre focacce di miglio, tutti lo guardarono sbalorditi. Huy fece a pezzi l'anitra e si sforzò di assumere un'espressione di piacere mentre mangiava, perché teneva molto alla sua reputazione.

Philo parlò per tutti quando finalmente esclamò: « Grande Baal! Tu insulti non soltanto il tuo stomaco, ma anche il mio! » Si alzò precipitosamente e scese sottocoperta.

« Ha ragione. » Lannon rise per la prima volta, quel giorno. « Sembri un bambino che non ha mai bevuto niente di più velenoso del latte della madre. »

« È stato svezzato con il vino rosso di Zeng e si è fatto i denti sulla lama della scure da combattimento. »

« Se il lago fosse di vino, ne abbasserebbe tanto il livello che potremmo attraversarlo a piedi. »

Huy ammiccò come uno gnomo malizioso, e strappò una coscia dalla carcassa dell'anitra.

A metà mattina arrivarono alle secche, e Habbakuk Lal andò a pilotare la nave lungo lo stretto canale. I giacinti d'acqua, i papiri e altre piante acquatiche minacciavano di otturare una via così vitale per Opet. Le barche nel canale si scostarono mentre le dieci grandi navi passavano volando sulle ali argentee e grondanti d'acqua. Gli ufficiali salutavano lo stendardo dei Barca con il pugno chiuso, ma gli schiavi condannati a combattere eternamente con la vegetazione lacustre restavano immobili a guardare con occhi da animali pazienti.

Adesso che erano più vicini a Opet incominciarono a incontrare i pescherecci che ritiravano le reti cariche di pesci, scintillanti come stelle prigioniere, mentre i gabbiani candidi stridevano e volteggiavano in alto.

All'orizzonte apparvero le rupi, rossocupe nel sole. Ai parapetti si affollarono coloro che volevano godere di quel particolare momento nel viaggio di ritorno.

Mursil, il capo cacciatore, andò a inginocchiarsi davanti a Lannon.

« Mi hai fatto chiamare, mio signore? »

« Sì... e anche il pigmeo. »

« È qui, o re. »

« Ti ho promesso una ricompensa. Chiedi. »

« Mio signore, ho tre mogli e tutte avide. »

« Oro? »

« Se così ti piace, mio signore. »

« Huy, scrivi un ordine per la tesoreria, perché gli consegnino cinque dita d'oro. »

« Che Baal risplenda su di te in eterno! »

« E il pigmeo? »

Mursil chiamò il piccolo boscimano, e Lannon lo squadrò incuriosito.

« Come si chiama? »

« Xhai, mio signore. »

« Comprende la nostra lingua? »

« No, mio signore, parla soltanto il suo primitivo dialetto. »

« Chiedigli che cosa desidera... forse la libertà? »

« Non comprende l'idea della libertà. È come un cane, mio signore. Se gli togli il padrone, gli togli la ragione per vivere. »

« Chiedigli che cosa desidera. »

Mursil e il boscimano parlarono a lungo in quel linguaggio cinguettante, poi il capo cacciatore si rivolse di nuovo al re.

« È una strana richiesta. »

« Parla. »

« Desidera cacciare con l'uccisore del granleone. »

Lannon fissò il boscimano che gli sorrideva con l'accattivante candore di un bambino.

« Il pigmeo pensa, mio signore, se mi perdoni l'impertinenza... » Mursil sudava un po' e appariva a disagio. « Pensa che tu sia un dio, e vuole appartenere a te. »

Lannon proruppe in una risata tonante come il muggito di un toro e si batté la mano sulla coscia.

« Così sia. È promosso a mastro delle cacce reali... con la paga e i privilegi che gli spettano. Prendilo con te, Huy, insegnagli a parlare la nostra lingua o, se non ci riesci, impara la sua! »

« A me tutti i randagi e i deformi », pensò malinconicamente Huy. La sua casa ne era piena. Ogni volta che aveva accumulato oro a sufficienza per comprare una schiava bella e giovane, lo spendeva per qualcuno che era troppo vecchio o malato per giustificare il suo mantenimento e che il padrone destinava al laghetto di Astarte. Almeno il pigmeo avrebbe avuto la paga di mastro cacciatore, per contribuire alle spese.

Lannon si girò verso il parapetto. La città madre apparve finalmente all'orizzonte. I muri del tempio splendevano d'un color rosa rossiccio, e la città bassa era candida, le case erano dipinte con la cenere delle conchiglie lacustri.

La flotta da guerra di Opet uscì dal porto per incontrarli. Gli scudi e gli elmi dei legionari scintillavano nel sole, via via che le navi puntavano verso l'ammiraglia con le prue affilate e dorate. Tutti videro le pelli appese sotto lo stendardo della casa dei Barca e un'acclamazione risuonò sull'acqua.

L'ammiraglia entrò nel porto per prima, sulla spinta dei remi. Habbakuk Lal la fece puntare verso il molo di pietra, dove la folla si ammassava sulla riva. L'intera popolazione era accorsa sfoggiando gli abiti più belli e colorati, da centomila gole si levavano grida festose di saluto al nuovo re.

All'ultimo momento Habbakuk Lal abbassò la mano per dare un segnale al tamburino e al timoniere. La nave girò e per frenarla tutti i remi entrarono nell'acqua come artigli, la fiancata toccò così il molo di pietra. Lannon Hycanus e il suo seguito scesero a terra.

Le mogli di Lannon furono le prime ad accoglierlo. Erano nove, ognuna proveniente da una delle famiglie nobili, giovani aristocratiche fiere e belle. Si fecero avanti a una a una e s'inginocchiarono chiamandolo « sire » per la prima volta.

Huy le guardò con una stretta al cuore. Non erano schiave docili e scervellate, le sole di cui avesse conosciuto la compagnia. Erano vere donne. Aveva bisogno di una come loro che condividesse la sua vita. E aveva tentato. Aveva corteggiato le figlie di ognuna delle grandi casate di Opet ed era stato respinto. Non sapevano vedere al di là della sua schiena... e non poteva rimproverarglielo.

La dignità e l'austerità della situazione fu spezzata all'improvviso da un coro di esclamazioni, e le gemelle sfuggirono alle bambinaie e corsero sul molo. Non badarono al padre e ai nobili, ma andarono a saltellare intorno a Huy, lo tirarono per la veste e reclamarono la sua attenzione. Quando le prese in braccio cominciarono a disputarsi i suoi baci con tanto accanimento che finirono per tirarsi reciprocamente i capelli. Le bambinaie accorsero e le trascinarono via.

Imilce teneva ancora le mani affondate nei capelli d'oro di Helanca, e dall'espressione di Lannon, Huy comprese che sarebbero state punite e che i sederini rosa presto sarebbero diventati rossi. Avrebbe voluto fare qualcosa per impedirlo.

Si allontanò tra la folla; mentre si dirigeva verso il tempio, contrattò con uno dei mercanti l'acquisto di un pollo e ottenne un buon prezzo. Dopo il sacrificio, andò nella sua casa, entro il recinto dei sacerdoti, tra il muro esterno e quello interno del tempio. C'erano tutti a riceverlo, pieni di premure, con le teste grigie e le gengive sdentate, e tutti emozionati dalle notizie della sua ultima impresa. Gli chiesero di raccontare la caccia, mentre lo lavavano e gli servivano il pasto.

Finalmente si rifugiò nella sua camera per dormire; ma s'era sdraiato da poco quando arrivarono le quattro principesse più grandi. Avevano dai sei ai dieci anni; e avevano superato la debole barriera difensiva formata dagli schiavi per invadere la camera come se fosse un loro diritto.

Con un sospiro, Huy rinunciò all'idea di dormire e mandò qualcuno a prendere lo strumento. Mentre cominciava a cantare gli schiavi, uno alla volta, entrarono senza far rumore e sedettero lungo il muro. Huy Ben-Amon era tornato a casa.

Nell'anno 533 dalla fondazione di Opet, sei mesi dopo aver ucciso il granleone e rivendicato i quattro regni, Lannon Hycanus, capo della casa dei Barca, lasciò la città per compiere secondo la consuetudine una marcia lungo i confini. Quella primavera aveva compiuto ventinove anni, uno più del suo sommo sacerdote.

Marciò con quattro delle sue mogli, quelle senza figli, nella speranza che ne avessero durante i due anni del viaggio. Portò con sé due legioni di seimila opliti, fanti, uomini armati di scure e d'arco. Le legioni erano formate principalmente da liberti yuye, con gli ufficiali appartenenti alle famiglie nobili di Opet. Erano organizzate secondo i criteri romani, gli stessi adottati da Annibale durante la campagna in Italia. Ogni legione aveva dieci coorti, ogni coorte sei centurie. Gli uomini portavano corazze di cuoio, elmi conici di ferro e scudi rotondi di cuoio costellati di rosette di bronzo. Portavano schinieri sempre di cuoio e sandali chiodati, e marciavano cantando.

Gli ufficiali invece erano vestiti in modo splendido, come si conveniva alle loro nobili origini. Le corazze erano di bronzo, i mantelli di lino finissimo tinto di porpora e di rosso, e marciavano alla testa delle loro divisioni.

Non c'era cavalleria. In cinquecento anni, i tentativi di portare i cavalli dal nord erano falliti. Tutti gli animali erano morti o durante i viaggi per mare, oppure poco dopo l'arrivo a Opet, uccisi da un morbo misterioso che faceva rizzare il pelame e trasformava gli occhi in gelatina sanguinante.

Al posto dei cavalli c'erano gli elefanti, enormi e feroci, che ispiravano terrore ai nemici di Opet quando erano lanciati alla carica portando nelle torrette fissate sul dorso gli arcieri che scagliavano nugoli di frecce. Tuttavia, nella frenesia della battaglia, rischiavano di causare scompiglio nelle file del loro esercito non meno che in quelle nemiche. Gli addestratori erano sempre armati di un maglio e di un lungo chiodo d'acciaio, pronti a piantarlo nel cervello degli animali imbizzarriti. Lannon nella sua marcia portò con sé venticinque elefanti.

Con lui partirono il sommo sacerdote e una dozzina di altri religiosi, ingegneri, medici, armaioli, cuochi, schiavi, oltre a uno stuolo sterminato di mercanti, prospettori, giocatori d'azzardo, indovini, venditori di liquori e prostitute. Il convoglio dei carri che portavano le tende e le vettovaglie si estendeva per circa sette miglia, e l'intera colonna per quindici. Non era un problema nelle sterminate praterie del sud, dove acqua e foraggio abbondavano; ma quando Huy Ben-Amon salì su una bassa collina con il suo re e vide la massa che scendeva lentamente dal nord pensò al momento in cui sarebbero risaliti verso settentrione in un grande cerchio, passando tra le foreste e attraversando il territorio accidentato lungo il grande fiume. Un simile ammasso di ricchezze sarebbe stato una tentazione quasi irresistibile per le bande guerriere della terra sconosciuta oltre il fiume. Confidò a Lannon i suoi timori e Lannon rise, socchiudendo gli occhi azzurri nella luce del sole.

« Tu pensi più come un soldato che come un sacerdote. »

« Sono l'uno e l'altro. »

« Certo. » Lannon gli posò la mano sulla spalla. « Non per nulla hai il comando della sesta legione... ebbene, Huy, ho pensato molto a questa marcia. In passato è servita solo a sprecare tempo e a dissipare le ricchezze del tesoro di Opet. La mia sarà diversa. Intendo ricavarne un profitto. »

Huy sorrise a quella parola magica; a Opet tutti la comprendevano, nobili e plebei, re e sacerdoti.

« Intendo fare in modo che sia una marcia diversa. Nel regno meridionale organizzeremo cacce come non hai mai immaginato, e la carne verrà affumicata e seccata e venduta alle case e alle miniere per nutrire gli schiavi. Inoltre andremo a caccia di elefanti. Vorrei che il mio esercito ne avesse duecento, per affrontare le minacce provenienti dal nord che tu mi hai appena ricordato. »

« Mi ero infatti meravigliato della quantità di carri vuoti che ci seguono. »

« Li riempiremo prima di dirigerci nuovamente verso il nord », promise Lannon. « E quando passeremo tra i frutteti di Zeng, cambieremo le guarnigioni e lasceremo al loro posto questi uomini: le truppe che soggiornano troppo a lungo in un dato posto diventano pigre e corrotte. A Zeng incontrerò gli emissari dei drav dell'est e rinnoverò con loro il trattato. »

« E il nord? » Huy tornò a insistere sull'argomento.

« Da Zeng ci dirigeremo verso il nord in assetto di guerra. Le donne e gli altri ritorneranno a Opet attraversando il regno 'di mezzo'. Arriveremo al fiume con due legioni, per rafforzare quelle già stanziate, e lo attraverseremo per incendiare e catturare schiavi... così quelle tribù capiranno che in Opet regna un nuovo sovrano. »

Lannon si voltò a guardare minacciosamente il nord e la criniera e la barba d'oro rosso brillarono nel sole.

« Ormai da cento anni non ci danno tregua, siamo stati troppo arrendevoli. Di anno in anno sono diventati più numerosi e sfrontati. Mostrerò loro il ferro, Avvoltoio-del-Sole. Mostrerò loro che il fiume è sostenuto da una barriera di acciaio lucente e che se tenteranno di avvicinarsi lo faranno a loro rischio. »

« Da dove verranno? E quanti sono? » chiese Huy a voce bassa.

« Sono le schiere delle tenebre, e sono neri perché non appartengono come noi al dio Sole, a Baal. Furono generati nell'oscurità delle foreste dell'eterna notte, al nord: e quando riuscirai a contare le locuste fameliche potrai contare anche loro. »

« Hai paura, Lannon? » chiese Huy, e il re si voltò a guardarlo con un'espressione di collera sul volto.

« Come osi, sacerdote? » ringhiò.

« Chiamami amico, non sacerdote... E oso dimostrarti che l'odio irragionevole è basato sulla paura. »

La collera di Lannon si dileguò. Giocherellò con l'impugnatura della spada e si guardò intorno per assicurarsi che i suoi aiutanti di campo non potessero ascoltarli.

« C'è ragione di aver paura », disse finalmente.

« Lo so », confermò Huy.

Huy diresse il canto di lode a Baal nell'aurora. Ma fu eseguito a bassa voce per non allarmare i branchi vicini; più tardi Huy pregò gli dèi di guardare con favore la caccia e promise che una parte delle spoglie sarebbe stata lasciata perché gli Avvoltoi-del-Sole la portassero in cielo. Quindi Huy e Lannon bevvero una ciotola di vino e mangiarono una focaccia di miglio mentre attendevano.

Mursil, il capo cacciatore del sud, aveva scelto il terreno con abilità e attenzione. Dal punto dove stavano, sulla bassa scarpata, potevano vedere l'immensa piana a imbuto cinta ai lati dalle colline, e sulle vette i fuochi di segnalazione che fumavano nella luce del primo mattino per mostrare ai guerrieri la posizione e per rimandare indietro la selvaggina che avesse tentato di uscire dalla valle.

In lontananza, oltre il punto dove giungeva lo sguardo, le due legioni erano sparse sulla pianura, e già avanzavano. I diecimila uomini in movimento spazzavano la prateria come un'ondata che si avventa sulla spiaggia. La polvere saliva pallida contro l'azzurro fragile del cielo mattutino e, sotto quella coltre, balenava ogni tanto il lampo di un elmo o di una lancia.

« È incominciata », disse Lannon in tono di soddisfazione.

Huy guardò le decine di migliaia di animali al pascolo sparsi in branchi sulla pianura. Era la decima grande caccia in cinquanta giorni, e il massacro incominciava a dargli un po' di nausea.

Abbassò lo sguardo verso il punto dove la pianura si restringeva e il fiume che l'attraversava passava nella strozzatura. Alla base, incuneato tra le colline, c'era un varco di cinquecento passi che offriva una via di scampo nella prateria sconfinata che stava oltre. Tutta la pianura era cosparsa di alte acacie a chioma piatta.

Dal punto dove sedevano, sopra il varco, riuscivano appena a intravedere le tre file di trabocchetti nascosti fra le due catene di colline. Là stavano in agguato mille arcieri di Lannon, e ognuno aveva accanto un fascio di trecento frecce e un arco di ricambio.

Dietro di loro c'era una doppia recinzione di reti pesanti, sostenute da pali fragili che sarebbero caduti quando un corpo pesante vi si fosse avventato, bloccando l'animale e soffocandolo nelle pieghe fino a che un oplita avesse avuto il tempo di uscire dal nascondiglio e di accorrere con un giavellotto per finire la preda e risistemare la rete. Lì, altri mille uomini armati di giavellotto stavano in attesa.

« Dovremmo scendere. » Lannon finì il vino e scosse le briciole dal mantello.

« Attendiamo ancora un po' », propose Huy. « Vorrei vedere. »

L'inquietudine stava dilagando fra le mandrie sulla pianura, a partire dagli animali più vicini ai battitori. Le lunghe file degli gnu cominciarono a correre in cerchio, senza meta, con i musi a terra, i corpi neri che scalciavano e le lunghe criniere al vento. I branchi di zebre si raccolsero in masse compatte di duecento o trecentro capi e guardarono incuriosite le file dei battitori che si avvicinavano. I loro parenti più stretti, i quagga, bassi e tozzi, si radunarono in branchi meno numerosi d'un color baio scuro. E in mezzo a loro c'erano tutte le varietà dell'antilope, quelle gialle e rosse, quelle violacee e quelle grandi, striate e maestose. L'immensa moltitudine incominciò ad agitarsi e a muoversi, in una lenta ritirata lungo la valle e verso il varco... e la polvere si levò intorno a loro.

« Ah », disse Lannon. « Che bottino. »

« Non può esserne mai esistito uno più grande nella storia della caccia », ammise Huy.

« Quanti pensi che siano? » chiese Lannon.

« Non lo so... cinquanta o centomila... sarebbe impossibile contarli. »

Anche le giraffe dai colli lunghissimi furono contagiate dall'allarme crescente. Lasciarono i ripari delle acacie e, seguite dai piccoli, si unirono al movimento della massa giù per la valle. In mezzo alla moltitudine spiccava ogni tanto un rinoceronte, colossale e pesante, che sbuffava sollevando gli zoccoli massicci.

Come un flusso che teneva insieme l'intera massa, si muovevano le mandrie brune delle eleganti antilopi saltanti. Scendevano a valle e si muovevano più svelti, come le acque di un'alluvione, e la polvere diventava più fitta, saliva vorticando in nubi soffocanti. Le colline costringevano i branchi ad addensarsi; e quando le mandrie tentarono di salire le pendici ai due lati, trovarono una fila di uomini urlanti che brandivano le armi e li obbligavano a ridiscendere e che si lanciavano giù, all'inseguimento per i declivi, diffondendo il panico fra i branchi ormai assiepati sul fondovalle.

Avanzarono, e il fragore degli zoccoli salì come il suono della tempesta, delle onde e del vento. Il suolo tremava. « Vieni! » gridò Lannon, e si alzò di scatto e scese a balzi il pendio. Ancora per un momento, Huy guardò la falange incredibile di esseri viventi che si avventava verso il varco, poi mise la scure in spalla e scese correndo per seguire Lannon. I lunghi capelli neri svolazzavano dietro di lui, e correva con la sicurezza di una capra e la velocità di un coniglio. Arrivò sulla pianura contemporaneamente a Lannon, e lo precedette verso il centro del valico dove una trincea era stata scavata per loro, e li attendeva una dozzina di fasci di giavellotti.

Lannon balzò nella fossa accanto a lui. « Non c'erano premi in oro per questa corsa », disse ridendo.

« Avrebbero dovuto esserci », rispose Huy, e assieme si portarono verso la parte anteriore della trincea per guardare la valle. Era uno spettacolo terrificante. Da un lato all'altro era intasata da un'immensa marea di esseri viventi, e sopra di loro s'innalzava un'alta muraglia bruna di polvere attraverso la quale il sole basso brillava minacciosamente.

Le teste e le criniere degli animali nelle prime file si agitavano come la superficie di un torrente e, sopra quella massa, torreggiavano i colli esili delle giraffe e degli struzzi. Si avventavano tutti verso di loro, e la terra tremava. Guardavano quella scena con meraviglia e soggezione.

Lannon calcolò con cura il momento, in attesa che la prima ondata della selvaggina attraversasse i punti di riferimento. Poi, quando questo avvenne, diede un ordine al trombettiere. Risuonò la nota incalzante dell'attacco, stridente e ripetuta con insistenza.

Dalla terra, ai piedi della muraglia avanzante degli animali, sorse una fila di arcieri. Scagliarono per quattro volte le frecce prima che la muraglia stessa li investisse. Quattromila frecce in venti secondi... e le bestie che seguivano le prime file caddero sugli animali morti e urlarono per la sofferenza delle ossa fratturate e della carne trafitta.

Spinta dallo slancio dell'avanzata, la selvaggina continuò la fuga mentre altre bordate di frecce li decimavano e gli animali morti e feriti si accatastavano in mucchi enormi.

I capi più piccoli furono annientati dagli arcieri, ma quelli più grossi e con la pelle più dura continuarono il galoppo con i fianchi irti di frecce. Grandi rinoceronti grigi si avventavano con gli occhi stralunati verso la fila delle reti scrollando i corni incurvati. Le giraffe galoppavano spronate dal terrore. Uno squadrone di bufali neri correva spalla contro spalla, in un'orda compatta.

Piombarono nelle reti e caddero dibattendosi e urlando. I giavellotti li trafissero mentre si rotolavano al suolo e muggivano, soffocati dalle pieghe delle pesanti reti. Disperatamente, Lannon e i suoi si misero all'opera per liberare le reti dalle carcasse e tirare di nuovo su i pali; ma erano sforzi sprecati. Ormai gli animali erano troppi, e fuori della sicurezza della trincea regnava la morte. Torturati dalle frecce, gli animali feriti caricavano ogni uomo che osasse mostrarsi.

Huy vide un soldato scagliato in aria da un rinoceronte inferocito. Roteò in volo e cadde sulla terra dura, dove fu calpestato e sfracellato dalle orde in corsa.

Lannon tirava i giavellotti dalla fossa con potenza e precisione straordinarie, mirando alle costole dietro le spalle delle prede. Ammucchiò carcasse su carcasse intorno a loro, ridendo e gridando nell'eccitazione frenetica della caccia.

Anche Huy se ne sentì contagiato. Danzava e gridava e brandiva la scure, e proteggeva le spalle e il fianco di Lannon, e ogni tanto lanciava un giavellotto quando qualche animale gigantesco sembrava sul punto di piombare loro addosso nella trincea.

Huy e Lannon erano madidi di sudore e incrostati di polvere; una pietra, sbalzata da un colpo di zoccolo, aveva aperto sulla fronte di Huy una ferita che arrivava fino all'osso: si strappò l'orlo della tunica e si fasciò, quasi senza interrompere i movimenti eccitati.

Davanti a loro gli arcieri erano stati sopraffatti dalla massa bruta degli animali. Esaurite le frecce, si rannicchiarono nella trincea e lasciarono che i fuggitivi passassero sopra di loro.

Huy vide altre bestie che correvano nella loro direzione. Afferrò il re, animato dalla frenesia del sangue, e lo trascinò sul fondo della trincea. Rimasero così, riparandosi le teste con le braccia mentre gli orli della fossa si sgretolavano sotto l'impatto degli zoccoli. La terra gli pioveva addosso e li soffocava, costringendoli a coprirsi le facce con i lembi delle tuniche e ad ansimare per prendere un po' di fiato.

Una giovane zebra, un maschio, cadde nella fossa addosso a loro. Scalciava e nitriva per il terrore, tentava di morderli con i forti denti gialli. Era un pericolo mortale.

Huy si rotolò a terra per evitare gli zoccoli acuminati, indugiò un attimo per prendere la mira e poi alzò di scatto il braccio destro. Lo spuntone che coronava la scure degli Avvoltoi penetrò sotto la mascella dell'equino terrorizzato e gli trafisse il cervello. La zebra stramazzò, calda e inerte, sopra di loro, e la carcassa divenne una protezione contro la furia degli zoccoli.

Poi la tempesta si attenuò, passò oltre, si perse rombando in lontananza. Nel silenzio che seguì, Huy si girò verso Lannon.

« Tutto bene? » Lannon strisciò con difficoltà al di sotto della zebra morta. Uscirono dalla trincea e si guardarono intorno meravigliati.

Lungo un fronte di cinquecento passi e per la stessa profondità, il terreno era coperto da un tappeto di capi di selvaggina morti e morenti. Dalla trincea uscirono gli arcieri e i lanciatori di giavellotti, e contemplarono la scena con l'aria stordita degli ubriachi.

La fila dei battitori si fece avanti uscendo da una palude di polvere sospesa che smorzava persino lo splendore del cielo. Solo le strida e i belati degli animali morenti e feriti spezzavano il silenzio.

I battitori continuarono ad avanzare tra i mucchi di carne sanguinante. Le spade si alzavano e si abbassavano per finire la selvaggina ferita. Huy infilò la mano sotto la tunica e tirò fuori una borraccia di vino di Zeng.

« Posso sempre contare su di te per queste cose. » Lannon sorrise e bevve avidamente. Le gocce del vino brillavano come sangue sulla barba impolverata.

« C'è mai stata una caccia come questa? » chiese, mentre restituiva la borraccia a Huy.

Huy bevve, poi girò lo sguardo intorno a sé. « Non posso credere che ce ne sia mai stata una », disse a voce bassa.

« Affumicheremo e saleremo la carne... e poi andremo a caccia di nuovo », promise Lannon, e si allontanò a grandi passi per dar l'ordine di cominciare a macellare le prede.

Un'alta cupola di luce color arancio troneggiava sopra la pianura, la luce riflessa di diecimila fuochi. Per tutto il pomeriggio e per tutta la notte, l'esercito lavorò per macellare l'enorme bottino, tagliare a strisce la carne e appenderla sopra le fiamme ad affumicare. L'odore dolciastro della carne fresca, il lezzo delle viscere squarciate, lo sfrigolio delle fette messe a cuocere giungevano fin dove Huy, seduto sotto la tenda di pelle, lavorava nella luce palpitante di una lampada a olio.

Lannon uscì dall'oscurità, ancora incrostato di polvere e di sangue coagulato.

« Vino, o Avvoltoio-del-Sole, per amore di un amico. » Finse di barcollare per la sete, e Huy gli porse l'anfora e la ciotola. Lannon rifiutò la ciotola, bevve direttamente dall'anfora e si asciugò la barba contro il braccio.

« Porto buone notizie », disse con un gran sorriso. « Il bottino è stato di millesettecento capi. »

« E quanti di questi sono uomini? »

« Quindici uomini morti, e alcuni feriti... ma non ne valeva la pena? »

Huy non rispose, e Lannon continuò:

« Ho anche altre notizie. Un altro dei miei giavellotti è arrivato a segno. Annel non ha avuto i corsi della luna. »

« L'aria del sud dev'essere benefica. Tutte e quattro gravide in due mesi. »

« Non è merito dell'Aria, Avvoltoio-del-Sole. » Lannon rise e bevve ancora.

« Mi rallegro », disse Huy. « Altri principi dell'antico sangue di Opet. »

« Quando mai ti sei curato di questo, Huy Ben-Amon? A te interessa avere altri miei marmocchi da viziare... ti conosco. » Lannon gli andò accanto. « Stai scrivendo? » chiese. « Che cos'è? »

« Una poesia », rispose modestamente Huy.

« Di che cosa parla? »

« Della caccia... la caccia di oggi. »

« Cantala per me », ordinò Lannon, e si lasciò cadere sulle pelli del letto di Huy, continuando a tenere l'anfora per il collo.

Huy prese lo strumento e si accosciò sulla stuoia di canne. Cantò, e quando ebbe finito Lannon restò disteso in silenzio a guardare la notte al di là del telo sollevato della tenda.

« Io non l'ho vista così », disse finalmente. « Per me è stata soltanto una messe di carne. »

Tacque di nuovo.

« Ti dispiace? » chiese Huy, e Lannon scosse la testa.

« Pensi veramente che quanto abbiamo fatto oggi abbia distrutto qualcosa che non sarà mai sostituito? » chiese.

« Non lo so. Forse no... ma se cacciassimo così ogni giorno, o anche una volta ogni dieci giorni, non finiremmo molto presto per trasformare questa terra in un deserto? »

Lannon meditò a lungo sull'anfora semivuota, poi alzò la testa, guardò Huy e sorrise.

« Abbiamo preso carne a sufficienza. Quest'anno non cacceremo più... se non per prendere l'avorio. »

« Mio signore, l'anfora del vino ti si è incollata alla mano? » chiese Huy, e Lannon lo fissò per un momento, poi rise.

« Facciamo un patto, Avvoltoio-del-Sole: un'altra canzone e io ti darò il vino. »

« Uno scambio equo », riconobbe Huy.

Quando l'anfora fu vuota, Huy mandò uno dei suoi vecchi schiavi a prenderne un'altra.

« Portane due », suggerì Lannon. « Risparmieremo tempo più tardi. »

A mezzanotte Huy era intenerito dal vino, commosso dalla bellezza della propria voce e dalla tristezza del suo canto. Pianse; Lannon lo vide e pianse con lui.

« Non permetterò che tanta bellezza sia trascritta sulla pelle delle bestie », gridò Lannon mentre le lacrime gli rigavano le guance coperte di polvere e gli colavano nella barba. « Farò forgiare un rotolo dell'oro più fino, e su quello scriverai i tuoi canti, mio Avvoltoio-del-Sole. Così vivranno in eterno per la gioia dei miei figli e dei figli dei miei figli. »

Huy smise di piangere. L'artista che era in lui si animò, assimilò prontamente l'offerta che, lo sapeva, l'indomani mattina Lannon non avrebbe ricordato.

« Sono molto onorato, mio signore. » Huy andò a inginocchiarsi accanto al letto. « Vuoi firmare subito l'ordine per la tesoreria? »

« Tu scrivilo, Huy, scrivilo subito », ordinò Lannon. « E io lo firmerò. »

Huy si affrettò a tornare alla stuoia.

La colonna avanzò lentamente in un grande cerchio verso sud-est, attraverso le praterie meridionali. Era una terra così sconfinata che la colonna lunga quindici miglia non appariva più significativa d'una fila di formiche. C'erano fiumi e catene collinose, foreste e piane brulicanti di selvaggina. Gli unici uomini che incontravano erano quelli delle guarnigioni dei reali accampamenti da caccia. Il loro compito era principalmente fornire la carne secca per la moltitudine di schiavi che costituivano le fondamenta della prosperità della nazione.

Attraversarono il fiume del sud * sei mesi dopo la partenza dalla città di Opet, e dopo cento miglia raggiunsero una catena di montagne blu ammantate di foreste,** che segnavano il confine del regno meridionale.

Si fermarono all'imboccatura di una scura gola rocciosa che

* Il Limpopo. (*N.d.A.*)

** Zoutspansberg. (*N.d.A.*)

si addentrava nel cuore delle montagne; Huy e Lannon, con una coorte di fanti e arcieri, si avventurarono per quel percorso scosceso. Era un luogo bizzarro, con alti dirupi neri che dominavano il fiume ruggente e spumeggiante. Era anche un luogo freddo e buio dove il calore del sole giungeva di rado. Huy rabbrividì, ma non per il freddo, e strinse più forte l'ascia. I tre giorni di marcia per attraversare le montagne, Huy li passò a pregare perché era convinto che quei luoghi erano infestati dai demoni.

Si accamparono sulle pendici meridionali delle montagne e accesero i fuochi da segnalazione, mandando in alto il fumo in grandi colonne che si potevano scorgere a una distanza di cinquanta miglia. Verso sud si estendeva un territorio immenso come quello a nord.

Mentre guardava le pianure dorate e le foreste di color verde scuro, Huy si sentì prendere da un senso di soggezione. « Mi piacerebbe scendere in quella terra », disse a Lannon.

« Saresti il primo a farlo », disse Lannon. « Chissà che cosa contiene... quali tesori, quali misteri? »

« Sappiamo che molto a sud c'è un capo con una montagna piatta, dove fu distrutta la flotta di Hycanus IX. Ma è tutto quel che sappiamo. »

« Sto pensando di sfidare la profezia e di guidare una spedizione verso sud, oltre queste montagne... tu cosa ne dici, Huy? »

« Non te lo consiglierei, mio signore », rispose Huy in tono formale. « Non è mai bene sfidare gli dèi. Hanno un'ottima memoria. »

« Immagino che abbia ragione tu », ammise Lannon. « Tuttavia la tentazione è molto forte. »

Huy abbandonò quell'argomento che lo metteva a disagio; era pentito d'averlo affrontato.

« Chissà quando verranno? » Alzò lo sguardo verso il fumo che saliva nell'azzurro sereno del cielo meridiano.

« Verranno quando saranno pronti. » Lannon scrollò le spalle. « Ma vorrei che si sbrigassero. Nell'attesa, andremo a caccia di leopardi. »

Per dieci giorni cacciarono i grandi felini maculati che abbondavano tra i dirupi e nelle gole boscose delle montagne. Li cacciavano con i cani appositamente addestrati e le lance da leoni. Inseguivano la selvaggina con la muta fino a quando restava bloccata, e allora la circondavano e si avvicinavano fino a provocarne la carica.

Allora l'uomo che veniva caricato dal leopardo era il prescelto, doveva affrontarlo e trafiggerlo con la punta della lancia. Due cacciatori rimasero uccisi in quei dieci giorni... e uno era un nipote di Asmun, il vecchio aristocratico. Era un ragazzo coraggioso, e tutti se ne rattristarono anche se si era trattato di una morte onorevole. Lo cremarono perché era morto sul campo, e Huy fece un sacrificio perché la sua anima giungesse al cielo.

L'undicesimo giorno all'aurora, dopo che Huy ebbe salutato Baal ed ebbero fatto colazione, mentre si armavano per la caccia Huy notò l'agitazione irrequieta del piccolo capo cacciatore, Xhai.

« Che cosa ti preoccupa, Xhai? » gli chiese. Ormai parlava correntemente la sua lingua.

« La mia gente è qui », rispose il boscimano.

« Come lo sai? » chiese Huy.

« Lo so », rispose semplicemente Xhai, e Huy si affrettò ad attraversare il campo ed entrò nella tenda di Lannon.

« Sono arrivati, mio signore », annunciò.

« Bene. » Lannon posò la lancia per la caccia al leone e cominciò a togliersi l'armatura. « Chiama i cercatori di pietre. » E i geologi e i metallurgisti reali si affrettarono a obbedire all'appello.

L'incontro avvenne ai piedi delle montagne, dove la foresta terminava al margine di un'ampia radura.

Lannon guidò i suoi fra le rocce. Si fermarono al limitare della radura e fecero piazzare una schiera di arcieri, per proteggersi. Al centro dello spiazzo, lontano dalla portata delle frecce che potevano venire lanciate dalla foresta o dal pendio, era stato piantato un palo da cui pendeva, come uno stendardo, la coda di un'antilope. Era il segnale che annunciava l'inizio degli scambi.

Lannon fece un cenno al capo dei suoi cercatori di pietre, Aziru, e a Rib-Abbi, maestro del tesoro reale. I due avanzarono nella radura, seguiti da due schiavi, ognuno dei quali reggeva una sacca di pelle.

Ai piedi del palo stava una zucca secca che conteneva una manciata di sassolini lucenti e pietre di vario colore che andavano dalla trasparenza del vetro al rosso ardente.

I due dignitari esaminarono le pietre, ne scartarono alcune che gettarono a terra in un mucchietto, ne scelsero altre rimettendole nella zucca. Poi estrassero dai sacchi di pelle le perle di vetro, e le versarono in un vaso di coccio che posarono accanto alla zucca. Quindi si ritirarono sul pendio roccioso dove stavano Lannon e i suoi arcieri.

Attesero fino a quando una dozzina di figure minuscole lasciarono la foresta e si avvicinarono al palo. I boscimani si accosciarono accanto alla zucca. Vi fu una discussione lunga e accesa prima che si ritirassero di nuovo nella foresta. I due dignitari avanzarono nella radura e scoprirono che la zucca e il vaso erano rimasti intatti. L'offerta era stata rifiutata. Aggiunsero una dozzina di punte di freccia in ferro.

Al terzo tentativo arrivarono a un accordo. I boscimani accettarono le perline, le punte di freccia e i bracciali di rame, e lasciarono a disposizione le pietre.

Poi accanto al palo fu disposto un altro assortimento di pietre, e le trattative ricominciarono. Era un procedimento noioso e portò via quattro giorni. Mentre attendevano, Huy arricchì in modo considerevole la sua conoscenza della geologia.

« Da dove vengono le pietre del sole? » chiese ad Aziru mentre esaminava un diamante giallo grosso come una noce, ottenuto in cambio di una libbra di perline di vetro.

« Quando il sole e la luna si mostrano insieme nel cielo, può accadere che i loro raggi si mescolino e divengano caldi e pesanti. Cadono sulla terra e se colpiscono l'acqua si spengono e si cristallizzano in una di queste pietre del sole. » Per Huy, la spiegazione era del tutto convincente.

« Una goccia d'amore di Baal e Astarte », mormorò in tono di reverenza. « Non mi sorprende, allora, che siano tanto belle. » Alzò gli occhi verso Aziru. « E i pigmei, dove le trovano? »

« Dicono di cercarle nella ghiaia dei fiumi e sulle rive dei laghi », rispose Aziru. « Ma non sono esperti nel riconoscere le vere pietre del sole e così nelle loro offerte includono molti sassi di tipo comune. »

Quando i boscimani ebbero ceduto tutti i diamanti di cui disponevano, offrirono in vendita i figli indesiderati della tribù. Degli esserini tremanti furono lasciati, nudi e pervasi di terrore, accanto al palo. Gli intendenti degli schiavi, esperti nel valutare la carne umana, andarono a esaminarli e a proporre il pagamento. I pigmei erano molto richiesti come schiavi perché erano docili, fedeli e resistenti. Erano abilissimi come cacciatori e guide, stranamente erano ricercati anche come compagni per i bambini.

Xhai stava a fianco del re dai capelli d'oro rosso e assisteva alle trattative. Quando era bambino avevano mercanteggiato in quel modo anche il suo acquisto.

Al termine del quarto giorno la tesoreria di Opet aveva acquisito cinque grossi vasi di coccio pieni di splendidi diamanti. Il commercio di quelle pietre era un monopolio esclusivo della casa regnante dei Barca. E inoltre c'erano ottantasei ragazzi boscimani tra i cinque e i quindici anni. Erano ancora selvatici, e fu necessario legarli in attesa che si addomesticassero.

Huy si dedicò a loro durante il viaggio di ritorno attraverso le montagne. Con l'aiuto di Xhai e degli altri boscimani riuscì a salvarli quasi tutti. Soltanto una dozzina di quegli esserini morirono di terrore o di crepacuore prima che fosse possibile affidarli alle schiave rimaste nel campo principale.

Lannon fece smontare il campo per dirigersi verso nord-est. Le truppe riattraversarono il fiume e scorsero all'orizzonte i monti di Bar-Zeng.* Incominciarono ad avanzare nel popolare regno dell'est, dove i contadini yuye coltivavano il grano lungo il fiume del Leone.**

A ogni abitato, i liberti venivano a riceverli e a rendere omaggio al nuovo re. Avevano l'aria contenta, e i villaggi dalle mura di fango erano puliti e prosperi. Persino gli schiavi che lavoravano nei campi erano sani e ben nutriti, perché solo un pazzo avrebbe trattato male un bene così prezioso. Gli schiavi erano quasi tutti negri, catturati al nord; molti erano di sangue misto, figli dei padroni o di schiavi vigorosi, scelti come stalloni. Non portavano catene e per vesti e ornamenti quasi non si distinguevano dai padroni.

Lungo il percorso i legionari che avevano completato la ferma militare lasciarono i reggimenti e tornarono ai rispettivi villaggi. I loro posti furono presi dalle giovani reclute.

Ogni notte la colonna si accampava nei pressi di una delle guarnigioni fortificate che costellavano la strada per le montagne di Zeng. Ora stavano attraversando la periferia dell'ampia fascia aurifera che si estendeva verso est e verso ovest nel regno « di mezzo ». Su quella terra si basava la ricchezza di Opet, e i

* I monti Chimanimani. (*N.d.A.*)
** Il fiume Sabi. (*N.d.A.*)

cercatori di pietre reali avevano acquisito un'abilità quasi sovrannaturale per individuare i giacimenti dove si nascondeva il prezioso metallo. I risultati dei loro sforzi si concretizzavano in numerose miniere dove il minerale veniva estratto dalla terra da plotoni di schiavi negri che lavoravano nudi sui pendii soffocanti. In superficie, il minerale veniva ridotto in polvere, e la roccia frantumata veniva rimossa con l'acqua e separata dai granuli d'oro nativo in bacili di rame fabbricati apposta.

Lannon fece varie soste nella sua marcia per esaminare molte di quelle miniere, e Huy fu molto colpito dall'ingegnosità dei tecnici che superavano tutti i diversi problemi posti dall'estrazione nelle diverse località.

Dove il filone aurifero scendeva in profondità, tenevano l'altezza delle gallerie al minimo, usando per la mano d'opera solo donne e bambini.

Impiegavano poi gli elefanti per issare alla superficie le ceste del minerale o per portare l'acqua alle miniere situate nelle aree più aride.

Avevano messo a punto un metodo per minare dal fondo le masse di minerale aurifero in modo che crollassero sotto il proprio peso. Era un procedimento pericoloso e in una delle miniere dove veniva usato, Lannon e Huy non riuscirono a dormire l'intera notte a causa dei lamenti che giungevano dal recinto degli schiavi: durante il giorno una massa di minerale era precipitata prematuramente e più di cento schiavi assieme ad alcuni intendenti erano rimasti schiacciati.

Spinto da una curiosità insaziabile, Huy si fece calare con una delle ceste fino al livello più basso di una miniera. Era un luogo infernale, l'aria era fetida e il caldo insopportabile. La luce era data da palpitanti lampade a olio. Gli schiavi nudi faticavano nelle camere ricavate nella roccia viva. Huy vide un affioramento di roccia più dura che veniva demolito con lo stesso sistema che Annibale aveva usato secoli prima per aprirsi il passaggio attraverso le Alpi. Si accendeva un fuoco lento, che continuava a bruciare sulla roccia fino ad arroventarla; quindi lo si spegneva versandoci su un miscuglio di acqua e vino acido, che esplodeva in una nube vorticante di vapore e spaccava la roccia in frammenti che venivano estratti e portati via dagli schiavi. Huy si avvicinò alla parete e vide l'oro nativo brillare ricco e giallo nel filone, e pensò al prezzo che veniva pagato per estrarlo.

Quando fu issato di nuovo in superficie, Huy era madido di sudore e incrostato di polvere.

Lannon scosse la testa. « Perché hai voluto farlo? Gli avvoltoi ti hanno divorato il cervello? Come mai hai sentito il bisogno di strisciare sottoterra? »

In una delle miniere il filone si era esaurito al di sopra del livello delle acque sotterranee. Era impossibile scendere al di sotto, perché non era stato ideato un sistema per liberare le gallerie dall'acqua. Raramente catene di schiavi armati di secchi riuscivano a farne abbassare il livello per più di mezza spanna. La miniera doveva essere resa ad Astarte, madre della luna e della terra: aveva donato la sua ricchezza, e adesso doveva ricevere qualcosa in cambio.

Lannon, com'era suo diritto, scelse i quindici « messaggeri », discutendo con i sovrintendenti quali schiavi avrebbero rappresentato la perdita meno grave per la forza-lavoro. Gli dèi non erano schizzinosi per quanto riguardava la qualità delle vittime. Per loro una vita era una vita e bastava questo a renderla accettabile.

Huy si commosse quando li vide condurre nella miniera per l'ultima volta. Portavano le catene simboliche del sacrificio e camminavano trascinando i piedi; erano curvi e menomati, tossivano, tormentati dalla malattia ai polmoni che colpiva i minatori.

Huy delegò uno dei suoi sacerdoti perché sovrintendesse all'invio dei messaggeri; e quando l'emissario uscì dalla fossa buia intonò il canto di lode ad Astarte. Poi ebbe inizio il lavoro per riempire la miniera che sarebbe proseguito per molte settimane, tenendo conto della quantità di rocce che doveva essere riportata nelle caverne.

Era necessario riempire di nuovo le gallerie, per placare la terra madre e per permettere la crescita di nuovo oro.

Aziru ne spiegò la necessità. « È un terreno benigno, adatto alla crescita dell'oro. Rimetteremo la roccia nella terra e l'azione del sole genererà con il tempo altro metallo prezioso. »

« Tutta la vita è in Baal », intonò Huy con fare solenne.

« Un giorno i figli dei nostri figli ci ringrazieranno per aver così seminato la terra » predisse orgogliosamente Aziru. Huy fu molto colpito da quella preveggenza... e ne registrò ogni dettaglio con la sua scrittura fluente.

Trecento giorni dopo aver lasciato la città di Opet, la colonna salì le colline ai piedi delle montagne di Zeng.* L'aria

* I monti Inyanga. (*N.d.A.*)

era fresca e pura, dopo il caldo dei bassipiani, e di notte la nebbia aleggiava fitta sui pendii e destava la febbre nelle ossa degli uomini che rabbrividivano e si stringevano nei mantelli intorno ai fuochi del bivacco.

Quelle colline erano gli orti di Opet. Un'estensione enorme di terreno era stata terrazzata e coltivata, e lì decine di migliaia di schiavi curavano gli uliveti e le vigne. Il centro e la cittadella a cui quegli orti facevano capo era una città fortificata in cima a un colle che portava il nome del dodicesimo Granleone di Opet, Zeng-Hanno. Là c'erano templi di Baal e di Astarte, roccheforti religiose del regno orientale, e Huy trascorse venti giorni in assemblee con i sacerdoti e le sacerdotesse. Inoltre ispezionò e fece manovrare la sua legione personale, la VI Ben-Amon, l'unica delle otto legioni di Opet composta interamente da guerrieri di sangue puro. Il loro emblema era un avvoltoio d'oro su un'asta di lucido ebano.

Le attività religiose subirono un'interruzione quando Lannon chiamò Huy perché lo accompagnasse in un breve viaggio verso l'est, da dove era giunta notizia che i drav attendevano il re per rinnovare il trattato quinquennale.

Tre sceicchi drav erano a riceverli quando discesero dai monti di Zeng verso il mare orientale. Erano uomini alti, dalla pelle scura e dai fieri lineamenti aquilini e gli occhi scintillanti. Portavano copricapi bianchi sui lunghi capelli neri, e indossavano lunghe vesti strette in vita da fusciacche di filigrana e di pietre semipreziose. Ognuno di loro portava alla cintura un magnifico pugnale ricurvo e calzava babbucce dalle punte aguzze.

I guerrieri erano abbigliati in modo diverso, con pantaloni larghi, elmi a cipolla, corazze argentate, ed erano armati di scudi rotondi di ferro e di lunghe scimitarre, lance e archi orientali. Erano in maggioranza negri, ma evidentemente avevano adottato il modo di parlare e di vestire dei drav. Duecento anni di implacabili guerre avevano preceduto il trattato fra i drav e i re di Opet.

I due eserciti bivaccarono sui due lati di un'ampia valle; e un corso d'acqua limpida fiancheggiato da ombrosi alberi verdi separava i due accampamenti.

Sotto quegli alberi furono piantate le tende del consiglio; e per cinque giorni le due delegazioni banchettarono e mercanteggiarono e manovrarono diplomaticamente.

Huy, che parlava la lingua dei drav, traduceva per Lannon i

negoziati in modo da arrivare a un trattato che definisse i liberi commerci e la reciproca assistenza militare.

« Mio signore, il principe Hassan vorrebbe sapere quanti guerrieri potrebbe mettere in campo Opet, nel caso che si profilasse una minaccia per la sicurezza delle due nazioni. »

Erano seduti su mucchi di cuscini serici e di splendidi tappeti di lana multicolore; bevevano fresche bibite di frutta, perché i drav non toccano neppure i vini migliori, mangiavano piatti di carne di montone e di pesce insaporiti con le erbe, si scambiavano sorrisi e diffidavano gli uni degli altri.

« Il principe Hassan », rispose Lannon, con un cenno e un sorriso, « vuole sapere con quali forze ci opporremmo a un tentativo di occupare le coltivazioni di Zeng e le miniere d'oro del regno di mezzo. »

« Naturalmente », confermò Huy. « Cosa devo rispondergli? »

« Digli che posso mettere in campo quattordici legioni regolari, altrettante ausiliarie e quattrocento elefanti. »

« Non lo crederà, mio signore. »

« Certo, come io non credo alle sue cifre. Ma diglielo comunque. » E le trattative proseguirono in questa atmosfera.

Si accordarono per proteggersi reciprocamente i fianchi e sostenere a nord la linea del grande fiume contro l'invasione delle tribù migratrici dei negri, e per aiutarsi l'un l'altro nel caso che il confine venisse violato.

« Il principe vorrebbe concordare un'unità di scambio, mio signore. Propone un'equivalenza tra cinquecento mikthal e un dito d'oro di Opet. »

« Rispondigli molto educatamente, e digli di andare ad appendersi per i testicoli », rispose Lannon. Sorrise al principe, e il principe annuì e ricambiò il sorriso. Aveva le dita coperte di gemme scintillanti.

Fissarono il cambio a 590 mikthal per ogni dito d'oro, quindi discussero gli accordi per gli schiavi, e le clausole relative al cotone e alla seta. Il quinto giorno mangiarono insieme il sale e si scambiarono doni sontuosi mentre i rispettivi eserciti davano spettacolo di abilità nell'uso dell'arco e della spada, allo scopo di impressionare la controparte.

« I loro arcieri non valgono nulla », sentenziò Lannon.

« L'arco è troppo corto e tendono la corda alla cintura anziché al mento », confermò Huy. « E questo limita la portata e la precisione. »

Poi, durante le esercitazioni della fanteria:

« La loro fanteria ha armature e armi più leggere, mio signore e non hanno uomini con le scuri. Non credo che le loro corazze possano ripararli dalle frecce. »

« Tuttavia si muovono velocemente e hanno una grande audacia... Non sottovalutarli, Avvoltoio-del-Sole. »

« No, mio signore, non lo farò. »

Gli elefanti avanzarono alla carica sull'immenso spiazzo, mentre dai castelli gli arcieri scagliavano una pioggia di frecce. Le enormi bestie grigie calpestarono le file dei fantocci di paglia e i loro barriti echeggiarono fra le colline.

« Guardali in faccia », mormorò Lannon. « Il principe sembra assorto nella contemplazione del mare eterno! » Era vero che i drav erano taciturni e un po' depressi: non avevano elefanti e non avevano mai imparato l'arte di addestrarli.

Si separarono e quando Lannon e Huy si voltarono a guardare la valle, videro l'esercito dei drav che si allontanava in colonna verso oriente, con la luce del sole che brillava sugli elmi e sulle punte delle lance.

« Il nostro confine orientale è sicuro per altri cinque anni », dichiarò Lannon in tono soddisfatto.

« O fino a che quelli non cambieranno idea », disse Huy.

« No, Avvoltoio-del-Sole. Devono onorare il trattato... è nel loro interesse. Fidati di me, vecchio amico. »

« Mi fido », disse Huy.

Al ritorno a Zeng-Hanno le legioni si radunarono e incominciarono i preparativi per la spedizione che Lannon contava di effettuare oltre il grande fiume.

La legione di Huy fu tra quelle prescelte; e quindi passò molto tempo con i suoi sacerdoti-ufficiali. Li invitò a cenare con lui nello splendido alloggio assegnatogli nel complesso del tempio di Baal. Huy invitò anche le reverende sacerdotesse di Astarte; offrì un banchetto sontuoso perché era andato a caccia il giorno prima, e c'era selvaggina oltre al manzo e al pollo e al pesce condito con le spezie dei drav, mentre le colture di Zeng avevano fornito frutta e vini.

Lannon era l'ospite d'onore, e tutti erano ornati di ghirlande di fiori e animati dal vino.

« Reverenda madre », gridò alla massima sacerdotessa di

Astarte uno dei sacerdoti di Huy, un bel giovane sfrontato che si chiamava Bakmor, « è vero che hai scoperto tra le tue novizie una nuova sibilla per sostituire l'illustre Imilce, morta di febbri due anni fa? »

La reverenda madre girò gli occhi vecchi e saggi sul giovane. Aveva la pelle chiara e delicata, i capelli fini e soffici, le braccia esili, le mani scheletrite e segnate da vistose vene azzurre. Fino a quel momento aveva assistito in silenzio all'allegria degli altri.

« È vero che una delle novizie del tempio dimostra una sapienza superiore ai suoi anni e alla sua preparazione, ed è vero che ha visto oltre il velo e ha fatto profezie, ma non è ancora stato deciso di mandarla dal sommo sacerdote per un esame. »

« Allora c'è qualche dubbio, reverenda madre? » insistette Bakmor.

« I dubbi ci sono sempre, figlio mio », rispose la sacerdotessa in tono di rimprovero, e il giovane tacque, un po' a disagio.

« Non ne sapevo nulla », osservò Huy incuriosito, con una sfumatura d'accusa nella voce. Da due anni la casa sacerdotale non aveva un oracolo, anche se la ricerca era stata capillare. Gli onorari per la divinazione e la profezia costituivano una porzione importante del reddito del tempio; e anche per ragioni politiche Huy era ansioso di trovare qualcuna che succedesse a Imilce.

« Perdonami, santo padre. Intendevo discuterne con te in privato. » La somma sacerdotessa parlò con fare confidenziale, ma Lannon si tese per intromettersi nella discussione.

« Manda a chiamare la ragazza », disse con voce impastata dal vino. La sacerdotessa s'irrigidì. « Mandala a chiamare perché ci intrattenga con le sue profezie. »

« Mio signore... » protestò Huy, ma Lannon l'interruppe e alzò la voce.

« Manda a chiamare la profetessa... ci deve parlare dell'esito della campagna al nord. »

Huy si rivolse alla vecchia sacerdotessa con un'espressione di scusa.

« Il re comanda », disse, e la sacerdotessa chinò la testa, poi si voltò a bisbigliare qualcosa alla sua schiava. La schiava si affrettò a uscire.

Quando la profetessa entrò, le voci e le risate si smorzarono. Tutti la fissarono incuriositi. Era alta, con i polsi e le caviglie dall'ossatura finissima. Portava le lunghe vesti verdi delle novizie che le lasciavano scoperte le braccia, e la pelle levigata pareva splendere nella luce delle lampade. I capelli scuri e morbidi formavano una nube che scendeva sulle spalle. Portava sulla fronte ampia la mezzaluna d'oro di Astarte appesa a una catenella d'oro, e negli orecchini erano incastonate due piccole pietre del sole che brillavano come le stelle del cielo.

Gli occhi erano verdi, e quel colore rammentò a Huy il laghetto di Astarte nella caverna del tempio di Opet. Le labbra erano carnose e fremevano leggermente, tradendo l'agitazione per quella convocazione inaspettata; le guance erano arrossate. Ma appariva calma e controllata. Si avvicinò con dignità a Huy. Si vedeva che era molto giovane.

« Prega per me, santo padre », disse chinando la testa. Huy la studiò con avido interesse, colpito dalla sua dignità e dai suoi modi franchi.

« Saluta il tuo re, figlia mia », mormorò Huy, e la ragazza si girò verso Lannon e gli rivolse un gesto di omaggio. Intanto Huy continuava a osservarla.

« Come ti chiami? » le chiese, e la ragazza si voltò verso di lui e lo fissò con i solenni occhi verdi.

« Tanith », rispose. Era l'antico nome della dea, risaliva ai tempi di Cartagine.

« È un bel nome », Huy annuì. « L'ho sempre amato. » La ragazza sorrise. Il sorriso lo colse di sorpresa, perché era caldo e rasserenante come l'aurora di Baal.

« Sei gentile, santo padre. » Tanith gli sorrise e Huy Ben-Amon s'innamorò. Si sentì mancare lo stomaco, sentì il piacevole formicolio della vertigine. Fissò Tanith, incapace di parlare, e avvampò mentre cercava disperatamente le parole e non le trovava.

Lannon spezzò l'incantesimo gridando a uno schiavo: « Porta un cuscino! » Fecero sedere Tanith davanti al re e ai sacerdoti.

« Fai un oracolo », ordinò Lannon, e tese verso di lei la faccia accaldata al vino. Tanith lo guardò, calma, con l'ombra di un sorriso sulle labbra.

« Se fosse in mio potere ti darei l'oracolo, mio signore; ma allora sarebbe necessario stabilire l'onorario e la domanda. »

« Qual è l'onorario? » chiese Lannon. Era arrossito ancora di più, per l'irritazione. Non era abituato a sentirsi trattare in quel modo.

« Santo padre, vuoi fissare tu l'onorario? » chiese Tanith a Huy... e Huy si lasciò tentare.

« Cento dita d'oro fino », disse, prima di rendersi conto di ciò che aveva fatto. Era una somma enorme e rappresentava una sfida per Lannon: ora sarebbe stato costretto a tirarsi indietro o a pagare. Tanith sorrise di nuovo, e una fossetta provocante le apparve sulla guancia. Sostenne lo sguardo irritato di Lannon con aria divertita. E all'improvviso Huy si rese conto di aver messo la ragazza in una posizione di pericolo. Lannon non l'avrebbe perdonato facilmente; perciò si affrettò a offrirgli un'elegante scappatoia.

« Per questo onorario il Granleone potrà fare tante domande quante sono le dita della sua mano che stringe la spada. »

Lannon esitò. Era ancora in collera, ma l'emendamento di Huy l'aveva un po' placato.

« Dubito che la saggezza di una ragazzina valga tanto, ma mi diverte metterla alla prova », borbottò il re, che non aveva affatto l'aria divertita. Prese la coppa di vino, bevve abbondantemente, quindi si asciugò la barba e guardò Tanith.

« Partirò per il nord in missione. Parlami del risultato », le ordinò. Tanith si assestò sul cuscino di pelle, allargando intorno a sé la veste verde. Abbassò la testa e gli occhi parvero volgersi verso l'interno. Tutti i presenti tacevano e la fissavano ansiosi. Huy notò che era impallidita e che le labbra erano cerchiate di bianco.

« Vi sarà una grande messe », mormorò Tanith con una strana voce monotona e roca. « Più di quanto il Granleone si aspetti. »

Gli invitati si scambiarono occhiate e bisbigli, e ponderarono la risposta. Lannon aggrottò la fronte.

« Parli di una messe di morte? » chiese.

« Porterai la morte con te, ma la morte ritornerà con te, ignorata e in segreto », rispose Tanith. Era un oracolo sfavorevole. I giovani ufficiali erano irrequieti al punto che stavano ridiventando sobri. Huy avrebbe voluto intervenire: conosceva il suo re e sapeva che non avrebbe dimenticato o perdonato facilmente.

« Che cosa devo temere? » chiese Lannon.

« Il nero », rispose prontamente Tanith.

« Come troverò la morte? » Adesso il re fremeva di collera. La voce era gutturale, gli occhi azzurri minacciosi.

« Per mano di un amico. »

« Chi regnerà in Opet dopo di me? »

« Chi ucciderà il granleone », rispose Tanith, e Lannon scostò la ciotola e la fece cadere sul pavimento, spruzzando di vino rosso i piedi di uno schiavo.

« Il granleone è estinto », gridò. « Io ho ucciso l'ultimo... osi profetizzare la fine della casa dei Barca? »

« Questa è la sesta domanda, mio signore. » Tanith alzò la testa. « Non posso vedere la risposta. »

« Portatela via », ruggì Lannon. « Portate via la strega! »

Huy fece segno alla sacerdotessa di condurre via Tanith, a uno schiavo di sostituire la ciotola di Lannon e a un altro di portargli il suo strumento musicale.

Dopo il terzo canto di Huy, Lannon rise di nuovo.

Alla vigilia della partenza delle legioni da Zeng-Hanno, Huy fece chiamare la sacerdotessa e la novizia Tanith. Erano trascorsi cinque giorni dalle disastrose profezie fatte a Lannon Hycanus, e Huy aveva dovuto fare appello a tutta la sua forza di volontà per non convocarla prima.

Quanto Tanith si presentò era ancora più fresca e incantevole di quanto la ricordasse. Mentre la sacerdotessa sedeva all'ombra, Huy passeggiò con Tanith sulle mura della città, guardando da una parte le vie e i cortili dove l'esercito si preparava per la marcia e dall'altra le colline boscose e le terrazze dove gli schiavi curavano frutteti e vigne.

« Ho comunicato alla reverenda madre che partirai con il convoglio per Opet, attraverso il regno di mezzo. Viaggerai con le mogli del re e una volta a Opet entrerai nel tempio di Astarte... e attenderai il mio ritorno. »

« Sì, mio signore. » Il tono umile contrastava con l'espressione impertinente. Huy s'interruppe e la guardò negli occhi verdi, ma lei sostenne lo sguardo con disinvoltura, sorridendo lievemente.

« Possiedi veramente la vista, Tanith? »

« Non lo so, mio signore. »

« Le parole che hai detto al re... che cosa significavano? »

« Non lo so. Mi sono venute nella mente senza che le cercassi. Non sono in grado di spiegarle. »

Huy annuì e continuò a camminare in silenzio. La ragazza

aveva un'innocenza commovente, unita a una mente vivace e a un carattere luminoso cui era impossibile resistere. Huy si fermò di nuovo, e lei attese.

« Ami gli dèi, Tanith? »

« Sì. »

« Credi che io sia il loro eletto? »

« Sì, santo padre », rispose Tanith, con tanta convinzione e tanto rispetto che le riserve di Huy si placarono. Senza dubbio era uno strumento che si poteva usare, purché venisse usato con abilità.

« Qual è il tuo destino, Tanith? » le chiese all'improvviso.

« Non riesco a vederlo », rispose. Ma esitò e, per la prima volta, Huy intuì che era incerta. « Ma so che... che questo incontro fra me e te fa parte del mio destino. »

Huy si sentì palpitare il cuore; tuttavia rispose con voce burbera: « Attenta, figlia mia. Sei una sacerdotessa consacrata alla dea. Sai che non devi parlare così a un uomo ».

Tanith abbassò lo sguardo e arrossì leggermente. I capelli scuri piovvero in avanti contro la guancia, e li scostò con la mano. Huy si sentì assalire dalla disperazione. La presenza di Tanith era una sofferenza fisica perché, per quanto fosse grande il suo desiderio, non avrebbe mai potuto soddisfarlo: Tanith apparteneva agli dèi, ed era inaccessibile, intoccabile.

« Lo sai », l'ammonì Huy severamente. « Con gli dèi non si scherza. »

Lei lo guardò pudicamente ma Huy avrebbe giurato che c'era una gaiezza ironica nei suoi occhi verdi.

« Mi fai torto, santo padre. Non intendevo come uomo e donna. »

« E allora come? » chiese Huy, deluso e assalito da una sensazione di vuoto per quella smentita.

« Troveremo la risposta quando ci incontreremo a Opet », mormorò lei, e Huy comprese che quei mesi sarebbero trascorsi lentamente.

Lannon stava davanti alla mappa d'argilla che raffigurava in rilievo l'area del grande fiume. A est s'innalzavano le Nubi di Baal, una grande cascata dove il fiume precipitava per centinaia di piedi in una gola buia e gli spruzzi salivano alti nel cielo in una nube perenne che torreggiava sopra le pianure.* Da

* Le cascate Vittoria. (*N.d.A.*)

lì, il fiume scorreva in una valle profonda, calda e malsana dove le rive erano bastioni di roccia coperti di foreste e ricche di mandrie d'elefanti. Seicento miglia ancora più a est il fiume entrava nel territorio dei drav e scorreva in una grande pianura alluvionale che veniva inondata durante la stagione delle piogge. Poi, finalmente, il fiume si gettava nel mare orientale in una dozzina di foci a ventaglio.

Lannon indicava ai suoi generali le caratteristiche principali del territorio e ogni tanto si voltava per chiedere conferma ai comandanti delle guarnigioni che avevano presieduto il fiume durante l'anno precedente. C'erano venti uomini nella grande tenda di pelle, e i teli erano rialzati per lasciar entrare la brezza secca e per mostrare la veduta dell'ampia valle sottostante. Il grande fiume era nascosto dalla vegetazione verdescura che cresceva lungo le rive. Ogni tanto si scorgeva il barbaglio del sole sull'acqua, tra gli alberi. Lontano, a nord, le pendici opposte della valle salivano verso le colline di un azzurro fumoso.

« Le nostre spie hanno segnalato le principali zone dove sono radunate le tribù, quasi tutte su terreno elevato, a un giorno di marcia oltre il fiume. È importante che ogni tribù sia attaccata lo stesso giorno. »

Lannon assegnò un obiettivo a ognuno dei suoi comandanti, un punto per attraversare il fiume e un percorso per il ritorno.

« Non ci sarà pericolo di venire attaccati durante il ritorno, purché spezzerete il loro spirito il primo giorno. Ogni tribù è in guerra con le altre, e non si uniranno per aiutarsi a vicenda. Possiamo fallire solo se ai barbari arriverà un avvertimento tempestivo e potranno disperdersi prima della nostra azione. »

Spiegò il piano dettagliatamente, insistendo sulla logistica dei rifornimenti e dei percorsi di marcia; quindi fissò la data per l'attacco.

« Fra dodici giorni. Così ognuna delle vostre legioni avrà il tempo di attraversare il fiume e raggiungere quindi i punti abitati dai barbari. »

Dal campo, sulle pendici della valle, Huy fece marciare la VI Ben-Amon fino alla fortezza, sulle rive del grande fiume, a Sett, dove fece accampare la legione in una foresta di *mopani* che l'avrebbe nascosta agli osservatori della riva opposta. Era vietato accendere i fuochi durante il giorno, e la notte venivano schermati; gli uomini erano impegnati a costruire le zattere per la traversata: le pesanti piogge a ovest avevano gonfiato il fiume e il guado era intransitabile.

Mago Tellema, il comandante della guarnigione, era un uomo alto, calvo e deluso, con la pelle ingiallita dalla febbre che lungo il fiume era endemica. Sembrava pateticamente felice della compagnia di Huy durante i giorni dell'attesa, e Huy trovava preziose le sue informazioni; per questo ogni sera cenavano insieme e Huy lo riforniva del vino che aveva portato da Zeng in grandi quantità.

« Ho fatto osservare alle pattuglie il solito comportamento, come hai ordinato. »

« Bene. » Huy annuì davanti a una scodella di pesce di fiume con riso selvatico. « Hanno notato un aumento dell'attività dopo il mio arrivo? »

« No, santo padre. Ieri notte alcune centinaia di uomini hanno passato il fiume e hanno attaccato uno dei miei avamposti. Li abbiamo messi in fuga abbastanza facilmente e ne abbiamo uccisi cinquanta. »

« Cosa guadagnano da queste scorrerie? »

« Armi. E nello stesso tempo valutano la nostra forza. »

« Questo avviene su tutto il confine? »

« No, santo padre. Ma qui a Sett ci troviamo di fronte a una delle tribù più bellicose, quella dei vendi... sono eccezionali. Ricordi? Quattro anni fa attraversarono il fiume in ventimila, sopraffecero la guarnigione locale e lasciarono la valle... »

« Sì », l'interruppe Huy. « Ero con le legioni, quando li incontrammo a Bhor. »

« Ah! Certo, ora ricordo che la tua legione era sulla lista d'onore. » Il comandante ridacchiò. « Di quei ventimila, non uno riattraversò il fiume. »

« Ma si batterono bene... per quei barbari che sono », ammise Huy.

« Sì, santo padre, in questo sono eccezionali. E da allora sono diventati ancora più formidabili. »

« Hai visto la loro città? »

« No, ma ho molto spie. Sorge sui pendii della scarpata settentrionale, dove l'affluente Kal discende dal pianoro. »

« E la popolazione è numerosa? »

« Credo che siano cinquantamila. »

« Così tanti! » Huy alzò la testa e fissò il comandante.

« È una grande tribù... e non tutti vivono nella città. Hanno grandi mandrie di bestiame e sono sparsi su un'area molto vasta. »

« La città è fortificata? »

« È un'ampia congerie di capanne, santo padre. Alcune sono circondate da palizzate primitive, ma servono esclusivamente come difesa contro le bestie feroci. »

Uno schiavo riempì di vino la ciotola di Huy e portò via il piatto vuoto. Huy prese la ciotola fra le mani e fissò pensosamente il liquido rossoscuro. Il suo silenzio mise a disagio il comandante, che alla fine chiese: « È vero che il re arriverà qui domani? »

« Sì. Lannon Hycanus parteciperà all'attacco con la mia legione. »

« Non gli sono mai stato presentato », mormorò il comandante. Huy pensò alla carriera di quel vecchio ufficiale, relegato in un avamposto non molto importante, senza protettori né prospettive.

« Ti raccomanderò a lui », promise, e vide una commovente gratitudine brillare negli occhi dell'altro.

Una delle biremi che pattugliavano il fiume fece sbarcare durante la notte una centuria di guerrieri armati di scure che, prima dell'alba, avrebbero teso le corde tra una sponda e l'altra.

In quel punto il fiume era largo trecento passi e scorreva verdesporco fra le rive scoscese coperte di boschi, di canneti e di vegetazione fitta. Le zattere furono portate all'acqua e fissate alle corde. Gli uomini vi salirono in gruppi di cinquanta, e gli elefanti si mossero per trainare le funi che facevano avanzare quelle imbarcazioni rudimentali attraverso la corrente.

La traversata procedette con efficienza e precisione: non era la prima volta che una legione varcava il grande fiume. Vi furono alcuni incidenti: due opliti caddero in acqua e furono trascinati a fondo dal peso delle armature; una delle zattere si capovolse e una massa di uomini e di materiale finì nell'acqua bassa vicino alla riva, ma tutti poterono mettersi in salvo; un legionario s'impigliò con un braccio in una delle funi che glielo tranciò sotto il gomito. Ma la traversata fu portata a termine prima della metà del pomeriggio e Lannon si rivolse a Huy.

« Ben fatto Grande-uccello-del-Sole, mio Avvoltoio-del-Sole. E adesso spiegami il tuo ordine di marcia. »

Huy lasciò una coorte a tenere il punto della traversata e a fare da base per le provviste, una montagna di carne secca e di grano stipati in sacchi di cuoio. La sua legione sarebbe stata stanca e affamata, al ritorno; e se tutto fosse andato secondo i piani vi sarebbero state anche altre migliaia di bocche da sfamare.

Quindi, dietro uno schermo di fanti e arcieri, incominciò la marcia verso la città barbara di Kal. Le settimane di addestramento e di esperienza della marcia da Zeng-Hanno fecero sentire il loro effetto. Sebbene il terreno fosse accidentato e coperto da foreste, la legione procedeva veloce in colonne compatte con un'andatura che permetteva di coprire cinque miglia all'ora. In testa gli esploratori si assicuravano che nessuno potesse segnalare la loro presenza alla città. Le poche centinaia di mandriani e cacciatori e cercatori di radici incontrati dagli esploratori venivano liquidati con una pioggia silenziosa di frecce o con un rapido colpo di scure. I corpi restavano abbandonati lungo la pista, e la colonna passava oltre senza degnarli d'uno sguardo. Huy notò che erano uomini e donne ben formati: portavano gonnellini di pelli animali e avevano cicatrici tribali sulle guance e sul petto. Come quasi tutti coloro che appartenevano alle tribù del nord avevano la pelle di un nero bluastro. Alcuni s'erano limati i denti per appuntirli come quelli degli squali; gli uomini erano armati di lance e di scuri leggere con la lama a mezzaluna.

La legione si fermò dopo l'imbrunire, e gli uomini mangiarono carne fredda e focacce di grano innaffiate con il vino.

« Guarda. » Huy toccò la spalla di Lannon e indicò le colline settentrionali. Il cielo splendeva come se la luna stesse sorgendo dalla direzione sbagliata. Era la luce riflessa dei mille fuochi.

« Una ricca messe. » Lannon annuì. « Come aveva profetizzato la strega. »

Huy trasalì, a disagio nel sentir alludere a Tanith, ma rimase in silenzio.

« Le sue parole mi hanno turbato... ho passato molte notti a riflettere. » Lannon si asciugò le dita e le labbra unte prima di prendere la ciotola del vino. « Predice morte e tenebra, e il tradimento di un amico. » Si sciacquò la bocca con il vino e lo sputò a terra prima di bere.

Huy mormorò: « Non prediceva, mio signore... ha risposto a una tua domanda. »

« Io credo che sia malefica », insistette Lannon.

« Mio signore! » protestò Huy.

« Non lasciarti fuorviare da un bel viso, Huy. »

« È giovane e innocente », disse Huy. Ma poi vide che Lannon si tendeva verso di lui e lo scrutava, e s'interruppe.

« Come donna non significa niente per me. Come potrebbe? Appartiene alla dea », disse Huy, smentendo il suo amore. Lannon borbottò, scettico.

« Meglio così... tu sei saggio in tutto ma non per quanto riguarda le donne, amico mio. Devi lasciare che sia io a guidarti. »

« Sei sempre generoso », mormorò Huy.

« Stai lontano da quella, Huy. Ascolta chi ti vuole bene: non ti porterà altro che sofferenze. »

« Abbiamo riposato abbastanza. » Huy si alzò e strinse intorno al polso la cinghia della scure. « È tempo di riprendere la marcia. »

Dopo mezzanotte giunsero sulla cresta delle basse colline che formavano il primo pendio della scarpata, e davanti a loro si aprì l'ampio bacino in cui serpeggiava il fiume Kal. La luna lo colorava d'argento e di blu, e il fumo di diecimila fuochi si estendeva come una pallida nebbia marina al di là del corso d'acqua e aleggiava a strati nell'aria immobile della notte.

I fuochi s'erano ridotti a minuscoli punti di luce rossastra che costellavano la città, le capanne erano buie e informi e disegnavano un immenso agglomerato primitivo, privo di ordine.

« Il comandante ha calcolato che siano cinquantamila... e non sbaglia di molto. » Huy guardava al di là del bacino. Al suo fianco, Lannon chiese:

« Come pensi di procedere? » Huy sorrise nel chiaro di luna.

« Tu mi hai insegnato a cacciare la selvaggina, mio re. »

I comandanti delle coorti vennero a ricevere gli ordini. Portavano elmi e mantelli e avevano l'aria cupa e decisa. Huy ordinò di mandare verso est una formazione di fanti e di arcieri. Durante il giorno, gli esploratori avevano catturato quattromila bovini appartenenti ai vendi.

« Portate con voi il bestiame. Ricordate l'astuzia cui ricorse Annibale in Italia? Sarà utile anche a noi sul grande fiume. »

Lannon rise divertito e batté la mano sulla spalla di Huy, quando ebbe ascoltato la spiegazione. « Vola per me, Avvoltoio-del-Sole. »

« Ruggisci per me, Granleone », rispose Huy con un sorriso mentre si allacciava l'elmo.

In silenzio, Huy guidò quattromilacinquecento uomini tra fanteria pesante e guerrieri armati di scure verso ovest, e li fece disporre a mezzaluna al margine della foresta oltre la città. Dormì un'ora e, quando uno dei suoi centurioni venne a svegliarlo, si sentì irrigidito e infreddolito dalla rugiada notturna.

« Tenetevi pronti », ordinò, e il comando fu passato di bocca in bocca. Vi fu un movimento indistinto lungo il bordo della foresta, mentre i legionari abbandonavano scuri e spade e archi e si armavano invece delle clave di legno dei razziatori di schiavi.

Huy e Lannon raggiunsero la posizione di comando al centro della linea, si tolsero i mantelli e fletterono i muscoli.

Huy scrutò la città addormentata. L'odore del fumo di legna, del cibo che cuoceva e degli escrementi umani, un grande lezzo acido, giungeva fino a lui e gli fece contrarre le narici. La città era immersa in un silenzio spezzato soltanto dall'abbaiare solitario di un cane e dal pianto petulante di un bambino.

Huy disse sottovoce: « È il momento ». E Lannon annuì. Huy si voltò e diede l'ordine a uno dei centurioni. L'uomo si chinò su un braciere d'argilla, soffiò per alimentare il fuoco degli stracci intinti nella pece e fissati alla punta della freccia da segnalazione. Quando la fiamma divampò, incoccò la freccia e la scagliò in un'alta parabola contro il cielo buio. Lungo la linea il segnale fu ripetuto, le fiamme color arancio saettarono nell'oscurità, ma il silenzio restò immutato e la città continuò a dormire.

« Non hanno guardie né picchetti, niente », commentò Lannon in tono sprezzante.

« Sono barbari », osservò Huy.

« Meritano di diventare schiavi », disse Lannon.

« Se la passeranno meglio come schiavi che come uomini liberi », convenne Huy.

« Noi li vestiremo, li sfameremo e faremo loro conoscere i veri dèi. »

Lannon annuì. « Siamo venuti per condurli lontano dalla tenebra, verso il sole. » E strinse nella destra la pesante clava.

Da oriente apparve all'improvviso all'orlo della foresta una massa di bestiame imbizzarrito e muggente: sulle corna ardevano torce di pece ed erba, trascinavano rami secchi incendiati, ed erano spronati dal terrore, incalzati da una fila di guerrieri che urlavano. Era una scena infernale di fumo, polvere e fiamme. Il bestiame si avventò nella città, travolse le fragili capanne di paglia, sparse il fuoco nella sua scia, calpestò i vendi nudi e addormentati che trovava sul suo percorso. E dietro ai bovini venivano i guerrieri, che stordivano i superstiti a colpi di clava e li lasciavano a giacere nella polvere smossa dagli zoccoli.

Huy sentì un immenso lamento levarsi dalla città, un gemito fatto da mille voci atterrite. Sentì il tambureggiare degli zoccoli in corsa e vide le esplosioni delle fiamme gialle e delle scintille che salivano verso il cielo notturno.

« Mantenete la linea », gridò agli uomini che stavano dietro di lui nell'oscurità. « Non lasciate varchi nella rete: i pesci non devono scappare. »

La notte era piena di agitazione, di fragore e di fiamme. L'incendio si sparse rapidamente, illuminando la scena di una grande, palpitante luce arancio: i vendi correvano incerti e urlanti mentre gli assalitori avanzavano. Le clave si alzavano e si abbassavano, e il suono dei colpi sferzati contro le ossa degli indigeni sembrava quello prodotto dai boscaioli al lavoro in una foresta. Cadevano, nudi e neri, e restavano a giacere nella luce del fuoco, o si trascinavano gemendo.

Una donna con il bimbo stretto al seno vide la linea implacabile che avanzava verso di lei; girò su se stessa e come una gazzella impaurita corse tra le fiamme altissime di una capanna incendiata. Bruciò come una torcia mentre i suoi capelli sembravano esplodere, gettò un urlo e cadde, irriconoscibile, nel fuoco. Huy vide la scena e la sua frenesia si agghiacciò, si mutò in ripugnanza e disgusto.

« Basta! » gridò. « Colpite con minore violenza! » Lentamente, dalla confusione terribile emerse un certo ordine. Gli intendenti degli schiavi cominciarono a far accovacciare i prigionieri in lunghe file, mentre la fanteria rastrellò la città e le fiamme si consumarono, lasciando soltanto mucchi di cenere fumante.

Venne l'aurora, un'aurora rossa e irosa, in cui aleggiavano banchi di fumo scuro. Quando Huy diresse il canto di lode a Baal, le grida e i lamenti dei prigionieri fecero eco alle voci dei legionari.

Huy si aggirò per il villaggio devastato e impartì gli ordini per la ritirata. Già due coorti, al comando del giovane Bakmor, s'erano rimesse in marcia verso il grande fiume, conducendo innumerevoli capi di bestiame catturato. Huy calcolava che potevano essere almeno ventimila. Bakmor aveva ricevuto l'ordine di far attraversare a tutti quei bovini il fiume a nuoto, e di tornare immediatamente indietro per coprire la ritirata.

Adesso il problema consisteva nel far muovere le lente colonne degli schiavi. La marcia di avvicinamento era stata compiuta dalla sua legione in una mezza giornata e nella notte seguente; ma per rifare lo stesso percorso al ritorno sarebbero stati necessari sicuramente due o tre giorni. Gli schiavi, non abituati alle catene, si sarebbero mossi lentamente ritardando la marcia. Ogni ritardo accresceva il pericolo e avrebbe reso più vulnerabile agli attacchi o alle rappresaglie una legione così impacciata.

A Huy si avvicinò un centurione, aveva la tunica annerita dal fumo, la barba strinata. « Mio signore! »

« Cosa c'è? »

« Gli schiavi. Tra loro ci sono pochi uomini giovani. »

Huy si voltò a esaminare un gruppo di negri accovacciati. Erano festonati dalle catene leggere da marcia, strette intorno al collo come i guinzagli per i cani da caccia.

« Sì. » Ora lo notava: erano in maggioranza donne e giovani impuberi. Gli intendenti degli schiavi avevano scartato i vecchi e gli infermi, ma c'erano pochissimi uomini dell'età giusta per essere guerrieri. Huy scelse un giovane dall'aria intelligente accucciato tra gli altri prigionieri e gli parlò in dialetto.

« Dove sono i guerrieri? » Il giovane trasalì nel sentirsi rivolgere la parola nella sua lingua, ma abbassò gli occhi e non rispose. Il centurione sguainò a metà la spada e al suono stridente dell'acciaio contro il fodero il ragazzo alzò gli occhi spaventato.

« Una goccia di sangue in più non avrà nessuna importanza », lo ammonì Huy. Il ragazzo esitò prima di rispondere.

« Sono andati al nord, a caccia di bufali. »

« Quando torneranno? » chiese Huy.

« Non lo so. » Lo schiavo scrollò le spalle. Adesso Huy aveva una ragione in più per affrettarsi. I reggimenti dei guerrieri vendi erano intatti, e quell'immensa colonna di fumo li avrebbe richiamati come la carne attira gli avvoltoi.

« Falli alzare e mettiti in marcia », ordinò al centurione, e si allontanò in fretta. Lannon uscì dal fumo, seguito dai suoi armigeri. A Huy bastò guardarlo in faccia per vedere che era irritato.

« Hai ordinato agli intendenti degli schiavi di risparmiare quelli che scartano? »

« Sì, mio signore. » All'improvviso, Huy si spazientì delle rabbie del re: c'erano questioni più importanti da affrontare.

« Con quale autorità? » chiese Lannon.

« Con l'autorità di comandante d'una legione reale in campo », rispose Huy.

« Io ho ordinato di bruciare tutto. »

« Ma non di massacrare i vecchi e i malati. »

« Voglio far sapere alle tribù che è passato di qui Lannon Hycanus. »

« E io lascio i testimoni », replicò Huy. « Se i vecchi sarebbero un peso per noi, non lo saranno anche per la loro tribù? » Lannon si raddrizzò: Huy vide la sua collera traboccare e gli prese il braccio in un gesto da cospiratore.

« Mio signore, devo dirti una cosa importante. » E prima che Lannon potesse sfogare la rabbia, lo condusse in disparte. « Ci sono sfuggiti i reggimenti dei vendi. Sono partiti in assetto di guerra. »

Lannon dimenticò il suo furore. « Sono vicini? »

« Non lo so... Ma più indugiamo a parlare e più si avvicineranno. »

Era mezzogiorno passato prima che le lunghe file di schiavi si mettessero in marcia. Gli intendenti si presentarono al posto di comando di Huy: il totale era di circa ventiduemila esseri umani.

Nonostante l'ordine di mantenere la colonna compatta e sotto controllo, le file dei vendi incatenati si sgranavano per più di quattro miglia e si muovevano mantenendo l'andatura dei più lenti. Al passo di un centopiedi zoppo, procedevano tra le colline e nel terreno accidentato del fondovalle.

Il primo attacco avvenne poco dopo la mezzanotte successiva. Per Huy fu un colpo perché, sebbene avesse preso ogni precauzione necessaria per accamparsi in territorio nemico, non si era aspettato un'azione simile da parte delle tribù. Qualche sentinella con la gola tagliata, una raffica di frecce in un'imboscata, magari un rapido assalto seguito da una ritirata, in un punto debole lungo la linea... ma non un attacco notturno in piena regola che appariva pianificato con cura e condotto con decisione feroce.

Solo l'addestramento e la disciplina tennero unita la sua legione di fronte alla marea urlante che si avventava dall'oscurità. Per due ore combatterono tra gli squilli di tromba e le grida dei centurioni che echeggiavano incessanti.

« A me, Sesta! »

« Forza, Sesta. »

« Resistete, Sesta. »

Quando la luna spuntò e illuminò il campo di battaglia, gli assalitori si dileguarono nelle foreste e Huy poté aggirarsi fra le sue coorti e valutare la situazione.

I caduti delle tribù erano ammucchiati fino all'altezza del petto intorno al quadrato difensivo delle coorti. Nella luce delle torce, i combattenti finivano i nemici agonizzanti con rapidi affondi di spada, altri assistevano i compagni feriti e preparavano i loro morti per la cremazione. Huy notò con sollievo che i difensori caduti erano pochi, mentre gli aggressori avevano pagato un prezzo altissimo.

Nella confusione della battaglia molti schiavi avevano risposto ai richiami degli attaccanti e, con una fuga concertata, erano usciti dal quadrato correndo per scomparire nella notte, sebbene incatenati l'uno all'altro. Ma ne erano rimasti più di sedicimila, che urlavano per la fame, la sete e il terrore.

I legionari accesero i roghi nell'oscurità e durante la marcia cantarono il canto di lode a Baal. Il sole era sorto da meno di un'ora quando apparve evidente la tattica che i vendi avevano scelto per quel giorno. Ogni rialzo del terreno, lungo il percorso, era costellato da gruppi di uomini armati d'arco o di lancia. Era necessario stanarli laboriosamente: arretravano sotto le cariche dei guerrieri di Huy, ma nel contempo i fianchi e la retroguardia della colonna venivano attaccati ripetutamente da schiere numerose.

« Non avevo mai sentito una cosa simile », protestò Lannon durante una pausa, mentre si toglieva l'elmo per arieggiare i capelli infradiciati dal sudore e si lavava la bocca con il vino. « Si comportano come truppe ben addestrate. »

« Sì, è una novità », ammise Huy mentre prendeva una salvietta che uno dei suoi armigeri aveva provveduto a intridere d'acqua. Aveva le braccia e il viso spruzzati di sangue, e altro sangue incrostato spiccava sulla lama e sull'impugnatura della Scure-degli-Avvoltoi.

« Sanno quello che fanno e sono organizzati... non sapevo che i guerrieri delle tribù si raggruppassero di nuovo dopo essere stati dispersi da una carica. E non immaginavo che ritornassero alla carica dopo una sconfitta. »

Lannon sputò a terra il vino rosso. « Forse ci divertiremo più del previsto », disse con una risata, e passò a Huy la ciotola.

C'era un punto dove la pista attraversava uno stretto corso d'acqua e quindi passava tra due colline simmetriche e rotonde. C'era un guado: e là sedici lance erano state piantate nel terreno, e sulle lance erano infisse le teste mozze di legionari che erano partiti con le coorti di Bakmor per condurre avanti il bestiame.

« Neppure Bakmor è riuscito a passare senza danni », commentò Huy, mentre i suoi uomini toglievano le teste dalle lance e si affrettavano ad avvolgerle nei manti di cuoio.

« Sedici su milleduecento non costituiscono certo un disastro equivalente a quello del lago Trasimeno », commentò con noncuranza Lannon. « E con questa macabra ostentazione ci hanno annunciato l'intenzione di difendere il guado... una tattica debole, Avvoltoio-del-Sole. »

« Può darsi, mio signore », disse Huy. Ma aveva notato le espressioni dei suoi uomini quando avevano visto le gole recise e gli occhi sbarrati di quegli orrendi trofei. Tutti s'erano sentiti agghiacciare.

Il guado era difeso, come aveva previsto Lannon: ed era difeso da una forza che non era meno del doppio della loro, e che non desisteva mai dall'attaccarli ai fianchi e alla retroguardia mentre cercavano di aprirsi un varco combattendo. Per due volte Huy richiamò i suoi fanti dal fango arrossato del guado perché riposassero e si riorganizzassero. Il giorno era diventato caldissimo, e i legionari cominciavano a sentirsi stanchi.

Lannon aveva ricevuto un colpo di lancia che gli aveva squarciato la guancia fino all'osso, una ferita che appariva più grande di quanto fosse in realtà, e la barba era incrostata di sangue e di polvere. Un medico stava chiudendo la ferita quando Huy raggiunse il gruppo che circondava il re, e questi rispose con una risata alla sua domanda ansiosa.

« Lascerà una cicatrice interessante », commentò. Quindi, senza muovere la testa, disse a Huy: « Ho scoperto la soluzione del mistero. Eccola! » Indicò, oltre il fiume, la più vicina delle due colline. La cresta era appena al di fuori della portata delle frecce, circa cinquecento passi. Anche se le pendici erano coperte da foreste, la sommità era una cupola nuda di granito, e lassù c'era un piccolo gruppo di uomini, raccolti intorno a una figura centrale.

Huy avrebbe sempre ricordato quell'uomo così come l'aveva visto sulla collina accanto al guado. La distanza non lo faceva apparire più piccolo, al contrario, rendeva ancora imponente la sua presenza fisica. Era un colosso, più alto di tutta la testa e delle spalle dei suoi compagni. Il sole brillava sui lucidi muscoli neri del petto e delle braccia, e un'alta acconciatura di penne d'airone azzurro gli coronava la testa. Portava intorno alla vita un gonnellino di code di leopardo, ma Huy non aveva bisogno di vederlo per capire che era un re.

« Ah! » mormorò, e sentì qualcosa fremere nelle sue viscere, qualcosa di freddo e guizzante come un serpente che si snoda. Sulla collina, il re vendi fece un ampio gesto, quindi indicò il guado con la lancia. Era senza dubbio un ordine; dal gruppo che lo circondava si staccò un messaggero che scese di corsa per portare il comando.

« Le tribù hanno trovato un capo », disse Huy. « Avrei dovuto intuirlo prima. »

« Prendilo », comandò Lannon. « Lo voglio. Tutto il resto non ha importanza. Prendimi quell'uomo. » Huy sentì un tono nuovo nella voce del re. Sconcertato, gli lanciò un'occhiata. Non era la sofferenza per la ferita ricucita rozzamente che disegnava le ombre scure intorno ai chiari occhi azzurri. Per la prima volta da quando lo conosceva, Huy comprese che Lannon aveva paura.

Huy stabilì che il momento migliore fosse un'ora prima dell'oscurità, nell'ultima parte della giornata quando le ombre erano lunghe e la luce incerta. Durante il pomeriggio effettuò scaramucce al guado con mezza coorte, ma tenne di riserva il grosso delle sue forze nella fitta foresta sulle rive del fiume. Lasciò che riposassero durante le ore calde del pomeriggio e mangiassero e bevessero e affilassero le armi mentre ultimava i preparativi. Scelse cinquanta degli uomini migliori e li condusse dove sarebbero stati al riparo dagli occhi dei nemici che spiavano dalle alture al di là del fiume.

Dal fondo dei paioli raschiarono il nerofumo e lo impastarono con l'olio da cucina fino a ottenere una pasta densa. Non era abbastanza per scurire la pelle di cinquanta uomini, e per le braccia e le gambe usarono il fango della riva. Erano tutti nudi quando furono messe intorno alle loro gole le catene degli schiavi: ma al posto dei perni di ferro che fissavano i collari c'erano fuscelli secchi. Non potevano portare gli scudi, avevano spalmato le armi d'uno strato di fango nero per nascondere il luccichio del metallo, quindi se le erano legate sulla schiena per poter correre con le mani vuote.

« Siete schiavi, non legionari », disse loro Huy. « Correte come degli schiavi, fuggite come cani bastonati. »

Quando uscirono dagli alberi e corsero verso il fiume inseguiti da mezza centuria, urlarono di terrore mentre le frecce, tirate con cura per non colpirli, piovevano intorno a loro. Raggiunsero la riva cinquecento passi più a monte del guado. Mentre passavano, ancora legati insieme dalle catene, dall'alto della collina il re dei vendi li vide e mandò due schiere numerose di arcieri e di uomini armati di lancia in quella direzione.

Sulla riva del fiume infuriò una battaglia sanguinosa e, mentre imperversava quel tumulto, Huy si staccò dagli altri e guidò il gruppo d'assalto oltre il fiume, al riparo nella foresta. Lì c'era un distaccamento di negri sparsi fra gli alberi: ma prima che si rendessero conto dell'inganno, gli uomini di Huy si liberarono delle catene e si avventarono su di loro in un assalto silenzioso e mortale.

Proseguirono senza incontrare resistenza fino ai piedi della collina dove avevano individuato il posto di comando. Grazie alla protezione della foresta, Huy li condusse intorno all'altura. Si erano mossi rapidamente e lì si riposarono per qualche minuto. Durante la traversata del fiume l'acqua aveva cancellato il fango dalle gambe e dalle braccia e la fuliggine striata dal sudore dava loro un aspetto selvaggio e disperato.

Il clamore del combattimento al fiume s'era smorzato, e la foresta era silenziosa e immota mentre Huy guidava i suoi su per il pendio della collina. C'erano le sentinelle; ma erano disattente, e non videro le bizzarre figure camuffate con il nerofumo tra le ombre della foresta fino a quando fu troppo tardi.

Sotto la cupola nuda di granito, Huy attese di nuovo e rimase in ascolto, aspettando l'attacco diversivo concertato con Lannon. Le grida lontane e lo stridore metallico che provenivano dal guado erano quasi spenti dalla distanza e dalla mole della collina.

Huy disse sottovoce: « Ora. Tutti insieme ». Eruppero dal bordo della foresta e correndo risalirono la cupola di granito. Huy li precedeva agilmente, a grandi balzi, con l'andatura di un vecchio babbuino.

Era arrivato a venti passi dalla cresta quando il re vendi percepì la sua presenza e si voltò. Gridò un avvertimento ai suoi, e Huy si avventò come un terrier alla gola di un leone. Due guardie del corpo del re cercarono d'intervenire, ma Huy sferrò un colpo con la scure che, semplicemente roteando il polso, ebbe un doppio effetto con un unico movimento, solo la lama sibilò mentre cambiava direzione: uccise una delle guardie con un colpo netto e tranciò il braccio dell'altra sopra il gomito. I due stramazzarono e Huy si scagliò contro il re.

Era forse l'uomo più alto e massiccio che avesse mai incontrato, e aveva la pelle di un lucido nero-violaceo. I muscoli delle spalle e delle braccia erano poderosi, quelli del collo spiccavano nettamente e si innestavano nell'osso pesante della mascella. La testa era tonda come un macigno levigato dal fiume, e senza acconciatura il cranio era calvo e lucido.

Si mosse incontro a Huy, scivolando sulle grosse gambe nere mentre il gonnellino di leopardo ondeggiava. Si acquattò leggermente e strinse la lancia con la lama che brillava, quasi fosse avida di affondare nel ventre del nemico. Si mosse con la sveltezza del leopardo, reagendo istantaneamente all'attacco di Huy: aveva un'aura di energia selvaggia che frenò la carica di Huy e lo indusse istintivamente a girarsi sul fianco nell'attimo in cui la lama della lancia si avventava dall'alto finendo però nel vuoto.

Il colosso nero grugnì mentre il suo colpo si spegneva nell'aria, e fissò gli occhi gialli su Huy. Sferrò un secondo colpo e Huy balzò di lato mentre la punta lo sfiorava sibilando, quindi tese le braccia e spiccò un salto facendo scorrere la punta della scure sulle costole del gigante. La pelle neropurpurea si squarciò e per un istante le ossa bianche rimasero scoperte nel profondo della ferita prima che l'afflusso di sangue le nascondesse. Il re gettò un muggito di dolore e cercò furiosamente di colpire il tafano che gli stava davanti. Ogni colpo era più furioso e ogni carica più avventata mentre Huy lo pungolava in attesa del momento opportuno. Poi quel momento venne, e Huy balzò all'interno del cerchio della lancia. Con la punta della scure mirò l'arteria femorale nell'inguine del gigante, e fece scorrere l'acciaio inciso nella pelle tesa mezzo pollice troppo a sinistra. Mancò l'arteria ma costrinse il re a cadere in ginocchio. Huy si scostò con un guizzo. La scure volò alta, e si avventò verso il cranio nero e rotondo del re, in un colpo che l'avrebbe spaccato in due fino al petto.

« Per Baal! » gridò, avventando la scure dall'alto in basso e cambiando direzione all'ultimo istante. Non seppe mai quale impulso lo avesse trattenuto e lo avesse indotto a torcere l'arma in modo da colpirlo con la lama di piatto e non di taglio trattenendo le forze: il lato della scure urtò contro il cranio del re con la violenza sufficiente a farlo crollare bocconi, privo di sensi, ma non tanto da fracassare l'osso.

Huy spiccò un balzo indietro e con una rapida occhiata si assicurò che tutti i membri del seguito del re vendi giacessero morti sulla cupola di granito e che i suoi legionari lo attorniassero, appoggiati alle spade insanguinate. La sorpresa era stata completa e travolgente.

Si voltò e corse verso il punto più alto della collina. Nudo e impiastricciato di fuliggine brandì la scure sopra la testa, e i suoi uomini lo acclamarono e agitarono le armi. Dal guado, una tromba incominciò a suonare il segnale dell'avanzata e immediatamente lo squillo venne ripreso da tutte le coorti.

Huy rimase a osservare mentre Lannon guidava la prima ondata attraverso il guado. La legione piombò sugli uomini delle tribù che, rimasti senza capo, cercavano di resistere: sfondò le loro linee quasi senza rallentare e li ricacciò verso le colline in una massa disorganizzata. Avevano visto cadere il loro re e avevano perduto lo spirito combattivo.

Dall'alto della collina, Huy vide Lannon impegnare le ultime due coorti di riserva esattamente nel momento giusto. Gli uomini delle tribù si diedero alla fuga. Gettarono le armi e si precipitarono urlando per il panico verso la strozzatura fra le colline.

In quel momento il giovane Bakmor, con le due coorti che avevano portato il bestiame al grande fiume, uscì dalla foresta. Fece spiegare i suoi uomini attraverso l'unico passaggio aperto alle tribù. Il suo ritorno era stato davvero tempestivo, e Huy l'osservò con riluttante ammirazione mentre disponeva i guerrieri. Quando il sole toccò l'orizzonte in un fulgore rosso e porpora, le trombe suonarono di nuovo l'avanzata, e il massacro e la cattura degli schiavi continuarono fin dopo la mezzanotte.

A Sett, le legioni di Huy e le schiere di schiavi attraversarono il fiume con le zattere trainate dagli elefanti. Dopo la battaglia al guado, la marcia di ritorno non aveva incontrato opposizione. I reggimenti dei vendi erano stati dispersi, tutti i loro comandanti erano stati uccisi o catturati, e Lannon era giubilante.

« Mio Avvoltoio-del-Sole! » disse a Huy. « È stato più di ciò che ti avevo chiesto. Neppure io avevo intuito che un nemico tanto pericoloso si stava consolidando ai miei confini. Se l'avessimo lasciato fare ancora per un anno, solo gli dèi sanno quanto avrebbe potuto diventare pericoloso. »

« Baal mi ha sorriso », dichiarò modestamente Huy.

« E ti sorride anche Lannon Hycanus », gli assicurò il re. « Qual è stato il bottino, Avvoltoio-del-Sole? Il vecchio Rib-Addi ha fatto i conti? »

« Lo spero, mio signore. »

« Mandalo a chiamare », ordinò Lannon, e Rib-Addi si presentò con i suoi rotoli e le dita sporche d'inchiostro e gli occhietti diffidenti da contabile. Lesse gli elenchi dei bovini e degli schiavi d'ogni tipo e categoria.

« I prezzi precipiteranno, mio signore », fece poi notare in tono pessimista. « Anche le altre regioni hanno fatto grandi razzie in tutte le tribù oltre il fiume. Dovranno passare due o tre anni prima che i mercati di Opet abbiano assorbito questa massa di ricchezza. »

« Tuttavia il valore delle prede della VI Ben-Amon deve essere considerevole, Rib-Addi. »

« Come dice il mio signore... »

« Quanto? » chiese Lannon.

Rib-Addi lo fissò allarmato. « Posso fare solo una stima approssimativa, mio re. »

« E allora falla. »

« Potrebbe ammontare anche a venticinquemila dita... oppure limitarsi a... »

« Tu saresti capace di sentire odore di letame persino in un vasetto d'alabastro colmo di profumo », l'interruppe Lannon in tono di rimprovero. « Non voglio conoscere la tua stima minima. »

« Come piace al mio signore. » Rib-Addi s'inchinò e Lannon si rivolse a Huy e gli posò la mano sulla spalla.

« La tua parte è un centesimo, Avvoltoio-del-Sole. Duecentocinquanta dita... finalmente sei ricco! Che impressione fa? »

« Non mi dispiace. » Huy sorrise. Lannon rise allegramente e tornò a parlare a Rib-Addi.

« Scrivi sul tuo registro, vecchio: scrivi che Lannon Hycanus mette via metà della sua parte di bottino. Lo assegna in premio al comandante della legione, Huy Ben-Amon, per il modo in cui ha saputo condurre la campagna. »

« Mio signore, è una parte su venti! » protestò con veemenza Rib-Addi. « Un premio di oltre mille dita d'oro! »

« Anch'io ho imparato a fare i conti », gli assicurò Lannon; l'amministratore cercò di continuare a protestare, ma poi vide l'espressione del re.

« Sarà scritto », mormorò, e Huy andò a inginocchiarsi riconoscente davanti al suo sovrano.

« Alzati! » gli ordinò Lannon con un sorriso. « Non prosternarti davanti a me, vecchio amico. » Huy si alzò e rimase in piedi a fianco dello sgabello di Lannon, mentre questi chiamava a uno a uno gli ufficiali che si erano distinti e assegnava le ricompense.

Huy era come in trance, stentava a credere nella propria fortuna. Era ricco... ricco! Doveva fare un sacrificio agli dèi quel giorno stesso. Come minimo un toro bianco. Come aveva fatto notare Rib-Addi, il mercato era saturo, e avrebbe potuto acquistarne uno a poco prezzo... Poi rammentò che non sarebbe più stato costretto a lesinare.

Poteva permettersi tutti i lussi che aveva desiderato e gli sarebbe rimasta ancora una ricchezza sufficiente per acquistare una tenuta sulle terrazze di Zeng e la percentuale d'una delle galee commerciali di Habbakuk Lal. Una partecipazione nei gruppi che gestivano le miniere d'oro, gli avrebbe assicurato una rendita per tutta la vita. Niente più toppe sulle tuniche, niente più prediche alla servitù perché riducesse il consumo della carne, niente più vini acidi e scadenti acquistati nelle taverne del porto. E poi la sua mente tripudiò: non avrebbe più dovuto affidarsi all'ospitalità di Lannon e alla buona volontà delle giovani schiave del re. Ne avrebbe avuta una sua... no, due... tre! Giovani, graziose e docili. Si sentì fremere. Ora poteva permettersi una moglie; persino le figlie delle nobili casate avrebbero potuto fingere di non vedere la sua gobba, e si sarebbero lasciate abbagliare dalla quantità di metallo splendente.

Poi all'improvviso rammentò Tanith, e le schiave e le mogli fantasma si dileguarono nelle nebbie della sua immaginazione. L'avvilimento s'impadronì di lui. Le sacerdotesse di Astarte erano consacrate alla dea e non potevano sposarsi. All'improvviso Huy non si sentì più tanto ricco.

« Non ascolti il tuo re quando ti parla? » chiese Lannon, e Huy trasalì.

« Stavo sognando, mio signore. Perdonami. »

« Non è più necessario che tu sogni », disse Lannon.

« Che cosa mi ha chiesto il Granleone? »

« Ho detto che dobbiamo far condurre qui il barbaro... possiamo occuparci di lui prima che la legione si raduni. »

Huy girò lo sguardo sulle coorti schierate in un quadrato aperto davanti alla tenda di pelle sotto la quale sedeva Lannon. Gli stendardi delle legioni scintillavano al sole, e gli ufficiali stavano nella posizione di riposo davanti ai loro uomini. Attendevano. Huy sospirò sommessamente.

« Come desidera il Granleone. »

« Dai l'ordine », comandò Lannon.

Lo avevano incatenato ai polsi e alle caviglie, oltre che alla gola. Gli intendenti degli schiavi sapevano riconoscere subito gli individui pericolosi e due di loro lo tenevano per le catene.

Era colossale, esattamente come lo ricordava Huy, aveva la pelle ancora più scura, ma era giovane. Per Huy fu una sorpresa: l'aveva creduto più maturo, ma era un'illusione. La mole e la presenza imperiosa lo facevano sembrare più vecchio dei suoi anni.

Huy vide che aveva lottato per liberarsi, dilaniandosi la carne e spellandosi contro i ceppi di ferro, e la ferita all'inguine era tamponata rozzamente con foglie e corteccia. La medicazione era macchiata di pus e tutto intorno si notava il gonfiore. Sebbene zoppicasse e le sue catene tintinnassero ironicamente a ogni movimento e sebbene gli intendenti lo tenessero come una belva catturata, era evidente che si trattava di un re. Si fermò davanti a Lannon e abbassò leggermente la testa. Gli occhi erano feroci, persino il bianco era coperto da una rete finissima di vasi sanguigni. Fissava i suoi carcerieri con odio palpabile.

« Sei stato tu a prendere... questo bestione nero, Huy? » Lannon ricambiò lo sguardo del gigante. « E senza aiuto? » Scosse meravigliato la testa e si rivolse al sommo sacerdote, ma questi osservava il re vendi.

« Come ti chiami? » gli chiese a voce bassa. La gran testa tonda girò verso di lui, gli occhi lo fissarono furiosi.

« Come fai a conoscere la lingua dei vendi? »

« Conosco molte lingue », gli assicurò Huy. « Chi sei? »

« Manatassi, re dei vendi. » Huy tradusse a Lannon la risposta.

« Digli che non è più re », scattò Lannon, e Manatassi alzò le spalle e sorrise. Era un sorriso spaventoso: anche se le labbra carnose e purpuree scoprirono i robusti denti bianchi, i suoi occhi ardevano d'odio.

« Cinquantamila guerrieri vendi mi chiamano ancora re », fu la risposta.

« Re schiavo d'un popolo schiavo. » Lannon rise e si rivolse a Huy. « Cosa ne pensi, Huy? Non è un nemico pericoloso? Possiamo lasciarlo in vita? »

Huy distolse lo sguardo dal re schiavo e rifletté. Cercava di pensare logicamente, ma gli era difficile. All'improvviso, provava interesse per Manatassi; era impressionato dalla sua potenza fisica, dalle doti militari che aveva dimostrato, e dall'astuzia e da quella sua strana e cupa profondità. L'aveva catturato e poteva reclamarlo, persino a Lannon, ed era tentato di farlo perché pensava che fosse un'occasione straordinaria. Prendere quell'uomo ed educarlo, civilizzarlo... che cosa avrebbe potuto fare di lui! Si sentiva emozionato mentre un'idea nuova cercava di affiorare nella sua mente.

« Non credo », disse Lannon, rispondendo alla propria domanda. « Dal primo momento che l'ho visto sulla collina ho compreso che è pericoloso. Mortalmente pericoloso. Non credo che dobbiamo lasciarlo vivere, Huy. Sarebbe un magnifico messaggero per gli dèi. Lo consacreremo a Baal e lo invieremo per esprimere la nostra gratitudine per l'esito della campagna. »

« Mio signore. » Huy abbassò la voce. « Ho un presentimento sul conto di quest'uomo. Sento che potrei illuminarlo, fargli conoscere i veri dèi. È giovane, e potrei riuscirci: e quando saremo pronti, potremo restituirlo al suo popolo. »

« Gli avvoltoi ti hanno divorato il cervello? » Lannon lo guardò sbalordito. « Perché dovremmo restituirlo al suo popolo quando abbiamo fatto tanto per catturarlo? »

« Perché potremmo farcene un alleato. » Huy cercava disperatamente di far accettare la sua idea. « Per suo tramite potremmo concludere un trattato con le tribù. Potremmo farcelo amico e servirci di lui per garantire i nostri confini settentrionali. »

« Un trattato con i barbari! » Lannon era incollerito. « Che assurdità! Garantire i nostri confini settentrionali, tu dici? Una sola cosa può garantirli, ed è una spada affilata stretta da una mano forte. »

« Mio signore, ti prego di ascoltarmi. »

« No, Huy. Basta. Deve morire... e in fretta. » Lannon si alzò. « Stasera al tramonto. Preparati a mandarlo agli dèi. » E si allontanò.

« Rompete le righe », ordinò Huy ai comandanti, e fece segno agli intendenti degli schiavi di condurre via il prigioniero. Ma Manatassi si fece avanti, trascinandoli per le catene.

« Nobilissimo! » Huy si voltò sorpreso. Non s'era aspettato un titolo rispettoso.

« Che c'è? » Huy guardò il prigioniero.

« È la morte? » chiese Manatassi, e Huy annuì.

« È la morte. »

« Ma hai perorato per me? » insistette Manatassi, e Huy annuì di nuovo.

« Perché? » chiese il prigioniero, e Huy non seppe rispondere. Allargò le braccia in un gesto di stanchezza e d'incomprensione.

« È la seconda volta », disse l'altro. « Prima hai deviato la lama che poteva uccidermi, adesso hai parlato in mia difesa. Perché? »

« Non lo so. Non so spiegarlo. »

« Tu senti un legame... un legame che c'è tra noi », dichiarò Manatassi con voce bassa e rombante. « È il legame degli spiriti. Tu lo senti. »

« No. » Huy scosse la testa e tornò in fretta nella sua tenda. Si dedicò ai suoi rotoli per quasi tutto il pomeriggio: fece la cronaca della campagna, descrisse l'incendio e la battaglia al guado, annotò gli onori e gli schiavi, il bottino e la gloria... ma non se la sentiva di descrivere Manatassi. Presto quell'uomo sarebbe morto; ed era meglio lasciar morire con lui il ricordo: che nulla rimanesse a perseguitare i vivi. Gli risuonava ancora nelle orecchie l'espressione usata da Lannon, « il bestione nero »; e la adoperò come unico riferimento al re condannato.

Mangiò il pasto di mezzogiorno con Bakmor e altri giovani ufficiali; ma il suo malumore contagiò tutti e il pranzo si svolse in un'atmosfera impacciata. Poi trascorse un'ora con l'aiutante e il quartiermastro per mettere ordine negli affari della legione, quindi si esercitò con la scure fino a grondare di sudore. Si pulì e si unse e indossò abiti lindi per il sacrificio, e si recò nella tenda di Lannon. Lannon era in riunione con un gruppo di consiglieri e dignitari seduti sui cuscini intorno a lui: alzò la testa, sorrise, e chiamò a sé Huy.

« Siedi accanto a me, mio Avvoltoio-del-Sole. C'è qualcosa su cui vorrei la tua opinione. » Huy sedette e ascoltò Lannon che decideva gli affari dei quattro regni con logica rapida e sicura. Prendeva decisioni che avrebbero tormentato Huy per giorni e giorni, e le prendeva senza esitare. Finalmente congedò i dignitari e si rivolse a Huy.

« Una ciotola di vino con me, Huy. Passeranno molti giorni prima che l'occasione si ripresenti, perché domattina ti lascerò. »

« Dove andrai, mio signore? »

« Ritornerò subito a Opet. Lascerò te e gli schiavi e le mandrie a seguirmi. »

Bevvero insieme, scambiandosi le solite frasi in uso tra i vecchi amici; ma Huy cercava un'occasione per parlare di Manatassi, e Lannon lo eludeva abilmente. Alla fine, per disperazione, Huy affrontò l'argomento in modo diretto.

« Il re vendi, mio signore. » Non andò oltre, perché Lannon sbatté con forza la ciotola del vino. Un fiotto rosso si rovesciò sulle pelli dov'erano seduti.

« Tu approfitti della mia amicizia. Ho ordinato che muoia. Resta solo da sferrare il colpo di scure. »

« Secondo me è un errore. »

« Sarebbe un errore molto più grande lasciarlo vivere. »

« Mio signore... »

« Basta, Huy! Basta! Ora vai e mandalo agli dèi. »

Al tramonto condussero il re vendi in un punto sulla riva del fiume, sotto le mura della guarnigione di Sett. Indossava un manto di pelle con i simboli di Baal, e le catene del sacrificio. Huy stava fra i sacerdoti e i nobili; e quando condussero avanti il re condannato, questi lo fissò con i terribili occhi gialli che sembravano penetrare in lui e strappargli l'anima.

Huy incominciò il rituale; salmodiò l'offertorio, si prosternò all'immagine fiammeggiante del dio nel cielo occidentale, e intanto sentiva quegli occhi che divoravano il nucleo stesso della sua esistenza.

L'assistente gli porse la scure degli avvoltoi, lucida e scintillante negli ultimi raggi del sole. Huy si avvicinò a Manatassi e lo guardò.

Gli intendenti degli schiavi si disposero per il sacrificio, si accostarono al re vendi e tolsero il manto dalle spalle della vittima. Era nudo e magnifico, vestito solo con le catene d'oro del sacrificio. Gli avevano tolto i sandali di cuoio grezzo, e adesso attendevano, stringendo le catene. Al segnale di Huy le avrebbero tirate per stendere a terra Manatassi, con il collo proteso per il colpo di scure.

Huy esitava, incapace di dare l'ordine, affascinato dai feroci occhi gialli. Con uno sforzo distolse lo sguardo e lo abbassò. Aveva cominciato a dare il segnale... ma si fermò, fissando i piedi nudi di Manatassi.

Intorno a lui i presenti si agitarono irrequieti e guardarono l'orizzonte, dove il sole calava rapidamente tra gli alberi. Tra poco sarebbe stato troppo tardi.

Huy continuava a fissare i piedi di Manatassi.

« Il sole tramonta, sacerdote. Colpisci! » ordinò bruscamente Lannon, e il suono della sua voce parve scuotere Huy, che si rivolse al sovrano.

« Mio signore, c'è qualcosa che devi vedere. »

« Il sole se ne va », ribatté spazientito Lannon.

« Devi vedere », insistette Huy, e Lannon lo raggiunse.

« Guarda! » Huy indicò i piedi del re vendi, e Lannon aggrottò la fronte e soffocò un'esclamazione.

I piedi di Manatassi erano mostruosamente deformi, profondamente divisi al punto da somigliare alle zampe di un rapace sovrannaturale. Istintivamente Lannon indietreggiò e fece il segno del sole per scongiurare il maleficio.

« Ha le zampe dell'avvoltoio », disse Huy. « Le zampe dell'uccello sacro a Baal. » I presenti mormorarono stupiti e si tesero con superstiziosa curiosità.

Huy alzò la voce. « Dichiaro che quest'uomo è segnato. È protetto dagli dèi, e non può essere inviato come messaggero. »

Mentre finiva di parlare il sole discese oltre l'orlo del mondo, e un freddo brivido umido pervase l'aria.

Lannon era in preda a una rabbia che gli sbiancava le labbra e il viso, e la crosta nera della ferita spiccava ancora più netta sulla sua guancia.

« Mi hai sfidato », disse con voce bassa e tremante di furore.

« È segnato dagli dèi! » protestò Huy.

« Non cercare di nasconderti dietro gli dèi, sacerdote! Tu e io sappiamo che molte decisioni di Baal vengono prese da Huy Ben-Amon nell'interesse di Huy Ben-Amon. »

« Mio signore... » balbettò Huy, sgomentato da quell'accusa blasfema.

« Mi hai sfidato », ripeté Lannon. « Vuoi sottrarmi quel barbaro, aspiri a giocare con me il gioco del potere e della politica. »

« Non è vero, mio signore. Non oserei. »

« Oh, tu oseresti, sacerdote! Oseresti perfino rubare i denti dalla bocca del Granleone, se ti prendesse il capriccio. »

« Mio signore, sono il suo servitore più fedele e leale... »

« Attento a ciò che fai, sacerdote, ti avverto. Tu voli alto nei quattro regni, ma ricorda sempre che è solo per il mio favore. »

« Lo so bene. »

« Io che ti ho innalzato, ho anche il potere di gettarti nella polvere. »

« So anche questo, mio signore », disse umilmente Huy.

« Allora consegnami il barbaro », intimò Lannon, e Huy lo guardò con un'espressione di profondo rammarico.

« Non posso dartelo perché non è mio. Appartiene agli dèi. »

Lannon proruppe in un ruggito di rabbia frustrata, prese una pesante anfora di vino e la scagliò contro la testa di Huy che la schivò agilmente. L'anfora urtò contro il telo della tenda di pelle e scivolò al suolo senza spaccarsi. Il vino uscì gorgogliando dalla bocca e intrise la terra arida.

Lannon s'era alzato e torreggiava davanti a Huy. Tendeva verso di lui i pugni che sembravano mazze d'osso, i muscoli degli avambracci erano gonfi e contratti dall'esasperazione. Tenne i pugni sotto il naso di Huy. I suoi occhi azzurri scintillavano minacciosi, i riccioli d'oro rosso gli danzavano sulle spalle mentre fremeva in preda alla tempesta del furore.

« Vattene! » disse con voce soffocata. « Vattene immediatamente... prima... prima che io... »

Huy non rimase ad ascoltare il resto.

Lannon Hycanus partì da Sett con duecento uomini e Huy assistette alla partenza dall'alto delle mura della guarnigione. Era scosso da un brivido di apprensione: si sentiva solo e vulnerabile senza il favore del re.

Huy seguì con gli occhi il corteo che passava tra le schiere dei legionari, e vide che Lannon indossava una tunica leggera ed era a testa scoperta nel sole del mattino. I suoi capelli splendevano come un faro. Gli scudieri lo seguivano portando l'elmo e la corazza, l'arco, la spada e i giavellotti. Dietro di lui veniva il piccolo capo cacciatore pigmeo, Xhai il boscimano, che seguiva il re come un'ombra.

La legione acclamò Lannon al suo passaggio. Le voci echeggiavano tra le scarpate della valle quando il re uscì dalla porta. Era più alto di coloro che lo circondavano, e sorrideva, fiero e bellissimo.

Levò lo sguardo verso le mura, vide Huy, e il suo sorriso si mutò in una smorfia irosa. Non rispose al saluto esitante del sacerdote e varcò la porta, avviandosi sulla strada che conduceva al passo in direzione per raggiungere, oltre le colline, il regno di mezzo.

Huy continuò a seguirlo con lo sguardo fino a che la foresta lo nascose. Poi si voltò per andarsene. Si sentiva molto solo. Scese dal re schiavo che, moribondo, era steso su un giaciglio di paglia, in un angolo della tenda.

Nel caldo del mattino l'odore della ferita era simile al lezzo che esala dalle paludi o dalle cose in putrefazione.

Una delle vecchie schiave gli bagnava il corpo, per cercare di abbassare la temperatura. Alzò la testa quando Huy entrò e gli fece un cenno muovendo il capo. Huy si accosciò accanto al paglericcio, il re schiavo gemeva nel delirio, lo toccò e sentì la pelle asciutta che scottava.

« Chiama un intendente degli schiavi », ordinò irritato Huy. « E digli di togliere le catene. »

Era sorprendente vedere la febbre come consumava la carne del colosso nero, vedere le ossa affiorare, il volto che si scavava e la carnagione neroviolacea che si stingeva in un grigio cinereo.

La ferita all'inguine era gonfia e indurita, e dalla crosta sgorgava lentamente un liquido acquoso gialloverdastro. Di ora in ora il re schiavo sembrava rinunciare alla vita, la febbre cresceva, la ferita assumeva le dimensioni di un pugno.

Il secondo giorno, al pomeriggio, Huy lasciò il campo e salì in alto, sulla scarpata, per restare solo con il suo dio. Nella valle del grande fiume la presenza del dio del sole sembrava pervadere ogni cosa, e il suo volto solitamente benevolo era opprimente: pareva riempire tutto il cielo e percuotere la terra come il maglio di un fabbro sull'incudine.

Huy salmodiò la preghiera, ma lo fece distrattamente, confondendo le ultime frasi perché era molto in collera con i suoi dèi, e desiderava farglielo sapere.

« Grande Baal », disse omettendo i titoli più fioriti per passare subito alla protesta, « seguendo il tuo evidente desiderio, ho salvato l'uomo che porta il tuo segno. Anche se non voglio lagnarmi o discutere le tue intenzioni, sai che non è stato facile. Ho compiuto gravi sacrifici, ho indebolito la posizione del sommo sacerdote di Baal nel favore del re... e non penso a me stesso, ma solo alla mia influenza come tuo agente e servitore. Ciò che indebolisce me, indebolisce il culto degli dèi. » Pronunciò queste frasi con soddisfazione: senza dubbio tutto questo doveva interessare loro. Si sentiva giustificato, perché era tempo che certe cose venissero chiarite e che fossero stabiliti certi doveri di lealtà reciproca.

« Sai da molto tempo che nessuno dei tuoi comandi mi spaventa, che accetto di buon grado qualsiasi cosa m'imponi, perché sono sempre stato certo della tua saggezza. »

Huy s'interruppe per tirare il fiato e rifletté. Era in collera, ma non doveva lasciare che l'ira condizionasse le sue parole. Aveva offeso il re: era meglio non offendere anche gli dèi. Concluse in termini più moderati.

« Tuttavia, per quanto riguarda il barbaro, non ho questa certezza. L'ho salvato ad altissimo prezzo... a quale scopo? È vostra intenzione che ora debba morire? » Huy tacque di nuovo, per lasciare agli dèi il tempo di riflettere.

« Ti chiedo, con la massima umiltà », continuò poi, con toni adulatori, « di rivelare le tue intenzioni al tuo sempre fedele servitore. »

Huy esitò di nuovo. Doveva azzardarsi a usare termini più forti? Decise di non farlo: allargò le mani nel segno del sole e cantò le lodi di Baal con tutta l'arte di cui era capace. Il suono della sua voce, dolorosamente dolce nel silenzio rovente del deserto, era sufficiente per far piangere gli dèi: e quando l'ultima nota purissima si spense nell'aria, Huy ridiscese al campo e con un rasoio di bronzo incise il gonfiore nell'inguine del re schiavo. Manatassi urlò di dolore sebbene fosse in delirio, e il veleno fuoriuscì denso, giallo e fetido. Huy applicò sulla ferita aperta un impiastro di grano bollito avvolto in un telo di lino molto caldo per far uscire i veleni.

Prima di sera la febbre era passata, e Manatassi era sprofondato in un sonno esausto ma naturale. Huy gli stava accanto sorridente e felice. Era certo di aver riscattato quel gigante consunto, di averlo strappato alle fauci della morte con le preghiere e le azioni. Provava il caldo orgoglio del proprietario; e quando la vecchia schiava gli portò una ciotola colma di buon vino di Zeng, Huy l'alzò brindando al colosso addormentato.

« Gli dèi ti hanno dato a me. Sei mio. Ora vivi sotto la mia protezione, e io te la prometto. » E vuotò la ciotola.

La debolezza lo soffocava, lo schiacciava contro il pagliericcio. Era uno sforzo alzare la testa o la mano; e odiava il suo corpo che lo tradiva. Girò adagio la testa e aprì gli occhi.

Nell'angolo opposto della tenda, sopra una stuoia di canne, era seduto quello strano ometto. Manatassi l'osservò con interesse. Era chino su un rotolo di strano metallo splendente, ridotto a una lamina sottile e pieghevole, e con un coltello appuntito incideva segni sulla superficie. Ogni giorno dedicava molte ore a quella bizzarra attività. Manatassi lo spiava, e notava i movimenti rapidi e nervosi della testa e delle mani che facevano tintinnare gli orecchini d'oro e ondeggiare sulle spalle i neri capelli intrecciati.

La testa sembrava troppo grossa per il corpo gobbo; le gambe e le braccia erano lunghe, robuste e brutali; un pelo scuro cresceva sugli avambracci e sul dorso delle mani affusolate... e Manatassi ricordava quanto era svelto e forte quell'uomo in battaglia. Alzò leggermente la testa e vide le bende di lino che gli avvolgevano la parte inferiore del corpo.

Huy se ne accorse, si alzò agilmente, si avvicinò al pagliericcio e si chinò sorridendo su di lui.

« Hai dormito come un neonato. » Manatassi lo guardava e si meravigliava che un uomo potesse rivolgere un simile insulto al re dei vendi... e sorridere mentre lo pronunciava.

« Aia, porta da mangiare. » Huy chiamò la vecchia schiava e sedette su un cuscino accanto al giaciglio. Mentre Manatassi mangiava con grande appetito, ascoltò distrattamente una ridicola descrizione che presentava la luna come una donna dalla faccia bianca. Era strano che un guerriero così esperto potesse essere tanto ingenuo: bastava guardare la luna per capire che era una focaccia di grano macinato e via via che Mitasi-Mitasi, l'unico grande dio, la divorava, i segni dei morsi si notavano chiaramente.

« Lo capisci? » chiese premurosamente Huy, e Manatassi si affrettò a rispondere:

« Capisco, nobilissimo ».

« Lo credi? » insistette Huy.

« Lo credo. » Manatassi diede la risposta desiderata e Huy annuì soddisfatto. I suoi sforzi per educare il re schiavo davano ottimi frutti: gli aveva spiegato con molta cura la teoria della rappresentazione simbolica e aveva dimostrato a Manatassi che la luna non era Astarte bensì il suo emblema, il suo segno e la sua promessa. Aveva spiegato le fasi lunari come sottomissione simbolica della femmina al maschio, ripetuta nella donna a mezzo dei corsi periodici.

« In quanto al grande dio Baal... », Huy proseguì mentre Manatassi sospirò tra sé. Sapeva cosa doveva aspettarsi. Ora quello strano individuo avrebbe parlato del foro del cielo attraverso il quale entrava e usciva Mitasi-Mitasi; e avrebbe cercato di fargli credere che era un uomo dalla fluente barba rossa. Quegli esseri pallidi come spettri erano pieni di contraddizioni. Da una parte avevano armi, indumenti e molte altre cose magnifiche, e possedevano un'abilità quasi magica nelle questioni civili e militari. Li aveva visti combattere e lavorare ed era sbalordito. Eppure non sapevano riconoscere certe verità che nella sua tribù erano comprese persino dai poppanti.

I primi pensieri consci di Manatassi quando era uscito dalle strette roventi della febbre erano stati pensieri di fuga. Ma ora, costretto dalla debolezza al ruolo di osservatore, aveva modificato i suoi piani. Lì era al sicuro, l'ometto gobbo aveva uno strano potere, ed egli era sotto la sua protezione. Ora lo sapeva. Nessuno l'avrebbe toccato finché il nuovo padrone avesse continuato a ripararlo con il suo scudo.

E aveva capito anche un'altra cosa. Lì c'era molto da imparare. Se avesse potuto acquisire le capacità e la conoscenza di quella gente, sarebbe stato armato mille volte. Poteva diventare il più grande capo guerriero che le tribù avessero mai avuto. Avevano usato quelle arti per sconfiggerli: e lui li avrebbe sconfitti con le loro stesse arti, dopo averle apprese.

« Capisci? » chiese ansiosamente Huy. « Capisci che Baal è signore del cielo e della terra? »

« Capisco », rispose Manatassi.

« Accetti come dèi Astarte e il grande Baal? »

« Li accetto », disse Manatassi, e Huy sembrò molto compiaciuto.

« Hanno posto il loro segno su di te, ed è giusto che tu sia consacrato al loro servizio. Quando arriveremo in città celebreremo la cerimonia nel tempio del grande Baal. Ho scelto per te un nome sacro agli dèi. Non userai più quello vecchio. »

« Come desideri, nobilissimo. »

« D'ora in poi ti chiamerai Timon. »

« Timon », ripeté il re schiavo per sentirne il suono.

« Era il sacerdote guerriero nel regno del quinto Granleone. Un grand'uomo. »

Timon annuì. Non capiva, ma si accontentava di osservare, attendere e imparare.

« Nobilissimo », chiese a voce bassa, « i segni che incidi sul metallo giallo... che cosa sono? »

Huy si alzò e portò al giaciglio il rotolo d'oro.

« È così che conserviamo le parole, le storie e le idee. » Incominciò a spiegare il processo della scrittura, e fu ricompensato dalla prontezza con cui Timon afferrò il principio dell'alfabeto fonetico.

Su un pezzo di cuoio scrisse il nome di Timon con l'inchiostro nero: poi lo pronunciarono all'unisono e Timon rise soddisfatto di quel suo primo risultato.

« Sì », pensò. « Qui c'è tanto da imparare... e c'è così poco tempo. »

Sui rilievi d'argilla Caio Terenzio Varrone, console di Roma, combatteva ancora una volta, e mandava le sue legioni contro il centro delle forze di Annibale. Il centro cedeva con la risucchiante riluttanza della pasta del pane e gli ispanici e i galli si ritiravano come aveva comandato Annibale.

« Vedi Timon? È splendido, geniale! » esclamò eccitato Huy. Parlava in punico mentre manovrava le pedine.

« E dov'era Maarbale? » chiese Timon nella stessa lingua. Dopo due anni parlava correntemente il punico e solo la pesantezza delle vocali ne guastava la perfezione.

« Era qui. » Huy toccò le pedine che rappresentavano la cavalleria. « E tratteneva i suoi cavalieri. » Timon sapeva che i cavalli erano animali simili alla zebra e portavano sul dorso uomini armati.

« E adesso Varrone è in difficoltà? » chiese Timon.

« Sì! Sì! Annibale ha sgretolato il suo fronte e lo ha accerchiato... e poi che cosa fa, Timon? »

« Le riserve? »

« Sì! Hai indovinato. Le riserve numide e africane. » Huy fremeva per l'emozione. « Li scatena con un tempismo da vero maestro. Attacca Varrone ai fianchi, lo stringe in una morsa, attanaglia i suoi in modo che non possano manovrare, né usare le armi. E poi, Timon, e poi? »

« La cavalleria? »

« Ah! La cavalleria... Maarbale! Il fratello fedele, il comandante della cavalleria, rimasto in attesa per l'intera giornata. Va'! grida Annibale. » Huy alzò le braccia in un gesto ampio. « Va', fratello mio, va' con i tuoi iberici selvaggi! E si avventano, Timon. È la scelta esatta del momento. Cinque minuti prima sarebbe stato troppo presto, cinque minuti dopo sarebbe stato troppo tardi. Il tempismo! È il talento del grande comandante militare. E dello statista, dell'innamorato, dell'uomo d'affari, del mercante. L'azione giusta al momento giusto. »

« E il risultato, nobilissimo? Quale fu il risultato? » chiese implorante Timon. « Fu la vittoria? »

« La vittoria? » disse Huy. « Sì, Timon, fu la vittoria. La vittoria e il massacro. Otto legioni dell'orgogliosa Roma annientate fino all'ultimo uomo, due intere armate consolari. »

« Otto legioni, nobilissimo », mormorò meravigliato Timon. « Quarantottomila uomini in una sola battaglia? »

« Ancora di più, Timon. Persero anche le truppe ausiliarie. Sessantamila uomini! » Huy passò la mano sul modellino e sterminò i romani. « Noi vincevamo le battaglie, Timon, ma loro vincevano le guerre. Tre, tre guerre sanguinose che ci schiacciarono... » Huy s'interruppe, soffocato, e andò a prendere la brocca dell'acqua. Timon si affrettò a raggiungerlo e sorresse il bacile mentre Huy si lavava le mani e si ravviava la barba. « Questo ci porta alla conclusione dello studio delle campagne di Annibale, Timon. Ho tenuto per ultima la battaglia di Canne. »

« E poi chi studieremo, nobilissimo? »

« Colui che lo stesso Annibale considerava il più grande generale della storia. »

« Chi? »

« Alessandro III », disse Huy. « Il re di Macedonia che annientò l'impero persiano. L'oracolo di Delfi lo proclamò invincibile e gli uomini lo chiamarono 'il Grande'. »

Timon porse a Huy il mantello, e Huy agganciò la fibbia

mentre usciva dal collegio del tempio passando per una porticina interna. Timon lo seguiva a un passo di distanza: portava la corta tunica blu dei servitori di Huy, una leggera catena d'oro, un pugnale e una borsa alla cintura, segni della grande fiducia di cui godeva. Camminava dietro a Huy, sulla sinistra, per non intralciargli il braccio che in caso di necessità avrebbe dovuto brandire la spada, e teneva la mano sul pugnale.

« Nobilissimo, sai... il modo in cui Annibale investì Varrone? »

« Sì? » lo incoraggiò Huy.

« Non avrebbe potuto far avanzare le ali, e tenere saldo il centro? »

« È la differenza tra difesa e offesa », spiegò Huy, e incominciarono una discussione sulle tattiche e le strategie delle battaglie fino a quando lasciarono l'area del tempio. A partire da quel punto fu impossibile continuare il dialogo, perché la folla riconobbe il gigantesco schiavo negro e il padrone così simile a uno gnomo. Tutti acclamavano Huy e gli si stringevano intorno per toccargli il braccio in segno di saluto, per ascoltare le sue parole e magari per ricevere in elemosina una delle monete che Timon portava nella borsa.

Huy era felice di quella popolarità. Sorrideva e scherzava e si faceva gentilmente largo tra la calca. Era un generale fortunato (c'erano state altre due campagne dopo la grande razzia degli schiavi), un sacerdote amatissimo, un famoso compositore di canti e un ricco filantropo (i suoi investimenti avevano reso molto negli ultimi due anni) e ovunque andasse era circondato dall'adulazione popolare.

Attraversarono la piazza del mercato, piena di odori e spettacoli, suoni di bestie e di vociare umano, profumi di spezie e puzzo di fogne allo scoperto. Su uno dei palchi dove si vendevano gli schiavi c'era una ragazza dalla pelle chiara, una yuye sanguemisto, e il banditore scorse Huy tra la gente e lo chiamò.

« Mio signore, un'opera d'arte per te. Una statua d'avorio giallo. » E aprì il mantello della ragazza per mostrargliela.

Huy rise e fece un cenno di diniego con la mano. Si avviarono per il molo di pietra lungo il lago, dove le navi erano poppa contro poppa, con le stive aperte e una quantità di facchini era al lavoro per caricare e scaricare le merci. Dalle taverne e dalle osterie lungo il molo l'odore acre del vino scadente si mescolava alle risa degli ubriachi. Le ragazze di strada facevano cenni d'invito nei vicoli stretti: la luce incerta del crepuscolo addolciva le loro facce sciupate, le guance e le labbra dipinte... Huy si chiese quale consolazione poteva trovare un uomo in loro compagnia.

Lontano dal trambusto del porto sorgevano le case dei nobili e dei ricchi mercanti. Ognuna protetta da un muro di cinta e da un massiccio portone di legno. La nuova residenza di Huy era una delle meno pretenziose, con l'ingresso in uno stretto vicolo e una terrazza che offriva una veduta del lago.

Varcato il portone, Huy si liberò della spada e del mantello e li consegnò a Timon con un sospiro di piacere per il ritorno a casa. Entrò nel cortile centrale.

I principi e le principesse l'aspettavano: erano quattordici, capeggiati dalle gemelle Helanca e Imilce, che erano molto cresciute in quegli anni e adesso erano smarrite nell'ingrata età tra l'infanzia e l'adolescenza. Erano troppo giovani per ridere sommessamente e troppo grandi per salutare Huy con un bacio. Ma i giovanissimi della casa dei Barca non avevano le stesse inibizioni e subito circondarono Huy. L'istruzione religiosa dei principi era un compito che Huy si era addossato e, nonostante la separazione tra re e sacerdoti, Lannon non s'era intromesso nella questione. Non l'aveva approvata, ma non l'aveva neppure proibita. Huy condusse i suoi allievi nell'ariosa stanza principale della casa.

In cortile, una delle bambinaie reali attese che i ragazzi avessero seguito il sacerdote, poi si voltò e cercò gli occhi di Timon. Era alta, con le spalle ampie e i fianchi rigogliosi, le gambe diritte e forti, le mani sottili dalle palme rosate e dalla forma delicata. Portava i capelli oliati e acconciati secondo l'usanza delle donne vendi, poiché apparteneva alla tribù di Timon. Era stata catturata durante la grande razzia; non era nata schiava, non apparteneva alla schiatta umile che aveva conosciuto soltanto la cattività. Il suo spirito fiero non era diverso da quello di Timon, la sua carnagione era un poco più chiara, la faccia tonda come una luna, il naso piatto e largo, le labbra carnose e imbronciate, i denti erano piccoli, regolari e bianchissimi. Sorrise a Timon.

Timon inclinò seccamente la testa in un cenno di comando e Sellene, la donna, annuì in risposta. Quando Timon lasciò il cortile e attraversò la cucina per raggiungere l'alloggio degli schiavi, lei lo seguì.

Lui l'aspettava nella sua stanzetta, con il giaciglio di canne e pelli. La donna gli andò accanto senza esitazioni, si strinse contro i grandi muscoli duri del petto, del ventre e delle cosce dell'uomo. I seni si tendevano attraverso la tunica purpurea dei servitori dei Barca.

Accostarono i volti, respirarono impazienti l'uno sugli occhi e sulla bocca e sulle narici dell'altra, e si strinsero, dominati dal desiderio.

« Quando ti abbraccio sono di nuovo il re dei vendi, e non un cane schiavo », mormorò Timon, e la ragazza gemette d'amore.

Con movimenti gentili, con quelle mani che avrebbero potuto stritolare un uomo, Timon tolse la tunica a Sellene e la condusse al giaciglio. La fece sdraiare e, mentre le si stendeva addosso, le disse: « Tu sarai la prima di tutte le mie mogli. Sarai la mia regina e la madre dei miei figli. »

« E quando avverrà? » chiese lei, con voce fremente d'emozione.

« Presto », promise Timon. « Molto presto, ormai. Ho ciò che cercavo, e ti riporterò oltre il fiume. Sarò il più grande re che le tribù abbiano mai conosciuto, e tu sarai la mia regina. »

« Ti credo », mormorò Sellene.

« Miei regali signori e mie belle signore. » I ragazzi risero divertiti, come facevano sempre quando Huy si rivolgeva a loro con quelle parole. « Oggi ho qualcosa di speciale per voi. » Scoppiò un nuovo vocìo. Le sorprese di Huy erano sempre davvero speciali.

« Che cos'è? » chiese emozionata Imilce.

« Questa sera incontrerete l'oracolo di Opet », annunciò Huy. Il baccano si smorzò all'istante. I più piccoli non capivano, ma erano egualmente contagiati dalla solennità dei maggiori. Questi avevano sentito parlare dell'oracolo; spesso le governanti facevano quel nome per spaventarli e ridurli all'obbedienza. Ora stavano per incontrare quell'essere leggendario, e l'atmosfera era carica di tensione. Tutti cominciavano a sentirsi assalire dai brividi.

Anna parlò per tutti quando chiese con voce tremula: « Non ci mangerà, vero? »

Quando Tanith entrò, sedette in mezzo a loro e si scostò dal viso il cappuccio del mantello. Sorrise ai ragazzi e disse gentilmente: « Vi racconterò una storia ». Il sorriso e la promessa bastarono ad attenuare la tensione. I ragazzi le si avvicinarono. « È la storia delle nozze del grande dio Baal e della dea Astarte. »

Tanith incominciò il racconto tratto dal mito religioso che era all'origine della Festa della Terra Feconda, una festa celebrata ogni cinque anni. Quell'anno, il 538° di Opet, avrebbe veduto la 106ª cerimonia dalla fondazione della città, e l'indomani sarebbero incominciate le celebrazioni destinate a durare dieci giorni.

Tanith incantò i giovani ascoltatori parlando con i toni e i gesti che Huy le aveva insegnato. Huy la osservava con approvazione professionale e con l'adorazione dell'innamorato.

In quei due anni, Tanith aveva perso le ultime tracce di goffaggine e d'incertezza, e sebbene non avesse ancora vent'anni, c'erano in lei una calma interiore, una serenità della mente e dell'espressione che si addicevano al suo ruolo di veggente e di consigliera occulta d'una nazione. Non aveva molta importanza il fatto che i suoi pronunciamenti venivano scrupolosamente preparati e congegnati da Huy Ben-Amon: era lei che li annunciava, e lo faceva in modo convincente. Gran parte della ricchezza accumulata da Huy negli ultimi due anni derivava dalle domande e dalle richieste di consigli rivolte a Tanith dai ricchi mercanti e dai consorzi commerciali di Opet... e dalle risposte di Tanith. Di solito i postulanti erano soddisfatti dei consigli di Tanith, sebbene fossero sempre avvolti in termini ambigui per evitare ogni possibile recriminazione. Era importante che anche Huy Ben-Amon fosse egualmente soddisfatto?

Nello stesso modo Huy, sebbene avesse perduto la confidenza del re, teneva una mano sul timone della nave dello stato. Huy era certo che Lannon Hycanus conoscesse bene la vera fonte dei consigli che riceveva da Tanith. Comunque, interpellava l'oracolo regolarmente nel sacrario della grotta, accanto al verde e silenzioso laghetto di Astarte.

L'indomani, la visita di Lannon all'oracolo sarebbe stato il primo atto ufficiale che avrebbe segnato l'inizio della Festa della Terra Feconda. Era per questo che Huy aveva chiamato Tanith nella sua residenza. Doveva istruirla meticolosamente circa le risposte che avrebbe dato alle domande del re. Huy conosceva con forte approssimazione quali sarebbero state, perché aveva informatori molto vicini al sovrano, e comunque sapeva che

Lannon lasciava trapelare intenzionalmente i suoi quesiti in anticipo, nella certezza che sarebbero pervenuti fino a Huy e che le risposte sarebbero giunte tramite l'oracolo.

Pensare a Lannon gli ispirava sempre una profonda malinconia. Da due anni non aveva più la consolazione del sorriso, della stretta di mano e della compagnia del re; e in quel periodo il rammarico era diventato ancora più acuto. Attendeva ore e ore per scorgere il vecchio amico che passava, tempestava altri di domande per farsi descrivere i banchetti alla reggia ai quali non era più invitato. Per ogni anniversario della nascita del re e della sua ascesa al trono, Huy aveva composto un canto e l'aveva mandato al palazzo con un ricco dono. I doni restavano senza risposta, i canti restavano ignorati... a quanto ne sapeva.

Huy si strappò a quella tristezza e guardò il suo amore. I ragazzi l'avevano circondata e l'ascoltavano attenti, con gli occhi sgranati. Il piccolo Annibale, che aveva quattro anni e portava il nome dell'illustre antenato, s'era seduto sulle ginocchia di Tanith e la guardava in faccia succhiandosi il pollice.

La maschera solenne di Tanith era quasi caduta: con quei ragazzini stava per ridiventare una bambina, la sua espressione era animata e la voce eccitata. Vederla così aggiungeva una dimensione nuova ai sentimenti di Huy per lei: il cuore gli si gonfiava in petto e minacciava di scoppiare. Per quanto tempo ancora doveva attendere? si chiese. Se erano stati necessari due lunghi anni di pianificazioni meticolose per conquistare la fiducia di Tanith, quanti gliene sarebbero occorsi per ottenere il suo cuore... e se ciò fosse avvenuto, che cosa avrebbe potuto sperare, poiché era consacrata alla dea e non avrebbe mai potuto appartenere a un mortale?

Il racconto di Tanith si concluse, e i ragazzi insistettero perché narrasse un altro mito, l'assediarono con richieste, suppliche e baci, ma Huy si finse sdegnato e li rimproverò mentre quelli ridevano e battevano le mani divertiti. Huy gridò per chiamare le governanti, che lesto si presentarono... inclusa quella donna alta e sdegnosa che quando lo guardava con quegli insondabili occhi scuri, gli comunicava sempre un senso d'inquietudine.

« Sellene », le disse, « si sta facendo buio. Di' a Timon di prendere una lampada e di accompagnarvi fino alla porta della reggia. » La donna inclinò la testa, senza mostrare né gratitudine né risentimento per quell'ordine.

Dopo che i figli reali se ne furono andati, cenarono insieme tutti e tre, Tanith, Huy e Aina, la vecchia sacerdotessa che faceva da accompagnatrice a Tanith. Huy l'aveva scelta per due valide ragioni. Era semicieca e completamente sorda: se n'era accertato rivolgendole gesti osceni da una distanza di venti passi e Aina non aveva reagito; non aveva reagito neppure quando le era andato furtivamente alle spalle e le aveva gridato un insulto all'orecchio. Era appunto il tipo di accompagnatrice che Huy desiderava.

Mangiarono con le fiamme delle lampade abbassate, serviti da uno dei vecchi schiavi. E quando ebbero finito, Huy condusse Tanith sul tetto per la scala esterna, e sedettero vicini, sui cuscini di pelle e le stuoie di canna. Il vento notturno che spirava dal lago era fresco e le stelle erano gialle e fulgide. Huy si chinò sullo strumento musicale e arpeggiò la melodia ondeggiante che la mente inconscia di Tanith, grazie al suo addestramento, aveva imparato ad accettare come il segnale della concentrazione ipnotica. Prima che avesse terminato le ultime battute della melodia, Tanith incominciò a respirare lentamente e regolarmente, era immobile con gli occhi verdi sgranati, senza però vedere nulla.

Mentre faceva scorrere le dita sulle corde dello strumento e ripeteva con insistenza il motivo, Huy incominciò a parlare. La voce era monotona e cantilenante, sommessa e insidiosa, e Tanith, seduta sotto le stelle, ascoltava con l'udito interiore.

Il primo giorno della 106ª Festa della Terra Feconda, Lannon Hycanus, quarantasettesimo Granleone di Opet, si recò in processione al tempio di Astarte per ascoltare l'oracolo.

Attraversò la cinta del tempio di Baal dove le torri sacre puntavano verso il cielo, custodite dai monoliti con gli Avvoltoi, simboli del Sole, e dove attendeva in silenzio la popolazione della città. Ma quando arrivò alla fenditura nei dirupi rossi che segnavano l'ingresso della caverna sacra, slacciò la spada dalla cintura e l'affidò al capo cacciatore pigmeo; porse lo scudo e l'elmo agli scudieri e, disarmato e a testa nuda, passò nel varco.

Percorse la galleria lastricata e si addentrò nella bellezza silenziosa della grotta. Intorno al laghetto c'era una pavimentazione di lastre di arenaria, e un parapetto dello stesso materiale. Le file delle gradinate di pietra salivano fino a incontrare le pareti perpendicolari della caverna, e in fondo a queste il sacrario di Astarte era parzialmente incastonato nella roccia viva. I portali avevano colonne in stile greco, e all'interno c'erano le celle delle sacerdotesse e la camera dell'oracolo.

Dietro il trono di pietra dell'oracolo era nascosto l'accesso all'archivio della città, scavato nelle viscere dei dirupi, e ancora più oltre, difesi da una massiccia porta di pietra e dalla maledizione degli dèi, stavano il tesoro e la tomba dei re.

Lannon si soffermò accanto al laghetto e le sacerdotesse avanzarono per accoglierlo. Lo aiutarono a togliersi l'armatura e gli indumenti.

Rimase nudo, con la testa dorata e la figura alta e magnifica, sul primo scalino della gradinata che discendeva nell'acqua verde. Il suo corpo aveva la splendida muscolatura dell'atleta, anche se era più accentuata nelle spalle e nel collo com'era tipico dei guerrieri abituati a maneggiare la spada. Il ventre e i fianchi erano snelli, e la forma dei muscoli sotto la pelle era appena accennata. Uno spolverio di pelo rossodorato scendeva dall'ombelico attraverso il ventre piatto ed esplodeva in un intrico di riccioli solari nell'angolo tra le cosce. Le gambe erano ben fatte, lunghe e modellate, e bilanciavano con eleganza la figura regale.

La prima sacerdotessa lo benedisse e invocò per lui il favore della dea. Quindi Lannon discese i gradini e s'immerse nell'acqua sacra, datrice di vita.

Mentre due giovani novizie asciugavano il re e lo rivestivano di lini freschi, Huy Ben-Amon intonò il canto di lode della dea; e quando ebbe terminato, tutti gli occhi si levarono verso l'apertura nella volta della caverna, a perpendicolo sopra il laghetto.

Lannon gridò a gran voce: « Astarte, madre della luna e della terra, ricevi il messaggero che ti inviamo... e ascolta con favore la nostra supplica ».

I presenti affollati intorno al laghetto levarono le mani nel segno del sole: e in quel momento il corpo della vittima precipitò dalla lastra che sporgeva nell'apertura della volta. Il gemito dell'anima condannata echeggiò per un momento nella caverna, fino a che l'uomo piombò nell'acqua e fu trascinato rapidamente a fondo dal peso delle catene.

Lannon si allontanò dal laghetto, passò tra le file delle sacerdotesse e raggiunse l'ingresso del sacrario. La camera dell'oracolo era un poco più grande della sala dei ricevimenti nella casa di un ricco. Le lampade irradiavano una luce costante; le fiamme erano colorate di una sfumatura verdastra e innaturale, e l'aroma delle erbe che bruciavano era pesante e opprimente. Dietro il trono dell'oracolo ampi drappeggi scendevano dal soffitto al pavimento.

La profetessa era sul trono: una figura minuta avvolta in vesti candide e con il viso nascosto dalle ombre del cappuccio.

Lannon si fermò al centro della camera. Prima di parlare ammirò per un momento il risultato del cerimoniale che contribuiva a far sentire a disagio il postulante: scalzo, ancora bagnato dall'immersione nel laghetto, privo delle sue armi e delle sue vesti di sovrano, costretto a guardare dal basso la figura sul trono mentre aspirava l'aria sottilmente profumata... si sentiva sbilanciato. Lannon fremette di collera, e la sua voce risuonò aspra quando pronunciò il saluto formale e fece la prima domanda.

Huy lo spiava, nascosto dietro ai tendaggi. Si rallegrava della vicinanza fisica dell'amico, e ricordava i gesti e i toni di voce, scrutava il viso noto e caro, e sorrideva per un cambiamento d'espressione atteso, per un lampo di collera negli occhi celesti, per l'accendersi dell'interesse per un monito, per il barlume di un sorriso per un buon consiglio.

Tanith parlava con la stessa cadenza cantilenante che aveva usato Huy, e sceglieva le risposte nella vasta gamma che Huy le aveva suggerito.

Quando Lannon ebbe terminato e si accinse a uscire dalla camera, la voce di Tanith lo trattenne.

« C'è altro. »

Lannon si voltò sorpreso perché non era abituato a ricevere dall'oracolo consigli non sollecitati e non pagati. Ma Tanith continuò: « Il leone aveva un fedele sciacallo che lo avvertiva dell'avvicinarsi del cacciatore, ma lo ha allontanato.

« Il Sole aveva un uccello che portava in cielo i sacrifici, ma ha distolto il viso da quell'uccello.

« La mano aveva una Scure per difendersi, ma l'ha gettata via.

« Oh, leone orgoglioso! Oh, Sole infedele! Oh, mano improvvida! »

Dietro i drappeggi, Huy trattenne il respiro. Gli era parso molto ingegnoso quando l'aveva ideato: tuttavia ora quell'ammonimento, scandito nella nuda camera di pietra, sconvolgeva persino lui.

Gli occhi chiari di Lannon si velarono mentre rifletteva su quell'enigma: tuttavia era abbastanza semplice, e quando lo comprese, gli occhi acquisirono lo scintillio gelido dello zaffiro e il sangue gli affluì al collo e alla gola.

« Maledetta strega! » gridò. « Devo sentirlo ripetere anche da te? Quel dannato sacerdote mi perseguita a ogni passo. Non posso percorrere le strade della mia città senza sentire la gente recitare i suoi canti. Non posso cenare nella mia sala dei banchetti senza che gli invitati ripetano le sue vacue parole. Non posso combattere né bere una coppa di vino né lanciare un dado senza che la sua ombra torreggi alle mie spalle. » Lannon ansimava per la collera. Attraversò la sala e agitò il pugno davanti al viso della profetessa. « Persino i miei figli... ha gettato un sortilegio su di loro. »

Dietro i tendaggi, Huy sentì il proprio spirito levarsi su ali luminose. Non era un nemico, chi parlava così.

« Si pavoneggia per le strade della mia città, il suo nome echeggia nei miei regni. »

La collera di Lannon si mutò in un'indignazione virtuosa. « Lo acclamano al suo passaggio, l'ho sentito. E per il grande Baal, lo acclamano più forte di quanto acclamino il loro re. »

Lannon si allontanò dal trono, incapace di dominare l'agitazione. Il suo sguardo passò sui tendaggi, e per un istante parve trapassare l'anima di Huy. Il gran sacerdote indietreggiò trattenendo il respiro, ma Lannon riprese a camminare in cerchio nella camera prima di accostarsi di nuovo alla profetessa.

« E quell'uomo fa tutto ciò, bada bene, senza il mio favore. Dovrebbe essere un reietto, un... » S'interruppe e riprese a camminare. La voce cambiò, si smussò, e disse, con piglio certo: « Quanto sento la mancanza di quell'ometto terribile ».

Per un momento Huy non riuscì a credere che fossero state davvero pronunciate quelle parole, ma quasi immediatamente la voce di Lannon si levò in un muggito.

« Ma mi ha sfidato! Mi ha sottratto ciò che era mio, e questo non posso dimenticarlo! »

Poi girò su se stesso e uscì precipitosamente dal sacrario. Gli scudieri e il capo cacciatore videro l'espressione del suo volto e segnalarono a cenni il suo umore a tutti gli altri, prima che il re tornasse irosamente al palazzo.

L'ultimo giorno della festa, Lannon Hycanus pregò il grande Baal, solo nel bosco sacro fra le torri e i monoliti degli uccelli del sole. Quindi ritornò per ricevere i rinnovati giuramenti di fedeltà dei sudditi. Dovevano essere presenti le nove famiglie nobili, i sacerdoti, le corporazioni degli artigiani e i potenti mercanti del regno, venuti per riconsacrare il loro impegno e offrire doni al Granleone.

Huy Ben-Amon non era presente alla cerimonia. Fu Bakmor a giurare per i sacerdoti e a offrire il dono. Lannon ringhiò fra sé mentre il giovane sacerdote-guerriero si prosternava davanti a lui.

« Dov'è il santo padre della casa di Ben-Amon? »

« Mio signore, io parlo per lui e per tutti i sacerdoti del grande Baal. » Bakmor evitò la domanda come gli aveva insegnato Huy, e Lannon non poté continuare a protestare, in presenza di tutti i nobili.

La cerimonia concluse la festività, e Opet si abbandonò a un'orgia di cibi, vini, baldorie e licenze. Mentre Lannon banchettava con i nobili nella reggia, i plebei si affollavano per le vie strette, cantavano e ballavano. I venditori ambulanti di vino passavano di continuo tra loro, ma durante il giorno le convenzioni e le leggi servirono a frenare le folle: l'oscurità avrebbe portato all'apice le follie oscene che caratterizzavano la festa. Nella notte, le nobili matrone e le loro belle figlie sarebbero uscite furtivamente, incappucciate nei mantelli, e avrebbero partecipato all'orgia che si svolgeva per le strade, o come minimo vi avrebbero assistito con occhi scintillanti e risate ansimanti. Per un giorno e una notte tutte le regole della società erano sospese, e nessun marito e nessuna moglie avrebbe chiesto spiegazioni al coniuge. Accadeva una volta ogni cinque anni, e quando la festa si concludeva c'erano molte teste doloranti per il troppo vino, facce pallide e mani tremanti, molti sorrisi misteriosi e soddisfatti.

A metà del pomeriggio Lannon era in preda a un'ubriachezza allegra ed espansiva, come la maggioranza dei suoi ospiti. Nella sala dei banchetti si soffocava: il sole batteva feroce sul tetto piatto, e il calore emesso dai corpi di cinquecento nobili eccitati e i vapori dei piatti fumanti trasformavano quella grande sala in un forno.

Il frastuono delle voci soffocava gli sforzi coraggiosi dei musici, e l'arte delle danzatrici nude era guastata dalla gragnola di chicchi d'uva matura scagliati da un gruppo di giovani cavalieri. I tiri messi a segno sulle ragazze, a seconda di dove colpivano, fruttavano ai tiratori il punteggio per una gara che vedeva in palio elevate poste in oro.

Tutto preso dal vino e dalla conversazione, Lannon non si accorse del cambiamento nell'atmosfera fino a che nella sala non discese un silenzio assoluto. Alzò la testa e aggrottò la fronte: e vide che le mani dei musici s'erano immobilizzate sugli strumenti, mentre le danzatrici sembravano paralizzate e gli ospiti sgranavano gli occhi.

La smorfia di Lannon si accentuò quando vide Huy Ben-Amon che si stava avvicinando. Huy indossava una tunica blu con un bordo intessuto di filo d'oro, stretta in vita da una cintura d'oro da cui pendeva un pugnale ingemmato. I capelli e la barba erano unti e arricciati con ogni cura, e gli orecchini d'oro gli scendevano fin sulle spalle.

Con espressione solenne, s'inginocchiò davanti a Lannon, e la sua voce risuonò aurea e dolce in ogni angolo della sala.

« Mio re, sono venuto a rinnovare il mio giuramento di fedeltà. Tutti devono sapere che io ti onoro al di sopra d'ogni cosa, e la mia devozione per te giunge fino alla morte e la oltrepassa. »

Lannon fu colto di sprovvista, esattamente come aveva previsto Huy. La sua mente era ottenebrata dallo stupore e dal vino. Cercò a tentoni le parole ma, prima che le trovasse, Huy si rialzò.

« Quale segno della mia fede, ti offro un dono. » Fece un cenno con la mano, e tutti i presenti girarono la testa verso la grande porta.

La figura torreggiante di Timon entrò nella sala, la percorse in tutta la lunghezza e si fermò accanto a Huy, fissando il viso di Lannon con i feroci occhi fumosi.

Huy mormorò: « Giù! » Toccò il gigante, che lentamente piegò un ginocchio a terra e chinò la testa.

« Ma appartiene agli dèi », ribatté Lannon in tono aspro. « Tu dichiarasti che portava il loro marchio, sacerdote. »

Huy fece appello a tutta la sua forza di volontà per pronunciare la menzogna e commettere il sacrilegio. Era irrequieto, sebbene avesse già spiegato tutto agli dèi e a Timon: aveva detto loro che quanto faceva era necessario per riconquistare il favore del re, e c'era un solo modo per riuscirvi. Lannon era vincolato dall'orgoglio, non avrebbe fatto nulla per uscire da quel vicolo cieco. Spettava a Huy fare l'offerta. Aveva chiesto al grande Baal il permesso di negare il marchio divino dello schiavo. L'aveva chiesto a gran voce mentre passeggiava sul tetto della sua casa, nel pomeriggio. Il brontolio lontano del tuono estivo era stato la risposta di cui aveva bisogno. Gli dèi avevano risposto; ma si sentiva nervoso perché era stata una risposta in chiave minore e non priva di ambiguità. Inoltre, era molto difficile per lui ammettere di avere torto... minava le fondamenta stesse della sua anima.

« Mio signore », disse Huy, « mi ingannavo. Gli dèi mi hanno rivelato che il marchio non è sacro. »

Lannon lo fissò e scosse leggermente la testa, come se dubitasse di ciò che ascoltava.

« Vuoi dire... che me lo cedi senza riserve? Posso farlo uccidere immediatamente, se voglio? » Si protese verso di lui. « Me lo cedi senza condizioni? »

« Ho proclamato il mio amore per il re », disse Huy, e sospinse Timon con il piede.

Con una rombante voce di basso, Timon recitò la sua battuta in punico quasi perfetto. « Vengo a te quale prova vivente del suo amore. »

Lannon si inclinò all'indietro sui cuscini. Rifletté e la smorfia riapparve sul suo viso quando comprese.

« Tu cerchi di incatenarmi! Ci saranno altre condizioni... nascoste », borbottò.

« No, mio signore. Niente catene, ma solo i fili dell'amicizia », disse Huy a voce bassa. Si guardarono negli occhi. Lannon cominciò ad arrossire di furore, mentre Huy rimaneva calmo.

Poi all'improvviso il viso di Huy si trasformò, gli occhi scuri scintillarono. I riccioli che scendevano sulle guance cominciarono a danzare in una risata repressa. Lannon aprì la bocca per urlare, per rifiutare il dono e l'offerta d'amicizia. Invece la risata gli salì alla gola ed eruppe dalle labbra aperte. Rise fino a che le lacrime gli scorsero sulle guance, e tra uno scroscio e l'altro d'ilarità gemette per il dolore dei muscoli ventrali indolenziti.

« Vola per me, Avvoltoio-del-Sole », singhiozzò, e Huy si lasciò cadere sui cuscini accanto a lui, scosso dalle risate.

« Ruggisci per me, Leone di Opet », gridò, e una schiava riempì di vino una ciotola e gliela portò. Huy ne bevve metà, quindi la passò a Lannon che la vuotò. Un po' di vino gli colò dagli angoli della bocca e finì nella barba dorata. Scagliò la ciotola sul pavimento di pietra, quindi cinse con il braccio le spalle di Huy.

« Abbiamo sprecato molto tempo, mio Avvoltoio-del-Sole. Recuperiamolo. Cosa dobbiamo fare per prima cosa? »

« Beviamo », disse Huy.

« Ah! » esclamò Lannon. « E poi? »

« Andremo a caccia », suggerì Huy, scegliendo le attività più care al re.

« A caccia! » fece eco Lannon. « Manda a chiamare i miei capi cacciatori... domani marceremo a caccia di elefanti! »

« Astarte, madre della terra, la tua bellezza si moltiplica fino a inondare la mia anima », mormorò Huy barcollando un po', e alzò gli occhi verso il cielo notturno. Arretrò, cadde contro un muro che lo sostenne, e cominciò a studiare i fenomeni astronomici dei cieli. Quattro lune argentee stavano librate sulla città in festa. Huy chiuse un occhio e tre delle lune sparirono. Lo riaprì, e ricomparvero.

« Astarte, guida i passi del tuo servo », implorò Huy. Si scostò dal muro e si avviò per lo stretto vicolo che scendeva al porto. Inciampò in un corpo che giaceva nell'ombra e si chinò traballando per cercare un segno di vita.

Gli rispose un grugnito e poi, quando lo girò sul dorso, quel corpo prese a russare, e intanto una zaffata d'alito puzzolente di vino investì la faccia di Huy. Gli ricordava le figure che aveva lasciato distese sul pavimento nella sala dei banchetti della reggia... incluso Lannon, che dormiva sorridendo.

« Questa notte sei in buona compagnia, cittadino di Opet », ridacchiò Huy, e proseguì barcollando. In un angolo del muro si mosse una sagoma scura. Huy la scrutò incuriosito, vide un solo corpo, due teste, udì un respiro ansimante e gemiti sconnessi. I movimenti erano minimi ma inconfondibili. Huy sorrise, inciampò e per poco non cadde. Vide la faccia sorpresa di una giovane donna volgersi verso di lui nell'oscurità. « Che tutte le cose siano feconde », le disse in tono solenne, e passò oltre. Un'altra figura uscì senza far rumore dal vicolo buio e lo seguì. La figura portava un mantello con cappuccio di rozza stoffa bruna, e i suoi movimenti erano furtivi.

Il molo era affollato di gente che sgavazzava, e c'erano molti falò accesi. I riflessi delle fiamme chiazzavano di rosso le acque immobili e nere del lago. Intorno ai fuochi le folle danzavano in cerchio. Alcune donne avevano perso ogni ritegno e, nude fino alla cintola, grondavano di vino.

Huy si fermò per un po' a guardare, e l'inseguitore si tenne a distanza perdendosi nella ressa.

Quando Huy si rimise in cammino, anche la figura nascosta dal mantello affrettò il passo. Il vicolo che conduceva alla casa di Huy era immerso nell'oscurità più profonda, solo una lampada ardeva in una nicchia sopra la porta in attesa del ritorno del padrone.

Mentre Huy avanzava brancolando verso quella luce, la figura che lo seguiva ridusse rapidamente le distanze. I passi rumorosi del grande sacerdote coprivano il fruscio leggero dietro di lui.

Huy raggiunse il portone e si fermò nella luce fioca della lampada. Teneva il pugnale sotto il manto, e aveva proteso la mano verso il chiavistello. In quell'istante, mentre era impreparato e sbilanciato, la figura che l'aveva seguito gli si avventò contro. Una mano gli serrò il polso e lo spinse contro il muro accanto alla porta. Il vino aveva rallentato i suoi riflessi: alzò il viso, tra la sorpresa e l'allarme. Scorse la figura con la faccia nascosta nel cappuccio farsi più vicina e, prima che potesse gridare, due labbra morbide si posarono sulle sue e una risatella smorzata gli sfiorò la bocca. In quello stesso istante sentì i seni caldi e le cosce che si strusciavano contro di lui.

Lo sbalordimento lo paralizzò. Per lunghi istanti restò completamente immobile mentre le labbra e le mani esperte lo stuzzicavano e lo eccitavano. Un grido roco accompagnò il tentativo di afferrare quel caldo corpo di donna che subito gli sfuggì. Si avventò, ma le sue dita strinsero l'aria. La figura si allontanò danzando, girò il chiavistello, varcò il portone della casa e lo richiuse con violenza.

Huy imprecò disperatamente e lottò con la porta; solo alla fine riuscì ad aprirla e si precipitò nel cortile.

Scorse un fulmineo movimento che spariva all'interno della casa: l'inseguì, inciampò in un cuscino e cadde su uno sgabello dove uno schiavo aveva lasciato un'anfora e una ciotola che s'infransero fragorosamente, spandendo il vino sul pavimento di argilla. Una risatina beffarda, dall'interno buio della casa, spronò Huy ad alzarsi e a riprendere la corsa. Vide la figura incappucciata sullo sfondo illuminato della sua stanza.

« Aspetta! » gridò. « Chi sei? » Gli schiavi, destati da quel chiasso, sopraggiunsero correndo, ancora semiaddormentati e in preda al panico, con le armi afferrate in tutta fretta.

« Andate via! » gridò furiosamente Huy. « Tutti quanti! Farò frustare il primo che sorprenderò fuori dalla sua stanza prima di domattina! » Gli schiavi se ne andarono, fingendosi spaventati dalla minaccia. Huy conservò tutta la sua dignità fino a che furono spariti, poi si voltò e corse verso la soglia della sua camera.

Anche lì, su uno sgabello accanto al letto, c'era una lampada da notte accesa. Lo stoppino era regolato al minimo, e una tenue luce arancione lasciava gli angoli della stanza nell'oscurità. Accanto alla lampada stava la donna col mantello. Era immobile, il volto completamente nell'ombra del cappuccio, sebbene Huy avesse l'impressione di scorgere il riflesso della luce negli occhi intenti.

Lo slancio portò Huy attraverso la camera, ma nella direzione sbagliata. Deviò verso la donna che, in quell'attimo, si chinò e spense la fiamma. La stanza piombò nel buio, e la carica di Huy finì contro il muro. Si riprese prontamente e ritrovò in buona parte la sobrietà; poi si rannicchiò accanto al muro, in ascolto.

Udì un fruscio di stoffa, e si buttò. Le sue dita strinsero l'orlo di un mantello. Risuonò un gridolino smorzato di sorpresa, e la stoffa gli fu strappata dalla mano. Con un'imprecazione rabbiosa, allargò le braccia e cominciò a brancolare come un cieco.

Sentì il movimento accanto a lui, un respiro lievissimo, un fremito nel buio. Tese in fretta le braccia e le sue dita sfiorarono la pelle liscia. Riconobbe la forma di una schiena nuda e la curva calda e tornita di un gluteo. Una risatina, e gli sfuggì di nuovo. Huy restò immobile, con il cuore che gli martellava contro le costole; l'eccitazione fisica lo stordiva.

Chiunque fosse, aveva abbandonato il mantello. Era solo, con una donna sfuggente come un luccio e nuda come una neonata. La braccò come un leopardo in caccia, e nel mentre si tolse la tunica e il perizoma e li gettò con negligenza sul pavimento in modo da rimanere, a parte gli orecchini d'oro, nudo come la sua passione.

La donna sembrava cedere al panico, adesso; non riusciva a reprimere gli ansiti e le risate nervose. Huy l'inseguì affidandosi ai suoni, l'avvicinò, la bloccò nell'angolo accanto al letto.

Per poco non gli sfuggì di nuovo, passando al di sotto delle braccia aperte; ma un lungo braccio di Huy le cinse la vita e la sollevò agevolmente. Lei strillò, scalciando come un animale prigioniero, e gli tempestò di pugni il viso e il petto.

Huy la portò al soffice mucchio di pelli che formava il suo letto.

Huy si destò con un senso di pace e di profonda felicità. Il suo corpo era snervato, ma la mente era lucida e concentrata. Il rosa tenue dell'alba si diffondeva nella camera, e dal lago giungeva il canto degli uccelli in volo.

Si sollevò su un gomito e guardò la giovane donna che gli dormiva accanto nel letto in disordine. Nella calda notte di primavera aveva gettato via la coperta, i capelli erano madidi all'attaccatura delle tempie e un velo finissimo di sudore era visibile sul labbro superiore un po' smorzato. Aveva gli occhi chiusi e un sonno così leggero che il suo respiro smuoveva appena la massa dei morbidi capelli scuri ricaduti sulle guance.

Teneva un braccio sollevato sopra la testa, e quella posa sformava un po' i seni sorprendentemente voluminosi: erano seni grandi, colmi e torniti per un corpo così esile, i capezzoli erano ancora arrossati dopo l'amore di quella notte. La carnagione liscia era leggermente olivastra, con ciuffi violenti di serico pelo nero sotto le ascelle e alla base del ventre.

Huy notò tutto alla prima occhiata, e poi il suo sguardo si posò sul viso calmo e addormentato.

La fissò incredulo e incapace di emettere un suono. E provò orrore, soggezione e terrore superstizioso.

La ragazza aprì gli occhi, lo vide e sorrise.

« Le benedizioni di Baal ti accompagnino, santo padre », disse a voce bassa.

« Tanith! » ansimò Huy.

« Sì, mio signore. » Lei continuò a sorridere.

« È un sacrilegio », mormorò Huy. « È un'offesa alla dea. »

« Rinnegare il mio amore per te sarebbe stata un'offesa contro tutta la natura. » Tanith si sollevò a sedere sul letto e lo baciò senza riserve, senza la minima traccia di rimorso.

« Amore? » chiese Huy, dimenticando per un attimo i presentimenti che l'agghiacciavano.

« Sì, mio signore. » Tanith annuì e lo baciò di nuovo.

« Ma... » balbettò Huy, mentre le sue guance diventavano rosse come le fiamme nella boscaglia. « Non puoi... come puoi amarmi? »

« E come non potrei... signore? »

« Ma il mio corpo... la mia schiena. »

« Amo la tua schiena perché è parte di te, parte della tua bontà, della tua generosità e della tua saggezza. »

Huy la fissò per lunghi secondi, quindi la prese goffamente fra le braccia e affondò il viso nella fragrante nuvola scura dei capelli.

« Oh, Tanith », mormorò. « Che cosa faremo? »

Huy stava sulla cima della collina, nella luce dell'aurora e attendeva il suo dio. Ai suoi piedi, il campo si stava svegliando. I fuochi impallidivano nella luce crescente del giorno. Gli giungevano i suoni di seimila uomini che si preparavano per la caccia. I seimila guerrieri della legione e il seguito reale, gli schiavi e le donne, gli elefanti e il convoglio dei bagagli... Non era sorprendente che riempissero l'intera valle sulle due rive del piccolo fiume che scendeva dalle colline. Trenta miglia più a nord si snodava il verde nastro torpido del grande fiume nella sua vallata rovente e inospitale. Una delle legioni di Lannon vi era già accampata, e da diversi giorni non dava tregua ai branchi di elefanti che pascolavano lungo le rive. Li avevano attaccati con le frecce e i giavellotti e utilizzando gli elefanti da guerra.

I branchi perseguitati avrebbero lasciato la valle seguendo le antiche piste che superavano la scarpata. Ora Lannon era accampato proprio su quei percorsi, e gli esploratori tornati dalla valle la sera prima avevano riferito che gli elefanti erano già in movimento, si ammassavano e si muovevano verso la muraglia della scarpata, ed entro pochi giorni si sarebbero riversati in lunghe colonne maestose, guidate dai vecchi maschi verso il rifugio dove contavano di sottrarsi ai cacciatori.

Huy Ben-Amon rifletteva su tutto questo nella luce dell'aurora. Portava l'armatura leggera da caccia e sandali da corsa, e si appoggiava all'impugnatura della scure degli avvoltoi la cui splendida lama era coperta da una custodia di cuoio morbido per proteggere il filo e le preziose incisioni. Huy aveva la sensazione che gli dèi avessero disposto le circostanze per offrirgli quell'occasione.

Per due settimane, dall'ultima notte della Festa della Terra Feconda, aveva trascorso quasi tutti i momenti di veglia a considerare il suo dilemma. Per ore e ore aveva studiato i libri sacri, aveva esaminato i ruoli dei sacerdoti, quello delle sacerdotesse, i loro doveri, i loro rapporti e con gli dèi e tra di loro. Era convinto, in base alle ricerche, di aver trovato una giustificazione per il suo comportamento. Non poteva accettare di chiamarlo sacrilegio. Adesso era venuto per difendersi e per ascoltare il giudizio.

Il sole scagliò la prima lancia d'oro contro la cresta della collina, e Huy cantò l'inno di lode con tutta la melodiosità di cui era capace. Quindi formulò la sua supplica. Era una dialettica complicata, basata sul concetto della rappresentazione terrena, e consisteva in un ragionamento logico: ciò che era giusto tra Baal e la sua compagna Astarte doveva essere altrettanto giustificabile tra i loro rappresentati in terra... anche se, ovviamente, non lo sarebbe stato fra una sacerdotessa e qualcuno che non fosse il sommo sacerdote di Baal. Huy abbellì con arte i punti più deboli della sua argomentazione.

E concluse: « È comunque possibile, grande Baal e celeste Astarte, che il mio ragionamento sia errato. È possibile che io abbia peccato. Se è così, merito la vostra collera e, nonostante la mia vita di fedele servitore, merito la punizione più tremenda ».

Una pausa drammatica. « Ora andrò a caccia di elefanti. Giuro sulla mia vita che sarò presente là dove ci sarà maggior pericolo.

« Se ho peccato... allora fate che le zanne di quelle bestie mi abbattano. Se non ho peccato, consentite che io viva e ritorni fra le braccia della vostra sacerdotessa. Se mi concedete la vita e l'amore... giuro che sarò al vostro servizio fino alla fine dei miei giorni e nessuno, uomo o donna, saprà mai della dispensa che mi avrete accordato. » Rimase in silenzio ancora un poco, quindi riprese a parlare: « Voi che avete amato, abbiate pietà di chi ama ».

Huy scese dalla collina, soddisfatto della trattativa. Avrebbe ripagato onestamente gli dèi. Non si sarebbe tenuto in disparte dal massacro di quel giorno, e gli dèi avrebbero avuto modo di manifestare il loro sdegno. In ogni caso, Huy sapeva che solo la morte poteva tenerlo lontano dalle braccia di Tanith. Il sapore di quel frutto era troppo dolce perché potesse rinunciarvi.

« Huy! » gridò Lannon quando il sommo sacerdote entrò nel campo. « Dove sei stato? » Era armato e camminava avanti e indietro con impazienza di fronte alla sua tenda. Andò incontro a Huy. « Stiamo sprecando la giornata », esclamò. « Le nostre vedette sulle colline hanno già visto avvicinarsi i branchi. »

Gli elefanti da guerra erano pronti, con i conducenti seduti sul collo e gli alti castelletti sulle groppe. I compagni di caccia di Lannon erano radunati intorno alla tenda. Fra gli altri, Huy notò alcuni dei capi cacciatori più famosi: Mursil, con la faccia violacea da ubriacone, il magro e solenne Zadal, il celebre arciere Huya e il piccolo Xhai, la cui fama come cercatore di tracce era grandemente cresciuta negli ultimi anni. Dietro di loro, in mezzo all'orda degli schiavi torreggiava la mole nera e colossale di Timon. Huy gli rivolse un sorriso e si avviò con Lannon verso le file degli elefanti.

Lannon gli disse: « Tu verrai con me, Avvoltoio-del-Sole. » E Huy rispose: « Sono onorato, mio signore ».

Mursil consegnò a Huy uno degli archi per la caccia agli elefanti. Erano pochi gli uomini capaci di tendere quelle armi massicce. Ricavate da rami d'ebano selvatico, al centro avevano lo spessore del polso di un uomo e la corda attorta era di budello di leone. Era necessaria una forza immensa delle braccia e del petto per scagliare una delle frecce lunghe cinque piedi, armate di una pesante punta d'acciaio e completate dalle penne d'anitra selvatica. Ma una volta scagliate, potevano volare per cento passi e penetrare fino alle penne nella carne viva di un elefante; potevano raggiungere il cuore possente nel castello di costole, potevano affondare nei grandi polmoni; oppure, tirate con la massima abilità, dall'orecchio potevano giungere al cervello.

« So che preferisci l'arco alla lancia, santo padre », mormorò rispettosamente Mursil. « In quanto a me, le mie braccia sono troppo vecchie per scagliare le frecce. »

« Grazie, capo cacciatore. »

« Le faretre sono piene. Ho scelto e controllato ogni freccia », assicurò Mursil, e Huy seguì Lannon dove era in attesa, inginocchiato, l'elefante da guerra del re, una vecchia femmina robusta, più costante dei maschi nell'ardore della battaglia, più affidabile e calma nella caccia.

Huy seguì Lannon sul castelletto. C'era spazio per tre uomini. Le faretre erano agganciate all'esterno, ma con le punte delle frecce rivolte verso l'alto e pronte per l'uso. I giavellotti erano allineati nell'apposita rastrelliera che sporgeva dal castelletto: Lannon ne scelse uno e lo esaminò pensosamente.

« È ben equilibrato », sentenziò, e guardò i suoi capi cacciatori che attendevano, desiderosi di avere l'onore di stare al fianco del Granleone. Lannon li guardò di sfuggita, e i suoi occhi si fissarono su Xhai. Fece un cenno e con una gratitudine commovente il pigmeo si arrampicò sul fianco dell'elefante.

Con uno scossone che gettò Huy contro il fondo del castelletto, l'elefante si alzò. Ora guardavano dall'alto di quasi diciotto piedi, e il conducente pungolò la vecchia femmina e la fece partire a un'andatura maestosa e ondeggiante. Si avviarono sulla pista che scendeva verso la scarpata della valle.

« Ho scelto un posto adatto », disse Lannon a Huy. « Dove il sentiero ripido sfocia all'improvviso in una piccola conca piatta. Li aspetteremo là. »

Huy si voltò e vide gli altri elefanti da guerra che li seguivano. Erano venti, in fila, con le orecchie che sventolavano e le proboscidi che oscillavano, e procedevano a passo tranquillo. Nei castelletti, i cacciatori controllavano le armi e parlavano tra loro.

« Cosa dobbiamo cacciare, mio signore? » chiese Huy. « I giovani o l'avorio? »

« Prima i giovani. Gli addestratori ce ne hanno chiesti due dozzine fra i cinque e i dieci anni. Li cattureremo stamattina, perché dalla valle usciranno per primi i branchi con i piccoli. Più tardi andremo in caccia d'avorio. Gli esploratori segnalano molti maschi splendidi sparsi lungo il grande fiume. »

La conca scelta da Lannon era circondata da un terreno scosceso e tormentato. Era circolare e aveva un diametro di circa cinquecento passi. La pista degli elefanti vi entrava attraverso uno stretto valico roccioso, lo superava e saliva verso la zona più elevata. Era una conca boscosa, e Lannon appostò nell'imboscata i suoi elefanti da guerra, nascondendoli lungo il perimetro, al coperto. Gli animali vennero fatti inginocchiare per celarli meglio, e durante l'attesa Huy e Lannon fecero colazione con focacce fredde di grano, formaggio e carne arrosto, accompagnati da vino rosso. Era il pasto del cacciatore, consumato nell'agguato e nell'eccitazione crescente della caccia che aguzzava l'appetito. Mentre mangiavano, continuavano a sbirciare le vedette che, in posizioni sopraelevate rispetto alla conca, avevano il compito di segnalare l'avvicinarsi dei branchi.

La rugiada imperlava ancora l'erba quando una figura si sbracciò freneticamente lassù in alto, e Lannon borbottò soddisfatto, e si pulì dal grasso le dita e le labbra.

« Vieni, mio Avvoltoio-del-Sole », disse, e risalirono sull'elefante ancora inginocchiato.

Fu una lunga attesa che mise alla prova i loro nervi: poi all'improvviso il piccolo Xhai, che stava accanto a Huy, si scosse. Gli occhi d'ambra scura gettarono un lampo.

« Eccoli », mormorò. Quasi subito, un elefante selvatico passò dalla strettoia rocciosa del valico e si soffermò sull'orlo della conca. Era una vecchia femmina, grigia, magra e priva di zanne. Si guardò intorno sospettosa, alzò la proboscide per aspirare un po' d'aria e se la soffiò in bocca contro le ghiandole olfattive del labbro superiore. La brezza spirava alle sue spalle, e portava lontano l'odore degli uomini in agguato. La femmina abbassò la proboscide e avanzò.

Dal passo, dietro di lei, cominciò a riversarsi una valanga di colossi grigi.

« Un branco con i piccoli », mormorò Lannon, e Huy scorse i giovani. Ce n'erano di tutte le dimensioni: da quelli che somigliavano a dei grossi maiali, a quelli dalle forme già definite e più prossime agli adulti. I più piccoli erano chiassosi e giocherelloni, barrivano e correvano, s'inseguivano fra le zampe delle madri. Huy sorrise nel vederne uno che cercava di poppare mentre la madre camminava: cercò le mammelle con la proboscide fino a che la femmina raccolse un ramo caduto e lo percosse. Il cucciolo strepitò e tornò ad accodarsi docilmente.

Ormai la conca era piena di elefanti selvatici. Le schiene grigie affioravano sopra la fitta vegetazione mentre continuavano ad affluire lungo quella che era stata l'antica strada della salvezza.

Lannon si sporse e toccò la spalla del conducente. L'elefante da guerra si alzò, e poterono vedere le loro prede dall'alto del castelletto. Tutto intorno alla conca gli elefanti da guerra si alzarono e uscirono dai nascondigli senza far rumore, portando sulla schiena gli uomini armati. Si avvicinarono mentre il chiasso dei giovani mascherava il suono dei loro movimenti: finalmente arrivarono in mezzo al branco.

Lannon scelse una giovane femmina con un cucciolo cresciuto a metà. Si sporse dal castelletto e scagliò un giavellotto, mirando alle arterie del collo. La femmina gridò di dolore e il sangue rosso fiottò in una nube dalla punta della proboscide. Barcollò all'indietro, ferita mortalmente, e dagli altri castelli un torrente di frecce e giavellotti piombò sulla mandria. Centinaia di colossi si diedero alla fuga, e la foresta echeggiò dei loro barriti e dei loro movimenti frenetici.

Nonostante la promessa fatta agli dèi, Huy non tese l'arco né si mosse, rimase a guardare affascinato il massacro delle bestie atterrite. Vide una vecchia femmina, trafitta da giavellotti e frecce, caricare uno degli elefanti da guerra e farlo cadere in ginocchio; tutti gli uomini furono sbalzati dal castelletto e caddero sotto le zampe scalpitanti dei colossi. La vecchia femmina si allontanò barcollando per stramazzare morta, ancora trasportata dal furore della battaglia. Huy vide un giovane, colpito per errore, che cercava disperatamente di strapparsi una freccia dal fianco e barriva perché gli uncini gli restavano piantati nella carne. Vide un altro cucciolo che cercava invano di svegliare la madre morta, strattonandola con la proboscide.

Lannon gridava eccitato, scagliava i giavellotti mirando al collo e alla spina dorsale degli elefanti con una tale precisione da farli stramazzare di colpo. Intorno a loro c'erano un gran numero di cadaveri.

Una delle madri li caricò da un lato: era una vecchia regina furibonda, grossa e forte come gli elefanti da guerra. Lannon si voltò per fronteggiarla, si puntellò e scagliò. La vecchia regina alzò la proboscide e il giavellotto la colpì, affondando nell'organo sensibile appena al di sotto del livello degli occhi. La femmina barrì di dolore ma continuò la corsa e Huy, con rammarico, alzò l'arco. Sapeva che l'elefantessa non avrebbe interrotto la carica, e che solo la morte avrebbe potuto fermarla.

La vecchia regina alzò la testa e la proboscide per prepararsi all'impatto. Aveva la bocca spalancata, con il labbro inferiore a punta che penzolava: Huy tese l'arco e scagliò la freccia in fondo alla gola. La freccia lunga cinque piedi scomparve nella bocca spalancata. La punta dovette affondare nel cervello perché la femmina ricadde sulle zampe posteriori, tremando e sussultando, emettendo un grido gorgogliante. Le palpebre fremettero con violenza. Poi stramazzò in avanti e restò immobile.

Uccisero quarantun femmine: trenta avevano i piccoli. Ma nove dei giovani furono giudicati troppo immaturi dagli addestratori, e furono spacciati con un colpo di freccia. Gli altri vennero isolati e radunati con l'aiuto di femmine appositamente addestrate e condotti lontano dai corpi sanguinanti delle madri. Prima di mezzogiorno tutto era finito, e gli schiavi poterono cominciare a fare a pezzi le carcasse e ad affumicare la carne. La conca era diventata un fetido carnaio, e gli avvoltoi giravano nel cielo in una nube che quasi oscurava il sole.

Lannon consumò il pasto di mezzogiorno in compagnia dei nobili e dei capi cacciatori. Trippa d'elefante fresca condita con salsa di peperoni piccanti, cuore d'elefante alla griglia farcito di riso selvatico e olive, accompagnati da piatti di focacce di grano e dalle inevitabili anfore di vino di Zeng: questo era il pasto degno dell'appetito di un cacciatore.

Il re era d'ottimo umore e si aggirava tra i suoi uomini ridendo e scherzando e distribuendo elogi. Era ancora eccitato dalla caccia, e quando si fermò accanto a Huy decise di burlarsi un po' di lui.

« Mio povero Avvoltoio-del-Sole, hai scagliato una sola freccia durante l'intera caccia. » Huy stava per rispondere che un elefante ucciso con un'unica freccia non era un risultato disprezzabile, quando Zadal, il capo cacciatore del regno di mezzo, scoppiò a ridere.

« L'arco era troppo forte per te, santo padre, oppure la preda troppo temibile? »

Sul gruppo scese un silenzio improvviso e tutti si volsero verso l'uomo magro e scuro dalla bocca beffarda e dagli occhi indagatori.

In quel silenzio, Zadal si rese conto di ciò che aveva detto, e si guardò intorno. Con un brivido, vide che lo guardavano con la stessa espressione di curiosità distaccata con cui osservavano gli umani destinati al sacrificio. Un nobile che gli stava accanto disse sottovoce: « Sei spacciato ».

Allarmato, Zadal si voltò a guardare Huy Ben-Amon e, troppo tardi, ricordò la reputazione del sacerdote. Si diceva che nessuno di coloro che avevano riso della sua gobba o della sua statura o del suo coraggio fosse ancora vivo. Si accorse con sollievo che Huy sorrideva leggermente e si asciugava le dita nell'orlo della tunica.

« Ti ringrazio, grande Baal », pregò in silenzio Huy accennando un sorriso. « È giusto che mi ricordassi la mia promessa. Mi sono tenuto indietro nella caccia, perdonami. Ora ti darò l'occasione promessa. »

Il sollievo di Zadal durò poco perché, quando Huy lo guardò in faccia, vide che il sorriso era presente soltanto sulle labbra del sacerdote: gli occhi erano luminosi, neri e gelidi.

« Zadal », disse Huy a voce bassa, e i presenti si avvicinarono per ascoltare, « vuoi 'volare con me sulle ali della tempesta' ? »

Tutti fremettero a quella sfida, mormorarono e scrutarono il volto di Zadal. Il capo cacciatore era impallidito, e le labbra erano contratte in una sottile linea bianca.

« Lo proibisco », disse Lannon in tono energico. « Non te lo permetterò, Huy. Sei troppo prezioso perché tu sprechi la tua vita in... »

Huy l'interruppe con calma: « Mio sovrano, è una questione d'onore. Quest'uomo mi ha chiamato vigliacco ».

« Ma nessuno ha cacciato in quel modo da cinquant'anni », obiettò Lannon.

« Cinquant'anni sono troppi. » Huy sorrise. « Non è così, Zadal? Tu e io riesumeremo quella tradizione. »

Zadal lo fissò, e maledisse la propria avventatezza.

Huy continuò a sorridere. « O forse la selvaggina è troppo feroce per te? » chiese. Per un lungo istante sembrò che Zadal fosse sul punto di rifiutare. Poi annuì seccamente. Le sue labbra erano ancora sbiancate.

« Come desideri, santo padre. » Sapeva che gli altri avevano avuto ragione: era spacciato.

Gli schiavi avevano raccolto in due grandi cesti il contenuto del basso intestino d'uno degli elefanti uccisi. Mentre Huy e Zadal, dopo essersi spogliati, si spalmavano del letame giallo, il sacerdote sentì il giovane Bakmor che parlava con Mursil.

« Non credo che sia possibile uccidere un elefante maschio adulto con la scure da combattimento. Mi sembra una orribile forma di suicidio. »

« Perciò lo chiamano 'volare sulle ali della tempesta'. »

Il letame dell'elefante aveva un odore abbastanza forte per mascherare quello umano, ed era l'unica protezione che avrebbero avuto i cacciatori, l'unica possibilità per avvicinarsi alle grandi bestie senza venire scoperti. L'olfatto acutissimo è la principale difesa dell'elefante, perché ha la vista debole ed è miope.

Timon si staccò dal seguito del re e aiutò Huy, spalmandogli il letame sulla schiena. Aveva compreso quale metodo avrebbero adottato.

« Nobilissimo, temo per te », confidò a voce bassa.

« Anch'io temo per me », ammise Huy. « Spalma il letame in uno strato spesso, Timon. È meglio puzzare che morire. »

Huy scrutò il pendio scosceso che si estendeva dalla conca fino alla valle. La pista degli elefanti saliva zigzagando attraverso la foresta rada. Avrebbero intercettato là il secondo branco, prima che si allarmasse nel sentire l'odore di sangue.

Huy si guardò intorno e vide che i cacciatori si erano sparsi lungo la cresta, scegliendo i punti più elevati per assistere alla scena. I suoi occhi incontrarono quelli di Zadal. Il capo cacciatore era spalmato di sterco giallo dalla testa ai piedi, e stringeva con troppa forza l'impugnatura della scure. Gli occhi e il portamento tradivano la paura. Huy gli sorrise, compiaciuto nel vederlo a disagio. Zadal distolse lo sguardo. Gli tremavano le labbra.

« Sei pronto, capo cacciatore? » chiese Huy, e Zadal annuì. Non si azzardava a parlare.

« Vieni », disse Huy. Si avviò giù per il pendio, ma Lannon gli si parò davanti. C'era preoccupazione nei suoi occhi, e il suo sorriso non era convincente.

« Zadal è uno sciocco che ha parlato con avventatezza e senza pensare ciò che ha detto. Nessuno, qui, dubita del tuo coraggio, Huy, eccettuato te. Non cercare di provarlo in modo incontestabile. La vita sarebbe molto triste per me senza il mio Avvoltoio-del-Sole. »

« Mio signore. » La voce di Huy era rauca, profondamente commosso dal premuroso affetto di Lannon.

« Il primo colpo è il più pericoloso, Huy. Sta' attento che quando cade non ti crolli addosso. »

« Lo ricorderò. »

« E ricorda anche di fare il bagno prima di cenare con me questa sera. » Lannon si fece in disparte con un sorriso.

Per due volte, durante il pomeriggio, piccoli branchi di elefanti salirono il pendio e sparirono fra gli alberi. Ogni volta Huy scuoteva la testa e li lasciava passare perché erano femmine e cuccioli e maschi immaturi.

Il giorno stava per concludersi, e Huy provava un certo senso di sollievo. Forse gli dèi avevano deciso in suo favore, e non avrebbero cercato di metterlo alla prova.

Restava ancora un'ora di luce. Huy e Zadal sedevano in silenzio a fianco della pista, nascosti da uno schermo di liane che pendevano dagli alberi.

Il letame s'era asciugato sui loro corpi, e Huy si sentiva la pelle indurita. Stava seduto con la scure degli Avvoltoi sulle ginocchia e spiava la pista, nella speranza che prima dell'oscurità non salissero altri elefanti perché allora avrebbe potuto desistere dalla folle avventura in cui s'era impegnato per onore. Era strano che l'inattività smorzasse anche la passione più ardente, pensò Huy, e sorrise con ironia mentre accarezzava l'impugnatura della scure.

Scorse un movimento lontano sul pendio, qualcosa di grigio che si spostava fra alberi come un fumo, e si sentì accapponare la pelle. Anche Zadal l'aveva visto. Smise di agitarsi e rimase immobile accanto a lui.

Attesero ancora e all'improvviso due elefanti uscirono dagli alberi. Erano due vecchi maschi dalle grandi zanne e salivano il pendio a passo leggero, separati da un centinaio di passi. La loro andatura era decisa e guardinga, e Huy comprese che erano stati disturbati, e forse feriti, dai cacciatori sul fondovalle.

« Affrontiamo questi due », bisbigliò Huy. « Scegli il tuo. »

Zadal rimase in silenzio e osservò i due maschi con occhio esperto. Il primo era più vecchio, e aveva una zanna spezzata. Era più magro e robusto del compagno, e il fatto che procedesse per primo dimostrava che era il più esperto e vigile, e la zanna rotta doveva renderlo più cattivo e imprevedibile.

« Il secondo », mormorò Zadal, e Huy annuì. Si aspettava quella risposta.

« Ora indietreggerò. Dobbiamo cercare di attaccare nello stesso momento. » Huy uscì dal riparo delle liane e tornò indietro lungo la pista, aprendo tra sé e Zadal un varco che corrispondeva approssimativamente a quello tra gli elefanti.

Huy si lasciò cadere in un tratto d'erba ruvida a fianco della pista, e si voltò. Gli elefanti continuavano a salire verso di loro. Il primo passò davanti al nascondiglio di Zadal e proseguì. Huy notò che la distanza tra i due s'era ridotta. Il secondo sarebbe arrivato davanti a Zadal prima che l'altro giungesse di fronte all'erba dove si nascondeva Huy.

Se uno dei cacciatori avesse attaccato troppo presto l'altro maschio si sarebbe messo sul chi vive, e il pericolo si sarebbe moltiplicato. Huy sapeva di non poter contare sugli scrupoli di Zadal: quell'uomo avrebbe pensato solo al proprio interesse.

In quell'istante vide Zadal che lasciava il riparo delle liane e correva senza far rumore sulla pista, dietro il secondo elefante. Il primo era ancora a cinquanta passi di distanza da Huy, ed era rivolto verso di lui.

Zadal seguiva il secondo elefante, per portarsi alle sue calcagna. Huy provò per lui un moto di ammirazione. Forse l'aveva giudicato male: forse si sarebbe limitato a seguire il secondo maschio e ad attendere che Huy si mettesse in posizione.

Poi Huy vide la scure del capo cacciatore levarsi in aria e luccicare all'inizio della parabola discendente; e in quello stesso attimo, concentrò tutta l'attenzione sul primo elefante.

Risuonò un barrito di dolore e di allarme quando la scure di Zadal colpì, e l'elefante di Huy si lanciò in corsa, fino a che parve riempire tutta la sua visuale... un animale immenso come la terra che l'aveva generato.

Quando Huy si alzò dal nascondiglio, comprese di avere a disposizione pochi secondi per colpire. E poi l'elefante sarebbe passato oltre.

Si affiancò al colosso, a grandi balzi, e si tenne più a monte perché, quando fosse caduto, sarebbe rotolato giù per il pendio. L'andatura costringeva Huy ad allungare le gambe al massimo, ma nonostante questo perdeva rapidamente terreno. Ormai era all'altezza dei quarti posteriori.

A ogni passo, mentre il peso enorme premeva sulle zampe posteriori, i tendini dal ginocchio al calcagno spiccavano sotto la pelle ruvida ed erosa. Il tendine era una corda robusta che si fletteva e si gonfiava, e aveva lo spessore del polso di una ragazza: a ogni movimento, sosteneva l'intero peso dell'elefante.

Huy cambiò direzione, passò dietro al maschio e, quando il tendine della zampa più vicina a lui si contrasse, vibrò un colpo con la lama della scure e lo tranciò di netto con un suono simile a quello di una vela che si lacera nella tempesta.

Il grosso maschio barcollò, sbilanciato, quando la gamba gli mancò. Ondeggiò all'impazzata sul ciglio della pista, sostenuto soltanto dalla zampa illesa.

« Per Baal! » gridò Huy, e alzò di nuovo la scure per un secondo colpo. Anche l'altro tendine si tranciò e il colosso cadde pesantemente. Il fragore giunse fino agli spettatori sulla cresta, e una nube di polvere salì dalla terra arida. Huy s'era scostato agilmente per allontanarsi dall'enorme corpo barcollante e dalla terribile proboscide.

Poi si preparò al colpo finale mentre guizzava intorno all'animale. Aveva pochi secondi per sfruttare il fattore sorpresa, prima che l'animale storpiato lo vedesse: e cercò disperatamente il varco per il colpo decisivo.

L'elefante si sollevò sulle zampe anteriori, trascinandosi dietro quelle posteriori ormai inservibili. Accecato dal furore, si scatenava contro gli alberi, roteava la proboscide temibile in cerchi frenetici e sventrava il suolo con l'unica zanna.

Ma voltava il dorso a Huy, e non aveva ancora riconosciuto l'aggressore. Huy si avvicinò di corsa e passò sotto la proboscide. Balzò sull'ampia schiena del maschio e vi piombò in ginocchio, con la scure brandita alta sopra la testa.

La spina dorsale nodosa spiccava sotto la pelle arida e grinzosa che mostrava le grandi protuberanze delle vertebre. Huy colpì, e il colpo mortale affondò attraverso le vertebre e recise il midollo spinale. L'elefante gridò e stramazzò scalciando e sussultando spasmodicamente nelle convulsioni di morte.

Huy balzò al suolo dal corpo palpitante e si allontanò con agilità dal pericolo di venire colpito dalle zampe o dalla proboscide. Provava un senso esaltante di trionfo e di sollievo. Era fatta, aveva volato sulle ali della tempesta... ed era sopravvissuto.

Udì i barriti striduli e convulsi dell'altro maschio e si voltò di scatto. Un'occhiata bastò a rivelargli che il suo compito non era terminato, e gli dèi non avevano ancora finito con lui.

Zadal aveva sbagliato. Il suo secondo colpo aveva mancato il tendine e l'elefante si reggeva su tre zampe e si muoveva con agilità per inseguirlo. Zadal aveva abbandonato la scure e correva su per il pendio, tallonato dall'elefante che barriva di furore con la proboscide protesa e guadagnava terreno rapidamente.

Lo raggiunse nel momento in cui Huy stava per muoversi. Avvinghiò la proboscide intorno al corpo di Zadal e lo lanciò in aria, sopra le cime degli alberi più alti, facendolo roteare.

Zadal ricadde bocconi sulla terra sassosa, e l'elefante lo tenne fermo, con una zampa piantata sulle reni mentre con la proboscide gli strappava la testa, come un contadino che uccide un pollo, e la scagliava lontano. La testa rimbalzò e rotolò giù per il declivio come una palla di cenci.

Huy corse verso l'elefante che in quel momento s'inginocchiò sul cadavere straziato e gli affondò una zanna nel torace. Era così preso dallo sfogo della sua rabbia che Huy poté avvicinarlo lateralmente senza difficoltà.

Vide lo squarcio profondo dietro il ginocchio del colosso dove il colpo di Zadal non era arrivato al tendine, e la scure degli avvoltoi sibilò sommessamente nell'aria. Questa volta non vi furono errori.

« Ti assegno un titolo nuovo. » Lannon alzò la ciotola di vino e i nobili seduti alla sua tavola tacquero in attesa. « Assegno un onore da combattente all'uomo che ha 'volato sulle ali della tempesta'. »

Huy abbassò modestamente gli occhi e arrossì leggermente nella luce delle torce sotto la pensilina di pelle della tenda reale.

« Huy Ben-Amon... Portatore-della-Scure-degli-dèi! » Lannon gridò il titolo e i nobili lo ripeterono e salutarono Huy con i pugni levati.

« Bevi, Huy! Bevi, mio Avvoltoio-del-Sole! » Lannon gli porse la sua ciotola. Huy sorseggiò il vino e sorrise ai presenti. Quella sera non intendeva eccedere nel bere. Non voleva annebbiare quella gioia. Gli dèi gli avevano risposto, e adesso sorrideva tranquillo in mezzo alla gaiezza chiassosa degli invitati e udiva appena le risate e le chiacchiere mentre ascoltava una voce interiore che cantava « Tanith! Tanith! »

Quando Huy si alzò per andarsene, Lannon si sdegnò e lo trattenne per l'orlo della tunica.

« Non te ne andrai di qui reggendoti sulle tue gambe. Meriti di venire portato di peso al tuo letto! Vieni, ti sfido a uno scontro con il vino! »

Huy rifiutò la sfida con una scrollata di spalle e scosse la testa ridendo.

« Una sfida sola al giorno, mio signore, ti prego. »

Fuori la notte era tranquilla e il cielo rifulgeva di stelle. Il caldo della giornata si andava smorzando, e il vento notturno sul suo volto era come la carezza dei capelli serici di Tanith.

« Astarte! » La dèa sorse sopra la valle, e il disco aureo del suo volto illuminò la scena d'uno splendore dolce. « Madre della terra, io ti ringrazio », mormorò Huy, e sentì lacrime di felicità inondargli gli occhi.

Attraversò il campo per raggiungere la tenda, stringendosi al cuore il pensiero del suo amore segreto.

« Tanith », mormorò. « Tanith. »

Continuò a procedere nell'ombra fino a che un movimento attirò la sua attenzione. Accanto a uno dei fuochi stava accoccolata una schiava che lavorava con la macina per ricavare la farina per le focacce.

La luce del fuoco investiva il bel volto e brillava sulla pelle scura delle braccia robuste. Era la bambinaia Sellene.

Huy stava per passare oltre quando la schiava alzò la testa in un gesto d'attesa. Un uomo venne verso di lei dall'oscurità, e il viso della ragazza si illuminò con un'espressione tanto adorante che Huy si sentì commuovere.

L'uomo avanzò nel chiarore del fuoco e a Huy bastò una sola occhiata alla figura possente e alla testa calva per riconoscere Timon.

Sellene si alzò e gli andò incontro. Si abbracciarono. Si fiutarono reciprocamente la faccia nel bizzarro gesto d'amore dei pagani, tenendosi stretti. Huy sorrise, con la calorosa comprensione di un innamorato per tutti gli innamorati del mondo.

Timon si scostò dalla ragazza e le parlò a voce bassa. Huy non afferrò le parole, ma solo il borbottio sommesso di Timon, e lei annuì subito.

Timon la lasciò e sparì fra le tende. Sellene tornò alla macina e riempì un sacco di pelle con la farina di grano; quindi si guardò intorno furtivamente e seguì l'uomo nell'oscurità. Huy la seguì con lo sguardo e sorrise.

« Devo parlarne a Lannon », pensò. « Potrei combinare un accoppiamento fra quei due. »

Quando arrivò nella sua tenda, Huy prese il rotolo d'oro e lo stese sulla stuoia. Regolò gli stoppini della lampada, prese lo stilo e cominciò a scrivere una poesia dedicata a Tanith.

« I suoi capelli sono scuri e morbidi come il fumo che s'innalza quando bruciano i papiri sul grande lago », scrisse, e non pensò più a Timon e Sellene.

La stanchezza lo vinse poco dopo mezzanotte; cadde bocconi sulla stuoia e si addormentò con una guancia contro la poesia d'amore per Tanith. Le fiamme della lampada fumigarono, si smorzarono e si spensero.

Qualcuno lo svegliò prima dell'alba, scuotendolo con forza, e Huy alzò gli occhi, stordito. Era Mursil, il capo cacciatore.

« Il Granleone mi ha mandato a chiamarti, santo padre. I cani sono al guinzaglio e gli intendenti degli schiavi sono stati radunati. Due degli schiavi del re sono fuggiti, e il sovrano ti comanda di partecipare all'inseguimento. »

Per quanto fosse ancora stordito dal sonno, Huy comprese chi erano gli schiavi fuggitivi, e provò una stretta alle viscere.

« Che sciocchi », mormorò. « Sciocchi e pazzi. » Poi guardò Mursil. « Non posso andare con lui. Mi sento male. Riferiscigli che mi sento male. »

Ferma nell'ombra, Sellene ascoltava le grida e le risate ebbre che giungevano dalla tenda del re. Sotto il corto mantello nascondeva il sacco di grano, un fascio di carne affumicata e tagliata a strisce, e una minuscola pentola di coccio. Avevano viveri per quattro giorni; e nel frattempo avrebbero attraversato il grande fiume. Sellene era spaventata e nel contempo euforica. Avevano preparato quel momento per due anni; e mentre aspettava, molte emozioni turbinavano dietro il suo viso tondo e impassibile.

Finalmente Timon la raggiunse; apparve accanto a lei così all'improvviso da farla trasalire di paura. La prese per mano e la condusse verso il perimetro del campo. Sellene vide che anche lui portava un mantello, e aveva appesi alle spalle arco e faretra, e una corta spada di ferro alla cintura. Erano armi vietate a uno schiavo, e chi le portava era punito con la morte.

C'erano due sentinelle al cancello della palizzata; e mentre Sellene parlava con loro e offriva i suoi favori, Timon si accostò nell'oscurità e li colse alle spalle, spezzò loro il collo a mani nude: li afferrò e li scosse come fa un cane con un ratto. I due morirono senza avere la possibilità di gettare un grido, e Timon adagiò i corpi accanto al cancello. Poi uscirono.

Attraversarono la conca dov'erano stati massacrati gli elefanti. La notte echeggiava del ringhiare e del latrare dei divoratori di carogne: iene e sciacalli si disputavano i brandelli di carne insanguinata e i frammenti d'osso. Con la spada in pugno, Timon guidò Sellene e, anche se le iene furtive li seguirono gemendo e ridacchiando, raggiunsero il valico e si soffermarono a guardare la pista degli elefanti che scendeva nella valle. La luna irradiava una luce chiara che permetteva loro di muoversi a passo svelto. Si fermarono una volta soltanto al guado del fiume per riposare e bere un po' d'acqua, quindi proseguirono verso nord.

A un certo punto incontrarono un leone, un grosso maschio che al chiaro di luna appariva d'un grigio spettrale, con la criniera scurissima. Si guardarono a lungo, poi il leone ringhiò in toni sordi e balzò nella vegetazione a fianco della pista. Aveva mangiato da poco e i due umani non lo tentavano.

La luna, che aveva superato da quattro giorni il plenilunio, attraversò il cielo tempestato di stelle e discese verso l'orizzonte buio. Quando tramontò, rimase solo il chiarore indistinto delle stelle a illuminare il loro cammino. In un tratto ripido e accidentato, Sellene cadde pesantemente. Timon la sentì gridare e tornò da lei. Giaceva sul fianco e gemeva con un filo di voce.

« Ti sei fatta male? » le chiese inginocchiandosi accanto a lei.

« La caviglia », mormorò Sellene con voce spezzata, e Timon le tastò la gamba. La caviglia scottava: e la sentì gonfiarsi in una sfera dura e calda.

Timon usò la spada per tagliare alcune strisce dal mantello e legò strettamente la caviglia come gli aveva insegnato Huy. Lavorava con fretta convulsa, e la paura già iniziava a rodergli le viscere.

Risollevò Sellene che gridò quando si appoggiò al piede dolorante.

« Ce la fai a camminare? » chiese Timon, e lei provò a muovere qualche passo claudicante. Ansimava per il dolore e il respiro le sibilava in gola. Si aggrappò a Timon e scosse la testa, disperata.

« Non posso proseguire. Lasciami qui. » Timon l'adagiò a terra, poi si raddrizzò e gettò da parte le armi e le provviste, tenendo solo la corta spada. Piegò i due mantelli di pelle e li annodò insieme per poter trasportare Sellene, e glieli assestò intorno al corpo, come una fasciatura attorno al bacino; quindi si passò l'estremità intorno alle spalle dietro al collo e la sollevò. La sostenne mentre lei gli si aggrappava alle spalle. Metà del peso era sostenuto dai mantelli appesi alle spalle e al collo di Timon. Il colosso avanzò a grandi passi lungo la pista, scendendo verso il fondovalle.

A metà mattina, il cuoio dei mantelli gli aveva spellato il collo, lasciando una grande abrasione rosata sulla pelle scura. Il caldo era intenso, un caldo opprimente che gli toglieva le energie. Il suo passo non era più scattante; vacillava, sostenuto da una forza di volontà più duratura della forza fisica.

Al margine di una delle radure, Timon si fermò e si appoggiò al tronco di un mhoba-hoba. Non osava adagiare a terra la ragazza perché temeva di non trovare la forza di risollevarla. Aveva le labbra sbiancate e orlate di saliva disseccata, gli occhi erano segnati da venuzze rosse. Il suo petto ansimava e tremava nel respiro.

« Abbandonami, Timon », mormorò Sellene. « Altrimenti moriremo tutti e due. »

Timon non rispose. Con un movimento spazientito della testa le accennò di tacere. Trattenne il respiro e ascoltò. Anche Sellene l'udì: l'abbaiare lontano della muta.

Timon disse: « Ormai è troppo tardi ». Si guardò intorno, in cerca di un posto dove avrebbe potuto tentare una resistenza. Non potevano sperare di distanziare i cani.

« Puoi ancora salvarti », insistette Sellene. « Il fiume non è lontano. »

« Non mi metterò in salvo senza di te », disse Timon, e lei gli si aggrappò mentre la trasportava attraverso la radura in direzione di un affioramento di roccia, un intrico di granito frastagliato come le rovine d'un antico castello.

La depose delicatamente con la schiena contro uno dei macigni, piegò un mantello e glielo mise sotto la testa come un cuscino, poi si accosciò accanto a lei e le carezzò il viso e il collo con un tocco sorprendentemente gentile in un uomo tanto gigantesco.

« Ci uccideranno », disse Sellene. « Uccidono sempre quelli che fuggono. »

Timon non rispose e continuò ad accarezzarle la guancia.

« Uccidono nel modo più orribile », disse Sellene, girando la testa per guardarlo. « Non sarebbe meglio se morissimo ora, prima che ci raggiungano i cani? » Ma Timon non rispose e dopo qualche istante Sellene continuò: « Hai la spada, Timon. Non la userai? »

« Se il piccolo sacerdote sarà con loro, avremo una possibilità. Ha potere sul re... e c'è un legame tra me e lui. Ci salverà. »

I cani erano più vicini e sembrava che il loro abbaiare fosse diventato più incalzante, dato che l'usta s'era fatta più calda. Timon si alzò e sguainò la spada. Avanzò tra le rocce e si voltò a guardare la scarpata. Mezzo miglio più indietro, la muta si riversava dalla foresta. Erano trenta cani da caccia alti e solidi, con le zampe lunghe e il ruvido manto color zenzero e zanne da lupo. Erano addestrati a inseguire e abbattere la selvaggina.

Timon fu scosso da un brivido quando li vide sgranarsi nella radura e venire verso di lui. Dietro di loro correvano gli addestratori, con le tipiche tuniche verdi e le fruste per cani sulle spalle.

Ancora più indietro venivano gli elefanti da guerra: erano cinque, con i nobili e gli intendenti degli schiavi nei castelletti. Seguivano la muta senza difficoltà, con quell'andatura che gli permetteva di percorrere cinquanta miglia in un giorno.

Timon si schermò gli occhi e cercò di individuare la figura caratteristica del sacerdote fra gli uomini nei castelletti. Erano ancora troppo lontani ma i cani si avvicinavano veloci.

Si avvolse il mantello intorno all'avambraccio sinistro e strinse forte la spada, la fece oscillare in un breve arco per sgranchirsi i muscoli.

I primi cani lo videro tra le rocce e subito l'abbaiare profondo e regolare si mutò in guaiti eccitati. Tenevano le orecchie appiattite all'indietro e le lingue rosee dardeggiavano tra le zanne candide nelle fauci da lupo mentre si spargevano a ventaglio davanti a lui.

Timon indietreggiò nell'apertura dove giaceva Sellene per proteggerla dalla carica rabbiosa dei cani.

Il primo si avventò verso di lui, sbattendo le mascelle, e gli balzò alla faccia.

Timon lo colpì di punta alla base della gola e l'uccise istantaneamente, ma prima che avesse la possibilità di liberare la lama, un altro lo assalì. Spinse il braccio protetto dal mantello tra le fauci spalancate, e nel contempo colpì un terzo cane.

Gli piombarono addosso, per quanto sferrasse colpi all'impazzata. Sbatté contro una roccia il cane che gli addentava il braccio e gli fracassò le costole; ma un altro gli aveva piantato le zanne nel polpaccio e lo strattonava facendogli perdere continuamente l'equilibrio. Affondò la lama nella schiena irsuta e il cane lo lasciò con un lamento stridulo.

Un altro gli si avventò alla faccia e Timon lo colpì alla testa con l'impugnatura della spada. Un grande corpo peloso gli piombò contro il petto e una zanna gli lacerò i muscoli della spalla.

Erano troppi e lo stavano sopraffacendo, lo addentavano, lo soffocavano sotto il loro peso. Timon crollò sulle ginocchia, tenne lontano dalla gola e dalla faccia, con una mano, un animale bavoso, e lo strangolò... ma sentì altri denti che gli dilaniavano la schiena, il ventre e le cosce.

Poi sopraggiunsero gli addestratori dei cani e li allontanarono a frustate, gridando i loro nomi, li trascinarono indietro e li legarono con i collari a strangolo.

Timon si rialzò lentamente in piedi. Aveva perduto la spada e il sangue colava dalle ferite profonde.

Alzò lo sguardo verso l'elefante da guerra che torreggiava davanti a lui, e la sua ultima speranza svanì quando vide che Huy Ben-Amon non era fra i cacciatori... e che Lannon Hycanus, Granleone di Opet, stava ridendo.

« Bella corsa, schiavo », disse Lannon. « Pensavo che forse ce l'avresti fatta a raggiungere il fiume. » Guardò alle spalle di Timon e vide Sellene. « Allora i miei capi cacciatori avevano ragione. Avevano giudicato, in base alle impronte, che la donna s'era ferita una gamba e che tu la trasportavi. Un gesto nobile, schiavo, molto insolito per un pagano. Ma ti costerà caro.» Lannon girò lo sguardo verso uno degli intendenti degli schiavi. «È inutile riportarli indietro. Uccidili qui.»

Timon fissò il re e parlò con voce forte e chiara.

«Io sono il simbolo vivente di quell'amore», disse, e Lannon girò la testa di scatto, ricordando le parole. La risata si spense sulle sue labbra. Guardò il re-schiavo sanguinante nei fumosi occhi gialli. Per lunghi attimi la vita di Timon rimase appesa a un filo. Ma all'improvviso Lannon distolse lo sguardo.

«Sta bene», disse annuendo. «Tu mi ricordi il mio dovere verso un amico. L'onorerò, ma ti giuro che vivrai per maledire il momento in cui hai pronunciato queste parole. Vivrai... ma ti augurerai la dolcezza della morte.» Il viso di Lannon era una maschera di fredda collera quando si rivolse agli intendenti degli schiavi. «L'uomo non sarà giustiziato, ma viene dichiarato incorreggibile. Sarà incatenato con un peso di due talenti.» Erano quasi cento libbre di catene da portare notte e giorno, nel sonno e nella veglia. «Mandatelo alle miniere di Hulya e dite al sovrintendente di metterlo al lavoro ai livelli più profondi.»

Tornò a guardare in faccia Lannon e proseguì: «La donna non può appellarsi alla mia protezione ma la porteremo comunque con noi. Sia incatenata al castelletto di uno degli elefanti di guerra. Tornerà camminando.»

Per la prima volta Timon tradì un'emozione. Si fece avanti e alzò in un gesto supplichevole un braccio straziato dai morsi dei cani.

«Mio signore, la donna è ferita. Non può camminare.»

«Camminerà», disse Lannon. «O verrà trascinata. Tu viaggerai sull'elefante e la inciterai. Avrai tempo di decidere se la morte rapida che ti avevo offerto non sarebbe stata preferibile alla vita che hai scelto.»

Incatenarono Sellene per i polsi a una catena da marcia lunga venti passi, e l'altra estremità della catena fu fissata al castelletto dell'elefante.

Timon, carico di catene massicce al collo e alle caviglie, fu fatto salire nel castelletto e costretto a sedere rivolto all'indietro. Sellene saltellava su una gamba sola per non appoggiare il piede dalla caviglia mostruosamente gonfia. Il viso era cinereo per il dolore, ma si sforzò di sorridere a Timon.

Il primo strattone della catena, quando l'elefante si mosse, la fece cadere bocconi sulla terra coperta di ghiaia acuminata e d'erba tagliente. Fu trascinata per cinquanta passi prima che riuscisse a rimettersi in piedi e a procedere dietro l'animale. Aveva le ginocchia e i gomiti spellati, e c'erano graffi sul ventre e sul seno.

Cadde e si rialzò una dozzina di volte, e ogni volta era sempre più straziata. Crollò per l'ultima volta un po' prima del tramonto.

Seduto nel castello e carico di catene, Timon fece un giuramento. Angosciato e furioso, giurò vendetta mentre guardava il corpo esanime di Sellene trascinato sul terreno accidentato lasciare una macchia scura sull'arido suolo africano. Poi pianse: per l'ultima volta nella sua vita soccombette alle lacrime che gli scorrevano sulla faccia e colavano dal mento mescolandosi al sangue e alla polvere che gli incrostavano il corpo.

Huy riempì una ciotola con il vino di una delle sue anfore più pregiate, tenuta da parte per un'occasione eccezionale. Canticchiava tra sé: un lieve sorriso gli sfiorava le labbra e faceva scintillare i suoi occhi scuri.

Era tornato a Opet nel cuore della notte, aveva dormito cinque ore e adesso, lavato e rivestito della tunica più bella, aveva mandato uno schiavo a invitare la profetessa di Opet. Il sangue e la passione delle ultime settimane sulla scarpata del grande fiume erano stati dimenticati nella prospettiva di rivedere Tanith. Aveva dimenticato il corpo mutilato di Sellene trascinato nel campo dall'elefante da guerra, e Timon, chino sotto il peso delle catene e del dolore, che veniva condotto via dagli intendenti e volgeva gli occhi terribili verso Huy in un'espressione d'accusa, e levava i polsi ammanettati in un gesto di minaccia o forse di supplica. Poi la frusta dell'intendente che sibilava e schioccava sulle spalle nere, lasciando un segno spesso come un dito senza lacerare la pelle. Per la prima volta da quando era accaduto Huy si sentiva libero dal ricordo: tutto il suo essere era preso dalla gioia del suo amore.

Sporse pensierosamente le labbra e versò nel vino quattro gocce di liquido trasparente da una boccetta di vetro azzurro. Tappò la boccetta e rimestò il vino con l'indice, si succhiò il dito e arricciò il naso al sapore leggermente muffito dell'oppiaceo. Aggiunse un po' di miele selvatico per mascherarlo, assaggiò di nuovo e poi, soddisfatto, posò la ciotola su uno degli sgabelli di legno accanto al mucchio di cuscini. C'era pronto un vassoio colmo di focaccine dolci. Huy coprì la ciotola di vino con un drappo di seta e controllò i risultati dei suoi preparativi. Prese lo strumento a corde e salì sul tetto. Sedette, lo accordò e incominciò a suonare qualche nota per esercitare la voce e le dita mentre sorvegliava il vicolo che conduceva all'ingresso della casa.

Nella luce viva del mattino le acque del lago erano di un gaio azzurro, poco più scuro del cielo. La brezza coronava la superficie di piccole onde crestate, e una delle galee di Habbakuk-Lal aveva ritirato i remi e si avvicinava al porto spinta da una grande vela latina. Gli uccelli marini la seguivano, planando e volteggiando intorno alla poppa.

In alto, sopra il lago, si ammassavano le nubi di mezzogiorno in grandi nembi ribollenti. Prima del tramonto sarebbe piovuto, pensò Huy: sentiva il temporale nell'aria, nel tocco degli indumenti sulla pelle e nell'arricciarsi della barba.

Trattenne il respiro e lasciò che la musica morisse sotto le sue dita quando due figure svoltarono nel vicolo e si avvicinarono al portone. Erano avvolte nelle tuniche marrone con cappuccio che le sacerdotesse di Astarte usavano portare quando uscivano dal tempio. Ma gli indumenti voluminosi non servivano a nascondere il passo svelto e il portamento giovanile della figura più alta, né la vecchiaia e gli acciacchi di quella curva che la seguiva claudicando. La voce della vecchia chiamò, ansante ed esasperata.

« Rallenta, mia signora! Ti prego. » Huy sorrise. Uno schiavo aprì la porta e mentre le due donne attraversavano il cortile, Huy trasse una nota imperiosa dallo strumento e Tanith si fermò. La vecchia, che non aveva udito, entrò in casa borbottando, mentre Tanith guardava Huy affacciato dal tetto a terrazza.

Huy cominciò a cantare, e la giovane donna si scostò il cappuccio dal viso e se lo lasciò cadere sulle spalle. Scosse la testa per sciogliere i capelli, e lo guardò con un'espressione estatica e solenne negli occhi verdi. Huy cantò quanto aveva composto nel deserto, il canto di Tanith scritto nel libro d'oro, e quando lasciò cadere in quel giorno luminoso l'ultima nota dolcissima, le guance di Tanith erano arrossate e le labbra le tremavano.

Huy scese la scala e si fermò accanto a lei ma senza toccarla.

« Tu sei la mia anima », le disse gentilmente, e Tanith barcollò leggermente verso di lui, come se fosse attratta da una forza irrefrenabile.

« Mio signore, non posso fidarmi a stare con te dove altri occhi possono vederci. Temo che persino un cieco si accorgerebbe del mio amore. Devi essere forte anche per me. »

Huy le toccò il gomito e la guidò verso la casa. Mentre entravano nella sala principale, Tanith vacillò leggermente e per un momento si appoggiò a lui.

« Oh, non resisto più », disse, e la voce di Huy rispose con un tremito.

« Tra poco, amor mio, tra poco. »

La vecchia sacerdotessa era già seduta sui cuscini e mangiucchiava una focaccia dolce con le gengive sdentate. Lasciava cadere briciole e saliva sulla veste e si lamentava di dolori e malanni.

Huy le passò alle spalle e prese la ciotola con il vino drogato. Sicuro della sordità della vecchia, chiese a Tanith: « È forte? »

« Forte più di tanti uomini. » Tanith sorrise. « Anche se non è disposta ad ammetterlo. »

« Non si lamenta di fitte al petto o del fiato corto? »

« Mai. » Tanith era incuriosita. « Perché lo domandi? »

« Ho messo qualche goccia stellata nel suo vino », spiegò Huy. « Ma non voglio che il suo sonno sia eterno. »

Il sorriso di Tanith balenò illuminando i profondi occhi verdi e i denti candidi. « Oh, santo padre, come sei astuto. » Batté le mani in un gesto infantile che non mancava mai di commuovere Huy.

« Quante gocce? » chiese Tanith.

« Quattro », ammise Huy.

« Forse qualcuna in più non le farebbe male », disse Tanith. « Non ti vedo da molte settimane. Abbiamo molte cose da discutere. »

Durante quel dialogo la vecchia sacerdotessa aveva continuato ad annuire e a fare smorfie come se comprendesse ogni parola. Huy la studiò per un momento, ma accantonò la tentazione.

« No », disse. « Quattro sono sufficienti. » Si portò di fronte alla sacerdotessa. La faccia grinzosa e scimmiesca si schiuse in un gran sorriso, poi le mani ossute e segnate dalle macchie dell'età e dalle vene gonfie e bluastre si tesero verso la ciotola.

« Hai un cuore generoso, santo padre », disse la vecchia.

Le sedettero di fronte e parlarono tra loro continuando a osservarla con ansia. La vecchia prolungava il piacere centellinando il vino e rigirando in bocca ogni sorso prima di trangugiarlo e di schioccare le labbra.

« Da quando ci siamo separati, ho pensato molto a ciò che è accaduto tra noi », ammise Huy senza guardare Tanith.

« Io non ho pensato ad altro. »

« Sono un uomo votato al servizio degli dèi, e mi ha molto turbato aver peccato contro di loro », continuò Huy.

« Non può essere peccato qualcosa che dona tanto piacere e tanta felicità. »

« Ho chiesto agli dèi una prova, un giudizio sui miei peccati. » Huy non l'aveva ancora guardata; ma Tanith lo fissò decisa e parlò con voce fremente.

« Non avrai corso qualche rischio folle, per caso? »

« È stato un giudizio equo... gli dèi non sono stati defraudati. » Huy voleva che Tanith comprendesse: e lei comprendeva anche troppo bene.

« Ti proibisco questi stupidi gesti virili. Rabbrividisco al pensiero della follia che avrai commesso in quei territori selvaggi. » Tanith era sdegnata.

« Era necessario. Gli dèi devono avere la possibilità di esprimere la loro collera. »

« Potrebbero esprimerla altrettanto facilmente scagliando un fulmine o facendo cadere un albero. Non voglio che tu li sfidi ad annientarti. »

« Tanith, ti prego, ascoltami... »

« Mi rendo conto, mio signore, che in futuro avrai bisogno d'una vigilanza più attenta. Voglio un amante, non un eroe. »

« Ma, Tanith, la risposta degli dèi è stata favorevole. Non capisci? Non dobbiamo più sentirci in colpa. »

« Io non mi sono mai sentita in colpa. Ma, santo padre, la collera degli dèi impallidirà in confronto alla mia se oserai ancora rischiare inutilmente la vita. »

Huy si voltò verso di lei e scosse la testa con simulato rammarico.

« Oh, Tanith, cosa farei senza di te? » E l'espressione severa della profetessa si raddolcì.

« Mio signore, questo problema non si porrà mai. » In quel momento la ciotola vuota scivolò dalle dita della sacerdotessa e rotolò in un angolo. I cerchi divennero sempre più stretti fino a che si fermò senza far rumore, e la sacerdotessa russò soddisfatta e s'inclinò in avanti. Huy la sostenne, l'adagiò sui cuscini perché stesse comoda e le rassettò la veste. La vecchia sorrideva, farfugliava e sibilava nel sonno.

Huy si raddrizzò. Tanith gli stava vicina. Si abbracciarono, lentamente. Le labbra di Tanith erano fresche e sicure, i capelli soffici sfioravano le guance di Huy, il suo corpo si offriva audacemente.

« Tanith, oh Tanith, ci sono tante cose che voglio dirti. »

« Mio signore, la tua voce è la più bella che abbia mai udito, la tua saggezza e il tuo spirito sono celebrati in tutti i quattro regni... ma ti prego, ora non parliamo. »

Tanith si svincolò dolcemente dall'abbraccio, lo prese per mano e lo condusse fuori dalla stanza.

Durante i mesi successivi, l'accompagnatrice di Tanith prese gusto al vino di Huy. Nelle feste del tempio criticava la qualità di quello che veniva offerto dalla reverenda madre e lo paragonava all'altro: e concludeva sempre con qualche frase d'elogio per il santo padre.

« Un uomo così caro », diceva agli ascoltatori. « Non è come gli altri. Vi ho mai parlato di Rastafa Ben-Amon, che era il santo padre sotto il regno del quarantaquattresimo Granleone quand'ero novizia? Ah, quello! » Gli occhi si velavano un po' e un filo di saliva le colava dalle labbra.

« Beveva! » esclamava la sacerdotessa in tono di virtù oltraggiata. « E litigava! E faceva certe altre cose... » Poi annuiva, con fare saputo. « Un uomo tremendo, tremendo! » e sorrideva nostalgicamente al ricordo.

Dal tubo di cuoio con le giunture sigillate dalla pece, i fievoli soffi d'aria giungevano come gli ultimi respiri di un dinosauro morente. L'aria pura, fatta circolare dai grandi mantici in superficie, aveva perso gran parte della sua forza alla profondità di settanta piedi.

Timon si appoggiò alla roccia bagnata e premette la faccia contro l'apertura del tubo per aspirare il filo d'aria nell'atmosfera solforosa e nel caldo infernale della camera sotterranea. Era magro e ogni costola spiccava sotto la pelle nera, ogni muscolo era nettamente delineato. La testa sembrava un teschio, con gli zigomi sporgenti e le orbite incassate dove ardevano ancora i fuochi dello spirito indomabile.

Tutto il grasso superfluo era stato bruciato dalla fatica incessante e dal caldo. Il sudore che sgorgava dai pori metteva in risalto le cicatrici sul dorso, sulle gambe, sulla cassa toracica e sulla schiena... cicatrici rimarginate da tempo in rilievi e solchi, cicatrici recenti e rosee, cicatrici ancora coperte di croste e sgocciolanti pus. Le catene gli pendevano intorno al collo, ai polsi e alle caviglie; avevano formato grossi calli circolari, i segni della schiavitù che avrebbe portato fino alla tomba.

Aspirò l'aria, ansimando. Sotto la pelle, le costole si dilatavano e si restringevano. Intorno a lui vorticava il fumo che affievoliva la luce delle lampade. Il caldo faceva tremolare l'aria, e la parete rocciosa era ancora arroventata sebbene le fiamme si fossero consumate riducendosi a un alto strato di cenere.

Da cinque giorni tentavano di sfondare uno strato di dura roccia serpentina verde che nascondeva il filone aurifero. Sedici uomini erano morti nel tentativo, soffocati dal vapore e dal fumo o abbattuti dalle schegge di pietra esplosa, o semplicemente erano stati soffocati dal calore ed erano crollati sul pavimento scottante e la carne s'era incollata alla roccia calda e s'era staccata dalle ossa lasciando incrostazioni di masse fetide.

Nel pozzo venne calato un otre d'acqua, appeso a una corda di giunchi. Era stato ricavato da un'intera pelle di bue cucita con cura e impermeabilizzata con la pece; conteneva una grande quantità di liquido, un miscuglio di vino inacidito e acqua.

Timon immerse il mantello di pelle nell'acqua tiepida e lurida del trogolo di legno e poi, uno alla volta, alzò i piedi e li bagnò, intridendo i gambali di cuoio che portava sopra i sandali. Le suole erano rinforzate con cinque strati di cuoio per resistere al calore del pavimento. Si buttò il mantello sulle spalle, si legò la pezza di lino sulla bocca e sul naso, trasse un'ultima boccata d'aria dal tubo e la trattenne nei polmoni. Poi si chinò sotto l'otre ancora appeso e lo issò sulle spalle. Alzò il braccio e sciolse il nodo che lo bloccava. Quindi, chino sotto il carico, si avviò barcollando per la galleria.

Quando si avvicinò alla parete, le suole bagnate dei sandali cominciarono a sfrigolare e a puzzare. Sentiva il calore attraverso il cuoio spesso. Il caldo emanato dalle pareti di roccia lo martellava come una forza fisica contro la quale doveva lottare per procedere.

Non c'era molto tempo per lavorare. I suoi polmoni tormentati scoppiavano, ma non osava aspirare una boccata di quell'aria satura di fumo. Il caldo gli scottava la pelle scoperta delle braccia e del volto, i piedi bruciavano via via che la roccia scaldava la protezione delle suole.

Appoggiò l'otre contro la parete, e gemette per il dolore quando toccò involontariamente la roccia con il gomito, e un tratto di pelle si staccò lasciando una piaga aperta.

Calò l'otre sul pavimento, girò su se stesso e tornò indietro correndo tra i fumi, con le catene che tintinnavano sotto il mantello. Era quello il momento in cui spesso gli uomini morivano: quando la roccia rovente divorava troppo in fretta l'otre, tanto da non permettere a chi l'aveva portato di mettersi in salvo fuori dall'area del pericolo.

Poco dopo, l'otre scoppiò e un'ondata di liquido bagnò la roccia caldissima provocando quella contrazione improvvisa che spaccò la superficie con un'esplosione. Una scheggia acuminata colpì Timon all'occipite come un colpo di rasoio di sbieco che sfiorò l'osso del cranio. Barcollò. Sapeva che cadere sul pavimento bruciante avrebbe significato una morte orribile. Rimase in piedi mentre i sensi minacciavano di abbandonarlo: raggiunse il trogolo e immerse la testa nell'acqua lurida. Poi, mentre l'acqua e il sangue gli grondavano sulla schiena, afferrò con entrambe le mani il tubo dell'aria e aspirò. Incominciò a tossire e a sussultare per i conati di vomito; gli occhi erano accecati dalle lacrime di sofferenza.

Passarono lunghi minuti prima che riprendesse un po' le forze, e raggiunse barcollando la scala che portava al livello superiore. Mentre saliva, venne calato un altro otre, e Timon si strinse contro la parete del pozzo per lasciarlo passare. Si arrampicò per cinquanta piedi nell'oscurità e si issò in una bassa caverna illuminata fiocamente.

L'intendente degli schiavi lo vide prostrato sul ciglio del pozzo.

« Perché hai lasciato il tuo posto? » E il *kiboko*, la lunga frusta di pelle d'ippopotamo, si avvinghiò perversamente intorno alle costole di Timon che trasalì per il dolore.

« La testa », ansimò. « Una ferita. » L'intendente si avvicinò, si chinò a esaminare il taglio che lasciava sgorgare ancora un po' di sangue scuro e grugnì, spazientito.

« Allora riposa. » Si rivolse verso una fila di dieci schiavi accosciati. Erano tutti incorreggibili e portavano le stesse pesanti catene di Timon, e anche i loro corpi erano sfregiati e scarni. L'intendente ne scelse uno, pungolandolo con l'estremità appuntita della frusta.

« Tu. Vai, presto. » Lo schiavo si alzò e si avviò all'imboccatura del pozzo. Si muoveva lentamente perché l'umidità della miniera era un tormento per le ossa. Si fermò e guardò impaurito i fumi che salivano dal basso.

« Muoviti! » ringhiò l'intendente e il *kiboko* sibilò e lo percosse. Lo schiavo scese la scaletta.

Timon si trascinò fino a una panca contro la parete, sedette con i gomiti sulle ginocchia e la faccia tra le mani. Il fumo gli faceva dolere ancora i polmoni e la ferita al cuoio capelluto bruciava. Nessuno degli altri schiavi lo guardava. Erano tutti sprofondati nei loro inferni e tacevano, indifferenti. Accanto a Timon un uomo cominciò a tossire con un suono monotono e ostinato e un po' di saliva insanguinata gli inumidì le labbra e luccicò nel chiarore della lampada. Stava morendo della malattia che decimava i minatori. La polvere della roccia sgretolata gli aveva riempito i polmoni, s'era solidificata come un cemento e aveva trasformato in pietra i tessuti polmonari. Nessuno si muoveva, nessuno parlava.

Il più giovane degli intendenti camminava irrequieto avanti e indietro. Era un uomo barbuto dalla carnagione olivastra, in parte di sangue yuye, molto probabilmente un liberto. Portava una tunica di lino con una corazza leggera, ma in grado di deviare la punta d'un pugnale, e un elmo di ferro che proteggeva il cranio dagli urti contro la volta scabra della galleria. Portava alla cintura una corta spada e una clava irta di borchie di ferro. Era alto e duro, con braccia e gambe muscolose: un uomo crudele, scelto per lavorare con gli incorreggibili proprio per la sua brutalità. Erano sempre due. L'altro era più anziano, con qualche spruzzo di grigio nella barba e la faccia pallida e malaticcia. Ma aveva le spalle ampie, ed era pericoloso e crudele quanto il collega più giovane, e inoltre era dotato di maggiore esperienza. Dall'alto furono calati cinque otri e per cinque volte un fitto getto di vapore salì vorticando dall'imboccatura buia del pozzo via via che venivano usati per raffreddare la roccia surriscaldata.

« Basta! » gridò sporgendosi il più giovane degli intendenti, e lo schiavo risalì dal pozzo e si lasciò cadere sull'orlo, squassato dalla tosse e dai conati di vomito. Era sporco di cenere e di sudore. Rigettò un po' di bile gialla.

« Portatelo via », ordinò l'intendente, e due schiavi si fecero avanti e lo trascinarono fino alla panca.

Gli occhi dell'intendente più giovane scrutarono la fila, e gli uomini si irrigidirono. Ognuno di loro si augurava che la scelta non cadesse su di lui.

« Tu. » La punta acuminata della frusta affondò contro le costole di Timon. « Non hai finito il tuo turno. »

Non esisteva diritto di appello e protestare era una follia. Timon l'aveva scoperto molto tempo prima. Si alzò e si avviò verso il pozzo. Si preparò alla discesa, ma indugiò troppo, e la sferza di pelle d'ippopotamo impresse un lampo incandescente di sofferenza sotto l'ascella.

Tutto incominciò da un riflesso istintivo al dolore. Timon alzò le braccia per ripararsi, e le catene rotearono. In un orgasmo improvviso di collera e di tormento, le fece volteggiare nel momento in cui l'intendente stava per sferrare un altro colpo. La catena si avviluppò intorno all'avambraccio dell'uomo e l'osso si spezzò con un suono secco.

L'intendente indietreggiò con un grido, mentre il braccio fratturato gli ricadeva lungo il fianco. L'altro, dietro di lui, sguainò la spada, estraendola dal fodero con un suono stridente. Era nella galleria, a cinquanta passi di distanza.

Adesso erano in due, perché l'intendente più giovane cercava di impugnare, brancolando, la spada con la sinistra. Ma sotto il torpore della condizione di schiavo e il vuoto della mente ridotta a livello animalesco, ardeva una scintilla. Timon rammentò l'addestramento ricevuto da Huy Ben-Amon: quando hai a che fare con due nemici... separali e attacca per primo il più debole.

Roteando la catena, Timon si avventò sull'intendente più giovane, e lo fece crollare nel fango. Poi lo scavalcò con un balzo e parò il colpo di spada dell'altro intendente con il cerchio di ferro che gli stringeva il polso. L'urto gli intorpidì la spalla e il braccio: ma si avventò evitando dal di sotto un nuovo affondo, ed emergendo tanto a ridosso dell'uomo da avvolgergli la catena intorno alla gola: tirò con forza e la tenne stretta.

L'intendente lasciò cadere la spada e artigliò disperatamente le mani di Timon e gli anelli di ferro che lo strangolavano.

Timon si accorse di ringhiare come un cane mentre strattonava la catena e l'attorceva per stringerla ancora di più. All'improvviso le mani dell'intendente ricaddero, la lingua fuoriuscì tra le labbra gonfie e inerti, e nell'aria si diffuse l'odore acre delle feci mentre lo sfintere si allentava. Timon lo lasciò cadere sul pavimento e raccolse la spada dal fango.

Si girò verso l'intendente più giovane, che si era sollevato sulle ginocchia, ancora stordito. Aveva perso l'elmo e si stringeva contro il petto il braccio fratturato.

Timon gli si accostò e con la spada gli spaccò il cranio. L'intendente stramazzò bocconi nel fango.

Timon arretrò e si voltò a guardare la galleria. Dal primo colpo all'ultimo erano trascorsi appena dieci secondi, e nessuno se n'era accorto.

Timon guardò la spada che stringeva in pugno, con la lama sporca di fango e di sangue, e sentì allontanarsi l'avvilimento abbietto della schiavitù. Sentì la scintilla erompere in una fiamma, e si sentì ridiventare uomo.

Guardò gli altri schiavi seduti sulla panca. Nessuno si era mosso. I loro occhi erano spenti, privi di curiosità. Non erano uomini. Timon provò un fremito nel guardarli. Aveva bisogno di uomini. Uomini veri.

Uno c'era, e si chiamava Zama. Era un giovane dell'età di Timon, uno schiavo ancora selvaggio catturato oltre il fiume, che portava le catene da meno di un anno. Timon lo fissò, vide i suoi occhi brillare, vide che alzava il mento e contraeva i muscoli della mascella.

« Un martello! » ordinò Timon. « Porta un martello! » Zama si scosse. Gli era necessario uno sforzo di volontà per rompere l'abitudine alla schiavitù.

« Presto! » disse Timon. « Abbiamo poco tempo. »

Zama raccolse una delle asce da minatore e si avvicinò alla panca.

Timon sentì il proprio cuore esultare. Aveva trovato un uomo. Tese i polsi continuando a stringere la spada insanguinata. « Toglimi le catene », disse.

Lannon Hycanus era compiaciuto ma cercava di nasconderlo. Stava accanto alla finestra e guardava il porto dove cinque galee erano attraccate al molo. Rigirò una ciocca della barba ricciuta intorno all'indice e sorrise tra sé.

Nella stanza dietro di lui Rib-Addi stava leggendo con voce dignitosa e precisa mentre si passava le dita nella barba grigia.

« In questo giorno sono giunte a Opet dalle praterie del sud cinquantotto grosse zanne d'avorio per un peso totale di sessantanove talenti. »

Lannon si voltò, celando la soddisfazione con una smorfia.

« Hai assistito alla pesatura? » chiese.

« Come sempre, mio signore », gli assicurò Rib-Addi, e i suoi scribi alzarono la testa, videro l'espressione del Granleone che si raddolciva, sorrisero e annuirono per ingraziarselo.

« Ah », mormorò Lannon, e si girò di nuovo verso la finestra mentre Rib-Addi riprendeva la lettura. La voce era monotona, e Lannon si accorse che la sua attenzione divagava anche se tendeva inconsciamente l'orecchio per captare un'eventuale nota falsa nella voce dell'amministratore. Rib-Addi aveva l'abitudine di alzare un po' il tono quando arrivava a una parte della contabilità che poteva irritare il re: un incasso inferiore, una previsione non raggiunta. E allora Lannon scattava. Ciò aveva convinto Rib-Addi che il Granleone fosse un genio della finanza e che fosse impossibile nascondergli qualcosa.

La mente di Lannon si distrasse fra pensieri oziosi, come se rivoltasse le pietre per scoprire cosa vi si nascondeva. Pensò a Huy e una brezza fredda turbò la superficie della sua soddisfazione. C'era un'incrinatura nella loro amicizia. Huy era cambiato nei suoi confronti, e Lannon ne cercava la ragione. Escludeva che fosse una conseguenza della lunga separazione. Era qualcosa d'altro. Huy era reticente, misterioso. Passava raramente le notti alla reggia a bere e scherzare e giocare a dadi con lui. Spesso, quando Lannon lo mandava a chiamare la notte, anziché veder giungere Huy con lo strumento appeso alla spalla e una ballata nuova da cantare, vedeva lo schiavo che tornava a riferire che Huy era sofferente, o dormiva o scriveva.

Lannon aggrottò la fronte e in quel momento captò il cambiamento rivelatore nella voce di Rib-Addi. Si voltò di scatto.

« Che cosa? » ruggì, e gli scribi impallidirono tutti per la paura e chinarono la testa sui rotoli.

« Mio signore, c'è stata una grossa frana all'estremità sud della miniera », balbettò Rib-Addi. Non si stupiva più che in una massa di cifre Lannon riuscisse a individuare la diminuzione del dieci per cento in una delle dozzine delle miniere di stagno del regno di mezzo.

« Chi è il sovrintendente? » chiese Lannon, e ordinò di sostituirlo.

« È una trascuratezza che non tollero », disse Lannon. « La produzione ne risente, si perdono schiavi preziosi. Preferirei che si spendesse di più in legname per puntellare le gallerie. Alla lunga, viene a costare meno. »

Rib-Addi dettò l'ordine agli scribi, e Lannon si girò di nuovo verso la finestra e riprese a pensare a Huy. Ricordava il tempo in cui la presenza di Huy era stata il sale che aveva reso più gradevole ogni trionfo, e più facili da superare le delusioni e i disastri. Quando c'era Huy, accadevano tante cose positive.

In un raro momento di sincerità verso se stesso, Lannon si rese conto che Huy Ben-Amon era l'unico essere umano che poteva considerare suo amico.

La sua posizione l'aveva isolato da tutti gli altri. Non poteva avvicinarli per cercare quel calore e quel conforto di cui ha bisogno persino un re. Le sue mogli e i suoi figli lo temevano: erano inquieti e a disagio in sua presenza e quando si allontanavano tradivano un evidente sollievo.

In tutto il suo regno c'era una sola persona con quel miscuglio di coraggio, onestà e disprezzo per le conseguenze che permetteva di vivere alla presenza del re senza tremare.

« Ho bisogno di lui », pensò Lannon. « Ho bisogno di lui molto più di quanto lui abbia bisogno di me. Tutti lo amano, ma è l'unico che mi ama veramente. » E fece una smorfia ricordando quando Huy l'aveva sfidato, ed era stato lui, Lannon Hycanus, il quarantasettesimo Granleone di Opet, quello che più aveva sofferto nel periodo in cui erano stati lontani.

« Non lo lascerò più andare », promise a se stesso. « Non gli permetterò di allontanarsi così da me. » In tutta sincerità, si rendeva conto di essere geloso del sacerdote. « Annienterò tutto ciò che si metterà fra noi due. Ho bisogno di lui. »

Pensò all'ultimo viaggio di Huy Ben-Amon. Era davvero indispensabile che il sommo sacerdote dovesse fare quattrocento miglia, portando con sé due coorti della sua legione, la sacerdotessa e l'oracolo di Opet, per consacrare un piccolo santuario della dea in una guarnigione sperduta nel regno settentrionale? Era più probabile che Huy lasciasse Opet per qualche sua ragione misteriosa; e perciò Lannon era irritato e si sentiva solo. Huy sapeva che Lannon aveva progettato una festa per il suo compleanno.

Un suono di passi frettolosi interruppe i pensieri di Lannon. Si staccò dalla finestra mentre entravano tre dei suoi alti ufficiali. C'era un centurione con il mantello impolverato e la corazza opaca. La polvere gli copriva la barba, i sandali e gli schinieri. Aveva compiuto senza dubbio un lungo viaggio.

« Mio signore, ti porto pessime notizie. »

« Cos'è accaduto? »

« Una rivolta di schiavi. »

« Dove? »

« A Hulya. »

« Quanti? »

« Moltissimi. Non sappiamo con certezza. Quest'uomo », disse l'ufficiale indicando il centurione, « vi ha assistito. »

Lannon si rivolse al centurione. « Parla! » ordinò.

« Ero in servizio di pattuglia, mio signore. Cinquanta uomini, su al nord. Abbiamo visto il fumo, ma quando siamo tornati alla miniera era tutto finito. Avevano aperto le fortificazioni e massacrato la guarnigione. » Tacque. Ricordava i morti, alcuni vittime di amputazioni, altri sventrati. « Se ne sono andati tutti, tranne i malati e gli zoppi; quelli li hanno abbandonati. »

« Quanti? »

« Circa duecento. »

« Cosa ne avete fatto? »

« Li abbiamo passati a fil di spada. »

« Bene! » Lannon annuì. « Continua. »

« Abbiamo seguito la massa principale degli schiavi. Erano più di cinquemila quando hanno lasciato Hulya e si dirigevano verso nord. »

« Verso nord », ringhiò Lannon. « Verso il grande fiume, naturalmente. »

« Si spostano con molta lentezza, saccheggiano e incendiano. Abbiamo potuto seguirli perché il fumo e gli avvoltoi ci indicavano il loro percorso. La popolazione fugge davanti a loro e gli abbandona tutto. Divorano ogni cosa, sono come le locuste. »

« Quanti sono? Quanti? » chiese Lannon. « Dobbiamo saperlo. »

« Hanno aperto i recinti degli schiavi a Hulya e a Tuye e in una dozzina d'altre miniere... e tutti gli schiavi dei campi si sono uniti a loro », rispose il centurione.

Uno degli ufficiali si azzardò a intervenire: « Allora devono essere trentamila ».

« Come minimo », confermò il centurione.

« Trentamila, in nome di Baal! » mormorò Lannon. « Che moltitudine. » Poi cedette alla collera e parlò aspramente: « Che forze abbiamo per opporci alla loro marcia? Quante legioni sono mobilitate? »

« Ci sono due legioni a Zeng », disse un ufficiale.

« Non riusciremo a spostarle in tempo », obiettò Lannon.

« Una legione è qui a Opet. »

« Troppo lontano. »

« E altre due sono sulla riva meridionale del grande fiume. »

« Ma sono sparse in tutte le guarnigioni frammentate su trecento miglia. Tutte le altre sono state sciolte? » chiese Lannon. « Quanto tempo occorre per richiamarle? »

« Dieci giorni. »

« Troppo », scattò Lannon. « Dobbiamo domare la rivolta con forza spietata. La ribellione è una peste che si diffonde come un incendio tra i papiri secchi. Dobbiamo isolarla e schiacciarla. Ogni scintilla. Quali altre forze abbiamo? »

« C'è il santo padre », mormorò uno degli ufficiali con aria diffidente, e Lannon lo fissò. Aveva dimenticato Huy. « È a Sinal, direttamente sulla linea di marcia degli schiavi verso il nord. »

« Huy! » bisbigliò Lannon, e tacque mentre gli ufficiali incominciavano una discussione animata.

« Ha con sé due sole coorti, milleduecento uomini. Non può tener testa a un esercito di trentamila. »

« Non è un esercito: è un'orda di schiavi. »

« Ma sono pur sempre trentamila. »

« Non potremo inviargli rinforzi per tempo. »

« Sarebbe una pazzia tentare in simili condizioni e, mio signor, Ben-Amon non è uno sciocco. »

« Le riserve più vicine sono a Sett, sul fiume. »

« Ben-Amon non combatterà », dichiarò un ufficiale e tutti guardarono Lannon in attesa della sua opinione.

Lannon sorrise: « Pensate ciò che volete. Ben-Amon combatterà. Nel momento e nel luogo scelto da lui, ma combatterà ». Il sorriso sparì. « Fra quattro ore partirò con tutte le truppe disponibili per appoggiare Ben-Amon. Comunicate l'ordine di mobilitazione a tutte le legioni disciolte, e mandate corrieri a Zeng. »

« Ci sarà una battaglia? » chiese Tanith. Gli occhi verdi brillavano d'emozione, le labbra erano socchiuse. « Voglio dire, una vera battaglia come quelle dei tuoi canti? »

Huy borbottò senza alzare la testa dalla stuoia dove stava scrivendo gli ordini per il comandante della guarnigione di Sett.

« Richiama tutte le truppe del tuo settore e tienile entro le mura. Inviami un inventario delle vostre armi, inclusi giavellotti e frecce. Di quanti elefanti disponi? Ordina alle galee di pattuglia sul fiume di gettare l'ancora sotto le tue mura e di attendere le mie decisioni. Informami del livello del fiume. Quali guadi sono transitabili?

« Ti raggiungerò entro sei giorni per prendere il comando. Intendo impedire ai nemici di passare il fiume a... »

Tanith si alzò dal giaciglio e attraversò la tenda. Si avvicinò a Huy e gli accarezzò l'orecchio con un dito.

« Mio signore? »

« Ti prego, Tanith. È importante e urgente. »

« Non più urgente di una risposta alla mia domanda... ci sarà una battaglia? »

« Sì », rispose seccamente Huy. « Ci sarà. »

« Oh, bene! » Tanith batté le mani. « Non ho mai assistito a una battaglia vera. »

« E non vi assisterai adesso! » rispose Huy mentre riprendeva a scrivere. « Domattina partirai con un elefante da guerra e una scorta di cinquanta uomini. Tornerai a Opet e vi resterai fino a che questo problema non sarà risolto. »

Tanith tornò al giaciglio, si sdraiò con la gonna della tunica rialzata fino alle cosce. Fissò la schiena nuda di Huy e strinse le labbra in una smorfia ostinata.

« Forse, santo padre », mormorò con voce impercettibile, « questo è il *tuo* piano. »

Rimase sveglia e ascoltò le voci di Huy e degli ufficiali che preparavano la campagna. La sua tenda era molto vicina a quella del sommo sacerdote e lo spazio buio che le divideva poteva essere attraversato senza che le sentinelle se ne avvedessero. Huy aveva organizzato quel viaggio a Sinal come un convegno amoroso, che doveva permettere loro di sottrarsi alle restrizioni di Opet.

Di fronte a Tanith la vecchia sacerdotessa Aina borbottava nel sonno. Tanith raccattò un sandalo e glielo lanciò. Aina ruttò e tacque.

Tanith era troppo eccitata dagli eventi in cui si trovava coinvolta per riuscire a dormire. Un esercito di schiavi selvaggi avanzava verso di loro, forte di decine di migliaia di uomini, e si lasciava dietro una scia di stupri, di massacri e d'incendi.

Per tutto il giorno altri profughi erano arrivati al campo; e ognuno aveva raccontato nuovi episodi di orrore e di morte. A quella banda di barbari si opponevano Huy Ben-Amon e la sua schiera di eroi, inferiori numericamente per venti a uno. Era una situazione da leggenda, e Tanith non voleva perderne un momento. Per lei l'esito era sicuro, nelle ballate l'eroe trionfava sempre. Era il favorito degli dèi e quindi invincibile. Era un peccato, però, che il favorito degli dèi, secondo il solito modello maschile, fosse così noioso; ma Tanith aveva fatto i suoi progetti.

Mezzanotte era passata da molto quando Tanith sentì gli ufficiali congedarsi da Huy e uscire per tornare alle loro tende. Si sollevò a sedere e cercò di piangere. Ci riusciva sempre: le bastava pensare a un cagnolino che aveva avuto da bimba, e che era stato sbranato da un leopardo. Ma quella notte il sistema non funzionò: dovette strofinarsi gli occhi con le nocche delle dita.

Huy era disteso sul giaciglio, con la lampada abbassata e gli angoli della tenda immersi nel buio. Si sollevò su un gomito quando Tanith entrò; ma prima che potesse parlare, lei si gettò al suo fianco e gli cinse il collo con le braccia. Era scossa da brividi violenti.

« Cosa c'è, cuor mio? » chiese allarmato Huy.

« Oh, mio signore, un sogno. Un sogno di malaugurio. » Huy sentì un soffio diaccio sulla nuca. In quei due anni aveva scoperto che Tanith possedeva davvero il dono della preveggenza. Riusciva a descrivere scene che appartenevano al futuro, da piccoli episodi fino a cose importanti. Se Huy la istruiva sulla linea che dovevano assumere le sue profezie, lo faceva solo per le consultazioni più prosaiche; e adesso nutriva un profondo rispetto per le sue facoltà. E Tanith lo sapeva bene mentre mormorava: « Camminavo nella notte, mio signore, in un campo illuminato solo dalle pire funebri ». Huy rabbrividì, raggelato. La notte, i roghi funebri... erano davvero presagi nefasti.

« Piangevo, mio signore. Non so perché, ma sentivo di aver perduto qualcosa di molto importante. C'era stata una battaglia. Il campo era costellato di armi e scudi spezzati. Ho trovato lo stendardo della VI legione, l'Avvoltoio-del-Sole, infranto e abbandonato nella polvere. » Huy si sentì tremare. L'Uccello-del-Sole abbattuto! Non era soltanto il simbolo della legione, ma anche il suo totem personale.

« Poi la dea Astarte mi è apparsa. Anche lei piangeva, lacrime argentee che le scorrevano sul volto bianco. Era bellissima e triste. Mi ha parlato per rimproverarmi. 'Dovevi restare con lui, Tanith. Ciò non sarebbe accaduto se fossi rimasta con lui.' »

Huy provò una fitta di dubbio, più forte della reverenza superstiziosa. Posò le mani sulle spalle di Tanith e la scostò per studiarle il viso. Aveva gli occhi arrossati e le guance rigate di lacrime: ma i sospetti non lo abbandonarono. Gli sembrava un po' troppo calzante, e aveva imparato che quando Tanith voleva qualcosa non desisteva facilmente.

« Tanith », disse in tono severo, « sai che è molto grave mentire sui messaggi degli dèi. »

Tanith annuì. « Oh, sì, mio signore. »

« Quale veggente, hai un dovere sacro », insistette Huy, e Tanith si asciugò le guance e ricordò che Huy s'era servito di quel sacro dovere per gestire la vita politica ed economica della nazione e assicurarsi un profitto personale. E Tanith non poteva negarsi la soddisfazione maliziosa di ripagarlo con la stessa moneta.

« Lo so bene, santo padre. » Huy la fissò, ma non riuscì a trovare l'evidenza di una menzogna. Incapace di sostenere ancora lo sguardo di quegli occhi scuri, Tanith gli nascose di nuovo il viso contro il collo e attese senza parlare. Il silenzio si protrasse a lungo, poi Huy si riconobbe sconfitto.

« Sta bene », borbottò. « Ti terrò con me, se è ciò che vuole la dea. » E Tanith si strinse a lui e sorrise trionfante con le labbra nascoste contro la barba ricciuta di Huy Ben-Amon.

Per cinque giorni Huy sondò e pungolò la massa mobile che fluiva verso il fiume come un'immensa medusa nera. E ripiegava sempre, si ritirava precedendola, manteneva compatte e sotto controllo le sue limitate forze e se ne serviva con razionalità e decisione.

Il quarto giorno si ricongiunse con la guarnigione a Sett. Mago, il vecchio comandante, si mise ai suoi ordini con milleottocento tra arcieri e fanti, dodici elefanti da guerra, due galee con cento remi ciascuna e un considerevole arsenale.

Huy s'incontrò con lui nel caldo meridiano su una collinetta, a una dozzina di miglia a sud del fiume, e lo prese in disparte perché gli ufficiali non potessero ascoltarli.

« Sono onorato di servire ai tuoi comandi, santo padre. Dicono che c'è sempre gloria per chi segue lo stendardo dell'Avvoltoio-del-Sole. »

« Ci sarà gloria per tutti, te lo assicuro », rispose Huy, e indicò al di là dell'ampia radura. « Eccoli là. »

L'esercito degli schiavi si muoveva come un'enorme colonna di formiche devastatrici, e una nuvola pallida di polvere s'innalzava sopra gli alberi.

« Che idea ti viene in mente, capitano? » chiese Huy, e Mago studiò quell'esercito lontano.

« Da qui, mio signore, sembra un esercito in marcia come tutti gli altri », mormorò in tono dubbioso.

« E non ti sembra strano? Non è un esercito, Mago, è un'orda di schiavi fuggiaschi. Eppure si muove come un esercito vero. »

Mago annuì. Aveva compreso. « Sì, sì! Sono organizzati, e lo si vede. È vero: non me lo sarei mai aspettato. »

« C'è di più », disse Huy. « Vedrai la dimostrazione fra un momento, perché ho preparato qualcosa. Ritengo sia giusto mettere molto pepe nella dieta di quegli schiavi. Fra un momento attaccheremo le loro salmerie, e tu capirai che cosa intendo. »

Rimasero in silenzio per qualche istante e guardarono i nemici che avanzavano lentamente verso di loro.

Poi Huy chiese: « Com'è il livello del fiume? »

« È molto basso, mio signore. »

« Il guado è transitabile? » insistette Huy. « Quanto è profondo? »

« Si può attraversare a piedi. Dov'è più alta, l'acqua arriva al collo, ma scorre veloce. Ho fatto tagliare le funi-guida. »

Huy annuì. « Si dirigono verso il guado di Sett. Ne ho avuto la certezza da quando hanno scelto di passare dal valico di Lulule. » Poi tacque ancora un momento. « È là che li annienterò », continuò con fermezza; Mago gli lanciò un'occhiata. « Annientare » sembrava una parola strana per un generale che disponeva di tremila uomini e che aveva di fronte un esercito di trentamila.

« Mio signore! » gridò uno degli ufficiali di Huy. « Sta cominciando l'attacco! » Huy si affrettò a raggiungere il gruppo.

« Ah! » esclamò soddisfatto. « Bakmor ha scelto bene il momento. »

I cinquecento uomini della fanteria pesante di Bakmor lasciarono i loro nascondigli e si avventarono contro il fianco della colonna. Il favorito di Huy aveva individuato un punto debole nello schieramento protettivo dei negri armati di lancia. I guerrieri con le scuri si aprirono il passaggio fino alle salmerie e i guidatori dei carri trainati dai buoi balzarono a terra e fuggirono, le donne gettarono via le ceste di grano che portavano sulla testa e li seguirono urlando in preda al panico.

Gli attaccanti uccisero tutti i buoi e ammucchiarono le ceste di cereali. Il fuoco trasportato nei piccoli bracieri di coccio fu attizzato, e dopo pochi minuti le scorte di viveri degli schiavi cominciarono a bruciare.

« Guarda! » Huy indicò a Mago la reazione degli schiavi. Dalla testa e dalla coda della colonna, formazioni armate di lancia tornavano rispettivamente indietro e avanti nella classica manovra di accerchiamento. I movimenti non erano eseguiti con la precisione di una legione ben addestrata, erano lenti e goffi e quasi parodistici: ma erano riconoscibili.

« Straordinario! » esclamò Mago. « È un militare che li comanda, o almeno qualcuno che ha letto i trattati militari. Il tuo ufficiale dovrà essere molto guardingo. »

« Bakmor sa cosa deve fare », assicurò Huy. In quel momento i guerrieri armati di scure si schierarono nella formazione a testuggine, e avanzarono al trotto fra i nemici, battendo con un margine di qualche minuto la manovra di accerchiamento. Dietro di loro il convoglio delle salmerie bruciava lanciando pennacchi di fumo nero sopra le chiome degli alberi.

« Bene! Bene! » Huy sorrise di sollievo e si batté la mano sulla coscia. « Benfatto! Adesso vedremo se il comandante degli schiavi è un grande quartiermastro così com'è un grande tattico. Stanotte nel campo nemico ci saranno molte pance vuote. » Huy prese Mago per il braccio e lo condusse via. « Una coppa di vino », suggerì. « Osservare e attendere fa venire sete quasi come maneggiare la scure. »

Mago sorrise. « A proposito, santo padre, ho qualche anfora che non sarà sgradita neppure a un palato fino come il tuo. Vuoi cenare con me questa sera? »

« Sarà un grande piacere », gli assicurò Huy.

Il vino era gradevole, e dopo il pasto Huy e Tanith cantarono insieme per gli invitati. Era una capricciosa composizione pornografica di Huy, un duetto d'amore tra Baal e Astarte. Tanith cantava la parte della dea con voce dolce e pura, e abbassava pudicamente gli occhi nei punti più scabrosi che facevano scoppiare i presenti in grandi risate. Huy ignorò le richieste di bis, posò lo strumento e divenne serio. Parlò della battaglia imminente e avvertì Mago e i suoi ufficiali di non sottovalutare il nemico.

« Ho rischiato di pagare a caro prezzo questo errore », disse. « Ero tentato di sondare il centro per scoprirne la forza e ho scoperto che era molle come la pasta del pane. Ho pensato a una rotta rapida, alla possibilità di ottenere la vittoria d'un sol colpo. Con il crollo del loro centro, sarei passato in mezzo e li avrei fatti a pezzi. » Huy tacque per un momento e fece il segno del sole. « Baal sia lodato: un momento prima di dare l'ordine per un attacco frontale sono stato messo in guardia da un'ispirazione divina. » Tutti assunsero espressioni doverosamente pie e solenni, e alcuni fecero il segno del sole mentre Huy proseguiva. « Ho guardato i fianchi del nemico che ovviamente si estendevano oltre i miei e ho visto che erano ben saldi, e che vi erano appostate le truppe migliori. All'improvviso ho ricordato Canne e il modo in cui Annibale aveva sconfitto il console romano. » Huy s'interruppe bruscamente. Una luce di comprensione gli balenò negli occhi.

« Canne! Annibale! » Ora gli tornò in mente la cassetta d'argilla, con i pezzi che ricostruivano la battaglia di Canne. Ricordava la sua voce che dava spiegazioni e una faccia nera e assorta... « Timon! » bisbigliò. « È Timon! Non può essere che lui. »

Tutto intorno stava il suo esercito, un immenso agglomerato di esseri umani affamati, spaventati e irrequieti nella notte. I fuochi sbocciavano come fiori sulla riva meridionale del grande fiume, e il cielo notturno brillava di riflessi color arancio. I fuochi servivano soltanto per riscaldare, perché non c'erano viveri. Non c'era cibo ormai da due giorni, da quando gli avevano incendiato le salmerie.

Timon si aggirava in silenzio e vedeva che tutti stavano rannicchiati intorno ai fuochi. La fame li infreddoliva, bisbigliavano e gemevano, in un suono collettivo che sembrava il sibilo di uno sciame d'api selvatiche.

Li odiava. Erano schiavi ed erano deboli. Uno solo su cinquanta era un uomo, uno solo su cento era un guerriero. Aveva sognato di stringere nella mano quella lancia, e si era accorto di avere a disposizione un fuscello marcio. Erano lenti e goffi nel reagire alle sortite fulminee dei nemici. Non bastavano cinquanta per tener testa a uno dei magnifici guerrieri suoi avversari. Avrebbe voluto avere a disposizione gli uomini della sua tribù, per insegnare loro ciò che aveva imparato, comunicare il suo scopo, i suoi sogni, le previsioni e le ricompense.

Si fermò sulla riva del fiume e guardò al di là delle acque nere. I riflessi delle stelle danzavano sulla superficie, e nel punto meno profondo del guado c'erano gorghi e mulinelli, come se un mostro immerso stesse nuotando.

A metà del fiume, a una distanza di trecento passi dalla riva, c'era un'isoletta. Le acque della piena l'avrebbero coperta: era invasa da pezzi di legno gettati a riva e da grovigli di papiri. Era la prima tappa del guado. Lì avrebbe ancorato le funi di corteccia ritorta che i suoi uomini stavano intrecciando. Avrebbe fatto piazzare le funi all'alba, e avrebbe tentato di compiere la traversata in un giorno solo. Sapeva che avrebbe subìto gravi perdite. Erano indeboliti dalla fame, dalle ferite e dalla stanchezza; le corde di corteccia erano poco affidabili, la corrente era veloce e traditrice e il nemico era svelto e implacabile.

Timon proseguì verso valle passando fra le sentinelle e si soffermò a esaminare gli enormi rotoli di corda che giacevano sulla riva. Finalmente raggiunse il perimetro del suo campo.

Ancora più a valle c'era la guarnigione di Sett, a mille passi di distanza... un miglio romano, così come ora Timon usava calcolare. C'erano torce accese sulle mura, e si vedevano le sentinelle che montavano la guardia in quella luce.

Sul fiume, ancorate in un tratto profondo e tranquillo, stavano le galee della pattuglia fluviale. Con i remi alzati e le vele ammainate sembravano grossi sauri, e Timon le guardava inquieto. Non aveva mai visto in azione le navi da guerra e non sapeva cosa aspettarsi. Quando Ben-Amon aveva parlato delle grandi battaglie navali dei romani e dei greci e dei cartaginesi, non gli aveva prestato molta attenzione; e ora se ne rammaricava. Avrebbe voluto essere in grado di valutare la minaccia che quelle strane imbarcazioni costituivano per la traversata.

Il suono delle voci gli giungeva fioco dall'altra sponda; e sebbene non riconoscesse le parole, le modulazioni della lingua punica fomentavano il suo odio, lo sentiva salire dal ventre.

Avrebbe voluto avventarsi contro di loro e sterminarli. Voleva distruggere ogni traccia e persino il ricordo di quei grotteschi individui dalla pelle chiara, con le loro arti, la loro forza, gli strani dèi e le crudeltà più mostruose.

E mentre, ritto nell'oscurità, guardava la fortezza lontana e ascoltava le voci nella notte, ripensò al corpo della sua donna trascinata sul terreno accidentato, ricordò gli schiavi che gemevano nei recinti di Hulya, il loro odore, lo schiocco e il bacio della frusta, il peso immane delle catene, il caldo bruciante della roccia, le voci degli intendenti, e le mille altre cose impresse a fuoco nella sua mente. Si massaggiò i calli che le catene gli avevano lasciato intorno al polso e guardò i suoi nemici, e dal profondo dell'anima salì traboccando l'odio che minacciava di travolgere la sua ragione come la lava rovente di un vulcano in eruzione.

Smaniava per portare il suo esercito sull'altra sponda e scagliarlo contro i nemici. Voleva annientarli, distruggere ogni loro traccia.

Si accorse con stupore che stava tremando, scosso dalla violenza dell'odio, e si dominò con un immenso sforzo di volontà. Il sudore gli grondava sul viso e sul petto nel fresco della notte... l'acre sudore dell'odio.

« Non è ancora il mio momento », pensò. « Ma verrà. »

Qualcuno gli venne accanto nell'oscurità. Si voltò.

« Zama? » chiese. Il suo luogotenente rispose a voce bassa. « L'alba è prossima. »

« Sì. » Timon annuì. « È tempo d'incominciare. »

Con attenzione affettuosa Tanith gli intrecciò la barba, gliel'attorse sotto il mento perché non s'impigliasse nella corazza e non offrisse un appiglio a un nemico disperato.

Mentre lavorava pronunciava parole tenere, le parole di una donna senza figli che gli parlava come se fosse il suo bimbo. Huy restava in silenzio sul giaciglio a godersi il tocco delicato delle mani, le parole amorose e il tono della voce: tutto contrastava violentemente con ciò che quel giorno avrebbe portato e, quando Tanith si alzò e andò a prendergli la pesante corazza, Huy provò un acuto senso di perdita.

Tanith l'aiutò ad armarsi, s'inginocchiò per legare gli schinieri, poi gli assestò le pieghe del mantello e, sebbene gli sorridesse, Huy sentiva la paura nella sua voce.

La baciò, impacciato, premendola contro la corazza di ferro. Lei ebbe un piccolo movimento di protesta e cercò di indietreggiare, poi si arrese all'abbraccio e si strinse a lui ignorando la sensazione di fastidio doloroso.

« Oh, Huy », mormorò. « Mio signore, amor mio. »

La vecchia sacerdotessa scostò la tenda di canne, entrò, e li vide avvinghiati e dimentichi del resto del mondo. Aina li guardò con i vecchi occhi lacrimosi, poi schiuse la bocca in un sogghigno sdentato, si ritirò senza far rumore e lasciò ricadere la tenda.

Tanith si sciolse finalmente dall'abbraccio, andò a prendere la scure degli avvoltoi appoggiata accanto al giaciglio di Huy, e tolse la custodia di pelle morbida che copriva la lama. Si avvicinò a Huy, si portò la scure alle labbra e la baciò.

« Non tradirlo! » bisbigliò all'arma, e la porse a Huy.

Nell'oscurità che precede l'alba, un gruppo di ufficiali stava sui bastioni del forte a guardare verso monte, dov'era accampata l'armata degli schiavi. Erano tutti armati, e consumavano il pasto mattutino. Accolsero Huy e Tanith con rumoroso ottimismo, e Tanith li ascoltò mentre discutevano di ciò che sarebbe accaduto. Le era difficile comprendere come potessero affrontare la possibilità d'incontrare la morte con l'entusiasmo dei bambini che si preparano a una marachella.

Si sentiva esclusa da quel misterioso cameratismo maschile, ed era sorpresa dal cambiamento che s'era operato in Huy. Il suo poeta gentile, lo studioso solenne, l'amante timido era agitato come tutti gli altri. Lei riconosceva i segni dell'eccitazione nei gesti frementi della mano, nelle chiazze di rossore sulle guance e nella risatina acuta con cui accoglieva i commenti spiritosi di Bakmor.

« È il gran giorno. Basta con l'attesa », dichiarò Huy mentre guardava verso monte. Sul fiume gravava una nebbia fitta e il fumo di diecimila fuochi oscurava il campo. Cominciò a camminare irrequieto avanti e indietro. « Maledetta nebbia! Non riesco a vedere se hanno ancora teso le funi attraverso il guado. »

« Devo ordinare a una delle galee di risalire il fiume per accertarsene? » chiese Mago.

« No. » Huy fece un gesto di rifiuto. « Lo sapremo abbastanza presto, e per ora non voglio attirare l'attenzione sulle galee. » Andò al parapetto dov'erano disposti cibi e bevande.

Riempì una ciotola di vino caldo addolcito con miele e l'alzò in un brindisi. « Che il filo delle vostre spade possa tingersi di sangue! »

Huy cantò il saluto a Baal mentre il sole sorgeva sull'orizzonte rosso e fumoso e poi, a testa nuda, richiamò l'attenzione degli dèi sul fatto che quel giorno intendeva combattere una battaglia. In termini energici ma rispettosi fece osservare che, sebbene gli uomini al suo comando fossero i migliori, le probabilità non erano molto favorevoli e avrebbe avuto bisogno di un aiuto per vincere. Contava sulla loro cooperazione. Poi fece il segno del sole e si rivolse al suo stato maggiore.

« Sta bene: conoscete le vostre posizioni e i vostri compiti. » Mentre gli altri si disperdevano, Huy prese in disparte Bakmor. « Hai un uomo che possa restare a fianco della sacerdotessa? »

Bakmor chiamò con un cenno un anziano fante che si trovava a pochi passi, e quello si avvicinò.

« Conosci i tuoi doveri? » chiese Huy, e il soldato annuì.

« Resterò con la sacerdotessa per tutto il giorno. »

« E non la perderai mai di vista », raccomandò Huy.

« Se il nemico dovesse vincere, e se sembrasse che lei stesse per cadere prigioniera, io... »

« Bene », l'interruppe Huy con voce burbera. « Se necessario, colpisci con prontezza. »

Huy non trovò il coraggio di guardare Tanith. Si allontanò e scese dove una piccola barca l'attendeva per portarlo alla più grande delle due galee.

Huy salì sul castelletto e attese. Il sole era ormai alto, e la nebbia s'era dispersa. La galea era trattenuta da un'ancora a prua ed era rivolta verso la corrente. I rematori stavano seduti sui banchi, con gli scudi e le armi ai piedi, i remi pronti a immergersi.

L'esercito degli schiavi era impegnato nell'attraversamento. Venti funi erano state tese dalla riva sud all'isola, e adesso stavano tendendone altre dall'isola alla riva nord.

Il guado era congestionato da una massa enorme di umani. Aggrappati alle corde di corteccia, procedevano di continuo verso l'isola. Si scorgevano solo le teste, lunghe file di punti neri intorno ai quali spumeggiava l'acqua. Erano già quindici o ventimila impegnati nell'attraversamento, e il loro numero aumentava di continuo via via che l'orda sulla riva sud scendeva l'argine e si afferrava alle funi.

Tutto procedeva come aveva previsto Huy. La folla sulla riva meridionale si sarebbe ridotta a un numero abbastanza modesto perché gli impazienti guerrieri di Bakmor potessero affrontarla. Huy sorrise, pensando a Bakmor che doveva smaniare per quell'indugio. Avrebbe dovuto attendere ancora, pensò mentre guardava i primi schiavi che uscivano dall'acqua verde e si affollavano sull'isola, con la pelle nera e bagnata luccicante nel sole mattutino.

Il sollievo con cui gli schiavi raggiungevano l'isola era prematuro, pensò Huy. C'era ancora lo stretto canale settentrionale fra loro e la salvezza. Cominciarono a lasciare l'isola mentre dietro di loro le funi di corteccia si piegavano sotto il peso dei corpi umani e l'isola cominciava a brulicare di nere figure nude. Era uno spettacolo impressionante: una moltitudine sgranata attraverso il fiume e una massa ancora fitta sulla sponda meridionale.

Se il comandante era Timon, avrebbe avuto il buon senso di tenere alla retroguardia gli uomini migliori... Huy scrutò i negri che attendevano il turno per passare, e gli sembrò che fossero più robusti e meglio armati di quelli che li avevano preceduti. Doveva lasciare che il numero si riducesse ancora di più, prima di lanciare contro di loro il piccolo contingente di Bakmor.

Rivolse di nuovo l'attenzione al guado. Dall'isola, le file delle teste avanzavano piano piano verso la riva opposta. Adesso capiva di dover compiere una scelta difficile. Se avesse ritardato ancora l'attacco, molti schiavi sarebbero riusciti a fuggire nelle fitte foreste del nord, sottraendosi per sempre alla sua portata. Ma se avesse attaccato prima che fuggissero, avrebbe impegnato Bakmor in una battaglia contro un avversario numericamente molto più forte. Era una scelta delicata, e Huy rifletté con cura. Prese una decisione quando improvvisamente pensò al giorno successivo in cui avrebbe presentato il suo rapporto al re.

« Non ne è scampato uno, mio signore. » E quasi gli sembrava di sentire la risposta: « Non ne dubitavo, mio Avvoltoio-del-Sole ».

Huy si rivolse al capitano della galea che gli stava al fianco. « Fai issare lo stendardo », disse a voce bassa, e subito l'ordine venne gridato agli uomini sul ponte di prua. L'aureo stendardo da battaglia salì sull'albero maestro.

Dai banchi dei rematori si levarono grida d'acclamazione, e

Huy vide il segnale ripetersi a bordo dell'altra galea ancorata poco lontana.

A prua un marinaio brandì la scure e tranciò la gomena dell'ancora. Le galee spiegarono le grandi ali di remi che affondarono e si sollevarono, grondanti d'acqua e scintillanti di riflessi aurei e argentei nella luce del sole. Sotto i piedi di Huy, la nave si avventò contro corrente, così veloce da farlo barcollare. Le galee procedettero in formazione battendo le grandi ali e sfrecciarono verso monte su rotte divergenti che le avrebbero portate sui due canali del fiume.

« Punta verso il centro della loro linea », ordinò Huy al capitano, e l'ordine fu gridato al timoniere.

Si avventarono verso le funi cariche, dove le teste degli uomini somigliavano a perle nere. Tra lo sciabordio dell'acqua e lo scricchiolio dei remi, Huy sentì le crescenti grida di terrore mentre gli uomini alzavano la testa verso la prua minacciosa che incombeva sopra di loro.

Si accostò alla frisata e guardò in basso. Vide le facce levate verso di lui, gli occhi strabuzzati nelle facce scure. Represse un impulso di pietà perché quelli non erano uomini. Erano nemici.

Gli arcieri schierati a prua li stavano tempestando di frecce. Huy vide un dardo colpirne uno in faccia, vide l'uomo alzare le braccia e venir trascinato via dalla corrente.

La galea avanzò contro le funi cariche e rallentò un poco quando il peso frenò il suo slancio; poi le corde si spezzarono e la corrente travolse le file degli uomini, li trascinò nell'acqua alta sotto le mura della guarnigione, dove gli arcieri di Huy attendevano di coglierli come tanti frutti maturi.

Le galee avanzarono attraverso l'acqua bassa, strusciando le chiglie contro il fondo roccioso del guado, poi ritrovarono acque più profonde, e Huy corse a poppa e guardò indietro. Il fiume era pieno di uomini che urlando affogavano. Alcuni si aggrappavano ai rami degli alberi sporgenti, altri ai viscidi affioramenti di roccia o a pezzi di legno galleggianti o a masse di papiro. L'isola era nascosta completamente da una coltre di umani bagnati e tremanti, e altri ancora cercavano di raggiungerla, sguazzando e lottando nelle secche.

Erano così numerosi da rammentare a Huy una migrazione di insetti più che di esseri umani. Sembravano formiche, decine di migliaia di formiche. Si afferrò a quel pensiero mentre si faceva forza per impartire un nuovo ordine.

Il capitano della galea lo guardava con aria d'attesa, e i marinai che stavano a prua brandivano le condutture e stavano rivolti verso il castello aspettando il comando per direzionarle.

« Bene, capitano », disse Huy, e ricordò che erano formiche, non uomini. Subito il capitano gridò gli ordini, e la nave virò prestando il fianco alla corrente. Anche l'altra galea fece la stessa manovra: e dalle condutture della prua di entrambe le navi scaturirono i getti letali dell'arma segreta di Opet, « il fuoco di Baal ».

Irrorò la superficie del fiume e si sparse, e il sole disegnò arcobaleni colorati sul liquido galleggiante che esalava un lezzo acre e oleoso.

Poi, come per magia, esplose in fiamme. L'intera superficie del fiume divenne una massa solida di ruggente fiamma arancione che esalava ondate di fumo nero e fuligginoso. Il calore era così intenso che Huy si affrettò a indietreggiare quando sentì che gli strinava la barba.

« Nel nome sacro di Baal », mormorò mentre guardava il fuoco che dilagava maestoso sul fiume e lo riempiva da sponda e sponda, invadendo il cielo di nubi scure. Il fuoco fluì sull'isola affollata; e quando fu passato, i corpi carbonizzati giacevano in alti mucchi fumanti, mentre i frammenti di legno gettati a riva e i papiri secchi ardevano come pire funebri.

La muraglia di fuoco avanzò verso valle, superò le mura della fortezza, arse la vegetazione lungo le sponde e cancellò sul fiume ogni forma di vita. In dieci minuti erano periti in ventimila e i loro corpi venivano trascinati verso il mare o gettati sulle rive sabbiose e nei vortici del fiume.

Timon rimase ammutolito a guardare quello spettacolo di devastazione. Non riusciva a credere all'immane forza distruttrice che aveva appena vista all'opera, non riusciva a credere che più di metà del suo esercito fosse stata annientata così rapidamente. Gli era rimasta solo una piccola parte delle forze al suo comando.

Gli erano rimasti gli uomini migliori, ma sapeva che non valevano le coorti nemiche. Sebbene si rendesse conto che doveva dare le disposizioni per l'inevitabile attacco, sprecò qualche secondo a guardare con nostalgia al di là del fiume, a nord, dove si estendeva la sua terra. Adesso era tagliato fuori, forse per sempre.

Le galee erano a cento passi dalla riva, con le prue verso di lui, minacciose come due rettili colossali; e ora che le aveva viste in azione, ogni volta che le guardava, Timon sentiva sul collo il soffio gelido della paura.

Dietro di lui si levò il ruggito delle sfide e delle controsfide e il clangore degli scudi e delle armi. Si voltò. Era incominciato il secondo attacco, come aveva temuto: era piombato contro la sua retroguardia con la precisione e il tempismo che aveva previsto, nel momento esatto in cui i suoi uomini avevano le viscere agghiacciate dalla strage terribile.

Sentì il furore ingigantire e sollevarlo, accompagnato dall'odio. Furore e odio: le forze da cui dipendeva tutta la sua esistenza. Furore, perché era costretto a combattere con armi tanto fragili contro uomini come quelli. E mentre si muoveva per buttarsi nella mischia, ripeté un giuramento che aveva fatto cento volte a se stesso: « creerò un esercito della mia gente, un esercito capace di tener testa ai diavoli dalla pelle chiara ».

Timon si aprì un varco combattendo verso la retroguardia, tra la folla dei suoi uomini. L'attacco li costringeva ad arretrare e li bloccava sulla riva del fiume, obbligandoli ad ammassarsi al punto che non potevano manovrare né brandire le armi.

Era una sensazione d'incubo cercare di farsi strada in quel mare tempestoso di corpi neri. Timon mugghiò disperatamente gli ordini, tentando di farli avanzare per dispiegarsi verso l'esterno, ma la sua voce si perdeva nel fragore della battaglia e persino la sua forza immane era impotente in quella calca.

Sopra le teste dei suoi uomini scorgeva gli elmi e i pennacchi dei nemici che li accerchiavano. Le spade e le scuri si alzavano e si abbassavano con un ritmo solenne; e davanti a loro i suoi uomini gettavano le armi e fuggivano, cercando di passare tra la ressa dei compagni. La pressione cresceva, soffocando le file più arretrate, e le sospingeva sempre più verso il fiume.

Al di sopra delle teste degli attaccanti, altri guerrieri scagliavano una pioggia di frecce e di giavellotti contro il centro delle forze di Timon, così stipate che i morti non cadevano ma venivano sostenuti dai vivi che continuavano a combattere.

Le galee avanzarono verso la riva, e dai castelli gli arcieri cominciarono a tirare contro il fronte dell'armata di Timon. Il ciglio dell'argine cominciò a sgretolarsi sotto i piedi degli uomini disperati, i vivi e i morti scivolarono e caddero nelle acque turbinose.

Molto presto il colore del fiume mutò dal verde al bruno e poi allo scarlatto ardente del sangue.

« Un fiume di sangue, santo padre », commentò il capitano della galea. « L'avevo sentito cantare dai poeti, ma questa è la prima volta che lo vedo. »

Huy annuì senza rispondere. Si rendeva conto che la battaglia aveva raggiunto un punto d'equilibrio. La pressione che le coorti di Bakmor, nonostante il rinforzo di quelle di Mago, potevano esercitare sui nemici era insufficiente per farli arretrare ancora. Molto presto la pressione doveva allentarsi e l'armata degli schiavi sarebbe esplosa verso l'esterno, come la corda di un arco lasciata andare di colpo. Sarebbe bastato ancora un minimo di pressione per ricacciare tutti gli schiavi nel fiume: ma la pressione doveva essere esercitata nel volgere di pochi minuti.

Huy mormorò impaziente: « Suvvia, Bakmor! Sei accecato dal sangue? La furia della battaglia ha travolto la tua ragione? Ecco il tuo momento, ma ormai sta passando! » E Huy incominciò a camminare ansiosamente sul ponte. Per lui era chiaro ciò che si doveva fare, e lo sorprendeva che gli altri non lo capissero.

« Avanti, Bakmor, avanti! » bisbigliò, e poi sospirò di sollievo.

« Appena in tempo! »

Bakmor aveva caricato con gli elefanti i resti ammassati dell'esercito di Timon. Fra i barriti, i colossi avanzavano tra i corpi umani, li calpestavano, li sollevavano con le proboscidi e li scagliavano verso il cielo. Un urlo di terrore disperato si alzò da diecimila gole, e l'armata di Timon si trasmutò in acqua.

« Ora! » gridò Huy, e le galee sfrecciarono verso la riva. Si arenarono e, nello stesso momento, dai ponti balzarono a terra quattrocento uomini armati di scuri e guidati da Huy Ben-Amon.

I suoi uomini cercavano di stargli a fianco: nella sesta legione il posto d'onore in battaglia era accanto al sommo sacerdote. Ma la scure degli Avvoltoi fendeva la massa dei nemici così rapidamente che era difficile seguirla.

« Per Baal! » Falciarono una messe sanguinosa, e la terra sotto i loro piedi si trasformò in fango rosso, e il fiume si colorò di scarlatto.

In mezzo alla mischia, Huy riconobbe Timon. Lo sbalordimento fece rallentare per un attimo il suo braccio, e una lancia si avventò contro di lui e gli scalfì le costole. Huy uccise l'assalitore con un colpo quasi noncurante e si aprì un varco verso Timon. Non poteva procedere in fretta, e Timon continuava a ritirarsi verso la riva del fiume.

« Timon! » urlò disperato Huy, e i terribili occhi gialli si volsero verso di lui e lo fissarono. Erano gli occhi di un leopardo in trappola, crudeli e spietati.

« Ti sfido! » gridò Huy. « Battiti con me. »

Per risposta, Timon si erse in tutta la sua statura e scagliò la lancia contro di lui. Huy la schivò, e la punta rimbalzò sull'elmo e affondò nel collo di un guerriero che cadde con un gemito.

Timon si voltò. In tre passi raggiunse la riva del fiume. Si tuffò nelle acque rosse e si allontanò con bracciate poderose come gli aveva insegnato Huy.

Il sommo sacerdote arrivò sull'argine, si tolse l'elmo e la corazza, slacciò gli schinieri e si liberò dei sandali.

Nudo, a parte la cintura che sosteneva la scure, Huy guardò oltre il fiume. Timon era fuori dal tiro degli arcieri sulla riva, e aveva coperto metà della distanza che lo separava dall'isola nel tempo che Huy aveva impiegato per spogliarsi.

Huy si tuffò dalla riva, e batté il ventre sull'acqua. Cominciò a nuotare trascinandosi sui flutti insanguinati con le braccia lunghe e poderose, sollevando spruzzi con le gambe.

Sull'isola, Timon aveva trovato qualche arma: le lance dei morti che carbonizzati coprivano il terreno.

Huy toccò il fondo e salì verso la riva, e in quel momento Timon scagliò la prima lancia. Huy la deviò con un guizzo della scure, colpendo la punta con la grande lama a forma di farfalla e strappandola all'aria come fosse un insetto.

Timon scagliò di nuovo, e poi di nuovo... Ma Huy lo caricò, correndo sul suolo sassoso e sparso di cadaveri. La scure centrava nettamente ogni lancia e la faceva precipitare, innocua, tra le pietre.

Preso dalla disperazione, Timon si chinò e sollevò uno dei massi levigati dal fiume, grosso quanto la testa di un uomo. L'alzò con entrambe le mani e avanzò per scagliarlo. Il masso colpì di striscio la spalla di Huy e lo fece cadere mentre la scure gli scivolava dalle dita.

Timon si avventò, reso imprudente dalla rabbia e dall'odio. Huy si rialzò con un balzo e si avventò a sua volta come un giavellotto.

Centrò con la testa lo stomaco di Timon, appena al di sotto delle costole, strappandoli l'aria dai polmoni in un gemito di dolore. Timon si piegò su se stesso e cadde in ginocchio, stringendosi entrambe le mani contro il petto.

Huy si accostò e strinse la mano a pugno come usavano i gladiatori. Colpì Timon sotto l'orecchio e lo fece stramazzare privo di sensi sulle rocce.

« Non posso ucciderti, Timon. » La voce giungeva attraverso una nebbia grigia, da molto lontano. « Anche se meriti la morte più di quanto qualcuno l'abbia mai meritata. Hai tradito la mia fiducia. Hai levato la spada contro di me e il mio re... meriti di morire. »

La faccia di Huy divenne nitida. Timon si ritrovò steso a terra con le braccia allargate. Cercò di muoversi e scoprì d'essere legato. Strisce di cuoio, strettamente avvolte intorno alle dita, erano fissate a terra per mezzo di paletti e lo tenevano prigioniero. Girò la testa e vide che era sul lato settentrionale dell'isola, nascosto agli occhi di coloro che si trovavano sulla riva sud. Era solo con Huy.

Sulle rocce accanto a lui ardeva un piccolo fuoco di pezzi di legno portati a terra dal fiume. Huy l'aveva acceso con poche braci, e stava arroventando un'ampia punta di lancia con l'asta corta.

« Ho poco tempo. Presto i miei uomini verranno a cercarmi, e non potrò più far nulla », spiegò Huy in tono ragionevole. « Ho fatto un giuramento ai miei dèi e quindi non posso infliggerti la punizione che hai meritato. Tuttavia ho un dovere nei confronti del mio re e del mio popolo. Non posso permettere che tu brandisca ancora la spada contro di noi.

« I romani avevano una soluzione per questi casi e, sebbene io odii tutto ciò che è romano, devo usare i loro metodi. »

Si alzò e si chinò su Timon.

« Ho commesso un errore con te. Nessun uomo può addomesticare il leopardo selvatico. » Huy brandì con la destra la scure degli Avvoltoi. « Non sei mai stato Timon: sei sempre rimasto Manatassi. Sei diverso da me come il colore della mia pelle è diverso da quello della tua. Non c'è mai stato un legame tra noi. Era un'illusione perché, anche se le nostre bocche parlano la stessa lingua, le nostre orecchie odono i suoni in modo diverso.

« Il tuo destino è cercare di distruggere tutto ciò che mi è caro, tutto ciò che il mio popolo ha custodito e conservato. Il mio destino è proteggerlo, con il sangue della mia vita. » Huy s'interruppe e continuò con rammarico sincero: « Non posso ucciderti ma devo assicurarmi che tu non possa mai più brandire la spada ».

La scure degli Avvoltoi cantò e Timon gettò un urlo, quindi piagnucolò sommessamente mentre la mano destra mozzata tremava e sussultava come un animale morente sulla terra bruciata dell'isola.

Huy tolse dal fuoco la lama di lancia arroventata e cauterizzò i vasi sanguigni del moncherino in uno sbuffo sibilante di fumo fetido. Quindi tranciò i legacci che tenevano Timon.

« Va' », disse. « Ora devi affidarti al fiume. Presto i miei uomini verranno a battere l'isola. »

Timon si trascinò lungo la spiaggia, e quando arrivò all'acqua si voltò a guardare Huy. Il colossale corpo del negro era sfregiato e devastato, i suoi occhi erano terribili.

Si calò lentamente nell'acqua stringendo contro il petto il moncherino. La corrente l'afferrò, e la testa rimpicciolì in lontananza, fino a quando fu portata oltre l'ansa a valle del forte. Huy la seguì con lo sguardo; quindi si chinò, raccattò da terra la mano mozza, la buttò nel fuoco e la coprì con un mucchio di legna secca.

Bakmor aveva scavato le fosse per la cremazione lungo la riva del fiume e adesso seguiva Huy che passava tra le file dei guerrieri caduti, distesi sull'ultimo giaciglio di legna. Era la cerimonia dell'addio, e Huy si soffermò a guardare il vecchio Mago. Nella morte, il comandante della guarnigione aveva una dignità che gli era mancata in vita.

« Ora ti sembra dolce il sapore della gloria, Mago? » chiese sottovoce Huy, e gli sembrò che Mago sorridesse nel sonno.

Huy cantò le lodi di Baal, quindi accese con le sue mani i roghi funebri.

Tanith non era sulle mura ad accoglierlo, quando tornarono alla fortezza di Sett; ma Huy la trovò nella sua camera. Aveva pianto: era molto pallida e aveva gli occhi cerchiati.

« Ho temuto per te, mio signore. Il mio cuore bruciava, ma non ho pianto. Sono stata molto coraggiosa durante tutto quell'orrore. Solo quando mi hanno detto che eri sano e salvo, allora ho pianto. Non ti sembra sciocco? »

Huy la strinse a sé e chiese: « Era come lo cantano i poeti? Un evento glorioso ed eroico? »

« È stato orribile », mormorò Tanith. « Più orribile dell'incubo più atroce. È stato tremendo, mio signore, così disgustoso da farmi dubitare che al mondo esista ancora la bellezza. » Poi tacque, rivivendo quei momenti. « Voi poeti non parlate mai del sangue, dei feriti che urlano... e di tutto il resto. »

« No », ammise Huy. « Non lo facciamo mai. »

Quella notte Huy si svegliò e si accorse che Tanith gli era seduta accanto sul giaciglio. La lampada da notte ardeva fioca, e gli occhi di Tanith erano due laghi scuri.

« Cosa ti turba? » chiese Huy, e lei rimase in silenzio per qualche istante.

« Santo padre, tu sei così mite e buono. Come hai potuto fare ciò che hai fatto oggi? »

Huy rifletté un momento prima di rispondere.

« Era mio dovere », disse finalmente.

« Era tuo dovere massacrare quegli sventurati? » chiese incredula Tanith.

« La legge sancisce la morte per gli schiavi ribelli. »

« Allora la legge è ingiusta », dichiarò Tanith.

« No. » Huy scosse la testa. « La legge non è mai ingiusta. »

« Lo è! » Tanith stava per ricominciare a piangere.

« La legge è la sola cosa che ci salvi dal baratro, Tanith. Obbedisci alle leggi e agli dèi e non dovrai temere mai nulla. »

« Le leggi dovrebbero essere cambiate. »

« Ah! » Huy sorrise. « Allora cambiale: ma finché non saranno cambiate, rispettale. »

All'alba dell'indomani mattina Lannon Hycanus arrivò a Sett. Arrivò alla testa di due legioni in assetto di guerra e di cinquanta elefanti.

« Temo di essere stato troppo avido, mio signore », gli disse Huy nel salutarlo. « Non te ne ho lasciato neppure uno. » Lannon rise fragorosamente e l'abbracciò, e si rivolse allo stato maggiore continuando a tenergli una mano sulla spalla.

« Chi di voi aveva detto che Ben-Amon non avrebbe combattuto? »

Quella notte, quando era ancora sobrio, Huy cantò la ballata che aveva composto per commemorare la Battaglia del Fiume di Sangue, e Lannon pianse nell'ascoltarla, e al termine gridò ai suoi ufficiali:

« Tremila contro trentamila... dovremo vergognarci in eterno perché quel giorno non eravamo a Sett a combattere a fianco di Huy Ben-Amon. »

Si alzò. « Vi presento il nuovo comandante in capo di tutte le legioni di Opet: Huy Ben-Amon, il Portatore-della-Scure-degli-dèi. »

Poi il re e il sommo sacerdote si ubriacarono insieme.

Gondweni era uno dei 200 capi ausiliari dei vendi, e il suo territorio confinava con la terra accidentata della gola del Kal, la terra dei fuorilegge. Era grasso e ricco e poiché era anche prudente lasciava sempre piccole offerte di carne e di sale in un posto fra le colline, dove i fuorilegge venivano a ritirarle. E sempre perché era prudente, dava cibo e ospitalità ai viaggiatori solitari che si recavano alle colline o ne tornavano, e quando lasciavano la sua città si dimenticava completamente di loro.

Una notte uno sconosciuto alto e magro sedette al suo focolare, mangiò il suo cibo e bevve la sua birra. Gondweni intuiva la forza e la decisione dietro la faccia sfregiata e impassibile dai feroci occhi gialli. Provava una bizzarra affinità per quell'uomo e perciò parlò più di quanto fosse sua abitudine. Sebbene parlasse la lingua dei vendi, lo sconosciuto sembrava ignorare la politica e gli affari della tribù, e non sapeva neppure il nome del re supremo che aveva preso il posto di Manatassi quando questi era stato portato via dai diavoli bianchi venuti da oltre il fiume.

« Dei sei fratelli di Manatassi, cinque morirono in fretta e misteriosamente dopo aver bevuto una birra speciale preparata dal fratello di mezzo, Khani, che fu il solo che sopravvisse al banchetto. » Gondweni rise e ammiccò con aria saputa.

« Ora è il nostro re, il Grande-Toro-Nero, esattore dei tributi, Tuono-del-Cielo, grasso porco dei vendi con cinquecento mogli e cinquanta giovani favoriti. » Gondweni sputò nel fuoco, poi bevve la birra prima di passarla allo straniero. Quando l'altro la prese, Gondweni vide che era mutilato della mano destra e che reggeva il recipiente con il moncherino.

« E i consiglieri di Manatassi, i suoi capitani, i suoi fratelli di sangue? » chiese lo sconosciuto. « Dove sono? »

« Quasi tutti sono finiti in pasto agli avvoltoi. » Gondweni si passò un indice sotto la gola in un gesto espressivo.

« Quasi tutti? »

« Alcuni hanno seguito Khani e mangiato il suo sale... altri hanno spiegato le ali e sono volati via. » Gondweni additò le colline che spiccavano come i denti neri di un antico squalo contro il cielo notturno. « Alcuni sono i miei vicini, capi dei fuorilegge. Non pagano tributi a nessuno, e aspettano chissà cosa tra le colline. »

« Chi sono? »

« Zingala. »

« Zingala il fabbro? » chiese ansioso lo sconosciuto, e l'espressione di Gondweni cambiò. Fissò l'ospite con uno sguardo duro.

« Mi pare che tu sappia troppo », disse a voce bassa. « Forse è meglio dormire. » Si alzò e indicò una capanna. « C'è un giaciglio pronto per te e ti manderò una ragazza per tenerti compagnia. »

Il desiderio dello sconosciuto si abbatté come una tempesta sul corpo docile della ragazza, e Gondweni la sentì gridare di paura e di dolore. Rimase sveglio, turbato e irrequieto; ma all'alba, quando andò nella capanna dello sconosciuto, la ragazza giaceva in un sonno esausto e l'uomo se n'era andato.

Una gola profonda spaccava i monti, così profonda che il sentiero era buio e coperto di muschio sdrucciolevole. Una cascata argentea scendeva dai dirupi, e il vento ne portava gli spruzzi in una fine nebbiolina fredda, contro la faccia di Manatassi, mentre saliva verso la cima.

Si fermò a riposare in un tratto pianeggiante. Il moncherino doleva terribilmente nel freddo. Non badò alla sofferenza, respingendola al di sotto della superficie della mente conscia, e alzò lo sguardo verso le viscere buie della gola.

Lassù, sul ciglio dei dirupi, profilata contro il pallido azzurro del cielo meridiano, scorse la figura di un uomo. Stava immobile, e quell'immobilità era minacciosa.

Manatassi mangiò un po' di focaccia di miglio e bevve a un ruscello l'acqua fredda e limpida prima di riprendere a salire. Adesso c'erano altre figure. Apparivano in silenzio, inaspettatamente, nei punti più scoscesi o più facili da difendere, e lo osservavano.

Uno di loro salì su un macigno gigantesco alto quaranta piedi che quasi bloccava il passaggio. Era alto, muscoloso e armato. Manatassi lo riconobbe: era stato capitano di uno dei suoi reggimenti.

Manatassi si fermò ai piedi del macigno e lasciò cadere il mantello che gli copriva la testa, rivelando la faccia; ma l'uomo non lo riconobbe. Non poteva vedere il suo re in quella faccia devastata, che il dolore e l'odio avevano scavato e che era stata cambiata dalla frusta e dal bastone.

« Sono tanto cambiato? » si chiese amaramente Manatassi. « Nessuno mi riconoscerà più? »

Si fissarono per lunghi istanti, poi Manatassi parlò.

« Io cerco Zingala, il fabbro. »

Sapeva che se Zingala s'era unito ai fuorilegge, un artigiano tanto famoso doveva avere ancora parecchi clienti che lo cercavano. E sapeva che, solo e disarmato, gli sarebbe stato permesso di raggiungerlo.

La sentinella sul macigno girò leggermente la testa, indicò in silenzio la gola, e Manatassi proseguì.

C'era una stretta scalinata che saliva il dirupo di roccia nera a fianco della cascata; e quando Manatassi raggiunse la sommità trovò diversi uomini armati che l'attendevano in silenzio e che si affiancarono a lui mentre si avviava lungo l'unico sentiero, attraverso la fitta foresta che copriva la cresta della montagna.

Fu il fumo delle fornaci a guidare Manatassi. Finalmente arrivò in un anfiteatro naturale di rocce, una conca di cento passi di diametro, dove Zingala lavorava il ferro.

Il vecchio maestro era davanti a una delle sue fornaci, e vi metteva il minerale dopo aver scelto con cura ogni pezzo. I suoi apprendisti gli stavano intorno rispettosamente, pronti ad aggiungere strati di calcare e di carbone di legna.

Zingala si raddrizzò e si strinse la schiena indolenzita mentre guardava lo straniero e la scorta che scendevano nella conca. C'era qualcosa di familiare nel passo di quell'uomo, il portamento delle spalle, l'inclinazione della testa, e Zingala aggrottò la fronte. Lasciò ricadere le mani lungo i fianchi mentre i lineamenti del visitatore riaccendevano in lui il ricordo. L'altro gli si fermò davanti e lo guardò in faccia... con quegli occhi gialli, feroci e imperiosi. Zingala abbassò lo sguardo sui piedi dello straniero e vide la profonda fenditura tra l'alluce e le altre dita. Con un gemito, si prosternò. Prese uno dei piedi deformi di Manatassi e se lo posò sulla testa ingrigita.

« Comandami », gridò. « Comandami, Manatassi, Grande-belva-Nera, Tuono-dei-Cieli. »

Gli altri sentirono il nome e si prosternarono come se fossero stati colpiti dal fulmine.

« Comandaci, Toro-Nero di mille vacche. »

Manatassi guardò i fuorilegge prosternati intorno a lui e parlò con una voce che penetrò nel cuore di ognuno.

« Un solo comando vi impartisco... OBBEDITE! »

La fornace aveva la forma del ventre di una donna gravida, e l'entrata era una fenditura come una vagina tra le cosce allargate di argilla.

Per fecondare la fusione del minerale, Zingala introdusse nell'apertura il corno del mantice. Aveva la forma di un fallo, e l'opera veniva compiuta secondo una sequenza rituale mentre gli apprendisti cantavano il canto del parto e Zingala sudava e si affannava proprio come una levatrice nel grembiule di cuoio, e azionava il mantice.

Quando finalmente fu tolto il tappo d'argilla e il metallo fuso scorse in un rivolo incandescente negli stampi di sabbia, dai presenti si levò un mormorio di sollievo e di compiacimento.

Zingala si servì di un'incudine di pietra e d'una serie di magli speciali, e forgiò una zampa di leone, con cinque artigli di ferro massiccio e con i cuscinetti di metallo solido, poi la limò e la lucidò, tornò a scaldarla e la temprò nel sangue di leopardo e nel grasso d'ippopotamo.

Uno dei pellai più esperti costruì un manicotto di cuoio verde d'elefante e lo modellò in modo che si adattasse al moncherino del braccio destro di Manatassi. La zampa di leone fu fissata al manicotto, e quando Manatassi la mise dovette ammettere che era un arto impressionante.

Khani, sovrano supremo dei vendi e fratellastro di Manatassi, era in compagnia delle sue donne quando la zampa di ferro gli scoperchiò il cranio. La ragazza che stava sotto di lui urlò e svenne.

Sondala, il re dei butelezi, aveva molti sudditi, una moltitudine di bestiame, un po' di terra da pascolo e pochissima acqua per superare i periodi di siccità.

Era un uomo piccolo e solido, dallo sguardo nervoso e dal sorriso facile. Fra tutte le tribù lungo il grande fiume, la sua era stata l'ultima a giungere dal nord, e si trovava schiacciata tra la tribù dei vendi e i drav barbuti dalle vesti bianche e dalla pelle bruna. Era un uomo ridotto alla disperazione, pronto ad ascoltare qualunque proposta.

Seduto nella luce del fuoco, sorrideva e lanciava occhiate alla scarna, maestosa figura che gli stava di fronte... il re dalla faccia sfregiata, zampe d'uccello e mano d'acciaio.

« Tu hai dodici reggimenti, ognuno di duemila uomini », gli disse Manatassi. « E hai cinque moltitudini di fanciulle, ognuna di cinquemila. Secondo l'ultimo censimento hai centoventisettemila capi di bestiame tra buoi, vacche, tori e vitelli. »

Sondala sorrise e si agitò, sbalordito dalla precisione delle informazioni del re dei vendi.

« Dove troverai cibo ed erba e acqua per tutti? » chiese Manatassi, e Sondala sorrise e ascoltò.

« Io ti darò terre e pascoli. Ti darò una terra ricca di frutti e d'erba, dove il tuo popolo potrà marciare per dieci generazioni senza trovarne i limiti. »

« Che cosa vuoi da me? » mormorò alla fine Sondala, sorridendo e sbattendo le palpebre.

« Voglio i tuoi reggimenti al mio comando. Voglio la tua lancia nella mia mano. Voglio che il tuo scudo marci al mio fianco. »

« E se rifiuto? » chiese Sondala.

« Allora ti ucciderò », disse Manatassi. « E prenderò i tuoi reggimenti e le tue fanciulle e tutti i 127.000 capi di bestiame, eccettuati dieci tori che sacrificherò sulla tua tomba in segno di rispetto per il tuo spettro. » Poi Manatassi sogghignò, mettendo a nudo i denti bianchi nella faccia devastata in una smorfia tanto orribile che il sorriso di Sondala si gelò.

« Sono il tuo cane », disse Sondala con voce rauca, e s'inginocchiò davanti a Manatassi. « Comandami. »

« C'è un solo comando », disse Manatassi a voce bassa. « E il comando è... OBBEDITE! »

Durante il primo anno, Manatassi concluse trattati con i vingo, i satassa e i bey. Combatté gli xhota in un'unica, devastante battaglia, dove usò tattiche così rivoluzionarie e implacabili che il re degli xhota e le sue mogli e i principi e i cortigiani furono catturati venti minuti dopo l'inizio del combattimento. Anziché massacrare gli uomini e prendere le donne e il bestiame secondo l'usanza, Manatassi si accontentò di far strangolare il re e i familiari davanti ai reggimenti sconfitti ma illesi e ai rispettivi comandanti, e li costrinse a giurargli fedeltà. I reggimenti risposero con un grido tonante che parve scuotere le fronde degli alberi e far tremare le colline.

Nel secondo anno, dopo il termine della stagione delle piogge, Manatassi marciò verso ovest fino alla costa desertica dove infuriavano eternamente le onde verdi. Combatté quattro grandi battaglie, strangolò quattro re, concluse trattati con altri due, e aggiunse quasi centomila guerrieri ai suoi reggimenti.

Coloro che erano vicini alla grande belva nera sapevano che dormiva raramente. Sembrava animato da una forza ossessiva che gli negava il riposo e il piacere. Mangiava il cibo senza gustarlo, come uno che getti un ciocco sul fuoco solo per mantenerlo acceso. Non rideva mai e sorrideva solo quando un compito veniva eseguito in modo per lui soddisfacente. Usava le donne con una rapida brutalità che le lasciava tremanti e piangenti, e non stringeva amicizia con gli uomini.

Una sola volta i suoi luogotenenti lo videro mostrare un sentimento umano. Erano sulle alte dune gialle al confine occidentale della terra. Manatassi era in disparte, drappeggiato nel manto di pelli di leopardo, e la brezza fredda che soffiava dal mare faceva ondeggiare le penne d'airone azzurro della sua acconciatura.

All'improvviso uno dei capitani proruppe in un'esclamazione e indicò lontano, sulle acque verdi. Sulle creste argentee delle onde, come una nave spettrale apparsa tra la nebbia, volava una delle galee di Opet. Con l'unica vela gonfia e i remi che battevano ritmicamente, volava verso nord, nella lunga rotta per Cadice.

Un altro capitano esclamò, e tutti guardarono il re. La faccia era lucida e grondante di sudore, e digrignava i denti con un suono di pietra su pietra. Gli occhi erano accesi da una luce di follia mentre guardava passare la galea, e tutto il suo corpo fremeva e rabbrividiva per la violenza dell'odio.

Il capitano corse per aiutarlo, pensando che fosse stato colpito da una febbre improvvisa. Gli toccò il braccio.

« Nobilissimo », disse, e Manatassi si voltò di scatto verso di lui in uno slancio di pazzia e lo abbatté con la ferrea zampa leonina, strappandogli metà della faccia.

« Ecco », urlò indicando la galea che si allontanava. « Quello è il vostro nemico. Non dimenticatelo. »

Ogni giorno portava gioie segrete e avventure e felicità. Non sembrava che fossero passati cinque anni da quando Tanith e Huy erano diventati amanti, poiché il tempo era volato. Eppure era così, poiché stava per essere celebrata di nuovo la Festa della Terra Feconda.

Tanith rideva al ricordo di come aveva sedotto Huy, e si preparava a ripetere l'impresa durante la prossima festa. Aina, al suo fianco, mormorò una domanda, guardandola con aria interrogativa di sotto l'ombra del cappuccio.

« Perché ridi, bambina? »

« Rido perché sono felice, vecchia madre. »

« Oh, poter tornare giovane! Tu non sai cosa significa invecchiare. » Aina attaccò uno dei suoi monologhi, e Tanith la precedette tra la folla della zona del porto, fra le taverne e le ragazze da strada, fino alla scalinata che sporgeva dal molo di pietra. Scese agilmente e balzò sul ponte della piccola imbarcazione a vela ormeggiata a un grosso anello di ferro.

Huy uscì dalla minuscola cabina troppo tardi per aiutarla a salire a bordo. Era vestito dei panni rozzi da pescatore, con una sciarpa legata intorno alla testa.

« Sei in ritardo. »

« Ti punirò per la tua impertinenza, appena potrò farlo senza pericolo », rispose Tanith.

« Attendo con ansia quel momento. » Huy sorrise e aiutò la vecchia Aina a scavalcare la frisata mentre Tanith correva a sciogliere gli ormeggi.

Huy sedette a poppa con il remo timoniere stretto sotto il braccio, e Tanith gli stava vicina per quanto era possibile senza toccarla. S'era liberata del mantello e indossava una leggera tunica di cotone bordata di filo d'oro e con una cintura d'oro massiccio che Huy le aveva donato per il suo onomastico.

I capelli ondeggiavano dietro di lei come un fumo nero, e aveva le guance arrossate. Huy continuava a guardarla, e ogni volta lei ricambiava lo sguardo e rideva senza una ragione.

Il vento era favorevole, e mentre correvano verso le isole,

spruzzi di spuma cadevano sui loro volti: l'acqua era fredda nel sole caldo. Huy guidava il piccolo vascello lungo un canale quasi invisibile tra i canneti. Uscirono in una laguna tranquilla e riparata, con la superficie coperta dalle foglie verdescure delle ninfee e stellata dai fiori azzurri e dorati. Gli uccelli acquatici nuotavano e volavano serenamente in quella quiete.

Erano al riparo dal vento: Huy prese dal ponte una lunga pertica e, piazzandosi a poppa, spinse l'imbarcazione verso la spiaggia di abbagliante sabbia candida. Saltò nell'acqua che gli arrivava al ginocchio e tirò in secco l'imbarcazione.

Tra i levigati macigni neri, montò un riparo con una piccola vela, e aiutò Aina a raggiungerlo e a sedersi.

« Una ciotola di vino, vecchia madre? » propose premurosamente.

« Sei troppo gentile, santo padre. »

La lasciarono a russare pacificamente all'ombra e si avviarono tenendosi per mano lungo la spiaggia, oltre la curva della baia. Sotto le palme, Huy stese un mantello sulla sabbia pulita e compatta; si spogliarono e si stesero vicini e parlarono, risero e fecero l'amore.

Poi fecero il bagno insieme nell'acqua limpida e tiepida, e mentre stavano sdraiati nell'acqua bassa e le minuscole onde li accarezzavano pigramente, branchi di pesciolini argentei vennero a mordicchiare i loro corpi nudi. Tanith rise e scalciò nel sentirsi solleticare dalle piccole bocche sdentate.

Tornarono a sdraiarsi al sole e si asciugarono. Huy guardò Tanith. I capelli erano fradici e le cadevano in pesanti ciocche nere sulla schiena e sul seno. Il sole le aveva colorato di rosa le spalle, e minuscole gocce d'acqua le brillavano sulle ciglia. Tanith sostenne con orgoglio lo sguardo di Huy e si cinse i seni con le mani.

« Vedi qualcosa di diverso in me, santo padre? » chiese in tono provocante, e Huy sorrise e scosse la testa.

« Guarda meglio », lo invitò lei; e Huy ebbe l'impressione che i seni fossero più grossi e appuntiti, screziati di vene azzurre sotto la pelle candida.

« Sì? » chiese Tanith, e si passò le mani sul corpo, fino al ventre.

« E qui? » chiese. « Vedi qualcosa di diverso? » Sporse lo stomaco e rise.

« Stai ingrassando », disse Huy in tono di rimprovero, ridendo a sua volta. « Mangi troppo. »

Tanith scosse la testa. « Quel che ho qui dentro, santo padre, non è entrato dalla bocca. »

La risata si spense sulle labbra di Huy. La guardò sbalordito.

Huy era sdraiato nell'oscurità. Si sentiva ancora stordito. Gli sembrava impossibile che uno dei suoi semi, sparsi con tanta imprudenza, avesse messo radici. Le sacerdotesse di Astarte conoscevano le arti segrete per evitare quell'evenienza. Era un evento paragonabile a un terremoto o a una tempesta o a una sconfitta in battaglia. Avrebbe dovuto fare qualcosa, qualcosa di decisivo.

Huy pensò fuggevolmente alle vecchie megere che vivevano sul lungolago, e che erano specialiste nel porre rimedio a certi errori. Ma subito scacciò l'idea.

« No. » Parlò a voce alta, e ascoltò il suono del respiro di Tanith e si augurò di non averla svegliata. Incominciò a moderare i suoi piani: forse non era necessaria un'azione tanto radicale, forse avrebbe fatto in modo che venisse consacrato un altro santuario in una località lontana del regno: e là, lontana dagli occhi curiosi e dalle lingue pettegole, Tanith avrebbe potuto partorire il bambino. Sarebbe stato abbastanza semplice trovare una madre adottiva di fiducia. C'erano molti veterani della sua legione, uomini storpiati in battaglia, che adesso conducevano una vita semplice nelle sue tenute. Erano uomini disposti a mentire e a rubare per lui, uomini con mogli feconde dai seni grassi e pieni di latte, quanto bastava per nutrire un altro bimbo.

Avrebbero potuto recarsi là ogni volta che ne avessero avuto la possibilità, per stare con il figlio. Già immaginava la felicità e l'allegria, e il bambino che scalciava e ciangottava, paffuto nella luce del sole.

Huy tese furtivamente la mano sotto le coperte, la posò sul ventre nudo di Tanith e cominciò ad accarezzarlo.

« Non puoi sentire ancora nulla », mormorò Tanith, e si voltò ad abbracciarlo. Gli nascose il viso contro la barba e sussurrò: « Non ho fatto quelle cose che mi avevano insegnato le sacerdotesse. Ho sbagliato? Sei in collera con me, mio signore? »

« No », disse Huy. « Sono molto contento di te. »

« L'immaginavo », rise soddisfatta Tanith. Si strinse a lui e soggiunse, con voce assonnata. « Voglio dire, quando ti sarai abituato all'idea. »

Le grida e i colpi battuti al portone li svegliarono entrambi. Huy balzò dal letto e afferrò la scure degli avvoltoi prima di essere completamente sveglio. Quando la confusione iniziale si fu un po' placata e gli schiavi si furono assicurati che i visitatori notturni appartenevano alla guardia reale, Huy posò l'arma e accese un'altra lampada.

« Santo padre... » Uno degli schiavi bussò all'uscio della camera da letto.

« Cosa c'è? »

« Le guardie del re. Il Granleone non riesce a dormire. Ti comanda di prendere il tuo strumento musicale e di raggiungerlo. »

Huy sedette sull'orlo del letto e imprecò sottovoce passandosi le dita nella barba e nei riccioli, e cercò di scacciare il sonno dagli occhi.

« Mi hai sentito, santo padre? »

« Ti ho sentito », ringhiò Huy.

« Il Granleone ha detto di non accettare scuse, e attendere fino a quando ti fossi vestito per condurti alla reggia. »

Huy si alzò, prese la tunica, ma tese la mano quando vide Tanith che lo fissava. Gli occhi verdi erano immensi nella luce delle lampade, e con i capelli in disordine sembrava una bambina. Huy sollevò la coperta e s'infilò accanto a lei.

« Dite al re che mi fa male il dito, ho la gola infiammata e le corde dello strumento sono rotte... e io sono ubriaco », gridò, e prese Tanith fra le braccia.

Lo sceicco Hassan si sciacquò le dita nella ciotola d'argento e le asciugò con una pezzuola di seta.

« Cerca d'impressionarci con questa manifestazione di forza », mormorò Omar, il fratello minore. Hassan gli lanciò un'occhiata. Il fratello era famoso per la sua eleganza. La barba lavata, profumata e pettinata era lucidissima, le vesti erano della seta più fine, le babbucce e il panciotto erano carichi di ricami d'oro. Al dito portava un rubino grosso come l'unghia del pollice di un uomo. Aveva gli occhi velati dai fumi della pipa che gli stava accanto. Era elegante e pederasta, ma aveva una intelligenza notevole e una percezione intuitiva su cui Hassan faceva gran conto.

Erano seduti sotto il vecchio fico dai rami allargati che gettava un'ombra fitta. Il sambuco che li aveva portati all'incontro era tirato in secco sulla sabbia bianca dell'isola, e la vela era stata ripiegata; dal punto dove si trovavano potevano scorgere i canali, le secche e i vertici del grande fiume, fino alla riva nord.

C'era una quantità di ippopotami sui banchi di sabbia o semisommersi nell'acqua bassa, enormi sagome grigie come macigni fluviali su cui le egrette bianche si posavano con noncuranza.

Sulla riva nord una sottile fascia di vegetazione verdescura cresceva lungo il fiume, ma subito lasciava il posto alle nude colline brune. Lì il paesaggio aveva un aspetto desolato. Le colline erano brulle, e avevano creste arrotondate. La terra era visibile tra l'erba rada e gli alberi, uccisi dalla siccità, tendevano verso il cielo i rami spogli.

Ma sotto gli occhi degli sceicchi la scena cambiò. Sulle colline si sparse un'ombra scura, come se un nembo temporalesco avesse nascosto il sole.

« Sì », disse Omar. « Questo spettacolo ha lo scopo di indurci a dare ascolto alle sue parole. »

Hassan sputò nella polvere un fiotto di succo rosso, e si asciugò la barba con il drappo di seta mentre guardava le colline nude che prendevano vita e l'ombra che si allargava. Non aveva mai visto una simile massa di esseri umani. I reggimenti e gli squadroni avanzavano in file ordinate fino a coprire le alture. Hassan era nervoso; ma il suo viso aveva un'espressione calma, gli occhi erano solenni, e solo le lunghe dita brune che giocherellavano inquiete con il manico gemmato del pugnale tradivano il suo disagio. Non s'era aspettato una cosa simile. Era venuto lì pensando di discutere di commercio e di confini con il nuovo imperatore nero venuto dalla terra misteriosa e poco nota al di là del fiume. Invece, si trovava di fronte a uno degli eserciti più numerosi che il mondo avesse mai visto. E si chiedeva se lo stesso Alessandro il Grande aveva avuto ai suoi ordini una simile moltitudine.

Omar aspirò il fumo della pipa e lo espirò in un filo sottile dalle narici.

« Cerca di impressionarci », ripeté, e la risposta di Hassan fu brusca.

« Se questa è la sua intenzione, c'è riuscito. Io sono impressionato. »

I reggimenti continuavano a riversarsi oltre la cresta in colonne ordinate e si schieravano come se fossero guidati da un'unica mente, così come i banchi di pesci e gli stormi degli uccelli migratori reagiscono a un tacito comando. Non sembrava un raduno di individui ma piuttosto un unico organismo, colossale ma ben coordinato. Hassan lo scrutò e rabbrividì nel caldo della valle.

Sulla sponda settentrionale ogni movimento cessò, e un'immobilità massiccia scese sulle schiere dei guerrieri negri. L'immobilità sembrava ancora più minacciosa del movimento precedente, e un silenzio d'attesa riempiva la valle. La tensione crebbe e divenne insopportabile, fino a che Hassan imprecò e fece un gesto, come per alzarsi.

« Non mi adeguerò ai capricci di un selvaggio. È un insulto. Andiamo via. Dovrà venire da noi, se vuole parlare. » Ma il gesto non si compì: ricadde sui cuscini e rimase a rodersi in silenzio fino a che il fratello parlò.

« Sembra che il mondo che conosciamo sia cambiato », disse Omar. « Ciò che ieri era vero, oggi non lo è più. »

« Che cosa consigli? »

« Scopriamo le nuove verità ed esaminiamole. È possibile che troviamo qualcosa di utile per noi, in tutto questo. »

Sulle colline di fronte vi fu un movimento tra le file dei guerrieri, come si muovono le cime delle canne al passaggio di un leone. Gli sceicchi aguzzarono gli occhi e chiesero alle loro guardie che cosa stava succedendo: ma le risposte si persero in un oceano di suono. La terra tremò, percossa da centinaia di migliaia di piedi, l'aria fremette al suono delle lance battute sugli scudi, e dalle colline una sola voce eruppe dalle gole per gridare il saluto al re.

Quel suono come una tempesta investì la valle e si spense in mille echi contro il cielo e le colline meridionali. Ritornarono l'immobilità e il silenzio, quindi una grande canoa da guerra con cinquanta rematori per lato venne messa in acqua dalla spiaggia e avanzò attraverso le acque verdi in direzione dell'isola.

Un uomo scese sulla spiaggia e si avviò verso gli sceicchi in attesa sotto il fico. Il fatto stesso che venisse senza una scorta era un segno di disprezzo e una manifestazione di forza e d'invulnerabilità.

Indossava un manto di pelli di leopardo e i sandali, ma non portava ornamenti né armi. Era alto e scarno e torreggiava davanti agli sceicchi che sembravano piccoli e insignificanti al suo confronto.

Li guardò con i feroci occhi gialli di un rapace, occhi che parevano penetrare nelle loro anime.

« Io sono Manatassi », disse con un ringhio sordo. « Sono la Belva Nera. » Gli sceicchi ne sapevano abbastanza per non sorprendersi nel sentirlo parlare correntemente la loro lingua.

« Io sono Hassan, sceicco di Sofala, principe di Monomatapa e viceré dell'imperatore Chan. »

« Tu ami il metallo giallo », disse Manatassi come se fosse un'accusa, e Hassan, colto di sorpresa, sbatté le palpebre e guardò Omar.

« Sì », rispose Omar. « Lo amiamo. »

« Ve ne darò abbastanza da affogarvi », disse Manatassi.

Omar si leccò le labbra in un'espressione inconscia di avidità, e sorrise.

« Ne possiedi molto? » chiese Hassan. Quell'approccio diretto era disgustoso. Il loro interlocutore era un selvaggio che non capiva le raffinatezze della diplomazia. Ma per l'oro valeva la pena di sopportare, soprattutto se era tanto come aveva affermato la sedicente belva nera. « Da dove viene? »

« Dalla tesoreria di Lannon Hycanus, Granleone di Opet e re dei quattro regni », rispose Manatassi, e Hassan aggrottò la fronte.

« Non ti capisco. »

« Allora sei stupido », disse Manatassi, e Hassan avvampò. Una risposta brusca gli salì alle labbra, ma poi sentì il fratello che gli posava le dita sul polso per trattenerlo.

« Spiegati », disse Omar. « Intendi far guerra a Opet? »

« Li annienterò... annienterò il loro popolo, le loro città e i loro dèi. Non ne lascerò vivo uno solo. » Il negro gigantesco cominciò a tremare, una bava bianca gli inumidì le labbra carnose e un velo di sudore gli unse la faccia devastata.

Omar sorrise. « Abbiamo sentito parlare di una battaglia in una località chiamata Sett. »

Manatassi emise un ruggito di dolore. Si avventò verso lo sceicco ed estrasse dal mantello la mano di ferro, la protese verso la faccia di Omar, che arretrò e si strinse al fratello.

« Non farti beffe di me, ometto bruno, non farti beffe di me, o ti strappo il fegato. »

Omar gemette di paura e il sudore gli scorse nella barba.

« Pace », intervenne in fretta Hassan. « Mio fratello intendeva solo dire che sarà difficile annientare le legioni di Opet. »

Manatassi aspirò l'aria a bocca aperta. Tremava ancora di rabbia. Si avviò all'acqua e abbassò lo sguardo. Le spalle sussultavano, il petto ansava; a poco a poco si calmò e tornò dagli sceicchi.

« Li vedete? » indicò l'esercito che oscurava le colline.

« Il numero sarà sufficiente? » chiese Hassan. « Tu intendi sfidare un nemico temibile. »

« Ve lo dimostrerò », disse Manatassi, e alzò la zampa di ferro. Subito uno dei suoi capitani accorse dalla canoa e s'inginocchiò davanti a lui.

Manatassi pronunciò poche parole in lingua vendi e indicò il fiume. Il capitano balzò in piedi con un'espressione di gioia sulla faccia scura, scese di corsa, salì sulla canoa e fu riportato rapidamente sull'altra sponda.

Gli sceicchi rimasero a guardare, incuriositi e perplessi, mentre un nuovo movimento cominciava fra i guerrieri. Avanzarono in due imponenti colonne e scesero nell'acqua. « Non portano armi », esclamò Hassan.

« Sono nudi », soggiunse Omar. Il terrore svanì e lasciò il posto a un interesse erotico mentre guardava le colonne muoversi nell'acqua bassa. Come le corna di un bufalo accerchiarono uno dei banchi di sabbia e sebbene fossero ostacolati dall'acqua che gli arrivava al petto, la manovra fu completata prima che un vecchio ippopotamo maschio si destasse dal sonno e si trovasse circondato.

Si alzò e si guardò intorno con i rosei occhietti porcini: cinque tonnellate di carne massiccia rivestite di una spessa pelle grigia chiazzata di rosa sul ventre. Le zampe erano corte e tozze e possenti, e quando aprì le fauci per muggire, scoprì le grandi zanne gialle così robuste che avrebbero potuto tranciare una canoa di guerra.

Si lanciò in un galoppo pesante, lasciando orme profonde nella sabbia soffice, e caricò la muraglia di negri che lo separava dal fiume. Entrò nell'acqua bassa e sollevò una scia di spuma bianca, e davanti a lui la muraglia nera si infittì per ricevere e assorbire la carica.

L'ippopotamo si avventò al galoppo, e i guerrieri furono scagliati tutto intorno come pula al vento. Le fauci sbatterono, e quando avanzò parve che nulla potesse opporsi a quella forza devastante. Doveva passare per mettersi al sicuro nelle profondità del fiume. Ma gli uomini gli brulicavano intorno dai lati e dal retro, e la carica rallentò impercettibilmente, anche se i muggiti sembravano più forti e il suono delle zanne che affondavano nella carne viva giungeva nitido agli osservatori sull'isola.

Manatassi rimase in silenzio, leggermente proteso in avanti, con la fronte un po' aggrondata. I suoi occhi gialli erano attenti e vigili.

Nel fiume, l'acqua turbinava e scintillava. I muggiti dell'ippopotamo assunsero un tono diverso, una sfumatura di panico. Non era più visibile sotto la massa dei corpi nudi. Era come uno scorpione attaccato dalle formiche guerriere; gli esseri che erano appena una frazione della sua massa lo soffocavano con il numero. Il sole brillava sui corpi bagnati, e l'avanzata dell'ippopotamo era bloccata. Era al centro di un sfera convulsa di corpi umani, e tutto intorno l'acqua si tingeva di sangue, i corpi storpiati cadevano come nere zecche avvelenate dalla groppa di un bue e venivano portati via dalla corrente torpida, mentre altri prendevano il loro posto.

Poi, miracolosamente, il nodo frenetico formato dalla bestia e dagli uomini cominciò a muoversi verso l'isola, lasciandosi dietro una scia di morte.

Raggiunsero l'isola e uscirono dal fiume... mille uomini, forse duemila, che portavano di peso l'ippopotamo esausto ma ancora battagliero dall'acqua alla riva. L'ippopotamo si mosse rabbiosamente e tutti coloro che erano alla portata delle sue fauci morirono, c la testa e l'interno della bocca del colosso erano macchiati dal sangue delle vittime.

Lasciandosi dietro una traccia di uomini morti od orrendamente storpiati, portarono l'ippopotamo dove attendeva Manatassi. Il capitano si avvicinò barcollando. Era debole per il sangue versato perché aveva perduto un braccio, tranciato sopra il gomito da un morso delle fauci terribili.

Porse una lancia al re. Manatassi avanzò e mentre gli uomini tenevano il mostro terrorizzato, lo colpì nella gola, centrando la vena giugulare. L'ippopotamo morì con un fiotto di sangue scuro e un grido che echeggiò tra le colline.

Manatassi indietreggiò e rimase a guardare con indifferenza mentre i suoi uomini uccidevano i compagni feriti. E quando il capitano venne a inginocchiarsi davanti a lui e si strinse al petto il braccio mutilato e chiese l'onore di morire per mano del re, un lampo d'orgoglio passò negli occhi di Manatassi. Diede il colpo di grazia fracassando il cranio dell'uomo con la zampa leonina, quindi tornò indietro e sorrise nel vedere lo sbalordimento degli sceicchi.

« Ecco la mia risposta », disse. Dopo un po', Hassan chiese: « Che cosa vuoi da noi? »

« Due cose », spiegò Manatassi. « L'autorizzazione a passare il fiume attraverso il vostro territorio con le mie armate. Dovete rinunciare al patto di mutua difesa con Opet... e voglio armi di ferro. I miei fabbri impiegherebbero dieci anni per armare tutti i miei uomini. Voglio che me le forniate voi. »

« In cambio ci consegnerai l'oro di Opet e le miniere del regno di mezzo? »

« No! » ringhiò rabbiosamente Manatassi. « Potrete prendervi l'oro. Non so che farmene. È un metallo maledetto, molle e inutile. Potete prendere tutto quello che appartiene a Opet, ma... » Tacque per un momento. « Ma le miniere del regno di mezzo non dovranno più essere toccate. Gli uomini non dovranno più scendervi per morire di morte innaturale nelle viscere della terra. »

Hassan avrebbe voluto protestare. Senza l'oro del regno di mezzo sarebbe svanita anche la sua ragione per vivere. Poteva immaginare il furore dell'imperatore Chan, quando gli fossero state chiuse le vie commerciali della terra dell'oro. Omar lo frenò, stringendogli delicatamente il polso con le dita in un chiaro messaggio.

« Ci saranno altre occasioni per discuterne. » E Hassan ascoltò quel monito, soffocò la protesta e sorrise a Manatassi.

« Avrai le tue armi. Provvederò. »

« Quando? » chiese Manatassi.

« Presto », promise Hassan. « Non appena le mie navi torneranno dalle terre al di là dei mari orientali. »

Lannon era invecchiato in quegli ultimi anni, pensò Huy. Tuttavia il cambiamento gli si addiceva; le rughe incise dalla preoccupazione avevano conferito dignità ai lineamenti. La bocca aveva la stessa petulanza imbronciata del bambino viziato, ma bisognava osservarla attentamente per notarlo.

Tuttavia il suo corpo era giovane e solido come sempre; e

adesso mentre stava nudo a prua, nella posa del fiociniere, ogni muscolo del dorso e delle spalle spiccava sotto la pelle oliata. Il sole gli aveva colorato la pelle d'una tinta di miele scuro, e soltanto le natiche erano d'avorio, dove il perizoma le aveva protette. Era una creatura splendida; e Huy, paragonando la sua figura a quella del re, si sentiva in preda alla disperazione.

Le parole incominciarono a formare, nella sua mente, un canto in onore di Lannon, un'ode alla sua bellezza. Mentre faceva avanzare l'imbarcazione senza far rumore, sulle acque immote del lago, le parole turbinavano nella sua mente come foglie portate dal vento, e incominciarono a disporsi in versi. Il canto era nato.

A prua, ancora proteso e intento a guardare nell'acqua, Lannon fece un segnale con la mano libera senza voltarsi. Huy fece girare la barca con un movimento esperto della pertica. All'improvviso, Lannon scatenò la sua energia in un affondo fluido e potente, mediante un decontrarsi dei muscoli tesi, e avventò la lunga fiocina sotto la superficie. L'acqua si gonfiò e vorticò, e la resistente funicella arrotolata sul fondo della imbarcazione incominciò a scorrere sibilando.

« Ah! » esclamò Lannon. « Bel colpo! Aiutami, Huy! » Si lanciarono insieme sulla corda prima ridendo e poi imprecando per il dolore delle dita spellate perché continuava a snodarsi veloce. Insieme, frenarono la fuga del pesce. La barca avanzava nel lago mentre la preda cercava di raggiungere l'acqua profonda, trascinandosela dietro.

« In nome di Baal, fermalo Huy! » ansimò Lannon. « Non lasciare che s'immerga a grande profondità o lo perderemo sicuramente. » Si buttarono con tutto il loro peso sulla corda. I muscoli delle braccia e delle spalle di Huy si gonfiarono come un sacco pieno di pitoni, e il pesce cambiò direzione.

Lo tirarono a galla mentre guizzava in cerchio sotto lo scafo, e quando l'enorme testa baffuta affiorò, Lannon gridò: « Tienilo! » Huy avvolse la fune intorno al polso e si puntellò, facendo dondolare pericolosamente la barca. Lannon afferrò la mazza e sferrò un colpo alla lucida testa nera.

La superficie esplose mentre il pesce continuava a contorcersi e intanto grandi zampilli li infradiciarono entrambi.

« Colpisci! » gridò Huy. « Uccidilo! » Semiaccecato dagli spruzzi, Lannon martellò il muso colossale. Alcuni colpi piovvero sulla fiancata e scheggiarono il fasciame.

« La barca no, sciocco! Colpisci il pesce! » gridò Huy, e finalmente il pesce morì restando sospeso nell'acqua accanto all'imbarcazione.

Tra risate e imprecazioni, gli passarono una funicella nelle branchie e lo issarono a bordo, viscido e nero con il ventre d'argento e gli occhi sporgenti. I baffi sopra la bocca spalancata fremevano ancora mentre il grande corpo riempiva il fondo della barca. Era lungo il doppio della statura di Huy, e così tozzo che Huy non sarebbe riuscito a cingerlo con le braccia.

« È un mostro », ansimò il sommo sacerdote. « Il più grosso che abbia mai visto. »

« Mi hai chiamato sciocco », disse Lannon.

« No, mio signore, parlavo di me », sorrise Huy. Stappò l'anfora e versò il vino per entrambi.

Lannon alzò la ciotola in un brindisi e sorrise.

« Vola per me, Avvoltoio-del-Sole. »

« Ruggisci per me, Granleone. » Vuotarono le ciotole nello stesso istante, quindi risero insieme come bambini.

« Abbiamo lasciato passare troppo tempo, Huy », disse Lannon. « Dovremo farlo più spesso. Invecchiamo troppo in fretta, io e te; le preoccupazioni e i doveri ci opprimono, siamo presi in una rete che noi stessi abbiamo tessuto. » Un'ombra gli passò negli occhi. Sospirò: « Sono stato felice in questi ultimi giorni, veramente felice per la prima volta dopo molti anni ». Alzò lo sguardo verso Huy, quasi timidamente. « La tua compagnia mi fa bene, mio vecchio amico. »

Tese la mano e strinse la spalla di Huy. « Non so che cosa farei senza di te. Non abbandonarmi mai, Huy. »

Huy arrossì per l'imbarazzo. Non era abituato a quel comportamento da parte di Lannon. « No, mio signore », disse con voce roca. « Starò sempre al tuo fianco. » E Lannon lasciò ricadere le mani e rise, facendo eco all'imbarazzo di Huy.

« Grande Baal, stiamo diventando sentimentali come fanciulle... pensi che sia la vecchiaia, Huy? » Lannon sciacquò la ciotola nel lago con molto impegno, evitando lo sguardo dell'amico. « Ci sono altri pesci da pescare, e ci resta un paio d'ore di luce, approfittiamone. »

Tornarono nel crepuscolo alla loro vecchia baracca solitaria sotto le svettanti palme. Mentre Huy spingeva con la pertica l'imbarcazione intorno alla punta dell'isola superando i canneti, videro la galea all'ancora nella baia. Sull'albero maestro era issato lo stendardo reale della casa dei Barca, e c'erano lampade accese a poppa e a prua. I riflessi luminosi danzavano sulle acque buie, e il suono delle voci giungeva fino a loro.

Huy fermò l'imbarcazione e si appoggiò alla pertica. Guardarono la nave in silenzio. Poi Lannon parlò.

« Il mondo ci ha scovati, Huy. » La voce era stanca e rassegnata. « Chiamali. »

La lampada appesa alla catena del soffitto della cabina di poppa illuminava le loro facce d'una luce innaturale, e faceva spiccare guance e nasi ma lasciava in ombra gli occhi. I volti erano cupi mentre si radunavano intorno al tavolo e ascoltavano il messaggero venuto dal nord. Sebbene fosse un giovane ufficiale con un solo anno di esperienza nel servizio militare, aveva la calma dell'aristocratico e faceva il suo rapporto con molta lucidità.

Descrisse l'inquietudine che in quelle ultime settimane aveva lambito i confini settentrionali, i piccoli incidenti, i movimenti di grandi masse d'uomini viste in lontananza, il fumo e i fuochi di immensi accampamenti. Le spie segnalavano voci di strani avvenimenti, di un nuovo dio con gli artigli di un'aquila e di un leone, che avrebbe guidato le tribù in una terra ricca di erba e d'acqua. Gli esploratori avevano visto molti vascelli dei drav lungo il tratto orientale del grande fiume in un andirivieni insolito di incontri segreti tra chissà chi.

C'era un'agitazione crescente, un accumularsi di tensioni e doveva esserci in preparazione una qualche tempesta: il fremito dei nembi che si addensavano, i segni che preannunciavano qualcosa d'ignoto, troppe cose percepite ma non comprese.

Lannon ascoltò in silenzio e aggrottò la fronte, tenendo il mento appoggiato al pugno, gli occhi in ombra.

« Il mio comandante teme sinceramente che tu possa considerare fantasie tutto ciò che ti ho riferito. »

« No », rispose Lannon. « Conosco troppo bene il vecchio Marmon. Non è il tipo che scambia un verme per serpente. »

« C'è altro », disse il giovane. Posò sul tavolo un sacco di pelle. Sciolse il cordone ed estrasse alcuni oggetti metallici.

« Una delle pattuglie sul fiume ha sorpreso un contingente di pagani che tentava la traversata durante la notte. E tutti avevano queste. »

Lannon prese una delle pesanti punte di lancia e l'esaminò con curiosità. La forma e la lavorazione erano caratteristiche. Guardò Huy.

« Ebbene? » chiese. I suoi dubbi trovarono conferma quando Huy rispose.

« Drav. È indiscutibile. »

« Forse sono state prese ai drav morti, oppure rubate. »

« Forse. » Lannon rimase ancora in silenzio, poi guardò il giovane ufficiale. « Hai fatto bene », disse, e il ragazzo arrossì d'orgoglio. Poi Lannon si rivolse ad Habbakuk Lal. « Puoi portarci a Opet con un'altra corsa notturna? » L'ammiraglio sorrise e annuì.

Lannon e Huy andarono al parapetto di prua e guardarono la loro isola dileguarsi nell'oscurità mentre la galea si allontanava in fretta lasciandosi dietro una scia che brillava sotto il chiaro di luna.

« Chissà quando torneremo qui, Huy », disse a voce bassa Lannon, e Huy trasalì leggermente ma non rispose. « Ho la sensazione di lasciare qui qualcosa. Qualcosa di prezioso che non ritroverò mai più. » Poi Lannon continuò: « Lo senti anche tu, Huy? »

« Forse si tratta della nostra giovinezza, Lannon. Forse questi pochi giorni ne hanno segnato la fine. » Rimasero in silenzio, abbandonandosi al lieve movimento della galea spinta dai remi. Quando l'isola scomparve, Lannon parlò di nuovo.

« Ti mando ai confini, Huy. Devi essere i miei occhi e le mie orecchie, amico mio. »

« Non sarò via per molto tempo, amore », si scusò Huy, anche se Tanith non aveva detto nulla e continuava a divorare con grazia un grappolo d'uva violacea. « Tornerò prima che tu ti accorga della mia assenza. »

Tanith fece una smorfia come se uno degli acini fosse aspro e Huy, rabbioso, scrutò il suo viso: era incantevole, sereno e impenetrabile come quello della dea.

Aveva imparato a conoscere tutti gli umori di Tanith, e tutte le espressioni e le inclinazioni del viso e della testa che li preannunciavano. Aveva seguito, affascinato, la bambina che sbocciava e diventava donna, l'aveva studiata con la pazienza e la dedizione dell'amore: ma quello era lo stato d'animo che ancora non aveva imparato a vincere.

Tanith si leccò il pollice e l'indice con la punta della lingua rosea e si guardò la mano, girandola nella luce.

« Non c'è nessun altro al quale il re possa affidare la missione. È molto importante. »

« Ne sono sicura », mormorò Tanith, e continuò a guardarsi la mano. « Così come non c'era nessun altro che potesse accompagnarlo a fiocinare i pesci. »

« Suvvia, Tanith », spiegò ragionevolmente Huy. « Lannon e io siamo amici dall'infanzia. Un tempo andavamo spesso sulle isole. È stato come un pellegrinaggio per rivisitare i luoghi della nostra giovinezza. »

« Mentre io restavo qui sola, con tuo figlio in grembo. »

« Sono stati cinque giorni appena », ribatté Huy.

« Cinque giorni appena! » Tanith lo scimmiottò con le guance arrossate che segnavano il passaggio delle sue reazioni dal ghiaccio al fuoco. « Giuro sul mio amore per la dea che non ti capisco. Dici di amarmi, ma quando Lannon Hycanus ti fa cenno con un dito corri da lui scodinzolando come un cagnolino e ti rotoli a terra perché lui ti gratti la pancia! »

« Tanith! » Huy cominciò a sorridere. « Direi che sei gelosa! »

« Gelosa, ah, sì? » gridò Tanith. Afferrò la fruttiera. « Te la do io! » Scagliò la fruttiera, e, prima ancora che cadesse, cercò altri oggetti da lanciare.

La vecchia Aina, che sonnecchiava al sole in fondo alla terrazza, si svegliò in mezzo a quella grandinata e fuggì con Huy. Si rifugiarono dietro il muro; poi Huy guardò al di là del muro e non la trovò. Ma sentì Tanith che piangeva all'interno.

« Dov'è? » chiese Aina con voce tremante.

« In casa », rispose Huy, togliendosi i pezzi di frutta dalla barba e asciugandosi le macchie di vino con la tunica.

« E cosa fa? »

« Piange », disse Huy.

« Vai da lei », ordinò Aina.

« E se mi aggredisce ancora? » chiese nervosamente Huy.

« Sculacciala », consigliò la vecchia. « E poi baciala. » Gli rivolse in conclusione un sorriso sdentato.

« Perdonami, santo padre », mormorò Tanith, piangendo sul collo di Huy. « Mi sono comportata in modo puerile, lo so. Ma ogni momento trascorso lontano da te è un momento della mia vita sprecato. »

Huy la strinse fra le braccia, le accarezzò i capelli, la vezzeggiò. Sentiva l'amore traboccargli dal petto, e stava per piangere lui stesso mentre l'ascoltava.

« Non posso venire con te questa volta? » Tanith gli rivolse un ultimo appello. « Ti prego, santo padre. Ti prego, amor mio. »

La risposta di Huy fu ferma. « No. Viaggerò molto in fretta, e tu sei già al terzo mese. »

Finalmente Tanith si arrese. Si sollevò a sedere sul divano e si asciugò gli occhi. Il suo sorriso era appena un poco incerto quando chiese: « Non vuoi parlarmi di nuovo degli accordi che hai preso per il bambino? »

Gli sedette accanto, morbida e calda, mentre la luce brillava sul primo accenno di sporgenza del ventre e sui seni appesantiti. Ascoltò con occhi intenti e annuì e sorrise mentre Huy le spiegava ciò che sarebbe accaduto e parlava del padre adottivo che aveva scelto nelle colline salubri e fresche, nella sua tenuta di Zeng. Le disse che il bimbo sarebbe cresciuto forte e sano e che sarebbero andati a trovarlo.

« Il bimbo? » disse scherzosamente Tanith. « No, mio signore... la bimba! »

« No, sarà un maschio! » la corresse Huy, e risero. Ma la tristezza non abbandonò del tutto Tanith. Non era così che sarebbero andate le cose. Non riusciva a vederlo, non presentiva la felicità, non udiva la risata di un bimbo, non sentiva il calore del corpicino stretto al suo.

Per un momento i veli tenebrosi del tempo si aprirono e, come accadeva a volte, Tanith scorse il futuro, scorse figure e uomini e cose che la terrorizzavano.

Si aggrappò a Huy e ascoltò la sua voce: le dava forza e conforto, e finalmente gli chiese sommessamente: « Se porto lo strumento, canterai per me? »

E Huy cantò la poesia dedicata a Tanith, ma c'erano versi nuovi. C'erano versi nuovi ogni volta che la cantava.

Marmon era il capitano del nord, governatore del regno settentrionale e comandante delle legioni e dei forti che difendevano quel confine.

Era un vecchio amico di Huy; aveva trent'anni di più, ma erano legati dal vincolo della sapienza. Marmon era un eccellente storico militare e Huy lo aiutava a preparare un manoscritto sulla terza guerra contro Roma. Era un uomo alto e ossuto, con una bella criniera di capelli argentei di cui era molto fiero e che curava moltissimo. Aveva la pelle liscia come quella di una giovane donna, e tirata sulle ossa del cranio; ma le febbri gli avevano ingiallito la carnagione e il bianco degli occhi.

Era uno dei più fidi generali dell'impero, e da due giorni Marmon e Huy discutevano la situazione al confine studiando una mappa d'argilla del territorio. Marmon la usava per mostrare esattamente le posizioni. Con le mani ossute toccava ogni pezzo, tracciava le linee e le aree delle agitazioni mentre Huy ascoltava e gli rivolgeva domande.

Alla fine del secondo giorno cenarono insieme, seduti sui bastioni della fortezza per godere della brezza fresca. Una schiava li unse d'oli profumati per tener lontane le zanzare, e Marmon riempì di vino la ciotola di Huy, ma non bevve. Le febbri gli avevano danneggiato il fegato, e per lui il vino era diventato un veleno.

Huy ringraziò gli dèi per l'immunità che gli avevano concesso nei confronti della malattia tanto frequente nei bassipiani paludosi del fiume. La sua mente era assillata da un interrogativo: perché il morbo uccideva alcuni, tormentava altri e non toccava altri ancora? Perché colpiva solo nei bassipiani e non dilagava negli altipiani più freschi? Avrebbe dovuto riflettere e cercare di trovare una spiegazione.

Marmon aveva ripreso a parlare e Huy tornò ad ascoltare l'esposizione del problema.

« Sto finalmente creando una rete di spie fidate », disse Marmon. « Ho diversi uomini delle tribù che mi forniscono regolarmente informazioni. »

« Mi piacerebbe incontrarne qualcuno », intervenne Huy.

« Preferirei che non lo facessi, santo padre », disse Marmon; poi notò l'espressione di Huy e si affrettò a soggiungere: « Ne aspetto uno entro pochi giorni. È il mio informatore più attendibile. È un vendi, un ex schiavo. Per suo mezzo sto reclutando molte spie al di là del fiume ».

« Parlerò con lui », disse Huy, e Marmon cambiò argomento e gli chiese consiglio a proposito del manoscritto. Continuarono a parlare da vecchi amici fino a che scese l'oscurità e i servitori vennero ad accendere le torce. Finalmente Marmon disse: « Mio signore, ho ricevuto una richiesta dai miei ufficiali. Alcuni di loro non ti hanno mai sentito cantare, e coloro che ti hanno sentito desiderano ascoltarti ancora. Spero che vorrai accontentarli, santo padre. »

« Manda a prendere il mio strumento. » Huy alzò le spalle, rassegnato, e uno dei giovani ufficiali si fece avanti e glielo porse.

« Ci eravamo già permessi di farlo, santo padre. »

Huy cantò i canti delle legioni, i canti delle bevute e delle marce, i canti osceni e quelli di gloria. Fu un trionfo. Gli ufficiali si affollarono in silenzio intorno a lui sui bastioni, e nel cortile sottostante i soldati accorsero, pronti a intonare i ritornelli.

Era già tardi quando un aiutante si avvicinò tra la ressa e parlò sottovoce a Marmon che annuì e lo congedò prima di mormorare a Huy: « Santo padre, è arrivato l'uomo di cui ti ho parlato ».

Huy posò lo strumento. « Dov'è? »

« Nel mio alloggio. »

« Andiamo da lui », suggerì Huy.

L'uomo era alto, e aveva l'istintiva eleganza flessuosa di tanti vendi, ma la pelle nera della schiena era segnata dalle cicatrici della frusta.

Notò l'occhiata di Huy e si aggiustò il mantello per nascondere le cicatrici, e Huy ebbe l'impressione di scorgere un lampo di sfida nei suoi occhi, sebbene la faccia restasse impassibile.

« Non parla il punico », spiegò Marmon. « Ma so che tu conosci il dialetto. »

Huy annuì e la spia lo fissò ancora per un momento prima di rivolgersi a Marmon. La voce era sommessa, senza toni di collera o di accusa.

« Avevi promesso che nessun altro mi avrebbe visto in faccia », disse.

« È diverso », spiegò Marmon. « Non è un uomo come gli altri ma il sommo sacerdote di Opet, generale di tutte le armate del re. » Marmon tacque per un momento: « È Huy Ben-Amon ».

La spia annuì e non cambiò espressione neppure quando Huy gli rivolse la parola in vendi.

Parlarono per un'ora, e alla fine Huy si rivolse in punico a Marmon.

« Tutto ciò è in disaccordo con molte delle cose che mi hai

detto.» Huy aggrottò la fronte e batté sul tavolo le nocche delle dita. «Quest'uomo non sa nulla di un dio dagli artigli leonini o di reggimenti di guerrieri bene addestrati e muniti delle armi dei drav.»

«No», riconobbe Marmon. «Questo tratto del fiume è tranquillo. I nostri rapporti giungono da est.»

«Hai spie anche là?» chiese Huy.

«Qualcuna.» Marmon annuì e Huy rifletté per un momento.

«Allora mi spingerò verso oriente», decise. «Partirò all'alba.»

«La galea della pattuglia arriverà fra cinque giorni.»

«Dal ponte di una galea non vedrei molto. Andrò a piedi.»

«Ti farò trovare una scorta prima del levare del sole», promise Marmon.

«No», rispose Huy. «Mi muoverò più in fretta e attirerò meno l'attenzione viaggiando solo.» Guardò l'informatore. «Costui potrà farmi da guida se è fidato come dici.»

Marmon comunicò l'ordine alla spia e soggiunse: «Ora puoi andare. Mangia e riposa, e tieniti pronto prima del levar del sole.»

Huy seguì con lo sguardo l'uomo che si allontanava poi chiese: «Quanto lo paghi?»

«Molto poco», ammise Marmon. «Sale, perline, qualche ornamento di rame.»

«Mi chiedo perché lo fa», mormorò Huy. «Perché lavora per noi quando porta i segni delle frustate?»

«Non mi stupisco più delle azioni degli uomini», disse Marmon. «Ho visto troppi comportamenti strani per discuterne le motivazioni.»

«Io non smetto mai di farlo», mormorò Huy che continuava a seguire la spia con lo sguardo. Lo turbava il tradimento di quell'uomo, un tradimento che urtava contro il suo senso dell'onore.

Huy non ebbe successo, durante i quattro giorni che seguirono, nei suoi sforzi per scoprire qualcosa di più sul conto della spia, Storch. Era un uomo silenzioso, parlava solo quando veniva interrogato e lo faceva con molta reticenza. Non guardava mai in faccia Huy: teneva lo sguardo puntato su un lato della sua faccia.

Per Huy era un compagno sconcertante anche se conosceva ogni ansa del fiume e ogni avvallamento del terreno su cui viaggiavano.

Fecero sosta in due dei forti sulla riva meridionale, e dalle guarnigioni Huy venne a conoscenza di molte notizie di prima mano. Per due volte, in punti diversi, trovarono tracce di numerosi contingenti che avevano attraversato il fiume per chissà quale scopo, e c'erano altri indizi di attività segrete che accrescevano l'inquietudine di Huy.

Lo turbava l'idea che quei segni contraddicessero le affermazioni di Storch, secondo il quale oltre il fiume tutto era tranquillo.

Si spostavano in silenzio come due spiriti della foresta nella densa vegetazione. Viaggiavano soprattutto di sera e di notte e riposavano nel caldo del mezzogiorno. Mangiavano poco, razionando il contenuto del sacco di grano, senza perder tempo a cacciare.

Il quarto giorno giunsero sulla vetta d'un'altura di granito dalla quale potevano osservare un'area vastissima della valle, che si estendeva da una scarpata all'altra e sfumava in lontananza nella foschia azzurra. Davanti a loro il fiume deviava verso sud in una grande ansa scintillante che, dopo molte miglia, ritornava su se stessa.

Sebbene l'ansa avesse una circonferenza di venti o venticinque miglia, nel punto più stretto ne misurava meno di cinque, oltre i quali sorgeva il blocco tozzo e solido di una guarnigione. Il fumo dei fuochi saliva in un pennacchio celeste nell'aria calda e immota.

Huy guardò a lungo la sinuosità del fiume: c'era da scegliere fra un intero giorno di marcia e una rapida scorciatoia che però comportava qualche rischio.

« Storch », chiese, « possiamo attraversare il fiume? Ci sono uomini delle tribù? »

La spia distolse gli occhi e restò seduto immobile sulla cupola di granito, e Huy pensò che non avesse capito la domanda.

« Impiegheremmo meno tempo tagliando trasversalmente l'ansa. È pericoloso? » ripeté.

« Lo scoprirò », disse Storch. « Aspettami. »

Tornò un'ora prima di notte e guidò Huy sulla riva del fiume. Tra le canne era nascosta una canoa. Il legno era eroso dai vermi e puzzava di pesce marcio. I sospetti di Huy s'intensificarono.

« Dove l'hai trovata? »

« C'è una famiglia di pescatori accampata più a valle. »

« Quanti sono? »

« Quattro. »

« Vendi? »

« No, sono uomini dei sofia. »

« Guerrieri? »

« Pescatori. Vecchi con le teste grigie. »

« Gli hai parlato di me? »

« No. »

Huy esitò, scrutando gli occhi vacui di Storch, e cercò di scorgervi un indizio di tradimento.

« No », disse Huy. « Non attraverseremo. Faremo il giro più lungo. » Era una prova. Attese la reazione di Storch, attese che si opponesse e cercasse di convincerlo ad attraversare.

« Spetta a te decidere. » Storch annuì e cominciò a coprire la canoa con le canne.

« Sta bene », disse Huy, « portami sull'altra riva. »

Storch sfruttò la corrente per portare la piccola imbarcazione attraverso il fiume. I cormorani battevano l'acqua con le ali nel tentativo di lanciarsi in volo mentre i jacana marroni e bianchi correvano sulle foglie delle ninfee e le sagome sinistre dei coccodrilli scivolavano dalle sponde per immergersi nell'acqua profonda.

Giunsero a una spiaggia fangosa, segnata dagli zoccoli della selvaggina che veniva all'abbeverata. Storch nascose la canoa e guidò Huy su per la riva, in una radura di verde, velenosa erba palustre. Passarono fra gli steli alti che arrivavano al petto, camminando sul terreno molle e zuppo d'acqua.

Al centro della radura, Storch si fermò di colpo e accennò a Huy di imitarlo. Inclinò la testa, in ascolto. Restarono immobili a lungo, quindi l'uomo indicò a Huy di restare dov'era e avanzò.

A cento passi da Huy si fermò di nuovo: ma questa volta si voltò a guardare Huy.

Per la prima volta la sua faccia tradiva un'espressione, un'esultanza selvaggia. Gridò in vendi: « Eccolo! Prendetelo! »

L'erba della radura frusciò e tremò come se fosse agitata da un gran vento, e dai nascondigli uscirono i guerrieri vendi. Con gli scudi affiancati, formarono cerchi concentrici intorno a Huy circondandolo completamente; i loro pennacchi sembravano la cresta spumeggiante di un'onda minacciosa.

Come la mano che si serra intorno alla gola di un uomo per strangolarlo, i cerchi dei guerrieri si strinsero intorno a Huy che si guardò intorno selvaggiamente, cercando una via di scampo: ma non c'era, e Huy tolse la custodia di cuoio dalla lama della scure degli Avvoltoi e si avventò come un terrier che si slancia alla gola di un toro nero.

« Per Baal! » gridò in tono di sfida mentre si lanciava alla carica contro la massa compatta dei guerrieri.

« Qui dentro l'aria è viziata », protestò Lannon. « Non è possibile aprire condotti di ventilazione che arrivino in superficie? »

« Mio signore! » esclamò inorridito Rib-Addi. « Pensa a ciò che significherebbe: operai qui dentro! » Fece un ampio gesto indicando lo spazio della tesoreria. « Immagini cosa racconterebbero? Rinfocolerebbero l'avidità di tutti i briganti dei quattro regni. »

Era appunto per quella ragione che l'ubicazione e il contenuto del magazzino reale erano un segreto custodito gelosamente. Il segreto meglio custodito dell'impero, noto solo al re, al sommo sacerdote, alla sacerdotessa, a Rib-Addi e ad altri quattro funzionari del tesoro.

« Dovrei mandarli subito agli dèi al termine del lavoro », spiegò Lannon in tono ragionevole.

Rib-Addi sbatté le palpebre per la sorpresa. Non aveva previsto una simile soluzione del problema. Si grattò la barba per un momento, quindi espose un'altra obiezione.

« Un pozzo di ventilazione permetterebbe l'accesso ai ladri, ai roditori e all'umidità: e sono tutti fattori dannosi. »

« Oh, d'accordo. » Lannon non insistette. Sapeva che Rib-Addi resisteva a ogni cambiamento solo perché era un cambiamento. Ciò che era andato bene negli ultimi duecento anni poteva continuare ad andar bene per altri duecento.

Lannon restò a guardare mentre l'ultimo carico di lingottini provenienti dalle miniere del regno di mezzo veniva aggiunto con reverenza ai mucchi d'oro già ammassati nel recesso. Rib-Addi annotò scrupolosamente quella quantità sul rotolo, e Lannon la confermò scribacchiando la sua sigla.

I quattro funzionari fidatissimi uscirono dalla camera. Mentre salivano la scala, Rib-Addi chiuse la porta di ferro, impresse il sigillo del Granleone sulla tavoletta d'argilla e quindi, insieme a Lannon, risalì e varcò la lastra di pietra con l'emblema del sole che conduceva nell'archivio dello stato di Opet. Lannon chiuse la porta massiccia, che si assestò con un tonfo.

Lannon rivolse il segno del sole all'immagine del dio e, mentre Rib-Addi gli parlava ancora di ricchezze, percorse l'archivio. Gli scaffali erano carichi di documenti, e restava poco spazio. Presto avrebbe dovuto decidersi a far ampliare quei sotterranei senza danneggiare le strutture esistenti.

Uscirono dalla porta principale, chiusa da pesanti cortine di pelle, e arrivarono nell'anticamera delle guardie, sorvegliata da ufficiali della Sesta Legione. Di giorno e di notte c'erano sempre due ufficiali, che avevano ai loro ordini una centuria di soldati scelti della Legione Ben-Amon. In origine la Sesta Legione era stata istituita per far la guardia ai templi e alle tesorerie del regno e questo compito rientrava tuttora nei suoi doveri.

Nei meandri del tempio di Astarte, Rib-Addi si congedò ossequiosamente da Lannon, e con i suoi quattro sottoposti si allontanò a ritroso, inchinandosi, fino a quando scomparve dietro l'angolo del corridoio.

Assistito da quattro sacerdotesse, Lannon, nudo e magnifico, fece il bagno rituale nel laghetto di Astarte. E mentre lo rivestivano della tunica del supplice, Lannon insinuò scherzosamente un mano sotto la gonna d'una delle novizie senza che le altre se ne accorgessero. La novizia non cambiò espressione, ma per un momento si strusciò contro la mano di Lannon prima di scostarsi e il re, mentre si avviava verso la camera dell'oracolo, si accarezzò i baffi per aspirare l'odore della ragazza che gli era rimasto sulle dita.

Erano tutte calde come focacce di grano sfrigolanti sulla griglia, le spose degli dèi, perché dovevano accontentarsi delle attenzioni delle altre donne o degli amplessi furtivi di un sacerdote o di un guardiano del tempio. Lannon sogghignò chiedendosi quante di loro approfittavano delle libertà offerte dalla Festa della Terra Feconda. Quante volte aveva commesso anche lui il peccato mortale del sacrilegio con qualche sacerdotessa travestita! La festa era imminente: sarebbe iniziata tra due settimane. Poi Lannon ricordò con rammarico che difficilmente Huy sarebbe tornato dal nord in tempo per partecipare alle celebrazioni, e questo gli avrebbe diminuito il divertimento. Lannon era sempre di umore incostante, ma ora bastarono una dozzina di passi per far svanire la sua allegria: quando entrò nella camera delle udienze il suo umore era cambiato e faceva smorfie irritate.

Alzò lo sguardo verso la sibilla seduta in trono, immobile come una statua d'avorio con le mani incrociate in grembo e il viso dipinto di cosmetici in modo da sembrare una maschera: la fronte imbiancata dalla polvere di antimonio, le palpebre di un blu metallico, la bocca che sembrava uno squarcio scarlatto. E Lannon trovò un bersaglio per il suo malumore.

Mentre s'inchinava secondo il rito, ricordò tutte le volte che la strega l'aveva sconvolto e frustrato. Detestava quelle divinazioni, eppure riconosceva che esercitavano un fascino bizzarro. Capiva che gran parte degli oracoli era ispirata con ogni probabilità dai sacerdoti impegnati nella politica. Tuttavia c'erano anche molti commenti acuti e saggi consigli, e ogni tanto c'erano pepite d'oro purissimo, da cogliere sulle labbra della strega. Durante le visite regolari, aveva imparato a cogliere le sfumature delle parole dell'oracolo. Come Rib-Addi, la strega rivelava tracce di convinzione o di esitazione nei modi in cui esponeva i suoi responsi. Lannon a questo era sensibile, ma lo era soprattutto a un tono ancora meno frequente, sommesso e monotono che la strega usava quando pronunciava le verità miracolose e divine della profezia autentica.

Si piazzò davanti a lei a gambe larghe, con i pugni sui fianchi. E con l'arroganza della maestà, intensificata dal malumore, fece la domanda.

Tanith odiava quegli incontri con il Granleone che le ispirava soggezione e paura. Era come trovarsi in gabbia con un bel predatore feroce, dall'energia inesauribile e dall'umore incostante. Gli occhi freddi d'acciaio azzurro avevano la frenesia omicida di quelli di una belva, i lineamenti cesellati erano perfetti, ma erano altrettanto freddi e animati dalla stessa passione.

Di solito aveva il conforto della presenza di Huy, celato dietro i tendaggi: ma quella mattina era sola... e si sentiva male.

Era stata una notte calda e la creatura che portava in grembo era pesante come una pietra. Si era alzata pallida e apatica, con la pelle madida di sudore, e aveva stentato a consumare il leggero pasto del mattino preparato da Aina: poi l'aveva vomitato, assalita da un attacco di nausea.

Adesso aveva in gola il sapore acre e amaro della bile, e il sudore colava sotto il mantello e le solleticava la pelle scorrendo sui fianchi e sul ventre fecondo. Si sentiva soffocare, ansimava, era debole e inerte. E il re ringhiava le sue domande.

Era impreparata, e le risposte erano parole vuote pronunciate senza convinzione. Si sforzava di concentrarsi e di ricordare ciò che le aveva detto Huy.

Il re era diventato irrequieto e camminava avanti e indietro di fronte a lei, sfinendola con la sua energia. Tanith sentì il sudore spuntare sotto la maschera di cosmetici, sentì la pelle gonfiarsi e informicolirsi, con i pori intasati dalle tinte che smaniava di togliersi di dosso. Ebbe all'improvviso la visione meravigliosa di una cascata d'acqua fresca che precipitava sulle rocce coperte di muschio, immaginò di immergersi nuda nell'acqua verde e di affondarvi con i capelli allargati alla superficie come i viticci di una pianta acquatica.

« Suvvia, strega! Suvvia, veggente del futuro. È una domanda semplicissima. Rispondi! »

Il re s'era fermato di fronte a lei, con un piede sul gradino del trono, le spalle all'indietro e i fianchi protesi in un atteggiamento di alterigia virile, una smorfia di disprezzo sul bel volto e un tono beffardo nella voce.

Tanith non aveva udito la domanda e cercò a tentoni le parole. Un'altra ondata di nausea l'assalì. Sentì il sudore filtrare attraverso la crosta dei cosmetici sul labbro superiore, e la nausea lasciò il posto alla vertigine.

La faccia di Lannon si allontanò, e la tenebra si chiuse intorno a lei. La sua visione si restrinse: adesso guardava in un profondo pozzo di oscurità, in fondo al quale il viso del re brillava come una stella d'oro. C'era un rombo nelle sue orecchie, il suono del vento di bufera fra le fronde degli alberi. Poi il suono del vento si smorzò nel silenzio, e una voce parlò. Era una voce bassa e roca, monotona, la voce di una donna sorda o drogata dal fumo delle spezie. Con un vago senso di sorpresa Tanith si rese conto che la voce usciva dalla sua gola, e le parole la sconvolsero.

« Lannon Hycanus, ultimo Granleone di Opet, non interrogare il futuro. Per te il futuro è tenebra e morte. »

Tanth vide il proprio orrore ripetersi sul viso di Lannon, lo vide impallidire con le labbra trasformate in linee di marmo sbiancato.

« Lannon Hycanus, prigioniero del tempo che ti aggiri dietro le sbarre della tua gabbia, la tenebra ti aspetta. »

Lannon scuoteva la testa, cercando di rifiutare quelle parole. I riccioli d'oro, ancora grondanti dopo il bagno rituale, gli danzavano sulle spalle. Tese entrambe le mani nel segno del sole, cercando di scongiurare le parole che colpivano la sua anima come frecce scagliate dall'arco.

« Lannon Hycanus, i tuoi dèi stanno per andarsene, s'involano verso il cielo e ti abbandonano alla tenebra. »

Lannon arretrò dal trono, con le mani levate per ripararsi il viso ma le parole lo inseguivano implacabili.

« Lannon Hycanus, tu che vuoi conoscere il futuro, sappi dunque che cosa è in agguato per te, come il leone che attende il viaggiatore ignaro. »

Lannon gridò e il suo terrore esplose nella violenza.

« Maledetta! » urlò, e corse ad avventarsi contro l'oracolo, sui gradini del trono. « Strega! » Percosse il viso di Tanith con le mani aperte. Il cappuccio del mantello cadde e i capelli scuri si sciolsero. I colpi risuonavano sonori sul viso di Tanith; ma lei non parlava, e il suo silenzio spronava Lannon a una maggiore violenza.

L'afferrò per il mantello e la trascinò via dal trono.

« Strega! » urlò, scagliandola giù dai gradini. Tanith cadde pesantemente e cercò di rialzarsi, ma il primo calcio di Lannon la centrò al ventre. Si piegò in due stringendosi lo stomaco con le mani mentre i calci continuavano a colpirla facendola rotolare per la camera.

Lannon ruggiva e l'inseguiva. Tra un calcio e l'altro si guardava intorno furiosamente in cerca di un'arma per annientare quella donna e le parole che aveva pronunciato.

Poi all'improvviso la camera si riempì di sacerdotesse, e Lannon arretrò ansimando. Gli occhi chiari erano accesi da una luce di follia.

« Mio signore! » La reverenda madre si fece avanti, e la follia abbandonò Lannon: ma tremava ancora e le sue labbra erano pallide e tremanti.

Si voltò e uscì dalla camera, lasciando Tanith a gemere sul pavimento.

Il Divino Consiglio di Astarte si riunì nella camera della reverenda madre; e quando questa lesse la richiesta del Granleone tutte rimasero assorte nei loro pensieri. Il Consiglio era formato dalla somma sacerdotessa e da due consigliere, venerande sacerdotesse destinate alla sua successione.

« Come possiamo consegnare una delle nostre sorelle al braccio temporale del Granleone? Che precedente stabiliremmo se lo facessimo? » chiese Alma. Era piccola e grinzosa, e aveva la faccia di una scimmia curiosa. « Di quale delitto è accusata quella bambina? Se ha sbagliato spetta a noi giudicare e punire. Dobbiamo proteggere i nostri, anche a costo di sfidare il re. »

« Ma possiamo permetterci un gesto tanto grandioso? » ribatté Haka. Con la pelle scura e butterata, i lunghi capelli corvini striati di grigioferro, aveva una faccia dalla mascella energica e la voce profonda come quella di un uomo. Non aveva ancora quarant'anni e sicuramente sarebbe sopravvissuta alla reverenda madre. Fino a un po' di tempo prima era sembrato che il destino la favorisse e che dovesse succederle in poco tempo. Ma da quando la sibilla era giunta a Opet, la sua posizione era diventata meno sicura. La storia aveva dimostrato che la profetessa era diventata ben presto reverenda madre, battendo tutte le pretendenti e che, inoltre, godeva del favore indiscusso del sommo sacerdote: un particolare decisivo quando si trattava di occupare il posto vacante a capo del Divino Consiglio. In Tanith aveva una rivale temibile; ma a parte le considerazioni politiche, Haka aveva un conto più intimo e personale da saldare. Anche ora, quando ricordava che i suoi approcci erano stati respinti, sentiva una vampata di collera infiammarle le guance. Desiderava ancora quella ragazza, la sognava ancora; e spesso, quando era con una giovane novizia, al buio, fingeva che fosse Tanith.

« Siamo abbastanza forti per resistere alle pretese del re? » Lasciò che la domanda echeggiasse nell'aria e guardò in faccia le altre. Tutte sapevano quale forza impetuosa e irresistibile regnasse in Opet. Tutte sapevano che nessuno, nobile o sacerdote, amico o nemico, aveva mai osato contrastare il re.

Il silenzio si protrasse fino a che Alma tossì affannosamente, sputò un grumo di catarro sanguigno e si asciugò le labbra con una pezzuola umida. Il suo viso era striato, gli occhi stanchi e opachi.

« Non ti resta molto da vivere, vecchia », pensò Haka, nascondendo dietro una maschera preoccupata una soddisfazione rabbiosa.

Tacquero di nuovo, fino a che la reverenda madre parlò in toni esitanti: « Forse se si potesse dimostrare che la ragazza ha peccato, che ha commesso qualche colpa... »

Per Haka era sufficiente. Prese in pugno la situazione. « Mandala a chiamare », disse. « La interrogheremo. »

Aina entrò sostenendo Tanith. Zoppicavano entrambe, una per la vecchiaia, l'altra per la sofferenza. Rimasero strette l'una all'altra, e la vecchia sacerdotessa mormorò parole d'incoraggiamento alla giovane donna. Poi il suo volto si contrasse in un'espressione di furia nel vedere il Consiglio.

« La bambina soffre! » urlò. « Non v'importa niente? Perché l'avete chiamata? »

« Taci, vecchia megera. » Haka parlò in tono spassionato. Guardava Tanith, che aveva il viso gonfio, coperto di lividi bluastri. Un occhio era chiuso, con la palpebra tumida e annerita, un labbro spaccato.

« Fatela sedere », disse Aina. « È debole e si sente male. »

« Nessuno siede di fronte al Consiglio », disse Haka.

« In nome della dea. »

« Non bestemmiare qui dentro, cornacchia. »

« Non bestemmio: parlo di comune misericordia. »

« Parli troppo », l'avvertì Haka. « Vattene e lascia qui la ragazza. »

Aina sembrava ancora decisa a ribattere, ma Haka si alzò, furiosa, e parlò in tono reso aspro dalla collera.

« Va'! » ripeté, e Aina uscì borbottando e gemendo, e lasciò Tanith che si reggeva a stento davanti al Consiglio. Haka si lasciò cadere sullo sgabello e la guardò. Adesso avrebbe impiegato tutto il tempo che voleva, anche un giorno intero. E si divertiva.

Tanith rimase ritta con uno sforzo di volontà. I sensi le mancavano, ed era investita da ondate di sofferenza. Sentiva le gambe e il basso ventre come fossero di piombo, si sentiva inchiodata lì senza capire molto delle domande che la bersagliavano. Haka le stava chiedendo cosa aveva detto al re per farlo tanto infuriare e sosteneva che Tanith aveva messo in pericolo l'ordine delle sacerdotesse. E continuava a ripetere la stessa domanda: « Che cosa gli hai detto? »

« Non lo ricordo, sorella. Non lo ricordo », gemette Tanith.

« Vuoi farci credere che parole dalle conseguenze tanto terribili si possano dimenticare così facilmente? Suvvia, quali erano? »

« Non erano parole mie. »

« E allora di chi erano? » Haka tese verso di lei la faccia sfregiata dal vaiolo incorniciata dai capelli striati di grigio. « Di chi erano se non tue? Erano parole della dea? »

« Non lo so », mormorò Tanith, e poi soffocò un gemito quando una fitta dolorosa le attanagliò il ventre.

« Tu parli con la voce della dea? » chiese Haka con voce roca. Era cupa e crudele come un rapace: il falco era proteso verso il passerotto.

« Oh, ti prego! » mormorò Tanith, e si piegò in avanti con le mani strette sul ventre. « Ti prego! Mi fa male! Oh, mi fa tanto male! »

Le tre sacerdotesse videro il fiotto che macchiava la gonna della tunica di Tanith e finiva sulle pietre del pavimento in gocce rossoscure. Tanith si accasciò e cadde. Rimase distesa sul fianco con le ginocchia ripiegate, e gemette con un filo di voce.

Haka le si avvicinò, si chinò, le sollevò la gonna e la scrutò con un'intensa curiosità di lesbica mentre le allargava brutalmente le ginocchia.

Quando si raddrizzò sorrideva e si rivolse alle altre due sacerdotesse. « Ecco il peccato che cercavi, santa madre. Ecco la prova della colpa. » Abbassò lo sguardo sul corpo rannicchiato ai suoi piedi. « Sacrilegio! » esclamò in tono d'accusa. « Sacrilegio! Un delitto contro la dea. »

« Non intendo rispondere », disse Tanith. I lividi s'erano sbiaditi e il gonfiore s'era un po' attenuato, ma c'era ancora una chiazza color prugna sotto un occhio e il labbro era sfregiato. Era rimasta a letto per dieci giorni ed era ancora debolissima. « Non sporcherò con le parole qualcosa che mi è tanto caro. Non vi dirò il suo nome. »

« Figlia mia, sai che è un peccato mortale. È in gioco la tua vita », disse la reverenda madre.

« La vita me l'avete già tolta, quindi fatela finita. Prendetevi tutto. » Tanith fissò Haka, e poi Lannon Hycanus che stava accanto alla finestra. « Avete intenzione di uccidermi e qualunque cosa io dica non cambierà la vostra decisione. Ebbene, terrò per me il nome del padre del mio bambino. Non permetterò che vi scagliate anche contro di lui. »

« Sei stupida e testarda », disse Haka. « Finiremo per scoprirlo comunque. »

« Che importanza ha? » chiese Tanith. « La sola cosa che ti importa è che io sono un ostacolo per le tue ambizioni. » Continuò a fissarla e comprese che le sue parole avevano colpito nel segno quando vide un rossore salire alle guance sfregiate della sacerdotessa. Sorrise e si rivolse a Lannon. « E a te importa solo che io sia stata la fonte della profezia. Tu cerchi di distruggerla, cerchi di costringere gli dèi a revocare la sentenza contro di te. Ma è inutile, Lannon Hycanus. I venti del destino soffiano, i segugi del fato sono già in caccia. »

« Basta! » intimò Lannon, portandosi al centro della camera. « Non ho tempo da perdere. Non posso più ascoltare le tue chiacchiere stolte. » Si rivolse ad Haka. « Porta qui la vecchia sacerdotessa, l'accompagnatrice della strega. »

Quando Aina si fermò sbigottita davanti al re, questi la guardò senza passione e senza collera. « Tu avevi certi doveri. Non li hai rispettati. Dimmi il nome del toro che ha montato la giovenca della dea. »

Aina gemette e protestò e giurò di non sapere nulla. S'inginocchiò davanti a Lannon, si trascinò ai suoi piedi, gli baciò l'orlo della tunica e sbavò di terrore. Lannon la respinse con un piede e si girò verso Haka.

« Se non ti giudico male, tu non rifiuterai un compito da uomo. Ne hai il coraggio? » chiese, e Haka annuì leccandosi le labbra, e i suoi occhi s'illuminarono d'una luce crudele.

« Prima spezzale le braccia », ordinò Lannon. « E che la strega stia vicina a vedere. »

Haka rimise in piedi Aina, stringendola con le forti mani brune sul cui dorso spuntavano lunghi peli neri. Aina si dibatté, terrorizzata, e Haka la bloccò torcendole il braccio all'indietro. Era un braccio bianco ed esile, con le grosse vene azzurre che sporgevano sotto la pelle.

« Aspetta! » gridò Tanith. « Lasciala! »

« Lasciala », ordinò Lannon.

Tanith si avvicinò alla vecchia sacerdotessa e le baciò la fronte e le guance. Aina singhiozzava.

« Perdonami, bambina, perdonami. Glielo avrei detto. Perdonami. »

« Calmati, vecchia madre. Calmati. » Tanith la condusse alla porta e la sospinse fuori con gentilezza. Poi tornò indietro e si rivolse al re.

« Dirò il suo nome... ma a te solo. »

« Andate », ordinò Lannon, e le sacerdotesse del Divino Consiglio si alzarono e uscirono.

Quando rimasero soli Tanith disse il nome, con orgoglio e in tono di sfida, e vide Lannon vacillare come se fosse stato colpito allo stomaco.

« Da quanto tempo è il tuo amante? » chiese alla fine il re.

« Cinque anni. »

« Dunque », disse Lannon, che adesso trovava la risposta a tanti interrogativi, « sembra che ci siamo spartiti il suo amore. »

« No. » Tanith scosse la testa. « Era tutto per me. »

« Fai bene a parlarne al passato », disse Lannon. Si voltò e si accostò alla finestra, e guardò il lago. Nulla deve mettersi fra noi, pensò. Ho bisogno di lui.

« Che metodo sceglierai, mio signore? Il veleno o il pugnale? Come ucciderai una sacerdotessa di Astarte? Hai dimenticato che appartengo alla dea? »

« No », rispose Lannon. « Non l'ho dimenticato e ti manderò a lei il decimo giorno della Festa della Terra Feconda. Andrai come messaggera di Opet agli dèi. »

« Huy non lo permetterà », mormorò inorridita Tanith.

« Huy è al nord... molto lontano dal laghetto di Astarte. »

« Ti odierà sempre per questo. Lo perderai per sempre », disse Tanith, ma il re scosse la testa.

« Non saprà mai che sono stato io a ordinarlo. Non saprà mai che lo hai tradito e mi hai detto il suo nome. » Poi sorrise, un freddo sorriso luminoso. « No: sarai tu a perderlo, e io l'avrò. Vedi, io ho bisogno di lui, e il mio bisogno è più importante del tuo. »

Dapprima, quando era privo di sensi e finché era troppo debole per marciare, l'avevano portato su una lettiga, quindi non sapeva da quanto tempo erano in viaggio e in quale direzione.

Anche più tardi, quando fu costretto a camminare, lo legarono e lo bendarono; e quindi era consapevole solo della loro presenza che lo circondava e del lezzo del sudore misto al grasso rancido che usavano per ungersi la pelle. Quando parlava nessuno gli rispondeva, solo mani brutali che lo sospingevano e la punta di una lancia che lo punzecchiava quando rallentava il passo.

Era pieno di lividi e di ferite, e sulla sua testa c'erano ancora ematomi e lacerazioni, e il suo corpo era graffiato e dolorante; ma non aveva subìto gravi ferite, né colpi profondi di lancia né ossa spezzate. Sembrava che avessero volutamente evitato di procurargli lesioni tali da ucciderlo o da renderlo invalido, anche se prima che riuscissero a sopraffarlo aveva ammucchiato intorno a sé i cadaveri dei loro compagni caduti sotto i colpi della scure degli Avvoltoi.

La prima notte, quando si accamparono, tentò di scoprire la sua posizione, per progettare la fuga; ma quando cercò di spostare la benda per vedere, un colpo violento alla faccia lo dissuase. Gli diedero da mangiare un pugno di grano bollito e una striscia di carne mal conservata che sapeva di selvatico e brulicava di vermi. Huy mangiò avidamente.

Al mattino si misero in marcia prima dell'alba e quando Huy sentì il calore del sole sulla guancia e scorse la luce attraverso la benda, ripeté in silenzio le lodi di Baal e invocò l'aiuto del suo dio.

Più tardi, quello stesso giorno, si accorse che il terreno si spianava sotto i suoi piedi come se cominciassero ad attraversare una pianura, e sentì odore di letame di vacca, di fumo e di esseri umani. Tra il ritmo martellante dei piedi nudi della sua scorta e il fruscio dei gonnellini, udì un grande brusio di voci e di movimento. A questo suono si mescolavano i muggiti di molti bovini, e un mormorio come di un alveare che gli annunciò la presenza di una grande moltitudine.

Finalmente lo fecero fermare. Huy sostò, stanco e assetato, sotto il sole caldo, mentre la corda di cuoio non conciato gli segava i polsi e le ferite e le scalfitture bruciavano. Il tempo passò lento mentre gli uomini attendevano in silenzio.

Finalmente una voce chiamò, e Huy trasalì. La voce parlava in vendi, e chiedeva: « Chi cerca colui che ha gli artigli del leone e le zampe di un rapace? »

Huy rimase in silenzio, senza sapere ancora come comportarsi. Sentì il contatto freddo del ferro sui polsi e una lama gli tagliò le corde. Si massaggiò le dita e rabbrividì mentre la circolazione si riattivava. Poi si portò le mani alla benda. Si aspettava un altro colpo, ma nessuno lo toccò. Tolse la fascia di stoffa e sbatté le palpebre, incerto, nella luce fulgida del sole.

I suoi occhi si adattarono in fretta, e il cuore gli balzò in petto. Era al centro di una grande pianura, una conca orlata da basse colline.

A parte un'area aperta e un cerchio del diametro di cento passi, al cui centro si trovava Huy, tutta la terra nereggiava di guerrieri. Huy guardò sbalordito quella moltitudine, incapace di immaginarne il numero. Non avrebbe mai creduto che quel terreno potesse sostenere una simile massa umana: era irreale, era un incubo... e l'irrealtà era sottolineata dal silenzio minaccioso delle orde nere. Solo le piume dei pennacchi ondeggiavano nel movimento torpido dell'aria meridiana surriscaldata.

Il caldo e la calca rischiavano di soffocarlo. Si guardò intorno disperato, come alla ricerca d'una via di fuga. Storch gli stava accanto e portava sulle spalle la scure degli Avvoltoi. Huy provò un fremito di collera per il tradimento di quell'uomo: ma in un certo senso gli sembrava privo d'importanza di fronte alla nuova esperienza.

Storch non lo guardava. Fissava un gruppo di capitani vendi assiepati intorno a un monticello di terra ad una estremità della radura. Il monticello era brullo ma attirava l'attenzione di tutti come un palcoscenico vuoto prima dell'apparizione del protagonista.

La voce chiese di nuovo: « Chi cerca la Grande-belva-Nera, chi caccia il leone? »

Il silenzio perdurò ancora. All'improvviso la moltitudine si scosse e fremette quando un uomo salì sul monticello.

L'alta corona di piume d'airone e l'elevazione del monticello lo facevano apparire semidivino. La veste di pelli di leopardo sfiorava il suolo. Era immobile come un albero in una prateria frusciante mentre il saluto reale faceva tremare le fondamenta della terra e del cielo.

Storch portò la scure degli Avvoltoi ai piedi del monticello e la depose ai piedi del re, e il re girò lo sguardo verso Huy.

Huy si raddrizzò, sforzandosi di ignorare le fitte dolorose, sforzandosi di non zoppicare mentre si avvicinava e levava gli occhi verso Manatassi.

« Avrei dovuto immaginarlo », disse in punico.

« Avresti dovuto uccidermi », disse Manatassi, ed estrasse la zampa di ferro dalle pieghe della veste. « Anziché armarmi di questa. »

« Non capisci », rispose Huy. « La tua vita non mi apparteneva, non potevo togliertela. Avevo giurato. »

« C'è ancora un uomo che mantiene la parola data », disse Manatassi, e Huy non scoprì una traccia d'ironia nella sua voce.

« Non c'è altro modo di comportarsi. » Huy era stanco, e si preparava ad affrontare con rassegnazione la morte certa. Non aveva l'energia per discutere.

Manatassi fece un gesto con la zampa unghiuta e indicò le schiere del suo esercito.

« Vedi quale lancia ho forgiato? »

« Sì. »

« Chi potrà resistermi? » chiese Manatassi.

« Molti tenteranno », disse Huy.

« Anche tu? »

Huy sorrise. « Non credo che avrò la possibilità di farlo. »

Manatassi guardò il piccolo gobbo con la tunica sbrindellata, la barba sporca, il viso e le braccia coperti di lividi, sconfitto ma non umile mentre parlava della propria sorte.

« Nessuno dei miei uomini ci comprende », disse Manatassi. « Possiamo parlare liberamente. »

Huy annuì, sconcertato e interessato da quel cambiamento d'umore.

« Ti offro la vita, Huy Ben-Amon. Passa dalla mia parte, donami l'amore e la devozione che hai dato al Granleone di Opet, e vivrai fino a diventare vecchio. »

« Perché mi hai scelto? » chiese Huy.

« Ti attendevo. Sapevo che saresti venuto. Le mie spie ti osservavano, ma è stato il destino a consegnarti nelle mie mani. »

« Perché proprio io? » ripeté Huy.

« Ho bisogno di te », disse Manatassi con molta semplicità. « Ho bisogno del tuo sapere, della tua comprensione e della tua umanità. »

« Mi perdoni per averti tolto la mano? » chiese Huy.

« Avresti potuto togliermi la vita », rispose Manatassi.

« Perdoni le frustate e le miniere di Hulya? »

« Quello non lo perdonerò mai », ringhiò Manatassi trasalendo. I suoi occhi gialli lampeggiarono. « Ma non è stata opera tua. »

« Perdoni il massacro di Sett? » insistette Huy.

« Sei un soldato, non potevi fare diversamente. »

Manatassi tremava ancora e Huy si rendeva conto di sfiorare l'abisso, ma si sentiva spinto a esplorare la forza e la debolezza di quell'uomo.

« Che cosa vorresti da me, dunque? » gli chiese.

« Marcia al mio fianco », disse Manatassi.

« Contro chi? »

« Contro Opet e le sue mostruose crudeltà e i suoi dèi terribili », disse Manatassi. « Con te al mio fianco e questo esercito alle spalle, dominerò il mondo. »

« Non posso. » Huy scosse la testa.

« Perché? Dimmi perché. È un potere malefico e deve essere annientato. »

« È mio », rispose Huy. « La mia terra, la mia gente, i miei dèi... quindi non può esservi il male. »

« Pensavo che fossi un uomo ragionevole », ringhiò Manatassi.

« Un uomo può farsi guidare dalla ragione fino a un certo punto, poi deve affidarsi al proprio cuore », disse Huy.

« Allora rifiuti? »

« Sì. »

« Sai che così facendo scegli la morte? »

« Sì. »

Manatassi alzò il braccio e la zampa unghiuta balenò nel sole. Huy comprese che quando quella mano si fosse abbassata, sarebbe morto. Si preparò ad affrontare la morte con la stessa calma con cui l'aveva data ad altri.

Manatassi gli voltò le spalle. Dopo un momento sospirò e le sue spalle sussultarono sotto le cicatrici.

« Tu mi risparmiasti », disse Manatassi. « E io ti risparmierò. »

Huy si sentì mancare per il sollievo. Non aveva desiderato di morire, e finalmente era libero di pensare a Tanith e al bambino. Avrebbe visto suo figlio... e il suo cuore tripudiò.

« Torna a Opet. Torna dal tuo re. Digli che Manatassi, la Grande-belva-Nera, marcerà dal nord per annientarlo. »

« Perché vuoi avvertire un nemico? » chiese Huy. « Te l'ho insegnato io? »

Manatassi sorrise. « Un avvertimento non lo aiuterà », disse. « Riferiscigli ciò che hai visto qui. Parlagli di questo esercito... e lascia che gli agghiacci le viscere. Digli che verrà per lui e non risparmierò nessuno e non lascerò nessun suo ricordo a contaminare questa terra. Digli che verrò, e verrò presto. »

Manatassi raccolse la scure degli Avvoltoi e la restituì a Huy.

« Va'! » disse. « Tutti i debiti tra noi sono stati pagati. Non hai diritti su di me, né io ne ho su di te. Quando t'incontrerò di nuovo, ti ucciderò. »

Si fissarono. Erano così vicini che avrebbero potuto toccarsi, ma erano separati da una distanza più immensa degli oceani o della vastità di quella terra.

Huy si voltò e si avviò zoppicando tra le file dei guerrieri che si aprirono per lasciarlo passare. Nessuno tentò di fermarlo.

« Non devi disperarti, vecchia madre », mormorò Tanith. « Non è stata colpa tua. »

« Glielo avrei detto », balbettò Aina. « Gliel'avrei detto. Quella Haka mi terrorizza. »

« Non gliel'hai detto », la consolò Tanith. « Hai serbato il nostro segreto... anche se neppure noi sospettavamo che l'avessi scoperto. »

Aina posò la ciotola del cibo accanto al letto di Tanith e sorrise pensierosa. « Eravate così felici, voi due. Mi faceva bene vedervi. Lui è una brava persona, nonostante la gobba, ed è buono e gentile. »

Tanith si spostò sul giaciglio per fare spazio ad Aina perché le sedesse accanto. « Stai un poco con me, vecchia madre. Mi sento così sola, e questo rende più dolorosa l'attesa. »

Aina lanciò un'occhiata timorosa in direzione della porta sbarrata.

« Non approvano che io rimanga troppo a lungo. »

« Ti prego », la supplicò Tanith. « È rimasto così poco tempo. » Aina chinò la testa e raccolse le pieghe della gonna per sedersi. Tanith si tese verso di lei e bisbigliò: « Hai mandato un messaggero? Hai trovato qualcuno? »

« Ho mandato due giovani alfieri della Legione Ben-Amon. Venerano il santo padre come se fosse un dio. Ho detto loro che sei in pericolo mortale e che il sommo sacerdote deve ritornare in tutta fretta. »

« Credi che lo troveranno? »

« Ci sono cento strade che potrebbe percorrere, e il territorio è molto grande. Non voglio mentirti, bambina mia. Non ci sono molte possibilità. »

« Lo so », disse Tanith. « E se lo troveranno, potrà tornare in tempo? E se tornerà in tempo, potrà fare qualcosa per dissuadere il Granleone? »

« Se tornerà in tempo, sarai salva. Conosco quell'uomo. »

« Aspettalo, Aina. Se ritorna, va' da lui in segreto e digli che il re sa tutto di noi. Devi avvertirlo di questo, perché anche lui è in pericolo. »

« Lo avvertirò », promise Aina.

« Oh, prego tutti gli dèi perché rientri presto a Opet. Non voglio morire, vecchia madre. Ci sono ancora tante cose che vorrei dalla vita, ma il tempo fugge. È già il sesto giorno della Festa. Se Huy non tornerà, mi restano appena quattro giorni. »

« Calma, bambina mia », mormorò Aina, e abbracciò Tanith. « Fatti coraggio. Fatti coraggio. »

« Non è facile », disse Tanith. « Ma cercherò. » Si liberò dell'abbraccio di Aina e si raddrizzò. « Ora devi andare, vecchia madre... o Haka ti picchierà di nuovo. »

Sulle mura della fortezza di Zanat, a sud del grande fiume, una sentinella teneva il giavellotto nella mano destra e la nascondeva sotto il parapetto mentre scrutava lo strano uomo che si avvicinava. Aveva i capelli sporchi e spettinati, non portava armatura, la tunica era sbrindellata e la faccia era livida e gonfia. Sembrava ferito perché stava piegato in una posa innaturale, curvo sotto il peso dell'enorme scure da combattimento.

« Come ti chiami e che cosa vuoi? » gridò la sentinella e lo sconosciuto alzò la testa.

« Sono Ben-Amon, sommo sacerdote di Baal e guerriero di Opet. Sono qui per comando del re. »

La sentinella trasalì e rimise il giavellotto nella rastrelliera. Per poco non aveva fatto una figuraccia: la gobba e la scure erano famose nei quattro regni e avrebbe dovuto riconoscerle subito. Scese di corsa nel cortile, gridando per chiamare l'ufficiale della guardia e avvertirlo di quella visita illustre.

Huy entrò dalla porta secondaria non appena si aprì, e troncò i saluti militari con un brusco: « Basta con queste sciocchezze ».

L'ufficiale della guardia era un po' dispiaciuto nel veder liquidato così il cerimoniale; ma soffocò un sorriso. L'episodio, insieme all'aspetto da mendicante, sarebbe andato ad arricchire il repertorio delle leggende già esistenti su quell'ometto straordinario.

Huy passò davanti alla guardia e chiese all'ufficiale: « Dov'è il generale? È qui? »

« Sì, mio signore... è nel suo alloggio. »

« Sia lode a Baal », borbottò Huy in tono di sollievo.

Mangiò avidamente una grossa fetta di carne fredda tra due focacce, bevve una ciotola di vino rosso e continuò a parlare e a dare ordini mentre masticava ogni boccone.

Lo scrivano di Marmon era impegnatissimo a tener dietro al flusso delle sue parole. Marmon stava seduto su uno sgabello in un angolo, con la testa argentea che splendeva come un nembo temporalesco e il bel volto ansioso e preoccupato.

Stentava a credere a ciò che sentiva: ma non poteva dubitare della parola di Huy Ben-Amon. Capiva d'essere in colpa; avrebbe dovuto essere lui a scoprire la mortale minaccia cresciuta tanto rapidamente ai confini. Forse aveva passato troppo tempo sognando sulla storia antica, forse era diventato vecchio e sciocco senza accorgersene. Si chiese come avrebbero reagito Huy Ben-Amon e il Granleone di Opet. Nessuno dei due aveva l'abitudine di lasciar passare inosservato un fallimento.

Restò ad ascoltare mentre Huy dava gli ordini che avrebbero messo all'erta ogni guarnigione e ogni unità, avrebbero mobilitato ogni legione disciolta e inviato messaggeri in tutte le terre per mettere l'impero sul piede di guerra. Marmon si meravigliava del coraggio di un uomo che prendeva da solo quella decisione, una decisione di cui avrebbe dovuto rispondere al re e al consiglio dei nobili. Si stava assumendo la responsabilità delle perdite e dei danni che si sarebbero verificati quando fossero state sospese le attività industriali e commerciali dell'intera nazione. Era una decisione da cui poteva dipendere la sua vita e il destino di Opet.

Mentre guardava Huy che firmava gli ordini, Marmon dubitava che avrebbe saputo comportarsi nello stesso modo se avesse avuto la certezza di aver ragione. Sapeva che avrebbe mandato a chiedere ordini a Opet, e probabilmente avrebbe messo a repentaglio ogni possibilità di sopravvivenza. A quanto gli aveva detto Huy, infatti, proprio di sopravvivenza si trattava. Si trovavano di fronte a un nemico così immensamente superiore di numero che il successo sarebbe dipeso dagli dèi.

Huy aveva finito. Firmò l'ultimo rotolo e parve che il fuoco si spegnesse dentro di lui. Solo in quel momento Marmon si accorse che era esausto. Barcollò leggermente, si accasciò e sembrò rimpicciolire sotto il peso dello sfinimento.

Marmon si alzò e gli andò accanto. Huy rifiutò il braccio che gli veniva offerto e cercò di scuotersi.

« Devo partire per Opet », disse con la voce impastata di un ubriaco, appoggiandosi all'angolo del tavolo. « Che giorno è oggi, Marmon? Ho perduto la cognizione del tempo. »

« È il settimo giorno della Festa, santo padre. »

« La Festa? » Huy lo fissò senza capire.

« La Terra Feconda », gli rammentò Marmon.

« Ah! » Huy annuì. « Non pensavo che fosse così tardi. Hai un elefante da guerra che possa portarmi a Opet? »

« No, santo padre », rispose Marmon in tono di rammarico. « Qui non abbiamo elefanti. »

« Allora andrò a piedi », disse rassegnato Huy.

« Prima devi riposare. »

« Sì », riconobbe Huy. « Devo riposare. » Lasciò che Marmon lo accompagnasse alla stanza da letto. Mentre si buttava sul giaciglio, chiese: « Quanto tempo impiegherò da qui per raggiungere Opet, Marmon? »

« Se marcerai in fretta, sei giorni. Cinque, se volerai. »

« Volerò », disse Huy. « Svegliami al crepuscolo. » E si addormentò.

Mentre lo guardava, Marmon provò un fremito d'affetto per lui, di ammirazione per il grande cuore di quell'ometto pugnace e anche d'invidia per l'energia che lo portava sempre più avanti di tutti: e si rallegrò perché era Huy Ben-Amon a guidarli in quel tempo di crisi.

Poi ricordò il messaggero giunto da Opet, il giovane alfiere della legione Ben-Amon che era passato il giorno prima dalla guarnigione con un messaggio urgente per il sommo sacerdote. Rifletté per un momento, quindi decise di non disturbare il riposo di Huy. Glielo avrebbe riferito al risveglio.

Huy si svegliò al crepuscolo, consumò un pasto leggero, poi si unse tutto il corpo. Venti minuti dopo uscì nel fresco della sera dalla porta della guarnigione con quindici legionari di scorta. E solo quando furono scomparsi nella foresta meridionale, buia e silenziosa, Marmon rammentò di nuovo il messaggio affidatogli dal giovane alfiere.

Pensò di mandare uno dei suoi uomini per raggiungere Huy: ma sapeva che nessun corriere poteva annullare quel vantaggio iniziale. La velocità di Huy faceva parte della leggenda.

« Arriverà a Opet abbastanza presto », pensò Marmon. Si avviò lungo il parapetto fino all'altro lato della fortezza, e vi rimase anche quando scese l'oscurità, a fissare il settentrione turbolento e a domandarsi fra quanto tempo sarebbero arrivati i nemici.

Il Divino Consiglio si recò nella cella di Tanith la mattina del nono giorno della Festa della Terra Feconda. La prima ad entrare fu la reverenda madre, fragile e incerta e dagli occhi resi sfuggenti dal rimorso.

« Abbiamo un lieto annuncio per te, figlia mia », disse a Tanith, e Tanith si sollevò a sedere sul divano, con il cuore che le balzava in petto. Forse il Granleone aveva cambiato idea.

« Oh, reverenda madre! » bisbigliò, mentre lacrime di sollievo le spuntavano negli occhi. Era ancora debole per la perdita del bambino, e bastava poco per farla piangere.

La reverenda madre continuò a parlare senza guardarla, e per un po' Tanith rimase sconcertata. Non capiva quei discorsi sui precedenti e sulla legge ecclesiastica; poi guardò Haka e si accorse della soddisfazione maligna di quel viso scuro, della luce crudele in quegli occhi.

E comprese che non erano venute ad annunciarle la grazia.

« Quindi, nella sua saggezza, il re ti ha scelta e ti ha fatto il grande onore di portare alla dea il messaggio di Opet. »

Non erano venute per liberarla ma per suggellare il suo destino. Haka sorrideva.

« Devi essere grata, figlia mia. Il re ti ha donato la vita eterna. Vivrai in gloria a fianco della dea, sua per sempre », disse la reverenda madre, e le altre sacerdotesse mormorarono all'unisono: « Lode ad Astarte. Lode a Baal ».

La reverenda madre continuò: « Devi prepararti. Manderò Aina ad aiutarti. Conosce bene la via dei messaggeri, perché ha assistito molti degli eletti. Ricordati di pregare, figlia mia. Prega perché la dea ti trovi accettabile ».

Tanith le fissò, pallida e spaventata. Non voleva morire. Avrebbe voluto gridare: « Risparmiatemi. Sono troppo giovane. Voglio ancora un po' di felicità e un po' d'amore, prima di morire ».

Il Divino Consiglio uscì dalla camera e la lasciò sola. Le lacrime le inondarono gli occhi e gridò: « Huy, vieni a me! Ti prego, vieni a me ».

Huy emerse dalla palude viscida e tenebrosa del sonno mentre il grido atroce gli echeggiava ancora nelle orecchie. Impiegò qualche tempo per ricordare dov'era e rendersi conto di aver sognato l'orrore che l'aveva strappato al sonno.

Era sdraiato nell'ombra rada di un fico selvatico, e attraverso i rami vedeva che il sole era alto. Aveva dormito appena un'ora. Aveva ancora le gambe plumbee, il corpo torpido e completamente snervato da due giorni di viaggio faticoso.

Avrebbe dovuto dormire ancora per due o tre ore; ma l'incubo continuò a ossessionarlo e a negargli il riposo.

Si sollevò su un gomito, sorpreso dello sforzo che richiedeva quel gesto. Poi ricordò che aveva percorso più di duecento miglia romane in due giorni. Guardò gli accompagnatori che gli erano rimasti, tre in tutto e smunti per la fatica, che dormivano come morti nelle pose in cui s'erano lasciati cadere a terra. Gli altri dodici erano rimasti indietro lungo il percorso, incapaci di reggere l'andatura micidiale imposta da Huy.

Huy si alzò con uno sforzo. Non riusciva a dormire, non riusciva a riposare, mentre il timore l'ossessionava ed era in pericolo la salvezza del suo re e della sua terra.

Scese a passi rigidi verso il letto del fiumicello e s'inginocchiò sulla fine sabbia bianca. Si lavò il viso e il corpo con l'acqua limpida bagnandosi la tunica e la barba, poi risalì la riva e guardò gli uomini addormentati. Ebbe pietà di loro; ma questo non gli impedì di gridare: « In piedi! Riprendiamo la marcia per Opet ».

Uno dei tre non riuscì a svegliarsi sebbene Huy lo schiaffeggiasse e lo prendesse a calci nelle costole. Lo lasciarono lì a piagnucolare nel sonno.

Gli altri due si alzarono gemendo, e si misero in marcia con le gambe doloranti e l'espressione vitrea dello sfinimento.

Huy procedette al passo per il primo mezzo miglio per sciogliere i muscoli, mentre i due soldati lo seguivano barcollando.

Poi si sollevò sulle punte dei piedi, si passò la scure da una spalla all'altra e si avviò correndo, a lunghi passi elastici che divoravano il terreno come il trotto di un'antilope.

Uno dei legionari gridò quando una gamba gli cedette, e crollò nella polvere. Non ce la faceva più. Rimase a gemere per la mortificazione e il dolore dei muscoli.

L'altro seguì Huy con passi che diventavano più sicuri via via che le gambe si scioglievano e si caricavano di nuovo sangue.

Gareggiarono con il sole che saliva allo zenith, a dispetto del caldo implacabile del mezzogiorno e continuarono a correre.

Davanti a loro, all'orizzonte, stava il perenne banco di nubi che indicava il lago di Opet, un faro di speranza: e Huy corse con il volto levato in quella direzione, mentre l'istinto guidava i suoi passi e la volontà dava forza al corpo esausto e gli permetteva di correre anche se tutta l'energia fisica era ormai consumata.

Negli ultimi raggi del sole le mura e le torri di Opet brillavano di un rosa caldo e la superficie del lago era oro sfavillante che feriva gli occhi.

Huy continuò a discendere la strada carovaniera, superando altri viandanti impolverati che si scostavano e, riconoscendolo, gli gridavano: « Prega per noi, santo padre ».

« Baal ti benedica, sommo sacerdote. »

A metà della discesa che conduceva alla riva del lago e alla città, il legionario che seguiva Huy gli gridò: « Perdonami, non ce la faccio a continuare ». Gli si piegarono le ginocchia e, barcollando, si portò sul bordo della strada. La faccia si contrasse per la sofferenza, poi stramazzò bocconi, morto prima ancora di toccare il suolo.

Huy Ben-Amon continuò la corsa da solo, e la guardia sulle mura della reggia di Opet lo vide da lontano e gli fece aprire la porta.

Qualcuno scosse dolcemente Tanith e la svegliò. C'era una lampada accesa accanto al giaciglio, e Aina era china su di lei. Tanith vide che la bocca sdentata era schiusa in un sorriso, gli occhi scimmieschi brillavano tra le rughe.

« Sei sveglia, bambina? »

« Che c'è, Aina? » Tanith si sollevò a sedere e il suo spirito s'innalzò come le scintille di un fuoco di speranza, quando vide il sorriso della vecchia sacerdotessa.

« È arrivato! » confidò giubilante Aina.

« Huy? »

« Sì. Il santo padre è venuto. »

« Sei sicura? » chiese Tanith.

« L'ho sentito gridare per le strade, e tutta la città è in subbuglio. Dicono che ha corso da Zanat a Opet in tre giorni, dicono che quindici uomini sono morti per aver cercato di stargli dietro. I loro cuori sono scoppiati, e li ha abbandonati sulla strada. »

« Oh, Aina! » Tanith abbracciò la vecchia sacerdotessa. « Se è venuto tanto in fretta, allora sa. »

« Sì, bambina. Naturalmente. Perché sarebbe accorso, se no? Uno degli alfieri l'avrà trovato e gli avrà dato il mio messaggio. Sa tutto, senza dubbio. » Aina sbavò un po' e annuì, convinta. « Lo sa! »

« Dov'è ora? » Tanith rideva, eccitata. « Sai dov'è? »

« Con il re. È andato subito a palazzo. »

« Oh, siano lodati la dea e tutti gli dèi », mormorò Tanith. « È andato per usare tutta la sua influenza con il Granleone. Credi che ci riuscirà, Aina? Il re cambierà idea? »

« Certo, bambina. Ne dubiti? Se Huy Ben-Amon lo vuole, è capace di far cambiare idea anche a Baal. »

« Oh, sono così felice, vecchia madre. » Tanith si aggrappò ad Aina, e si confortarono a vicenda. Finalmente Tanith si scostò.

« Vai da lui, Aina. Aspettalo davanti alla reggia. Digli tutto, e poi torna a portarmi il suo messaggio. »

Mentre Aina stava per uscire, Tanith la richiamò: « Digli che lo amo. Digli che lo amo più della vita... e più di tutti gli dèi ».

« Taci », disse Aina. « Taci, bambina. Qualcuno potrebbe sentirti. »

Quando rimase sola, Tanith si ridistese sul giaciglio e sorrise.

« Non m'importa », bisbigliò. « Huy è qui, tutto il resto non conta. »

Lannon ascoltò Huy con costernazione crescente. Il suo primo pensiero, quando Huy si era presentato inaspettatamente nel cuore della notte, era stato che avesse saputo chissà come del sacrificio fissato per l'indomani. Aveva pensato di non dargli udienza, aveva pensato a cento modi per sfuggirgli: ma stava ancora riflettendo quando Huy era piombato nella sua camera da letto, passando tra le guardie sbalordite.

Lannon s'era alzato nudo dal fianco della moglie più giovane, e le parole di collera gli si erano spente sulle labbra quando aveva visto lo stato in cui Huy era ridotto.

« Perdonami, mio signore. Porto notizie terribili. »

Lannon lo guardò, vide la tunica sporca e impolverata, i capelli e la barba in disordine, il volto scheletrito e gli occhi stralunati e gonfi.

« Cos'è successo, Huy? » Si avvicinò al sacerdote e lo sostenne premurosamente con un braccio.

Il Consiglio dei Nove, formato dalle famiglie nobili di Opet, si riunì in seduta notturna e ascoltò in un silenzio inorridito il rapporto di Huy Ben-Amon. Solo quando questi ebbe finito e si lasciò cadere esausto sullo sgabello incominciò la valanga di rimproveri e di commiserazioni e di dubbi.

« Ci era stato detto che lo avevi annientato a Sett! »

Huy obiettò: « Vi è stato detto soltanto che a Sett avevo sterminato trentamila uomini. Niente di più ».

« Com'è possibile che sia stato reclutato un simile esercito a nostra insaputa? Di chi è la colpa? »

Huy rispose: « È stato reclutato al di fuori dei nostri confini. Non ne ha colpa nessuno ».

« Le miniere... dobbiamo proteggerle. »

Huy sorrise stancamente. « È ciò che intendiamo fare. »

« Perché al confine c'è una sola legione? »

Huy rispose incupendosi: « Perché voi avete rifiutato gli stanziamenti per tenerne di più ».

Poi le parole cominciarono a martellarlo attraverso la nebbia dello sfinimento.

« Come sei passato indenne attraverso le linee nemiche? »

« Un tempo Timon non era il tuo favorito? »

« Lo conosci bene e gli hai insegnato tante cose, no? » Huy guardò Lannon.

« Basta! » intimò il re. « Il santo padre ha chiamato la nazione alla guerra. Mi ha mostrato le copie degli ordini, e ora le firmerò per ratificarli. »

« Non dovremmo attendere un poco? » Era Philo, naturalmente. « Non siamo troppo precipitosi? »

« Cosa vorresti aspettare? » ribatté Huy. « Che ti sbudellino con una lancia e ti taglino i testicoli? »

Lannon firmò gli ordini di guerra appena prima dell'alba, e congedò il Consiglio dei Nove con queste parole:

« Ci riuniremo di nuovo a mezzogiorno, dopo la cerimonia conclusiva della Terra Feconda. Prendete le armi e congedatevi dalle vostre famiglie. »

Quando rimasero soli, si rivolse a Huy in toni gentili: « Dormi qui. Per ora non puoi fare altro ».

Era troppo tardi. Huy dormiva già, accasciato sul tavolo con la testa fra le braccia. Lannon lo sollevò dallo sgabello e, come se fosse un bambino addormentato, lo portò in una delle camere degli ospiti.

Mise una sentinella alla porta.

« Nessuno deve svegliare il santo padre », ordinò. « Nessuno! Hai capito? »

Era quasi l'alba. Il sacrificio sarebbe avvenuto tra poche ore, e Lannon sapeva che Huy era sprofondato in un sonno simile alla morte, probabilmente destinato a durare per molti giorni. Lo lasciò e andò a fare il bagno e a vestirsi per la processione.

Aina alzò il cappuccio del mantello e si coprì la faccia. Nascose le mani ossute nelle ampie maniche e si tese per spegnere la lampada.

Si fermò nell'oscurità e pensò a quel che doveva fare. Non avrebbe aspettato che il sommo sacerdote lasciasse la reggia. Aina aveva accesso alle cucine reali. L'intendente era il nipote di sua sorella minore, e spesso lei andava là a mangiare quando era stanca del vitto abituale del tempio. Tutti gli schiavi del palazzo la conoscevano. Sarebbe stato semplice farsi dire da uno di loro dove si trovava il sommo sacerdote, e ancora più semplice fargli pervenire un messaggio.

Scostò in silenzio le tende della sua cella e si affacciò. C'era una sola torcia che linguеggiava appena a un sostegno in fondo al corridoio: gettava una luce fioca e Aina non vide la figura che l'attendeva nell'angolo in ombra, sino a quando le venne incontro.

« Non dormi ancora, vecchia? » chiese una voce bassa e quasi mascolina. Una mano robusta strinse il polso di Aina.

« Vai a trovare qualcuno, a quest'ora di notte? Oppure hai saputo che Huy Ben-Amon è rientrato a Opet? »

« No », piagnucolò Aina. « Lo giuro. » Si dibatté, debolmente. Con la mano libera Haka le ributtò all'indietro il cappuccio e la scrutò negli occhi.

« Volevi andare da Ben-Amon, no? »

« No, lo giuro. » Aina vide la morte nell'espressione di Haka e cominciò a urlare. Era un suono esile come la voce del vento, e cessò di colpo quando la mano poderosa di Haka le coprì la bocca.

Da una porta di fronte si sporse una faccia spaventata, e Haka ordinò: « Torna a dormire ». La giovane novizia si affrettò a obbedire.

Haka spinse Aina oltre la tenda, sul giaciglio. Le tenne la mano sulla bocca e sulle narici, continuando a bloccarla con un braccio sul petto.

Aina si dibatté febbrilmente, scalciò contro il muro, agitò le braccia e cercò di graffiare Haka. Ma tutto finì in fretta: si abbandonò e rimase immobile. Haka continuò a tenerle la bocca e le narici tappate per molto tempo, quindi insinuò una mano sul petto smunto per sentire se il cuore batteva ancora.

Annuì soddisfatta e ricompose le membra della vecchia. Poi lasciò la cella. Dall'unica feritoia la prima luce dell'alba rischiarò il viso di Aina. La bocca era aperta, gli occhi sbarrati, e una ciocca di capelli argentei le pendeva sulla fronte.

Lannon si rendeva conto della necessità di portare a compimento il rito conclusivo della Festa. Era chiaro che si trovava alle prese con un'emergenza nazionale di proporzioni immani, che Opet doveva fronteggiare un nemico potente e implacabile come mai era accaduto nella sua lunga storia. L'oracolo s'era pronunciato contro di lui, e forse lui e il suo regno erano incorsi nella collera degli dèi.

Sapeva che il destino delle nazioni non dipende interamente dalle azioni degli uomini, che le battaglie non le vincono soltanto le spade. Sapeva che esistevano influenze trascendenti, a volte malefiche e a volte benigne, che determinavano l'esito degli affari umani. Sapeva che era possibile placare una divinità irata e approfittare della benevolenza di un'altra ben disposta.

Mentre la reverenda madre lo guidava nel rituale in riva al laghetto di Astarte, Lannon si preoccupò in modo particolare dell'esattezza delle risposte; e la sua voce era indubbiamente sincera mentre formulava promesse di devozione alla dea.

Le sacerdotesse lo circondarono e con mani leggere l'aiutarono a spogliarsi delle vesti di seta purpurea. Le correnti d'aria fresca accarezzarono il suo corpo nudo mentre si portava sul bordo del laghetto, scendeva i gradini e s'immergeva nelle acque verdi e trasparenti.

Il suo corpo splendeva bianco sotto la superficie, i lunghi capelli dorati e la barba luccicavano mentre le sacerdotesse raccoglievano l'acqua con delle conchiglie e gliela versavano sulla testa.

Uscirono dal laghetto. Lannon provò un senso di purificazione spirituale come se le acque sacre avessero cancellato gli affanni e l'avessero armato contro i pericoli che l'attendevano. Non era un uomo profondamente religioso; tuttavia in quel momento si sentiva euforico, ed era felice di avere scelto per la dea una messaggera così importante.

I meschini moventi personali non contavano più. Mandava alla dea una sacerdotessa, una sibilla toccata dal soffio divino, una persona di grande valore. Senza dubbio Astarte l'avrebbe trovata accettabile, e avrebbe rivolto benevolmente il viso sui figli di Opet, avrebbe spiegato le ali sulla nazione nel momento della prova e del pericolo.

Gli asciugarono le gambe e le braccia e le spalle ampie dalla splendida muscolatura. Due sacerdotesse gli infilarono una veste di seta bianca, il colore della gioia. La reverenda madre gli mise al collo una ghirlanda di fiori, i gigli cremisi delle grotte che avevano un profumo dolce e inebriante.

Era il momento in cui si dovevano cantare le lodi della dea, e a cui seguiva l'offertorio. Il silenzio si protrasse ancora per un momento: quindi una voce echeggiò nella caverna.

La voce fece trasalire Lannon che girò la testa in cerca di colui che cantava. Era impossibile non riconoscere la potenza dolce e splendente della voce, la profondità e il timbro che gli facevano accapponare la pelle e facevano risuonare gli echi nel tempio tanto che la calma superficie del laghetto sembrava increparsi.

Lannon guardò sbalordito Huy. Era uscito dalle file dei nobili e degli ufficiali e, mentre cantava, si avvicinava a Lannon a passo lento. Allargò le braccia nel segno del sole, schiuse la bocca mostrando i robusti denti bianchi; e dalla sua gola continuò a uscire la voce bellissima. Il canto di lode si concluse, e Huy si fermò accanto al re e lo fissò. Il viso era ancora stravolto dalla stanchezza, gli occhi scuri erano ancora cerchiati di bluastro, la pelle era pallida e tirata, ma sorrideva a Lannon con un'espressione d'affetto leale.

« Huy! » bisbigliò inorridito Lannon. « Perché sei qui? Ti avevo lasciato a riposare e avevo ordinato che non ti disturbassero. »

« In un momento come questo, il mio posto è al tuo fianco. »

« Non dovevi venire », protestò Lannon. Non l'aveva previsto. Non aveva immaginato che Huy avrebbe assistito alla morte della strega, non aveva avuto intenzione di imporgli quel tormento. Disperatamente, pensò di fermare il rito, interrompere il sacrificio oppure ordinare a Huy di lasciare il tempio.

Tuttavia si rendeva conto che in quei pochi istanti poteva decidersi la salvezza dell'impero. Poteva interrompere il sacrificio, rischiare di irritare la dea? Il suo dovere verso Huy era più grande del dovere verso Opet? Non era già troppo tardi, non si era avviato già da molto tempo su quella strada? Gli dèi e i demoni si burlavano di lui in quel momento, e non sentiva forse la loro risata infernale echeggiare nel deserto della sua anima?

Frastornato e sgomento, fissò Huy, avanzò d'un passo verso di lui e tese una mano in un gesto supplichevole, come se gli chiedesse comprensione e perdono.

« Ho bisogno di te », disse con voce roca. E Huy, che non capiva, gli prese la mano, pensando che fosse la mano dell'amicizia; sorrise con orgoglio al re amico mentre incominciava a cantare l'offertorio alla dea.

La sua voce salì su ali d'aquila, volò verso la piattaforma sacrificale nella volta della caverna, in alto sopra di loro. Tutti gli occhi dei presenti, così come i suoi, si volsero verso quel punto, e un silenzio d'attesa dominò la folla dei devoti.

Tanith non riusciva a credere che stesse accadendo a lei. Quando erano venute all'alba nella sua cella aveva pensato che fosse Huy, venuto a portarla in salvo. Era balzata dal giaciglio ed era corsa per incontrarlo.

Ma non era Huy: era Haka. L'avevano condotta fuori dal tempio, su per la gradinata segreta, in cima ai dirupi che torreggiavano sopra Opet. Là, in un edificio di pietra dal tetto di paglia, accanto alla piattaforma dei sacrifici protesa nella breccia sopra il laghetto di Astarte, l'avevano vestita dei ricchi abiti ricamati delle vittime e le avevano ornato i capelli di fiori.

Poi l'avevano caricata di pesanti catene d'oro e di braccialetti e di cavigliere, fino a quando aveva avuto la sensazione di crollare sotto il peso. Sapeva che quel tesoro faceva parte del sacrificio, e che aveva lo scopo di trascinarla rapidamente sul fondo del laghetto, il laghetto senza fondo che l'avrebbe portata in grembo alla dea.

In silenzio, con grande solennità, la fecero sedere al tavolo del banchetto, e le sacerdotesse sue sorelle la servirono, offrendole cibi e bevande raffinati. Era il banchetto d'addio per qualcuno che stava per partire per un viaggio. Tanith bevve qualche sorso di vino, sperando che le riscaldasse lo spirito agghiacciato.

« Huy », pensò, « dove sei, amor mio? »

Poi una sacerdotessa si presentò sulla soglia e fece un cenno alle altre. Erano quindici, tutte giovani e forti e in grado di sopraffare qualunque resistenza.

Circondarono Tanith; non avevano un'aria minacciosa, ma molto decisa. La guardarono con volti inespressivi, inaccessibili alla pietà e al rammarico.

« Vieni », disse una, e Tanith si alzò. La condussero fuori, nel sole; e vide davanti a sé la piattaforma di pietra scolpita che sporgeva sullo squarcio spalancato nelle viscere della terra.

Il sentiero che portava alla piattaforma era cosparso di fiori gialli di mimosa, sacri alla dea. Il profumo era lieve e nostalgico nell'aria calda e immobile, e i fiori si schiacciavano sotto i piedi scalzi di Tanith, mentre passava appesantita dalle catene d'oro e dall'oppressione dell'angoscia.

All'improvviso si fermò, paralizzata dalla voce che usciva dall'abisso davanti a lei, una voce affievolita dalla distanza ed echeggiante tra le pareti della caverna, e tuttavia così pura e splendida che era impossibile non riconoscerla.

« Huy! » mormorò. « Mio signore! » Ma lo slancio di speranza ebbe la durata di un attimo perché la voce di Huy Ben-Amon si levava nell'offertorio del sacrificio.

Era Huy che la inviava alla dea... e in quel momento una visione d'inferno e di desolazione si spalancò davanti a lei. Era presa nella rete di una cospirazione mostruosa: non la comprendeva con chiarezza, e sapeva soltanto che Huy l'aveva abbandonata. Era contro di lei, come gli altri, e la offriva alla dea.

Non aveva più un motivo per vivere. Le fu facile compiere quegli ultimi passi per salire sulla piattaforma.

Quando si fermò sul ciglio dell'abisso allargò le braccia nel segno del sole e abbassò lo sguardo nell'oscurità della caverna. Le acque del laghetto erano immobili e buie, e sulla riva stavano il re e il sacerdote.

Tenevano i visi levati verso di lei, ma erano troppo lontani per poter giudicare le loro espressioni. E Tanith sapeva che la voce di Huy s'innalzava ancora nella preghiera, per offrirla alla dea.

L'odio e la collera presero il posto della desolazione... ma non voleva morire con quei sentimenti nel cuore. Per dominarli, si protese nel vuoto sopra il profondo laghetto verde, e nel momento in cui sentì di perdere l'equilibrio, la voce di Huy s'interruppe di colpo a metà di una parola.

Lentamente Tanith si sporse nell'abisso, e all'improvviso fu nell'aria, trascinata verso il laghetto dal peso del carico d'oro. E udì di nuovo la voce di Huy, levata in un urlo di disperazione.

« Tanith! »

Piombò sulla superficie del laghetto con una violenza che le tolse la vita, e i pesanti ornamenti la trascinarono sotto le acque limpide così in fretta che Huy scorse soltanto il fuggevole bagliore dell'oro nel profondo, come se un grande pesce si fosse girato sul fianco per nutrirsi.

Manatassi attraversò il grande fiume nell'inverno dell'anno 543 di Opet. Sfruttò il clima fresco per portare le sue armate attraverso la valle dove l'acqua era al livello minimo. Attraversò con tre armate di diversa consistenza. La più piccola, formata di appena settantamila guerrieri, passò il fiume all'ovest e sopraffece le guarnigioni locali; quindi si diresse a grandi tappe verso le rive occidentali del lago di Opet, dove lo stretto canale vuotava il bacino e dava accesso all'oceano per le galee della città. Era chiamato il Fiume della Vita, l'arteria che alimentava il cuore di Opet.

I guerrieri di Manatassi tranciarono quell'arteria, liberarono gli schiavi impiegati a dragare il canale e massacrarono la guarnigione e gli intendenti. Quasi tutte le navi della flotta di Habbakuk Lal erano tirate in secco per ripulire gli scafi. Le galee furono bruciate e i marinai gettati vivi nelle fiamme.

Poi il capitano di Manatassi bloccò il canale. I suoi guerrieri e le decine di migliaia di schiavi liberati abbatterono una piccola collina di granito che stava sulla riva del Fiume della Vita, e la fecero crollare nel tratto più strozzato del fiume, rendendolo intransitabile per ogni imbarcazione più grande di una canoa. Fu un lavoro paragonabile alla costruzione della grande piramide di Cheope, e isolò la città e la gente di Opet dal resto del mondo.

Nello stesso tempo una seconda armata, più grande, attraversò il fiume a est, passò senza incontrare ostacoli attraverso il territorio dei drav e piombò come un uragano sulle colline di Zeng.

La terza armata, la più grande, forte di quasi settecentocinquantamila uomini, traversò il fiume a Sett. Manatassi la comandava personalmente, e aveva scelto quel punto come atto simbolico.

Marmon si affrettò a contrastarlo con la sua legione di seimila uomini e fu schiacciato in una battaglia breve e sanguinosa. Fuggì dal campo e si uccise gettandosi sulla sua spada tra le rovine incendiate di Zanat.

Manatassi piazzò il centro delle sue forze sulla strada per Opet e proseguì. Il suo fronte era largo tre miglia e profondo venti, una moltitudine tanto immensa che la marcia non poteva procedere se non lentamente.

Manatassi travolse il territorio. Non faceva prigionieri: né uomini, né donne, né bambini. Non faceva bottino, bruciava stoffe e libri e pelli, frantumava pentole e coppe, e gettava tutto nel rogo funebre di una nazione. Dava alle fiamme gli edifici e poi abbatteva e disperdeva le pietre ancora calde.

Mentre il suo odio si nutriva di quelle distruzioni sembrava ingigantire come le fiamme che accendeva, e diventare immane.

Opet poteva contare in tutto su nove legioni. Una era stata sterminata con Marmon al nord, e altre due furono fatte a pezzi sulle terrazze di Zeng. I superstiti continuarono a resistere, finché ce la fecero, in una dozzina di fortezze assediate sulle creste delle colline.

Con le sei legioni che gli restavano, Lannon Hycanus marciò da Opet incontro a Manatassi. Si scontrarono centocinquanta miglia a nord-est di Opet, e Lannon ottenne una vittoria che gli fruttò due miglia di territorio e un giorno di respiro... ma gli costò quattromila uomini tra morti e feriti.

Bakmor, che comandava la legione Ben-Amon in assenza del sommo sacerdote, si presentò alla tenda di Lannon sul campo di battaglia quando il cielo ardeva ancora come una fornace a causa dei roghi funebri, e il lezzo della carne bruciata guastava quel po' di appetito rimasto dopo la battaglia.

« Il nemico ha lasciato sul campo quarantottomila morti », riferì esultante Bakmor, e Lannon notò che non era più giovane. Gli anni erano volati. « Ne abbiamo uccisi dodici per ognuno dei nostri », continuò Bakmor.

Lannon alzò gli occhi verso di lui. Era seduto sul giaciglio mentre un medico gli fasciava una lieve ferita al braccio. Vide il corpo segnato del comandante e notò che il sudore e il sangue avevano incrostato i capelli e la barba di Bakmor, e che sul bel volto c'erano nuove ombre e nuove rughe.

« Fra quanto potrai combattere di nuovo? » chiese Lannon, e le ombre sotto gli occhi di Bakmor si fecero più profonde.

« È stata una giornata molto dura », disse. La legione Ben-Amon aveva tenuto saldamente il centro nelle ore disperate quando era parso che la linea stesse per cedere sotto la pressione dei corpi neri e dell'acciaio dardeggiante.

« Fra quanto? » ripeté Lannon.

« Fra quattro o cinque giorni », rispose Bakmor. « I miei uomini sono stanchi. »

« Dovrà essere prima », disse Lannon.

Combatterono di nuovo l'indomani, una battaglia disperata e dispendiosa come l'altra. Lannon ottenne un'altra vittoria, ma non poté tenere il campo e dovette abbandonare mille dei suoi feriti alle iene e agli sciacalli mentre ripiegava verso una nuova linea difensiva sulle colline.

Combatterono di nuovo cinque giorni più tardi, e altre cinque volte nei settanta giorni successivi. Allo scadere di quel tempo erano accampati a venti miglia romane da Opet, e le sei splendide legioni di Lannon erano ridotte a tre.

Non contava nulla che avessero vinto otto grandi battaglie e che avessero ucciso quasi duecentomila nemici. Zeng era caduta e solo un pugno di guerrieri s'era aperto la strada combattendo e ne aveva descritto la fine. Le città venivano incendiate e rase al suolo, le piante di orti e frutteti venivano tagliate e bruciate. Le miniere del regno di mezzo furono distrutte, gli schiavi liberati si univano nell'orda di Manatassi, i pozzi venivano ostruiti con terra e pietre.

Il canale del Fiume della Vita era intasato, e non era possibile fuggire con le galee di Habbakuk Lal, e dall'est e dall'ovest nuove armate marciavano per rafforzare l'avanzata di Manatassi verso Opet.

Nonostante le perdite che Lannon aveva inflitto alle armate nemiche, queste sembravano immutate per numero e decisione. Ogni volta che Lannon piantava i suoi stendardi e contrastava l'offensiva di Manatassi, nuove orde venivano ad attaccarlo. Sebbene sterminasse i nemici a decine di migliaia, riuscivano a dissanguare le sue legioni e ogni volta le lasciavano più esauste, più dominate dalla disperazione che erodeva il loro spirito combattivo.

Il settantunesimo giorno, i seimila uomini di una intera legione pugnalarono gli ufficiali durante la notte e si dispersero in piccoli gruppi con il favore dell'oscurità. Si fermarono solo per riprendersi le loro donne nei villaggi intorno a Opet, e sparirono al sud.

Bakmor li inseguì per un tratto e ne trascinò un centinaio in catene ad affrontare la collera di Lannon. Erano tutti di sangue misto yuye, un gradino al di sopra dei liberti, la categoria più umile dei cittadini autorizzati a portare le armi del re. Sembrava che non tenessero al privilegio. Reso audace dalla certezza di non avere scampo, il loro portavoce si fece coraggio e prese la parola. Disse a Lannon: « Se ci avessi dato qualcosa per cui combattere, una condizione superiore a quella di un cane, saremmo rimasti con te ».

Lannon fece uccidere l'uomo con l'acqua bollente per punirlo della sua insolenza, e richiamò intorno alla città le due legioni rimaste.

Si accamparono sulle rive del lago, fuori delle mura, e Lannon guardò verso il nord, nella notte, e vide i fuochi dei bivacchi dell'esercito di Manatassi stendersi come un campo di gialle margherite su tutte le colline. Manatassi lo stringeva in una morsa.

Bakmor trovò il re alla periferia del campo, intento a osservare le posizioni del nemico; gli si avvicinò per portargli la prima buona notizia che avessero ricevuto da molti giorni.

« Abbiamo saputo qualcosa di Huy Ben-Amon, mio signore. » E Lannon si sentì sollevato.

« Dov'è? È vivo? È tornato? » chiese. Solo adesso ammetteva di fronte a se stesso di aver sofferto per la mancanza del piccolo sacerdote. Non l'aveva più visto da quando Huy era fuggito dalla caverna di Astarte durante la cerimonia della Terra Feconda.

Sebbene avesse ordinato una ricerca capillare e avesse offerto una ricompensa di cento dita d'oro per chi avesse dato informazioni, Huy era scomparso.

« È tornato? » Molte volte, nelle lunghe notti trascorse da allora, Lannon aveva desiderato la sua compagnia, i suoi consigli e il suo conforto.

Molte volte, nel fragore della battaglia aveva sperato di udire il grido di Huy, « Per Baal! » e il canto della grande scure.

Molte volte s'era augurato di poter rafforzare un battaglione di centro in difficoltà o di frenare il cedimento di un'ala con la presenza del sacerdote, che diventava sempre più indispensabile.

« Dov'è? » chiese.

« L'ha visto un pescatore. È sull'isola », disse Bakmor.

I giorni erano trascorsi nella nebbia dell'angoscia. Huy ne aveva perso il conto: uno sfumava nell'altro. Passava il tempo a scrivere sui rotoli. Aveva portato con sé i cinque rotoli aurei e quando non era nella capanna li teneva sepolti sotto il giaciglio.

Scriveva soltanto di Tanith, del proprio amore per lei e della sua morte. All'inizio aveva lavorato tanto di giorno quanto di notte, ma aveva consumato l'olio per la lampada; ora passava le notti vagando lungo la spiaggia e ascoltando il sibilo e il ringhio delle onde basse sulla sabbia, e il vento che, dall'altra parte del lago, scuoteva le fronde delle palme.

Si nutriva di molluschi d'acqua dolce e di qualche pesce che catturava nei fondali bassi; era diventato magro e sciatto; la barba e i capelli erano aggrovigliati e spettinati.

La sofferenza gli traspariva negli occhi stralunati, accesi da una luce di pazzia e di noncuranza per tutto ciò che non fosse il suo dolore. Molti di quei giorni senza speranza passarono prima che la collera e il risentimento cominciassero ad agire in lui. Dal profondo del suo essere ascendevano pensieri neri e minacciosi come le sagome degli squali attratti dall'odore del sangue.

Mentre stava chino sul fuoco, Huy pensava alla sua terra e ai suoi dèi. Gli sembrava che l'una e gli altri fossero crudeli e avidi. Una terra votata all'accumulazione della ricchezza senza contare il prezzo in sofferenze umane, e divinità frivole che pretendevano sacrifici... l'una e le altre erano avide e divoratrici.

Huy lasciò il fuoco e scese sulla spiaggia. Sedette sulla sabbia e l'acqua venne ad avvolgergli le caviglie prima di defluire. I pensieri tenebrosi persistettero, e ad essi si mescolarono i ricordi di Tanith.

Chiese agli dèi chi poteva aver scelto per il sacrificio l'amata del loro fedele servitore. Che altro pretendevano da lui? Aveva dato tutto ciò che gli era caro, ed esigevano ancora di più.

Era una crudeltà, aver scelto Lannon quale strumento per privarlo del suo amore. Si rammaricava di non aver detto a Lannon di Tanith: se avesse saputo del loro amore l'avrebbe protetta... Huy ne era sicuro. All'inizio aveva odiato Lannon, perché era stato lui a scegliere Tanith come vittima sacrificale.

Poi la ragione aveva vinto: ora si rendeva conto che Lannon aveva agito in buona fede. Non aveva saputo nulla della relazione tra loro; aveva saputo soltanto che la nazione correva un tremendo pericolo ed era necessaria una messaggera preziosa. Quindi era naturale scegliere Tanith: sia pure con riluttanza, Huy lo capiva e sapeva che avrebbe fatto altrettanto.

Non odiava più Lannon: ma adesso s'era scoperto a odiare coloro che l'avevano costretto a farlo. Gli dèi... quegli dèi senza pietà.

Il grande Baal sorse dal lago in tutto il suo splendore rosso e oro, e al di là delle acque Huy scorse i dirupi e le torri di Opet che rifulgevano all'orizzonte.

Mosso dall'abitudine di tutta una vita, Huy si alzò e allargò le braccia nel segno del sole e aprì la bocca per cantare le lodi di Baal.

All'improvviso cominciò a tremare di collera. Sentiva le vampate roventi che gli investivano l'anima, attizzavano il suo odio nel rogo funebre dov'era perita la sua fede.

« Maledetto! » gridò. « Che altro vuoi da me, divoratore di carne umana? Per quanto tempo ancora intendi farti gioco di me? »

Strinse i pugni e li alzò in un gesto di sfida verso il sole che sorgeva. Il suo viso si contrasse e le lacrime scorsero nella barba ispida. Si avviò verso il lago.

« Per quanto tempo ancora dovrò nutrire il tuo appetito crudele, assassino? Quanti altri innocenti dovranno morire per saziare la tua mostruosa sete di sangue? »

Si lasciò cadere in ginocchio sulla sabbia bagnata, e le onde gli salirono fino alla vita.

« Ti ripudio! » gridò. « Ripudio te e la tua compagna esangue! Non voglio più saperne di voi... vi odio. Mi senti? Ti odio! »

Poi tacque e piegò la testa. L'acqua frusciava intorno a lui. Dopo un po' la raccolse a manciate e si lavò la faccia. Si rialzò e tornò alla capanna. Provava un senso di liberazione fatale, la pace che segue una decisione irrevocabile. Non era più un sacerdote.

Mangiò un pezzo di pesce affumicato e bevve una ciotola d'acqua del lago prima di cominciare a lavorare sui rotoli.

Scrisse ancora di Tanith, cercando di ricordare ogni tono della sua voce, ogni sorriso e ogni smorfia e ogni risata, e il modo di tenere la testa... come se avesse il potere di donarle l'immortalità nelle parole, come se potesse darle vita per altri mille anni con le parole incise su una lamina d'oro imperituro.

A un certo punto alzò dal rotolo gli occhi miopi e vide che il giorno stava passando e che le lunghe ombre delle palme gettavano striature sulla sabbia gialla. Si chinò di nuovo sul rotolo e continuò a scrivere.

Lo scricchiolio d'un passo sulla sabbia risuonò fuori dalla capanna e un'ombra bloccò il sole.

Huy alzò di nuovo la testa. Sulla soglia stava Lannon Hycanus.

« Ho bisogno di te », disse.

Huy non rispose. Rimase curvo sul rotolo e fissò Lannon battendo le palpebre.

« Su quest'isola mi promettesti che non mi avresti mai abbandonato », continuò Lannon a voce bassa. « Lo ricordi? »

Huy continuò a fissarlo. Vide le rughe profonde della preoccupazione e della sofferenza incise sul volto di Lannon, gli occhi in ombra, il tono cinereo della pelle e i riflessi argentei della vecchiaia nella barba e alle tempie.

Vide le ferite non del tutto guarite che sanguinavano ancora attraverso le bende di lino. Vide un uomo spinto al limite estremo della forza e della volontà, un uomo che aveva nella gola il sapore amaro della sconfitta.

« Sì », disse Huy. « Lo ricordo. » Si alzò e andò incontro a Lannon.

Tornarono a Opet di prima mattina. Per tutta la notte erano rimasti seduti accanto al fuoco nella capanna di Huy e avevano parlato.

Lannon gli parlò dell'andamento della campagna e della situazione della nazione. Gli disse di ogni battaglia e di ogni strategia impiegata dal nemico.

« Avevo contato molto sugli elefanti da guerra, ma era una fiducia mal riposta. Li abbiamo perduti quasi tutti al primo scontro. I nemici usavano lance intinte nel veleno di innumerevoli api. Ho saputo da un prigioniero che avevano usato il fumo per svuotare centinaia di alveari e avevano spremuto il veleno da ogni pungiglione. Il bruciore delle ferite ha fatto impazzire i miei elefanti, che si sono lanciati contro le nostre linee. Siamo stati costretti a ucciderli.

« E poi, avevano addestrato uomini che, lanciati dai compagni, sono capaci di balzare sul dorso degli elefanti. Volano nell'aria come acrobati: uccidevano i conducenti e poi trafiggevano gli elefanti alla base del collo. »

« La colpa è mia », disse Huy. « Ero stato io a parlargli di queste tattiche usate dai romani contro gli elefanti di Annibale. Non ha dimenticato una sola parola dei miei insegnamenti. »

Lannon parlò a Huy di ogni battaglia che, sebbene vittoriosa, aveva indebolito Opet; parlò della lenta ritirata di fronte alle orde nere, della disperazione crescente delle legioni, le diserzioni e gli ammutinamenti, la distruzione di gran parte delle navi sulle spiagge e l'ostruzione del canale.

« Quante navi rimangono? »

« Nove galee », rispose Lannon. « E una quantità di pescherecci. »

« Abbastanza per portarci tutti oltre il lago, sulla riva meridionale? »

« No. » Lannon scosse la testa. « Non bastano. »

Continuarono a parlare per tutta la notte e, nell'ora buia che precede il primo barlume dell'alba, Lannon fece la domanda che aveva avuto sulle labbra fin dalla sera. Sapeva che Huy se l'aspettava.

« Perché mi hai abbandonato, Huy? » chiese a voce bassa. Se voleva far credere a Huy che non sapeva nulla della sua relazione con la strega, e che la scelta di Tanith come vittima era stata casuale, doveva fingersi ignaro di tutto.

Huy alzò la testa e la luce del fuoco illuminò dal basso la sua faccia, lasciando gli occhi immersi nell'ombra.

« Non lo sai? » chiese Huy, scrutando Lannon.

« So soltanto che hai gridato il nome della strega e poi sei fuggito. »

Huy continuò a scrutarlo nella luce del fuoco, in cerca di un segno di colpa, d'inganno. Non ne trovò. Il volto di Lannon era stanco e teso, ma gli occhi azzurri erano franchi, limpidi.

« Cos'è successo, Huy? » insistette Lannon. « Me lo sono chiesto tante volte. Che cosa ti ha fatto fuggire dal tempio? »

« Tanith. L'amavo », disse Huy, e l'espressione di Lannon cambiò. Lo fissò per lunghi istanti, sbigottito e addolorato.

« Oh, amico mio, che cosa ti ho fatto? Non lo sapevo, Huy non lo sapevo! »

Huy abbassò lo sguardo sul fuoco e sospirò.

« Ti credo », disse.

« Prega Baal di perdonarmi, Huy », bisbigliò Lannon, e si tese per stringergli la spalla. « Per niente al mondo avrei voluto causarti questo dolore. »

« No, Lannon », rispose Huy. « Non pregherò mai più. Ho perduto il mio amore e ho rinnegato i miei dèi. Ora non mi resta nulla. »

« Hai ancora me, mio vecchio amico », disse Lannon, e Huy gli sorrise timidamente.

« Sì », disse. « Ho ancora te. »

Portarono i rotoli d'oro e la scure degli Avvoltoi sulla spiaggia dove Bakmor e l'equipaggio del peschereccio attendevano pazienti, e giunsero a Opet di prima mattina.

Le legioni acclamarono il re e il sacerdote mentre passavano attraverso l'accampamento, e Huy sentì le lacrime bruciargli gli occhi.

« Non lo merito », mormorò. « Li avevo abbandonati. Avrei dovuto restare con loro. »

Anche se le due legioni erano state ricostituite con ciò che restava delle nove esistenti in origine, Huy aveva l'impressione che avessero come fondamento la Ben-Amon. Dovunque vedeva facce note che gli sorridevano affettuosamente. Si fermò a parlare, sforzandosi di mantenere un tono ottimista mentre guardava le corazze ammaccate e le ferite fasciate in modo rudimentale, appena guarite oppure suppurate.

Vedeva quanto erano sfiniti, d'uno sfinimento che colpiva l'anima e non solo il corpo. I sorrisi erano fuggevoli, le acclamazioni uscivano con uno sforzo dalle gole riluttanti... tuttavia avevano ancora spirito combattivo. Per fortuna non erano indeboliti ulteriormente dalle febbri che tanto spesso colpivano un esercito accampato. Era strano: quando si muovevano regolarmente e non sostavano in un luogo abbastanza a lungo per inquinare le riserve d'acqua o per accumulare montagne di sterco putrido, allora molto spesso le febbri non comparivano.

C'erano ventiseimila uomini accampati sulla riva del lago, e sembravano decisi. Huy sentì la fiamma della speranza e della fiducia riscaldargli le viscere mentre passava in mezzo a loro. Forse avrebbe potuto fare qualcosa, con quelle forze a disposizione.

Lannon e Huy pranzarono con gli ufficiali. Essendo così vicino ai granai di Opet non c'era scarsità di grano, di carne o di vino; banchettarono e si scambiarono brindisi, mentre gli uomini si godevano la doppia razione di vino che Lannon aveva ordinato di distribuire. Nel pomeriggio, il re permise alle mogli di entrare nel campo. Era un privilegio che di norma veniva concesso solo dopo una grande vittoria, non prima d'una battaglia. Arrivarono a migliaia dalla città... e molte di loro erano mogli per un solo giorno e per più d'un marito.

« Lasciate che se la godano », commentò Lannon con un tono di rammarico nella voce mentre attraversava il campo con una scorta di ufficiali e di legionari scelti. « Gli dèi sanno che potrebbe essere l'ultima volta per molti di loro. » Poi la sua voce s'indurì. « Ma assicuratevi che nessuna delle donne rimanga dopo il tramonto. »

C'era qualcosa di disperato negli accoppiamenti collettivi, come se la vita tentasse di garantirsi la sopravvivenza alla vigilia dell'estinzione, come se nei movimenti dell'amore fosse possibile negare il massacro dell'indomani.

Lannon li lasciò alla loro frenesia e precedette la scorta fuori del campo al trotto, con l'andatura sciolta e svelta di una legione in marcia forzata. Condusse gli altri su uno sperone sporgente che permetteva di vedere la riva del lago per venti miglia in ogni direzione. Rimasero per molte ore e guardarono le orde di Manatassi che sbucavano dai valichi e scendevano verso le rive digradanti. Osservarono quasi sempre in silenzio perché era uno spettacolo che agghiacciava le anime degli uomini più coraggiosi.

Era come se una massa di pitoni neri uscisse dalla tana e fluisse verso l'esterno in lunghe colonne. Era una distesa di uomini che sembrava sterminata, un movimento di forze primordiali. Appariva inevitabile e inesorabile come le maree, come l'avanzata dei nembi temporaleschi in un cielo estivo; nel vederla tutti tacevano turbati.

Manatassi si accampò sul lago con la sua avanguardia a cinque miglia appena dal campo di Lannon. Ma la retroguardia del suo esercito non era ancora uscita dalle colline, e la pianura brulicava dei suoi reggimenti. Il numero delle sue truppe era infinito, era impossibile contarle. Non sapevano dove terminassero quelle colonne.

Lannon e Huy scesero dall'altura all'imbrunire. La stella di

Astarte era un punto luminoso nel cielo d'indaco sopra Opet. Huy ne distolse lo sguardo.

Raggiunsero il porto e assistettero all'imbarco di donne e bambini sulle galee rimaste ad Habbakuk Lal. Durante la notte avrebbero preso il largo e atteso l'indomani mattina, fino al termine della battaglia. Se l'esito fosse stato sfavorevole a Opet, come Huy sapeva che sarebbe accaduto inevitabilmente, allora avrebbero attraversato il lago e si sarebbero diretti verso sud nel tentativo di precedere Manatassi. Gli uomini sopravvissuti li avrebbero seguiti per quanto fosse stato possibile.

Non c'era posto per tutti a bordo delle galce, e perciò s'imbarcarono per prima le donne reali e le nobili, seguite dalle sacerdotesse e dalle donne delle famiglie mercantili. A un certo punto vi fu un momento pericoloso, quando un'orda di donne yuye e senza casta tentarono di assaltare il porto per salire sulle navi. Furono respinte a bastonate dai marinai di Habbakuk Lal. Huy provava per loro una pietà profonda mentre quelle urlavano e si coprivano la testa con le mani per ripararsi dai colpi. Una giovane yuye rimase stordita sul molo, con la testa china sul bimbo che teneva in grembo e il sangue che le scorreva dai lunghi capelli neri e formava una lunga ombra sulle pietre.

Lannon si congedò dalle mogli e dai figli sul ponte dell'ammiraglia di Habbakuk Lal. Rimase assente e dignitoso mentre ognuna delle donne veniva a inginocchiarsi davanti a lui. Poi alle madri seguirono i figli, che Lannon degnò appena di un'occhiata.

Le gemelle erano diventate giovani donne in età da marito, graziose e vivaci con le lunghe trecce bionde. Andarono a baciare per l'ultima volta Huy, che disse loro addio con voce roca. I figli più giovani erano ignari della gravità del momento: erano stanchi e petulanti, e litigavano tra loro o strillavano fra le braccia delle bambinaie.

Lannon e Huy tornarono indietro con una barca sulle acque nere dove danzavano le lucciole delle torce. La folla era ammassata silenziosa sul molo: si aprì con riluttanza per lasciarli passare e Huy percepì un'atmosfera molto simile all'ostilità. La scorta si strinse intorno a loro: si affrettarono ad attraversare le vie della città per tornare all'accampamento.

C'erano falò accesi per le vie, e scene di baldoria e di ubriachezza mentre i cittadini più umili di Opet coglievano le ultime ore di piacere prima del temuto domani. Le orge erano ancora più scatenate e grottesche di quelle delle feste religiose. Uomini e donne ballavano nudi nella luce delle fiamme, oppure giacevano nelle pozze di vomito, storditi dall'ubriachezza, mentre altri si accoppiavano senza vergogna sotto gli occhi di tutti.

Huy vide una donna che passava barcollando ebbra, con la tunica lacera e sporca di vino che le pendeva dalle spalle e lasciava scoperto un seno tondo e grasso e un capezzolo color rame. Inciampò e cadde in uno dei fuochi, e i suoi capelli esplosero in un lampo di fiamma color arancio.

Nell'ombra e nei vicoli bui correvano altre figure, chine sotto fardelli pesanti, e Huy comprese che i saccheggiatori erano già all'opera per svuotare le case abbandonate dei ricchi. Huy sapeva che i suoi schiavi proteggevano ancora la sua abitazione; ma provò una fitta d'allarme quando ricordò i libri d'oro.

« Mio signore, concedimi un'ora », disse quando arrivarono alla svolta che conduceva alla sua casa in riva al lago.

« Cosa c'è, Huy? » chiese irritato Lannon. « C'è ancora tanto da fare e dobbiamo riposare. Perché hai bisogno di tanto tempo? »

« Devo accomiatarmi dalla servitù. Devo sollevare gli schiavi dai loro doveri e nascondere i miei preziosi, e soprattutto mettere al sicuro i rotoli d'oro. »

« Come vuoi », concesse irritato Lannon. « Ma non perdere tempo. Torna appena puoi. »

I vecchi schiavi non capirono perché Huy li congedasse.

« È casa nostra », lo implorarono. « Non scacciarci. » E Huy non seppe spiegare. Li lasciò intruppati nelle cucine, sbigottiti e spaventati.

Con l'aiuto d'uno degli schiavi più giovani, chino come lui sotto il peso immenso dei rotoli, Huy attraversò il tempio di Baal ed entrò nella caverna di Astarte. Era silenziosa e deserta. Le sacerdotesse erano tutte a bordo delle galee nel porto. Huy passò accanto al laghetto e guardò nelle profondità verdi.

« Aspettami, amor mio », disse. « Ti seguirò presto. Verrò al tuo fianco. »

Attraversò la sala dell'oracolo e trovò gli ufficiali della guardia nella camera adiacente. Lo salutarono con gioia.

« Avevamo sentito dire che eri morto, santo padre. »

« Dobbiamo ancora restare qui di guardia, o signore? »

« Non tenerci qui al tempio: permettici di combattere al tuo fianco. »

Lo aiutarono a riporre i rotoli nei vasi di coccio e a sigillarli, quindi li portarono nell'archivio e li collocarono sui ripiani di pietra, nascosti da una fila di recipienti più grandi.

Huy guidò i quattro ufficiali e cento uomini della legione Ben-Amon attraverso la città, fino all'accampamento dell'esercito, lasciando indifeso il tempio. Lannon l'accolse con sollievo.

« Dubitavo che tornassi, Huy. Pensavo che il fato ci avesse separati ancora una volta. »

« Ti ho fatto una promessa, mio signore », gli assicurò Huy. « Guarda che cosa ti ho portato. » Lo condusse fuori della tenda e gli mostrò la guardia del tempio. Cento dei migliori guerrieri di Opet, che valevano quanto una coorte di soldati yuye. Lannon rise.

« Huy, tu compi miracoli. » Si voltò a osservare i nuovi arrivati: erano freschi, con le armature lucide e brunite e con un'aria ardente e animata che contrastava con la stanchezza del resto del suo esercito.

Lannon parlò agli ufficiali. « Sarete la mia guardia. Quando incomincerà la battaglia, dovrete restare vicino a me e a Huy Ben-Amon. » Quindi li congedò perché andassero a mangiare e a riposare.

Sotto la grande tenda di pelle, Lannon e Huy fecero i piani per la battaglia, decisero le formazioni da impiegare, stabilirono le evoluzioni per ogni eventualità mentre gli scribi preparavano gli ordini.

Vennero interrotti di continuo da ufficiali e aiutanti che chiedevano disposizioni o segnalavano i movimenti dei nemici.

Rib-Addi chiese udienza. Si fregava nervosamente le mani e si tirava la barba e sussurrava in toni misteriosi.

« Il tesoro, mio signore. Dobbiamo trasferirlo al sicuro? »

« Dimmi quale posto è sicuro », ringhiò Lannon, alzando gli occhi dalla plancia d'argilla su cui studiava le posizioni insieme a Huy. « Là fuori nessuno sa della porta con il simbolo del sole. Lascia il tesoro dov'è: resterà lì finché torneremo a prenderlo. »

« Le guardie sono state ritirate », insistette Rib-Addi. « Non è giusto... »

« Ascoltami: sarebbero necessari mille uomini e dieci giorni per portar via il tesoro, e io non ho né gli uomini né il tempo. Va', lasciaci in pace. Abbiamo cose più importanti di cui occuparci. »

Rib-Addi se ne andò con aria depressa. Cosa poteva esistere di più importante dell'oro e dei tesori?

Prima di mezzanotte Lannon si raddrizzò e si passò le mani tra i folti riccioli dorati e striati d'argento. Sospirò. Aveva l'aria stanca e sofferente.

« Per ora non possiamo far altro, Huy. Il resto è nelle mani degli dèi. » Cinse con un braccio le spalle di Huy e lo condusse verso la soglia. « Una coppa di vino, una boccata d'aria del lago... e poi a dormire. »

Si fermarono davanti alla tenda e bevvero insieme. Una brezza fresca cominciò a soffiare dal lago e fece oscillare le nappe degli stendardi dorati.

Qualcosa che in un primo momento Huy scambiò per un grosso cane bruno addormentato contro la tenda, si scosse nel sentire le loro voci. E vide che era il piccolo capo cacciatore boscimano, Xhai, fedele come sempre, che dormiva accanto all'entrata della tenda del padrone. Sorrise quando li vide, e andò ad accovacciarsi ai piedi di Lannon.

« Ho cercato di mandarlo via », disse il re. « Ma non capisce. Non vuol andarsene. » Lannon sospirò. « Mi sembra così inutile che debba morire anche lui: ma come posso costringerlo a lasciarmi? »

« Affidagli una missione », suggerì Huy, e Lannon lo fissò pensieroso.

« Quale missione? »

« Mandalo in cerca di tracce di granleone sulla riva meridionale. Ti crederà. »

« Sì, mi crederà », disse Lannon. « Spiegaglielo, Huy. »

Huy spiegò all'ometto giallo, nella sua lingua, che il re voleva cacciare ancora una volta il granleone. Gli occhi obliqui di Xhai si socchiusero in un sorriso. Annuì, felice di potersi rendere utile all'uomo che considerava un dio.

« Devi andare subito », aggiunse Huy. « È urgente. »

Xhai abbracciò le ginocchia di Lannon, quindi arrotolò la stuoia dove aveva dormito e sparì fra le ombre dell'accampamento. Quando si fu allontanato rimasero in silenzio per un po' fino a che Lannon disse: « Ricordi la profezia, Huy? »

Huy annuì, ricordando la profezia di Tanith.

« Chi regnerà in Opet dopo di me? »

« Colui che ucciderà il granleone. »

Ricordava anche la profezia successiva.

« Che cosa devo temere? »

« Il nero. »

Huy si voltò e guardò verso nord dove stava accucciata la Grande-belva-Nera, pronta a balzare all'attacco. I pensieri di Lannon rispecchiarono i suoi.

« Sì, Huy », mormorò. « Il nero! » Vuotò la ciotola del vino e la scagliò nel fuoco, sollevando uno zampillio di scintille.

« Per mano di un amico », disse ricordando l'ultima profezia. « Vedremo », disse. « Vedremo. » Poi fissò Huy e vide la sua espressione.

« Oh, perdonami, amico mio. Non intendevo riattizzare il fuoco del tuo dolore. Non avrei dovuto ricordarti quella ragazza. »

Huy finì di bere il vino e gettò la ciotola nel fuoco. Non c'era bisogno che qualcuno gli rammentasse Tanith: era sempre nei suoi pensieri.

« Andiamo a riposare », disse, ma il suo viso era devastato dall'angoscia.

Le grida e le trombe destarono Huy, e il suo primo pensiero fu che Manatassi avesse sferrato un attacco notturno contro il campo. Indossò l'armatura, prese la scure degli Avvoltoi e uscì dalla tenda agganciando le cinghie della corazza.

Il cielo notturno era rischiarato da una luce simile a quella dell'aurora. Ma giungeva dalla direzione sbagliata, dal lago, e illuminava le torri e le mura di Opet.

Lannon lo raggiunse, ancora semiaddormentato, e imprecò mentre indossava la corazza e l'elmo.

« Che cos'è, Huy? » chiese.

« Non lo so », ammise Huy, e rimasero a scrutare la strana luce che diventava sempre più viva fino a rischiarare i loro lineamenti.

« Il porto! » esclamò Huy, che aveva compreso. « La flotta. Le donne. »

« Baal misericordioso! » gemette Lannon. « Vieni! » Corsero via insieme.

Manatassi aveva fatto togliere i tubi dalle galee tirate in secco, prima d'incendiarle. Qualche esperimento gli aveva mostrato come funzionavano: era una procedura semplice, che dipendeva soprattutto dalle correnti e dalla direzione del vento. Aveva portato quei tubi per via di terra e li aveva fatti installare a prua di un paio di pescherecci caduti nelle loro mani, che avevano equipaggi formati da schiavi ansiosi di unirsi all'invasore.

Il vento aveva favorito il suo scopo e aveva portato silenziosamente le imbarcazioni nell'imboccatura del porto di Opet. Manatassi era partito a bordo d'uno dei pescherecci, e adesso era a prua, avvolto nella veste di pelli di leopardo, e assisteva con occhi feroci mentre i getti lanciati sulla superficie dell'acqua mossa esplodevano in fiamme.

Portate dal vento, le fiamme spazzarono il porto in una muraglia ruggente, fragorosa come una cascata, che illuminava il cielo in una falsa aurora.

A fianco di Lannon, Huy stava sul molo. L'intero bacino del porto era invaso da alte fiamme gialle che rombavano avide, e le nubi di fumo nascondevano il cielo stellato e si diffondevano fetide sopra la città.

Le galee di Habbakuk Lal sembravano isole in un mare di fuoco. I ponti erano affollati di donne e bambini di tutte le nobili famiglie di Opet, e le loro urla erano più forti del rombo sordo del fuoco.

Gli astanti sulla riva non potevano salvarli: assistevano impotenti mentre dai vicoli coloro che non avevano potuto imbarcarsi gridavano e ridevano.

Le fiamme avvolsero gli scafi di legno e le cime degli ormeggi, e salirono fulminee verso i ponti affollati.

Come formiche su un pezzo di legna marcio da ardere, i passeggeri correvano qua e là sui ponti, senza meta, fino a che il cerchio di fuoco si stringeva e li avviluppava.

Una delle galee incominciò a spingersi alla deriva verso la costa. Le cime dell'ancora erano bruciate e il vento la sospingeva e la faceva girare e ondeggiare lentamente, con l'albero e le sartie delineati in linee di fuoco giallo. Sul castello di poppa, abbracciate con i capelli biondi sfolgoranti nella luce del fuoco, c'erano Helanca e Imilce, le figlie gemelle di Lannon Hycanus.

Prima che la galea toccasse il molo di pietra le fiamme l'avvolsero completamente, e le due ragazze sparirono.

Manatassi assisteva alla scena e la luce del fuoco si rispecchiava nei feroci occhi gialli. Quando le ultime fiamme si spensero e restarono solo i gusci fumanti delle navi, levò la mano di ferro in un gesto di comando. I due pescherecci alzarono le vele e uscirono dal porto, spinti dal vento, e tornarono a nord dove l'esercito di Manatassi fremeva nell'alba come un mostro che si risveglia.

Era lo stato d'animo più adatto per combattere l'ultima battaglia, quel miscuglio di tristezza e di collera, pensò Huy mentre passava con Lannon tra le file dei loro uomini.

Il sole s'era levato e gettava lunghe ombre sull'erba pallida della pianura. Sulla sinistra si estendeva l'azzurro vivace del lago, screziato di creste di spuma dalla brezza mattutina. Gli uccelli acquatici volavano bassi in formazioni a « V », bianchi contro il celeste sereno del cielo. Sulla sinistra si ergevano i bastioni tormentati dei dirupi, sfumati di rosa e coronati dalla vegetazione verdescura.

Huy guardò il lago e i dirupi e li vide solo come dei punti cui ancorare le ali del suo schieramento.

Davanti alle mura il terreno era scoperto, con bassi cespugli e pochissimi alberi alti e ombrosi: digradava dolcemente dai dirupi al lago per un'ampiezza d'un miglio romano. Era chiaro che da quella parte non potevano venire sorprese, sebbene fosse un tratto caratterizzato da una serie di dossi come le onde di un oceano addormentato.

Dietro di loro c'erano le costruzioni e le vie della città bassa, un labirinto di bassi edifici d'argilla e di tetti piatti, mentre più indietro stavano le massicce mura di pietra del tempio e le cime delle torri del sole.

Era il posto adatto per combattere l'ultima battaglia, quel fronte con i fianchi saldi e una linea di ritirata aperta.

Lannon procedette fra i ranghi. Il suo passo rivelava una decisione che smentiva gli occhi stanchi e il volto scavato dalla sofferenza, il volto di un uomo che ha veduto la sua famiglia perire tra le fiamme senza poter far nulla. Huy lo seguiva a un passo di distanza e si muoveva con quell'andatura un po' sghemba che tutti conoscevano. Portava la scure sulle spalle e la corazza, modellata sulla schiena gobba, era lustra e brillava al sole. Bakmor e un gruppo di ufficiali lo seguivano.

Le legioni erano schierate in formazioni da combattimento, e Huy non trovò nulla da eccepire sulla loro posizione. La fanteria leggera costituiva uno schermo; ogni uomo portava, oltre a spada e pugnale, un fascio di giavellotti. Dietro di loro era schierata la fanteria pesante, colossi armati di scuri e di lance e con pesanti corazze, che costituivano la spina dorsale delle legioni. In caso di difficoltà, la fanteria leggera poteva ritirarsi dietro di loro e lasciare che il nemico andasse a infrangersi contro quella solida scogliera.

Alla retroguardia stavano gli arcieri, disposti in blocchi ordinati dai quali potevano scagliare gragnuole di frecce sopra le teste dei fanti.

In un primo momento, il passaggio di Lannon davanti alle sue schiere si svolse in silenzio. Gli uomini stavano in riposo, appoggiati alle armi; molti s'erano tolti l'elmo e alcuni masticavano un ultimo boccone. E tutti mostravano la calma superficiale del veterano che molte volte ha affrontato la morte e ne conosce bene la faccia da puttana e il puzzo dell'alito. Molti di loro avevano ancora sul corpo i segni delle sue unghiate, ma non c'era traccia di paura sui loro volti, non c'erano ombre nei loro occhi.

Huy provò un senso di umiltà quando incontrò i loro sguardi decisi, e uno slancio d'orgoglio quando uno di loro sorrise e gridò: « Abbiamo sentito la tua mancanza, santo padre! »

« Sono felice d'essere tornato », disse Huy; e quelli che l'udirono, mormorarono in segno d'approvazione. Huy passò, seguito da un fremito di animazione.

Vi furono rapidi scambi di battute baldanzose cui parteciparono anche Lannon e gli ufficiali.

« Lasciane qualcuno anche per noi, Avvoltoio-del-Sole », gridò un vecchio centurione dai capelli grigi.

« Credo che ce ne saranno abbastanza per tutti », rispose Huy con un sorriso.

« Troppi? » gridò un'altra voce.

« No, non abbastanza », rispose Lannon. « Perché nessuno dei nostri nemici si chiama Ben-Amon. »

Allora tutti lo acclamarono a gran voce, e il grido si ripeté lungo l'intera linea, dai dirupi al lago. Nuove ondate di suoni e di grida li seguirono quando andarono a prendere posto al centro della linea, su di un'altura dalla quale avrebbero potuto vedere tutto il campo.

Sopra le loro teste s'innalzavano gli stendardi carichi d'oro e di nappe di seta multicolore, e dietro di loro stavano i cento uomini della guardia del tempio. Huy girò lo sguardo sulle coorti schierate disciplinatamente, con il sole che scintillava sugli elmi e sulle armi, e pensò che erano gli uomini ideali con cui combattere l'ultima battaglia... e con cui morire.

Allentò la cinghia dell'elmo, se lo tolse e lo tenne nell'incavo del braccio.

« Vino! » chiamò, e i ragazzi delle salmerie arrivarono correndo con ciotole e anfore. Era il vino migliore della riserva di Huy, ricco e rosso come il sangue che presto avrebbe intriso quel campo.

Huy alzò la ciotola per brindare agli ufficiali, quindi si girò verso Lannon. Si guardarono per un lungo istante.

« Vola per me, Avvoltoio-del-Sole », disse Lannon a voce bassa.

« Oggi ruggisci per me, Granleone di Opet », rispose Huy. Bevvero e spezzarono le ciotole e risero insieme per l'ultima volta. Gli uomini intorno a loro li sentirono ridere e, incoraggiati, volsero gli sguardi verso il nord.

Manatassi avanzava nel mattino caldo e luminoso. Avanzava con un fronte che riempiva la pianura dalla riva del lago ai piedi dei dirupi. Avanzava cantando con cinquecentomila gole, e al ritmo dei piedi scalzi e dei sonagli che saliva nel cielo come un tuono. Avanzava in ranghi ordinati e spaziati per lasciare a ogni uomo la possibilità di muoversi per combattere, ma le file più arretrate incalzavano le prime, pronte a presentare un fronte compatto e ininterrotto.

Avanzava con file e file innumerevoli, e non c'era fine alla sua avanzata, e il canto era profondo e sordo.

Avanzava come l'ombra di nembi temporaleschi che si muove lenta e maestosa sopra il terreno, avanzava nero come la notte e numeroso come i fili d'erba nei campi, e il canto assumeva un suono più aspro e minaccioso.

Huy rimise l'elmo, allacciò la cinghia. Tolse la custodia di pelle alla scure degli Avvoltoi e guardò Manatassi che avanzava con un milione di piedi come un unico, immenso animale nero sovrastato dallo spumeggiare dei pennacchi, e le lame delle lance brillavano in quel nero come le sfaccettature degli occhi degli insetti.

In tutta la sua vita non aveva mai visto nulla che fosse paragonabile a Manatassi in tutta la sua potenza. È un nemico degno quello che affronti nell'ultima battaglia, pensò, e non sarà disonorevole essere sconfitto da lui.

Manatassi continuò ad avanzare oltre i contrassegni che Huy aveva piazzato sul suo fronte per misurare le distanze: duecento passi, centocinquanta... e la polvere sollevata da un milione di piedi si levò come un banco di fumo dorato sopra l'orda, e coprì i nemici che apparivano interminabili da quella nube in movimento.

Huy si sentì inaridire la bocca, sentì il fremito del sangue che gli scorreva nelle vene. Levò alta la scure degli Avvoltoi e guardò a destra e a sinistra per assicurarsi che tutti i comandanti degli arcieri avessero visto il segnale.

Centocinquanta passi; e la marea nera avanzava verso di lui. Il canto cambiò di nuovo, per la sete di sangue divenne più alto e stridulo, l'ululato più acuto, il suono più agghiacciante che Huy avesse mai udito. Si sentì rizzare i capelli ed ebbe la sensazione che le viscere volessero abbandonare il suo corpo.

Continuavano ad avanzare, pestando i piedi, battendo le lance sugli scuri, e i pennacchi ondeggiavano. Huy rimase immobile, con la scure brandita.

Cento passi, Huy abbassò la scure e nello stesso istante l'aria si riempì del sibilo smorzato delle ali delle anitre selvatiche in volo al crepuscolo.

Le frecce salirono, descrissero archi nel cielo e piovvero contro i nemici in sciami fitti come quelli delle locuste, e un ringhio salì dalla massa nera, il ringhio della belva. Ma la moltitudine continuò ad avanzare tra i giavellotti, parve passare indenne perché i varchi aperti nel fronte venivano colmati immediatamente e i caduti erano nascosti dalla massa di coloro che passavano calpestandoli.

La fanteria leggera di Huy si dissolse di fronte all'avanzata massiccia e ripiegò tra le file della fanteria pesante. Manatassi investì il fronte di Huy.

Sembrava che nulla potesse frenare quell'esercito, troppo massiccio e ampio e forte. Doveva sfondare quella linea di elmi scintillanti.

E poi, incredibilmente, la massa nera non avanzò più: si ammucchiò su se stessa come una quantità di tronchi che s'intasano su un fiume. Le file che premevano per avanzare invasero lo spazio utile all'avanguardia per combattere; questa fu impastata come una massa convulsa, e rigettata contro l'irta siepe metallica che era la prima linea di Huy.

Poi le file dei nemici incominciarono a indietreggiare, risucchiate come l'onda del mare da una spiaggia in forte pendenza.

Immediatamente gli uomini armati di giavellotto avanzarono tra le file della fanteria pesante per attaccare il nemico in ritirata mentre le grida dei centurioni giungevano chiaramente fino a Huy.

« Serrate le fila qui! »

« Qua i giavellotti! »

« Chiudete quel varco! »

« Uomini, uomini, qui! »

Manatassi arretrò e si raccolse come una grande ondata e

avanzò di nuovo, si avventò con violenza, guadagnò qualche passo di terreno e arretrò ancora, si raccolse e riprese ad avanzare acquisendo slancio e avventandosi di nuovo contro il fronte di Huy.

A mezzogiorno Lannon e Huy furono costretti ad abbandonare il loro posto d'osservazione perché il combattimento imperversava ai loro piedi. Gli stendardi indietreggiarono.

Un'ora dopo mezzogiorno, Huy ordinò alle sue ultime riserve di portarsi in linea e tenne a disposizione soltanto la guardia del tempio perché difendesse gli stendardi. Le onde nere continuarono a irrompere sulla prima linea con un ritmo terribile e immutato, come i marosi dell'oceano.

Huy cedette lentamente. Ogni volta si ritirava quanto necessario per rinsaldare il suo fronte. Era ormai così sgranato da dare la sensazione che ogni nuovo assalto della marea nera dovesse sfondarlo. Ma reggeva ancora.

Poi arrivarono nella città bassa, e combatterono per le strade. Huy rimase tagliato fuori dalla possibilità di seguire la battaglia nel suo complesso. Vedeva solo una via stretta, intasata da un pugno di legionari che respingevano l'assalto dei guerrieri negri.

Per la prima volta in quel giorno, Huy fu coinvolto nel combattimento. Un piccolo gruppo di negri dagli occhi folli irruppe tra le fila davanti a lui. Erano lucidi di sudore e di grasso e avevano le facce dipinte da strisce di ocra bianca che li facevano apparire mostruosi e irreali.

Huy li falciò rapidamente e ordinò a una squadra di guardie del tempio di chiudere la breccia che avevano aperto.

In quel momento comprese che la battaglia era sfuggita al suo controllo. Lui e Lannon erano isolati in una cellula di combattenti, e potevano comandare soltanto quelli dei loro uomini che erano rimasti a portata di voce.

Da una parte, lontano nel campo, giunse il ruggito animalesco del trionfo, e Lannon strinse le spalle di Huy e gli gridò all'orecchio: « Credo che abbiano sfondato ». Huy annuì.

La battaglia campale era terminata. Huy sapeva che attraverso le molte brecce aperte nella sua prima linea si stavano riversando i nemici. Ora sarebbe diventata una rotta. Il miracolo non si era compiuto... l'ultima battaglia era perduta.

« Ripieghiamo nel tempio? » Lannon gridò la domanda, e Huy annuì di nuovo. L'esercito di Opet non esisteva più; era ridotto a centinaia di gruppi isolati d'uomini disperati, impegnati spalla a spalla e schiena a schiena nell'ultimo combattimento, un combattimento che non poteva concludersi con la resa ma soltanto con la morte.

Richiamarono intorno a loro le guardie del tempio e tornarono indietro lungo la via, ad andatura sostenuta, presentando al nemico un compatto fronte di scudi.

Le orde di Manatassi erano dietro di loro, adesso, esattamente tra loro e il tempio. Avevano appiccato il fuoco alla città bassa, e le fiamme dilagavano rapidamente. Le vie attraversate da Huy erano piene di cittadini atterriti e di gruppi di guerrieri insanguinati. Huy passò oltre, con gli scudi bloccati nella formazione a testuggine, immune dalla pressione dei negri che li seguivano e dalle volute untuose del fumo nero che saliva intorno a lui.

La porta principale del tempio era aperta e indifesa. Le guardie erano fuggite, il recinto era vuoto e silenzioso. Huy e dieci uomini rimasero sulla gradinata mentre Lannon faceva chiudere i battenti: all'ultimo istante, Huy passò a corsa con i suoi prima che il varco si bloccasse.

Riposarono appoggiandosi alle armi insanguinate, allentarono le cinghie degli elmi, si tersero il sudore dagli occhi.

« La porta orientale? » chiese Huy a Lannon. « È difesa? Hai mandato a chiuderla? »

Lannon lo fissò sgomento. Il suo silenzio era una risposta eloquente alla domanda.

« Uomini! » Huy ne scelse alcuni con un movimento del braccio. « Seguitemi! » Ma era troppo tardi. Dalla porta più piccola stava entrando nel tempio una marea di guerrieri negri.

« Testuggine! » gridò Huy. « Alla caverna! » Si disposero di nuovo in formazione e si mossero come un armadillo dalle squame metalliche, attraverso il recinto, mentre i guerrieri brulicavano intorno a loro, incapaci di sfondare la perfetta struttura di scudi disposti a guscio di tartaruga. Il fumo della città incendiata li avvolgeva, li soffocava e li accecava.

All'improvviso l'uomo accanto a Huy urlò e si strinse l'inguine. Il sangue gli fiottò fra le dita mentre cadeva in ginocchio. Il terreno su cui avanzavano era cosparso di guerrieri morti, falciati dalla testuggine. Dovevano scavalcarli. Dozzine degli uomini che s'erano finti morti ripresero vita all'improvviso, rotolarono fulmineamente su se stessi e colpirono dal basso in alto gli uomini che stavano passando su di loro.

Huy gridò un avvertimento, ma invano. I nemici erano all'interno del corpo della testuggine e balzavano in piedi, sferravano affondi e fendenti e costringevano gli uomini di Huy a voltarsi e a difendersi, e a esporre la schiena agli invasori che stavano fuori.

La testuggine si disintegrò in una folla di individui, e lo sciame nero si riversò su di loro come se fosse formato da api.

« Con me! » Huy radunò intorno a sé Lannon, Bakmor e alcuni altri. Eruppero dalla folla in un gruppo serrato e corsero verso l'imboccatura della caverna. Il fumo era denso e oleoso, li soffocava e li faceva tossire. Huy brandiva la scure, aprendo un varco. Cinque di loro raggiunsero l'entrata della caverna; ma Bakmor era stato colpito alle costole. Premette la mano contro la ferita cercando di arrestare il flusso del sangue. Huy passò la scure nell'altra mano e lo aiutò a salire i gradini. Il sangue di Bakmor gli scorreva lungo il fianco, caldo e gelatinoso. Quando arrivò sull'ultimo gradino, Bakmor crollò in ginocchio.

« È finita, Huy », mormorò con voce soffocata, ma Huy lo sollevò di peso, lo portò all'interno e lo appoggiò contro la parete della caverna.

« Bakmor », ansimò, e gli spinse indietro la testa per guardarlo. Gli occhi di Bakmor lo fissavano senza vederlo, morti e vitrei. Huy lasciò ricadere in avanti la bella testa, e si rialzò.

« Stanno arrivando! » gridò Lannon, e Huy alzò la scure e gli balzò a fianco per opporsi al primo assalto nel passaggio. In quattro, Huy, Lannon e due legionari, tennero la strettoia abbastanza a lungo per intasarla con mucchi di guerrieri morti.

Poi si avvicinarono gli arcieri e le prime raffiche di frecce spazzarono il passaggio. Una freccia colpì alla gola un legionario che cadde eruttando dalla bocca un fiotto di sangue scuro.

« Qui non ci sono coperture! » gridò Huy. « Al tempio! » Corsero lungo il passaggio, e una seconda raffica sibilò intorno a loro. Una freccia colpì l'elmo di Huy, rimbalzò e fece sprizzare una pioggia di scintille dalla parte accanto a lui, un'altra si piantò nella giuntura della corazza dell'ultimo legionario e penetrò nella spina dorsale. Il legionario stramazzò. Si trascinò disperatamente dietro a Huy con la sola forza delle braccia.

« Fammi la grazia, mio signore », urlò, atterrito alla prospettiva di finire castrato o sventrato ancora vivo. « Non lasciarmi a loro, santo padre. »

Huy rallentò e gridò: « Vai, Lannon. Ti seguirò ». Tornò indietro e il legionario lo vide.

« Baal ti benedica, santo padre », gridò, e si tolse l'elmo tendendo la testa in avanti per scoprire il collo.

« Trova la pace! » disse Huy. Gli staccò la testa dal collo con un colpo di scure, e nello stesso attimo si voltò per riprendere la corsa. Una freccia lo colpì al viso sotto l'occhio, rimbalzò sull'osso e squarciò la guancia fino all'orecchio, poi rimase a penzolare, infilata nella pelle.

Huy la strappò e rincorse Lannon.

Attraversarono insieme la caverna di Astarte, e i loro passi echeggiarono tra le pareti. Girarono intorno al laghetto verde, e raggiunsero la porta mentre un'altra raffica di frecce sibilava intorno a loro. Lannon barcollò leggermente. E poi entrarono nel tempio.

« Possiamo tenerli a bada, qui? » chiese ansimando Lannon.

« No. » Huy si soffermò per riprendere fiato. « L'archivio! » Poi guardò Lannon. « Che c'è, mio signore? »

« Hanno colpito anche me, Huy. » La freccia spuntava dalla giuntura della corazza, vicino all'ascella sinistra. L'angolo era tale che Huy provò un freddo brivido di disperazione. La punta doveva essere quasi arrivata al cuore. Era una ferita mortale: nessun uomo poteva guarirne.

« Cosa ne pensi? » disse Lannon. « Non soffro, Huy. Non può essere molto grave. »

« Sei fortunato », disse Huy, e spezzò l'asta, lasciandone un pezzetto che sporgeva dalla ferita.

« Vieni », disse, e posò la mano sul braccio di Lannon per guidarlo nell'archivio.

« La porta del sole? » chiese il re.

« Soltanto alla fine », disse Huy. « Solo quando non resterà altra scelta. » Condusse Lannon in uno dei recessi di pietra.

« La tua faccia. » Lannon fissò Huy nella luce incerta delle torce, come se notasse per la prima volta lo squarcio al viso.

« Senza dubbio ha migliorato il mio aspetto », borbottò Huy. Strappò una striscia di tela dalla tunica e l'annodò perché Lannon potesse infilarvi il braccio sinistro.

« Riesci a muoverlo? » chiese, e Lannon aprì e chiuse le dita.

« Bene. » Huy annuì e mise nella mano di Lannon la cinghia dello scudo. La striscia di stoffa avrebbe contribuito a sostenerne il peso.

Huy inclinò la testa, ascoltò il suono dei passi furtivi, il bisbiglio delle voci e il clangore delle armi nel tempio di Astarte.

« Stanno arrivando », disse. « Non impiegheranno molto a trovare il passaggio. »

Non aveva finito di parlare quando il primo nemico arrivò dalla camera delle guardie e si affacciò nell'archivio. La luce tremula delle torce a muro metteva in risalto la sua imponenza: era nero ed enorme, lucido di grasso e di pittura, e Huy sentì l'odore, un odore caldo, di muschio, come quello d'un felino predatore.

Huy uscì dal recesso, si mostrò nella luce e gridò una sfida in vendi. Il guerriero arrivò correndo per avventarsi contro Huy e i loro scudi si scontrarono con un suono che echeggiò nel tempio.

Huy sentì la lama della lancia mordergli il fianco, ma il puntale della scure degli Avvoltoi colpì a fondo, toccò l'osso, e il guerriero scivolò a terra.

Lannon uscì zoppicando dal recesso e si piazzò a fianco di Huy. Scavalcarono il cadavere che ancora sussultava e procedettero insieme lungo il passaggio, incontro all'orda dei guerrieri negri.

Manatassi era nel tempio di Astarte. Era mezzanotte passata, ma c'erano molte torce accese e le sale erano affollate di guerrieri, così numerosi che Manatassi aveva ordinato di abbattere le mura della costruzione per permettere loro di accedere all'imboccatura della galleria.

L'entrata buia che aveva già inghiottito tanti suoi uomini... era là che i due diavoli di Opet resistevano ancora, sfidando tutti i suoi sforzi per stanarli. Ogni tanto qualcuno dei suoi veniva trascinato lontano dall'ingresso, morto o ferito. Uno aveva il braccio destro tranciato sopra il gomito. Si stringeva il moncherino in silenzio, ma gli occhi erano immensi e bianchi nella luce delle torce.

Manatassi sapeva quale arma aveva inflitto quella ferita, e la sua collera e il suo odio arsero più veementi, e lottarono contro la paura superstiziosa che lo stringeva.

Mentre era schiavo aveva imparato abbastanza sugli dèi di Opet per conoscere i loro poteri immensi, la loro forza e la loro crudeltà. Li temeva, e sapeva di trovarsi nella roccaforte di quelle divinità terribili, nel loro santuario.

Adesso ricordava di aver sentito parlare del sotterraneo dietro il tempio di Astarte e della maledizione che lo proteggeva.

Senza dubbio per quella ragione s'erano rifugiati lì, nell'anfratto tenebroso.

La sua collera si raffreddò, agghiacciata dal timore religioso. Sapeva che gli dèi bianchi lo guardavano. Voleva farla finita, distruggere quel posto e andarsene... ma due uomini spacciati e testardi lo sfidavano.

« Il fuoco! » ordinò. « Stanateli con il fumo come cani selvatici. »

Accesero il fuoco all'imboccatura del tunnel e l'alimentarono con rami verdi e un denso fumo acre riempì il tempio e il passaggio. Circondarono l'entrata, tossendo semisoffocati, e tennero pronte le armi perché sapevano che nessuno poteva resistere là dentro. Il fumo li avrebbe costretti a uscire, sicuramente... ma passò un'ora senza che si scorgesse un movimento.

Il fuoco si consumò, si ridusse a un mucchio di tizzoni fumanti, e il fumo si diradò gradualmente. Manatassi ordinò di spegnerlo con l'acqua del laghetto; e ancora una volta scrutarono nel passaggio buio dal quale uscivano ancora spire e volute di fumo.

Il pavimento era ancora coperto di morti, e non c'era alcun segno di vita.

Manatassi represse il timore superstizioso e strappò una torcia dalla mano d'uno dei guerrieri. La tenne alta sopra la testa, scavalcò i ceppi roventi e sfrigolanti e si avviò nel passaggio.

Si avviò tra i morti, e il sangue gli impiastricciò i piedi scalzi. La torcia gettava una luce gialla in tutti i recessi di pietra con gli scaffali ingombri. Manatassi sapeva che cosa contenevano i recipienti di coccio. Molto spesso aveva aiutato Huy con quei rotoli.

Si guardò intorno per cercarlo, ma non c'era neppure una traccia. C'erano soltanto i morti e i recessi vuoti.

Arrivò in fondo al passaggio e la torcia illuminò l'immagine scolpita. Manatassi riconobbe il simbolo del dio del sole, e il coraggio gli mancò davanti all'evidenza tangibile dell'influenza divina.

Sul pavimento, sotto l'immagine, qualcosa che scintillava nella luce della torcia attirò il suo sguardo.

Soffocò un'esclamazione. Era la scure degli Avvoltoi, deposta come un'offerta davanti all'immagine del dio... e il passaggio era vuoto.

Erano andati a raggiungere i loro dèi. Gli avevano tolto la

vendetta, e l'avevano condotto a un pericolo mortale, a un confronto diretto con le forze sovrannaturali.

Manatassi indietreggiò fino a quando l'immagine del sole svanì nel buio. Si voltò e si precipitò correndo nella sala del tempio di Astarte. Poi si girò a guardare l'imboccatura del tunnel.

« Cercate fra gli schiavi liberati e mandatemi i muratori. Fate chiudere quell'entrata. È malefica. Chiudetela. »

Si affrettarono a obbedirgli e Manatassi ritrovò il coraggio, e la rabbia e l'odio.

« Io distruggerò questo maleficio. Getto una maledizione su questo luogo, su questi dirupi. Una maledizione che durerà in eterno. » La sua voce si levò in un urlo. « Bruciate. Bruciate tutto. Distruggete. È un male che deve essere cancellato dalla terra e dalle menti degli uomini, per sempre. »

E i muratori chiusero l'entrata della tomba dei re. Lavorarono con l'arte che gli avevano insegnato gli uomini di Opet, e quando terminarono l'entrata era svanita.

Poi Manatassi distrusse la città. Sterminò tutti gli esseri viventi, e li fece gettare nelle fiamme che per molti giorni continuarono a divampare nella città bassa. Poi guardò le mura e le torri e le indicò con la zampa di ferro. Li abbatterono blocco per blocco, le mura e le torri del sole e il bel tempio di Astarte. Arrivarono fino alle fondamenta. Rimossero le lastre della pavimentazione. Demolirono i moli di pietra del porto. Lavorando come un milione di formiche rasero al suolo la città finché non ne rimase più traccia. Portarono ogni blocco di pietra nella caverna e lo gettarono nel verde laghetto senza fondo. Presero l'intera città e la diedero alla dea, e il laghetto era così profondo (o forse la dea era così eternamente avida), che tutto fu inghiottito senza lasciar traccia e il livello dell'acqua limpida non salì neppure di un dito.

Quando Manatassi lasciò Opet per dirigersi verso est e completare l'annientamento dell'impero, lasciò dietro di sé solo mucchi di cenere che il vento stava già disperdendo.

Manatassi spiegò i suoi reggimenti come una rete attraverso i quattro regni, con l'ordine di distruggere ogni traccia delle città e delle miniere e dei frutteti e degli orti creati dagli uomini di Opet. Ma il suo odio s'era consumato come le fiamme in una foresta quando non ci sono più alberi. L'odio l'aveva lasciato svuotato, carbonizzato e morente, e la sua figura colossale era solo un involucro, e persino i fumosi occhi gialli erano opachi e indifferenti.

Arrivò a Zimbao, la grande città cinta di mura del regno di mezzo, e gli uomini di Opet erano morti. La città, come il suo corpo, era svuotata e abbandonata.

Manatassi si avvolse in un grande mantello di pelle e si sdraiò accanto al fuoco: l'indomani mattina lo trovarono irrigidito e freddo.

Lo seppellirono fuori delle mura, e cominciarono i dissidi e le battaglie perché Manatassi non aveva nominato un successore. Ogni capitano candidò se stesso e l'esercito si scisse in cento tribù.

Con il passare del tempo, Manatassi e la città di Opet svanirono dalla memoria degli uomini.

Quando Xhai il boscimano invecchiò e si sentì prossimo alla morte, ritornò a Opet.

Il lago s'era rimpicciolito, le sue rive erano a venti miglia dai dirupi rossi, le acque erano salmastre e basse e riscaldate dal sole.

Xhai camminò sopra l'area dove una volta sorgeva il tempio di Baal e non la riconobbe fino a quando vide nella roccia rossa l'anfratto che conduceva al tempio di Astarte.

Si accampò accanto al laghetto, accese un fuocherello e vi sedette accanto mormorando fra sé come fanno i vecchi. Quando i suoi ricordi si snodavano davanti a lui, erano ingigantiti o potenziati, e Xhai cercava di catturarli e di fissarli.

Raccolse la cintura che reggeva i piccoli vasi di corno dei pigmenti, tappati con pezzetti di legno, e andò alla parete sul fondo della caverna.

Tracciò con un pezzo di carbone di legna i contorni della figura sul tratto più liscio. Lavorava piano, con cura e amore. Poi mescolò i pigmenti e cominciò a dipingere la fiera figura divina con la faccia bianca, la barba rossodorata e la maestosa virilità, e mentre lavorava gli sembrava che voci fantasma sussurrassero dal profondo della roccia, dalla tomba dei re.

« Huy, ho freddo. Fammi la grazia, vecchio amico. Dammi la mano dell'amicizia, come aveva predetto l'oracolo. »

« Non posso, Lannon. Non posso. »

« Ho freddo e soffro, Huy. Se mi ami, devi farlo. »

« Ti amo. »

« Vola per me, Grande-uccello-del-Sole. »

Mentre il vecchio boscimano lavorava, il vento sussurrava e sospirava fra i dirupi, ed era il sospiro di un uomo che ha perduto il suo amore e la sua terra, ha rinnegato i suoi dèi e ha ucciso per pietà un amico. Un uomo poteva sospirare così mentre prendeva la spada ancora macchiata dal sangue dell'amico, piantava saldamente l'impugnatura in una fessura del pavimento di pietra, appoggiava la punta contro le costole e si lasciava cadere sulla lama.

»THE RAND DAILY MAIL«

27 MAGGIO

La fine di un finanziere multimilionario

Louren Sturvesant ucciso da una malattia misteriosa

Botswana, sabato. Il noto finanziere milionario e appassionato sportivo Louren Sturvesant di Klein Schuur, Sandown, Johannesburg, è morto ieri dopo breve malattia.

Sturvesant si era recato a visitare l'antica città cartaginese scoperta di recente nel Botswana. Il capo della spedizione, il dottor Benjamin Kazin, ha contratto anche lui la malattia, che si ritiene sia infettiva.

Il dottor Kazin è stato trasportato in aereo a Johannesburg, dove un portavoce dell'ospedale ha dichiarato che si trova in condizioni critiche.

»THE FINANCIAL GAZETTE«

28 MAGGIO

Ultima ora

L'Anglo-Sturvesant perde 97 punti

Panico in Borsa

Hollard Str., lunedì. In seguito all'annuncio della morte di Louren Sturvesant, presidente dell'Anglo-Sturvesant, i prezzi delle azioni del gruppo Sturvesant sono precipitati oggi alla Borsa di Johannesburg.

»THE STAR«

3 GIUGNO

Il famoso archeologo ha ripreso i sensi

Johannesburg, venerdì. Dopo dieci giorni di coma il dottor Benjamin Kazin ha ripreso conoscenza, così informa un portavoce dell'ospedale.

Il dottor Kazin è il direttore del Centro di studi antropologici e preistorici africani, e ha scoperto l'antica città cartaginese di Opet. Era stato colpito da una rara micosi mentre lavorava sul sito della recente scoperta.

Oggi il dottor Kazin ha ricevuto la visita della sua assistente, la dottoressa Sally Benator, la quale ha poi dichiarato che il dottor Kazin stava molto meglio sebbene terribilmente sconvolto per la morte del signor Sturvesant.

»THE STAR«

6 SETTEMBRE

Le nozze di un noto archeologo

Città del Capo, venerdì. Lo scopritore della città di Opet, il dottor Benjamin Kazin, ha sposato oggi con una breve cerimonia civile la sua assistente, dottoressa Sally Benator. La sposa ha detto di avere in programma una luna di miele di lavoro sul sito dell'antica città cartaginese.

»THE TIMES«

20 APRILE

Riconoscimento a un archeologo

Londra, lunedì. Alla Royal Geographical Society oggi si è tenuta un'assemblea straordinaria nel corso della quale il dottor Benjamin Kazin è stato insignito dell'ambito riconoscimento, la Founder's and Patron's Medal.

Dopo l'assemblea si è svolta una breve cerimonia, e nei locali della società è stato appeso un ritratto del dottor Kazin eseguito dal famoso pittore Annigoni.

Il dottor Kazin era accompagnato dalla moglie, dottoressa Sally Kazin Benator, anche lei molto nota negli ambienti archeologici. La coppia trascorrerà due settimane di vacanza in Gran Bretagna e sul continente prima di tornare in Africa.

Finito di stampare
per conto degli Editori Associati S.p.A.
presso Arnoldo Mondadori Editore S.p.A.
Stabilimento Nuova Stampa di Mondadori
Cles (TN)
Settembre 1992

TEADUE
Periodico settimanale del 29.7.1992
Direttore responsabile: Mario Spagnol
Registrazione del Tribunale di Milano n. 565 del 10.7.1989

TEADUE: UNA COLLANA DI SUCCESSI

«Le indagini di fratello Cadfael»
I gialli medievali di

Ellis Peters

Un cadavere di troppo
pp. 230, L. 10.000

Due delitti per un monaco
pp. 200, L. 10.000

La bara d'argento
pp. 194, L. 12.000

Il cappuccio del monaco
pp. 204, L. 12.000